Rolf Meermann
Walter Vandereycken

Verhaltenstherapeutische Psychosomatik
Klinik, Praxis, Grundversorgung

2. Auflage

Verhaltenstherapeutische Psychosomatik
Klinik, Praxis, Grundversorgung

Herausgegeben von

Rolf Meermann
Walter Vandereycken

Zweite, überarbeitete und erweiterte Auflage

Mit 31 Abbildungen und 55 Tabellen

Schattauer Stuttgart New York

Prof. Dr. med. habil.
Dipl.-Psych. Rolf Meermann
Facharzt für Neurologie und Psychiatrie,
Psychotherapie
Ärztlicher Direktor
der Psychosomatischen Fachklinik
Bombergallee 11
D-31812 Bad Pyrmont

Prof. Dr. med. Walter Vandereycken
Psychiater und Sexologe
Chefarzt der Abteilung Verhaltenstherapie
Klinik für Psychiatrie Alexianen
B-3300 Tienen

Die Deutsche Bibliothek – CIP-Einheitsaufnahme

Verhaltenstherapeutische Psychosomatik : Klinik, Praxis, Grundversorgung ; mit 55 Tabellen / hrsg. von Rolf Meermann ; Walter Vandereycken. – 2., überarb. und erw. Aufl. – Stuttgart ; New York : Schattauer, 1996
1. Aufl. u.d.T.: Verhaltenstherapeutische Psychosomatik in Klinik und Praxis
ISBN 3-7945-1656-7
NE: Meermann, Rolf [Hrsg.]

Printed in Germany

Gedruckt auf chlor- und säurefrei gebleichtem Papier.

„[Dr.] Wagner stand auf, sehr langsam.
Ging, ohne mich anzusehen, um den
Schreibtisch herum und trat ans Fenster.
Blieb dort stehen und sah hinaus,
die Hände auf dem Rücken verschränkt,
gedankenverloren.

Schweigend, zehn, fünfzehn Minuten lang.
Dann, ohne sich umzudrehen, in einem
neutralen, gelassenen, beruhigenden Ton:
»Monsieur, vous êtes fou.«

Er blieb reglos, ich ebenfalls.
Nach weiteren fünf Minuten begriff ich,
daß nichts mehr kommen würde.
Ende der Sitzung."

Umberto Eco
Il pendolo di Foucault
Bompiani, Milano 1988

Vorwort zur zweiten Auflage

Die Verhaltenstherapie als Psychotherapiemethode für Ärzte und Diplompsychologen hat sich in den letzten Jahren erfreulich rasch etabliert und durchgesetzt. Neben der Anwendung von Verhaltenstherapie in Psychiatrie, Psychotherapie und psychosomatischer Medizin gewinnt die Nutzung verhaltenstherapeutischen Wissens auch in allen anderen Bereichen der Medizin (Verhaltensmedizin) zunehmend an Bedeutung. Vor allem die relativ kurzen Behandlungszeiträume und die gezielten Interventionstechniken stellen wichtige Gründe für die wachsende Reputation dieser psychotherapeutischen Methode dar.

Das Niemandsland der Psychosomatik

Obwohl das Fachgebiet „Psychosomatische Medizin/Psychotherapie" seit 1970 Bestandteil der Approbationsordnung (AO) für Ärzte ist, tut sich die Schulmedizin mit Ansätzen der „sprechenden Medizin" weiterhin schwer. Zu augenfällig ist auch ein Vierteljahrhundert nach der Einführung dieses Gebietes das Ungleichgewicht zwischen apparategestützter „Akutmedizin" auf der einen Seite und biopsychosozialen Ansätzen andererseits, d.h. von Ansätzen zum Verstehen, Erklären und Heilen von akuten und chronischen Krankheitsbildern, die zumindest seelisch mitbedingt sind oder deren Prävention, Behandlung oder Rehabilitation durch seelische Mittel bzw. psychotherapeutische Mitbehandlung rascher und umfassender erfolgen könnte.
In der akademischen Welt wird darüber hinaus Psychosomatik und Psychotherapie häufig noch mit Psychoanalyse (d.h. mit psychodynamischen Erklärungs- und Behandlungsansätzen) gleichgesetzt. Die Dichotomisierung in psychodynamische versus verhaltenstherapeutische Ansätze wird erst in den letzten Jahren zunehmend konsequent vollzogen. Tabelle 1 vermittelt Zahlen zur ambulanten Versorgungssituation mit der sogenannten Richtlinien-Psychotherapie (qualifizierter Fachpsychotherapie).

Definitorische und berufsrechtliche Abgrenzungsprobleme

Verhaltenstherapie als Teil des ambulanten und stationären Versorgungsangebotes der kurativen und rehabilitativen Medizin hat nach wie vor eine Reihe von Definitions- und Abgrenzungsproblemen zu überwinden, um den ihr gebührenden Rangplatz in der Versorgung einzunehmen und zu behaupten. Beispielhaft seien hier erwähnt:
- ärztliche versus psychologische Verhaltenstherapie
- Abgrenzung verhaltenstherapeutischer Psychotherapiekonzepte i.e.S. versus Verhaltensmodifikation, Verhaltensmedizin, „psychologische Therapie" oder allgemeine Psychotherapie
- Stellenwert der Verhaltenstherapie in den Curricula des Facharztes für Psychiatrie und Psychotherapie bzw. des Facharztes für psychotherapeutische Medizin
- Beachtung verhaltenstherapeutischer Alternativen beim Erwerb der Zusatzbezeichnung „Psychotherapie"
- Durchführung der sogenannten psychosomatischen Grundversorgung auch verhaltenstherapeutisch orientiert

Tabelle 1: Ambulante Richtlinien-Verhaltenstherapie (Quelle: Vereinigung).

	1989	1990	Änd. z. Vorjahr	1991	Änd. z. Vorjahr	1992	Änd. z. Vorjahr	1993	Änd. z. Vorjahr	1994	Änd. z. Vorjahr	1995	Änd. z. Vorjahr
Tiefenpsychologisch fundierte und analytische Psychotherapie													
Ärztl. Psychotherapeuten: analyt. Psychotherapie und Tiefenpsychologie (Titel „Psychotherapie")	3526	3895	10,5 %	4375	12,3 %	4860	11,1 %	5530	13,8 %	6535	18,2 %	7193	10,1 %
Psychologische Psychotherapeuten (analyt. PT)	1024	1237	20,8 %	1511	22,2 %	1903	25,9 %	2247	18,1 %	2065	–8,1 %	2509	21,5 %
Kinder- u. Jugendlichenpsychotherapeuten (KJP)	682	740	8,5 %	909	22,8 %	1135	24,9 %	1036	–8,7 %	1157	11,7 %	1107	–4,3 %
Ausbildungskandidaten i. letzten Jahr d. Ausbildung	1015	1068	5,2 %	1061	–0,7 %	1146	8,0 %	1137	–0,8 %	1157	1,8 %	1240	7,2 %
Anerkannte Ausbildungsinstitute	31	31		34		34		38		40		42	
Anerkannte Ausbildungsinstitute f. KJP	13	13		13		13		13		13		13	
Gutachter/Obergutachter	43	49		49		49		58		66		64	
Behandlungsfälle gesamt	68094	79787	17,2 %	90662	13,6 %	108189	19,3 %	132586	22,6 %	153958	16,1 %		
– davon: Delegation (Psychologen u. KJP)	19147	23795	24,3 %	27582	15,9 %	35710	29,5 %	44233	23,9 %	46127	4,3 %		
– davon: nur Analyse (Ärzte, Psychologen, KJP)								31194		29435	5,6 %		
Behandlungsfälle: Anteil PP + KJP zu Gesamt	28,0 %	30 %		30 %		33 %		33 %		30 %			
Verhaltenstherapie													
Anteil ärztl. Psychotherapeuten (Titel „Psychotherapie"), die auch Verhaltenstherapie abrechnen können	498	584	17,3 %	615	5,3 %	803	30,6 %	929	15,7 %	1063	14,4 %	1133	6,6 %
Psychologische Verhaltenstherapeuten	1187	1360	14,6 %	1632	20,0 %	2591	58,8 %	2925	12,9 %	3072	5,0 %	2989	–2,7 %
Gutachter/Obergutachter	26	27		27		27		27		27		27	
Anerkannte Ausbildungsinstitute für Verhaltenstherapie						8		14		14		16	
Behandlungsfälle gesamt	34413	43884	27,5 %	51189	16,6 %	60766	18,7 %	75381	24,1 %	98532	30,7 %		
– davon: Kurzzeittherapie	17783	23809	33,9 %	32065	34,7 %	38761	20,9 %	49179	26,9 %	65117	32,4 %		
– davon Delegation (nur Psychologen)	16334	21470	31,4 %	27206	26,7 %	35356	30,0 %	44351	25,4 %	59254	33,6 %		
– davon Langzeittherapie	16630	20075	20,7 %	19124	–4,7 %	22005	15,1 %	26202	19,1 %	33415	27,5 %		
– davon: Delegation (nur Psychologen)	15997	18837	17,8 %	17440	–7,4 %	20442	17,2 %	25006	22,3 %	31789	27,1 %		
Behandlungsfälle: Anteil PP zu Gesamt	94,0 %	92,0 %		87 %		92 %		92 %		92,4 %			
Psychotherapeuten gesamt	6419	7232	12,7 %	8427	16,5 %	10489	19,7 %	11738	11,9 %	12829	9,3 %	13798	7,6 %
– davon ärztliche Psychotherapeuten	3526	3895	10,5 %	4375	12,3 %	4860	11,1 %	5530	13,8 %	6535	18,2 %	7193	10,1 %
– davon psychologische Psychotherapeuten	2211	2597	17,5 %	3143	21,0 %	4494	43,0 %	5172	15,1 %	5137	–0,7 %	5498	7,0 %
– davon KJP	682	740	8,5 %	909	22,8 %	1135	24,9 %	1036	–8,7 %	1157	11,7 %	1107	–4,3 %

Zahlen zur Psychotherapie im Vergleich – Stand 31. 12. 1995 (Behandlungsfälle: Stand Ende 1994)
Zusammengestellt nach den Angaben der K3V vom April 96
Anmerkungen: Die Rubrik „Ärztliche Psychotherapeuten: analytische Psychotherapie u. Tiefenpsychologie (Titel „Psychotherapie") enthält auch die ärztlichen Psychotherapeuten, die Verhaltenstherapie abrechnen können, da diese unter dem Titel „Psychotherapie" zusammengefaßt sind. Bei der Gesamtsumme der ärztlichen Psychotherapeuten ist dies berücksichtigt. Die Behandlungsfälle werden immer erst ein Jahr später erfaßt.

- die Gegensätze zwischen akutmedizinischer Versorgung versus Versorgung in psychotherapeutischen Schwerpunktkliniken, die aus historischen Gründen als Rehabilitationskliniken entstanden sind
- Nichteinbeziehung psychosomatischer bzw. psychotherapeutischer Versorgungsfragen in die Krankenhausbedarfsplanung.

Die Liste ließe sich beliebig fortsetzen.

Die **Geschichte der Verhaltenstherapie** in der Bundesrepublik belegt zweierlei:

Die ärztlich-psychologische Perspektive

Die Janusköpfigkeit der Verhaltenstherapie aus Medizin und Psychologie stellt einen ihrer wesentlichen Vorteile dar: Durch die Kombination von somatomedizinischem (speziell psychiatrischem) Wissen mit psychologischem Know-how in interdisziplinären Teams läßt sich ein Versorgungsansatz realisieren, der als „Gemeinschaftsproduktion" beider Berufsgruppen eine wesentliche Potenzierung der Effekte zum Ergebnis hat. In interdisziplinär arbeitenden Teams können die verschiedenen Berufsgruppen verhaltenstherapeutische Konzepte optimal umsetzen. Dabei werden auch weitere Berufsgruppen wie Sport- und Bewegungs-, Ergo-, Kreativ-, Sozio-, Physiotherapeuten und insbesondere Krankenschwestern und Krankenpfleger gezielt unter einer verhaltenstherapeutisch konzeptionellen Gesamtklammer eingesetzt (Meermann 1994). Die Ursprünge der Verhaltenstherapie liegen in biologisch-physiologischen Forschungsansätzen ebenso wie in den Anfängen der empirisch-naturwissenschaftlichen Psychiatrie und experimentellen Psychologie des ausgehenden 19. Jahrhunderts. Die fruchtbaren verhaltenstherapeutischen Methoden wurden fast ausschließlich in klinisch-psychiatrischen Settings und in interdisziplinären Teams von Ärzten und Psychologen gemeinsam entwickelt (Meermann 1996). Dabei sind bei der Anwendung und Umsetzung verhaltenstherapeutischer Methoden 5 „Stufen" zu durchlaufen, die im nachfolgenden Schaubild vereinfacht dargestellt werden und die die Unverzichtbarkeit humanmedizinischen Wissens im Rahmen eines verhaltenstherapeutischen Gesamtbehandlungsplanes belegen (siehe Abb. 1).

Zum zweiten ist es die **Wissenschaftler-/Praktiker-Perspektive**, die die Verhaltenstherapie von ihren Anfängen bis zum heutigen Datum recht gut beschreibt. Johannes C. Brengelmann, einer der Ziehväter der Verhaltenstherapie in Deutschland, hat die Verhaltenstherapie mit den drei „W" charakterisiert: Wirtschaftlichkeit, Wirksamkeit und Wissenschaftlichkeit. Jeder angehende Verhaltenstherapeut lernt, seine individuelle Behandlungsplanung als quasi Einzelfallexperiment anzusehen. Der klinisch arbeitende Verhaltenstherapeut stellt sich gemäß diesem Denkmodell ständig der Überprüfung seiner Behandlungshypothesen. Für ihn ist auch die Dokumentation seiner kurz- und langfristigen Behandlungsergebnisse eine Selbstverständlichkeit. Neben Transparenz des Therapiekonzeptes, qualifizierter Supervision und Weiterbildung stellt ein solches Handlungsmodell, das sich einer ständigen selbstkritischen Überprüfung des eigenen psychotherapeutischen Tuns unterzieht, eine notwendige Bedingung für den leider in der letzten Zeit häufig bis zur Sinnentleerung arg strapazierten Begriff der Qualitätssicherung in ambulanter und stationärer Psychotherapie dar.

Aus- und Weiterbildung in Verhaltenstherapie

Gemäß der zunehmenden Bedeutung von Aus- und Weiterbildungskonzepten haben wir einige zusätzliche Kapitel in diese zweite Auflage aufgenommen, die sich mit Fragen der Aus- und Weiterbildung von

5 Ärztlicher Gutachter:

- ärztliche Letztverantwortung
- Sinnhaftigkeit und logischer Bezug aller geplanten Maßnahmen
- Zweckmäßigkeitsprüfung/Wirtschaftlichkeitsprüfung für amb. Psychotherapie unter Berücksichtigung der o.g. Kriterien
- Synopse (Zusammenschau) **aller** Befunde und deren Gewichtung
- ggf. Anregung für weitere Diagnostik bzw. Kontrolluntersuchungen

4 Gliederung VT-Antrag:

- Angaben zur spontan berichteten und erfragten Symptomatik
- lebensgeschichtliche Entwicklung des Patienten und Krankheitsanamnese
- psychischer Befund zum Zeitpunkt der Antragsstellung
- somatischer Befund
- Verhaltensanalyse
- Diagnose zum Zeitpunkt der Antragsstellung
- Therapieziele und Prognose
- Behandlungsplan

3 Sozialmedizinisch:

- Beurteilung der Arbeitsfähigkeit, ggf. AU-Schreibung
- sozialmedizinische Leistungsbeurteilung
- Frage, ob amb. Maßnahmen ausreichend sind versus Indikation zur stat. Psychotherapie
- beruflich rehabilitative Maßnahmen (z.B. innerbetriebliche Umsetzung, Umschulung)
- ggf. Rehabilitationsplan (medizinische Reha) (inkl. Belastungserprobungen etc.)

2 Psychiatrisch:

- Suizidalität?
- Hirnorganik?
- Psychose?
- Sucht?
- Indikation zu begleitender Psychopharmakamedikation
- psychiatrischer Gesamtbehandlungsplan inkl. Differentialindikationsstellung (Psychotherapie, sozialmedizinischer, soziotherapeutischer und pharmakotherapeutischer Maßnahmen)

1 Somatomedizinisch:

- allgemein-körperliche Untersuchung
- klinisch-neurologische Untersuchung
- apparative Zusatzdiagnostik (z. B. bildgebende Verfahren, Neurophysiologie, Labor)
- Gewichtung von somatischer Anamnese und sämtlichen Vorbefunden

Abb. 1 Fünf-Stufen-Modell der ambulanten Verhaltenstherapie (Fach-/Richtlinienpsychotherapie).

Ärzten und Diplompsychologen in Verhaltenstherapie beschäftigen. Auf dem Hintergrund der Überarbeitung der Psychotherapie-Richtlinien sowie der anhaltenden Diskussion um das Integrationsmodell und ein zu schaffendes Psychotherapeuten-Gesetz schien uns eine solche Festschreibung von Qualitätsstandards zum jetzigen Zeitpunkt geboten. Leider war es dabei nicht möglich, zwei fest zugesagte Kapitel zur ambulanten Versorgung und die Selbstdarstellung eines großen ärztlich-psychologischen Fachverbandes der Verhaltenstherapie rechtzeitig vor Drucklegung zu bekommen.

Qualitätssicherung

Qualitätssicherung in der Verhaltenstherapie hat viele Gesichter. Eine notwendige Voraussetzung für qualitätssichernde Maßnahmen stellt die Basisdokumentation ambulanter und stationärer verhaltenstherapeutischer Behandlungen dar. Hier haben private Träger mit Basisdokumentationssystemen, die teilweise schon seit zehn Jahren erfolgreich eingesetzt werden, Vorreiterfunktion erfüllt (Fachausschuß Psychosomatik des Wissenschaftsrates der AHG 1994, Meermann 1995).

Zur Zeit wird ein schulen- und methodenübergreifendes „Kernmodul für die Basis-Dokumentation in der Fachpsychotherapie" erstellt und in den Fachgesellschaften diskutiert (Heuft und Meermann 1996). Alle Psychotherapie-Fachgesellschaften, die in der Arbeitsgemeinschaft der Wissenschaftlichen Medizinischen Fachgesellschaften (AWMF) vertreten sind, haben an der Erstellung dieser Basisdokumentation mitgewirkt.

Ein weiteres wichtiges Steuerungsinstrument zur Qualitätssicherung stellen unseres Erachtens die Psychotherapie-Richtlinien und Psychotherapie-Vereinbarungen (Faber und Haarstrick 1996) dar, die zur Zeit überarbeitet werden.

Weitere Qualitätsstandards für Fachpsychotherapie werden darüber hinaus von den Fachgesellschaften (Deutsche Gesellschaft für Psychiatrie, Psychotherapie und Nervenheilkunde, DGPPN, sowie Deutsche Gesellschaft für Psychotherapeutische Medizin, DGPM) zur Zeit erarbeitet. Im Konzert der sonstigen Bemühungen um Qualitätssicherung in der Medizin brauchen sich also verhaltenstherapeutisch tätige Ärzte und Diplompsychologen vor kritischen Vergleichen nicht zu scheuen.

Nachdem der Schattauer-Verlag an uns mit der Frage nach einem verhaltenstherapeutischen Lehrbuch mit Schwerpunkt Neurosen, psychosomatischen Erkrankungen und funktionellen Störungen herangetreten war, haben wir uns entschlossen, ärztliche und psychologische Praktiker mit einem breiten klinischen Erfahrungshintergrund als Autoren zu gewinnen. Unser Ziel als Herausgeber war eine möglichst praxisorientierte Darstellung der wichtigsten neurotischen und psychosomatischen Krankheitsbilder, die mit verhaltenstherapeutischen Methoden behandelt werden.

Nach fünf Jahren können wir nun die überarbeitete und stark erweiterte zweite Auflage unseres Buches der Fachöffentlichkeit vorlegen. Dabei haben wir die bewährte Gliederung in „Allgemeine Aspekte", „Emotionale Störungen", „Psychophysiologische und somatische Störungen" beibehalten und um den Abschnitt „Aus- und Weiterbildung" ergänzt. Insgesamt sind acht Kapitel hinzugefügt worden.

Die nun vorliegende zweite Auflage unseres Lehrbuchs richtet sich an den ärztlichen und/oder psychologischen Verhaltenstherapeuten in Klinik und niedergelassener Praxis. Aus unserer eigenen Arbeit in Lehre und Weiterbildung wissen wir, daß das Durcharbeiten von Lehrbuchtexten in kollegialen Kleingruppen dem gründlichen Selbststudium vorzuziehen ist bzw. eine sinnvolle (und bisweilen notwendige) Ergänzung darstellt. Psychotherapie (Verhaltenstherapie) selbst kann aber nur durch ganztägige klinische Anleitung unter kompetenter und engmaschiger Supervision erlernt werden. Dabei ist eine ausreichende praktisch-klinische Erfahrung in Psychiatrie eine notwendige Bedingung und Grundvoraussetzung für jedes psychotherapeutische Tun. Wir denken an eine mindestens einjährige psychiatrische Ganztags-Weiterbildung. Darüber hinaus sollten therapeuten- und methodenzentrierte Selbsterfahrung sowie interaktionsbezogene Fallarbeit (verhaltenstherapeutische Fallbesprechungsgruppe) mit dem Erlernen von Verhaltenstherapie „on the job“ zeitlich einhergehen. Nur so ist es möglich, die erworbenen theoretischen Kenntnisse in den Grundlagen und Methoden der Verhaltenstherapie sinnvoll anzuwenden und seine eigene Handlungskompetenz als Psychotherapeut zu erlangen.

Wir würden uns freuen, wenn das vorliegende Buch in diesem Sinne genutzt wird und als „Kompaß“ für die Anwendung von Verhaltenstherapie in Klinik, Praxis und psychosomatischer Grundversorgung dient.

Bad Pyrmont und Löwen, im August 1996

Rolf Meermann
Walter Vandereycken

Literatur zum Vorwort

Faber FR, Haarstick R.
Kommentar zu den Psychotherapie-Richtlinien. 4. Auflage.
Neckarsulm: Jungjohann 1996

Fachausschuß Psychosomatik des Wissenschaftsrates der AHG (Hrsg).
Basisdokumentation Psychosomatik in der Verhaltensmedizin. 10 Jahre Qualitätssicherung in der Rehabilitation auf der Grundlage klinischer Behandlungsdaten.
Verhaltensmedizin heute 1994; 2:11–71.

Heuft G, Meermann R (Redaktion).
Kernmodul einer Basisdokumentation für Fachpsychotherapie.
Manuskript Essen und Bad Pyrmont, März 1996.

Meermann R.
Geleitwort. In: Zielke M, Sturm J (Hrsg): Handbuch Stationäre Verhaltenstherapie.
Weinheim: Beltz 1994, V–VII.

Meermann R.
Strukturelle Auswirkungen des Qualitätssicherungsprogramms der Rentenversicherung in einer Psychosomatischen Rehabilitationsklinik.
Praxis der Klinischen Verhaltensmedizin und Rehabilitation 1995; 32:282-90.

Meermann R.
Biologie- und medizinhistorische Wurzeln der Verhaltenstherapie.
Vortrag auf dem I. Kongreß der Deutschen Ärztlichen Gesellschaft für Verhaltenstherapie (DÄVT) in Bad Pyrmont, Rahmenthema „Biologische Determinanten des Verhaltens und ihre Konsequenzen für die Therapie“, 28. Oktober 1995. 1996 im Druck.

Inhalt

Allgemeine Aspekte

Emotionale Störungen (mit Fallbeispielen)

Psychophysiologische und somatische Störungen (mit Fallbeispielen)

Aus- und Weiterbildung

Autorenverzeichnis

Dr. rer. soc. Dipl.-Psych. Josef Bailer
Zentralinstitut für seelische Gesundheit
Postfach 12 21 20
68072 Mannheim

Dr. med. Anil Batra
Eberhard-Karls-Universität Tübingen
Psychiatrische Universitätsklinik
Abteilung Allgemeine Psychiatrie mit Poliklinik
Osianderstraße 22
72076 Tübingen

Dr. med. Dipl.-Psych. Gijs Bleijenberg
Abteilung Medizinische Psychologie
St. Radboudkrankenhaus
Katholische Universität Nijmegen
6500 HB Nijmegen, Niederlande

Dr. phil. Dipl.-Psych. Ernst-Jürgen Borgart
Psychosomatische Fachklinik
Bombergallee 10
31812 Bay Pyrmont

Prof. Dr. med. Gerhard Buchkremer
Direktor der Klinik für Psychiatrie der Eberhard-Karls-Universität Tübingen
Osianderstraße 22
72076 Tübingen

Prof. Dr. rer. soc. Dipl.-Psych. Anke Ehlers
Department of Psychiatry
University of Oxford
Warneford Hospital
Oxford OX 3 7JX, Great Britain

Dr. med. Johann F. M. Fennis
Internist
Abteilung Allgemeine Innere Medizin
St. Radboudkrankenhaus
Katholische Universität Nijmegen
6500 HB Nijmegen, Niederlande

Prof. Dr. phil. Dipl.-Psych. Wolf-Dieter Gerber
Abteilung Medizinische Psychologie
Zentrale Nervenklinik der Christian-Albrechts-Universität Kiel
Niemannsweg 147
24105 Kiel

Dipl.-Psych. Luk Gijs
Universität Utrecht
Fachgruppe Klinische Psychologie und Gesundheit
Centrumgebouw Zuid
Heidelberglaan 1
3584 CS Utrecht, Niederlande

Prof. Dr. med. Iver Hand
Geschäftsführender Direktor
Psychiatrische und Nervenklinik der Universitätsklinik Hamburg-Eppendorf
Verhaltenstherapie-Ambulanz
Martinistr. 62
20251 Hamburg

Prof. Dr. phil. Martin Hautzinger
Psychologisches Institut
Abteilung Klinische Psychologie
der Johannes Gutenberg-Universität
Staudingerweg 9
55128 Mainz

Dipl.-Psych. Catja J.A.E. Huiskes
Abteilung Ambulante und Soziale Psychiatrie
HP. A.00.241
Universitätskrankenhaus AZU
Postfach 8 55 00
3508 GA Utrecht, Niederlande

Dr. phil. Dipl.-Psych. Rüdiger Klepsch
Schlüterstr. 22
20146 Hamburg

Dr. med. Rudolf J. Knickenberg
Facharzt für Neurologie und Psychiatrie, Psychotherapie
Psychosomatische Fachklinik
Bombergallee 10
31812 Bad Pyrmont

Professor Dr. Psychol. Floor W. Kraaimaat
Abteilung Ambulante und Soziale Psychiatrie
Universitätskrankenhaus AZU
Postfach 8 55 00
3508 GA Utrecht, Niederlande

Dr. med. J. Han C. Kuijpers
Chirurg
Abteilung Allgemeine Chirurgie
St. Radboudkrankenhaus
Katholische Universität Nijmegen
6500 HB Nijmegen, Niederlande

Prof. Dr. rer. soc. Dipl.-Psych. Jürgen Margraf
Fachbereich Klinische Psychologie der Technischen Universität Dresden
Mommsenstraße 13
01062 Dresden

Prof. Dr. med. habil. Rolf Meermann
Facharzt für Neurologie und Psychiatrie, Psychotherapie, Diplom-Psychologe
Leitender Arzt der Psychosomatischen Fachklinik Bad Pyrmont
Bombergallee 10
31812 Bad Pyrmont

Jan Norré
Dipl.-Psychologe
Tiensevest 146
3000 Leuven, Belgien

Silvia Schneider
Dipl.-Psychologin
Fachbereich Psychologie
Universität Marburg
Gutenbergstr. 18
35037 Marburg

Prof. Dr. med. Walter Vandereycken
Psychiater
Chefarzt der Abteilung für Verhaltenstherapie
Klinik für Psychiatrie Alexianen, Tienen;
3300 Tienen, Belgien
Lehrstuhl Psychiatrie, Fakultät Psychologie
Katholische Universität Löwen, Belgien

Prof. Dr. Terence Wilson
Rutgers The State University of New Jersey
Graduate School of Applied and Professional Psychology
Busch Campus, P.O. Box 819, Piscataway
New Jersey, U.S.A.

Dr. phil. Dipl.-Psych. Zygmunt Wlazlo
Universitätsklinik Hamburg-Eppendorf
Verhaltenstherapie-Ambulanz
Martinistr. 52
20251 Hamburg

Allgemeine Aspekte

1 Verhaltenstherapie, Verhaltensmedizin und verhaltenstherapeutische Psychosomatik

Rolf Meermann und Walter Vandereycken

Inhalt

1 Entwicklung eines biopsychosozialen Krankheitsmodells

In der klinischen Medizin bzw. der medizinischen Versorgung und Rehabilitation vollzieht sich seit einigen Jahrzehnten ein bedeutender Wandel: Unser ärztlich-therapeutisches Wissen und Engagement werden nicht mehr in erster Linie durch die Bekämpfung von Infektionskrankheiten, sondern durch die Versorgung *chronischer Erkrankungen* herausgefordert. Morbiditäts- und Mortalitätsraten der verschiedenen chronischen Erkrankungen der Gegenwart (Herz-Kreislauf-Erkrankungen, Krebs, Diabetes, Erkrankungen des rheumatischen Formenkreises, multiple Sklerose und Niereninsuffizienz) machen deutlich, daß wesentliche Umorientierungen notwendig sind. Die besondere Bedeutung der chronischen Erkrankungen wird u.a. durch folgende Schwierigkeiten unterstrichen:

- Die Ätiologie ist in den meisten Fällen noch weitgehend ungeklärt.
- Ihre langwierige Behandlung ist extrem kostenaufwendig.
- Die traditionelle Medizin stößt insbesondere in der Prävention und Rehabilitation an ihre Grenzen (Sturm et al. 1984, Meermann et al. 1996).

In den letzten Jahren wurde deutlich, daß der forscherischen, therapeutischen und volkswirtschaftlichen Herausforderung dieser Entwicklung durch ein rein biomedizinisch orientiertes Krankheitsverständnis nicht adäquat begegnet werden kann. Nur ein *biopsychosoziales Krankheitsmodell* (Engel 1977, Ferstl 1989) berücksichtigt ausreichend die psychologischen und sozialen bzw. sozialmedizinischen Bedingungen und/oder Verhaltensgewohnheiten, die zu chronischen Erkrankungen führen. Die Wurzel dieses Krankheitsverständnisses, das weit über das der traditionellen Psychosomatik hinausgeht, stammen vorwiegend aus den Fachrichtungen Psychiatrie, Psychologie, Neuroendokrinologie, Psychoimmunologie, Psychophysiologie, Neuropsychologie und Psychopharmakologie.

Die Hochschul- und damit zwangsläufig die Versorgungssituation psychosomatischer Erkrankungen im engeren Sinne (Psychosomatosen wie Ulcus duodeni, Colitis ulcerosa, Anorexia nervosa), aber auch funktioneller und neurotischer Störungen, die häufig ebenfalls unter dem Etikett „Psychosomatische Erkrankungen (im weiteren Sinne)" zusammengefaßt werden, sind in der BRD (Lamprecht 1990, Koch und Potreck-Rose 1994) charakterisiert durch eine Dominanz psychodynamischer, tiefenpsychologischer bzw. psychoanalytischer Behandlungskonzepte. Die verhaltenstherapeutische Literatur sowie Erfolgsberichte einer verhaltensmedizinischen Intervention bei psychosomatischen Erkrankungen (Grawe et al. 1994) werden im deutschen Sprachraum nur zögerlich zur Kenntnis genommen. Dazu kommt, daß zwar häufig der Ruf nach multidisziplinärer Therapie bei Patienten mit chronischen Erkrankungen und psychosomatischen Syndromen laut wird (Meermann 1995a), in der Praxis jedoch nur wenige Rehabilitationskliniken sich den „Luxus" leisten, ausreichende psychologische bzw. psychiatrisch-psychotherapeutische Fachkompetenz sicherzustellen (vgl. Kap. 3).

2 Geschichte der Verhaltenstherapie

Das im nächsten Kapitel beschriebene Krankheitsverständnis ist die Grundlage einer relativ jungen, fachübergreifenden psychotherapeutischen Methode und Sichtweise normalen und gestörten menschlichen Erlebens und Verhaltens: der Verhaltenstherapie. Während unter *Verhaltensmodifikation* in der Regel die Anwendung psychologischen Wissens für Verhaltensänderungen im normalpsychologischen Bereich verstanden wird, verstehen wir *Verhaltenstherapie* mit Yates (1970) als einen „Versuch, den Bereich empirischen und theoretischen Wissens, der aus der Anwendung der experimentellen Methode in der Psychologie und angrenzenden Fachbereichen (Physiologie und Neurophysiologie) hervorgegangen ist, zu nutzen, um die Genese und Aufrechterhaltung von *abnormen* Verhaltensmustern zu erklären; dieses Wissen sollte zur Behandlung und Prävention dieser Abnormitäten angewendet werden, Beschreibung und Heilung sollten sich ferner kontrollierter Einzelfallstudien bedienen."

Die Verhaltenstherapie, auch behavioral-kognitive Therapie genannt, hat als eigenständige Psychotherapiemethode mittlerweile in der psychosomatischen Medizin sowie in der Psychiatrie und Psychotherapie neben den psychoanalytisch bzw. tiefenpsychologisch begründeten Verfahren den ihr gebührenden Rangplatz erhalten. So wird etwa in den Richtlinien des Bundesausschusses der Ärzte und Krankenkassen über die Durchführung der Psychotherapie in der kassenärztlichen Versorgung die Verhaltenstherapie neben den tiefenpsychologisch fundierten Verfahren und der Psychoanalyse als eigenständige Psychotherapiemethode genannt (Psychotherapierichtlinien in der Neufassung vom 31. 8. 1993).

Ergänzend dazu sind seit 1. Juli 1988 die Psychotherapievereinbarungen der RVO (Reichversicherungsordnung)- und Ersatzkassen über die Anwendung von Psychotherapie in der kassenärztlichen bzw. vertragsärztlichen Versorgung in Kraft (Faber und Haarstrick 1996).

Damit ist Verhaltenstherapie neben den tiefenpsychologisch fundierten Verfahren nicht nur wissenschaftlich und klinisch, sondern auch in der ambulanten Versorgung als eigenständiges Verfahren anerkannt. Fast alle Ärztekammern haben mittlerweile auch eine Dichotomisierung der Weiterbildung zum Zusatztitel „Psychotherapie" vollzogen. Entweder kann der Titel tiefenpsychologisch oder verhaltenstherapeutisch erworben werden (Rüger 1990, Knickenberg und Meermann 1992, Meermann und Knickenberg 1991). Gleiches gilt für die beiden neuen Facharztbezeichnungen (Facharzt für Psychiatrie und Psychotherapie, Facharzt für psychotherapeutische Medizin) und – ansatzweise – für die sogenannte psychosomatische Grundversorgung (Mark und Bischoff 1994).

Die Weiterbildung in Verhaltenstherapie für Diplompsychologen im Delegationsverfahren geschieht ab 1991 durch 16 von der Kassenärztlichen Bundesvereinigung (KBV) in Köln anerkannte Ausbildungsinstitute.

Die zur Weiterbildung in Verhaltenstherapie für Ärzte ermächtigten Klinikleiter haben sich in der Deutschen Ärztlichen Gesellschaft für Verhaltenstherapie (DÄVT) mit anderen verhaltenstherapeutisch tätigen Ärzten zusammengeschlossen. Diese Fachgesellschaft repräsentiert u. a. ca. 2000 klinische Behandlungsplätze, auf denen Patienten stationär verhaltenstherapeutisch versorgt werden.

Verhaltenstherapie ist in der Bundesrepublik nach wie vor eine junge Disziplin (Doucet 1971, Kraiker 1977, Schorr 1984) und wird nur an wenigen psychologischen Instituten oder psychiatrischen Kliniken praxisbezogen und unter Supervisionsbedingungen gelehrt. Die stationäre Versorgung psychiatrisch bzw. psychosomatisch erkrankter Patienten nach einem stringenten verhaltenstherapeutischen Konzept ist in der Bundesrepublik ebenfalls einigen wenigen Kliniken und Abteilungen vorbehalten (Neun 1994). 1968 wurde in München die Gesellschaft zur Förderung der Verhaltenstherapie e.V. (GVT) gegründet, 1976 in DGVT (Deutsche Gesellschaft für Verhaltenstherapie) mit Sitz in Tübingen umbenannt. Neben diesem ältesten Interessenverband ist insbesondere der Deutsche Fachverband für Verhaltenstherapie (DVT) mit Sitz in Berlin zu erwähnen (vormals Fachverband Klinische Verhaltenstherapie (FKV), gegründet 1981 in Bad Dürkheim), der sich u. a. berufspolitisch für eine Kooperation zwischen Ärzten und Psychologen in der verhaltenstherapeutischen Versorgung engagiert. Wissenschaft, Forschung und Lehre der Verhaltenstherapie werden – außer in DVT und DÄVT – auch in einer speziellen Sektion des Deutschen Kollegiums für psychosomatische Medizin (DKPM) vertreten.

Die 1984 gegründete Deutsche Gesellschaft für Verhaltensmedizin und Verhaltensmodifikation (DGVM) versteht sich als ein integratives Forum bzw. eine interdisziplinäre Kommunikations- und Kooperationsplattform, vor allem für die Grundlagenforschung. Für den europäischen Bereich sei noch die European Association for Behavior Therapy (EABT) genannt, die 1971 in München gegründet wurde.

3 Definition der Verhaltensmedizin

Sowohl in bezug auf die empirischen und methodischen Grundlagen als auch in bezug auf die Anwendungsbereiche geht die Verhaltensmedizin (behavioral medicine) über die Definition von Verhaltenstherapie als einer spezifischen psychotherapeutischen Methode hinaus.

Definition nach Schwartz und Weiss (1979): Verhaltensmedizin beschäftigt sich mit der Entwicklung des Wissens und der Techniken innerhalb der Verhaltenswissenschaften, welche für das Verständnis physischer Gesundheit und Krankheit wichtig sind, sowie mit der Anwendung dieses Wissens und dieser Techniken auf Prävention, Diagnose, Behandlung und Rehabilitation.

Psychosen, Neurosen und Rauschmittelabhängigkeit sind nur insoweit mit eingeschlossen, als sie zu physischen Krankheiten als einem Endpukt mit beitragen.

Definition nach Schwartz und Weiss (1980). Verhaltensmedizin ist das interdisziplinäre Feld, das sich mit der Entwicklung und Integration von verhaltens- und biomedizinischem Wissen und Techniken beschäftigt, die für Krankheit und Gesundheit wichtig sind, sowie mit der Anwendung dieses Wissens und dieser Techniken auf Prävention, Diagnose, Behandlung und Rehabilitation.

Definition nach Pomerleau und Brady (1979): Verhaltensmedizin kann definiert werden als

- die klinische Anwendung von Techniken, die aus der experimentellen Analyse des

Verhaltens abgeleitet sind (Verhaltenstherapie und Verhaltensmodifikation) für bzw. auf Evaluation, Prävention und Behandlung von physischer Krankheit oder physiologischen Störungen,

- die Durchführung von Forschung über funktionale Analyse und Verständnis von Verhalten, das mit medizinischen Krankheiten und Problemen der Gesundheitserziehung – Gesundheitserhaltung (health care) – einhergeht.

Definition nach Blanchard (1977): „Unter Verhaltensmedizin verstehe ich die systematische Anwendung der Prinzipien und Techniken der Verhaltenspsychologie auf das Feld der Medizin, Gesundheit und Krankheit. Unter Verhaltenspsychologie verstehe ich primär experimentelle (oder zumindest empirische) Psychologie, die ihre Wurzeln in der Lernpsychologie, Sozialpsychologie und physiologischen Psychologie.“ hat

Zusammenfassend läßt sich sagen, daß es z. Z. keine einheitliche Definition von Verhaltensmedizin gibt. Offensichtlich sind Formulierungen bzw. Definitionsversuche im Fluß. Als kleinster gemeinsamer Nenner ist jedoch jedesmal die Lerntheorie, Lernpsychologie bzw. die experimentelle oder empirisch begründete Verhaltenspsychologie zu nennen. Diese geben auch die gemeinsame Sprache vor, in der Verhaltensmediziner miteinander kommunizieren. Ein Beispiel für eine solche gemeinsame Sprachebene ist etwa die Analyse menschlichen Verhaltens durch die drei bekannten Lerngesetze des klassischen Konditionierens, des operanten Konditionierens und des Modellernens.

4 Verhaltenstherapeutische Psychosomatik

Der Begriff der Verhaltensmedizin deckt zum einen eine Lücke in der Universitätsausbildung bzw. in der Weiterbildung von Ärzten und Psychologen ab, zum anderen umreißt er recht genau das „Niemandsland“ der Psychosomatik, das zur Zeit von den klassischen Versorgungsangeboten in Medizin und Psychologie nur unzureichend abgedeckt wird. Man könnte die Verhaltensmedizin als das verhaltenstherapeutische Pendant zur psychoanalytischen Psychosomatik bezeichnen. Mittlerweile gibt es zehn psychosomatische Fachkliniken in der Bundesrepublik Deutschland, in denen genau dieses verhaltensmedizinische Konzept in der Patientenversorgung realisiert wird: die Integration von verhaltenswissenschaftlichem und biomedizinischem Wissen sowie die interdisziplinäre Zusammenarbeit verschiedener Berufsgruppen charakterisieren die tägliche therapeutische Arbeit (Meermann et al. 1996, Zielke und Sturm 1994).

5 Multiprofessionalität

Die Gefahr einer einseitigen „Psychologisierung“ wird von kritischen Vertretern aller Berufsgruppen ebenso gesehen wie die berufspolitischen Spannungen zwischen Ärzteschaft und klinischen Diplom-Psychologen, wenn es um die Honorierung psychotherapeutischer Leistungen geht. Die Lösung kann in beiden Fällen nur in einem kollegialen Miteinander und einem gegenseitig befruchtenden interdisziplinären Austausch liegen. Verhaltensmedizinische Kliniken erzielen ihre hohe Leistungsfähigkeit und Versorgungsqualität durch die Kombination von ärztlich-psychiatrischer Fachkompetenz einerseits und psychologischem Know-how andererseits (Meermann 1995b). In der niedergelassenen Praxis wird der verhaltenstherapeutisch interessierte Psychiater oder ärztliche Psychotherapeut häufig die kollegiale Kooperation mit einem psychologischen Verhaltenstherapeuten suchen, wie dies bereits jetzt durch das Delegationsverfahren in zahlreichen Praxen mit Erfolg realisiert wird (Dahm und Effer 1990, Faber 1991).

Literatur

Blanchard EB. Behavioral medicine: a perspective. In: Behavioral Approaches to Medical Treatment. Williams RB, Gentry WP (eds). Cambridge, Mass: Ballinger 1977.

Dahm AE, Effer E. Das Delegationsverfahren aus der Sicht der Kassenärztlichen Bundesvereinigung. Prax Klin Verhaltensmed Rehabilitation 1990; 3:298–302.

Doucet F. Geschichte der Psychologie. München: Kindler 1971.

Engel GL. The need for a new medical model: a challenge for bio-medicine. Science 1977; 196:129–36.

Faber FR. Verhaltenstherapie in der gesetzlichen Krankenversicherung der BRD. Eine kritische Bilanz der ersten 10 Jahre (1980–1990). Verhaltenstherapie 1991:1.

Faber FR, Haarstrick R. Kommentar Psychotherapierichtlinien. 4. Aufl. Neckarsulm: Junghohann 1996.

Ferstl R. Vortrag auf dem Kongreß der DGVM. München, 16. 03.–18. 03. 1989.

Grawe K, Donati R, Bernauer F. Psychotherapie im Wandel. Von der Konfession zur Profession. Göttingen: Hogrefe 1994.

Knickenberg RJ, Meermann R. Zwei Jahre berufsbegleitende Weiterbildung in ärztlicher Verhaltenstherapie. Niedersächsisches Ärzteblatt 1992; 24:29–31.

Koch U, Potreck-Rose F. Stationäre psychosomatische Rehabilitation – ein Versorgungssystem in der Diskussion. In: Psychoanalytische Psychosomatik. Strauß B, Meyer AE (Hrsg). Stuttgart: Schattauer 1994.

Kraiker C. Die Entwicklung und Rezeption der Verhaltenstherapie in Deutschland. In: Lernen und Verhalten. Bd. 2. Zeier H (Hrsg). Weinheim: Beltz 1977.

Lamprecht E. Stationäre Psychosomatik: Luxus oder Notwendigkeit. Heft 13. Dtsch Ärzteblatt 1990; 87:753–5.

Mark N, Bischoff C (Hrsg). Psychosomatische Grundversorgung. Verhaltenstherapeutische Konzepte und Empfehlungen für die ärztliche Praxis. Köln: DÄV 1994.

Meermann R. Verhaltenstherapie in der Klinik. Versorgungssituation, Behandlungsergebnisse, Wirksamkeit. Nervenheilkunde 1991; 12:451–7.

Meermann R, Knickenberg RJ. Weiterbildungsmöglichkeiten zum ärztlichen Verhaltenstherapeuten. Vortrag auf dem 15. Internationalen Kongreß für Psychotherapie. Hannover, 18. September 1991.

Meermann R, Knickenberg R. Stationäre Verhaltenstherapie: Indikation, Methoden und Ergebnisse. In: Psychiatrie für die Praxis. Helmchen H, Hippius H (Hrsg). München: MMV 1994; 19:78–86.

Meermann R. Strukturelle Auswirkungen des Qualitätssicherungsprogramms in einer psychosomatischen Rehabilitationsklinik. In: Rehabilitation 1995. BfA (Hrsg). Berlin 1995a.

Meermann R. Biologie- und medizinhistorische Wurzeln der Verhaltenstherapie. Erweiterte Fassung eines Vortrags auf dem 1. Kongreß der Deutschen Ärztlichen Gesellschaft für Verhaltenstherapie (DÄVT e. V.) in Bad Pyrmont, 28. Oktober 1995, über „Biologische Determinanten des Verhaltens und ihre Konsequenzen für die Therapie“ 1995b, im Druck.

Meermann R et al. Jahresbericht 1996 der Psychosomatischen Fachklinik Bad Pyrmont. Behandlungskonzept, Organisationsstruktur und Daten über 9000 behandelte Patienten aus der Basisdokumentation. Maschinenschrift, Bad Pyrmont 1996.

Neun H (Hrsg). Psychosomatische Einrichtungen. 3. Aufl. Göttingen: Vandenhoek u. Rupprecht 1994.

Pomerleau OF, Brady JP (eds). Behavioral Medicine: Theory and Practice. Baltimore: Williams & Wilkins 1979.

Rüger U. Entwicklungstendenzen in der Psychotherapie. Die Situation nach der Neufassung der Psychotherapie-Richtlinien. Heft 15. Dtsch Ärzteblatt 1990; 87:865–9.

Schorr A. Die Verhaltenstherapie. Ihre Geschichte von den Anfängen bis zur Gegenwart. Weinheim: Beltz 1984.

Schwartz GE, Weiss SM. Yale conference on behavioral medicine: a proposed definition and statement of goals. J Behav Med 1979; 1:3–12.

Schwartz GE, Weiss SM. Behavioral medicine revised: an amended definition. J Behav Med 1980; 1:249–51.

Sturm J, Herschbach P, Meermann R, Mai N, Zielke M. Behandlungsgegenstand chronisches Krankheitsverhalten: konzeptionelle Überlegungen zu einer verhaltensmedizinisch orientierten Klinik. Zusammenfassender Bericht der Projektgruppe im Therapieverbund GPT, unveröffentlichtes Manuskript 1984.

Yates A. Behavior Therapy. New York: Wiley 1970.

Zielke M, Mark N. Effizienz und Effektivität stationärer psychosomatischer Behandlungen. Prax Klin Verhaltensmed Rehabilitation 1989; 2:132–47.

Zielke M, Sturm J (Hrsg). Handbuch stationäre Verhaltenstherapie. Weinheim: Beltz 1994.

2 Chronisches Krankheitsverhalten und Non-Compliance

Walter Vandereycken und Rolf Meermann

Inhalt

1 Einleitung

Die übermäßige Inanspruchnahme medizinischer Einrichtungen (und die damit verbundene Kostensteigerung) sind zum Teil auf eine Vernachlässigung der Rolle des Patienten im klinischen Alltag durch den Arzt zurückzuführen. Viele der im Gesundheitswesen Tätigen scheinen sich nicht ausreichend darüber bewußt zu sein, daß ihre Intervention in das Privatleben des Patienten die aktuelle Lerngeschichte dieses Individuums nachhaltig beeinflußt. Chronische somatische Klagen und teilweise oder völlige Weigerung, therapeutische Ratschläge zu befolgen (Non-Compliance), müssen als ernstes Symptom einer dysfunktionalen Interaktion zwischen dem Patienten und seiner unmittelbaren Umgebung, der auch der Therapeut angehört, betrachtet werden.

Der Umgang mit chronischem Krankheitsverhalten und Non-Compliance erfordert sowohl eine funktionale Analyse als auch eine Verhaltensstrategie, die von einer Interaktion der Einstellung und der Verhaltensweisen von mindestens drei an der Gesundheitsfürsorge beteiligten Parteien ausgehen: Arzt, Patient und Familie.

2 Das Erlernen von Krankheitsverhalten und die Rolle des Therapeuten

2.1 Wahrnehmung des inneren Zustands

Bevor eine Person einen Arzt aufsucht und zum „Patienten" wird, muß sie eine *Empfindung* in ein *Symptom* „übersetzt" haben, das sie beunruhigt. Der Bericht einer quälenden *Empfindung* ist Ergebnis eines komplexen Informationsverarbeitungsmechanismus der Körperfunktion dieser Person (Pennebaker 1982). Wir verarbeiten ständig größtenteils unbewußte Informationen über *Empfindungen*. Das Bewußtsein über bestimmte Elemente dieser Informationen hängt von vielen Faktoren ab. Dabei spielen Vorstellungen über die Gesundheit eine bedeutende Rolle.

Ob eine Person, die sich einer bestimmten unangenehmen Empfindung bewußt ist, über diese berichtet oder nicht, mag vom Selbstbild motiviert sein oder von externen Variablen wie z. B. möglicher Verstärkung oder Bestrafung durch andere. Hier kann der Arzt selbst eine entscheidende Rolle spielen, weil das bloße Befragen der Patienten über ihre sensorischen Empfindungen die Patienten dazu veranlaßt, ihre Aufmerksamkeit in einer Weise auf ihren Körper zu richten, wie sie es normalerweise nicht getan hätten. So ist die Wahrnehmung eines inneren Zustands in hohem Maß abhängig von der äußeren Umgebung.

2.2 Bestätigung des inneren Zustands

Hat sich eine Person einmal eine bestimmte Hypothese – eine plausible Erklärung für die Körperempfindung – zu eigen gemacht, wird sie wahrscheinlich ihre Körpererfahrungen selektiv in Richtung auf das Vorhandensein bestätigender sensorischer Information überwachen. Je mehr bestätigende Information verfügbar ist, desto überdauernder wird das kognitive Schema sein: Ist ein Gedankensystem hinsichtlich pathophysiologischer Prozesse erst einmal etabliert, ist es für den Patienten schwierig, dieses System zu verändern.

Auch hier kann die Umwelt den Selektions- und Benennungsprozeß beeinflussen. Der Arzt, als machtvoller und autoritätstragender Repräsentant der Umwelt, kann neue Kategorien einführen oder bestehende verstärken. Auf diese Weise kann also der Arzt ein Verhaltensmuster von „chronischem Klagen" oder „chronischem Krankheitsverhalten" fördern.

2.3 Aufgaben des Therapeuten

Die kritische Frage, der wir uns hier zuwenden wollen, lautet: Was ist das Bindeglied zwischen

- dem Bericht eines Symptoms („Klagen")
- dem Gesundheit erstrebenden Verhalten („medizinischer Konsum")
- der (Non-) Compliance gegenüber Beratung oder Behandlung?

Die Erörterung soll auf spezifische Elemente in der Arzt-Patient-Beziehung beschränkt werden. So unvereinbar chronisches Klagen und Non-Compliance auch scheinen mögen, der betroffene Patient muß aus irgendeinem Grund so handeln: In seiner konkreten Lebenssituation hat das Klagen eine ganz bestimmte Bedeutung.

Die schwierige Aufgabe des Arztes wird dann sein, nicht nur die Symptom-Information zu entschlüsseln, sondern auch den Lernprozeß, der die Beschwerde in ihre gegenwärtige Form und Funktion gebracht hat. Wenn Therapeuten diese funktionale Analyse vernachlässigen, kann dies zu therapeutischem Mißerfolg oder Behandlungsabbruch führen.

3 Chronisches Krankheitsverhalten

Die Mehrzahl der Patienten, die mit Krankheit oder Lebenskrisen fertig werden müssen, findet in der Regel bei Ärzten und anderen Therapeuten ausreichend Hilfe. Größere Probleme treten auf

- bei Patienten, deren Lebensumstände durch andauernden Streß gekennzeichnet sind (z. B. Familienkonflikte)
- bei Patienten mit unangemessenen Verarbeitungsstrategien bei Lebenskrisen und lebensverändernden Ereignissen
- bei Patienten, die mit einer langfristigen Behinderung fertig werden müssen
- bei Patienten, die unter größerem sozialem Unrecht (z. B. Arbeitslosigkeit) leiden.

Dabei können vom ersten Auftreten von Symptomen bis zur Konsultation eines Arztes und schließlich bis zur Therapie oft Jahre vergehen (Abb. 2.1 u. Abb. 2.2).

Solche Patienten zeigen möglicherweise eine unangemessene Abhängigkeit von Ärzten. Am schwierigsten sind solche Patienten, die sich auf eine Krankenkarriere eingelassen haben, die charakterisiert ist durch Hilflosigkeit, atypische Beschwerden, polysymptomatische Zustände oder anderes Krankheitsverhalten (Ryle 1987).

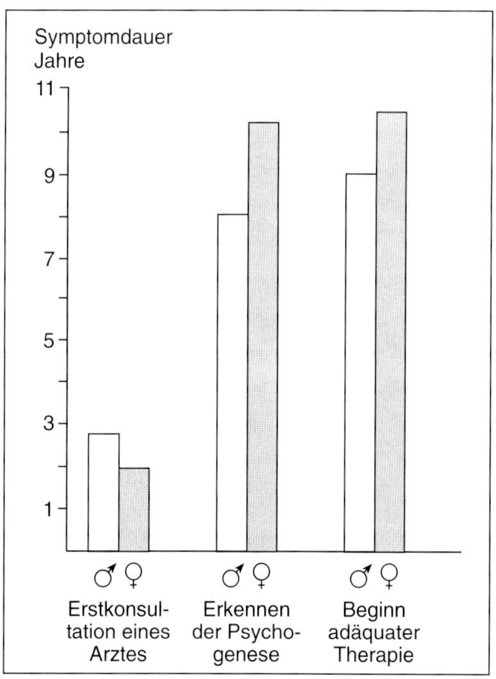

Abb. 2.1 Durchschnittliche Symptomdauer in verschiedenen Phasenabschnitten der Vorbehandlung in Abhängigkeit vom Geschlecht des Patienten (nach Reimer 1979).

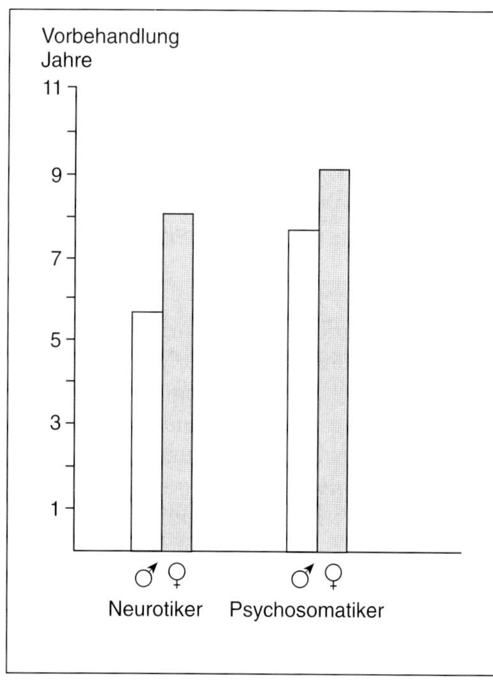

Abb. 2.2 Durchschnittliche Dauer der inadäquaten Vorbehandlung getrennt nach Syndromgruppen und Geschlecht (nach Reimer 1979).

3.1 Somatisierung und Inanspruchnahme medizinischer Dienstleistungen

Viele Patienten stellen sich beim Hausarzt mit körperlichen Beschwerden ohne nachweisbaren somatischen Befund vor. Solche „somatisierenden" Darstellungen sind problematisch, weil medizinische Diagnostik und Intervention das somatisierende Verhalten bis zum Grad der „somatischen Fixierung" verstärken können.

Bei Patienten, die häufig medizinische Fürsorge und medizinische Einrichtungen in Anspruch nehmen, ohne pathologische Organbefunde aufzuweisen, finden sich folgende Gemeinsamkeiten (Pilowsky et al. 1987):

- die Überzeugung, krank zu sein
- somatisches Fokussieren
- affektive Störungen (Angst, Depression)
- Schwierigkeiten im Ausdruck eigener Gefühle.

Bei diesen Patienten könnte die Konzentration auf körperliche Beschwerden Ausdruck ihrer Unfähigkeit sein, Gefühle mitzuteilen oder – mit anderen Worten: Sie haben eine „somatische" Sprache anstelle einer „psychologischen" gelernt.

Nicht die Somatisierung bedingt eine übermäßige Inanspruchnahme von medizinischen Einrichtungen, sondern ihre Verknüpfung mit Krankheitsüberzeugung und affektiven Störungen. Ein interessanter Befund ist, daß solche Patienten Streß oder Affekte nicht verleugnen und ihre Probleme in nichtsomatische Begriffe fassen können, wenn ihnen dazu die Gelegenheit gegeben wird.

Wenn der Arzt mit dem Patienten über den somatischen Fokus einig ist und somit länger als angemessen mit ihm auf der „somatischen Schiene" fährt, kann damit der Grundstein für eine langanhaltende Abhängigkeit von medizinischen Einrichtungen gelegt werden.

Medizinischer Überkonsum kann sowohl Ursache als auch Folge chronischen Krankheitsverhaltens sein. Der Begriff „Krankheitsverhalten" (Mechanic 1962 u. 1968) beinhaltet die subjektive Erfahrung des „Sich-krank-Fühlens" und das entsprechende Verhalten: Die Patienten stellen ihre Symptome in einer Weise dar, die in enger Beziehung zu ihren Krankheitssorgen und ihrer Interpretation von Bedeutung, Ursache und Folgen der Symptome steht; von daher wird ihr Verhalten folgerichtig den ihnen eigenen Erklärungsmodellen ihrer Krankheit entsprechen.

3.2 Abnormes Krankheitsverhalten und die Rolle des Therapeuten

Das Krankheitsverhalten wird von gesellschaftlichen Erwartungen bestimmt, d.h. von der Rolle des Patienten mit ihren vielen Privilegien und Verpflichtungen, die ein zeitweilig von der Norm abweichender Zustand mit sich bringt (Twaddle 1972). Das hilfesuchende Verhalten ist ein kritischer Schritt in einer Kette: Die Patienten versuchen, ihrer quälenden Erfahrung einen Sinn zu geben, aber sie werden sofort solche Reaktionen und Empfehlungen des Arztes identifizieren, die gegen ihre eigenen Einstellungen, ihre frühere Lerngeschichte und ihre gegenwärtige Lebenssituation gerichtet sind.

Wenn der Arzt eine einigermaßen einleuchtende Erklärung für die Krankheit und den einzuschlagenden Kurs gibt (auf der Basis einer gründlichen Untersuchung), reagieren die meisten Patienten entweder mit Erleichterung oder Resignation.

Wenn der Patient nicht in dieser Weise reagiert, so sprechen wir von *abnormem Krankheitsverhalten* (Pilowsky 1969). Beschwerden und Forderungen bestehen fort, die Vorstellungen von Gesundheit bei Patient und Arzt differieren in hohem Maße: Hier sieht sich der Arzt einer Diskrepanz zwischen dem objektiven Befund eines erkannten Syndroms (Krankheit) und dem Krankheitsverhalten des Patienten gegenüber. Der Patient kann dabei sowohl auf somatische als auch auf psychische Veränderungen fixiert sein; Beschwerden des Patienten können ohne pathologischen Befund bestehen oder pathologisch faßbare Erkrankungen können verleugnet werden (Tab. 2.1).

Wenn der Therapeut bei der Veränderung dieses abnormen Krankheitsverhaltens erfolglos bleibt oder, noch schlimmer, es vernachlässigt oder verstärkt und wenn die unmittelbare Umwelt des Patienten (Ehegatte, Verwandte, Freunde) keinen korrigierenden Einfluß ausübt, kann eine Lerngeschichte ihren Anfang genommen haben, die wahrscheinlich in einem therapieresistenten *chronischen Krankheitsverhalten* enden wird.

3.3 Chronifizierung

Chronisches Krankheitsverhalten wird durch das Vorherrschen von zumindest einer der folgenden Verhaltensweisen charakterisiert (Wooley et al. 1978):

- Verlangen nach Fürsorge und Aufmerksamkeit, wie etwa diagnostische Tests, Medikation, chirurgische Maßnahmen und Hilfe bei den täglichen Aktivitäten
- zur Schau gestellte Hilflosigkeit, einschließlich Untätigkeit, Unempfänglichkeit für Vorschläge und Proteste mit der Unfähigkeit, etwas ohne Hilfe oder Anleitung durch andere zu tun
- übergroße Fügsamkeit, wie etwa Bekundungen von Respekt und Wertschätzung für jede Maßnahme des Arztes
- verdeckte Feindseligkeit, bei welcher Ärger offensichtlich ist, aber vom Patienten verleugnet wird
- Drohungen, sich selbst zu schädigen oder die Behandlung abzubrechen, wenn weitere oder andere Hilfe nicht gegeben wird
- Streitlust, gewöhnlich in der Form fortgesetzten Zankes über Einzelheiten zurückliegender oder versprochener Untersuchungen oder Behandlungen
- Teilung der Parteien in der Ärzteschaft, die fachliche Meinung oder Hilfsbereitschaft einer Person gegen die einer anderen ausspielen
- Albernheit oder kindliches Verhalten des Patienten, unpassende, lächerliche oder kokette Reaktionen oder Ignorieren von Ratschlägen, ähnlich wie ein Heranwachsender.

Alle diese Verhaltensweisen haben einen gemeinsamen Effekt: Sie rufen spontan oder erzwungenermaßen Fürsorge oder Aufmerksamkeit hervor, und in all diesen Fällen wird der Patient von der Verantwortung für seinen Zustand befreit, während die Last der Gesundheitsfürsorge auf die Schultern des Therapeuten oder anderer Bezugspersonen gelegt wird.

Chronisches Krankheitsverhalten ist ein typisches Beispiel für ein Verhaltensmuster, das präzise erlernt wird, weil es Fürsorge hervorruft und/oder der Krankheitsgewinn verstärkt wird.

Eine sorgsame Verhaltensanalyse dieses Lernprozesses hat folgende Ziele:

- Spezifizierung der Bestandteile, die das chronische, Fürsorge hervorrufende Verhalten ausmachen
- Identifizierung der (vorausgehenden und nachfolgenden) Umweltreaktionen, die das Krankheitsverhalten geformt haben und aufrechterhalten
- Bestimmung der therapeutischen Intervention.

Die Annahme der „chronischen Krankenrolle“ erfolgt selten bewußt, sondern resultiert aus drei Einflußfaktoren:

- stellvertretendes Modellernen (besonders in der Kindheit)
- direkte soziale Verstärkung (durch Familie, Freunde, Ärzte)
- Vermeidungslernen (Befreiung von sozialen Verantwortlichkeiten).

Tab. 2.1 Abnormes Krankheitsverhalten (aus Pilowsky 1986).

	auf körperliche Symptome fixiert	psychisch fixiert
krankheitsbejahend	*Motivation überwiegend bewußt* • Simulation • chronische erfundene Krankheit mit körperlichen Symptomen (Münchhausen-Syndrom) • erfundene Krankheit mit körperlichen Symptomen	*Motivation überwiegend bewußt* • Simulation • erfundene Krankheit mit psychischen Symptomen (Ganser-Syndrom)
	Motivation überwiegend unbewußt • neurotisch – Somatisierungsstörungen – Konversionsstörung – psychogene Schmerzempfindungsstörung – Hypochondrie • psychotisch – hypochondrischer Wahn bei depressiver Erkrankung, schizophrenen Störungen und monosymptomatischen hypochondrischen Psychosen	*Motivation überwiegend unbewußt* • neurotisch – „psychische Hypochondrie" – „Phrenophobie" – dissoziative Reaktionen – psychogene Amnesie • psychotisch – Wahnvorstellungen mit Gedächtnisverlust oder Verlust der Hirnleistung
krankheitsleugnend	*Motivation überwiegend bewußt* • Krankheitsverleugnung, um Arbeitsplatz zu erhalten • Krankheitsverleugnung, um die gefürchtete Therapie abzuwenden • Krankheitsverleugnung aus Scham- und Schuldgefühl (z. B. Geschlechtskrankheiten)	*Motivation überwiegend bewußt* • Verleugnung psychotischer Symptome, um Stigmata oder Klinikaufnahme zu vermeiden oder Klinikentlassung zu erwirken • Verleugnung einer psychotischen Störung, um Diskriminierung durch Krankenpflegepersonal oder Angestellte zu umgehen
	Motivation überwiegend unbewußt • neurotisch – Non-Compliance nach Myokardinfarkt – kontraphobisches Verhalten bei Hämophilie – Non-Compliance gegenüber antihypertensiver Therapie • psychotisch – Verleugnung der somatischen Störungen z. B. im Rahmen hypomanischer oder schizophrener Zustandsbilder/Störungen • neuropsychiatrisch – Anosognosie	*Motivation überwiegend unbewußt* • neurotisch – Verweigerung einer „psychologischen" Diagnostik oder Therapie bei neurotischer Störung, Persönlichkeitsstörungen oder Abhängigkeitssyndromen (Alkohol, Opiate etc.) • psychotisch – Verleugnung der Krankheit (mangelnde Krankheitseinsicht) bei psychotischer Depression, manischen und schizophrenen Zustandsbilder • neuropsychiatrisch – Konfabulation bei Korsakoff-Psychose und anderen organischen Hirnsyndromen

3.4 Therapieziele

Die Behandlung muß so strukturiert sein, daß sie soziale Verstärkung für Krankheitsverhalten eliminiert, daß sie unabhängiges Verhalten fördert (das sofort verstärkt wird), und daß Vermeidungstendenzen durch die Beseitigung von Ängsten und die Förderung notwendiger Fertigkeiten überwunden werden (Wooley et al. 1978). Dieser Ansatz erfordert eine positive Einstellung sowohl von seiten der Familie als auch von seiten des Therapeuten.

In Tabelle 2.2 sind die Ziele der verhaltensmedizinischen Behandlung chronischer Erkrankungen oder chronischen Krankheitsverhaltens aufgeführt.

Tab. 2.2 Sieben Thesen zur Therapie von chronischem Krankheitsverhalten (nach Sturm und Zielke 1988).

- Erlernen von Selbsthilfemöglichkeiten im Umgang mit der Erkrankung durch aktives Ausprobieren (Experimentieren mit eigenen Bewältigungsmöglichkeiten).
- Verhinderung unangemessener diagnostischer Wiederholungsuntersuchungen und Absetzen unnötiger medikamentöser Behandlungen (u. a. durch Behandlerkonstanz, d. h. *ein* Arzt koordiniert alle diagnostischen und therapeutischen Maßnahmen). Gleichzeitig – bei jedoch anderer Problemkonstellation – gilt es, das gezielte Inanspruchnehmen notwendiger medizinischer Untersuchungen und Kontrollen sowie medikamentöser Maßnahmen zu fördern.
- Eigenständige, selbstentwickelte Änderungsaktivitäten nach fachlicher Beratung.
- Verzichten auf Aufmerksamkeit und Fürsorge für die Krankenrolle und Erlangung von Zuwendung durch Bewältigungsverhalten.
- Gezieltes Aufsuchen unangenehmer, beschwerdeinduzierender Situationen, im Sinne der Exposition
- Übernahme der Verantwortung für die eigene Gesundheit bzw. deren Wiederherstellung.
- Aufbau positiver Konsequenzen für die Besserung der Symptomatik.

4 Compliance und Non-Compliance

4.1 Definition

Die traditionelle medizinische Praxis geht von rationalem Verhalten aus: Der Patient sucht medizinischen Rat und wird daher diesen Rat in angemessener *Compliance* befolgen. Für einen Arzt, der an die Effektivität wissenschaftlich abgesicherter Handlungen glaubt, handelt jemand, der medizinische Hilfe zwar sucht, den Rat des Experten dann aber doch ignoriert, nicht „sinnvoll", es sei denn diese Person ist in irgendeiner Weise gestört.

Wie schon die Wahl des Begriffs „Compliance" andeutet, konzentrierte sich die Suche nach Erklärungen zunächst auf Eigenschaften des Patienten (vgl. Haynes et al. 1979, Sackett und Haynes 1976, Shelton und Levy 1981, Withersty 1980). Compliance weist auf eine gewisse Unterwürfigkeit hin, eine Tendenz, anderen nachzugeben, sich anzupassen. Der Ausdruck wurde zu einem medizinischen Fachausdruck oder Euphemismus für ein allgemeines soziales Phänomen: Gehorsamkeit gegenüber Autoritäten (Rosenbaum 1983). Diese wird als individuelle Eigenschaft des Patienten gesehen, dem bei Nichterreichen des Therapieziels alle Verantwortung gegeben wird (Davidson 1982). Die verständliche Fehlinterpretation des Begriffs Compliance im medizinischen Kontext kann auf dessen Assoziationen zu einer *ein*seitigen Arzt-Patient-Beziehung zurückgeführt werden, in der der Arzt lediglich diagnostiziert und verschreibt, während der Patient dankbar „gehorcht".

Wertfrei kann medizinische oder therapeutische Compliance definiert werden als das Ausmaß, in dem das Verhalten einer Person mit medizinischen oder gesundheitsbezogenen Anweisungen übereinstimmt (Haynes 1982). Daher ziehen wir es vor, von *Kooperation* im Hinblick auf

Anweisungen bzw. Behandlung zu sprechen:

„Normale" Compliance wird folglich als konsequente, kooperative Reaktion auf angemessene Behandlung oder gesundheitsbezogene Ratschläge betrachtet.

Non-Compliance kann sich unterschiedlich äußern, variierend von völliger Aufgabe (drop-out) bis zu subtilen Abweichungen von den Regeln. Häufig ist das Verhalten des Patienten nicht eine Frage von Unwillen, Mangel an Kooperation oder Widerstand: in vielen Fällen ist die offensichtlich nicht-compliante Einstellung als *Teilcompliance* zu sehen; gewöhnlich als wohlintendierte, aber improvisierte Reaktion des Patienten aufgrund einer Fehlinterpretation der ärztlichen Anweisung oder aufgrund eines Mangels an Mitteln zur Befolgung der Anweisungen (Mumford 1985).

Während einige Patienten *übercompliant* sein können, wobei die ausgeprägte Kooperationsbereitschaft ein Aspekt ihres perfektionistischen oder abhängigen Lebensstils ist, zeigen andere *pseudocompliante* oder ritualisierte Reaktionen auf Anordnungen: Um dem Arzt zu gefallen und als „guter" Patient zu gelten, wird mehr Wert auf Gehorsamkeit als auf systematische Kooperation gelegt.

1.2 Compliance als interaktionales Konstrukt

Es gibt nicht *den* Patiententypus, der – im besonderen Maße – zu nicht-kooperativem Verhalten neigt. Ein Befund ist jedoch bemerkenswert: Bei langwierigen Erkrankungen nimmt das Ausmaß der Kooperation bei der Behandlung mit der Zeit ab. Die Art der Ratschläge oder des verordneten Verhaltens hat sicherlich einen bedeutsamen Einfluß: Patienten sind weniger bereit zu gehorchen, wenn das Behandlungsprogramm zu komplex wird oder gesundheitsbezogene Empfehlungen mit wichtigen persönlichen Gewohnheiten oder seit langem etablierten Verhaltensmustern interferieren (besonders wenn bestimmte Gewohnheiten als selbstbelohnend betrachtet werden: z. B. Alkoholgenuß, Rauchen, Freßanfälle; vgl. Dunbar und Agras 1980).

Faktoren, die die Kooperationsbereitschaft des Patienten gegenüber therapeutischen Instruktionen beeinflussen können, müssen sowohl bei der *Quelle* der Anweisungen (Arzt-Patient-Interaktion) als auch im *Kontext*, in dem das verordnete Verhalten gezeigt werden soll (Familie, Arbeit), gesucht werden.

Die Mißachtung medizinischer Anweisungen scheint auf mangelnde Übereinstimmung zwischen Patient und Arzt zurückzuführen zu sein: entgegengesetzte Erwartungen und Wahrnehmungen, Vorlieben und Überzeugungen, Kommunikationsstile und Verständnis der Sprache des anderen (Mumford 1985, Ley 1982).

Im allgemeinen erwarten Ärzte, daß die Patienten sich pragmatisch verhalten – compliant mit Untersuchungen und Behandlungen – wenn ihre Probleme ernsthaft („wirklich medizinisch") und behandelbar sind. Wenn Ärzte sich im Umgang mit Patienten unwohl fühlen – weil diese „Verhaltensprobleme" haben, die aus medizinischer Sicht für weniger bedeutsam oder unklarer gehalten werden, oder aufgrund der Persönlichkeit der Patienten – dann rechnen sie eher damit, daß der Patient weniger bereit ist, ihren Anweisungen zu folgen (Greenberg et al. 1984).

Kooperation mit der Behandlung ist weder eine Frage der Disposition noch der Situation, sie ist vielmehr eine Funktion des sozialen Kontexts der Krankheit und der Behandlung. Kooperation bei der Therapie wird in diesem Zusammenhang bestimmt durch den Behandlungsplan, den Therapeuten, den Patienten und seine häusliche Umgebung (Stunkard 1981). In bezug auf das *Behandlungsprogramm* selbst ist der wichtigste Aspekt dessen Komplexität und Dauer: Je komplexer und je langwieriger die Behandlung, desto geringer ist die Kooperation. Keine demographischen oder persönlichen Eigenschaften des Patienten können (Non-) Compliance vorhersagen. Einfluß auf die Behandlungskooperation haben dagegen das Instruktionsverständnis auf seiten des Patienten und seine Zufriedenheit mit dem Arzt. Eine stabile und unterstützende *häusliche Umgebung* ist ebenso geeignet, Kooperation zu fördern. Schließlich sind mit dem Therapeuten zusammenhängende, kooperationsfördernde Faktoren eine positive Einstellung (Wärme, Empathie, Interesse) und ein klarer Kommunikationsstil (spezifische, detaillierte, konkrete und wiederholte Instruktionen).

4.3 Erhöhung der Compliance

Die Beteiligung des Patienten an der Behandlung und die beständige Kooperation ist daran erkennbar, inwieweit Arzt und Patient zueinander „passen" oder sich entsprechen (Ausmaß der Übereinstimmung der Sichtweisen zwischen beiden Parteien). Die Arzt-Patient-Beziehung kann auf zwei Modellen beruhen (Thomasma 1983):

- Das hierarchische oder autoritäre Modell wiederholt die Eltern-Kind-Beziehung: Der Patient ist passiver Empfänger der Ratschläge des Experten („Verordnung"). Die Stärke dieses Modells ist die soziale und professionelle Stellung des Arztes. Seine Schwäche ist der Mißbrauch von Autorität durch den Arzt.
- Beim gleichberechtigten Beziehungsmodell erfolgt die Erwachsenen-Erwachsenen-Interaktion mit geteilter Verantwortlichkeit (Kooperation). Die Stärke dieses Modells liegt in seiner Betonung des Patienten als aktiver Teilnehmer. Seine Schwäche ist, daß viele Patienten es nicht gewöhnt (oder sogar unfähig) sind, sich auf eine solche Beziehung einzulassen.

4.3.1 Berücksichtigung der Vermeidungsstrategien des Patienten

Die moderne Psychosomatik oder Verhaltensmedizin nimmt an, daß eine Person für ihre Lebenssituation einschließlich Gesundheit und Krankheit selbst verantwortlich ist. Die Idee der Selbstverantwortlichkeit kann für das Individuum in vielfältiger Weise bedrohlich sein. „Ernst-genommen würde diese Vorstellung Selbstbeobachtung mit darauf folgender Angst erforderlich machen, die genau das sein kann, was durch die Krankheit vermieden werden sollte. Eine Reihe von Zielen, deren Erreichung die Krankheit dient, können bedroht werden. Und die Rolle des Patienten als unschuldiges Opfer wird untergraben, eine Rolle, die selbstbelohnend sein kann und ebenso dem sekundären Krankheitsgewinn dient" (Appelbaum 1977, S. 513). Chronisches Krankheitsverhalten und Non-Compliance mit der Behandlung können auf mangelnde Berücksichtigung dieser Vermeidungsstrategien durch den Therapeuten hinweisen.

4.3.2 Berücksichtigung der Sichtweise des Patienten und seiner Einstellung zur Krankheit

Wiederkehr von Symptomen, chronisches Klagen oder Non-Compliance mit medizinischem Rat kann als verdeckte Taktik des Patienten verstanden werden, mit der er versucht, die Kontrolle über die Interaktion mit dem Arzt und damit auch über seine eigene Gesundheitsfürsorge zu behalten (Hayes-Bautista 1976). Viele Menschen werden negativ auf extere Kontrolle reagieren, auch wenn sie ihren eigenen Interessen dient und durch einen Experten ausgeübt wird. Gewöhnlich neigen Ärzte dazu, diesen Problemen mit Gegensteuerungstaktiken zu begegnen, wie z. B. gründliche Erklärung der Behandlung oder Überzeugung durch rationale Argumente (Überschütten mit Wissen und Erfahrung), Furcht beim Patienten hervorrufen (Drohungen) oder – der „letzte Ausweg" – Rückzug aus der Behandlung (nicht selten getarnt durch eine Überweisung an einen Psycho-Professionellen). Aber keine dieser Taktiken berücksichtigt die Sichtweise des Patienten (Zisook und Gammon 1981).

Der vielleicht entscheidendste Faktor, der immer wieder als Prädiktor von Kooperation gelten kann, ist die Einstellung des Patienten zu seiner Krankheit, *seinen „Krankheitsmodellen"*: Ein Patient wird eher geneigt sein, mit therapeutischen Instruktionen zu kooperieren, wenn er glaubt, daß *seine* gesundheitsbezogenen Handlungen in kausaler Beziehung mit nachfolgenden Konsequenzen stehen („internale Kontrollüberzeugung"); Menschen hingegen, die Gesundheit und Krankheit externalen Kräften wie Schicksal oder Glück zuschreiben, sind weitaus weniger bereit, medizinische Anweisungen zu befolgen (DiMatteo u. DiNicola 1982).

4.3.3 Rückgabe der Kontrolle an den Patienten

Eckpfeiler der Gesundheitsfürsorge sollte die Rückgabe der Kontrolle an den Patienten sein. Wenn ein Patient sich weigert, einen Teil der Verantwortung für seine Gesundheit zu übernehmen, ist dies – unabhängig vom Behandlungsprogramm – ein deutlicher Hinweis für eine schlechte Prognose (Ziesat 1982).

Zunächst sollte versucht werden, die Rolle des Patienten als passiver Konsument medizinischer Versorgung in die eines aktiv Beteiligten umzuwandeln („Handeln – nicht behandeln lassen"). Der Begriff „(Non-)Compliance" bezieht sich im traditionellen Sinn (s. o.) auf eine Persönlichkeitseigenschaft des Patienten (wie der Patient *ist*); der Begriff „Kooperation" bezieht sich auf eine Reihe von Verhaltensweisen des Patienten (was der Patient *tut*; vgl. Leventhal et al. 1984). Wenn wir den Patienten als „Entscheidungs-Treffenden" (Janis 1984) beschreiben, wird Gesundheitsfürsorge zu einem bilateralen Informationsprozeß, zur Verhandlung und Kooperation mit besonderer Aufmerksamkeit für die Sichtweise des Patienten:

- Was sind seine Ziele, Erwartungen, Befürchtungen, Vorlieben und Behandlungsmodelle?
- Was glaubt er, welche Behandlung wirkt?
- Was erwartet er, wie lange sie dauert?
- Zu wieviel Engagement ist er bereit?
- Was könnte die Reaktion wichtiger Bezugspersonen auf mögliche Behandlungsalternativen sein?

4.3.4 Erarbeitung von Verhaltensstrategien mit Hilfe der funktionalen Verhaltensanalyse

Den Patienten eine aktive Rolle in der Gesundheitsfürsorge zuzuschreiben, ihnen dadurch die Wahlmöglichkeiten und Verantwortlichkeit innerhalb einer gleichberechtigten Partnerschaft mit dem Therapeuten zu geben (Quill 1983), ist die Grundlage einer Strategie, die die langfristige Kooperation mit der Behandlung fördern will. Insbesondere in Fällen chronischen Krankheitsverhaltens oder bei Krankheiten, die eine langfristige Kooperation mit der Behandlung erforderlich machen, sollte zur Kooperation verpflichtet werden in Form eines impliziten oder formalen Vertrags, vorzugsweise nach den Regeln der *„Verhaltenskontrakte"* (Kirschbaum u. Flanery 1984).

Die Ziele einer Intervention können nur auf der Basis einer funktionalen Verhaltensanalyse formuliert werden, mit der physiologische, kognitive Verhaltens- und Umgebungsfaktoren identifiziert werden, die das Krankheitsverhalten des Patienten und, daraus folgend, die Wahrscheinlichkeit der (Nicht-)Kooperation bei der Behandlung beeinflussen (Wooley et al. 1978, Zifferblatt 1975). Strategien zur Steigerung der Kooperation beinhalten gewöhnlich die folgenden Hauptkomponenten (Anderson u. Kirk 1982, Barofsky 1978, Dracup u. Meleis 1982, Epstein u. Cluss 1982, Garrity 1981):

- Individualisierung der Behandlung und Minimierung ihrer Komplexität
- Maximierung des Verständnisses der therapeutischen Instruktionen beim Patienten
- Übung in Selbststeuerung, einschließlich Selbstbeobachtung
- direkte Verstärkung von Kooperation (vorzugsweise Selbstverstärkung)
- kooperationsunterstützende Gestaltung der Umgebung (Arbeitsstelle, Familie).

4.3.5 Bedeutung des sozialen Umfelds des Patienten

Unbestreitbar beeinflußt das *Familienleben* die Gesundheit und Krankheit ihrer Mitglieder. Die Idee der Familie als grundlegende Einheit medizinischer Versorgung ist erst in den letzten Jahrzehnten entstanden, obgleich viele Ärzte noch immer die einflußreiche Dialektik der Arzt-Patient-Familien-Beziehung zu ignorieren scheinen (Glenn 1985). Dies ist möglicherweise ein Hinweis dafür, daß das autoritäre Modell einer rein dyadischen Arzt-Patient-Beziehung noch immer bevorzugt wird. Es ist allerdings sehr unwahrscheinlich, daß ein solcher Arzt dem Patienten die notwendige soziale und emotionale Unterstützung für die Kooperation bei Behandlungsverfahren und -instruktionen geben kann.

In den letzten Jahren haben Forscher und Kliniker den bedeutsamen Einfluß der Umgebung des Patienten (Arbeitsstelle, häusliche Umgebung) „entdeckt", insbesondere dann, wenn es um die konsequente Einhaltung evtl. notwendiger Veränderungen des Lebensstils oder die Kooperation bei langwierigen Behandlungen geht (Doherty u. Baird 1983).

Initiation und Aufrechterhaltung der Unterstützung des Patienten durch seine Familie scheint von großer Bedeutung bei chronischen Erkrankungen zu sein (Levy 1983). Sie stellt einen externen Reiz für die Verstärkung der Kooperation des Patienten dar. Andere Familienmitglieder mitverantwortlich für die Behandlungskooperation zu machen, reduziert die Notwendigkeit externer Kontrolle durch den Therapeuten.

Aber diese Strategie birgt auch einige Gefahren in sich: Die so eingespannten Familienmitglieder können ihrerseits Probleme mit der Compliance haben und können daher bei der Durchführung ihrer Aufgaben versagen. Auch kann die Familiendynamik durch Zuweisung der Rolle eines „Co-Therapeuten" oder einer Kontrollinstanz an den Ehepartner oder an nahe Verwandte des Patienten gestört werden (Haynes 1982).

Im allgemeinen ist *Familienbeteiligung* dann wünschenswert, wenn die Behandlung versagt oder Symptome regelmäßig wiederkehren. Direkte familiäre Beteiligung wird unerläßlich bei

- pädiatrischen Problemen
- schweren akuten Erkrankungen (z.B. Myokardinfarkt)
- Störungen, die auf Streß zurückzuführen sind
- psychosozialen Problemen, die große Veränderungen des Lebensstils erfordern (z.B. chronische Behinderung).

In den meisten dieser Fälle ist es Aufgabe des Hausarztes, für die „familiäre Compliance-Beratung" zu sorgen (Doherty u. Baird 1983).

5 Professionelle Non-Compliance

In den vorangegangenen Abschnitten wurden einige allgemeine Prinzipien einer interaktionalen Sichtweise von Krankheitsverhalten und Behandlungskooperation beleuchtet und dabei die Rolle der drei hauptbeteiligten Gruppen betont: Therapeut, Patient und Familie. Allzu häufig wurden „abnormes/chronisches Krankheitsverhalten“ und (Non-)Compliance“ bei der Behandlung einseitig interpretiert: vom Standpunkt des „vernünftigen Doktors“ aus. Es ist jedoch wichtig, die Aufmerksamkeit auch auf das stark vernachlässigte Problem des „abnormen Behandlungsverhaltens“ (Singh et al. 1981) oder der „professionellen Non-Compliance“ (Ley 1981) zu richten: Ein Zuviel oder ein Zuwenig an Diagnostik, Untersuchung, Überweisung, Verschreibung, Veränderung des Krankheitsverhaltens. Dies betrifft die grundsätzliche Einstellung aller im Gesundheitswesen Tätigen, die sehr viel schwerer zu verändern ist als bestimmte Verhaltensweisen des Patienten.

Es ist möglich, im Gesundheitswesen tätige Personen in „Kooperationsberatung“ oder im Gebrauch spezifischer, die Compliance erhöhender Taktiken zu trainieren. Aber verstärkte Aufmerksamkeit für und Überwachung von Kooperationsproblemen können der bedeutsamste Faktor sein: Durch diesen positiven Aufmerksamkeitseffekt (in der Sozialpsychologie „Hawthorne-Effekt“ genannt) könnte die Einstellung aller beteiligten Gruppen (Therapeut, Patient, Familie) grundsätzlich verändert werden (Haynes 1982).

6 Zusammenfassung

Mangelnde Kooperation des Patienten bei gesundheitsorientierten Anweisungen und therapeutischen Programmen untergräbt die Effektivität der Gesundheitsfürsorge und führt zu unnötiger Morbidität, Mortalität und unnötigen Kosten.

Wenn mangelnde Kooperation unentdeckt bleibt, kann die Effektivität eines Behandlungsprogramms falsch bewertet werden, was – besonders bei chronischer Krankheit und Behinderung – zu überflüssigen zusätzlichen diagnostischen und therapeutischen Maßnahmen führt (Masek 1982, Varni u. Wallander 1984). Die Erhöhung der Kooperation bei einer Behandlung kann eine ebenso große Auswirkung auf Behinderung und Gesundheit haben wie die Entwicklung einer neuartigen biomedizinischen Diagnose- und Behandlungsmethode und kann zu größerer Kosteneffektivität in der Gesundheitsfürsorge führen.

Literatur

Anderson RJ, Kirk LM. Methods of improving patient compliance in chronic disease states. Arch Intern Med 1982; 142:1673–5.

Appelbaum SA. The refusal to take one's medicine. Bull Menninger Clin 1977; 41:511–21.

Barofsky S. Compliance, adherence and the therapeutic alliance: steps in the development of selfcare. Soc Sci Med 1978; 12:369–76.

Davidson PO. Issues in patient compliance. In: Handbook of Clinical Health Psychology. Millon T, Green C, Meagher R (eds). New York: Plenum Press 1982; 417–34.

DiMatteo MR, DiNicola DD. Achieving Patient Compliance: The Psychology of the Medical Practitioner's Role. New York: Pergamon 1982.

Doherty WJ, Baird MA. A family approach to patient compliance. In: Family Therapy and Family Medicine. Doherty WI, Baird M-A. (eds). New York: Guilford Press 1983; 137–48.

Dracup KA, Meleis I. Compliance an interactionist approach. Nur Res 1982; 31:31–6.

Dunbar JM, Agras WS. Compliance with medical instructions. In: The Comprehensive Handbook of Behavioral Medicine. Volume 3. Ferguson JM, Taylor CB (eds). Jamaica (N. Y.): Spectrum 1980.

Epstein LH, Cluss PA. A behavioral medicine perspective on adherence to longterm medical regimes. J Consult Clin Psychol 1982; 50:950–71.

Garrity TF. Medical compliance and the clinician-patient relationship: a review. Soc Sci Med 1981; 15:215–22.

Glenn ML. The doctor-patient-family relationship. In: Principles of Family Systems in Family Medicine. Henao S, Grose NP (eds). New York: Brunner/Mazel 1985; 11–130.

Greenberg DB, Eisenthal DB, Stoeckle JD. Affective aspects of clinical reasoning: their importance in assessment of behavioral diagnoses in medical patients. Psychol Rep 1984; 55:143–9.

Hayes-Bautista DE. Modifying the treatment: patient compliance, patient control and medical care. Soc Sci Med 1976; 10:233–8.
Haynes RB. Improving patient compliance: an empirical view. In: Adherence, Compliance and Generalization in Behavioral Medicine. Stuart RB (ed). New York: Brunner/Mazel 1982; 56–78.
Haynes RB, Taylor DW, Sackett DL. Compliance in Health Care. Baltimore: John Hopkins University Press 1979.
Janis IL. The patient as decision maker. In: Handbook of Behavioral Medicine. Gentry WD (ed). New York: Guilford Press 1984.
Kirschbaum DS, Flanery RC. Toward a psychology of behavioral contracting. Clin Psychol Rev 1984; 4:597–618.
Leventhal H, Zimmermann R, Gutmann M. Compliance: a self-regulation perspective. In: Handbook of Behavioral Medicine. Gentry WD (ed). New York: Guilford Press 1984.
Levy R. Social support and compliance. Soc Sci Med 1983; 17:1329–38.
Ley P. Professional non-compliance: a neglected problem. Br J Clin Psychol 1981; 20:151–4.
Ley P. Satisfaction, compliance and communication. Br J Clin Psychol 1982; 21:241–54.
Masek JB. Compliance and medicine. In: Behavioral Medicine: Assessment and Treatment Strategies. Doleys DM, Meredith RL, Ciminero AR (eds). New York: Plenum Press 1982; 527–45.
Mechanic D. The concept of illness behaviour. J Chronic Dis 1962; 15:189–94.
Mechanic D. Medical Sociology. A Selective View. New York: Free Press 1968.
Mumford E. The responses of patients to medical advice. In: Understanding Human Behavior in Health and Illness. 3rd ed. Simons RC (ed). Baltimore: Williams & Wilkins 1985; 38–47.
Pennebaker JW. The Psychology of Physical Symptoms. New York: Springer 1982.
Pilowsky I. Abnormal illness behaviour. Br J Med Psychol 1969; 42:357–61.
Pilowsky I. A general classification of abnormal illness behaviours. Br J Med Psychol 1978; 51:131–7.
Pilowsky I. Abnormal illness behaviour: a review of the concept and its implications. In: Illness Behavior. McHugh S, Vallis TM (eds). New York: Plenum 1986.
Quill TE. Partnerships in patient care: a contractual approach. Ann Intern Med 1983; 98:228–34.
Reimer C et al. Iatrogene Chronifizierung in der Vorbehandlung psychogener Erkrankungen. Prax Psychother Psychos 1979; 24:123–33.
Rosenbaum R. Compliant Behavior: Beyond Obedience to Authority. New York: Human Sciences Press 1983.
Ryle A. Problems of patients' dependency on doctors. J R Soc Med 1987; 80:25–6.
Sackett DL, Haynes RB (eds). Compliance with Therapeutic Regimens. Baltimore: John Hopkins University Press 1976.
Shelton JL, Levy RL. Behavioral Assignments and Treatment Compliance: A Handbook of Clinical Strategies. Champaign (Ill.): Research Press 1981.
Singh B, Nunn K, Martin J, Yates J. Abnormal treatment behavior. Br J Med Psychol 1981; 54:67–73.
Stunkard AJ. Adherence to medical treatment: overview and lessons from behavioral weight control. J Psychosom Res 1981; 25:187–97.
Sturm J, Zielke M. Chronisches Krankheitsverhalten – Die klinische Entwicklung eines neuen Krankheitsparadigmas. Prax Klin Verhaltensmedizin Rehabilitation 1988 1; 17–27.
Thomasma DC. Beyond medical paternalism and patient autonomy: A model of physician conscience for the physician-patient relationship. Ann Intern Med 1983; 98:243–8.
Twaddle AC. The concepts of the sick-role and illness behavior. In: Advances in Psychosomatic Medicine. Volume 8. Lipowski ZJ (ed). Basel: Karger 1972; 162–79.
Varni JW, Wallander IL. Adherence to health-related regimes in pediatric chronic disorders. Clin Psychol Rev 4 1984; 585–96.
Withersty DJ (ed). Communication and Compliance in a Hospital Setting. Springfield (Ill.): Thomas 1980.
Wooley SC, Blackwell B, Winget C. A learning theory model of chronic illness behavior: theory, treatment and research. Psychosom Med 1978; 40:379–401.
Ziesat HA. Adhering to medical regimen. In: Behavioral Medicine in General Medical practice. Boudewyns PA, Keefe FJ (eds). Menlo Park: Addison-Wesley 1982; 269–94.
Zifferblatt SM. Increasing patient compliance through the applied analysis of behavior. Prev Med 1975; 4:173–82.
Zisook S, Gammon E. Medical noncompliance. Int J Psychiatry Med 1981; 10:291–303.

3 Stationäre Verhaltenstherapie in der psychosomatischen Klinik

Rolf Meermann

Inhalt

Seit Ende der 60er Jahre wurden verhaltenstherapeutische Konzepte zur Behandlung seelischer Krankheiten auch in der BRD zunehmend von Psychiatern und klinischen Psychologen zur Kenntnis genommen und in klinischen Settings erprobt (Schorr 1984, Meermann 1996). Die Impulse für die praktische Anwendung von Verhaltenstherapie in der Krankenversorgung gingen von einigen wenigen psychiatrischen Kliniken und psychologischen Instituten aus, wobei hier das Max-Planck-Institut (MPI) für Psychiatrie in München an erster Stelle zu nennen ist (Brengelmann 1967, 1969). Während erst 1987 ambulante Verhaltenstherapie durch die Neufassung der Psychotherapierichtlinien als eigenständige Psychotherapiemethode in der kassenärztlichen Versorgung anerkannt wurde (Faber u. Haarstrick 1991), hatten bereits sehr viel früher psychiatrische und psychosomatische Kliniken stationäre verhaltenstherapeutische Behandlungskonzepte umgesetzt. Neben dem bereits erwähnten MPI war die Psychosomatische Klinik Windach 1975 die erste (von mittlerweile zehn) psychosomatischen Fachkliniken, die ein konsequent verhaltenstherapeutisches Konzept zur Behandlung neurotischer, psychosomatischer und funktioneller Störungen realisierte. Im Suchtbereich war die Fachklinik Fürth im Wald 1978 die erste Spezialklinik für Alkohol- und Medikamentenabhängigkeit, die rein verhaltenstherapeutisch arbeitete (Schneider 1982). Im Bereich der psychiatrischen Krankenhäuser sind wahrscheinlich das Psychiatrische Landeskrankenhaus Weinsberg und für die Kinder- und Jugendpsychiatrie das Pfalzinstitut/Klingenmünster die Institutionen mit der längsten verhaltenstherapeutischen Tradition (Reimer 1982).

Das vorliegende Kapitel beschreibt die Anwendung stationärer Verhaltenstherapie für den Bereich der psychotherapeutischen bzw. psychosomatischen Medizin (schwerpunktmäßig also für Neurosen, Psychosomatosen und funktionelle Störungen).

1 Definition der stationären Psychotherapie

Stationäre Psychotherapie wird nach Schepank (1988) definiert als die im Einvernehmen (zwischen Patient, Therapieinstitution und Bezugsgruppe, womit insbesondere Kostenträger sowie das familiäre und berufliche Umfeld angesprochen sind) geplante Anwendung verschiedenartiger umschriebener seelischer Interventionstechniken in einem hierfür in besonderer Weise organisierten Krankenhaus-Setting zwecks intensiver Behandlung einer überwiegend psychogenen Erkrankung mit dem Ziel von Besserung oder Heilung.

Für die stationäre Verhaltenstherapie sind die Interventionstechniken verkürzt wie folgt zu charakterisieren:

- abgeleitet aus der systematischen Beobachtung oder experimentellen Analyse menschlichen Verhaltens
- begründet auf Lernprinzipien und einer umfassenden funktionalen Analyse (Verhaltensanalyse)
- hypothesengeleitet und empirisch überprüfbar
- kontrolliertes (quasi-experimentelles) Vorgehen auf allen Verhaltensebenen (kognitiv, emotional, physiologisch, Handlungen)
- systematische Dokumentation und Bewertung von Effekten.

2 Indikationen

Hinsichtlich der Indikationen zur stationären Verhaltenstherapie sind formale und inhaltliche Gründe zu unterscheiden. Die Kosten- und Leistungsträger haben zusätzliche Indikationen aus sozialmedizinischer Sicht.

Als Nachteil einer stationären Behandlung kann gelten, daß die Patienten während dieser Zeit aus ihrem sozialen Umfeld genommen werden und ihrer normalen Arbeit nicht nachgehen können. Eine stationäre Aufnahme ist aber für jeden Patienten sinnvoll, bei dem sich eine Tendenz zur Chronifizierung oder zum Medikamentenabusus abzeichnet. Der Hausarzt bzw. der behandelnde Nervenarzt sind hier bei der prognostischen Abwägung besonders gefordert.

Eine stationäre verhaltenstherapeutische Behandlung ist für alle die Fälle unbedingt indiziert, die eine Kombination verschiedener Behandlungsmaßnahmen erforderlich machen. Dies gilt für alle psychosomatischen Erkrankungen im engeren Sinn und für die somatopsychischen Erkrankungen, sobald eine Exazerbation sowohl seitens der körperlichen als auch der psychischen Seite entsprechender Erkrankungen eine ambulante Behandlung nicht mehr als hinreichend erscheinen läßt.

Auch die Notwendigkeit zur Kombination psychotherapeutischer und physiotherapeutischer Maßnahmen, wie sie z.B. bei chronischen Schmerzpatienten oder bei Konversionsneurosen erforderlich sein kann, stellt eine Indikation für eine stationäre Verhaltenstherapie dar. Entsprechend Erkrankte empfinden häufig den Behandlungsbeginn über die Physiotherapie oder Krankengymnastik mit einer dann folgenden Kombination mit psychotherapeutischen Maßnahmen als weniger diskriminierend. Dieser Zugang erlaubt oft eine vertrauensvolle Zusammenarbeit, da sich die Patienten besser akzeptiert fühlen und ihre Ängste, nicht ernstgenommen zu werden oder in den Verdacht geraten zu sein, zu simulieren, eingedämmt werden.

Einen zweiten großen Vorteil bietet die stationäre Behandlung dann insoweit, als der Kontakt zu anderen gleichartig Erkrankten diese Patienten oft bereitwilliger werden läßt, sich dem Verständnis der Funktionalität ihrer meist chronifizierten Beschwerden zu öffnen (soziales Lernen).

Für sehr viele in Tabelle 3.1 aufgeführte neurotische Erkrankungen stellt die stationäre Verhaltenstherapie eine Notwendigkeit dar, wenn es darum geht, soziale

Tab. 3.1 Indikationen zur stationären Verhaltenstherapie

Multimorbidität
- Notwendigkeit der Kombination somatomedizinischer und psychotherapeutischer Maßnahmen
- Schwere der psychischen Erkrankung mit der Notwendigkeit zur Kombination verschiedener Verhaltenstherapiemethoden
- Schwere der psychosomatischen Erkrankung mit der Notwendigkeit psychotherapeutischer und physiotherapeutischer Maßnahmen

Neurotische Erkrankungen mit schweren sozialen Beeinträchtigungen
a) primär
  - soziale Defizite, Vereinsamung
  - mangelhaft ausgebildete Grundfertigkeiten

b) sekundär
- Arbeitsplatzprobleme, Vereinsamung
- Partnerproblematik

Herausnahme der Erkrankten aus dem sozialen Umfeld
- starke Belastung familiär/beruflich
- ausgeprägte Versagenszustände
- aufrechterhaltende Faktoren im ursprünglichen Umfeld

Indikationen seitens der Kostenträger
- Rentenantrag/berufliche Rehabilitationsmaßnahmen
- sozialmedizinische Beurteilung

Defizite zu beschreiben, mit dem Patienten zusammen zu verstehen und erste Lernerfahrungen im Hinblick auf adäquateres Verhalten umzusetzen. Für solche Patienten ist die Klinik zunächst ein willkommenes Refugium. Der Patient löst sich aus dem ihn bis dahin diskriminierenden Umfeld, in dem Verhaltensalternativen oft schon im Keim erstickt werden. Während der stationären Behandlung ist darauf zu achten, daß ihn die in diesem Rahmen möglichen intensiven Sozialkontakte nicht überfordern. Es gibt aber kaum ein besseres Lernfeld, wobei sowohl die Kombination verschiedener Behandlungsangebote im Sinne von Gruppentherapien, Rollenspielen, ergo-, sport- und soziotherapeutischen Maßnahmen ebenso hilfreich ist wie die Akzeptanz und Toleranz seitens der Mitpatienten und andererseits die offene Rückmeldung auch solcher Emotionen an die Patienten, die normalerweise nicht geäußert werden. Hierzu zählen Ärger- und Kränkungserlebnisse durch sozial wenig akzeptierte Verhaltensweisen, die diese Patienten in ihrer normalen Umgebung lange ins Abseits gebracht haben. Auch Arbeitsplatzprobleme und eingetretene Vereinsamung lassen sich während der stationären Behandlung bearbeiten, eine Partnerproblematik läßt sich gegebenenfalls durch die Einbeziehung des Partners in Familiengesprächen auflösen oder macht einen Neuanfang möglich.

Die Herausnahme des Erkrankten aus dem sozialen Umfeld ist gelegentlich eine Conditio sine qua non für eine Besserung. Dem Einwurf, eine entsprechende Herausnahme sei nur für kurze Zeit möglich, und den Patienten erwarte doch nach der Entlassung wieder das unveränderte soziale Umfeld, läßt sich mit dem Argument begegnen, daß der Patient sich verändert hat, über andere Verhaltensmöglichkeiten verfügt und auch meistens während der stationären Behandlung schon Gelegenheit hatte, diese Verhaltensalternativen im ursprünglichen Umfeld im Rahmen von gezielten therapeutischen Beurlaubungen zu erproben. Die während der stationären Behandlung eingeleiteten soziotherapeutischen Maßnahmen, etwa der Antrag auf berufliche Rehabilitation im Sinne einer innerbetrieblichen Umsetzung, erleichtern den Wiedereintritt. Allerdings ist für diese Patienten zur Stabilisierung ihrer im stationären Bereich gemachten Fortschritte eine ambulante psychotherapeutische Weiterbehandlung oft hilfreich oder sogar notwendig.

Als Kostenträger stationärer verhaltenstherapeutischer Behandlungsmaßnahmen treten neben den Krankenkassen die Rentenversicherer als Träger medizinischer Rehabilitationsmaßnahmen auf. Bei ihnen besteht ein hohes Interesse, etwa bei Rentenbewerbern, bei lang bestehender Arbeitsunfähigkeit oder vor dem Antritt kostenintensiver Umschulungsmaßnahmen, eine fundierte sozialmedizinische Beurteilung hinsichtlich der Leistungsfähigkeit des Patienten zu erhalten. Neben den psychotherapeutischen Maßnahmen bietet dann die stationäre Behandlung die Möglichkeit zur intensiven Beobachtung des Patienten. Hier fallen seine sportlichen Leistungen ebenso ins Gewicht wie sein Verhalten am ergotherapeutischen Arbeitsplatz oder seine Teamfähigkeit und Umstellungsbereitschaft im Kontakt mit Mitpatienten in den verschiedenen Gruppenangeboten. Das Zusammentragen dieser Beobachtungen und die genaue Beschreibungsmöglichkeit psycho-somato-sozialer Defizite und positiver Ressourcen lassen eine dem Patienten angemessene Beurteilung in den allermeisten Fällen zu, weitere Rehabilitationsmaßnahmen können ebenso wie ggf. die Gewährung einer Rente gezielter vorgenommen werden.

3 Behandlungselemente

Im folgenden werden die Behandlungsmöglichkeiten der stationären Verhaltenstherapie (Meermann 1997, im Druck) an einem Patientenbeispiel dargestellt: Die Klinikaufnahme erfolgt nach Indikationsstellung und Einweisung durch einen niedergelassenen Arzt und nachdem die Kostenübernahme geklärt ist. Entweder ist mit dem Patienten eine ambulante Voruntersuchung in der Klinikambulanz (sog. Vorgespräch) erfolgt oder aber es liegen von den Kostenträgern ausreichende ärztliche Unterlagen über den Patienten vor.

Bei Aufnahme erfolgt die Begrüßung des Patienten durch den behandelnden Bezugstherapeuten (ärztlicher oder psychologischer Verhaltenstherapeut), der sich als Ansprechpartner für alle Gesundheitsprobleme des Patienten vorstellt. Am Aufnahmetag findet die ärztliche Untersuchung statt, anschließend das erste therapeutische Gespräch. Das Ergebnis dieser Untersuchung ist ein psychiatrischer und somatischer Befund, eine vorläufige Arbeitsdiagnose und die Planung diagnostisch-medizinischer Maßnahmen (z.B. Labor, EEG, CCT usw.).

Die individuelle psychotherapeutische Arbeit des Bezugstherapeuten mit dem Patienten ist der zentrale Baustein der stationären Verhaltenstherapie. Zielsetzung der ersten Therapiesitzungen ist die Erstellung der *Analyse des problematischen Verhaltens und die gemeinsame Festlegung der Therapieziele*. Durch die Supervision unterstützt, erstellt der Bezugstherapeut mit dem Patienten die Planung der einzelnen Therapieschritte sowohl in der Einzeltherapie als auch in den zusätzlich geplanten therapeutischen Maßnahmen (verhaltenstherapeutische Gruppentherapie, unterstützende therapeutische Maßnahmen). Der Bezugstherapeut legt mit seinem Patienten fest, an welchen verhaltenstherapeutisch konzipierten Gruppen dieser teilnimmt (Abb. 3.1).

In der Abbildung 3.1 wird als der zentrale Baustein die Einzeltherapie zwischen Bezugstherapeut und Patient dargestellt (Individualisierung). An ergänzenden Gruppentherapien stehen in unserer Klinik derzeit zur Verfügung:

- das Entspannungstraining nach Jacobson
- eine Gruppe zur Verbesserung der sozialen Kompetenz
- eine verhaltenstherapeutisch konzipierte Problemlösegruppe
- indikationsbezogene, störungsspezifische verhaltenstherapeutische Gruppen.

Vom Entspannungstraining nach Jacobson profitiert fast jeder Patient, da es unabhängig vom Problemverhalten des Patienten angewendet werden kann. Im Selbstsicherheitstraining werden die Verhaltensdefizite im Bereich der sozialen Kompetenz bearbeitet, und unsere Patienten erlernen im Rollenspiel alternative Verhaltensweisen. In der Problemlösegruppe analysiert der Patient nach Rücksprache mit seinem Bezugstherapeuten spezifische Verhaltensprobleme und erarbeitet mit Hilfe der Gruppe Problemlösestrategien, die er anschließend umsetzt und in der nächsten Gruppenstunde berichtet. Dieses Problemlöseschema kann dann exemplarisch auf andere Problembereiche angewendet werden.

Die indikativen Gruppen bieten ein spezialisiertes verhaltenstherapeutisches The-

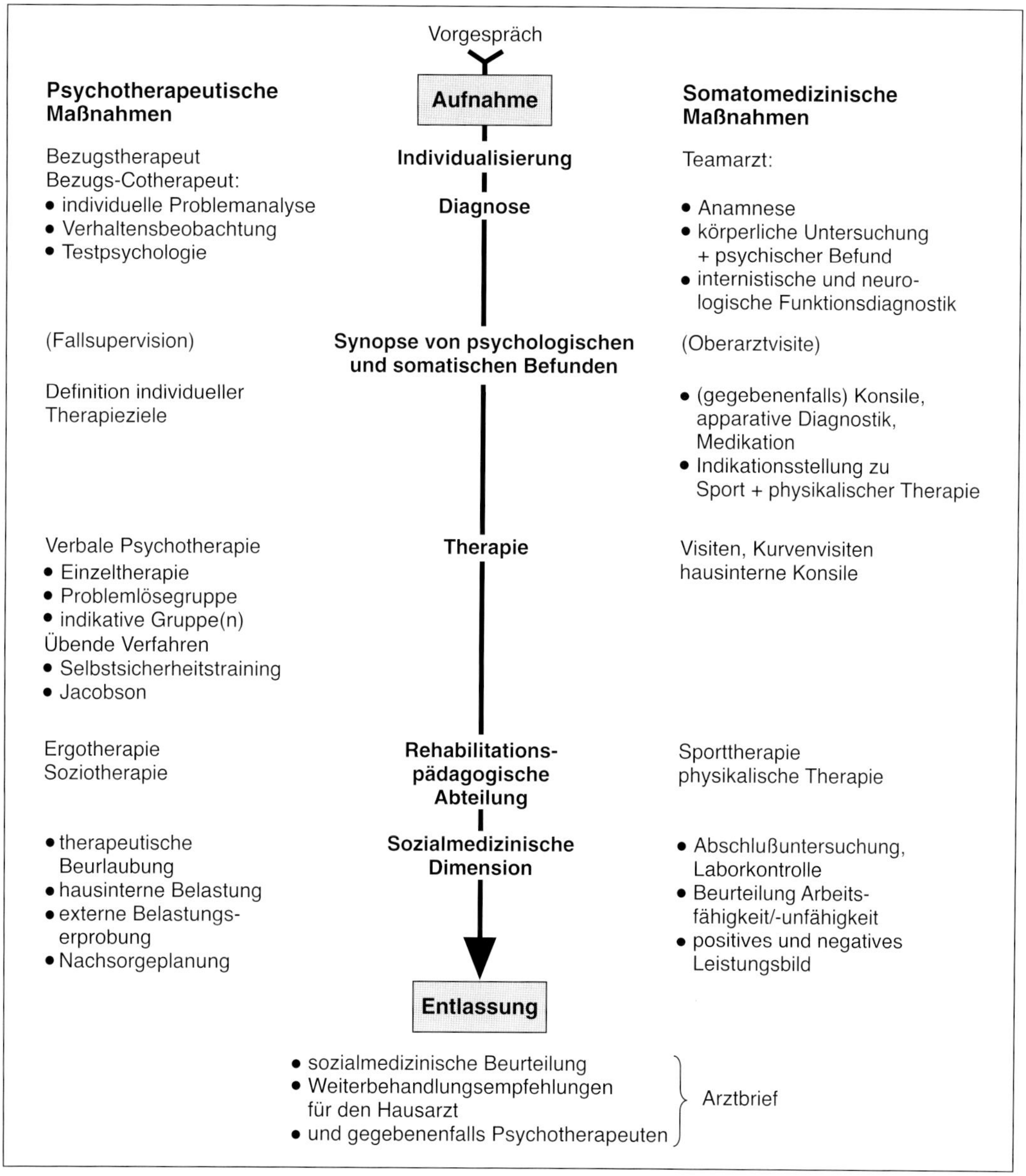

Abb. 3.1 Behandlungselemente stationärer Verhaltenstherapie.

rapiepgrogramm, in dem störungsspezifische Verhaltensauffälligkeiten behandelt werden. Derzeit existieren in unserer Klinik folgende indikationsbezogene Gruppentherapien:

- eine Angstgruppe
- eine Zwangsgruppe
- eine Gruppe für depressive Patienten
- zwei Gruppen für magersüchtige/bulimische Patienten
- eine Adipositasgruppe
- eine Schmerzgruppe
- eine Körperwahrnehmungsgruppe.

Die Zuweisung der Patienten zu diesen Gruppen erfolgt aufgrund der Verhaltensanalyse mit dem Ziel, alternative erwünschte Verhaltensweisen aufzubauen und in das Verhaltensrepertoire des Patienten zu integrieren.

Darüber hinaus werden die Patienten den flankierenden therapeutischen Gruppen zugeordnet, die es auch in anderen psychotherapeutischen Kliniken gibt, wobei auch hier der Schwerpunkt auf Eigenaktivität und Selbstverantwortung liegt. Dies sind in unserer Klinik derzeit:

- die Sporttherapie (mit Schwimmbad und Turnhalle),
- die Ergotherapie,
- die physikalische Therapie (z.B. Gruppen für Wirbelsäulen-Erkrankungen, Krankengymnastik etc.) und
- die Soziotherapie.

Die Soziotherapie hat einen hohen Stellenwert bei der sozialen Beratung der Patienten, bei der Planung der externen Belastungserprobung und bei der Nachsorgeplanung.

Die Zusammenführung der Informationen aus den einzelnen therapeutischen Maßnahmen geschieht in der patientenzentrierten Supervision.

In der letzten Therapiephase erfolgt die Vorbereitung des Transfers der innerklinisch erlernten Verhaltensänderungen in den privaten/häuslichen Bereich. Durch entsprechende gezielte therapeutische Beurlaubungen in den häuslichen Bereich, interne und externe Belastungserprobungen (Einsatz des Patienten unter Bedingungen des allgemeinen Arbeitsmarktes) oder Paar- und Familiengespräche wird die Entlassung schrittweise vorbereitet.

Es ist ein weiteres Ziel, den Patienten verbindlichen Kontakt zum vorbehandelnden Hausarzt, Nervenarzt oder Psychotherapeuten herstellen zu lassen, um eine gegebenenfalls erforderliche ambulante Nachbehandlung sicherzustellen.

4 Versorgungssituation in der BRD

Nach einer neueren Untersuchung (Lachauer et al. 1992) gibt es in der Bundesrepublik Deutschland (Stand: 1990) 364 Betten für Psychosomatik/Psychotherapie in den Medizinhochschulen und weitere 907 in städtischen und kommunalen Krankenhäusern (Tab. 3.2). Dies entspricht 0,27% der Gesamtzahl von Betten in Akutkrankenhäusern der alten Bundesländer (N=459 131, Stand: 1987; s. Lit. Sachverständigenrat für die Konzertierte Aktion im Gesundheitswesen 1990).

Darüber hinaus gibt es – als bundesrepublikanische Spezialität – noch ca. 7 000 Betten in psychosomatischen Fach- und Rehakliniken, von denen ca. 1 800 stationäre verhaltenstherapeutische Behandlungsplätze darstellen (Neun 1994). Kosten- bzw. Leistungsträger für stationäre Psychotherapie sind in Tabelle 3.3 dargestellt.

Wesentlich für die Effektivität jedweder stationären Psychotherapie sind nach Schepank (1988):

- eine vorgeschaltete qualifizierte (ärztliche) Diagnostik und Indikationsstellung;
- die Kooperation aller an der Therapie direkt Beteiligten;
- ein Minimalkonsens über die Therapieziele und Psychotherapiemodalitäten;
- eine möglichst hohe Fachkompetenz aller Therapeuten.

Tab. 3.2 Versorgungssituation in der stationären Psychotherapie in der BRD (Meermann 1991, 1992).

Universitätsabteilungen (17)	365	(8–48 Betten pro Abteilung)
Städt. u. kommunale Krankenhäuser bzw. Abteilungen	907	(?)
Psychosomatische Fach- und Rehakliniken	7064	(50–250 Betten pro Klinik)
Betten für Fachpsychotherapie (davon 1800 verhaltenstehrapeutisch)	8317	

Tab. 3.3 Kosten- und Leistungsträger für stationäre Verhaltenstherapie.

	Behandlungsstätte	Begutachtung	Bewilligungszeitraum
1. Rentenversicherung (RV) § 15 SGB VI	– Schwerpunkt-, Spezialklinik für medizinische Rehabilitation – Fachklinik für Psychotherapie u./o. Psychosomatik	Prüfärztlicher Dienst Beratungsärztlicher Dienst	6 Wochen + Verlängerungen
2. Gesetzliche Krankenversicherung (GKV) § 40 Abs. 2 SGB V	– Fachklinik (s.o.) mit Versorgungsvertrag nach § 111 SGB V – oder Akutbehandlung nach § 108 SGB V in Fachklinik (s.o.) oder Fachabteilung	Medizinischer Dienst der Krankenversicherung (MDK)	4 Wochen + Verlängerungen
3. Private Krankenversicherung (PKV)	„gemischte Krankenanstalt"	Fachgutachter	Variabel
4. Beihilfe (BhV)	Beihilfeverordnung (BhV)	Amtsarzt	

Die 17 bettenführenden Psychosomatikabteilungen an den Universitäten haben 8–48 Betten (insgesamt 364 bis 387, je nach Quelle). Diese Universitätsabteilungen arbeiten fast ausnahmslos nach psychodynamischen Konzepten und werden fast alle von ausgebildeten Psychoanalytikern geleitet. Somit hat die stationäre Verhaltenstherapie im medizinisch-akademischen Bereich (Abteilungen/Kliniken für Psychosomatische Medizin/Psychotherapie) außerhalb der Psychiatrie noch keine Repräsentanz (Denkschrift 1990 zur Lage der Psychosomatischen Medizin und Psychotherapie an den Hochschulen der BRD und West-Berlins).

Laut Schepank berechtigt die Zahl der ca. 8300 Betten für Fachpsychotherapie (davon 1800 für Verhaltenstherapie) jedoch noch keineswegs zu einer berufspolitischen Polemik gegen einen – disqualifizierend so genannten – „Bettenberg". Vergleichsweise gibt es nämlich in der BRD fast 700000 Krankenhausbetten, von diesen sind knapp 100000 psychiatrische Betten, meist in Landeskrankenhäusern.

Überschlagsweise gerechnet wird sowohl im ambulanten Sektor (Faber 1984) wie auch im stationären Bereich (weniger als 1% der 700000 Betten sind psychotherapeutische und noch dazu sind dies die billigeren) weniger als 1% der gesamten Kosten im Gesundheitswesen aufgewendet.

Tabelle 3.4 listet die rein verhaltenstherapeutisch/verhaltensmedizinisch arbeitenden Fachkliniken für Psychosomatik/Psychotherapeutische Medizin in der Bundesrepublik auf.

Tab. 3.4 Übersicht über rein verhaltenstherapeutisch/verhaltensmedizinisch arbeitende Fachkliniken für Psychosomatische Medizin/Psychotherapie in der BRD (Quelle: DÄVT).

Ort	Gründungsjahr[1)]	Bettenzahl
1. Berus	1986	144
2. Donaueschingen	1988	192
3. Bad Dürkheim	1981	227
4. Bad Dürrheim	1991	ca. 145
5. Fredeburg	1981	250
6. Prien	1984	350
7. Bad Pyrmont	1987	175
8. Bad Wildungen	1991	140
9. Windach	1975	236
		1 859

1) Jahr, seit dem rein verhaltenstherapeutische stationäre Psychotherapie durchgeführt wird.

Abbildung 3.2 skizziert den Zuweisungsmodus von Patienten zur stationären Verhaltenstheapie.

5 Behandlungsergebnisse und Evaluationsforschung

5.1 Klinikinterne Dokumentation und Bewertung von Effekten

Ein wesentliches Charakteristikum der Verhaltenstherapie stellt ihre Transparenz nach innen wie nach außern dar. So soll der Patient zu jedem Zeitpunkt über die Sinnhaftigkeit bzw. Funktionalität der Maßnahmen informiert sein. Der Therapeut verschafft sich auf der anderen Seite aus verschiedenen Datenquellen (im Sinne der therapiebegleitenden Diagnostik) einen Überblick über die Lernfortschritte seines Patienten. Zur Einschätzung des Therapieerfolges am Ende der stationären Verhaltenstherapie haben sich neben Selbst-Ratings der Patienten (z.B. im sogenannten Entlaßfragebogen) insbesondere Fremd-Ratings durch die beteiligten Therapeuten bewährt.

Ein solches Dokumentationssystem stellt z.B. die *AHG-Basisdokumentation Psychosomatik* (Fachausschuß 1994) dar. Zielsetzung dieser Basisdokumentation ist neben der Qualitätssicherung die Optimierung interner Arbeitsabläufe der klinischen Routine, z.B. die Verschiebung therapeutischer Akzente oder die Entwicklung von Weiterbildungsschwerpunkten. Die Datenerhebung erfolgt anonymisiert und wird von den jeweiligen Bezugstherapeuten am Ende der Behandlung durchgeführt. Der Erhebungsbogen enthält insgesamt 39 Fragen aus folgenden Bereichen:

1. **Sozialmedizinische Eingangsvariablen** wie Einzugsbereich, Kostenträger, Wartezeiten, Chronifizierung und Vorbehandlungsaufwand, Arbeitsunfähigkeit, Geschlecht, Familiensituation etc.
2. **Behandlungsdiagnosen** im psychiatrischen und somatischen Bereich, verschlüsselt nach ICD-10 und DSM-IV. Spezifizierung nach Problembereichen und Bewältigungsverhalten.
3. **Diagnostische Maßnahmen:** Test- und verhaltensdiagnostische Verfahren, spezielle medizinische Diagnostik (z.B. apparative Verfahren) innerhalb und außerhalb der Klinik.
4. **Therapeutische Maßnahmen:** Zeitliche und inhaltliche Besonderheiten von einzel- und gruppentherapeutischen Maßnahmen innerhalb der Funktionsbereiche (Bezugstherapeut, Co-Therapie, Sport-, Ergo-, Sozio-, Balneotherapie); somatomedizini-

sche Maßnahmen einschließlich medikamentöser Behandlung.

5. **Behandlungsergebnisse:** Einschätzung durch Therapeuten, sozialmedizinische Variablen (Veränderungen der Arbeitsfähigkeit), vereinbarte Folgemaßnahmen.

Die vom Bezugstherapeuten erhobenen Informationen werden auf elektronische Datenträger übertragen und mittels spezieller Auswertungsprogramme im Rahmen eines klinikinternen Netzwerkes auf PC/AT-Basis statistisch ausgewertet. Dabei lassen sich beliebige Sachverhalte der Basisdokumentation kombinieren, so daß nicht nur Häufigkeitsverteilungen der erhobenen Parameter (häufige Störungsbilder, durchschnittliche Verweildauer, Belegungsanteile von Kostenträgern etc.) dargestellt, sondern auch spezielle Fragestellungen (z.B. Abbildung von zeitlichen Entwicklungen, Inanspruchnahme therapeutischer Funktionsbereiche, Effektivitätsvergleiche) beantwortet werden können. Dabei ist die strikte Einhaltung der Datenschutzbestimmungen durch die anonymisierte Datenerhebung sowie durch interne Sicherungen des Datenzugriffs gewährleistet.

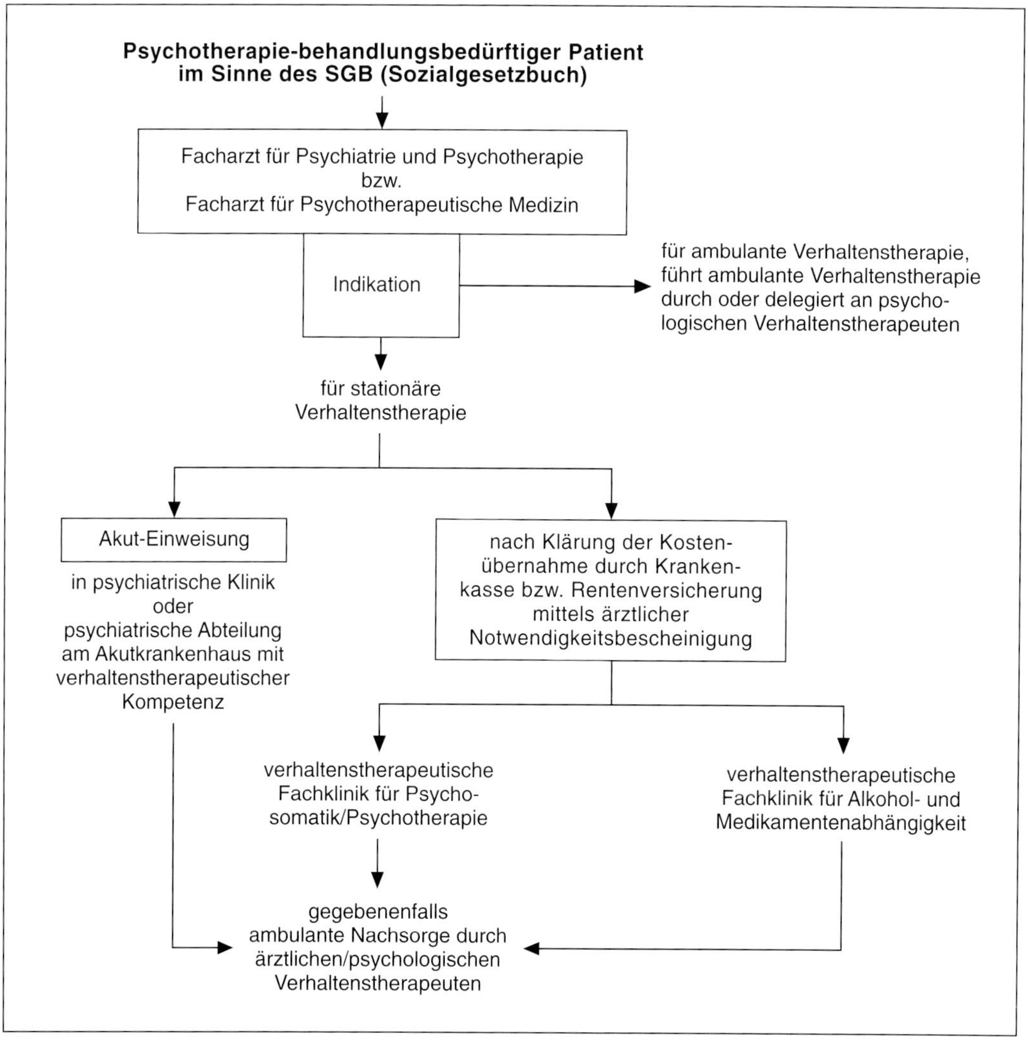

Abb. 3.2 Zuweisungsmodus von Patienten zur stationären Verhaltenstherapie.

Tab. 3.5 Alter der Patienten.

Ort	Anzahl	Prozent
jünger als 20 Jahre	56	1,0
20–29 Jahre	973	16,6
30–39 Jahre	1476	25,2
40–49 Jahre	1756	30,0
50–59 Jahre	1321	22,6
60–69 Jahre	221	3,8
älter als 70 Jahre	47	0,8
Durchschnittsalter:	40,6 Jahre	
Erhebungszeitraum: 10/1987–08/1993; n=5850		

Tab. 3.6 Psychiatrische Entlassungsdiagnosen.

ICD-9		Anzahl	Prozent
290–299	Psychosen	274	4,7
300	Neurosen	2888	49,4
301	Persönlichkeitsstörungen	2378	40,6
302	Sexuelle Störungen	20	0,3
303–304	Abhängigkeiten	54	0,9
305	Alkohol- und Medikamentenabusus	246	4,2
306	Funktionelle Störungen	735	12,6
307	Spezielle Syndrome	747	12,8
308–309	Anpassungsstörungen	1567	26,8
310–315	Andere psychische Störungen	52	0,9
316	Psychosomatosen	445	7,6
317–319	Intellektuelle Behinderungen	12	0,2

Erhebungszeitraum: 10/1987–08/1993, n=5850
Mehrfachzuordnungen möglich.

Ein weiteres (trägerübergreifendes) Basisdokumentationsinstrument wurde kürzlich innerhalb der Arbeitsgemeinschaft wissenschaftlich-medizinischer Fachgesellschaft (AWMF) für die Fachpsychotherapie entwickelt (Heuft und Meermann 1996, Bell et al. 1996).

5.1.1 Daten und Ergebnisse der stationären Verhaltenstherapie

Im folgenden sollen einige soziodemographische und therapiebezogene Daten aus der Basisdokumentation der Psychosomatischen Fachklinik Bad Pyrmont dargestellt werden (Meermann et al. 1992). Diese Daten beschreiben den Zeitraum vom Oktober 1987 bis August 1993 und umfassen Daten über insgesamt 5850 entlassene Patienten. Zusätzlich werden Daten einer Patientenbefragung (1198 Patienten im Zeitraum 1987 bis 1989) dargestellt.

Das Durchschnittsalter beträgt 40,6 Jahre, wobei mehr als die Hälfte der Patienten zwischen 30 und 50 Jahre alt ist (Tab. 3.5). Zwei Drittel unserer Patienten sind weiblichen Geschlechts. Tabelle 3.6 zeigt die psychiatrischen Entlassungsdiagnosen. Dabei fällt der relativ hohe Anteil neurotischer Störungen (49,4 %) sowie von Persönlichkeitsstörungen (40,6 %) auf, letztere Diagnose zumeist als Zweitdiagnose. Bei den Patienten mit Psychosen (4,7 %) handelt es sich überwiegend um

Tab. 3.7 Teilnahme und Bewertung der Zufriedenheit in der Problemlösegruppe (PLG), dem Entspannungstraining (ET) nach Jacobson und dem Selbstsicherheitstraining (SST).

	PLG	ET	SST
regelmäßig teilgenommen	83,5 %	90,0 %	60 %
sehr gut zufrieden	27,9 %	36,5 %	22,1 %
gut zufrieden	38,6 %	45,0 %	44,4 %
mehr oder weniger zufrieden	26,0 %	14,7 %	21,5 %
nicht zufrieden	6,4 %	3,1 %	5,3 %
sehr unzufrieden	1,0 %	0,7 %	1,4 %
Erhebungszeitraum: 1991, n=758			

Tab. 3.8 Beurteilung des Therapieerfolges durch den Therapeuten.

	Anzahl	Prozent
wesentlich gebessert	1 072	18,3
deutlich gebessert	2 030	34,7
leicht gebessert	1 888	32,3
unverändert	706	12,1
leicht verschlechtert	33	0,6
deutlich verschlechtert	14	0,2
wesentlich verschlechtert	8	0,1
keine Einschätzung möglich	99	1,7
Erhebungszeitraum: 10/1987–08/1993, n=5 850		

Tab. 3.9 Beurteilung des Therapieerfolges durch den Patienten.

	Anzahl	Prozent
1 sehr gut zufrieden	152	21,2
2 gut zufrieden	265	37,0
3 mehr oder weniger zufrieden	210	29,3
4 nicht zufrieden	68	9,5
5 sehr unzufrieden	22	3,1
Erhebungszeitraum: 1991, n=758	717	100,0

Tab. 3.10 Ärztliche Beurteilung der Arbeitsfähigkeit bei Entlassung.

	Anzahl	Prozent
unverändert arbeitsfähig	3 637	62,2
unverändert arbeitsunfähig	854	14,6
Arbeitsfähigkeit wiederhergestellt	873	14,9
neu eingetretene Arbeitsunfähigkeit	157	2,7
keine Einschätzung möglich	329	5,6
Erhebungszeitraum: 10/1987–08/1993, n=5 850		

nicht floride Krankheitsbilder oder Patienten in Remission, die zur Verbesserung ihrer sozialen Kompetenz und Krankheitsbewältigung aufgenommen wurden.

Die Tabelle 3.7 zeigt, daß 83,5 % aller Patienten an unserer verhaltenstherapeutischen Gruppentherapie (Problemlösegruppe) teilnahmen. Am Muskelentspannungstraining nach Jacobson nahmen mehr als 90 % der Patienten teil. Die subjektive Zufriedenheit der Patienten mit diesen beiden Gruppentherapien zeigt einen hohen Prozentsatz zufriedener Patienten. Am Selbstsicherheitstraining nahmen 60 % der Patienten teil, auch hier besteht eine hohe Zufriedenheit. Die stationäre Behandlungsdauer beträgt durchschnittlich etwa 7 Wochen.

Beim Rating des Behandlungserfolges durch den Therapeuten war bei insgesamt 85,3 % der Patienten eine Besserung des Gesamtzustandes eingetreten (Tab. 3.8). Bei der Beurteilung des Therapieerfolges durch die Patienten zeigt sich, daß 87,5 % mit ihrer Behandlung mehr oder weniger zufrieden waren (Tab. 3.9).

Noch valider und zuverlässiger sind die sozialmedizinischen Daten zur Veränderung der Arbeitsunfähigkeit nach stationärer Behandlung. Von den 1727 Patienten, die arbeitsunfähig in die Klinik aufgenommen wurden (insgesamt 29,5 % aller aufgenommenen Patienten) waren am Ende der Therapie 873 (=14,9 %; das entspricht 50,6 % aller arbeitsunfähig aufgenommenen Patienten) wieder arbeitsfähig (Tab. 3.10).

5.2 Katamnesen

Zur Beurteilung der langfristigen Effektivität und Effizienz (Kosten-Nutzen-Analysen) von stationärer Psychotherapie stellt eine prospektive Studie unter Einbeziehung „harter" sozialmedizinischer Daten aus der EDV von Krankenkassen und Rentenversicherungen sowie die direkte poststationäre Befragung der entlassenen Patienten das elaborierteste Instrument dar. Eine solche verhaltenstherapeutische 2-Jahres-Katamnese, die einen Effizienzvergleich mit dem psychiatrischen und sozialmedizinischen Status der Patienten zwei Jahre vor Aufnahme der stationären Verhaltenstherapie erlaubt, ergab relativ stabile Behandlungserfolge zwischen 60 und 80 % (Zielke 1993). Das Untersuchungsdesign dieser sogenannten BKK-Studie ist in Abbildung 3.3 wiedergegeben. Die allgemeine Problematik und Bedeutung von Katamnesestudien einschließlich methodologischer und ethischer Aspekte haben wir an anderer Stelle diskutiert (Vandereycken u. Meermann 1992).

6 Ergebnisse der vergleichenden Wirksamkeitsforschung

In einer sorgfältigen Metaanalyse hat Grawe (1992) Einzelbewertungen aller psychotherapeutischen Verfahren und sämtlicher je publizierter psychotherapeutischen Wirksamkeitsuntersuchungen vorgenommen.

Dabei belief sich die Gesamtzahl aller bis 1983 veröffentlichten Psychotherapiestudien auf etwa 3500, davon waren 897 klinische Studien (Zeitraum 1936 bis 1983). Für die Verhaltenstherapie kommt Grawe zusammenfassend zu folgender Einschätzung: „Die Anwendung von Verhaltenstherapie in der klinischen Praxis kann sich also auf ein breites Spektrum an Therapiemethoden mit nachgewiesener Wirksamkeit stützen. Mit deutlichem Abstand vor allen anderen Therapieformen kann daher die Verhaltenstherapie für sich in Anspruch nehmen, ihre Wirksamkeit ausreichend unter Beweis gestellt zu haben, um in der psychotherapeutischen Versorgung eine prominente Rolle zu spielen." Zur vergleichenden Wirkung mit den beiden anderen seriösen Psychotherapiemethoden heißt es: „Vor allem im direkten Vergleich zwischen

Gesprächspsychotherapie und Verhaltenstherapie zeigt sich eine klare Überlegenheit der Verhaltenstherapie. Fast immer, wenn zwischen den beiden Therapieformen in einem der unterschiedenen zehn Veränderungsbereiche ein signifikanter Unterschied gefunden wurde, fiel er zugunsten der Verhaltenstherapie aus, und zwar nicht nur bei der Symptomreduktion, sondern auch bei Maßen für Veränderungen im Persönlichkeits- und im zwischenmenschlichen Bereich."

„Nicht ganz so deutlich, aber in der Tendenz doch klar, fällt die Überlegenheit der Verhaltenstherapie gegenüber psychoanalytischer Therapie aus, vor allem bei der Symptomreduktion und im zwischenmenschlichen Bereich."

Literatur

Bell K, Janssen PL, Meermann R, Senf W, Wirsching M. Qualitätssicherung in der Psychotherapeutischen Medizin. Mitteilung der Qualitätssicherungsbeauftragten eines Zusammenschlusses von AWMF-Fachgesellschaften. Psychotherapeut 1996; 41:250–3.

Brengelmann JC. Bedingte Reaktionen, Lerntheorien und Psychiatrie. In: Psychiatrie der Gegenwart. Forschung und Praxis. Band I/1 A. Berlin: Springer 1967; 1031–125.

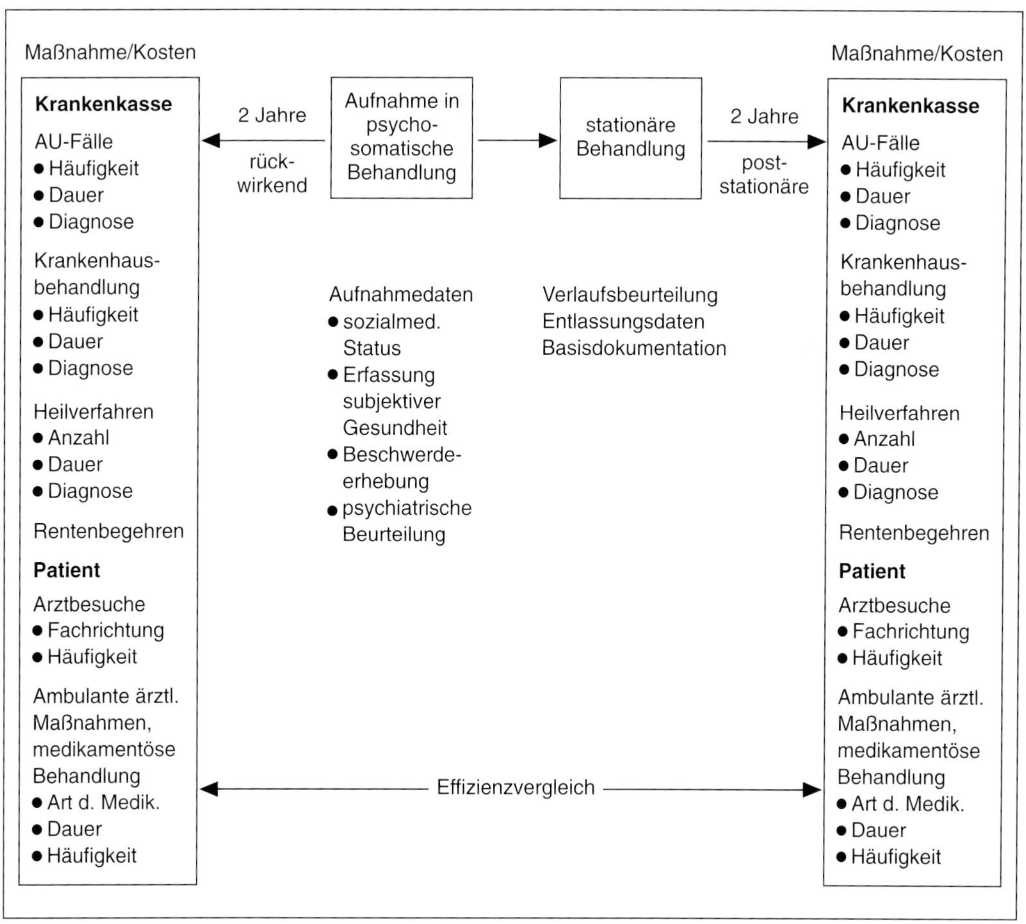

Abb. 3.3 Untersuchungsplan der sogenannten „BKK-Studie" (nach Zielke u. Mark 1989). AU=Arbeitsunfähigkeit.

Brengelmann JC. Experimentelle Methodik in der Psychotherapie und Verhaltenstherapie. Prax Psychother 1969; 14:113–21.

Denkschrift '90 zur Lage der Psychosomatischen Medizin und Psychotherapie an den Hochschulen der BRD und West-Berlins. Hoffmanns SD et al. (Hrsg). Im Auftrag der Konferenz der leitenden Fachvertreter für Psychosomatische Medizin und Psychotherapie an den Universitäten der BRD 1990.

Faber FR. Psychotherapie und Allgemeinmedizin. Thesen, Daten und Vorschläge zur ärztlichen Psychotherapie. Psychother Psychosom Med Psychol 1984; 34:134–9.

Faber FR, Haarstrick R. Kommentar Psychotherapie-Richtlinien (in der Neufassung vom 4. 5. 1990) Stuttgart: Jungjohann 1991.

Fachausschuß Psychosomatik des Wissenschaftsrates der AHG (Hrsg). Basisdokumentation Psychosomatik in der Verhaltensmedizin. 10 Jahre Qualitätssicherung in der Rehabilitation auf der Grundlage Klinischer Behandlungsdaten. Verhaltensmedizin heute 1994; 2:11–71.

Grawe K. Psychotherapieforschung zu Beginn der Neunziger Jahre. Psychol Rundschau 1992; 43:132–72.

Heuft G, Meermann R (Redaktion). Kernmodul einer Basisdokumentation für Fachpsychotherapie. Manuskript Essen und Bad Pyrmont, März 1996.

Lachauer et al. Psychosomatische Einrichtungen in Deutschland – Eine Bestandsaufnahme. Psychother Psychosom Med Psychol 1992; 42:1–10.

Lamprecht F. Stationäre Psychosomatik – Luxus oder Notwendigkeit. Dt Ärzteblatt 1990; 87:753–5.

Meermann R. Stationäre Psychotherapie. Antrittsvorlesung in der Medizinischen Hochschule Hannover, November 1991.

Meermann R. Stationäre Verhaltenstherapie: Der Stand der Kunst in der BRD 1992. Vortrag auf dem Dritten Verhaltensmedizinischen Symposium anläßlich des fünfjährigen Bestehens der Psychosomatischen Fachklinik Bad Pyrmont „Verhaltenstherapie in Ambulanz und Klinik", September 1992.

Meermann R et al. Fünf-Jahres-Bericht (1987–1992) der Psychosomatischen Fachklinik Bad Pyrmont. Behandlungskonzept, Organisationsstruktur und Daten aus 5 Jahren Basisdokumentation und Patientenbefragung. Maschinenschrift, gebunden. Bad Pyrmont, September 1992.

Meermann R. Aus den Anfängen der Verhaltenstherapie: Biologie- und medizinhistorische Wurzeln. 5. Tagung der Dt. Gesellschaft f. Geschichte der Nervenheilkunde, 1. Oktober 1995 in Würzburg, 1996 (im Druck).

Neun H (Hrsg.). Psychosomatische Einrichtungen. Göttingen: Vandenhoek & Ruprecht 1994.

Reimer F (Hrsg). Verhaltenstherapie in der Psychiatrie. Weinsberg: Weissenhof 1982.

Sachverständigenrat für die Konzertierte Aktion im Gesundheitswesen, Jahresgutachten 1990: Herausforderungen und Perspektiven der Gesundheitsversorgung. Baden-Baden: Nomos 1990.

Schepank H. Die stationäre Psychotherapie in der BRD: Soziokulturelle Determinanten, Entwicklungsstufen, Ist-Zustand, internationaler Vergleich, Rahmenbedingungen. In: Die stationäre Psychotherapie und ihr Rahmen. Schepank H, Trees W (Hrsg). Berlin: Springer 1988; 13–38.

Schneider R (Hrsg). Stationäre Behandlung von Alkoholabhängigen. München: Röttger 1982.

Schorr A. Die Verhaltenstherapie. Ihre Geschichte von den Anfängen bis zur Gegenwart. Weinheim: Beltz 1984.

Vandereycken W, Meermann R. The significance of follow-up investigations. In: The Course of Eating Disorders Longterm Follow-Up Studies of Anorexia and Bulimia nervosa. Herzog W et al. (eds). Berlin: Springer 1992; 3–14.

Zielke M. Wirksamkeit stationärer Verhaltenstherapie. Weinheim: Beltz 1993.

Zielke M, Mark N. Effizienz und Effektivität stationärer psychosomatischer Behandlungen. Prax Klin Verhaltensmed Rehabilil 1989; 2:132–47.

4 Stationäre Verhaltenstherapie bei Borderline-Persönlichkeitsstörungen

Rudolf J. Knickenberg

Inhalt

1 Vorbemerkungen

Mit der Diagnose einer Persönlichkeitsstörung verbindet insbesondere der Verhaltenstherapeut etwas Statisches und Unveränderbares. Ich möchte mich diesem Thema zunächst über einige Definitionen des Begriffs aus der Vergangenheit nähern, die diese Einstellung erklären, aber auch zeigen, daß es neue Zugangswege gibt, die einen therapeutischen Nihilismus nicht rechtfertigen.

Jaspers (1973) geht auf den Begriff der Persönlichkeit oder des Charakters ein und schreibt: „Wir sehen den Charakter in der besonderen Art, in der sich ein Mensch äußert, sich bewegt, in seiner Weise, Situationen zu erleben, auf sie zu reagieren, in der Weise wie er liebt, wie er eifersüchtig wird, wie er sein Leben führt, welche Bedürfnisse er hat und welche Sehnsucht ihm eigen ist, welche Ziele er sich steckt, wie er Ideale und welche er bildet, welche Wertungen ihn lenken, was er tut und hervorbringt, wie er handelt. Mit einem Wort: Persönlichkeit nennen wir das individuell verschiedene und charakteristische Ganze der verständlichen Zusammenhänge des Seelenlebens".

Dieser statische Aspekt stammt aus der Psychiatrie um die Jahrhundertwende, als im Rahmen von Persönlichkeitsstörungen, den damals sog. Psychopathien, unter anderen Koch, Kraepelin, Kahn und Schneider als Merkmal des Psychopathischen bezeichneten, daß eine Abweichung von dem „uns vorschwebenden Durchschnitt" (Schneider 1967) vorlag. Dabei ging Schneider davon aus, daß Persönlichkeit oder Charakter „ein Sein sind, das so ist, wie es nun einmal ist, von Geburt an ursprünglich da, sich wesentlich nicht wandelt, sondern nur zeigt, was sich seiner bewußt wird, aber nicht hervorbringt" (Schneider 1967). Der andere Aspekt des Charakters sei allerdings, daß er ebenso werde und geworden sei. „Charakter ist mit seinem geschichtlich gegebenen Grunde das sich Hervorbringen des Menschen in der Zeit, nicht nur Ausprägung eines endgültigen so Seienden in der Erscheinung des Zeitablaufes. Insofern ist der Charakter erst anschaubar in der Biographie, die den Lebenslauf mit seinen Möglichkeiten und Entscheidungen erfaßt".

So ist der Charakter verstehbar in den Zusammenhängen von Triebregungen und Gemütsbewegungen, den Reaktionen, Handlungen, Zielen und Idealen, wobei immer die Anlage hinzugedacht werden muß, die sich in aktuellen bewußten Seelenvorgängen und ihren Äußerungen kundtut. Die abnormen Persönlichkeiten weichen nun vom Durchschnitt ab, sie stellen extreme Variationen menschlicher Art dar. Davon zu unterscheiden sind die eigentlich kranken Persönlichkeiten, die durch Veränderung einer frühen Anlage infolge hinzukommenden Prozesses entstanden sind.

Dieser Psychopathiebegriff ist heutzutage weitgehend aufgegeben worden zugunsten desjenigen der *Persönlichkeitsstörungen* (Tölle 1986). Dies ist eine rein deskriptive Kategorie, die – anders als die Psychopathien – keine ätiopathogenetischen Annahmen impliziert.

Dazu die Definition aus dem DSM-III-R: „Persönlichkeitszüge sind überdauernde Formen des Wahrnehmens, der Beziehungsmuster und des Denkens und zwar jeweils im Hinblick auf die Umwelt und auf sich selbst. Sie kommen in einem breiten Spektrum von wichtigen sozialen und persönlichen Situationen und Zusammenhängen zum Ausdruck. Wir sprechen von Persönlichkeitsstörungen nur dann, wenn Persönlichkeitszüge unflexibel und wenig angepaßt sind und die Leistungsfähigkeit wesentlich beeinträchtigen oder zu subjektiven Beschwerden führen. Persönlichkeitsstörungen lassen sich meist bereits in der Adoleszenz oder früher erkennen und setzen sich während des größten Teils des erwachsenen Lebens fort, obwohl sie sich in den mittleren Jahren oder im Alter oft weniger auffällig manifestieren. Die diagnostischen Kriterien der Persönlichkeitsstörungen beziehen sich auf Verhaltensweisen oder Charakterzüge, die für das Verhalten der Betroffenen in letzter Zeit und für das längerfristige Verhalten seit Beginn des Erwachsenenalters charakteristisch sind. Die Konstellation von Verhaltensweisen oder Charakterzügen führt entweder zu wesentlichen Beeinträchtigungen in der sozialen Anpassung oder in der beruflichen Leistungsfähigkeit oder zu subjektiven Beschwerden."

Mit der Einführung operationalisierter Diagnostik von Persönlichkeitsstörungen im DSM-II/I, fortgesetzt im DSM-IV sowie im ICD-10, wird auch der Verhaltenstherapeut aufgefordert, den Persönlichkeitsstörungen den ihnen gebührenden Rang einzuräumen, den sie im Denken der Psychiatrie und Tiefenpsychologie schon lange innehaben.

Dabei zeigen viele Studien, daß die Diagnose einer Persönlichkeitsstörung zusätzlich zu einem klinischen Syndrom wie Zwang, Angst etc. zu einem ungünstigeren natürlichen Verlauf und Ausgang und auch zu einem mäßigeren Ansprechen der klinischen Syndrome auf die Therapie führt (Bronisch 1992). Damit muß sich der Verhaltenstherapeut mit der Implikation auseinandersetzen, daß die Diagnose einer Persönlichkeitsstörung eine teilweise auch strukturell determinierte Störung beschreiben kann. Dies kann ihm etwas von dem therapeutischen Optimismus nehmen, dem die Auffassung zugrunde liegt, daß alles Verhalten erlernt und somit auch wieder verlernbar sei.

Tiefenpsychologisch orientierte Therapeuten tun sich mit der Persönlichkeitsstörung leichter: Für den Analytiker ist eine Strukturdiagnose nicht so problematisch, zielt er mit seiner Behandlungsart doch auch auf eine Strukturänderung ab. Es gibt aber auch Vertreter unter den Analytikern, die eine Strukturänderung als Therapieziel aufgeben, auch aufgrund der Zwillingsforschung (Hoffmann 1983, Heigl-Evers u. Schepank 1981, Brede 1974).

Die Persönlichkeit steht also, wie schon Jaspers es definierte, im Brennpunkt der Anlage-Umwelt-Diskussion. Verhaltensweisen und psychische Eigenschaften werden sowohl durch Gene bestimmt als auch durch Umwelteinflüsse, unmittelbar durch die jeweilige Umwelt, durch Verhalten und Reaktionen des jeweiligen Partners, mittelbar durch Erfahrungen, Lernvorgänge und Prägungen. Die Erbanlage steckt den Kreis des Möglichen ab, die Umwelt hat mehr oder weniger Mitspracherecht bei der Realisierung. Es wurden polygene Erbgangmodelle aufgestellt, insbesondere multifaktorielle Schwellenmodelle: Erst, wenn genetische und nichtgenetische Faktoren eine bestimmte Anzahl (Schwelle) erreicht haben, manifestiert sich die Krankheit; zuvor passiert gar nichts. Um den Einfluß der genetischen Faktoren beurteilen zu können, wurde eine Vielzahl von Zwillingsstudien für die unterschiedlichsten psychischen Erkrankungen unternommen. Bei Persönlichkeits- und Verhaltensstörungen sind genetische Einflüsse von geringerer Bedeutung als bei den endogenen Psychosen, aber doch deutlich erkennbar. In einer dänischen Adoptionsstudie war unter den biologischen Verwandten von Adoptivkindern mit späterer schwerer Psychopathie die gleiche Störung mit 3,9 % fünfmal häufiger als in den Adoptivfamilien und unter Kontrollen. In den Zwillingsuntersuchungen von Schepank und Heigl-Evers 1981 waren, nach dem „Leitsymptom" beurteilt, 52 % der eineiigen Zwillinge und 14 % der zweieiigen Zwillinge konkordant. Für die Summe der Einzelsymptome betrug die Konkordanz bei den eineiigen Zwillingen 33 % und bei den zweieiigen Zwillingen 17 %. Das bedeutet, daß die Disposition Neurose als kontinuierlich verteilte, multifaktoriell bedingte Variable gesehen werden kann, die erst durch Umwelteinflüsse Krankheitswert erlangt. Eysenck versuchte, diese Disposition im sog. Neuroticism score zu erfassen (1967).

Ein Zentrum der Zwillingsforschung ist die Universität von Minnesota, wo 1979 Bouchard damit begann, getrennt aufgewachsene Zwillinge zu untersuchen. Die Probanden wurden eine Woche lang körperlichen und psychologischen Test unterzogen. Sie wurden mit tragbaren Geräten ausgestattet, die ihre Aktivitäten und ihre Körpertemperaturen rund um die Uhr aufzeichneten, sie wurden geröntgt, mit Videokameras beobachtet und mußten sich in einem Laufrad bewegen. Persönliche Interviewer notierten ihre Lebensgeschichte, sie durchliefen standardisierte Tests zur Erkundung ihrer Persönlichkeit, ihres Intelligenzquotienten und anderer geistiger Fähigkeiten. Bei Abschluß der

Untersuchung hatten sie mehr als 15 000 Fragen beantwortet. Auf diese Weise haben Bouchard und seine Mitarbeiter – Augenärzte, Zahnärzte und Kardiologen ebenso wie Psychologen und Genetiker – eine umfangreiche Datenbank angelegt, in der heute die Daten von über 100 getrennt aufgewachsenen Zwillingspaaren gespeichert sind. Die statistische Aufarbeitung dieser Daten führte zu Schätzwerten für die „Vererbbarkeit", die sich auf den Prozentsatz der Variabilität für ein bestimmtes Merkmal beziehen, die auf genetische Unterschiede zwischen den Individuen einer bestimmten Population zurückgeführt werden können. So stellte man fest, daß die Vererbbarkeit des Intelligenzquotienten bei etwa 70 % liegt, was bedeutet, daß 70 % der individuellen Variationen eher genetischen Faktoren als Umweltkomponenten zuzuschreiben sind. Bei anderen geistigen Fähigkeiten stellte man eine mittlere Vererbbarkeit von etwa 50 % fest, wobei das räumliche Orientierungsvermögen am stärksten und das visuelle Gedächtnis am wenigsten genetisch beeinflußt waren.

Hinsichtlich der Persönlichkeitsmerkmale wurden schon 1976 an der Universität von Texas 514 Paare eineiiger und 336 Paare zweieiiger Zwillinge untersucht, man kam zu einer durchschnittlichen Vererbbarkeit von 50 % für Persönlichkeitsmerkmale. Darunter werden gefaßt das allgemeine Wohlbefinden, die Aggressivität, die Belastbarkeit für Streß, der Grad der Extra- oder Introvertriertheit, Akzeptanz traditioneller Werte, Ausmaß der Selbstkontrolle, psychische Flexibilität und v. a.. Für gemeinsam aufgewachsene Zwillinge gilt ebenso wie für Geschwister allgemein, daß die Persönlichkeit weit weniger geformt wird durch die Gemeinsamkeiten des Umfeldes, wie den sozioökonomischen Hintergrund, die Schulausbildung oder das Familienleben als vielmehr durch ihre eigenen speziellen Wechselbeziehungen zu Eltern und anderen Bezugspersonen und ihren eigenen individuellen Erfahrungsschatz. Auch haben mehrere Studien gezeigt, daß zusammen aufgewachsene eineiige Zwillinge sich in ihrer Persönlichkeit weniger ähneln als getrennt aufgewachsene, vermutlich eine Folge ihrer Bemühungen, eine eigene Identität zu entwikkeln. Nur ein ganzheitlicher multidisziplinärer Ansatz macht im Bereich der Verhaltenswissenschaften Sinn. Die Beiträge des Erbgutes und der Umwelt sind nicht nur additiv, sondern ergeben eher komplexe Kombinationen.

2 Die Borderline-Persönlichkeitsstörung: Verhaltensdiagnostik

In der Verhaltenstherapie ergibt sich ein Zugang zur Persönlichkeitsstruktur aus der Persönlichkeitspsychologie unter den Stichworten „Situationismus, Interaktionismus, Personalismus". Der Sachverhalt, daß ein Verhalten eine Funktion von Situation und Person ist, gilt als persönlichkeitspsychologische Selbstverständlichkeit. Auch für den Verhaltenstherapeuten liegt es nahe, daß das Verhalten nicht ausschließlich von situativen Bedingungen kontrolliert wird. Selbst einer der theoretischen Begründer der Verhaltenstherapie (Kantor 1924 u. 1926) ging schon von einer Wechselwirkung von Situation und Person aus. Jaeggi schrieb 1975: „Die Vorstellung von der aktuellen Determination des spezifischen Verhaltens stellt den Menschen als ein Wesen dar, das außerordentlich abhängig ist von den herrschenden Umwelteinflüssen. Überdauernde Strukturen bei einem Wechsel des Bedingungsgefüges sind dann nur schwer erklärbar über kognitive Komponenten und andere intervenierende Variablen. In gewisser Weise könnte man sagen, daß unter diesem Aspekt der Mensch in der verhaltenstherapeutischen Praxis vielmehr als ein lebenslängliches Kind gesehen wird, denn als spezifisch und überdauernd geformte Persönlichkeit."

Der Zugang zum Symptom erfolgt über eine präzise Beschreibung des Symptoms und seiner Bedingungen in der Verhaltens- und Bedingungsanalyse (Kanfer u. Grimm 1977, Schulte 1974). Wo stellt sich in der Verhaltensanalyse nun eine strukturelle Determination dar?

2.1 Organismus-Variable

Die Zuordnung überdauernder Strukturen zur Organismus-Variablen steckt therapeutischen Bemühungen von vornherein Grenzen. Das Therapieziel bleibt auf die Aspekte aktueller Determination, die durch die übrigen Variablen der Kanferschen Verhaltensgleichung erfaßt werden, ausgerichtet. Dies entspricht etwa der alten Weisheit „Anlage prädestiniert, Umwelt realisiert".

2.2 Kognitives Verhalten

Überdauernde Persönlichkeitszüge werden im Rahmen der kognitiven Verhaltenstherapie als „kognitive Strukturen" angesehen. Das manifest beobachtbare Verhalten mag aktuell determiniert sein, die Oberpläne, Schemata, Erwartungen werden demgegenüber als lerngeschichtlich gewachsene Verfestigungen angesehen. Persönlichkeitszüge „traits" können mit Adjektiven wie „abhängig, zurückgezogen, arrogant, extravertiert" bezeichnet werden und sind sichtbare Zeichen einer Grundstruktur. Durch Übertragung von Bedeutungen auf Ereignisse lösen die kognitiven Strukturen eine Kettenreaktion aus, an deren Ende schließlich die für die Persönlichkeitszüge charakteristischen sichtbaren Verhaltensweisen (Strategien) stehen. Verhaltensmuster, die normalerweise Persönlichkeitszügen oder Veranlagungen wie etwa „ehrlich, schüchtern, umgänglich" zugeschrieben werden, stellen zwischenmenschliche Strategien dar, die aus der Wechselwirkung von angeborenen Eigenschaften und Umwelteinflüssen resultieren (Beck u. Freemann 1989 u. 1993).

2.3 Beobachtbares Verhalten

Bislang kann das Verhaltensrepertoire eines Patienten nicht mit einem „typischen" Verhaltensrepertoire einer Bezugsgruppe verglichen werden. Es liegen auch keine Vorstellungen darüber vor, welche Verhaltensweisen eher genetisch bzw. strukturell determiniert sind und welche eher aktuell kontrolliert werden. Im Zusammenhang mit ineffektiven Copingstrategien werden klinisch relevante (biographisch-) strukturelle Verhaltenstendenzen diskutiert. Im Streßverarbeitungsfragebogen von Janke, Erdmann und Kallus (1985) werden unterschiedliche Bewältigungsstrategien erfaßt und klassifiziert, die als Persönlichkeitsdispositionen verstanden werden.

Hand (1986) unterscheidet aktive und passive Meidungsstrategien als Kennzeichen (biographisch-) struktureller Determination und ordnet diesen überdauernden Verhaltenstendenzen unterschiedliche neurotische Erscheinungsbilder zu.

2.4 Physiologische Reaktion

Durch die Kategorie physiologischer Reaktionen werden generalisierte oder situationsspezifische physiologische, emotionale Reaktionskonstanten des Individuums beschrieben. Fahrenberg (1979) hat individualspezifische Reaktionsmuster im Sinne einer Situations- bzw. Reaktionsstereotypie dargestellt. Es handelt sich um ein deskriptives Modell, wobei offen gelassen wird, ob es sich um biographische, genetische oder phylogenetische strukturelle Determinationen handelt.

Die beiden von Eysenck beschriebenen „Persönlichkeitstypen" Introversion und Extraversion (1967) werden auf eine genetische Disposition zurückgeführt. Sie unterscheiden sich nicht nur in Fragebogendaten, sondern auch in ihren psychophysiologischen Reaktionsbereitschaften. Für Verhaltenstherapeuten ist bedeutsam, daß bei Extravertierten und Introvertierten der Lernprozeß unterschiedlich abläuft und sie durch diese unterschiedlichen Prädispositionen anfälliger sind für unterschiedliche Störungen.

Unkonditionierte oder klassisch konditionierte physiologische/emotionale Reaktionen beinhalten einen engen Bezug zu genetischen oder phylogenetischen Verhaltensmustern. Persönlichkeitsstrukturen, Funktionen und Prozesse sind leichter zu verstehen, wenn Einstellungen, Gefühle und Verhalten im Hinblick auf ihre möglichen Beziehungen zu ethnologischen Strategien untersucht werden. Durch die natürliche Selektion kam es vermutlich zu einer Abgleichung von programmiertem Verhalten und den Anforderungen der Umwelt. Da sich unsere Umwelt nun jedoch schneller verändert hat als unsere automatischen Anpassungsstrategien, passen Raub-, Konkurrenz- und Soziabilitätsstrategien einer primitiven Umgebung nicht mehr unbedingt zu den Gegebenheiten einer hochindividualisierten und hochtechnologisierten Gesellschaft. Eine schlechte Anpassung könnte somit der Faktor in der Verhaltensentwicklung sein, den wir als Persönlichkeitsstörung diagnostizieren. Auch Syndrome der Achse-1-Störungen können evolutionstheoretisch dargestellt werden. Während früher z. B. das Kampf-Flucht-Verhalten in Situationen körperlicher Gefahr vermutlich angepaßt war, kann es heute die Grundlage für eine Angststörung oder chronische Feindseligkeit bilden. Das gleiche Reaktionsmuster, das beim Anblick eines Raubtiers aktiviert wurde, wird auch bei Bedrohungen durch psychologische Traumata wie Ablehnung oder Abwertung mobilisiert. Individuelle Persönlichkeitsunterschiede in der Streßreaktion können ebenfalls auf die Variabilität des genetischen Pools zurückgeführt werden. Eine Person kann beispielsweise so veranlagt sein, daß sie beim Anblick von Gefahr erstarrt, eine andere hingegen greift an, eine dritte wiederum meidet jegliche Quelle potientieller Gefahr. Beck (1990, 1993) verwendet für solche Persönlichkeitszüge oder Verhaltensmuster den Begriff „Strategie". Strategien in diesem Sinne sind Formen programmierten Verhaltens, die biologischen Zielsetzungen dienen. Beck geht so weit, entsprechende Strategien im Hinblick auf mögliche Vorläufer in der menschlichen Entwicklungsgeschichte zu analysieren. Er führt als Beispiel an, daß das theatralische Verhalten der histrionischen Persönlichkeit auf das Imponiergehabe bei Tieren zurückgeführt werden kann, die antisoziale Störung auf das Raubverhalten und die dependenten Persönlichkeitsstörungen auf die im ganzen Tierreich vorhandenen Bindungen. Entsprechende Kombinationen angeborener Prädispositionen werden dann durch zwischenmenschliche Faktoren modifiziert. Nicht alle schüchternen Kinder entwickeln sich zu schüchternen Erwachsenen. Menschen gelingt es durchaus, ihr Verhalten zu ändern und zugrundeliegende Einstellungen zu modifizieren. Der Einfluß von Bezugspersonen und zweckmäßigen Erfahrungen zur Förderung einer besseren Selbstbehauptung kann einem schüchternen Menschen zu mehr Durchsetzungsvermögen und Geselligkeit verhelfen. Die Persönlichkeit kann man sich vorstellen als eine relativ stabile Struktur ineinandergreifender Schemata, die für den Ablauf verantwortlich sind von der Wahrnehmung eines Reizes bis zu einer Verhaltensreaktion. Die Integration von Umweltreizen und das Zustandekommen einer adaptiven Reaktion hängt von den ineinandergreifenden Systemen spezialisierter Strukturen ab. Eigenständige, jedoch miteinander in Beziehung stehende Systeme sind an Erinnerungen, Kognitionen, Affekten, Motivationen, Aktionen und Kontrolle beteiligt. Die grundlegenden Verarbeitungseinheiten, die *Schemata*, sind gemäß ihrer Funktion geordnet. So befassen sich kognitive Schemata mit Abstraktionen, Interpretation und Erinnerung, affektive Schemata mit Gefühlsentwicklung, motivationale Schemata mit Wünschen, instrumentelle Schemata mit Handlungen und Kontrollschemata mit der Selbstüberwachung und dem Verhindern bzw. Steuern von Handlungen.

Die Diskussion über kognitive und verhaltensbedingte Muster scheint die subjektiven Aspekte unseres emotionalen Lebens – Gefühle wie Traurigkeit, Freude, Angst und Wut – auszuschließen. Aber gerade Affekte wie Lust und Schmerz spielen eine Schlüsselrolle in der Mobilisierung und Aufrechterhaltung wesentlicher Strategien. Die Überlebens- und Fortpflanzungsstrategien scheinen zum Teil mittels Anbindung an Lust-Schmerz-Zentren zu operieren. Aktivitäten, die das Überleben und die Fortpflanzung zum Ziel haben, bringen bei Erfolg Freude mit sich, bei Mißerfolg „Schmerz". Durch Hunger und Geschlechtstrieb wird Spannung aufgebaut, die Erfüllung verschafft wiederum Befriedigung. Andere emotionale Strukturen, die zu Angst und Traurigkeit führen, verstärken kognitive Signale, die auf Gefahren hinweisen oder die Erkenntnis verhindern, daß man etwas Wertvolles verloren hat.

Bei der Behandlung von Persönlichkeitsstörungen muß bislang noch auf Behandlungsformen verwiesen werden, die auf klinischer Beobachtung basieren und eine begrenzte empirische Grundlage haben. Die Berichte, die darüber vorliegen, zeigen, daß Persönlichkeitsstörungen recht effektiv behandelt werden können, wenn kognitiv-verhaltenstherapeutische Interventionen auf individualisierten Konzepten basieren und interpersonale Aspekte der Therapie ausreichend beachtet werden. Die Schemata sind schwer zu korrigieren, sie werden durch verhaltensbedingte, kognitive und affektive Elemente fixiert.

Die Therapie muß von einem dreiteiligen Ansatz ausgehen. Ein streng kognitiver Ansatz und der Versuch, Patienten mittels Argumenten von ihrer verzerrten Überzeugung wegzubringen, werden keine Wirkung erzielen. Gibt man den Patienten die Möglichkeit, in der Sitzung ihre Phantasien oder Erinnerungen abzureagieren, so wird dies allein ebenfalls nicht zum Erfolg führen. Wichtig ist, daß das therapeutische Programm alle drei Bereiche anspricht. Die kognitiven Verzerrungen eines Patienten dienen als Wegweiser zum Schema, in der Beziehung werden mehr die affektiven Aspekte deutlich und reaktiviert, Verhaltensübungen und Verhaltenserprobungen sollen den gesamten Umstrukturierungsprozeß begleiten.

3 Entwicklung des Borderline-Begriffs

Hughes sprach 1884 von einem „Borderland", Rosse erwähnte 1890, Clark 1919 und Moore 1921 den Begriff „Borderline". Kraepelin schrieb in seinem Lehrbuch 1909 und 1915 von einem Grenzgebiet zwischen einer kleinen Gruppe auffälliger Persönlichkeiten und der Dementia simplex; Eugen Bleuler entwickelte 1911 den Begriff der latenten Schizophrenie. In den Beschreibungen von Bleuler finden sich Begriffsumschreibungen, die auch später zur Beschreibung der Borderline-Symptomatik immer wieder herangezogen werden, nämlich „pan neurose, pananxiety, pansexuality" (Hoch, Catell 1959) und polymorph-perverse Sexualität. Weiterhin werden passagere Depersonalisations- und Derealisationserscheinungen, vermehrte Beziehungssetzungen und hypochondrische Inhalte beschrieben. Die Psychoanalytiker übernahmen in den 20er Jahren den Borderline-Begriff, Deutsch sprach 1942 von einem psychotischen Charakter, Schmideberg beschrieb 1947 die Stabilität in der Instabilität, Grinker (1968) beschrieb 4 Charakteristika als feste Bestandteile eines Borderline-Syndroms:

1. Ärger als wichtigster Affekt.
2. Affektive Beziehungen sind gestört.
3. Es besteht eine nur geringe unbeständige Selbstidentität.
4. Das Leben solcher Patienten ist durch Schwierigkeiten im zwischenmenschlichen Kontakt, Einsamkeit und Depression gekennzeichnet.

Die gegenwärtige Diskussion psychoanalytischer Borderline-Konzepte ist vor allen Dingen durch Kernberg (1978, 1993) und Kohut (1981) geprägt. Im deutschsprachigen Raum hat Rohde-Dachser 1982 und 1986 die schwierige Differentialdiagnose zu den narzißtischen Persönlichkeitsstörungen behandelt. Kernberg unterscheidet die Borderline-Persönlichkeitsorganisation vom Borderline-Syndrom. Zur Borderline-Persönlichkeitsorganisation gehört eine unspezifische Ich-Schwäche im Sinne einer mangelnden Angsttoleranz, eines Mangels an Impulskontrolle, mangelnde Sublimierungsfähigkeit und eine Nähe des Denkens zum Primärprozeß. Es kommt zu für Borderline-Patienten typischen projektiv-identifikatorischen Abwehrmechanismen und zur Spaltung, die aus der Unsicherheit der Selbst-Objekt-Abgrenzung resultieren. Bei Patienten mit dem Borderline-Syndrom liegen diese Strukturen mehr oder weniger offen zutage. Das Sozialverhalten ist gekennzeichnet durch Versuche manipulatorischer Beherrschung der Umwelt und offene Feindseligkeit, klinisch finden sich Depersonalisation, Kontaktstörungen, Delinquenz und Depression. Bei den sogenannten Borderline-Persönlichkeiten nach Ermann (1985) ist die Entwicklungsstörung weniger schwerwiegend, es bestehen auch reifere Charakterabwehrformen und damit eine bessere soziale Anpassung. Klinisch ähnelt die Symptomatik dann der von Angstneurosen, psychovegetativen Störungen, Depressionen oder Zwangsneurosen. Allerdings bestehen bei diesen Patienten auch in Zeiten kompensierten Funktionierens unterschwellig depressive Leerezustände, Störungen im Umweltkontakt, impulsive Aggressionsabfuhr und häufig auch ein heimliches Praktizieren von der Norm abweichender sexueller Praktiken. Gerade das Vorliegen verschiedener Symptome, die unterschiedlichen Neuroseformen zugeordnet werden könnten, sollte auf eine entsprechende Borderline-Persönlichkeitsstruktur aufmerksam machen.

4 Die Borderline-Persönlichkeitsstörung in der Verhaltenstherapie

„Der Borderline-Patient ist zu sperrig für die Couch und zu komplex für die Skinner-Box. Er braucht sowohl Toleranz als auch Konkretheit, sowohl Akzeptanz als auch Änderungsorientiertheit des Therapeuten. Seine Pathologie erzwingt sozusagen Grenzüberschreitungen zwischen den Schulen und Settings." (Limbacher 1989).

Arbeiten über Borderline-Störungen aus der Verhaltenstherapie verdanken wir Linehan 1981 und 1987, Millon 1981, Freeman 1990 und Young und Swift 1988, Beck 1993 und Fiedler 1995.

Millon schreibt dem Mangel eines klaren, konsistenten Identitätssinns eine zentrale Bedeutung zu. Seiner Meinung nach ist dieser fehlende klare Identitätssinn das Produkt biologischer, psychologischer und soziologischer Faktoren, die zusammenwirken und die erfolgreiche Entwicklung des Identitätssinns beeinträchtigen. Daraus resultieren schlecht koordinierte Handlungen, schlecht kontrollierte Impulse, so daß diese Menschen kaum mit ihren eigenen Emotionen und mit auftretenden Problemen fertig werden. Es besteht bei ihnen ein großer Zwiespalt zwischen Abhängigkeit und Selbstbehauptung.

Linehan sieht die „Dysfunktion der Emotionsregelung" als eine Grundeigenschaft der Borderline-Patienten an, von der sie vermutet, daß diese physiologisch bedingt ist. Diese Dysfunktion soll für die heftigen Überreaktionen auf Ereignisse und für das impulsive Handeln der Borderline-Patienten verantwortlich sein.

Darüber hinaus stellt Linehan die Hypothese auf, daß es solche Menschen im Laufe ihrer Enwicklung mit Bezugspersonen zu tun hatten, die ihrem emotionalen Erleben nur wenig Bedeutung beimaßen und darauf drängten, daß die zukünftigen Borderline-Patienten trotz ihres Kummers eine positive Einstellung aufzeigten. So werden diesen Menschen, die bereits physiologisch zu unverhältnismäßig heftigen emotionalen Reaktionen neigen, auf inadäquate Weise Fertigkeiten zur Emotionsregulation beigebracht. Gleichzeitig lernen sie, eine geringschätzige, strafende Haltung gegenüber ihren eigenen Emotionen einzunehmen. Diese geringschätzige Haltung und die realistischen Ängste dieser Person vor der Unfähigkeit, intensive Emotionen kontrollieren zu können, verhindern, daß sie starke Gefühle lange genug ertragen können, um etwa Trauer angesichts eines bedeutenden Verlustes zu empfinden. Daher wird der Betroffene auch übermäßig durch Verluste belastet. Diese Patienten geraten immer wieder in ernsthafte Krisen aufgrund ihrer Defizite, die sie trotz großer Anstrengung nicht effektiv bewältigen können. Sie kommen also zu dem Schluß, sich in vielen Situationen auf andere verlassen zu müssen. Da sie es jedoch gelernt haben, eine positive Haltung zu bewahren, sind sie unfähig, ausdrücklich um Hilfe zu bitten oder Hilfe zu suchen. Sie halten folglich eine Fassade der Kompetenz aufrecht, während sie versuchen, auf subtile und indirekte Weise Hilfe von anderen zu bekommen.

Young und Swift vertreten die Ansicht, daß die Störung auf fest verankerten Annahmen basiert, die frühzeitig während der Entwicklung übernommen wurden und eine wichtige Rolle im Verlauf des gesamten Lebens spielen.

In Becks Theorie (1976, 1989, 1993) spielen die Grundannahmen der Einzelperson eine zentrale Rolle bezüglich der Beeinflussung von Wahrnehmungen und der Interpretation von Ereignissen sowie der Prägung des Verhaltens und der emotionalen Reaktionen. Drei wesentliche Grundannahmen werden in der kognitiven Therapie mit Borderline-Patienten des öfteren aufgedeckt und scheinen eine zentrale Rolle bei der Störung zu spielen. Sie lauten:

- „Die Welt ist gefährlich und feindselig."
- „Ich bin machtlos und verletzlich."
- „Ich bin von Natur aus inakzeptabel."

Borderline-Patienten können nun eine große Palette kognitiver Verzerrungen aufweisen. Beck bezeichnet diese im Hinblick auf Borderline-Patienten als „dichotomes Denken". Dies entspricht der Tendenz, Erlebnisse im Sinn sich gegenseitig ausschließender Kategorien, z.B. gut oder schlecht, Erfolg oder Mißerfolg, vertrauenswürdig oder hinterlistig, im Sinne eines Schwarz-Weiß-Denkens zu bewerten, anstatt sie in einem Kontinuum einzuordnen. Dies führt zu extremen Interpretationen bei Vorfällen, die normalerweise in den mittleren Bereich eines Kontinuums einzustufen wären. Eine solche dichotome Sichtweise von Erlebnissen kann leicht zu einem abrupten Wechsel von einer extremen Ansicht zu einer gegenteiligen führen. Es entstehen so die charakteristischen abrupten Stimmungswechsel und spektakulären Veränderungen im Verhalten. Die Kombination aus dichotomem Denken und den Grundannahmen der Borderline-Patienten führt zur dichotomen Kategorisierung ihrer selbst und anderer als entweder z.B. fehlerlos oder vollkommen unannehmbar. Die Überzeugung, sie seien von Natur aus inakzeptabel, führt schnell zu dem Schluß, daß sie diese Tatsache vor anderen verstecken müssen, um akzeptiert zu werden. Dies bedeutet, daß die Betroffenen aufgrund der Angst, durchschaut zu werden, Intimität und Offenheit vermeiden müssen. Da sie auch davon ausgehen, nie das zu bekommen, was sie sich wünschen, und sie auch solche Unzulänglichkeiten verstecken müssen, da sie sonst abgelehnt werden könnten, zeigen sie sich anderen nicht so, wie sie sind, und erfahren niemals, daß sie von Natur aus nicht inakzeptabel sind.

5 Therapeutisches Vorgehen

5.1 Allgemeine verhaltenstherapeutische Techniken zur Behandlung von Persönlichkeitsstörungen

Bei der Umstrukturierung von Schemata sollte man sich klar darüber sein, daß nicht alle dysfunktionalen Schemata umstrukturiert werden können. Weise Beschränkung ist hier therapeutischerseits angezeigt, nur die störendsten Schemata können teilweise rückgebildet werden, dies sollte mit der Entwicklung adaptiverer Schemata Hand in Hand gehen.

Hilfreich sind in diesem Zusammenhang Tagebücher zur Anregung der Selbstbeobachtung und Realitätskontrolle.

5.1.1 Umstrukturierung der Schemata

Bei Schemamodifikationen ist zunächst Wert darauf zu legen, daß der Patient seine Schemata als seiner Persönlichkeitsstruktur zugehörig erkennt und ihm klar ist, daß die Änderung dieser Schemata Angst erzeugen wird. Die Patienten müssen darüber in Kenntnis gesetzt werden, damit sie nicht aus der Fassung geraten, wenn sie bei dem Erproben neuer Verhaltensweisen Angst empfinden. Wenn die Patienten nicht mit der Angst umgehen können, fallen sie wieder in ihre alten dysfunktionalen Muster zurück und brechen die Therapie ab. Der Therapeut kann dem Patienten mitteilen, daß es notwendig ist, die Fertigkeiten der Angstreduktion zu beherrschen, um für den Fall auftretender Angst gewappnet zu sein.

Unter einer Grundannahme wie z. B. „ich tauge nichts“ wird ein Notizbuch mit verschiedenen Unterteilungen wie Arbeit, Soziales, Elternschaft, Alleinsein eingerichtet. In jedem Bereich werden täglich kleine Beispiele der Zulänglichkeit aufgeschrieben. Der Therapeut hilft dem Patienten dabei, solche Beispiele zu erkennen und achtet darauf, daß sie regelmäßig vermerkt werden. Der Patient sieht sich die Notizen immer wieder an, um in Zeiten der Anspannung oder des Versagens der absoluten Annahme des negativen Schemas entgegenzuwirken.

In einem vorausschauenden Tagebuch schreibt der Patient im voraus das auf, was in einer bestimmten Situation geschehen wird, falls sich seine negativen Grundannahmen bewahrheiten. Später vermerkt er das tatsächlich Geschehene und vergleicht dies miteinander.

In dieser Form des Tagebuchs analysiert der Patient die täglichen Erlebnisse hinsichtlich alter und neuer Schemata. Dieses Tagebuch kann im Verlauf der Behandlung eingesetzt werden, wenn der Patient schon in der Lage ist, zu einem gewissen Grad neuere adaptivere Schemata zu nutzen.

5.1.2 Einsatz von Rollenspielen

Rollenspiele werden bei der Entwicklung von Fertigkeiten und der Überwindung von Hemmungen wie auch im Selbstsicherheitstraining eingesetzt. Wird im Rollenspiel ein emotionsbeladenes Thema einbezogen, tauchen gewöhnlich dysfunktionale Kognitionen auf, die aufgearbeitet werden können. Beim Rollentausch kann der Therapeut als Modell für ein angemessenes Verhalten auftreten. Auch erleben die Patienten beim Rollentausch gerade hinsichtlich der ihnen nahestehenden Bezugspersonen, daß sich ihre eigene Sichtweise ändert und sie leichter in der Lage sind, sich etwa in ihren Partner oder ihre Eltern hineinzuversetzen und zu verstehen, daß diese es doch gut mit ihnen meinten.

5.1.3 Wiedererleben von Ereignissen aus der Kindheit

Der Einsatz von Kindheitserlebnissen im Sinne vergangener Schlüsselinteraktionen kann im Rollenspiel und im Rollentausch den Affekt mobilisieren und zu einer Veränderung von Schemata oder Grundannahmen führen. Das Verhalten etwa der Eltern kann verständlicher für den Patienten werden. Das erneute Erleben einer Episode erleichtert das Benennen beherrschender Strukturen, die dem Patienten damit bewußter werden und die er somit besser korrigieren kann.

5.1.4 Einsatz von Vorstellungen

Hier wird ein Schlüsselereignis aus der Biographie aufgenommen, um die Reaktion des damals noch kindlichen Patienten im Rollenspiel langsam zu verändern. Dabei versucht der Therapeut, den „Erwachsenenteil" des Patienten im Umgang mit einer übermächtigen Erinnerung zum Tragen zu bringen. Als Modell zeigt er dem Patienten, welche Reaktion in der damaligen Situation angemessen gewesen wäre. Über entsprechende biographisch gestützte Rollenspiele können den Patienten Möglichkeiten eröffnet werden, Vergangenheit und Gegenwart besser voneinander zu unterscheiden. Sie erlangen Einsicht in die frühen Lernprozesse; in Rollenspielen ist es möglich, die Reaktionen im Sinne der verfestigten Schemata zumindest teilweise zu modifizieren.

Was Beck mit dichotomem Denken beschreibt, beschreibt Linehan als dialektisches System des Borderline-Patienten. Die Patienten leben nach These oder Antithese, eine Kompromißformel ist für sie nicht möglich. Die Therapie zielt darauf ab, durch Synthese der Gegensätze dem Patienten dazu zu verhelfen, die innere Spaltung aufzuheben. Dabei betont eine dialektische Betrachtungsweise der Wirklichkeit das grundlegende Zusammenhanggeschehen und die Ganzheitlichkeit der Realität. Andererseits betont sie, daß die Realität aus inneren Polaritäten zusammengesetzt ist. Goldberg schrieb dazu 1980: „Ich nehme an, daß Wahrheit paradox ist, daß jede Erkenntnis ihre eigenen Widersprüche in sich trägt, daß Wahrheiten nebeneinander bestehen. Einander widersprechende Wahrheiten heben sich nicht notwendigerweise gegenseitig auf oder unterdrücken einander, sondern können nebeneinander existieren und dazu einladen, sich auf sie einzulassen und mit ihnen zu experimentieren." Bei den dialektischen Strategien lautet die Maxime des Therapeuten, daß es für alles auch eine entgegengesetzte Position gibt. Er verhilft dem Patienten dazu, von einer Entweder- oder- zu einer Sowohl-als-auch-Position zu gelangen. Die Aufmerksamkeit des Patienten wird auf die Tatsache gelenkt, daß Realität im ständigen Wandel begriffen ist.

Dazu wird zunächst der gegenwärtige Sinn des Patientenverhaltens gesucht und reflektiert. Dem Patienten wird deutlich gemacht, daß seine Reaktion im Moment in sich stimmig ist und im entsprechenden Zusammenhang verständlich. Es wird die Sinnhaftigkeit seiner Ansichten vor dem Hintergrund der Annahme betont, daß der Patient in seiner biographischen Lerngeschichte „invalidisiert" wurde. Er ist geprägt durch Personen, die dazu geneigt haben, emotionale und hierbei besonders negative Erfahrungen zu mißachten, die Schwierigkeiten bei der Lösung größerer Probleme herunterzuspielen und viel Wert auf positives Denken zu legen. Dabei wurden die heftigen Emotionen des jungen Borderline-Patienten nicht ernst genommen, so daß er keine Erfahrung in der Bewältigung dieser Erregung sammeln konnte. Dieser Ansatz unterscheidet das

Vorgehen von Linehan gegenüber dem kognitiven und verhaltenstherapeutischen Ansatz, der besonders die Dysfunktionalität entsprechender Überzeugungen herausstreicht. Gemeinsam mit dem Patienten wird dann in einem zweiten Schritt überlegt, welche gegenteilige Position er auch hätte einnehmen können. Es werden alternative Verhaltensantworten entwickelt, gegebenenfalls im Rollentausch erarbeitet und im Rollenspiel geübt. Entsprechende Strategien werden dann über Verhaltensübungen und Feedback abgesichert, über Hausaufgaben und Klärung von Ähnlichkeiten und Unterschieden in Situationen generalisiert.

Unter der Strategie der respektlosen Kommunikation versteht Linehan, zunächst die Auffassungsweise der Patienten als bare Münze zu nehmen und noch weiter zu über- oder untertreiben, bis die vom Patienten geäußerte Auffassung so polarisiert worden ist, daß es ihm möglich wird, in einem „überraschenden Sprung" von den gegenwärtigen Reaktionsmustern, Gedanken oder Gefühlen ins Gegenteil umzuschlagen.

5.2 Aufbau eines Arbeitsbündnisses – Vertragsgestaltung

Im Erstkontakt mit dem Patienten sollte sich der Therapeut darüber im klaren sein, daß auch er selber im Weltbild des Patienten möglicherweise als gefährlich und böse betrachtet wird. Auch das dem Therapeuten entgegengebrachte Vertrauen kann potientiell gefährlich sein. Darüber hinaus führt der Konflikt zwischen dem Wunsch nach Hilfe und Anerkennung und der Angst vor Verwundbarkeit und Ablehnung zu einer starken Ambivalenz bezüglich der Teilnahme an der Therapie. Insofern gilt das Augenmerk zunächst dem Aufbau eines stabilen Arbeitsbündnisses. Der Therapeut muß sich hier auf viele Überraschungen gefaßt machen. Sprunghafte Veränderungen des Patienten in seinem äußeren Auftreten, in den mitgeteilten Inhalten und in den gezeigten Affekten sind zu erwarten. 3 Problembereiche müssen immer Priorität haben:

- Gefahr für das Leben des Patienten und das irgendeiner anderen Person
- Bedrohung für die Fortsetzung der Behandlung
- Unehrlichkeit auf seiten des Patienten.

Dem Patienten muß erklärt werden, warum gewisse Grenzen gezogen werden. Borderline-Patienten haben häufig Schwierigkeiten im Umgang mit der Zeit, was einen Teil ihrer Identitätsdiffusion ausmacht. Behandlungsziele sind also auch schon die Festsetzung von Beginn und Ende einer Sitzung. Auch geplante Unterbrechungen der Behandlung, etwa wegen Urlaub des Therapeuten, müssen frühzeitig angegeben werden. Warnsignale für die oben beschriebenen Themen mit Priorität sind: mehrfache Suizidversuche, offenkundig chronisches selbstdestruktives Verhalten, chronische Drohungen von Selbstdestruktion. Dabei ist das Risiko erhöht, wenn der Patient sich den Folgen gegenüber gleichgültig zeigt. Eine potientielle Zerstörung der Behandlung deutet sich an, wenn Behandlungsabkommen vom Patienten angestrebt werden, die vorhersagbar instabil sind. Auch wenn verschiedene Therapeuten zur gleichen Zeit besucht werden, der Patient alkoholisiert in die Gespräche kommt oder frühere Therapeuten verleumdet werden, kann dies als Warnsignal aufgefaßt werden. Entsprechende Irritationen sollten direkt angesprochen werden.

Dabei sollte dem Therapeuten daran gelegen sein, aufzuzeigen, daß die Behandlung durch die Pathologie des Patienten bedroht wird und die Art der Bedrohung zu spezifizieren. Er sollte auf realistische Grenzen in der Situation hinweisen und sollte von vornherein in den Behandlungsvertrag Eventualitäten aufnehmen, die aus früheren Behandlungen schon bekannt sind. Neigt z. B. eine Patientin zu anorektischen Episoden im Rahmen einer Therapie, so scheint es wesentlich, in den Vertrag aufzunehmen, daß ein Mindestgewicht einzuhalten ist. Wird dies unterschritten, muß klar sein, daß der Therapeut dafür die Verantwortung an einen organisch tätigen Arzt abgibt und daß dann eine Verlegung mit stationärer Behandlung an anderem Ort vorgesehen ist. Sollte im ambulanten Bereich deutlich werden, daß der Patient die Therapie dadurch sabotiert, daß er das Honorar nicht zahlt, kann mit ihm abgesprochen werden, das monatliche Behandlungshonorar im voraus zu bezahlen.

Wann immer dem Ausagieren Grenzen gesetzt werden, wird der Patient versuchen, diese zu testen. Von daher sollte der Therapeut auf der niedrigsten Stufe der Einschränkungen beginnen und zu der beabsichtigten Grenzsetzung eindeutig stehen, da jede Ambivalenz vom Patienten gespürt wird. Es kommt darauf an, dem Patienten zu verdeutlichen, daß er im Begriff ist, die gemeinsamen Zielabsprachen zu gefährden. Dennoch kann die Therapie nur unter den ausgemachten Bedingungen (Alkoholabstinenz, Mindestgewicht, Abgabe von Medikamenten usw.) erfolgen.

Entsprechenden Verträgen wird der Patient Widerstand entgegensetzen. Dabei schwankt der Borderline-Patient zwischen narzißtischen Hoffnungen – daß wenig von ihm gefordert wird, ihm jedoch viel gegeben wird – und tiefen Gefühlen von Mißtrauen mit der Überzeugung, daß er sich gegen die bösen Absichten des Therapeuten schützen muß. So bestehen Patienten manchmal darauf, unter ihren eigenen Bedingungen angenommen zu werden. Sie drücken damit eventuell den Wunsch nach einem magischen Therapeuten aus, der das Unmögliche möglich machen soll. Der Therapeut setzt sich mit den Einwendungen des Patienten gegen den Vertrag auseinander, indem er vorbehaltlos und ohne Entschuldigung auf die Notwendigkeit von Grenzen hinweist und indem er den Patienten damit konfrontiert, wie dieser sich gegen die Anerkennung der Realität wehrt.

Besonders im stationären Setting kann der Patient noch während der Vertragsfestsetzung gegen den Vertrag agieren. Er kann dies über die Verweigerung der Medikamenteneinnahme oder das vehemente Fordern von Medikamenten tun; er kann versuchen, sich mit dem Arzt gegen den Bezugstherapeuten oder mit dem Co-Therapeuten gegen den Bezugstherapeuten zu verbünden. Diese ausagierenden Verhaltensweisen sollten auf einer realistischen Ebene behandelt werden. Der Therapeut sollte sich wie jemand verhalten, der interessiert auf eine andere Person eingeht. Dabei sollte er seine Bereitschaft, dem Patienten zu helfen, deutlich machen. Ein Ausagieren, welches das Leben des Patienten oder das Leben eines anderen bedroht, muß dabei sofort angesprochen werden. Kann der Patient den Therapeuten nicht davon überzeugen, daß er in der Lage ist, sein Verhalten zu kontrollieren, sollte die Bewertung und Festsetzung des Vertrags ausgesetzt und der Patient in ein Setting überwiesen werden, in dem Schutz gewährleistet ist. Eine angemessene Grenzziehung ist auch notwendig, damit der Therapeut den bei ihm entstehenden Ärger mit Distanz reflektieren kann und seine Verstimmung die Therapie nicht zu sehr beeinträchtigt. Wenn der Therapeut fähig ist, klare Grenzen aufzuzeigen und innerhalb dieser Grenzen auf den Patienten einzugehen, können sich die Patienten darauf meist gut einstellen. Sondervereinbarungen sollten mit dem Patienten keineswegs getroffen werden, da sie weitere Sondervereinbarungen nach sich ziehen.

5.3 Auswahl erster Interventionen

Es ist deutlich geworden, daß in dem Kontakt mit Borderline-Patienten die Therapiestunde immer wieder unterbrochen werden durch aktuelle Schilderungen, sprunghaften Themenwechsel und akute Krisen. Der Therapeut befindet sich dann stets im Zwiespalt, ob er auf die unmittelbaren Probleme des Patienten eingehen soll und welche Reihenfolge er dafür gegebenenfalls wählen sollte oder ob er an seinem zielgerichteten strategischen Ansatz festhalten soll. Dabei wechseln Sorgen und Probleme der Patienten von Woche zu Woche. Wenn der Therapeut zu unflexibel an der vorgegebenen Strategie festhält, wird er dem Patienten nicht gerecht, entsprechende Krisensituationen können nicht abgefangen werden. Er riskiert dann, sich mehr und mehr vom Patienten zu entfernen, nicht mehr ansprechbar zu erscheinen oder sich in einen Machtkampf bezüglich des Therapieplans zu verstricken. Die Lösung ist wohl, sich darauf zu einigen, einen Teil der Therapiestunde jeweils für aktuelle Probleme zu reservieren und sich ansonsten weiterhin auf die eingeschlagene Therapierichtung festzulegen.

Bei der Auswahl der aktuellen Themen sind zunächst all diejenigen zu berücksichtigen, die Leben oder Therapie des Patienten gefährden. Die weitere Reihenfolge der Themen sollte festgelegt werden nach dem emotionalen Gehalt. Das Thema, an dem der Patient am deutlichsten auch affektiv beteiligt ist, sollte zunächst berücksichtigt werden. Stimmt ein Affekt nicht inhaltlich mit dem Thema überein, sollte der Therapeut den Patienten auf die offensichtliche Inkongruenz hinweisen, was zur Aufdeckung des vorherrschenden Themas führen kann.

5.4 Abbau der Non-Compliance

Von Beginn einer Behandlung an ist es wichtig, den Patienten an dem Aufbau des Therapieplans und der Hausaufgaben mitwirken zu lassen. Dabei erscheint es wichtig, daß der Therapeut nicht auf „standardmäßigen“ Hausaufgaben beharrt. Verweigert der Patient eine Mitarbeit bei den Hausaufgaben, sollte ihm zunächst erklärt werden, daß seine aktive Mitarbeit notwendig ist, er diese aber verweigern kann. Im folgenden kann dann mit ihm gemeinsam untersucht werden, wann der Gedanke, die Hausaufgaben zu boykottieren, aufgetreten ist oder welche weiteren Phantasien er an diese Hausaufgabe knüpft. Dabei ist häufig die Angst vor Veränderung ein Faktor, der zur Non-Compliance beiträgt. Gedanken, dies alles nur für den Therapeuten zu tun, sich diesem nicht ausliefern zu wollen, ihn als übermächtig zu empfinden, mögen entsprechende Verweigerungen begleiten. Auch ist daran zu denken, daß der Patient immer wieder neu einen Sog verspürt, sich fallen zu lassen, versorgt zu werden, andere für sich arbeiten zu lassen. Veränderungen sollten seitens des Therapeuten nicht gefordert werden, Geduld und langsames Arbeiten, eher Übervorsichtigkeit als Vorpreschen sind angezeigt. Zeichen von zunehmender Angst oder zunehmendem Widerstand seitens des Patienten sind oft Hinweise darauf, daß das Tempo zu schnell ist. Der Therapeut sollte den Patienten auf solche Beobachtungen direkt ansprechen.

5.5 Abbau des dichotomen Denkens

Was tiefenpsychologisch als Abwehrfunktion mit Spaltung beschrieben wird (Kernberg 1978), äußert sich auf der Verhaltensebene in engen Beziehungen oder bedrohlichen Situationen als ein dichotomes Denken, ein Schwarz- oder Weiß-Sehen. Bewertungen finden sich nicht in einem Kontinuum, sondern stets an dessen Polen, dazwischen gibt es keine grauen Schattierungen. Zunächst einmal ist es notwendig, dem Patienten diese einseitigen Beurteilungen zugänglich zu machen und mit ihm gemeinsam zu verstehen, daß sie ein Ausdruck seiner Persönlichkeitsstörung sind. Dies kann dadurch erfolgen, daß ein wichtiger Bereich, z.B. Vertrauenswürdigkeit, ausgewählt wird und die Patienten gebeten werden, einigermaßen klare operationale Definitionen für die beiden Extreme zu geben, so daß Menschen in eindeutige Kategorien eingeteilt werden können. Dann können die Patienten gebeten werden, bekannte Personen in diese zwei Kategorien einzuteilen und zu prüfen, ob die dichotome Sichtweise der Realität entspricht oder nicht. Es kann im weiteren auch versucht werden, an Beispielen näherer Bezugspersonen diese hinsichtlich ihrer Vertrauenswürdigkeit einzuschätzen und sie dann auf einem Kontinuum von 0 bis 10 zu bewerten. Da es unwahrscheinlich ist, daß alle Bekannten des Patienten tatsächlich auf den Endpunkten eines Kontinuums einzuordnen sind, ist es gewöhnlich möglich, aufzuzeigen, daß das Bild eines Kontinuums realistisch ist und daher bedeutende Vorteile hat zum Erlernen des Umgangs mit Menschen und Situationen.

5.6 Aufbau der Emotionskontrolle

Borderline-Patienten sind häufig der Meinung oder haben die Erfahrung gemacht, daß es sofort Ablehnung oder Angriff zur Folge hat, wenn sie bestimmte Gefühle wie Wut und Ärger zum Ausdruck bringen. Folglich versuchen sie häufig, jeglichen Ausdruck von Emotionen zu unterdrükken. Die Therapiesituation im Einzelgespräch oder der Gruppe bringt die Möglichkeit mit sich, den Patienten immer wieder zu fragen, wie er sich fühlt, sobald Situationen auftauchen, in denen Ärger spürbar wird oder zu erwarten wäre. Auch kann sich der Therapeut in die Lage des Patienten versetzen und vorsichtig formulieren, was er selbst anstelle des Patienten empfinden würde. Den Ausdruck der Emotion seitens des Patienten quittiert der Therapeut mit Bestätigung und Akzeptanz. Entsprechende Vorstellungen zu Emotionen können auch durch Rollenspiele hervorgerufen werden. Die Reaktionen des Therapeuten hinsichtlich Authentizität und Aufrichtigkeit sind sehr wesentlich, zu heftige Reaktionen sollten angesprochen werden mit dem Versuch, sie zu modifizieren. Im weiteren Verlauf der Therapie können dann Differenzierungen in der Gefühlspalette des Patienten vorgenommen werden. Dabei ist es wesentlich, zu wissen, daß Angst und Ärger häufig Deckaffekte darstellen, unter denen sich meistens Depression und Leere verbergen. Der Patient wird es vermeiden, sich mit diesen Gefühlen auseinanderzusetzen. Das Einüben differenzierterer Betrachtungsweisen hinsichtlich innerer emotionaler Vorgänge kann das Gefühlsleben bereichern und auf die Dauer Leere und Langeweile zurückdrängen.

5.7 Verbesserung der Impulskontrolle

Da Borderline-Patienten häufig über Jahre hinweg von Autoritätspersonen vermittelt bekamen, sich immer unter Kontrolle haben zu müssen, wird ein innerer Impuls sein, eine Impulskontrolle für sich abzulehnen. Der Therapeut sollte klarstellen, daß er nicht versucht, Patienten zur Kontrolle ihrer Impulse zu zwingen oder ihnen gesellschaftliche Normen aufzulegen, sondern daß er ihnen dazu verhelfen will, auswählen zu können, ob sie sich nach einem Impuls richten wollen oder nicht. Der Patient ist dann vielleicht eher bereit, sich auf spezifische Problemsituationen zu konzentrieren und Vor- und Nachteile der Kontrolle eines fraglichen Impulses herauszufinden. Besonders problematisch sind in diesem Zusammenhang selbstzerstörerische impulsive Verhaltensweisen. Diesen liegt häufig zugrunde, Leere und Langeweile zu vertreiben, oder sie hängen direkt mit Gedanken und Gefühlen in einer Situation zusammen. Der Patient sollte sich fragen: „Was will ich mit dieser Handlung erreichen, oder welchen Sinn hat diese Handlung“. Im Hintergrund dieser Handlung kann der Wunsch stehen, andere zu bestrafen, sich selbst zu bestrafen, sich Erleichterung von Schuldgefühlen zu verschaffen, sich von Zwangsgedanken abzuwenden, Depersonalisationen zu unterbrechen. Zunächst kann versucht werden, durch Überbrückungsmaßnahmen ernsthaft selbstzerstörerisches Verhalten zu mindern, etwa statt sich selber Schnittwunden zuzufügen, sie sich mit einem Stift anzumalen. Bei heftigem autodestruktivem Verhalten mag es notwendig werden, dem Patienten dies zu untersagen und ihn mit z.B. einer stationären Einweisung zu konfrontieren für den Fall, daß er dies nicht unterläßt. In den weiteren Sitzungen ist dann mit dem Patienten aufzuarbeiten, warum dieses Verbot notwendig war. Gelegentlich wird auch in den Sitzungen selbst durch einen eingeworfenen Satz ein heftiger Impuls abgeführt, der den Therapeuten verwirrt und überrumpelt zurückläßt.

Die Neigung des Borderline-Patienten zur abwechselnden Idealisierung und Entwertung kann irgendwann einmal das Gefühl hervorrufen, in den Therapeuten verliebt zu sein und die Hoffnung zu haben, daß der Therapeut diese Gefühle erwidert. Auch hierbei sollte der Therapeut seinen Interventionsstil mit Klären der Situation, Erfragen der Hintergründe, Umgang mit Emotionen nicht verlassen. Sollte der Patient innerhalb der Sitzung solche Gefühle unangemessenerweise ausagieren, z.B. indem er körperlichen Kontakt sucht oder sich weigert zu gehen, sollte der Therapeut solche Handlungen als den Versuch interpretieren, die Behandlung zu zerstören, indem er die Vereinbarungen des Anfangsvertrages verletzt. Verletzt der Patient weiterhin den Therapievertag, muß der Therapeut dazu übergehen, sich Hilfe zu suchen, in der Klinik aus dem Co-Therapeuten-Bereich, im ambulanten Bereich z.B. bei einer Schreibkraft. Ein klares Umreißen der eigenen Position kann die Situation klären. In der nächsten Stunde sollte der Therapeut auf diese Handlungen und den dahinter stehenden aggressiven Anteil zurückkommen und die Motivation für dieses Verhalten untersuchen.

5.8 Stärkung des Identitätssinns

Die Identitätsdiffusion ist, wie schon ausgeführt, bei Borderline-Patienten ein vorherrschendes Merkmal. Dies kann so weit führen, daß der Patient in zwei aufeinanderfolgenden Sitzungen eine vollständig andere Seite von sich herauskehrt und ihm dabei seine anderen Persönlichkeitsfacetten nicht bewußt sind. Entsprechende Identitätsdiffusionen können sich auch äußern in einer zeitweiligen Orientierungsunfähigkeit in der Klinik, in der Benennung seiner Therapieziele usw. Die kognitive Therapie mit klareren Vorstellungen über eigene Ziele, Prioritäten, Kompetenzen und Fertigkeiten führt per se zur Arbeit an einer geschlosseneren Identität. Noch einmal sei darauf hingewiesen, daß in diesem Zusammenhang vor allen Dingen die aufrichtigen und echten Rückmeldungen des Therapeuten wesentlich sind. Zur Steigerung der Identität führen auch die Auseinandersetzungen und Abgrenzungen gegenüber anderen Patienten in Gruppentherapien, Rückmeldungen aus diesem Kreis und die Nutzung aller Interaktionsmöglichkeiten, wie dies besonders im Klinikalltag gegeben ist. Auch kleinere Fortschritte, wie sie im Klinikalltag wahrnehmbar sind, sollten dem Patienten zurückgemeldet werden, ebenso sollte der Therapeut das Wagnis würdigen, das der Patient nach seiner Ansicht eingeht, wenn er Scham zugibt oder Ärger ausdrückt.

Im stationären Setting sind noch weitere Maßnahmen zur Festigung des Identitätsgefühls möglich. Dazu gehören:

- Spiegelübungen zur Erweiterung des Selbstbildes
- balneologische Maßnahmen
- Ergotherapie

- Sport, Körpererfahrung
- Genußtraining
- Körpererfahrungsgruppe.

Neben der Einzeltherapie ist häufig die Teilnahme an einer strukturierten Gruppentherapie für den Patienten sehr hilfreich. Die Gruppe kann als verläßlicher als ein einzelner Therapeut erlebt werden, wobei Gefühle von Abhängigkeit nicht so stark abgewehrt werden müssen. Auch fördert die Hinwendung des Patienten zu den Gruppenmitgliedern als reale Bezugspersonen die Kompensation mangelnder psychosozialer Kompetenz.

5.9 Vorgehen in Krisensituationen

Eine Krisenintervention mit einem Borderline-Patienten gliedert sich in eine feste Abfolge von Einzelschritten. Zunächst wird das Verständnis mitfühlend und verstehend geäußert. Die Sorge um den Patienten wird ausgedrückt. Dann erfolgt ein Angebot zur Unterstützung des Patienten, es wird aber auch die Begrenzung der Unterstützung ausgedrückt, um keine Heilserwartungen zu wecken. In einem dritten Schritt wird dem Patienten dann wahrheitsgetreu mitgeteilt, welche Möglichkeiten in der Therapie nun bestehen. Hier wird er mit den Spaltungen und Verleugnungen der eigenen Verantwortung konfrontiert. Es muß darum gehen, gemeinsam abzusprechen, welchen Weg zur Therapie der Patient selbstverantwortlich einschlagen will. Bei Suiziddrohungen des Patienten wird erneut Verständnis ausgedrückt, Unterstützung zugesagt und wieder die Verleugnung der eigenen Verantwortung angesprochen. Dabei können dann auch die Abwertungen des Therapeuten und die damit vollzogene Abspaltung derjenigen Anteile des Therapeuten, die vom Patienten als hilfreich erhofft werden, im Sinne einer Interpretation der Spaltung angesprochen werden. Auch solche Interventionen in einer Krisensituation sollten nach der zuvor ausgemachten Therapiezeit beendet werden (Flügge 1993).

6 Therapeutenvariablen

Bei der Psychotherapie von Borderline-Patienten muß sich der Therapeut auf längere Behandlungszeiten einstellen. Dies bedeutet für den ambulanten Rahmen etwa 1½ bis 2½ Jahre, für den stationären Bereich 3 bis 6 Monate. Abgesehen von dieser Zeitvorgabe ist es notwendig, sich auch auf kleine Therapieziele konzentrieren zu können, die Ziele insgesamt nicht zu hoch zu stecken und mit Geduld und innerer Distanz zum Patienten diesen auf seinem schwierigen Weg zu begleiten. Der Therapeut sollte in der Lage sein, den Sinn und das Positive im Hier und Jetzt des gegenwärtigen Verhaltens des Patienten und bei sich selbst zu finden. Er sollte in der Lage sein, Kritik und den Vorwurf der Manipulation sowie Bewertungen so zu akzeptieren, wie sie ihm entgegengebracht werden. Er sollte die Balance zwischen Akzeptanz und Veränderungsstreben dabei im Auge behalten und zur Übernahme von Verantwortung für Einflußnahmen und Veränderungen bereit sein, die er für den Patienten als vorteilhaft ansieht. Es stellt eine große Herausforderung für den Therapeuten dar, wenn es darum geht, dieses Gleichgewicht zu erreichen. Wenn Therapeuten ausschließlich die kompetenten Anteile der scheinbar kompetenten Personen sehen, sind sie wahrscheinlich nicht nur zu fordernd in ihren Leistungserwartungen, sondern reagieren auch nicht auf versteckte Signale von Not und Schwierigkeiten. Es ist Aufgabe des Therapeuten, sowohl den Fähigkeiten als auch den Defiziten des Patienten gerecht zu werden und versorgende wie auch änderungsorientierte Strategien flexibel auf eine klare und ausgewogene Weise zu integrieren.

Es obliegt zunächst dem Therapeuten, den Mangel an Intuition, Abgrenzung oder vorausschauendem und planendem Denken beim Patienten auszugleichen. Eine weitere wichtige Aufgabe des Therapeuten ist es, den Inhalt einer Sitzung aktiv mit dem der nächsten in Verbindung zu bringen. Er hat die Funktion, den Patienten mit seinen Bewertungsschemata und ihren Auswirkungen auf die Beurteilung der Realität und seine Entscheidungsprozesse bekannt zu machen. Mit Hilfe aktiver Konfrontation vergrößert er dabei die innere Freiheit des Patienten. Hier wird Konfrontation als eine therapeutische Technik nötig. Masterson (1980, 1981) weist darauf hin, daß diese nicht ungefährlich ist, weil der Therapeut „wirklich da sein" und voll Empathie auf den Gefühlszustand des Patienten eingestimmt sein muß, damit die Konfrontation eindeutig im Interesse des Patienten liegt. Damit die Gefahr der Manipulation gebannt wird, muß sich der Therapeut seiner eigenen Gefühlszustände und seines eigenen Narzißmus bewußt sein. Konfrontationen dürfen auf keinen Fall destruktiv oder streitsüchtig erfolgen, weil sonst ihr Wahrheitsgehalt für den hochsensiblen Patienten aufgehoben ist.

Voraussetzung aller Bemühungen, dem Patienten Spaltungen kognitiv erlebbar und reflektierbar zu machen, ist es, daß der Therapeut selbst über eigene Tendenzen zur Spaltung weiß und solche erkennt. Borderline-Patienten stellen hohe Anforderungen an die Integrationsfähigkeit des Therapeuten. Er darf auf die Polarisierungen des Patienten nicht mit eigenen Spaltungen antworten, um die emotionale Belastung zu ertragen, sondern sollte die oft einseitigen und ungemischten Affekte für den Patienten in den Gesamtzusammenhang der Situation stellen und mit anderen emotionalen Beimischungen dem Patienten zurückgeben.

Rohde-Dachser (1986) führt zu Problemen der Regression und der Abhängigkeit aus, daß der Patient auf seine eigenen Grenzen und auf die Konsequenzen bei zu starkem Ausagieren hingewiesen werden muß. So ist es zwar oft Ziel, bei diesen Patienten Regression zu vermeiden, andererseits kann das Verwehren gewünschter Regression durch einen der äußeren Realität zu stark zugewandten Therapeuten auch unter Umständen zu einer malignen Regression führen, wenn der Patient geradezu suchtartig darum kämpft. So empfiehlt Rohde-Dachser, die Abhängigkeitsbedürfnisse der Patienten nicht zu befriedigen, aber zu ermutigen, diese Wünsche so vollständig wie möglich zu äußern und sie verständnisvoll zu billigen. Dadurch kann es gelingen, die Koppelung von Abhängigkeitsbedürfnissen mit Schuldgefühlen und Selbsthaß aufzulösen. Eine solche Handhabung der Regression setzt auch voraus, daß der Therapeut seine eigenen Abhängigkeitsbedürfnisse bearbeitet hat und mit ihnen auf gutem Fuß steht. Maßnahmen zur kontrollierten Regression sind im stationären Rahmen möglich. Dazu sind geeignet

- balneologische Maßnahmen
- meditatives Malen
- Zeiten des Rückzugs und der Bettruhe
- Einzelgymnastik im Wasser.

Stationäre Behandlung allein ist bei schwereren Borderline-Syndromen nicht ausreichend, sondern ein Beginn, ein erster intensiver Behandlungsbeginn oder eine notwendige Maßnahme zur Entzerrung einer untragbar gewordenen häuslichen bzw. beruflichen Situation (Meermann u. Knickenberg 1994). Sie wird ihre sinnvolle Ergänzung in einer folgenden teilstationären oder ambulanten Behandlung finden müssen.

Literatur

American Psychiatric Association. Diagnostic and statistical manual of mental disorders. 4th ed. Washington D.C.: American Psychiatric Association 1994.

Beck AT, Freemann A. Cognitive Therapy of Personality Disorders. East Sussex: Guilford Press 1989.

Beck AT, Freeman A. Kognitive Therapie der Persönlichkeitsstörungen. Weinheim: Psychologie Verlags Union 1993.

Bleuler E. Dementia praecox oder Gruppe der Schizophrenien. In: Handbuch der Psychiatrie. Aschaffenburg G (Hrsg). Leipzig, Wien: Deuticke 1911.

Bouchard T. Zitiert bei Somerville R: Rätsel der Persönlichkeit. Faszination menschlicher Körper. Time-Life Books 1994.

Brede K. Einführung in die Psychosomatische Medizin. Frankfurt: Fischer-Athenäum 1974.

Bronisch T. Diagnostik von Persönlichkeitsstörungen nach den Kriterien aktueller internationaler Klassifikationssysteme. Verhaltenstherapie 1992; 2:140–50.

Bundesminister für Jugend, Familie und Gesundheit (Hrsg). Internationale Statistische Klassifikation der Krankheiten und verwandter Gesundheitsprobleme. 10. Revision. Deutsches Institut für medizinische Dokumentation und Information. Köln: Deutscher Ärzteverlag 1995.

Clark LP. Some practical remarks upon the use of modified psychoanalysis in the treatment of borderland neurosis and psychoses. Psychoanal Rev 1919; 6:306–8.

Deutsch H. Some form of emotional disturbance and their relationship to schizophrenia. Psychoanal Q 1942; 11:301–21.

Ermann M. Ansatz und Technik der psychoanalytischen Borderline-Behandlung. Prax Psychother Psychosom 1985; 30:243–53.

Eysenck HJ. The biological basis of personality. Springfield: Thomas 1967.

Fahrenberg J. Psychophysiologie. In: Psychiatrie der Gegenwart. Band I-I. Kisker KP, Lauter H, Meyer JE, Müller C, Strömgren E (Hrsg). Berlin: Springer 1979.

Fiedler P. Persönlichkeitsstörungen. 2. Aufl. Weinheim, Basel: Beltz 1995.

Flügge D. Diagnose und Therapie der Borderline-Persönlichkeitsorganisation. Vortrag im Hannoverschen Arbeitskreis für Psychosomatik und Psychotherapie am 09. 06. 1993.

Freeman A, Pretzner J, Fleming B, Simon K. Clinical Application of Cognitive Therapy. New York: Plenum 1990.

Goldberg C. The utilization and limitations of paradoxical intervention in group psychotherapy. Int J Group Psychother 1980; 30:287–97.

Grinker RR, Werble B, Dry R. The Borderline Syndrom: a Behavioral Study of Ego Functions. New York: Basic Books 1968.

Hand I. Verhaltenstherapie und kognitive Therapie in der Psychiatrie. In: Psychiatrie der Gegenwart. Bd. 1. Kisker KP, Lauter H, Meyer JE, Müller C, Strömgren E (Hrsg). Berlin, Heidelberg: Springer 1986.

Heigl-Evers A, Schepank H. Ursprünge seelisch bedingter Krankheiten. Bd. 2. Göttingen: Vandenhoeck & Rupprecht 1981; 388–9 und 425.

Hoch P, Catell J. The diagnosis of pseudoneurotic schizophrenia. Psychiat Quaterly 1959; 33:17–43.

Hoffmann SO. Charakter und Neurose. Frankfurt: Suhrkamp 1983.

Hughes C. Borderline psychiatric records – prodromal symptoms of physical impairments. Alienist Neurol 1884; 5:85–90.

Jaeggi E. Persönlichkeitstheoretische Implikationen verhaltenstherapeutischer Praxis. Das Argument 1975; 91:423–39.

Janke W, Erdmann G, Kallus W. Streßverarbeitungsfragebogen. Göttingen: Hogrefe 1985.

Jaspers K. Allgemeine Psychopathologie. 9. Aufl. Berlin, Heidelberg, New York: Springer 1973.

Juli D. Zur Bedingungsanalyse psychosomatischer Störungen. Prax Klin Verhaltensmed Rehabil 1989; 5:34–40.

Juli D. Zum Problem der Strukturdiagnose in der Verhaltenstherapie. Prax Klin Verhaltensmed Rehabil 1992; 18:90–7.

Kanfer FH, Grimm LG. Behavioral analysis. Selecting target behaviors in the interview. Behav Modif 1977; 4:873–8.

Kantor JR. Principles of Psychology. Vol. I/II. Bloomington: Prinicipia Press 1924/1926.

Kernberg OF. Borderline-Störungen und pathologischer Narzißmus. Frankfurt/M.: Suhrkamp 1978.

Kernberg OF. Psychodynamische Therapie bei Borderline-Patienten. Bern: Huber 1993.

Kraepelin E. Psychiatrie. Ein Lehrbuch für Studierende und Ärzte. 8. Aufl. Leipzig: Barth 1909/1915.

Leibenluft E, Gardner DL, Cowdry RW. The inner experience of borderline self-mutilator. J Pers Dis 1987; 1:317–34.

Limbacher K. Stationäre Behandlung einer Borderline-Persönlichkeitsstörung: Falldarstellung. Prax Klin Verhaltensmed Rehabil 1989; 8:235–41.

Linehan MM. A social-behavioral analysis of suicide and parasuicides: implications for clinical assessment and treatment. In: Depression: Behavioral and Directive Intervention Strategies. Claser H, Clarkin J (eds). New York: Brunner/Mazel 1981.

Linehan MM. Dialectical behavior therapy for borderline personality disorder: theory and method. Bulletin of the Menninger Clinic 1987; 51:261–76.

Linehan MM. Dialektische Verhaltenstherapie bei Borderline-Persönlichkeitsstörungen. Prax Klin Verhaltensmed Rehabil 1989; 8:220–7.

Linehan MM. Cognitive-Behavioral Treatment of Borderline Personality Disorder. New York, London: Guilford Press 1993.

Masterson JF. Psychotherapie bei Borderline-Patienten. Stuttgart: Klett Kotta 1980.

Masterson JF. The Narcistic and Borderline Disorders. An Integrated Developmental Approach. New York: Brunner/Mazel 1981.

Meermann R, Knickenberg RJ. Stationäre Verhaltenstherapie-Indikationen, Methoden und Ergebnisse. In: Psychiatrie für die Praxis 19. Helmchen H, Hippius H (Hrsg). München: MMV 1994.

Millon T. Disorder of Personality: DSM III, Axis II. New York: Wiley 1981.

Millon T. On the genesis and prevalence of the borderline personality disorder: a social learning thesis. J Pers Dis 1987; 1:354–72.

Moore TV. The parataxes: a study and analysis of certain borderline mental states. Psychoanal Rev 1921; 8:252–83.

Rohde-Dachser C. Das Borderline-Syndrom. Bern: Huber 1982.

Rhode-Dachser C. Borderlinestörungen. In: Psychiatrie der Gegenwart. Band I. Neurosen, Psychosomatische Erkrankungen, Psychotherapie. Kisker KP, Lauter H, Meyer JE, Müller C, Strömgren E (Hrsg). Berlin: Springer 1986.

Rosse IC. Clinical evidence of borderline insanity. J Nerv Ment Dis 1890; 17:619–74.

Saß H. Zur klinisch-psychiatrischen Bedeutung der Borderline-Diagnose. Prax Klin Verhaltensmed Rehabil 1989; 8:197–204.

Schmideberg M. Borderline passions. The treatment of psychopaths. Amer J Psychother 1947; 1:45–70.

Schulte D. Ein Schema für Diagnose und Therapieplanung in der Verhaltenstherapie. In: Diagnostik in der Verhaltenstherapie. Schulte D (Hrsg). München: Urban & Schwarzenberg 1974; 75–104.

Schneider K. Klinische Psychopathologie. 8. Aufl. Stuttgart: Thieme 1967.

Seipel KH. Fallkonzeption einer ambulanten Verhaltenstherapie bei narzißtischer Persönlichkeitsstörung. Prax Klin Verhaltensmed Rehabil 1992; 18:98–105.

Tölle R. Persönlichkeitsstörungen. In: Psychiatrie der Gegenwart. Band I-I, 3. Aufl. Kisker KP, Lauter H, Meyer JE, Müller C, Strömgren E (Hrsg). Berlin: Springer 1986.

Young J, Swift W. Schema-focused cognitive therapy for personality disorders: Part I International Cognitive Therapie Newsletter 1988; 4:13–4.

5 Pharmakotherapie und Verhaltensmedizin

Rudolf J. Knickenberg und Rolf Meermann

Inhalt

1 Einleitung

In diesem Kapitel soll auf allgemeine Richtlinien zur Vergabe von Medikamenten unter verhaltenstherapeutischen Gesichtspunkten eingegangen werden. Einen Schwerpunkt bilden die Vergabe von Psychopharmaka bei entsprechenden Indikationen und die Verschreibungspraxis in der Klinik, die Vergabe von Schmerzmitteln in Kombination mit Verhaltenstherapie sowie die medikamentöse Behandlung der Anorexie und Bulimie.

1.1 Allgemeine Grundsätze

Im allgemeinen wird ein Medikament zur Besserung einer akuten Befindlichkeitsstörung oder zur Behandlung einer chronischen Erkrankung eingenommen. Dabei stellt die alleinige Gabe eines Psychopharmakons ohne ärztliches Gespräch einen Kunstfehler dar (vgl. Paar 1983, Pöldinger und Wider 1983).

Tritt z. B. ein aktuer Angstanfall auf, der sich mittels eines Tranquilizers rasch lindern läßt, so ist der zuvor angstgepeinigte Mensch symptomkontingent negativ verstärkt worden, der Griff zur Tablette wird operant konditioniert. Gleiches gilt etwa für eine Medikamenteneinnahme bei akuten Schmerzzuständen, bei Schlaflosigkeit, Magendruck, Völlegefühl und anderen Symptomen. Aus lerntheoretischer Sicht wirkt dabei die kontingent auftretende Wirkung verhaltensstabilisierend, d. h., der Patient greift im erneuten Fall einer Symptomentstehung um so bereitwilliger zu einem Medikament.

Ein anderer lerntheoretischer Mechanismus, der eine Medikamenteneinnahme operant verstärkt, ohne daß tatsächlich eine entsprechende Wirkung eintritt, liegt in der Hoffnung und Beruhigung des Individuums begründet. Es wird der Eintritt einer erleichternden Wirkung erwartet, die mit der Einnahme des Medikaments den Patienten entlastet und ihn von seiner Symptomatik distanziert. Daß diese Hoffnung eventuell getrogen hat, wird dem Einnehmer erst nach längerer Zeit bewußt und bedeutet aufgrund des zeitlichen Abstands zur Medikamenteneinnahme und der positiven Erwartungshaltung keine Löschung des zuerst gezeigten Verhaltens.

Das Verhalten, „erst einmal eine Tablette zu nehmen", ist auch ein diskriminativer Stimulus (Hinweisreiz) für die Umgebung des Patienten. Es bedingt etwa Besorgnis und Rücksichtnahme, was als sozialer Verstärker gelten kann, beruhigt aber auch die Umgebung, die nun berechtigte Hoffnung schöpft, daß das Leiden des Mitmenschen gelindert wird und die somit entlastet wird. Dies führt dazu, daß das Einnahmeverhalten von der Umgebung mitbestimmt und in vielen Fällen gefördert wird, da dadurch etwa Klagen des Patienten und Schuldgefühle der Angehörigen minimiert werden.

Auf diese Weise wird dem Kranken die Medikamenteneinnahme aus der Hand genommen. Sorge, Mitleid, verdeckte Aggressionen finden ihren Ausdruck in der Verabreichung der Medikamente. Der Patient wird zunehmend hilflos und abhängig, der Angehörige wird der Experte, zunächst für die Medikamente, dann für die Erkrankung. Ganz neue Verhaltensketten werden initiiert, wie sich am chronischen Krankheitsverhalten ablesen läßt, wenn es zu einer ausgesprochenen Rollenverschiebung etwa im Rahmen einer Familie oder Partnerschaft gekommen ist.

2 Psychopharmaka: Wirkung und therapeutische Anwendung

Die Abgabe von Psychopharmaka an Patienten im verhaltenstherapeutischen Setting ist zunächst ungewohnt und mag bei einzelnen Lesern Mißbehagen hervorrufen. Dies kann begründet sein auf Bedenken, ihr Einsatz könnte das rein verhaltenstherapeutische Vorgehen verwässern oder ihm gar konträr laufen, zum anderen könnte ihr Einfluß im Therapieverlauf nicht ausreichend beschreibbar und somit auch nicht kontrollierbar sein. Es sind also auch bei der Vergabe von Psychopharmaka die grundlegenden verhaltenstherapeutischen Regeln im Bemühen um Transparenz und Selbstverantwortung des Patienten zu beachten; es sprechen dann gute Gründe und Notwendigkeiten für eine Kombination beider Behandlungsmethoden.

Über zwei Drittel der Patienten in unserer psychosomatischen Fachklinik gelangen ohne vorangehende ambulante Untersuchung, ausgewählt durch die bei den Rentenversicherungsträgern tätigen Ärzte, zur Aufnahme. Die Diagnosen, unter denen die Patienten aufgenommen und auch entlassen werden, umfassen

- psychosomatische Krankheitsbilder im engeren Sinne (d.h. mit Substratschädigung)
- funktionelle Syndrome
- psychosomatische Syndrome im Rahmen von Psychoneurosen und Persönlichkeitsstörungen
- phobische und depressive Reaktionen
- „klassiche" psychiatrische Erkrankungen nach Abklingen eines akuten Krankheitsstadiums.

Da bei psychiatrischen Erkrankungen die Gabe von Psychopharmaka oft obligatorisch ist, die prophylaktische Wirkung in vielen Studien nachgewiesen wurde und in psychiatrischen Fachkreisen hierzu weitgehend Übereinstimmung herrscht, wollen wir hier die Notwendigkeit dieser Medikamentenverschreibung nicht weiter belegen. Diese Krankheitsgruppe ist aber genau wie die der psychosomatischen Krankheitsbilder im engeren Sinne implizit mit einbezogen in die weiter unten erfolgende Erörterung der Vorgehensweisen bei der Verschreibung und Verabreichung dieser Medikamente. Die Berechtigung einer etwa durch den Internisten festgesetzten Medikation bei einer psychosomatischen Erkrankung wird kaum angezweifelt werden. Auf diesen Umstand möchten wir mit Nachdruck verweisen, da gerade dem Psychopharmakon das Odium anhaftet, bewußtseinsbeeinträchtigend oder persönlichkeitsverändernd zu wirken. In der Hand des erfahrenen Psychiaters leistet es einen wichtigen Beitrag zur Prophylaxe psychiatrischer Erkrankungen und zur Behandlung psychischer Störungen (Langer und Heimann 1983, Benkert und Hippius 1992, Tölle 1988).

Neben den „klassischen" Indikationen für Psychopharmaka kann ihre Verschreibung auch bei Persönlichkeitsstörungen, Psychoneurosen und umschriebenen phobischen oder depressiven Reaktionen sinnvoll sein. Hierbei sind bei den einzelnen Pharmakagruppen spezifische Eigenheiten zu berücksichtigen.

2.1 Tranquilizer

Tranquilizer wirken schon nach einmaliger Gabe, haben stark variierende Halbwertszeiten und besitzen ein unterschiedlich ausgeprägtes Spektrum von anxiolytischen, sedierenden, spannungslösenden und stimmungsaufhellenden Eigenschaften. Es besteht jedoch die Gefahr einer psychischen und auch physischen Abhängigkeitsentwicklung. In Tabelle 5.1 sind die verschiedenen Tranquilizer nach Wirkung, Indikationen, Kontraindikationen und Nebenwirkungen aufgeführt. Tabelle 5.2 informiert über die pharmakologische Wirkung der Benzodiazepine und ihre speziellen klinischen Indikationen.

Empfehlenswert sind sie unter Berücksichtigung der obengenannten Eigenschaften in erster Linie bei psychogen bedingten Krankheitsbildern, die einhergehen mit häufigen aggressiven Durchbrüchen, akuten Erregungszuständen, Schlafstörungen und ausgeprägten Ängsten in den Über-

Tab. 5.1 Tranquilizer (aus Meermann 1988).

Stoffklasse	Wirkungsprofil	Indikation(en)	Kontraindikationen	Nebenwirkungen
Benzodiazepine	sedativ hypnotisch anxiolytisch muskelrelaxierend antikonvulsiv	Angst Unruhe Gereiztheit Spannung psychosomatische Beschwerden Schlafstörungen (besonders bei psychischer Ursache)	*absolute*: Myasthenia gravis akute Intoxikationen *relative*: Alkoholabhängigkeit/Polytoxikomanie	Sedierung Schwindel Müdigkeit Unrast Abhängigkeitsrisiko
neuer Tranquilizer vom Nicht-Benzodiazepin-Typ	anxiolytisch	Unruhe Angst Spannung Erregung	*absolute*: schwere Leber- und Nierenfunktionsstörungen Myasthenia gravis Ataxie akutes Engwinkelglaukom	Arzneimittelinteraktionen(?) Dysphorie Benommenheit Übelkeit, Brechreiz Schwindel Nervosität
Betablocker	Blockade der Beta-Adreno-Rezeptoren Therapie der somatischen Symptome der Angst (Tachykardie, Palpitationen, Tremor, gastrointestinale Beschwerden)	funktionelle kardiale Syndrome situative und phobische Ängste Adjuvans bei thymoleptischer Behandlung agitierter Depressionen	*absolute*: Sinusknotensyndrom AV-Block II und III Herzinsuffizienz Asthma bronchiale Bradykardie (<50/min) *relative*: AV-Block I Bradykardie (<55/min) Diabetes mellitus	Kopfschmerzen Müdigkeit gastrointestinale Beschwerden Hypoglykämien Schlafstörungen Alpträume Depressionen (?)

Tab. 5.1 Tranquilizer (aus Meermann 1988). (Fortsetzung)

Stoffklasse	Wirkungsprofil	Indikation(en)	Kontraindikationen	Nebenwirkungen
Thymoleptika	antidepressiv spezifische anxiolytische Effekte durch Imipramin und Clomipramin	Therapieversuch bei Agoraphobien „gemischte Phobien" mit Angsteffekten und Depressionen	*absolute*: Glaukom Pylorusstenose Prostatahypertrophie Harnverhalten akute Intoxikationen *relative*: Arteriosklerose kardiovaskuläre Komplikationen Leberschädigung Diabetes mellitus Thrombophlebitis	vegetative Nebenwirkungen Akkomodationsstörungen Harnsperre epileptische Anfälle
Neuroleptika	antipsychotisch spezifische anxiolytische Effekte durch Fluphenazin, Chlorpromazin, Perazin	Chlorpromazin, Haloperidol und Levomepromazin bei ängstlichen Erregungszuständen organischer Psychosen und Psychosyndrome	*absolute*: Glaukom Harnverhalten Pylorusstenose Prostatahypertrophie akute Intoxikationen *relative*: Arteriosklerose kardiovaskuläre Komplikationen Leberschädigung organische Hirnschäden	extrapyramidalmotorische Symptome (z. B. Spätdyskinesien, Akathisie) Angstverstärkung durch innere Unruhe und Getriebensein bei Akathisie epileptische Anfälle pharmakogene Depression Agranulozytose Photosensibilisierung Müdigkeit Einschränkung der Konzentrationsfähigkeit

Tab. 5.2 Benzodiazepine. Wichtigste pharmakologische Wirkungen und therapeutische Anwendung (nach Haefely 1980).

Wirkung	Indikationen
Anxiolyse, Antikonflikt- und Antifrustrationswirkung; Enthemmung gewisser Verhaltensformen	Angst, Phobien, ängstliche Depression, neurotische Hemmungen
antikonvulsive Wirkungen	verschiedenste Formen epileptischer Aktivität (Epilepsien, Konvulsivavergiftungen)
Dämpfung der psychischen Reaktionsbereitschaft auf Reize („Sedation")	hyperemotionelle Zustände, Schizophrenie
schlaffördernde Wirkung	Schlafstörungen
Dämpfung zentral vermittelter vegetativ-nervöser und hormonaler Antworten auf emotionelle und psychische Reize	psychosomatische Störungen (kardiovaskuläre, gastrointestinale, urogenitale, hormonelle)
zentrale Verminderung des Skelettmuskeltonus	somatisch bedingte und psychogene Muskelspasmen, Tetanus
Verstärkung der Wirkung von zentral dämpfenden Pharmaka; anterograde Amnesie	Anästhesiologie für chirurgische und diagnostische Eingriffe
Fehlen direkter Wirkungen außerhalb des Zentralnervensystems; ungewöhnlich geringe Toxizität	breites Indikationsfeld wegen guter allgemeiner Verträglichkeit in therapeutischen Dosen

gangsphasen bis zur stationären Aufnahme und dann noch weiter unterstützend, bis die psychotherapeutischen Interventionen erste Wirkungen zeigen. Dabei ist es notwendig, jeden Einzelfall kritisch zu prüfen und individuell vorzugehen.

Als wichtigste Tranquilizer können gelten:

- Alprazolam
- Bromazepam
- Diazepam
- Oxazepam.

Als Hypnotika sind aus der Gruppe der Tranquilizer zu benutzen:

- Clotiazepam
- Temazepam.

Aus der Gruppe der Zyklopyrrolone:

- Zopiclon.

2.2 Antidepressiva

2.2.1 Einteilung

Antidepressiva lassen sich anhand ihres chemischen Aufbaus in folgende Stoffgruppen einteilen:

- trizyklische Antidepressiva
- tetrazyklische Antidepressiva
- Serotoninrückaufnahmehemmer
- Monoaminooxydasehemmer (MAO-Hemmer).

Trizyklische und tetrazyklische Antidepressiva: Die Antidepressiva dieser beiden Stoffgruppen sind strukturchemisch eng miteinander verwandt. Sie leiten sich vom Imipramin ab. Gemeinsam ist ihnen die charakteristische Anordnung von drei bzw. vier Ringen. Die Substanzen unterscheiden sich untereinander durch Veränderungen am Zentralring und/oder an der Seitenkette. Sie blockieren verschiedene Neurotransmitterrezeptoren. Lediglich das Clomipramin, ein trizyklisches Antidepressivum, wirkt überwiegend auf die Serotoninrückaufnahme ein und wird unter dieser Gruppe aufgeführt.

Die wichtigsten trizyklischen Antidepressiva sind:

- Amitriptylin
- Doxepin
- Imipramin
- Trimipramin.

Die wichtigsten tetrazyklischen Antidepressiva sind:

- Maprotilin
- Mianserin.

Serotoninrückaufnahmehemmer: Es sind dies bis auf das Clomipramin neu entwikkelte, nicht tri- oder tetrazyklische Antidepressiva, die sich hinsichtlich der Wirkungsprofile wesentlich von trizyklischen Antidepressiva unterscheiden. Dabei haben sie im Vergleich mit Standardantidepressiva eine ähnlich gute antidepressive Wirkung. Die fehlende anticholinerge Wirkung vermindert die Begleitwirkungen auf Herz und Kreislauf. Auch Patienten mit Prostatahypertrophie und Glaukom können gefahrloser behandelt werden. Zur Gruppe der reinen Serotoninrückaufnahmehemmer gehören:

- Fluoxetin
- Fluvoxamin
- Paroxetin.

Monoaminooxidasehemmer: Diese Medikamentengruppe wird von vielen Psychiatern vermieden, da die Verwendung dieser Medikamente zu unvorhergesehenen Blutdruckspitzen führen kann, so daß eine Diät mit Vermeidung einer überhöhten Aufnahme biogener Amine zumindest bei den irreversiblen MAO-Hemmern notwendig wird. In angloamerikanischen Studien konnte jedoch beobachtet werden, daß diese Begleitwirkung nur selten auftritt. Zudem sind in den letzten Jahren kurz wirksame selektive reversible Hemmstoffe der MAO zur Anwendung gekommen. Zwei Enzymunterformen können unterschieden werden:

- Typ A mit Substratspezifität für Noradrenalin, Adrenalin und Serotonin
- Typ B mit Substratspezifität für Dopamin und Phenyläthylamin.

Als irreversibler nichtselektiver MAO-Hemmer kann das Tranylcypromin genannt werden. Von der Pharmakokinetik besser handhabbar sind die selektiven reversiblen MAO-Hemmer. Hier sei genannt:

- Moclobemid.

Eine Charakterisierung der Antidepressiva nach ihrem Wirkungsprofil fällt – entgegen hergebrachter Anschauung – schwer und auch eine Klassifikation nach der primären Wirkung auf die Rezeptoren und Transmittersubstanzen kann bei dem stetig voranschreitenden wissenschaftlichen Erkenntnisprozeß zum jetzigen Zeitraum nur vorläufig sein.

Neuroleptika mit antidepressiver Wirkung: Untersuchungen über die Beziehungen zwischen chemischer Struktur und Wirkung trizyklischer Psychopharmaka führten zu der Hypothese, daß in erster Linie der räumliche Aufbau des Moleküls darüber entscheidet, ob ein Psychopharmakon als Neuroleptikum oder als Antidepressivum wirkt. Vor diesem Hintergrund seien die Neuroleptika mit antidepressiver Wirkung genannt:

- Flupentixol
- Levomepromazin
- Chlorprothixen
- Thioridazin
- Sulpirid.

2.2.2 Indikationsbereiche

Ein Behandlungsversuch mit einem Antidepressivum – eingebettet in einen Gesamtbehandlungsplan – ist immer dann zu unternehmen, wenn eine schwere depressive Störung gleich welcher Ätiologie vorliegt oder wenn ein Patient unter ausgeprägt chronischen Schlafstörungen (besonders mit Früherwachen) leidet.

Die Wahl des anzuwendenden Antidepressivums richtet sich in der Praxis zunächst nach der Ausprägung von Angst, psychomotorischer Agitiertheit, Schlafstörungen und dem Grad der Suizidalität. Sind diese Symptome ausgeprägt, kommen in erster Linie stark sedierende Antidepressiva in Betracht. Sind diese Symptome dagegen leichter ausgeprägt oder nicht vorhanden, kann die Behandlung auch mit einem weniger oder gar nicht sedierenden Antidepressivum begonnen werden. Bei Patienten, bei denen aufgrund anamnestischer Angaben und zusätzlicher Untersuchungsbefunde vermehrt mit Nebenwirkungen wie Bradykardie, Tachykardie, Obstipation, Diarrhöe, Blutdruckschwankungen und Akkomodationsstörungen gerechnet werden muß, sollte auf ein Antidepressivum aus einer der anderen Gruppen verzichtet werden.

2.2.3 Dosierung

Ohne in diesem Rahmen noch näher auf die spezielle Vorgehensweise bei endogenen Affektpsychosen einzugehen, sei nur darauf hingewiesen, daß im allgemeinen einschleichend dosiert wird. Die mittlere Tagesdosis sollte hierbei innerhalb der ersten drei Wochen erreicht, dann mindestens drei Wochen beibehalten und schließlich – falls nicht Nebenwirkungen auftreten und ein Psychotherapieerfolg ausbleibt – erhöht werden. Vor dieser Erhöhung empfiehlt sich auch eine Bestimmung des Serumspiegels.

Ist nach dieser Erhöhung innerhalb der ersten sechs Wochen kein Therapieerfolg eingetreten, kann der Wechsel auf ein anderes Antidepressivum erwogen werden, für dessen Wahl es gegenwärtig noch keine ausreichend gesicherten klinischen Kriterien gibt.

2.3 Neuroleptika

2.3.1 Indikationsbereiche

Neuroleptika werden in einer psychosomatischen Klinik selten verabreicht. Die klassischen Indikationen für Neuroleptika sind akute Psychosen. Einige unserer Patienten zeigen ausgeprägte Störungen der generellen Ich-Funktionen, die von Hoffmann (1984) als Impulskontrolle, Realitätskontrolle, Wahrnehmung, Angsttoleranz, Selbstwertgefühl und Sublimierungsfähigkeit beschrieben werden. Häufig werden auch Patienten mit der Diagnose Phobie oder Anpassungsstörung in Konfliktsituationen und Borderline-Störungen im Sinne des DSM-III-R an eine psychosomatische Klinik überwiesen. Bei diesen Patienten läßt sich besonders hinsichtlich Wahrnehmung, Realitäts- und Impulskontrolle mit einem niedrig- bis mittelpotenten Neuroleptikum in mittlerer Dosierung (z.B. Perazin 50–200 mg – Helmchen et al. 1988) eine gute ausgleichende Wirkung erzielen, die den Patienten erst in die Lage versetzt, sich für den therapeutischen Prozeß zu öffnen. Eine Grundvoraussetzung hierzu ist, zwischenmenschliche Interaktionen auszuhalten und sich realitätsgerecht zu orientieren, wie es besonders in der Gruppenbehandlung gefordert wird. Außerdem sind diese Patienten manchmal erst mit medikamentöser Unterstützung in der Lage, die häufigen und oft emotional belastenden Kontakte zu Mitpatienten auszuhalten.

Die zeitweilige Gabe eines Neuroleptikums ermöglicht es den in ihren Grundfunktionen eingeschränkten Patienten erst, sich wahrnehmungsverändernde Kognitionen zu erarbeiten und Impulsbewältigung mittels rationaler Techniken zu erproben.

Zu erwägen ist die Neuroleptikatherapie auch bei phobischen Ängsten, wenn diese mit ausgeprägten Kontrollzwängen vergesellschaftet sind oder sie bei Patienten mit einem niedrigen oder mittleren Ich-Strukturniveau auftreten. Die Ängste sind dann für den Tagesablauf und das innere Empfinden ausgesprochen bestimmend; die Zwangssymptomatik dient oft der Abwehr tiefgreifender Depersonalisationsgefühle oder der Ausprägung einer Psychose. Besonders im Rahmen einer Therapie sind hier präpsychotische Zustände und psychotische Dekompensationen zu erwarten. Der Therapeut sollte sich vergegenwärtigen, daß das gezeigte Krankheitsverhalten durch die Angstreduktion negativ verstärkt wird. Dabei haben die bei diesen Patienten auftretenden Ängste einen besonders bedrohlichen und diffusen Charakter. Sie lassen sich – anders als bei Angstneurosen –

nicht so leicht mit Befürchtungen auf der kognitiven Ebene verknüpfen. Sie drohen den Menschen zu überwältigen, ihm die Kontrolle zu rauben und ihn zum Spielball numinoser Kräfte werden zu lassen. Diese Menschen bringen dieses Gefühl häufig mit ihrer Angst, „verrückt zu werden", zum Ausdruck und verbalisieren damit ihre zentrale Empfindung, die mit der mangelhaften Ausbildung gesunder Ich-Funktionen verknüpft sein kann.

In den gleichen Bezugsrahmen möchten wir Patienten mit Neigungen zu Selbstmutilationen stellen. Hierunter verstehen wir alle zur Spannungsreduktion angewandten Verhaltensweisen der Selbstverletzung, die von dem Sich-selbst-Schlagen reichen bis zu Verstümmelungen mit Messern, Klingen oder Zigaretten. Entsprechende Verhaltensauffälligkeiten sind häufig verknüpft mit der Diagnose eines Borderline-Syndroms bzw. einer Borderline-Persönlichkeitsstörung. Neben den Möglichkeiten zur verhaltenstherapeutischen Beeinflussung insbesondere des dichotomen Denkstils, der Impulsdurchbrüche und dem Muster sehr instabiler, aber intensiver zwischenmenschlicher Beziehungen (Beck, Freeman 1993, Knickenberg, in diesem Band) bedeutet eine Neuroleptik-Therapie eine oft unabdingbare Behandlungsmöglichkeit (Leibenluft et al. 1987).

2.3.2 Fallbeispiel

Vorgeschichte

Herr H., 47 Jahre, Bankkaufmann, befand sich acht Wochen in stationärer psychotherapeutischer Behandlung einer verhaltenstherapeutisch ausgerichteten Klinik. Als wichtigste derzeitige Beschwerden bezeichnet er eine ständige, starke innere Unruhe, Konzentrationsschwierigkeiten, Schlaflosigkeit, extreme Stimmungsschwankungen, starkes Schwitzen und manchmal auch ein Zittern aller Glieder. Eine auslösende Situation kann er nicht beschreiben; er spricht von einer Anhäufung beruflicher, finanzieller und privater Probleme, die er nicht mehr bewältigen könne. Zu seiner Frau bestünde keine vertrauensvolle Beziehung mehr, von ihr erfahre er wenig Unterstützung. Ebenso habe er in finanzieller Hinsicht allen Spielraum „ausgereizt", so daß hier kaum noch Handlungsfreiheit bestehe.

Aus der *Eigenanamnese* ist zu entnehmen, daß sich der Patient zwischen 1961 und 1973 wegen vier Suizidversuchen (meist in Kombination mit Alkoholabusus) siebenmal in stationärer psychiatrischer Behandlung befand.

Aus der *Sozialanamnese* sind folgende Daten anzuführen: Nach dem Besuch der Volksschule begann der Patient eine Lehre als Industriekaufmann, die er kurz vor dem Abschluß abbrach. Er absolvierte dann eine Lehre als Koch und arbeitete in verschiedenen Anstellungen; dabei sei er 4 ½ Jahre zur See gefahren. 1974 erfolgte eine Umschulung zum Bankkaufmann. Er arbeitete danach in verschiedenen Abteilungen, seit 1980 bis zur stationären Aufnahme in ein und derselben Stellung. 1975 heiratete er eine Vietnamesin, die nach acht Monaten Ehe bei einem Verkehrsunfall ums Leben kam. Danach heiratete er eine Iranerin. Aus dieser Beziehung ging eine Tochter hervor.

Psychischer Befund:

Trotz des korrekten Kleidungsstils wirkt der Patient leicht ungepflegt. Er berichtet in einem kaum zu unterbrechenden Redestrom von zahlreichen diffusen Körperbeschwerden. Es besteht eine wenig differenzierte Körperwahrnehmung. Affektiv schwankt der Patient zwischen plötzlichen Tränenausbrüchen und einem eher subeuphorisch anmutenden Überschätzen eigener Fähigkeiten, wobei der Eindruck des Fassadenhaften, des „Als ob" als eigentlich stabile Größe fortwährend vorhanden ist. Die gleiche Sprunghaftigkeit besteht in der Nähe- und Distanzregulation und im Aufnehmen zwischenmenschlicher Beziehungen. Ausgesprochen geringe Frustrationstoleranz und niedrige Impulskontrolle; als Abwehrmechanismen dienen Verleugnung, Spaltung, Projektion, Ungeschehenmachen.

Diagnose:

Die Diagnose lautet: Inadäquates Sozialverhalten mit dissozialen Zügen bei hysterischen Persönlichkeitsanteilen auf dem Boden eines mittleren Borderline-Strukturniveaus.

Problembereiche:

Als Problembereich für die stationäre Behandlung ließ sich vor allem die mangelnde Impulskontrolle herauskristallisieren. Es fehlte für komplexe Streßsituationen, sowohl im privaten als auch im beruflichen Bereich, ein systematisches und planvolles Problemlöseverhalten. Sah sich der Patient der Situation gewachsen, geriet er in eine fast euphorische Stimmung, die ihn seine eigenen Fähigkeiten und die Veränderbarkeit der Realität deutlich überschätzen ließ. War auf Anhieb ein Lösungsweg nicht ersichtlich, geriet er in eine stark niedergedrückte Stimmung, die er durch Alkoholkonsum oder großzügige Geldausgaben zu bewältigen suchte.

Therapie:

Als wichtigstes Therapieziel wurde mit dem Patienten die Kontrolle seiner Impulshandlungen abgesprochen. Der Patient lernte unter engmaschiger Anleitung, sich für jeden Tag – auch bei extrem negativen Stimmungen – einen Tagesplan mit konkreten Aufgaben und Tätigkeiten zurechtzulegen. Durch diese Maßnahmen, in Kombination mit der Gabe eines Neuroleptikums (200 mg Thioridazin) wurde der Patient in die Lage versetzt, plötzlich auftretende agitierte depressive Verstimmungszustände erfolgreicher zu kontrollieren.

Es wurde die Eingliederung des Patienten in eine hochstrukturierte Problemlösegruppe nach Grawe möglich. Der Patient lernte, sich über Selbstinstruktionen, die er in einem Karteikartensystem ausarbeitete, „Stop"-Zeichen zu setzen. Er übte das schrittweise Betrachten komplexer Situationen in der Problemlösegruppe und machte sich insbesondere konkrete Gedanken über Maßnahmen zur Verbesserung seines Verhaltens in der Partnerschaft. Im Rollenspiel übte er umschriebene Situationen im Umgang mit Autoritätspersonen, denen er bislang stets ausgewichen war.

Der Patient konnte in einem deutlich gebesserten Zustand in eine ambulante Weiterbehandlung am Wohnort entlassen werden, wobei die Prognose nur sehr zurückhaltend als positiv eingeschätzt werden konnte. Über die beschriebenen Maßnahmen war eine gute Integration des Patienten während der stationären Behandlung in die Klinikgemeinschaft und die Therapiegruppen möglich.

2.3.3 Zusammenfassung

Dem Patienten wird durch die Einnahme eines Neuroleptikums erst ermöglicht, sich dem therapeutischen Prozeß so weit angstfrei zu öffnen, daß er in Einzel- und Gruppentherapie in der Lage ist, seine subjektive Realitätswahrnehmung, die häufig durch ausgeprägte Projektions- und Spaltungsmechanismen verzerrt ist, zu überprüfen und realitätsgerechtere Erfahrungen zu machen.

Die Medikamenteneinnahme erleichtert hier zusammen mit einem hochstrukturierten therapeutischen Setting den Zugang zur Gruppen- und Einzeltherapie und ermöglicht die symptomorientierte Anwendung verhaltenstherapeutischer Programme.

3 Spezielle Indikationen für Psychopharmaka

3.1 Angstanfälle

3.1.1 Vorbemerkungen

Unter Angstanfällen sind in Anlehnung an das DSM-III-R Phasen intensiver Angst zu verstehen, die oft mit dem Gefühl drohender Gefahr einhergehen. Dabei müssen mindestens vier der folgenden Symptome auftreten:

- Dyspnoe
- Palpitationen oder Tachykardien
- Brustschmerz
- Unbehagen
- Erstickungsgefühle
- (leichter) Schwindel oder Gefühle der Instabilität
- Derealisation oder Depersonalisation

- Parästhesien oder Kribbeln in Händen oder Füßen
- Hitze- oder Kältewallungen
- Schwitzen
- Gefühle der Schwäche oder Ohnmacht
- Zittern oder Beben
- Furcht, während des Anfalls zu sterben, verrückt zu werden oder etwas Unkontrolliertes zu tun.

Dabei sollten mindestens drei Anfälle in drei Wochen ohne eine realistische äußere Begründung aufgetreten sein.

Das Mittel der Wahl in der Psychotherapie von Ängsten ist die Reizkonfrontation. Wenn ein Patient sich mit den angstauslösenden Reizen täglich für mindestens eine Stunde oder mehr systematisch konfrontiert, verringert sich die Angst allmählich über Tage, Wochen oder Monate. Komplexe Angsterkrankungen erfordern häufig eine Therapiezeit mit Fortsetzung der Reizkonfrontation über viele Monate.

Eine begleitende antidepressive Medikation ist angezeigt, wenn die Ängste durch eine begleitende Depression kompliziert werden. Die antidepressive Medikation ist dann eine sinnvolle Ergänzung zu der Reizkonfrontation, bis sich die Stimmung normalisiert hat (Marks 1993).

Bestehen Kontraindikationen gegen eine Reizkonfrontation, wie sie etwa bei Wlazlo 1992 oder von Emmons und Alberti 1983 dargestellt wurden, so kann der Versuch einer medikamentösen Angstbehandlung unternommen werden. Gut untersucht wurde dazu das Imipramin bei generalisierten Angststörungen (Buller, Benkert 1990). Angstmindernde Eigenschaften bei Angststörungen weisen auch die selektiven Serotoninwiederaufnahmehemmer auf. Am besten untersucht ist hier das Clomipramin (Westenberg, den Boer 1987).

Positive Wirkungen werden ebenfalls von Monoaminooxidasehemmern, etwa dem Phenelzin, berichtet (Judd, Norman, Burrows 1986).

Im Zusammenhang mit einer Reizkonfrontationsbehandlung ist eine hochdosierte Benzodiazepin-Verabreichung nicht sinnvoll. Sie hat einen der Reizkonfrontation entgegengesetzten Effekt, der das Ziel der Reizkonfrontation, die Ängste zu erleben und zuzulassen, verhindert. Es erscheint am sinnvollsten, wenn der Patient zunächst von Benzodiazepinen oder auch Alkohol entwöhnt wird, bevor man mit einer Reizkonfrontationsbehandlung beginnt.

3.1.2 Benzodiazepine im Rahmen des Gesamtbehandlungsplanes

Im folgenden sind einige praktische Hinweise für den Umgang mit Benzodiazepinen im Rahmen eines Gesamtbehandlungsplanes bei Angstanfällen aufgeführt (s. auch Burchhardt und Meermann 1987, Haefely 1980):

Bedeutung des ärztlichen Gesprächs: Da Benzodiazepine nur auf der Symptomebene wirken, können sie ein therapeutisches Gespräch nicht ersetzen.

Goldberg (1982) schlägt ein mehrdimensionales Vorgehen bei der Behandlung mit Benzodiazepinen vor: Viele Menschen können ohne Medikamente mit der Angst zurechtkommen. Bereits der Arztkontakt sowie das ärztliche Gespräch können angstlösend sein. Der Arzt sollte daher immer auch eine nichtmedikamentöse Behandlung ins Auge fassen.

Bedeutung der Benzodiazepine im Gesamtbehandlungsplan: Im Rahmen eines Gesamtbehandlungsplans stellen Benzodiazepine eine therapeutische Stütze dar. Der Gesamtbehandlungsplan muß mit dem Patienten besprochen und ihm die Bedeutung der Benzodiazepine als ein Therapiebaustein klar gemacht werden. Das bedeutet auch, daß man sich von vornherein über die Dauer der Therapie mit Tranquilizern einigen sollte, um späteren Mißverständnissen vorzubeugen.

Dosierung und Dauer der Applikation sollten so niedrig und kurz wie möglich, aber so hoch und lange wie notwendig sein. Dogmatische Handhabung kann gerade Patienten mit chronischen Angstzuständen und Schlafstörungen unangemessen benachteiligen (Beckmann und Haas 1984).

Höchstdosis und Einnahmemodus: Wenn irgend möglich, sollte der Patient beispielsweise nach 14 Tagen zu einer diskontinuierlichen Einnahme angehalten werden, d.h., die Applikation sollte nicht nach einem starren Schema erfolgen, sondern individuell und unter strenger Beachtung der festgesetzten Höchstdosis.

Mitbestimmung des Patienten bei der Dosierung: Die Dosierung sollte in enger Absprache mit dem Patienten und Überwachung des Patienten erfolgen. Hierbei empfiehlt es sich, mit einer möglichst geringen Dosis zu beginnen, um die kleinste wirksame anxiolytische Tagesdosis individuell zu ermitteln.

Zeitpunkt des Therapieerfolges: Rickels (1981) geht davon aus, daß sich ein Therapieerfolg unter Benzodiazepinen innerhalb einer Woche einstellen muß. Nach sechs Wochen sei in der Regel das anxiolytische Therapiemaximum erreicht.

Dosisreduktion: Nach Aufbau eines ausreichenden Wirkspiegels sollte bereits in der ersten Behandlungswoche versucht werden, die Tagesdosis wieder zu reduzieren.

Entzugserscheinungen bei Dosisreduktion: Benzodiazepine können psychische und körperliche Entzugserscheinungen hervorrufen, wenn sie über längere Zeit eingenommen werden (s. Abschn. 3.1.3). Daher ist eine ausschleichende Dosierung über einen Zeitraum von sechs bis acht Wochen unabdingbar.

Kontraindikationen: Polytoxikomane und alkoholabhängige Patienten sollten nach Möglichkeit keine Benzodiazepine erhalten. Zur Anxiolyse, Sedierung und bei Schlafstörungen kann vorübergehend ein niedrigpotentes Neuroleptikum sinnvoll sein.

Aufklärung über die Nebenwirkungen: Der rezeptierende Arzt hat gegenüber seinem Patienten eine Aufklärungspflicht über Wirkungen und Nebenwirkungen von Benzodiazepinen, insbesondere auch bezüglich der sedierenden Effekte z.B. im Straßenverkehr und bei der Bedienung von Maschinen und der potenzierenden Effekte bei gleichzeitigem Alkoholgenuß.

Dauermedikation: Die Dauermedikation von Benzodiazepinen stellt ein besonderes Problem dar. Bei Patienten, die über einen längeren Zeitraum Benzodiazepine einnehmen, jedoch keine Tendenz zur Dosissteigerung zeigen, muß die Frage einer Gewöhnung offenbleiben. Bei jahrelangem Dauergebrauch sollte man mit dem Patienten behutsam die Alternativen besprechen (nichtmedikamentöse Hilfen, Psychotherapie, langsames „Ausschleichen" des Präparates). Trotzdem dürfte bei einem geringen Teil der Patienten (z.B. chronifizierter Zustand) eine Dauermedikation unumgänglich sein.

3.1.3 Abhängigkeit von Tranquilizern

Tranquilizer aus der Stoffklasse der Benzodiazepine sind hochwirksame und hochspezifische Psychopharmaka mit klarem Indikationsbereich für die Neuropsychiatrie und die übrigen medizinischen Disziplinen. In der letzten Zeit hat eine (nicht immer rational und vorurteilsfrei geführte) Diskussion um die Frage des Abhängigkeitsrisikos bei Einnahme von Benzodiazepinen stattgefunden, die weite Teile der Ärzteschaft bezüglich der Rezeptur dieser Medikamente verunsichert hat.

Bei der bisweilen deutlich polemisierend und tendenziös geführten Diskussion über das Abhängigkeitspotential von Benzodiazepinen fällt auf, daß viele andere schädliche Aspekte von Genußmitteln und Verhaltensweisen in unserer Gesellschaft, die ebenfalls ein Mißbrauchs- bzw. Abhängigkeitsrisiko beinhalten, wie Alkohol, Nikotin, Fettsucht usw., in dieser Diskussion ungenannt bleiben.

Wir wollen deshalb im folgenden versuchen, einige Sachinformationen aus neuropsychiatrischer Sicht zur Frage der Abhängigkeit von Tranquilizern zusammenzufassen.

Definition

Der Begriff Abhängigkeit wird nach einem Vorschlag der WHO wie folgt definiert:

- Verlangen oder Zwang, die Einnahme eines Mittels unter allen Umständen fortzusetzen
- Tendenz zur Dosissteigerung
- psychologische und manchmal auch körperliche Abhängigkeit von den Wirkungen des Mittels (dokumentiert durch Abstinenzerscheinungen).

Entstehung von Abhängigkeit

Kielholz (1957) hat einige Bedingungen zusammengefaßt, die zu Mißbrauch von Tranquilizern führen können:

- unwiderstehliches und unersättliches Verlangen nach Korrektur der Realität
- Flucht in eine Scheinwelt
- Unlustverhütung
- Lustgewinn
- Leistungssteigerung.

So führen demnach solche chemischen Stoffe zu Abhängigkeit (und potentiell zu Sucht), denen folgendes Wirkungsprofil innewohnt:

- Entspannung
- Angstlösung
- Euphorisierung
- Stimulierung
- halluzinogene Wirkung.

Pöldinger und Wider (1983) haben ein Dreifaktorenmodell der Entstehungsbedingungen der Drogenabhängigkeit entworfen, welches in Abbildung 5.1 dargestellt ist. Nach diesem Modell müssen außer den spezifischen Wirkungen der Droge auch Persönlichkeitsfaktoren, insbesondere innere Einstellung zum Drogenkonsum (set) wie auch die psychosoziale Gesamtsituation (setting) bei der Entstehung von Drogenmißbrauch bzw. -abhängigkeit Berücksichtigung finden.

Ergebnisse aus Studien zur Abhängigkeit von Benzodiazepinen

Pharmakologische Abhängigkeit: Marks (1978) hat in seiner Monografie auch eine Literaturdurchsicht zur Frage „Benzodiazepine und Abhängigkeit" durchgeführt und fand weltweit weniger als 500 Fälle von Benzodiazepin-Abhängigkeit beschrieben. Er errechnet das Risiko einer echten pharmakogenen bzw. pharmakologischen Abhängigkeit von Benzodiazepinen mit einem Fall von 5 Millionen Patientenmonaten. Zu ähnlichen Einschätzungen gelangen Hollister 1973, Greenblatt und Shader 1978, Ladewig et al. 1981.

Auf der anderen Seite soll nicht unerwähnt bleiben, daß z.B. Marks in einer neuen Literaturübersicht (1983) bis Mitte 1981 insgesamt 962 Fälle von Abhängigkeit beschrieben hat. Auch mehren sich offensichtlich in der Literatur Publikationen, die eher zu warnenden Schlußfolgerungen bei der Frage der Abhängigkeit von Benzodiazepinen kommen.

Low dose dependency: Zur Frage der sogenannten „Low dose dependency" führen Pöldinger und Wider (1985) in ihrer Monografie über Tranquilizer und Hypnotika folgendes aus: „Aus praktischen Gründen sollte man aber zwischen Abhängigkeit nach Mißbrauch mit Dosissteigerung einerseits und einer Gewöhnung bzw. Abhängigkeit bei therapeutischen Dosen („low dose dependency") andererseits unterscheiden. Bei der letzteren handelt es sich um ein pharmakologisches Problem, dem man durch Vermeiden eines abrupten Therapieabbruchs und langsames Ausschleichen der Dosierung begegnen kann. Dies gilt besonders für sogenannte „kurzwirkende" Benzodiazepin-Derivate; denn bei den sogenannten „langwirkenden" Derivaten bzw. bei solchen mit aktiven Metaboliten mit langer Eliminations-Halbwertszeit (wie z.B. Diazepam) dauert es lange, bis die Wirkung aufhört, d.h., sie schleichen sich sozusagen selber aus (was aber nicht heißen soll, daß es nicht doch zu Abstinenzerscheinungen kommen kann!).“

Auf der Feststellung basierend, daß eine Abhängigkeit bei Normaldosen ohne Evidenz einer klinischen Toleranz weit verbreitet ist, postuliert Lader (1983), daß zwei Typen von physischer Abhängigkeit unterschieden werden sollten:

- Hochdosisabhängigkeit mit Toleranzentwicklung
- Niedrigdosisabhängigkeit bei Dauergebrauch.

Abhängigkeitspotential von Benzodiazepinen: In ihrer vielzitierten Literaturübersicht haben Beckmann und Haas (1984) die Variablen zusammengefaßt, die das Abhängigkeitspotential von Benzodiazepinen bedingen:

- Höhe der Wirkdosis einer Tablette
- Geschwindigkeit der Resorption
- verfügbare Dosis im ZNS, die eine intensive Anxiolyse bei geringer Sedierung auslöst
- relativ rasche Elimination mit einer Halbwertszeit von 12–20 Stunden, die die Auslösung klinisch relevanter Entzugserscheinungen verhindert.

Pöldinger und Wider (1985) kommen zu dem Schluß, „daß es in bezug auf diese weite Verbreitung der Benzodiazepine relativ wenige Fälle einer nachgewiesenen

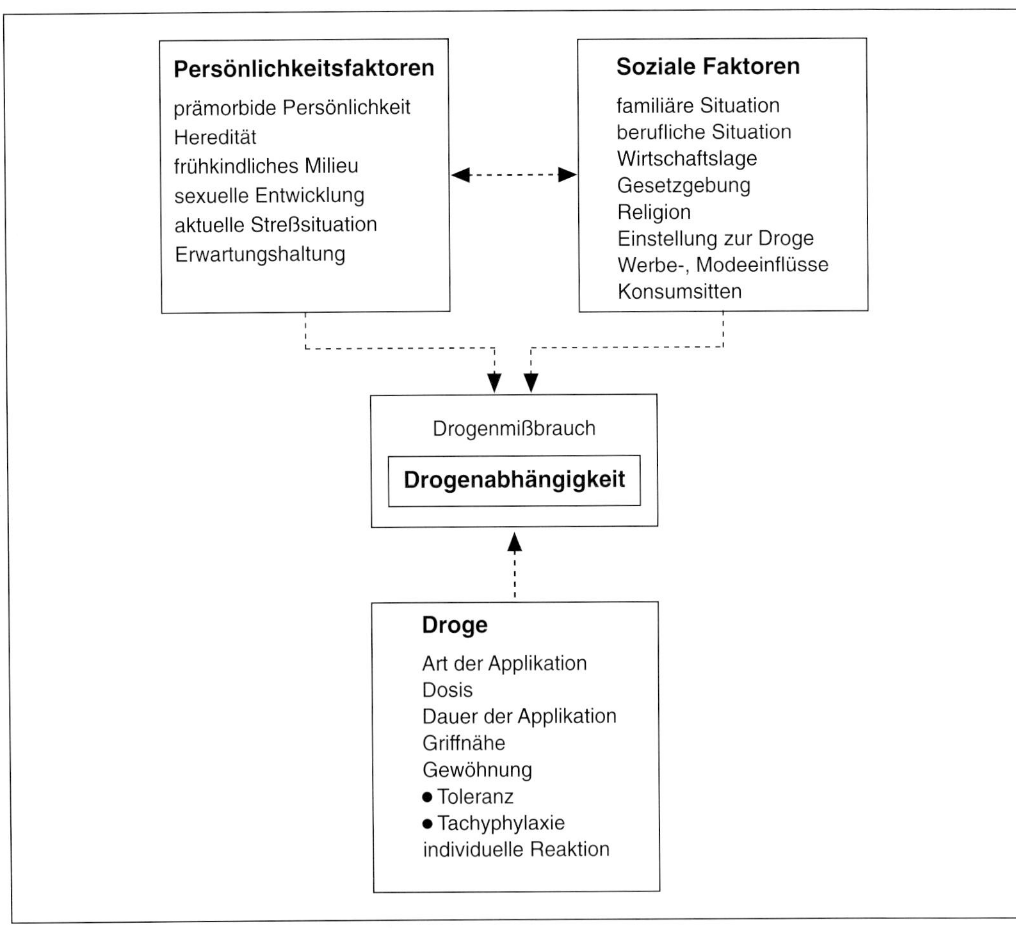

Abb. 5.1 Entstehungsursachen der Drogenabhängigkeit (nach Pöldinger u. Wider 1983).

Abhängigkeit gibt. Die Tatsache aber besteht, daß einige Benützer bei normalen therapeutischen Dosen abhängig werden". Die Autoren zitieren in diesem Zusammenhang auch Lader (1983): „Eine Abhängigkeit (kann) bei normalen Dosen häufig vorkommen ..., dies speziell bei Patienten, die Benzodiazepine während mehrerer Monate oder länger einnehmen. Das Nichteskalieren der Dosen kann nicht länger als Zeichen betrachtet werden, daß keine Abhängigkeit vorliegt."

Langzeitrezeptur von Diazepinen: Während Marks (1981) der Sorge Ausdruck verleiht, daß bei manchen Ärzten eine Tendenz besteht, Rezepte über Benzodiazepine ständig zu erneuern, ohne die Notwendigkeit dafür zu überprüfen, führt Tyrer (1980) aus, daß es sinnvoll sei, falls eine Notwendigkeit nachweislich immer noch besteht, eine neue Verordnung vorzunehmen (er bezieht sich hier auch auf sogenannte therapierefraktäre Fälle). Dies um so mehr, als die Beeinträchtigung durch Angst oder die Zuflucht zu Alkohol oder anderen abhängigmachenden Drogen eine weit schlimmere Alternative als die Langzeitrezeptur von Benzodiazepinen darstelle. In einer späteren Arbeit (1984) führt er zum Problem der Abhängigkeit aus, daß das Verbot von Benzodiazepinen keine Antwort auf das Problem der Abhängigkeit sein könne. Vielmehr müsse eine Prüfung und Wiederbewertung und nicht eine Bestrafung die Antwort sein.

Wirtschaftliche und ideologische Aspekte: Sehr prägnant haben Pöldinger und Wider (1985) auch auf die wirtschaftlichen Interessen in der Diskussion um das Abhängigkeitsrisiko von Benzodiazepinen hingewiesen. „Eine endgültige Beurteilung des Abhängigkeitsrisikos wird aber dadurch erschwert, daß mit dieser Problematik natürlich auch wirtschaftliche Interessen im Spiel sind und auf der anderen Seite aus gegenteiligen Interessen oft eine „Verteufelung" erfolgt, hinter der sich verschiedene emotionale und ideologische Probleme verbergen. Auch kulminiert in dieser Problematik oft die von falschen Voraussetzungen ausgehende Fragestellung ‚Mit den Patienten reden oder Medikamente verordnen?', welche einerseits auf eine allgemeine Psychiatriekritik im Sinne der ‚Anti-Psychiatrie' zurückgeht, hinter der sich aber auch standespolitische Auseinandersetzungen verbergen, weil es beispielsweise Psychologen nicht erlaubt ist, Psychopharmaka zu verordnen, obwohl sich diese Berufsgruppe im zunehmenden Maße therapeutisch betätigt."

3.1.4 Hinweise für die Rezeptur von Sedativa

Um die Gefahr einer Abhängigkeit weitgehend zu bannen, gibt es mittlerweile eine Reihe von Empfehlungen, die abschließend in tabellarischer Form wiedergegeben werden. So hat bereits 1974 die American Medial Association zehn Gebote zur Verschreibung von Sedativa und Hypnotika zusammengestellt (Tab. 5.3). Haase und Linde (1981) haben zehn Gebote eines bestimmungsmäßigen und kunstgerechten Einsatzes von Benzodiazepin-Tranquilizern publiziert (Tab. 5.4).

In jüngster Zeit hat die Arbeitsgemeinschaft für Neuropsychopharmakologie und Pharmakopsychiatrie (AGNP) sieben Gebote im Umgang mit Benzodiazepinen veröffentlicht (Tab. 5.5).

Absetzen von Tranquilizern: langsam, Beachtung der Halbwertszeit „Faustregel".

Tab. 5.3 Zehn Gebote zur Verschreibung von Sedativa und Hypnotika (American Medical Association 1974 [nach Transparenztelegramm 1980]).

1	Vermeiden Sie Barbiturate und andere Sedativa/Hypnotika bei Bagatellbeschwerden oder -klagen. Sie sollten der Beseitigung schwerer Symptome vorbehalten bleiben.
2	Versuchen Sie vor der Verordnung eines Psychopharmakons die zugrundeliegende Störung zu diagnostizieren und zu behandeln.
3	Prüfen Sie die Anfälligkeit des Patienten für Medikamentenmißbrauch, bevor Barbiturate oder andere psychoaktive Medikamente verschrieben werden. Wägen Sie den Vorteil gegenüber den Risiken ab.
4	Dosieren Sie so, daß das Wahrnehmungsvermögen nicht beeinträchtigt, das Verantwortungsgefühl nicht gemindert wird und der Aufmerksamkeitsgrad nicht übermäßig leidet.
5	Informieren Sie sich über die Anwendung von Barbituraten bei ihrer klinischen Indikation: Behandlung der Entziehungserscheinungen bei Medikamentenabhängigkeit vom Barbiturat-Typ.
6	Sprechen Sie regelmäßig mit dem Patienten, evtl. auch mit der Familie, wenn Sedativa/Hypnotika langfristig verordnet werden, um eine Gewöhnung frühzeitig zu erkennen.
7	Verschreiben Sie niemals eine größere Menge, als bis zum nächsten Besuch notwendig ist.
8	Klären Sie den Patienten über Nebenwirkungen und Wechselwirkungen mit anderen Medikamenten einschließlich Alkohol auf.
9	Beraten Sie den Patienten, die Medikamente richtig zu gebrauchen. Der Patient soll den Richtlinien der Gebrauchsanweisung folgen. Er soll nicht mehr benötigte Medikamente aus dem Haushalt entfernen; er möge sie außerhalb der Reichweite von Kindern aufbewahren, und er halte sich nicht an Verschreibungen für andere.
10	Überzeugen Sie den Patienten durch ihr eigenes Verhalten, daß Medikamente – so nützlich sie auch sein mögen – nur ein Teil der Einheit von Behandlung und Lebensführung sind.

Tab. 5.4 Zehn Gebote eines bestimmungsmäßigen und kunstgerechten Einsatzes von Benzodiazepin-Tranquilizern (nach Haase und Linde 1981).

1	Verwenden Sie Benzodiazepine in möglichst niedriger, aber ausreichender Dosierung, und passen Sie die Dosis in jedem Fall individuell an.
2	Überschreiten Sie die vom Hersteller empfohlene mittlere Dosis nur in besonderen Ausnahmefällen und dann nur während weniger Tage.
3	Verordnen Sie Benzodiazepine nicht auf unbegrenzte Zeit, sondern vereinbaren Sie mit dem Patienten gleich zu Beginn den Zeitpunkt, an dem er wieder medikationsfrei auf eigenen Füßen stehen sollte.
4	Beschränken Sie die Langzeittherapie mit Benzodiazepinen ausschließlich auf diejenigen Fälle, bei denen trotz kombinierter psychotherapeutischer und psychopharmakologischer Intervention aus inneren und äußeren Gründen eine Stabilisierung nicht erzielbar ist.
5	Empfehlen Sie dem Patienten, zum frühestmöglichen Zeitpunkt auf die regelmäßige Einnahme zu verzichten und auf Einnahme im Intervall – bei Bedarf – überzugehen.
6	Nutzen Sie konsequent die Möglichkeit zur Dosisreduktion der 1. Woche, und empfehlen Sie dem Patienten, die Dosis bereits nach 2–3 Tagen zu reduzieren, was er in der Phase des Wirkstoffspiegelaufbaus vom 1. bis zum 3. oder 7. Tag (je nach Halbwertzeit des Präparates) meist problemlos kann.
7	Betrachten Sie die eigenmächtige Überschreitung der vom Hersteller für die Ambulanz empfohlenen Dosis als zwingende Indikation zur intensiven Intervention mit dem Ziel, die Medikation zu beenden.
8	Intervenieren Sie bei erkennbarer Tendenz zu kontinuierlicher Dosissteigerung sofort durchgreifend mit dem Ziel, die Einnahmedisziplin sicherzustellen oder, falls diese nicht verläßlich zu gewährleisten ist, die Medikation zu beenden.

Tab. 5.4 Zehn Gebote eines bestimmungsmäßigen und kunstgerechten Einsatzes von Benzodiazepin-Tranquilizern (nach Haase und Linde 1981). (Fortsetzung)

9	Beenden Sie die Therapie ausschleichend. Insbesondere nach langer Verabreichung von mittleren, ambulanzüblichen Dosen (länger als 1 Jahr) oder generell nach Einnahme hoher, ambulanzunüblicher Dosen darf die Therapie keinesfalls abrupt beendet werden, vielmehr ist die Wochendosis über einen Zeitraum von 6–8 Wochen schrittweise abzubauen.
10	Verordnen Sie die Benzodiazepin-Tranquilizer nur solchen Patienten, die eine ausreichende Compliance zeigen, und schließen Sie alle Patienten mit Abhängigkeitsanamnese von der Behandlung aus. Die orale und/oder ambulante Verabreichung eines Benzodiazpin-Tranquilizers an einen Patienten mit starker Bindung an Alkohol, Schlafmittel, Analgetika, Stimulanzien oder gar Rauschmittel ist ein besonders schwerer Kunstfehler.

Tab. 5.5 Sieben Gebote im Umgang mit Benzodiazepinen (AGPN).

1	Strenge Indikationsstellung
2	Kurze Verordnungsdauer
3	Keine Verschreibung an Patienten mit Abhängigkeitsanamnese (Cave: Alkohol- und Drogenanamnese)
4	Nach langdauernder, d.h. mehrmonatiger Anwendung von Benzodiazepinen schrittweise Dosisreduktion
6	Alle Abhängigkeitsfälle an die Arzneimittelkommission der deutschen Ärzteschaft berichten
7	Aufklärung der Patienten darüber, daß verordnete Benzodiazepine keinesfalls an Dritte weitergegeben werden sollten

3.2 Psychopharmaka in der Schmerzbehandlung

Antidepressiva, aber auch Neuroleptika und Tranquilizer beeinflussen die Schmerzwahrnehmung und Schmerzverarbeitung durch Beruhigung, Distanzierung vom Schmerz oder die antidepressive Wirkung.

Antidepressiva

Antidepressiva wirken bei chronischen Schmerzen affektiv stabilisierend, dämpfende Antidepressiva darüber hinaus auch sedierend und schlaffördernd.

Von den Antidepressiva wird die Beeinflussung des an der Schmerzleitung beteiligten 5-HT-Rezeptorsystems angenommen. Dabei weisen die Forschungsdaten darauf hin, daß die Stimulation von 5-HT_1-Rezeptoren die Sensibilität für nozizeptive Reize herabsetzt. Die Aktivierung des 5-HT_2-Rezeptors setzt hingegen die Reaktionsbereitschaft des nozizeptiven Systems herauf. Hinsichtlich des 5-HT_3-Rezeptors ist zu sagen, daß seine Aktivierung im Bereich des Rückenmarks die Weiterleitung nozizeptiver Reize herabsetzt. Die Langzeitbehandlung mit einem 5-HT-Rezeptorblocker oder einem Antidepressivum ruft je nach Art der Rezeptorstimulation eine Vermehrung oder Verminderung der Rezeptoren hervor. Dabei werden bei der Gabe eines Antidepressivums 5-HT_1-Rezeptoren vermehrt gefunden, 5-HT_2-Rezeptoren sind vermindert oder zeigen zahlenmäßig keine Veränderungen (Eide und Hole 1993).

Diese Ergebnisse bilden die Basis für die Kombination eines „kleinen“ Analgetikums (z.B. Azetylsalizylsäure, Paracetamol, Diflunisal) mit einem Antidepressivum zur Beeinflussung chronischer Schmerzzustände. Auch Neuroleptika oder Benzodiazepine sollen die Beeinflußbarkeit chronischer Schmerzen verbessern. Die Antidepressiva scheinen jedoch unabhängig von der Ätiologie des Schmerzes die größte Wirksamkeit zu besitzen. Durch Gabe von Antidepressiva kann die Dosis gleichzeitig verabreichter Analgetika reduziert werden. Abhängigkeitsentwicklung oder die Ausbildung einer Toleranz werden nicht beobachtet.

Die hilfreiche Anwendung von Amitriptylin allein bei Schmerzen im Rahmen einer diabetischen Neuropathie, unabhängig von der Schmerzempfindung und der Stimmungslage des Patienten, belegt eine Doppelblindstudie von Max et al. (1987).

Neuroleptika

Nach Words (1986) besitzen Neuroleptika opiatagonistische Effekte. Haldol, das eine mophinähnliche Struktur aufweist, allerdings keine Abhängigkeitspotential besitzt, bindet sich wahrscheinlich an einen Teil der körpereigenen Opiatrezeptoren. Dies könnte die Grundlage für die klinisch erwiesene Effektivität mancher Neuroleptika bei Karzinomschmerz sein. Sie wirken bei Karzinomschmerzen schmerzlindernd, angstlösend, sedierend, schlaffördernd und antiemetisch. Auch bei der sympathischen Reflexdystrophie (M. Sudeck) haben Thioridazin oder Levomepromazin in allen drei Stadien der Erkrankung eine lindernde Wirkung.

Tranquilizer

Tranquilizer wirken bei chronischen Schmerzen beruhigend, angstlösend, schlafanbahnend, muskelrelaxierend und antikonvulsiv. Die Benzodiazepinderivate zeigen keine nennenswerten analgetischen Eigenschaften, es können jedoch besonders bei inkurablen Karzinomschmerzen die differenten angstlösenden, sedierenden und muskelrelaxierenden Teileffekte genutzt werden.

3.3 Magersucht und Bulimie

Therapeuten, die bei der Behandlung der Anorexia nervosa eine vorrangig organische Position beziehen, haben nahezu jede verfügbare biologische Methode ausprobiert. Ihre Erfahrungen basieren jedoch hauptsächlich auf Material aus Fallstudien oder aus anekdotischen Eindrücken. Alle Arten von psychopharmakologischen Wirkstoffen sind bei der Behandlung der Anorexia nervosa verwendet und für die Behandlung empfohlen worden. In einer Übersichtsstudie fand Bhanji (1970), daß die Psychiater eher dazu neigen, Neuroleptika, Antidepressiva und sogar Insulin zu verschreiben, während die Internisten eher Tranquilizer vorziehen. Kein einzelnes Medikament scheint jedoch eine endgültige Antwort zu bieten. Das rührt daher, daß die meisten Berichte aus unkontrollierten Studien stammen. Weiterhin wurden in den meisten Untersuchungen auf diesem Gebiet psychotrope Medikamente kombiniert.

3.3.1 Die Einstellung des Patienten zu Medikamenten

Medikamentenmißbrauch durch den Patienten: Um sich ihr Dünnsein zu erhalten, nehmen Patienten mit Anorexia nervosa – zumindest heimlich – alle möglichen Arten von Medikamenten ein. Gut bekannt ist der Mißbrauch von Abführmitteln oder Diuretika und von amphetaminartigen anorexogenen Wirkstoffen. Manchmal nehmen die Patienten auch Schilddrüsenhormone (die den Metabolismus steigern), Alkohol oder Sedativa zu sich. Da sie diese Produkte als sehr nützlich für die Erhaltung ihres Dünnseins erachten, sind die Patienten mit Anorexie mitunter sehr schwer dazu zu bewegen, die Einnahme aufzugeben (Crisp 1980 und 1981).

Medikamentenverschreibung durch den Arzt: Es kann oft beobachtet werden, daß Ärzte allzu leicht Medikamente verschreiben, die das spezielle Symptom, unter dem anorektische Patienten leiden (z. B. Obstipation, Amenorrhoe, Schlafstörungen, Appetitlosigkeit, Heißhunger etc.), beseitigen sollen. Dabei wird oft verkannt, daß dies nicht nur zu neuen Problemen führen kann

(z. B. Mißbrauch von Laxanzien), sondern das Verlangen der Patienten, dünner zu werden, verstärkt.

Non-Compliance: Oft wird ein weiteres wichtiges Problem übersehen: die mangelnde Compliance des Patienten. Ein hoher Prozentsatz der bei diesem Krankheitsbild überwiegend weiblichen Patienten, die wir behandelten, wurde wegen ihrer Unbeeinflußbarkeit durch verschiedene psychotrope Medikamente, die sie in Wirklichkeit nie oder falsch eingesetzt hatten, an uns überwiesen.

Für manche Patientinnen ist die Einnahme von Pillen ein Zeichen von Schwäche und Hilflosigkeit; andere weigern sich, wegen der (angenommenen) Nebeneffekte, besonders Appetit- oder Gewichtszunahme, Medikamente zu nehmen; wiederum andere fühlen sich durch ihre körperlichen Empfindungen bedroht, die sich auf Grund der psychotropen Effekte verändern. Blinder et al. (1970) haben den Widerstand bzw. die Abneigung gegen die Einnahme von psychotropen Medikamenten als ein Verstärkungsmedium eingesetzt (Aversions-Minderungs-Therapie): Sie gaben ihren Patientinnen um so weniger Medikamente, je mehr sie an Körpergewicht zunahmen!

Wir haben nicht die Absicht, alle Berichte zur Pharmakotherapie der Eßstörungen ausgiebig zu diskutieren (Garfinkel und Garner 1984, Johnson und Larson 1982, Meermann 1981, Szmukler 1982). Unser Hauptinteresse liegt auf der Frage, ob es für die Nützlichkeit von Medikamenten bei der Behandlung der Anorexia nervosa und Bulimie auf Forschungsergebnissen basierende Beweise gibt.

3.3.2 Neuroleptika

Phenothiazine, besonders Chlorpromazin, sind für die Behandlung von Patientinnen mit Anorexia nervosa lange Zeit als die Medikamente der Wahl angesehen worden (Vandereycken 1987).

Chlorpromazin scheint mehrere *Vorteile* zu haben:

- Seine angstreduzierende Wirkung kann der Patientin helfen, ihre Angst vor dem Essen und einer Gewichtszunahme (Gewichtsphobie) zu bewältigen.
- Sein sedierender Effekt kann sich bei ruhelosen und außergewöhnlich hyperaktiven Patientinnen positiv auswirken, besonders dann, wenn sie auf Grund lebensbedrohlicher Zustände Bettruhe und künstliche Ernährung erdulden müssen.
- Ein Nebeneffekt, die Gewichtszunahme (Appetitzunahme), ist hier erwünscht.

Aber Chlorpromazin hat auch viele *Nachteile*:

- Es senkt den ohnehin niedrigen Blutdruck weiter und reduziert die schon niedrige Körpertemperatur.
- Es kann eine Leukopenie verschlimmern und Agranulozytose und hämolytische Anämie herbeiführen.
- Es senkt den Schwellenwert für Konvulsionen (d. h. höhere Inzidenz von epileptischen Anfällen) und kann eine Bulimie provozieren (zwei zusammenhängende Phänomene?).
- Es kann eine Hyperprolaktinämie auslösen und so die Rückkehr zu normalen menstruellen Funktionen verzögern.
- Es kann zu parkinsonartigen dyskinetischen Reaktionen und Flüssigkeitsspeicherung führen.

In den späten 50er Jahren ist in Großbritannien die Gabe von Chlorpromazin in hohen Dosen (bis 1–1,5 g) empfohlen worden (Dally und Sargant 1960) und eines der zentralen Elemente einer populären medizinischen Prozedur geworden, die bei der stationären Behandlung von Patientinnen den Einsatz von Chlorpromazin mit Bettruhe und (Schlauch-)Füttern hochkalorischer Nahrung kombiniert. In Deutschland wird dieser Ansatz manchmal als die Frahm-Methode (1966) bezeichnet und noch häufig eingesetzt (Engel und Meyer 1982, Niederhoff et al. 1975).

Trotz (oder vielleicht wegen) seiner Beliebtheit ist die Wirksamkeit von Chlorpromazin noch nicht durch wirkliche Forschungsresultate belegt (Vandereycken 1987).

3.3.3 Antidepressiva

Depressive Symptome sind bei Anorexia nervosa nicht ungewöhnlich. Vegetative wie auch kognitive Merkmale der Depression sind Bestandteile der anorektischen Symptomatik, weshalb die Anorexia nervosa oft als eine Form der affektiven Störung angesehen wird (Hendren 1983, Kaplan et al. 1981, Sours 1981). Deshalb wurde auch angenommen, daß antidepressive Medikamente bei der Behandlung der Magersucht eine Rolle spielen könnten.

Trizyklische Antidepressiva bei Anorexia nervosa
Mehrere Fallstudien beschreiben positive Reaktionen auf trizyklische Antidepressiva wie z.B. Amitriptylin, Imipramin und Clomipramin (Hudson et al. 1985a, Hudson et al. 1985b).

Amitriptylin: Dieses Antidepressivum wurde von Biedermann et al. (1985) getestet. Das Medikament zeigte im Vergleich zu Plazebo keine signifikanten Unterschiede. Allerdings wurde in mehreren Fällen über unerwünschte Nebenwirkungen berichtet.

Clomipramin: Dieses Medikament wurde in einer Doppelblind-Plazebo-kontrollierten Studie untersucht (Lacey und Crips 1980). Mit der Gabe von Clomipramin – das stationäre Behandlungsprogramm begleitend – konnte eine signifikante Steigerung von Hunger, Appetit und Energieaufnahme verzeichnet werden, wobei es – wahrscheinlich aufgrund der gesteigerten körperlichen Aktivität – nur zu geringer Gewichtszunahme gekommen ist. Patientinnen, die Clomipramin erhalten hatten, zeigten stabilere Eßgewohnheiten und hielten ihr Körpergewicht nach Beendigung des Versuchs besser als Patientinnen, die ein Plazebo erhalten hatten.

Jedoch ist zu bedenken, daß man „nicht davon ausgeht, daß die trizyklischen Antidepressiva allein die Entwicklung einer Anorexia nervosa radikal verändern" (Lacey und Crisp 1980). Dies gilt auch für alle anderen Medikamente bei diesen Patienten. Sehr wenige Patienten mit Anorexia nervosa benötigen wirklich Antidepressiva (Garfinkel und Garner 1982): „Weil ihr Nutzen nicht bewiesen ist und wegen ihres Potentials für ungewollte Effekte, beschränken wir den Einsatz solcher Medikamente auf Fälle mit schweren depressiven Merkmalen, die auch nach einer Gewichtswiederherstellung weiter angedauert haben."

Trizyklische Antidepressiva bei Bulimie
Es ist bekannt, daß trizyklische Antidepressiva starkes Verlagen nach Kohlenhydraten auslösen können und so das Risiko einer bulimischen Reaktion mit sich bringen. Aber die Bulimie selbst ist auch häufig mit depressiver Stimmungslage oder Dysphorie verbunden (Johnson und Larson 1982) und könnte demnach mit affektiven Störungen verwandt sein (Hudson et al. 1982).

Nach Berichten der letzten Zeit sollen Antidepressiva bei der Behandlung von Bulimie von Wert sein (Brotman et al. 1984a, Brotman et al. 1984b, Hudson et al. 1984, Pope und Hudson 1982, Pope et al. 1983). Die Resultate von Kontrollstudien sind jedoch widersprüchlich. In einer Plazebo-kontrollierten Studie haben Pope et al. (1983) herausgefunden, daß nach Gabe von *Imipramin* signifikant weniger bulimische Anfälle aufgetreten waren. Sabine et al. (1983) konnten andererseits bei ihren bulimischen Patientinnen keinen Unterschied nach Gabe von *Mianserin* und Plazebo feststellen. In einer weiteren kontrollierten Studie mit negativen Ergebnissen wurde festgestellt, daß die depressiven Symptome durch *Amitriptylin* zwar erfolgreich beeinflußt werden konnten, im Plazebovergleich zeigte sich jedoch kein signifikanter Einfluß auf das Eßverhalten (Mitchel und Groat 1984).

Monoaminooxidasehemmer
Von den Monoaminooxidaseinhibitoren (MAOI) wird ebenfalls berichtet, daß sie bei bulimischen Patientinnen sowohl die Stimmungslage wie auch das Eßverhalten beeinflussen (Stewart et al. 1984, Walsh et al. 1982). Diese behauptete Wirksamkeit muß allerdings erst noch in Kontrollstudien verifiziert werden (Fairburn und Cooper 1983). Nur eine einzige Studie zeigte, daß Phenelzine deutlich dem Plazebo überlegen war, indem es die Häufigkeit bulimischer Episoden reduziert (Walsh et al. 1984, Walsh et al. 1985).

Lithium
Die Fluktuationen einiger anorektischer Patientinnen zwischen Fasten und Hochstimmung einerseits sowie Bulimie und Depression andererseits wird manchmal mit den Stimmungsumschwüngen der Manisch-Depressiven verglichen. Daher scheint es logisch, daß Lithium auch bei diesen Patienten versucht wurde (Stein et al. 1982).

Gross et al. (1981) berichteten von einem Doppel-Blind-Kontrollversuch mit Lithiumkarbonat bei Magersucht. In einer vierwöchigen Parallelgruppenstudie wurden acht Patientinnen mit Lithium und acht Patientinnen mit Plazebo behandelt. Alle Patientinnen nahmen an einem Verhaltensmodifikationsprogramm teil. Obwohl einige Gruppenunterschiede schwer zu interpretieren waren, zeigten die zu jedem Zeitpunkt vorgenommenen Mehrfachmessungen in den Wochen drei und vier einen größeren Gewichtszuwachs bei der Lithiumgruppe.

In einer unkontrollierten Studie mit Lithium bei Bulimikerinnen konnte Hsu (1984) bedeutsame Symptomverbesserungen nach Medikamentengabe zeigen.

Abgesehen von seltenen Indikationen und bei besonders sorgfältiger Überwachung raten wir von der Gabe von Lithium ab, weil die Vergiftungsgefahr sehr groß ist. So können Patientinnen, die Erbrechen provozieren, Abführmittel und Diuretika mißbrauchen, ihre Natriumaufnahme einschränken und übermäßig viel Wasser trinken, eine Hypokaliämie entwickeln.

3.3.4 Appetitstimulierende Medikamente

Das hartnäckige Überdauern der Bezeichnung „Anorexia nervosa“ (Anorexie=Appetitlosigkeit) erklärt wahrscheinlich auch, warum die Erkrankung so häufig als eine Appetitstörung mißinterpretiert wird. Viele Kliniker scheinen primär nach einer Methode zu suchen, den „schwachen Appetit“ dieser Patientinnen zu verbessern. Mit diesem Ziel werden deshalb manchmal Neuroleptika und Antidepressiva eingesetzt. Derselben, jedoch falschen Logik unterliegt auch das Verschreiben von sogenannten spezifischen Appetit-Stimulanzien, deren Einnahme – wie bereits erwähnt – viele Patientinnen verweigern.

Insulin: Die Gabe von Insulin wird empfohlen, um den Appetit zu stimulieren wie auch um eine raschere Gewichtszunahme herbeizuführen (besonders in Großbritannien). Insulin sollte jedoch bei der Behandlung der Anorexia nervosa nicht verordnet werden, und zwar nicht nur wegen der Unrichtigkeit der Annahme einer Appetitstörung, sondern weil bei manchen Patientinnen recht hohe Insulinspiegel, Insulinresistenz und Hypoglykämie zu finden sind (Garfinkel und Garner 1982).

Antihistaminika: Cyproheptadin ist ein Serotonin- und Histamin-Antagonist mit anticholinerger und sedativer sowie appetitanregender Wirkung. Vigersky und Loriaux (1977) fanden jedoch, daß Cyproheptadin bei magersüchtigen Patientinnen im Vergleich zu Plazebo zu keiner signifkanten Gewichtszunahme führt. In einer Gemeinschaftsstudie mehrerer Zentren, an der eine große Zahl von stationär behandelten Patientinnen mit Anorexia nervosa teilnahm, untersuchten Goldberg et al. (1979–80) vier verschiedene Behandlungsformen bzw. -kombinationen: Cyproheptadin und Plazebo, jeweils mit und ohne Verhaltensmodifikation. Es konnte gezeigt werden, daß das Medikament weder einen Einfluß auf das Körpergewicht noch einen begünstigenden Effekt (lediglich eine Tendenz) auf einige Einstellungsvariablen wie z.B. die Angst, dick zu werden, hatten. Später fanden Halmi et al. (1982, 1983), daß Cyproheptadin im Vergleich zu Plazebo öfter eine Gewichtszunahme herbeigeführt hat, nicht jedoch im Vergleich zu Amitriptylin. Trotz dieser Ergebnisse bezweifeln wir noch immer den Nutzen von Cyproheptadin bei der Behandlung der Anorexia nervosa.

3.3.5 Appetitzügler

Crisp (1980) stellt den Gebrauch von Appetitstimulanzien bei magersüchtigen Patientinnen ernsthaft in Frage: „... obwohl sie hungrig ist, ißt die Anorektikerin nicht, weil sie panische Angst davor hat, zuzunehmen und ihre gesamte Kontrolle über die Nahrungsaufnahme zu verlieren und fett zu werden. Ein logischer pharmakologischer Ansatz – besonders bei denen, die übermäßig essen und sich dann erbrechen, die auch diejenigen sind, die sich am stärksten der Bedrohung durch ein derartiges Desaster bewußt sind – kann es sein, Medikamente zu geben, die nach Appetit zügeln, was es für sie wieder sicherer machen würde, zu essen und auch ein bißchen Nahrung bei sich zu behalten“ (S. 95).

Amphetamine: Amphetamine (Appetitzügler) sind bekannte anorexogene Medikamente. In einer Doppelblindstudie wurde beobachtet, daß die intravenöse Gabe von Methylamphetamin recht effektiv zur Unterdrückung der Bulimie geführt hat, dieser positive Effekt jedoch sehr kurzlebig war (Ong et al. 1983). Eine ähnliche Wirkung wurde nach oraler Gabe von Fenfluramin berichtet (Robinson et al. 1985).

Wir drängen aus folgenden Gründen auf besondere Vorsicht beim Einsatz anorexogener Medikamente:

- Die Patientinnen müssen selbst lernen, sich auf eine angemessene Art und Weise selbst zu beherrschen, ohne dabei auf künstliche Mittel angewiesen zu sein, die direkten Einfluß auf ihren sowieso schon als ichfremd und beängstigend erlebten Körper nehmen.
- Viele Bulimiker versuchen vergeblich, ihren Appetit mit Hilfe von (vom Arzt allzu oft verschriebenen) anorexogenen Medikamenten zu zügeln. Dies führt zu einer Amphetamin-Abhängigkeit und endet eventuell in einem noch schlimmeren „diätetischen Chaos“.

An dieser Stelle ist noch einmal zu betonen:

Patientinnen mit Anorexia nervosa zeigen generell nicht einen Mangel oder ein Übermaß an Appetit, sondern einen starken Drang oder Zwang dazu, ihren Hunger zu kontrollieren und ihre Nahrungsaufnahme so zu regulieren, daß sie ein niedriges Körpergewicht erreichen oder halten können. Sie müssen lernen, daß niemand die Gesetze der Natur bezüglich der Körperfunktionen verletzen kann, ohne daß er leidet und eine Verschlechterung des biologischen und psychologischen Gesundheitszustandes eintritt.

3.3.6 Weitere Medikamente

Antiepileptika: Rau et al. (1979) haben die Hypothese aufgestellt, daß es bei Patienten mit Eßstörungen eine der Störung zugrundeliegende neurophysiologische Basis gibt, und schlugen die Gabe von Dephenylhydantoin, einem Antikonvulsivum, besonders bei Patientinnen mit episodischen Eßanfällen, die weiterhin noch ein anormales EEG zeigen, vor. Eine Plazebo-Kontrollstudie mit Phenytoin bei Anfallsessern zeigte bei ca. 40% der Versuchspersonen eine Besserung (Wermuth et al. 1977).

Carbamazepin ist ein trizyklischer Wirkstoff, der chemische Merkmale mit Antiepileptika und den polyzyklischen psychoaktiven Medikamenten gemeinsam hat. Positive Effekte sind nach Anwendung bei manisch-depressiven Patienten berichtet worden. Ein Doppelblind-Crossover-Versuch mit Carbamazepin bei Bulimikern zeigte, daß zumindest einer von sechs Patienten mit einer dramatischen Einstellung des anfallsartigen Essens reagierte (Kaplan et al. 1983).

Rauschmittel: In einer vierwöchigen Doppelblind-Crossover-Studie mit elf Anorexia-nervosa-Patientinnen haben Gross et al. (1983) Delta-9-tetrahydrocannabiol, ein psychoaktives Cannabinoid, getestet. Diese Substanz hat eine appetitstimulierende Wirkung, begünstigt die Gewichtszunahme und vermindert den Brechreiz. Die Autoren kommen jedoch zu dem Schluß, daß dieses Cannabinoid bei der Behandlung der Magersucht nicht wirkungsvoll ist und darüber hinaus bei einigen Patientinnen schwere psychische Störungen hervorruft.

Hormone: Außer in Fällen von andauernder Amenorrhoe oder Sterilität gibt es keine Indikation für den Einsatz von Hormonen bei der Behandlung der Anorexia nervosa. Es wurden zwar neben Insulin (s.o.) zahlreiche anabolisch wirkende Steroidhormone wie Kortison, adrenokortikotropes Hormon (ACTH), Thyreotropin (TRH), Thyroxin und Testosteron angewendet. Die metabolischen Unregelmäßigkeiten, gegen die sie verordnet worden sind, sind jedoch nur Korrelate des Gewichtsverlustes oder Konservierungsreaktionen auf den Zustand der Unterernährung (Garfinkel und Garner 1982).

Antiemetika: Metoclopramid kann die verzögerte gastrische Leerung und die postprandiale Dyspepsie bei anorektischen Patientinnen vermindern (Moldofsky et al. 1977, Saleh und Lebwohl 1980). Der Nutzen von Domperidon muß erst noch in einer Plazebo-kontrollierten Studie verifiziert werden (Russel et al. 1983).

Weitere Substanzgruppen: Es wurde auch vorgeschlagen, L-Dopa (Sympathomimetikum), Phenoxybenzamin (alpha-adrenerger Blocker [Redmond et al. 1976]), Kupfersulfat (Hoes 1980) anzuwenden oder sogar eine homäopathische Behandlung mit Arsenicum album (Pandelon und Ruderman 1981) einzusetzen. Die Ergebnisse scheinen jedoch eher die subjektive „Trial-and-error"-Erfahrung auszudrücken, durch die jeder Kliniker hofft, irgendwann einmal die „innovative" Behandlung für Anorexia nervosa zu finden. Das gleiche gilt auch für den Einsatz von Glyzerol (Caplin et al. 1973) und Naloxon (Mills und Medlicott 1984; Moore et al. 1981) als Begleittherapie bei der Wiederherstellung des normalen Körpergewichts bei anorektischen Patientinnen.

3.3.7 Zusammenfassung

Medikamente scheinen die Behandlung der Anorexia nervosa nur wenig positiv zu beeinflussen und haben bis jetzt unser Verständnis der zugrundeliegenden Pathogenese nicht erweitert (Szmukler 1982). Obwohl stationär behandelte Patientinnen mit Anorexia nervosa bei Gabe von psychotropen Medikamenten (z.B. Phenothiazine, Antidepressiva, Cyproheptadin) eine beachtliche Gewichtszunahme erreichen können, so können ähnliche oder sogar noch bessere Resultate durch Verhaltenstherapie allein oder durch eine medizinische Behandlung erreicht werden, die Bettruhe und spezielle Versorgung ohne medikamentöse Therapie umfaßt (Meermann und Vandereycken 1987).

„Sogar wenn durch eine medikamentöse Therapie ein schnellerer Gewichtszuwachs erreicht wird, dann birgt dies dennoch keinerlei Vorteile, wenn es von der Patientin als obszönes Fleisch angesehen wird, das so schnell wie möglich entfernt werden muß" (Tyrer 1982, S. 400). Wie Russell (1977) richtig bemerkte, vergessen die Magersucht-Forscher oft, daß die Kriterien für eine fundamentale Besserung des Krankheitsverlaufes viel radikalere Veränderungen nötig machen, als die Zunahme des Körpergewichts im Verlauf von ein paar Wochen! Die zukünftige Erforschung der Nützlichkeit von Medikamenten sollte nicht darauf abzielen, die Gewichtszunahme bei anorektischen Patientinnen zu fördern, sondern darauf, das anfallsartige Essen und die Gewichtsphobie der dysorektischen Patientin und ihre verzerrten Einstellungen gegenüber ihrem Körper zu verändern.

4 Psychopharmaka im klinisch-verhaltenstherapeutischen Gesamtkonzept

4.1 Zwei konkurrierende Krankheitskonzepte

In einer psychosomatischen, verhaltenstherapeutisch ausgerichteten Klinik konkurriert das kurz als medizinisches Modell zu charakterisierende mit dem lerntheoretischen. Die Medikamentenvergabe ist kongruent mit der Erwartung des Patienten, durch ärztliche bzw. psychotherapeutische Hilfe und entsprechende Verordnungen geheilt zu werden. Dies entspricht bei den meisten Patienten dem subjektiven Krankheitskonzept. Demgegenüber wird von demselben Patienten in der Verhaltenstherapie erwartet, daß er entsprechend seiner eigenen Zieldefinition mit Hilfe des Therapeuten eigene Wege zur Verhaltensmodifikation erarbeitet und erprobt. Er wird dazu ermuntert, aus seiner passiven Patientenrolle herauszutreten. Medizinisches und lerntheoretisches Modell lassen sich entsprechend gegenüberstellen (Reinecker 1987):

- **Medizinisches Modell**
  Psychische Störungen sind Symptome eines zugrundeliegenden Kranheitsprozesses.
- **Lerntheoretisches Modell**
  Abweichendes Verhalten wird ebenso erlernt wie normales Verhalten. Funktionale Bedingungen sind für Erwerb, Aufrechterhaltung und Veränderung psychischer Störungen entscheidend.

Beide Konzepte stehen nebeneinander und finden je nach Störungsbild unterschiedliche Anwendung. Es entstehen Spannungen, wenn der zu aktivierende Patient über die Medikamenteneinnahme zugleich passiviert wird und Hoffnung auf Besserung external auf das Medikament attribuiert wird.

Kommt ein Patient in ein nach dem medizinischen Krankheitsmodell ausgerichtetes und arbeitendes Krankenhaus, so wird die Medikamentenvergabe gemeinhin meist an die Schwestern delegiert. Die Medikamenteneinnahme wird dabei noch unübersichtlicher für den Patienten, weil die Tabletten nun alle gemeinsam mit ihren unterschiedlichen Farben in einem Schälchen ausgeteilt werden. Namen der einzelnen Medikamente und Indikationen sind dem Kranken oft nicht mehr bekannt. Auch spezielle Wirkungen kann der Patient nicht mehr zuordnen, er verliert erneut an eigener Kompetenz und wird passiviert. Seine Compliance kann dabei deutlich weiter sinken, Begleitwirkungen kann er nicht mehr einzelnen Medikamenten zuordnen, gelegentlich wandern die Medikamente gesammelt in den Abfluß.

Unser Klinikkonzept beinhaltet das Bemühen der Therapeuten, die Medikamente nicht aus den anderen psychotherapeutischen Maßnahmen auszugliedern, sondern die Indikationen für ihre Einnahme ebenso transparent zu machen, wie alle übrigen Maßnahmen. Es sollen dem Patienten die Präparatenamen und in den entsprechenden Grenzen auch die Wirkungen und Begleitwirkungen bekannt sein.

Wir halten ihn dann dazu an, sich die Medikamente zu festgesetzten Ausgabezeiten von der Apotheke zu holen und sie dann dort gleich einzunehmen. Ein entsprechen des Versäumnis wird in der Fieberkurve vermerkt und kann gezielt angesprochen werden. So werden ihm noch immer die Medikamente zugeteilt, doch muß er selbst an die Einnahme denken und aktiv werden. Eine mangelnde Compliance wird bald bemerkt und der Arzt kann entsprechend reagieren. Bei lebenswichtigen Medikamenten, z.B. Antiarrhythmika oder Antidiabetika, informiert die Apotheke den Arzt telefonisch direkt, wenn der Patient die Medikamente abzuholen vergaß.

So wird der Patient an eine selbstverantwortliche und informierte Einnahme der Medikamente herangeführt, die er zudem verstehen kann als eine therapeutische Maßnahme mit entsprechendem Stellenwert. Für alle auf ein bestimmtes Mittel fixierte Patienten wird die Einnahme zudem zeitkontingent gestaltet, um den Griff zur Tablette „bei Bedarf" mit den entsprechenden Mechanismen der operanten Verstärkung und zunehmenden Fixierung auf ein Medikament zu unterlaufen. In der Regel wird der Tablettenkonsum auf diese Weise eher vermindert. Auch wird ein Reduktionsversuch auf diese Weise überschaubarer und besser steuerbar. Patienten, die einer Medikamentenverschreibung sonst mit Argwohn gegenüberstehen, sind der Einnahme eher aufgeschlossen, wenn die Zielsetzung mit dem Therapeuten als Therapieschritt vorher abgestimmt wurde – Medikamentenmitbestimmung des Patienten etwa bei Angstreduktion –, bis andere Psychotherapietechniken greifen.

4.1.1 Überprüfung der mitgebrachten Medikamente

Am Aufnahmetag wird von dem Patienten im Rahmen der ärztlichen Untersuchung die bislang erfolgte Medikamenteneinnahme erfragt. Der Patient wird gebeten, die gegebenenfalls mitgebrachten Medikamente in unserer Apotheke zu hinterlegen. Je nach Art der Medikamente und der Erkrankung wird die Medikation zunächst übernommen, bis nach erfolgter Untersuchung und Rücksprache mit den entsprechenden Fachärzten gegebenenfalls eine Umstellung erfolgt.

Die mitgebrachten Psychopharmaka unterliegen prinzipiell der gleichen kritischen Überprüfung. Wir raten nicht dazu, gleich am Aufnahmetag die Medikation grundlegend zu ändern oder Tranqilizer unter dem Verdacht auf eine Abhängigkeitsentwicklung abzusetzen. Wir verdeutlichen dem Patienten unsere Bedenken und erklären ihm unsere beabsichtigten Schritte, um dann mit ihm zu vereinbaren, die ihm zur Gewöhnung gewordene Medikation noch einige Tage fortzuführen und dann eine Umstellung oder einen Ausschleichversuch zu unternehmen.

4.2 Adaptation des Patienten und Verhaltensanalyse

Dabei brauchen die Reduktion und schließlich das Absetzen eines Tranquilizers Zeit, aus pharmakologischen Gründen und auch mit Rücksicht auf die psychischen Adaptationsmechanismen des Patienten. Hierzu gehören die Eingewöhnung in die neue Umgebung, der Aufbau einer Vertrauensbasis zum Bezugstherapeuten genauso wie die beginnende Einsicht in die funktionalen Zusammenhänge des auffälligen Verhaltens. Hier ist besonders wesentlich eine akribische Verhaltensanalyse, die der Therapeut in Zusammenarbeit mit dem Patienten durchführt. Mit zunehmender Einsicht wird der Patient auch bereiter, auf Medikamente zu verzichten oder eine sinnvolle Umstellung zu akzeptieren. Dazu trägt auch der beginnende Erwerb eigener Selbststeuerungsmechanismen etwa im Jacobson-Entspannungstraining bei.

4.3 Medikamentöse Umstellung

Es erfolgt eine ausführliche Aufklärung über zu erwartende Symptome oder Begleitwirkungen hinsichtlich der intendierten Veränderungen in der Medikation. Der Patient wird in diesem Rahmen auch dazu angehalten, die mit dem Absetzen einer Medikation auftretende Symptomatik zu protokollieren und so für ihn und den Therapeuten transparenter zu machen, wie oft, wie lange und wie heftig z. B. eine Entzugssymptomatik trotz des Ausschleichens eines Präparates auftritt. Wir halten nicht viel von einem forcierten Entzug mit der Intention, die Abhängigkeitsproblematik den Patienten so recht spüren zu lassen, da es schließlich um eine Zusammenarbeit mit dem Patienten geht, die auch bei diesen Behandlungsschritten auf eine Linderung des Leidens abgestellt sein sollte. Auch dient im Einzelfall ein brüsker Absetzversuch dazu, aggressive Regungen des Therapeuten abzuführen, die besser entsprechend in der Supervision oder der patientenzentrierten Selbsterfahrung aufzuarbeiten wären.

4.4 Absetzen eines Psychopharmakons

Das Absetzen eines Psychopharmakons erfolgt nach den gleichen oben skizzierten Grundregeln. Dabei ist vor einem vorzeitigen oder frühzeitigen Absetzen einer Medikation eher zu warnen. Die Patienten kommen nicht selten mit dem dezidierten Wunsch, ihre ihnen lästige oder nicht ganz geheuere Medikation im Rahmen des stationären Aufenthalts abzusetzen. Dies hört der engagierte Verhaltenstherapeut, besonders wenn er noch unerfahren ist, häufig gern und ist unseres Erachtens nach oft zu leicht bereit, dem Wunsch des Patienten Folge zu leisten. Er sollte jedoch immer bedenken, daß eine meist dann sehr komplexe Medikation äußeres Zeichen einer therapeutischen Hilflosigkeit eines vorbehandelnden Arztes sein kann. Meist besteht eine Medikation aber zu Recht und Voraussetzung für Ab- oder Umsetzung sollten immer eine ausführliche Untersuchung, Anamneseerhebung, Verhaltensbeobachtung und Kenntnis des Patienten sein. Der Patient soll auch nicht nur während des stationären Behandlungszeitraums gut behandelt werden, sondern vor allen Dingen in der weitaus längerdauernden ambulanten Phase kompensiert sein. Dies zu berücksichtigen gehört in eine sorgfältige Nachsorgeplanung. Auch die langfristige Compliance sollte der im stationären Rahmen tätige Psychosomatiker besonders hinsichtlich der Nachbetreuung berücksichtigen.

Kurzfristig wird sich die Arbeit mit dem Patienten, dessen Medikamente aufgrund seines Wunsches reduziert wurden, erfreulich gestalten, zumindest bis zu dem Zeitpunkt, an dem er einen erneuten nur irrational begründeten Wunsch hegt. Ein zu willfähriges Absetzen wirkt sich jedoch auch auf die Beziehung des Patienten zu seinem vor- und meist damit auch nachbehandelnden Arzt aus.

5. Medikamenteneinnahme aus verhaltenstherapeutischer Sicht

5.1 Lerntheoretische Überlegungen

Tritt ein akuter Schmerz auf, der sich mit Hilfe eines Analgetikums rasch lindern läßt, so ist der zuvor schmerzgepeinigte Mensch symptomkontingent negativ verstärkt worden, der Griff zur Tablette wird operant konditioniert. Gleiches gilt etwa für eine Tranquilizereinnahme bei akuten Angstzuständen, bei Schlaflosigkeit, Magendruck, Völlegefühl und anderen Symptomen. Aus lerntheoretischer Sicht wirkt dabei die kontingent auftretende Wirkung verhaltensstabilisierend, d. h., der Patient greift im erneuten Fall einer Symptomentstehung um so bereitwilliger zu einem Medikament.

Ein anderer lerntheoretischer Mechanismus, der eine Medikamenteneinnahme operant verstärkt, ohne daß tatsächlich eine entsprechende Wirkung eintritt, liegt in der Hoffnung und Beruhigung des Individuums begründet. Es wird der Eintritt einer erleichternden Wirkung erwartet, die dann zumindest einmal schon mit der Einnahme des Medikamentes den Patienten entlastet und ihn von seiner Symptomatik distanziert. Daß diese Hoffnung eventuell getrogen hat, wird dem Patienten erst nach längerer Zeit bewußt und bedeutet aufgrund des zeitlichen Abstandes zur Medikamenteneinnahme und der positiven Erwartungshaltung keine Löschung des zuerst gezeigten Verhaltens.

5.2 Die Rolle der Umgebung bei der Verordnung und Einnahme von Medikamenten

Das Verhalten, „erst einmal eine Tablette nehmen", ist auch ein diskriminativer Stimulus für die Umgebung des Patienten, bedingt etwa Besorgnis und Rücksichtnahme, was als sozialer Verstärker gelten kann, beruhigt aber auch die Umgebung, die nun auch erst einmal berechtigte Hoffnung schöpft, daß das Leiden des Gegenübers gelindert wird und somit entlastet. Dies führt dazu, daß das Einnahmeverhalten von der Umgebung mitbestimmt und in vielen Fällen gefördert wird, da dadurch Klagen des Patienten und Schuldgefühle der Angehörigen minimiert werden.

Auf diese Weise wird dem Kranken die Medikamenteneinnahme auch manchmal aus der Hand genommen. Sorge, Mitleid, verdeckte Aggressionen finden ihren Ausdruck in der Verabreichung der Medikamente; der Patient wird zunehmend hilflos und abhängig; der Angehörige wird der Experte, zunächst für die Medikamente, dann für die Erkrankung; ganz neue Verhaltensketten werden initiiert, wie sich dann am chronischen Krankheitsverhalten oft ablesen läßt, in denen es zu einer ausgesprochenen Rollenverschiebung etwa im Rahmen der Familie oder Partnerschaft gekommen ist.

Kommt ein solcher Patient ins Krankenhaus, so wird die Medikamentenvergabe gemeinhin erneut delegiert, meist an die Schwestern. Sie wird dabei noch dahingehend verändert, daß die Tabletten nun alle gemeinsam mit ihren unterschiedlichen Farben in einem Schälchen ausgeteilt werden. Namen der einzelnen Medikamente und Indikationen sind dem Kranken oft nicht mehr bekannt. Auch spezielle Wirkungen kann der Patient nicht mehr zuordnen, er verliert erneut an eigener Kompetenz und wird passiviert. Seine Compliance kann dabei deutlich weiter sinken, Begleitwirkungen kann er nicht mehr einzelnen Medikamenten zuordnen, oftmals wandern die Medikamente gesammelt in den Abfluß.

5.3 Mitbestimmung des Patienten bei der Verordnung und Einnahme von Medikamenten

Unser Klinikkonzept (Meermann et al., 1989) beinhaltet das Bemühen der Therapeuten, die Medikamente nicht aus den anderen psychotherapeutischen Maßnahmen auszugliedern, sondern die Indikationen für ihre Einnahme ebenso transparent zu machen, wie alle übrigen Maßnahmen. Es sollen dem Patienten die Präparatenamen und in den entsprechenden Grenzen auch die Wirkungen und Begleitwirkungen bekannt sein. Wir halten ihn dann dazu an, sich die Medikamente zu festgesetzten Ausgabezeiten von der Apotheke zu holen und sie dann dort gleich einzunehmen. Ein entsprechendes Versäumnis wird in der Fieberkurve vermerkt und kann gezielt angesprochen werden. So werden ihm noch immer die Medikamente zugeteilt, doch muß er selbst an die Einnahme denken und aktiv werden. Eine mangelnde Compliance wird bald bemerkt und der Arzt kann entsprechend reagieren. Bei lebenswichtigen Medikamenten, wie z. B. Antiarrhythmika, Antidiabetika informiert die Apotheke den Arzt telefonisch direkt, wenn der Patient die Medikamente abzuholen vergaß.

So wird der Patient an eine selbstverantwortliche und informierte Einnahme der Medikamente herangeführt, die er zudem verstehen kann als eine therapeutische Maßnahme mit entsprechendem Stellenwert.

Für alle auf ein bestimmtes Mittel fixierte Patienten wird die Einnahme zeitkontingent gestaltet, um den Griff zur Tablette „bei Bedarf" mit den entsprechenden Mechanismen der operanten Verstärkung und zunehmenden Fixierung auf ein Medikament zu unterlaufen. In der Regel wird der Tablettenkonsum auf diese Weise eher vermindert. Auch wird ein Reduktionsversuch auf diese Weise überschaubarer und besser steuerbar.

Patienten, die einer Medikamentenverschreibung sonst mit Argwohn gegenüberstehen, sind der Einnahme eher aufgeschlossen, wenn die Zielsetzung mit dem Therapeuten als Therapieschritt vorher abgestimmt wurde – Medikamentenmitbestimmung des Patienten etwa bei Angstreduktionstechniken, bis andere Psychotherapietechniken greifen.

Literatur

Beck AT, Freeman A. Kognitive Therapie der Persönlichkeitsstörungen. Weinheim: Psychologie-Verlags-Union 1993.

Beckmann H, Haas S. Therapie mit Benzodiazepinen: Eine Bilanz. Nervenarzt 1984; 55:111–21.

Benkert O, Hippius H. Psychiatrische Pharmakotherapie 4. Berlin: Springer 1992.

Bhanji S. Anorexia nervosa: physicians' and psychiatrists' opinions and practice. J Psychosom Res 1970; 23:7–11.

Biederman J, Herzog DB, Rivinus TM, Harper GP, Ferber RA, Rosenbaum JF, Harmatz JS, Tondorf R, Orsulak PJ, Schildkraut JJ. Amitriptyline in the treatment of anorexia nervosa: a double-blind, pacebo-controlled study. J Clin Psychopharmacol 1985; 5:10–6.

Blinder BJ, Freeman DMA, Stunkard AJ. Behavior therapy of anorexia nervosa: effectiveness of activity as a reinforcer of weight gain. Am J Psychiatry 1970; 126:1093–198.

Brotman AW, Herzog DB, Woods SW. Antidepressant treatment of bulimia: the relationship between binging and depressive symptomatology. J Clin Psychiatry 1984; 45 (1):7–9.

Brotman AW, Stern TA, Herzog DB. Emotional reactions of house officers to patients with anorexia nervosa, diabetes and obesity. Int J Eat Disord 1984; 3 (4):71–8.

Buller R, Benkert O. Panikattacken und Panikstörungen-Diagnose, Validierung und Therapie. Nervenarzt 1990; 61:647–57.

Burchard JM, Meermann R (Hrsg). Aktuelle Empfehlungen zur Verordnung von Benzodiazepinen. Ergebnisse eines Expertengesprächs in Hamburg am 23. Januar 1987 im Rahmen des 4. Hamburger Psychopharmakologie-Seminars. Münster: Wyeth 1987.

Caplin H, Ginsburg J, Beaconsfield P. Glycerol and treatment of anorexia (letter). Lancet 1973; 1:319.

Crisp AH. Anorexia Nervosa: Let Me Be. New York, London: Grunde & Stratton 1980.

Crisp AH. Nutritional disorders and the psychiatric state. In: Handbook of Biological Psychiatry, Part IV. Brain Mechanism and Abnormal Behavior-Chemistry. Van Praag HM, Lader MH, Rafaelsen OJ, Sachar EJ (eds). New York: Marcel Dekker 1981.

Dally PJ, Sargant W. A new treatment of anorexia nervosa. BMJ 1960; 1:1770–3.

DSM-III-R. Diagnostisches und statistisches Manual psychischer Störungen. Beltz, Weinheim 1989. Titel des amerikanischen Originals: „American Psychiatric Association: Diagnostic and Statistical Manual of Mental Disorders". Third Edition Revised. Washington D. C.: APA 1987.

Eide PK, Hole K. The role of 5-hydroxytryptamin (5-HT) receptor subtype in the 5-HT systems in the regulation of nociceptive sensitivity. Cephalalgia 1993; 13:75–85.

Emmons ML, Alberti RE. Failure: winning at the loosing game in assertiveness training. In: Failures in Behavior Therapy. Foa EB, Emmelkamp PMG (eds). New York: John Wiley & Sons 1983.

Engel K, Meyer AE. Theorie und Empirie einer mehrfaktoriellen stationären Anorexietherapie für schwer erkrankte Patienten. Med Welt 1982; 33:1812–6.

Fairburn CG, Cooper PJ. MAO is in treatment of bulimia (letter). Am J Psychiatry 1983; 140:949–50.

Frahm H. Beschreibung und Ergebnisse einer somatisch orientierten Behandlung von Kranken mit Anorexia nervosa. Med Welt 1966; 17:2004–11, 2068–74.

Garfinkel PE, Garner DM. Anorexia Nervosa. A Multidimensional Perspective. New York: Brunner/Mazel 1982.

Garfinkel PE, Garner DM (eds). The Role of Drug Treatments for Eating Disorders. New York: Brunner/Mazel 1987.

Goldberg RJ. Anxiety: A Guide to Biobehavioral Diagnosis and Therapy for Physicians and Mental Health Clinicians. New York: Med Examin 1982.

Goldberg SC, Halmi KA, Eckert ED, Casper RC, Davis JM. Cyproheptadine in anorexia nervosa. Br J Psychiatry 1979; 134:67–70.

Goldberg SC, Halmi KA, Eckert ED, Casper RC, Davis JM, Roper M. Effects of cyproheptadine on symptoms and attitudes in anorexia nervosa (letter). Arch Gen Psychiatry 1980; 37:1083.

Greenblatt DJ, Shader RI. Dependence, tolerance and addiction to benzodiazepines: clinical and pharmacokinetic considerations. Drug Metab Rev 1978; 8:13–28.

Gross HA, Ebert MH, Faden VB, Goldberg SC, Nee LE, Kaye WH. A double-blind controlled trial of lithium carbonate in primary anorexia nervosa. J Clin Psychopharmacol 1981; 1:376–81.

Gross H, Ebert MH, Faden VB, Goldberg SC, Kaye WH, Caine ED, Hawks R, Zinberg N. A double-blind trial of delta-9-tetrahydrocanabiol in primary anorexia nervosa. J Clin Psychopharmacol 1983; 3:165–71.

Gwirtsmann H, Kaye W, Weintraub M, Jimerson DC. Pharmacological treatment of eating disorders. Psychiatr Clin North Am 1984; 7:863–78.

Haase H J, Linde OK. Therapeutische Aspekte zur Anwendung von Benzodiazepinen als Tranquilizer. Psycho 1981; 4:245–52.

Haefely W. Biological basis of the therapeutic effects of benzodiazepines. In: Benzodiazepines Today and Tomorrow. Priest RG et al. (eds). Lancaster: MTP Press 1980; 19–45.

Halmi KA, Eckert E, Falk JR. Cyproheptadine for anorexia nervosa (letter). Lancet 1982; 1:1357–8.

Halmi KA, Eckert E, Falk JR. Cyproheptadine, an antidepressant and weight-inducing drug for anorexia nervosa. Psychopharmacol Bull 1983; 19:103–5.

Helmchen H, Hippius H, Tölle R (Hrsg). Therapie mit Neuroleptika-Perazin. Stuttgart: Thieme 1988.

Hendren R. Depression in anorexia nervosa. J Am Acad Child Psychiatry 1983; 22:59–62.

Hoes MJAJM. Copper sulphate and pimozide for anorexia nervosa. J Orthomolecul Psychiatry 1980; 48–51.

Hoffmann SO. Charakter und Neurose. Frankfurt/Main: Suhrkamp 1984.

Hollister LE. Clinical use of Psychotherapeutic Drugs III. Springfield: Thomas 1973.

Hsu LKG. Treatment of bulimia with Lithium. Am J Psychiat 1984; 141:1260–2.

Hudson JI, Laffer PS, Pope HG. Bulimia related to affective disorder by family history an response to the dexamenthasone suppression test. Am J Psychiat 1982; 139:685–7.

Hudson JI, Pope HG, Jonas JM. Psychosis in anorexia nervosa an bulimia. Br J Psychiat 1984; 145:420–5.

Hudson JI, Pope HG, Jonas JM, Yurgelun-Todd D. Treatment of anorexia nervosa with antidepressants. J Clin Psychopharmacol 1985; 5:17–23.

Hudson JI, Wentworth SM, Hudson MS, Pope HG. Prevalence of anorexia nervosa an bulimia among young diabetic women. J Clin Psychiat 1985; 46:88–9.

Johnson C, Larson R. Bulimia: an analysis of moods and behavior. Psychosom Med 1982; 44: 341–51.

Judd KF, Norman TR, Burrows GD. Pharmacological treatment of panic disorder. Int Clin Psychopharmacol 1986; 1:3–16.

Kaplan AS, Garfinkel PE, Darby PL, Garner DM. Carbamazepine in the treatment of bulimia. Am J Psychiatry 1983; 140:1225–6.

Kaplan SL, Shenker IR, Gordon B, Weinhold C. Depression in anorexia nervosa and obesity. In: Self-Destructive Behavior in Children and Adolescents. Wells CF, Stuart IR (eds). New York: Van Nostrand Reinhold 1981; 164–78.

Kielholz P. Abusus und Sucht mit phenazetinhaltigen Kombinationspräparaten. Schweiz Med Wochenschr 1957; 87:1131–4.

Lacey JH, Crisp AH. Hunger, food intake and weight: the impact of clomipramine on a refeeding anorexia nervosa population. Postgrad Med J 1980; 56 (Suppl. 1):79–85.

Lader M. Dependence of benzodiazepines. J Clin Psychiatry 1981; 44:121–7.

Ladewig D et al. Tranquilizer-Abusus. Ergebnisse über gesamtschweizerischen Enquète. Schweiz Ärztezeitschr 1981; 62:3203–9.

Langer G, Heimann H (Hrsg). Psychopharmaka: Grundlagen und Therapie. Wien: Springer 1983.

Leibenluft E, Gardner DL, Cowdry RW. The inner experience of borderline self-mutilator. J Pers Dis 1987; 1:317–24.

Marks J. The benzodiazepines – for good or evil. Neuropsychobiology 1983; 10:115–26.

Marks M. Gegenwärtiger Stand von Reizkonfrontation („Exposure“) und Reizüberflutung („Flooding“). Verhaltenstherapie 1993; 3:53–5.

Max MB, Culnane M Schaefer SC, Gracely RH, Walther DJ, Smoller B, Dubner R. Amitriptyline relieves diabetic neuropathy pain in patients with normal or depressed mood. Neurology 1987; 37:589–96.

Meermann R. Zur Psychopharmakotherapie der Magersucht. In: Anorexia nervosa. Ursachen und Behandlung. Meermann R (Hrsg). Stuttgart: Enke 1981; 170–8.

Meermann R. Angst, Orientierungshilfen für die Praxis. Münster: Regensberg und Biermann 1988.

Meermann R, Vandereycken W. Therapie der Magersucht und Bulimia nervosa. Berlin: de Gruyter 1987.

Meermann R et al. Zwei-Jahres-Bericht (1987–1989) der Psychosomatischen Fachklinik Bad Pyrmont. Behandlungskonzept, Organisationsstruktur und Daten aus 18 Monaten Basisdokumentation und Patientenbefragung. Bad Pyrmont 1989.

Mills IH, Medlicott L. The basis of naloxone treatment in anorexia nervosa and the metabolic response to it. In: The Psychobiology of Anorexia nervosa. Pirke KM, Ploog D (eds). Berlin: Springer 1984; 161–71.

Mitchell JE, Groat R. A placebo-controlled trial of amitriptyline in bulimia. J Clin Psychopharmacol 1984; 4:186–93.

Moldofski H, Jeuniewic N, Garfinkel PE. Preliminary report on metoclopramide in anorexia nervosa. In: Anorexia Nervosa. Vigersky RA (ed). New York: Raven Press 1977.

Moore R, Mills IH, Forster A. Naloxone in the treatment of anorexia nervosa: effect on weight gain and lipolysis. J Soc Med 1981; 74:129–31.

Niederhoff H, Wiesler B, Künzer W. Somatisch orientierte Behandlung der Anorexia nervosa. Monatsschr Kinderheilkd 1975; 123:343–4.

Ong YL, Checkley SA, Russell GRM. Suppression of bulimic symptoms with methylamphetamine. Br J Psychiatry 1983; 143:288–93.

Paar G. Psychopharmaka und Psychosomatische Medizin. In: Psychopharmaka: Grundlagen und Therapie. Langer G, Heimann H (Hrsg). Wien: Springer 1983; 477–89.

Pandelon R, Ruderman D. Anorexie mentale, prise en charge institutionelle et homéopathie. Actualités Psychiatriques 1981; 11 (1):78–80.

Pöldinger W, Wider F. Klinische Pharmakologie und Pharmakokinetik der Tranquilizer und Hypnotika. In: Psychopharmaka. Langer G, Heimann H (Hrsg). Wien, New York: Springer 1983; 316–33.

Pöldinger W, Wider F. Psychopharmakotherapie bei Angstsyndromen, phobischen Syndromen und Zwangsneurosen. In: Psychopharmaka: Grundlagen und Therapie. Langer G, Heimann H (Hrsg). Wien, New York: Springer 1983; 447–66.

Pöldinger W, Wider F. Tranquilizer und Hypnotika. Stuttgart: Fischer 1985.

Pope HG, Hudson JI. Treatment of bulimia with antidepressants. Psychopharmacology 1982; 78:179.

Pope HG, Hudson JI, Jonas JM. Antidepressant treatment of bulimia: preliminary experience and practical recommendation. J Clin Psychopharmacol 1983; 3 (5):274–81.

Pope HG, Hudson JI, Jonas JM, Yurgelun-Todd D. Bulimia treated with imipramine: a placebo-controlled double-blind study. Am J Psychiatry 1983; 140:554–8.

Rau JH, Struve FA, Green RJ. Electroencephalographic correlates of compulsive eating. Clin Electroencephalogr 1979; 10:180–9.

Redmond DE, Swann A, Heninger GR. Phenoxybenzamine in anorexia nervosa (letter). Lancet 1976; 2:307.

Reinecker H. Grundlagen der Verhaltenstherapie. München, Weinheim: Psychologie-Verlags-Union 1987.

Rickels K. Benzodiazepines: Use and misuse. In: Anxiety: New Research and Changing Concepts. Klein DF, Rabkin JG (eds). New York: Raven Press 1981; 1–26.

Robinson PH, Checkley SA, Russell GFM. Suppression of eating by fenfluramine in patients with bulimia nervosa. Br Psychiatry 1985; 146:169–76.

Russell GFM. General management of anorexia nervosa and difficulties in assessing the efficacy of treatment. In: Anorexia Nervosa. Vigersky RA (ed). New York: Raven Press 1977.

Russell GFM. Delayed puberty due to anorexia nervosa of early onset. In: Anorexia nervosa: Recent Developments in Research. Darby PL, Garfinkel PE, Garner DM, Coscina DV (eds). New York: Alan R. Liss 1983.

Sabine EJ, Yonace A, Farrington AJ, Barratt KH, Wakeling A. Bulimia nervosa: A placebo-controlled double-blind therapeutic trial of mianserin. Br J Pharmacol 1983; 5 (Suppl. 2):195–202.

Saleh JW, Lebwohl P. Metoclopramide induced gastric emptying in patients with anorexia nervosa. Am J Gastroenterol 1980; 74:127–32.

Sours JA. Depression and the anorexia nervosa syndrome. Psychiatr Clin North Am 1981; 4:145–58.

Stein GS, Hartshorn S, Jones J, Steinberg D. Lithium in a case of severe anorexia nervosa. Br J Psychiatry 1982; 140:526–8.

Stewart JW, Walsh BT, Wright L, Roose SP, Glassman AH. An open trial of MAO inhibitors in bulimia. J Clin Psychiatry 1984; 45:217–9.

Szmunkler G. Drug treatment of anorectic states. In: Drugs and Appetite. Silverstone T (ed). London, New York: Academic Press 1982; 159–81.

Tölle R. Psychiatrie. Berlin: Springer 1988.

Tyrer P. Dependence on benzodiazepines. Br J Psychiatry 1980; 137:576–7.

Tyrer PJ. Drugs in Psychiatric Practice. London: Butterworths 1982.

Tyrer P. Benzodiazepines on trial. BMJ 1984; 288:1101–2.

Vandereycken W. The use of neuroleptics in the treatment of anorexia nervosa. In: The Role of Drug Treatments for Eating Disorders. Garfinkel PE, Garner DM (eds). New York: Brunner/Mazel 1987.

Vigersky RA, Loriaux DL. The effects of cyproheptadine in anorexia nervosa: a double-blind trial. In: Anorexia nervosa. Vigersky RA (ed). New York: Raven Press 1977; 349–56.

Walsh BT, Stewart JW, Roose SP, Gladis M, Glassman AH. A double-blind trial of phenelzine in bulimia. J Psychiatr Res 1985; 19:485–9.

Walsh BT, Stewart JW, Wright L, Harrison W, Roose SP, Glassman AH. Treatment of bulimia with monoamine oxydase inhibitors. Am J Psychiatry 1982; 139:1629–30.

Wermuth BM, Davis KL, Hollister LE, Stunkard AJ. Phenytoin treatment of the binge-eating-syndrome. Am J Psychiatry 1977; 134:1249–53.

Westenberg HGM, den Boer JA. Psychopharmacology of anxiety disorders: the role of serotonin on the treatment of anxiety states and phobic disorders. Psychopharmacol Bull 1987; 23: 145–9.

Wlazlo Z, Schoeder-Hartwig K, Münchau N, Kaiser G, Hand I. Exposition in-vivo bei sozialen Ängsten und Defiziten. Verhaltenstherapie 1992; 2:23–39.

Wörz R. Karzinomschmerztherapie mit Arzneimitteln. In: Pharmakotherapie bei Schmerz. Edition Medizin. Wörz R (Hrsg). Weinheim: VCH-Verlagsgemeinschaft 1986.

Emotionale Störungen (mit Fallbeispielen)

6 Angstneurosen, Paniksyndrome und Agoraphobien

Anke Ehlers, Jürgen Margraf, Silvia Schneider

Inhalt

1 Einleitung

In allgemeinärztlichen und internistischen Praxen ebenso wie in psychosomatischen Kliniken stellen sich oft Patienten vor, die über körperliche Symptome wie Brustschmerz, Herzrasen oder Schwindelgefühle klagen, ohne daß sich eine organische Ursache dieser Beschwerden feststellen läßt. Die Symptome treten anfallsweise auf und sind meist von der Angst um die körperliche oder seelische Gesundheit begleitet. Häufig vermeiden es die betroffenen Patienten, bestimmte Situationen und Orte wie Autofahren, Kaufhäuser, Fahrstühle oder Menschenmengen ohne Begleitung aufzusuchen. So vielfältig wie die Beschwerden sind auch die Diagnosen, die dieser Patientengruppe gegeben werden. In der wissenschaftlichen Literatur und in der Praxis werden diese Patienten mit vielfältigen Diagnosen belegt, die sich vorwiegend orientieren an

- der Angstsymptomatik (z. B. Angstneurose, Paniksyndrom)
- dem phobischen Vermeidungsverhalten (z. B. Agoraphobie)
- den körperlichen Symptomen der Patienten (z. B. Herzneurose, Hyperventilationssyndrom, vegetative Dystonie, funktionelles kardiovaskuläres Syndrom, Erschöpfungszustand).

Wir werden im folgenden die Begriffe Angst- oder Panikanfälle (Paniksyndrom) und Agoraphobie verwenden, die sich in den letzten Jahren in der psychopathologischen Literatur und Diagnostik durchgesetzt haben. Der Begriff *Agoraphobie* wurde schon 1871 von Westphal geprägt, der damit die starke Furcht vor oder Vermeidung von öffentlichen Orten bei drei seiner Patienten bezeichnete. Auch *Angstanfälle* wurden bereits im letzten Jahrhundert von Freud (1895) beschrieben. Unter den klinisch bedeutsamen Ängsten sind Agoraphobien weitaus am häufigsten (Agras et al. 1969, Marks 1987a).

Wenn Angstanfälle und Agoraphobien nicht behandelt werden, ist die Prognose ungünstig (Wittchen 1988), und die Betroffenen sind stark beeinträchtigt. Von allen Patienten mit psychischen Störungen ersuchen diejenigen mit Angstanfällen am häufigsten um professionelle Hilfe. Dabei verursachen sie im Gesundheitssystem besonders hohe Kosten durch die Vielzahl der konsultierten Spezialisten sowie durch aufwendige und teilweise wiederholt durchgeführte differentialdiagnostische Laboruntersuchungen (Boyd 1986). Nachdem Agoraphobie und Angstanfälle lange Zeit als kaum behandelbar galten, wurden in den letzten zwei Jahrzehnten neue wirksame Therapiemethoden entwickelt, die wir in diesem Kapitel darstellen werden.

2 Beschreibung der Krankheitsbilder

2.1 Das Erscheinungsbild von Angstanfällen

Symptomatik: Während eines Angstanfalls erleben die Betroffenen eine Reihe von *körperlichen Symptomen* wie starken, schnellen oder unregelmäßigen Herzschlag, Schwindel oder Benommenheit, Atemnot, Übelkeit oder Magen-Darm-Beschwerden, Schwitzen, Beklemmung, Schmerzen oder Druck auf der Brust und Zittern oder Schütteln. Diese Symptome werden von den Patienten als sehr unangenehm und stark bedrohlich erlebt (Barlow et al. 1985, Cameron et al. 1986, Taylor et al. 1986, Margraf et al. 1987).

Zentrale *kognitive Symptome* sind Angst vor Kontrollverlust (z.B. Angst, etwas Unangemessenes zu tun oder verrückt zu werden), Angst vor katastrophalen Konsequenzen der wahrgenommenen Symptome (z.B. vor Tod durch Herzinfarkt oder davor, sich lächerlich zu machen) sowie Depersonalisation und Derealisation. Bei starken Angstanfällen kommt es oft zur Flucht oder zu hilfesuchendem Verhalten, dessen Form von den situativen Rahmenbedingungen und dem Inhalt der jeweiligen Befürchtungen abhängt. Zum Beispiel suchen die Betroffenen medizinische Notfalleinrichtungen auf, halten sich in der Nähe eines Telefons auf oder eilen nach Hause.

Zeitlicher Verlauf: Das zur Zeit gültige „Diagnostische und Statistische Manual für Psychische Störungen“ der Amerikanischen Psychiatrischen Vereinigung (DSM-IV, American Psychiatric Association, 1994) definiert Angstanfälle („panic attacks“) über die Zahl der vorliegenden Symptome (mindestens 4 von 13 meist körperlichen Symptomen). Weiterhin wird der abrupte Zeitverlauf der Anfälle hervorgehoben: mindestens 4 Symptome sollen innerhalb von 10 Minuten auftreten. In der 10. Revision der ICD (ICD-10, Dilling et al. 1991) werden Angstanfälle als Crescendo von Angst und körperlichen Symptomen wie Brustschmerz, Herzklopfen oder Erstickungsgefühle charakterisiert. Empirische Untersuchungen zeigen, daß die durchschnittliche Anfallsdauer bei knapp 30 Minuten liegt (Taylor et al. 1986, Margraf et al. 1987).

Auslösung: Ein für die Diagnostik und Theorienbildung zentrales Element der Definition der das Paniksyndrom kennzeichnenden Angstanfälle nach dem DSM-IV und der ICD-10 ist, daß sie zumindest manchmal „spontan“ auftreten: Die Angst soll sich keiner realen Gefahr zuschreiben lassen und nicht durch phobische Situationen ausgelöst sein. Patienten mit einem Paniksyndrom berichten zumindest einige Angstanfälle, die „aus heiterem Himmel“ kamen, d.h. ohne daß sie einen Auslöser wahrgenommen hätten. Neuere Forschungsergebnisse zeigen jedoch, daß interne Reize bei diesen Patienten Angst auslösen. Dies sind in der Regel körperliche Symptome (z.B. Herzklopfen oder Atemnot), die mit einer unmittelbar drohenden körperlichen oder psychischen Katastrophe in Zusammenhang gebracht werden. Seltener können auch Gedanken oder Vorstellungen die Auslösefunktion übernehmen (z.B. „Ich bin allein, niemand kann mir helfen.“).

Systematische deskriptive Daten zu Angstanfällen fehlen weitgehend. Sie wurden meist retrospektiv mittels Fragebogen oder Interviews erhoben (Anderson et al. 1984, Barlow et al. 1985, Cameron et al. 1986, Turner et al. 1986). Aufschlußreicher sind neuere Ergebnisse aus Feldstudien in der natürlichen Umgebung der Patienten, in denen die Symptome der Angstanfälle sofort durch standardisierte Tagebücher

Tab. 6.1 Klassifikation von Angstanfällen und Agoraphobien in ICD-9, ICD-10 und DSM-IV.

ICD-9		ICD-10		DSM-IV	
300.0	Angstneurose	F41	Andere Angststörungen	300.21	Paniksyndrom mit Agoraphobie
300.5	Neurasthenie	F41.0	Panikstörung (episodisch paroxysmale Angst)	300.01	Paniksyndrom ohne Agoraphobie
306.0	Körperliche Funktionsstörungen psychischen Ursprungs	F41.1	Generalisierte Angststörung	300.02	Generalisiertes Angstsyndrom
306.1	Funktionsstörungen der Atmungsorgane	F41.2	Angst und depressive Störung, gemischt	300.00	Nicht näher bezeichnete Angststörung
306.2	Funktionsstörungen des Herz-Kreislauf-Systems				
300.2	Phobie	F40	Phobische Störungen	300.22	Agoraphobie ohne Anamnese eines Paniksyndroms
		F40.0	Agoraphobie	300.23	Soziale Phobie
		F40.00	ohne Panikstörung	300.29	Spezifische Phobie
		F40.01	mit Panikstörung		
		F40.1	Soziale Phobie		
		F40.2	Spezifische Phobie		

Die Schlüsselnummern geben den ICD-9 bzw. bei dem DSM-IV den ICD-9 CM Code an. Die ICD-10 ist im Unterschied zu den früheren Codierungen alphanumerisch gegliedert.

nahe. Je nachdem, ob die Patienten als Hauptsymptom ihre Angst, ihr Vermeidungsverhalten, allgemeine körperliche Beschwerden, respiratorische Beschwerden oder Herz-/Kreislaufsymptome angaben, wurden die Diagnosen Angstneurose, Phobie, Neurasthenie, körperliche Funktionsbeschwerden psychischen Ursprungs (Funktionsstörungen der Atmungsorgane oder des Herz-Kreislauf-Systems) gegeben. Kriterien für die Differentialdiagnose wurden nicht angegeben. In seinem Lehrbuch zur Angst beschreibt auch Strian (1983) die Angstneurose, Herzphobie und Hyperventilationsangst als verschiedene diagnostische Gruppen und gibt auf seiner Erfahrung basierende relevante Unterscheidungskriterien an. Allerdings legen empirische Befunde eher Überschneidungen als Unterschiede dieser Gruppe nahe (Ehlers u. Margraf 1989). So wird etwa die Überschneidung zwischen der Agoraphobie und chronischer Hyperventilation auf 60 % geschätzt (Garssen et al. 1983). Nach Richter und Beckmann (1973) leiden zwischen 88 und 93 % der Herzneurotiker an Angstanfällen.

3.3 Probleme der Klassifikation und Konsequenzen

Die Entwicklung einheitlicher Kriterien zur Differentialdiagnose stellt eine bedeutende Aufgabe zukünftiger Forschung dar. Ein wichtiges Problem hierbei ist die hohe Komorbidität psychischer Störungen untereinander und mit somatischen Problemen. So fanden wir in einer Untersuchung mit dem Strukturierten Klinischen Interview für DSM (SKID, deutsche Übersetzung des SCID, Spitzer u. Williams 1986) an 250 Patienten einer psychosomatischen Fachklinik, daß 72 % der Patienten die DSM-III-R-Kriterien für mindestens eine psychische Störung erfüllten (Margraf et al. 1990). 50 % der Patienten mit der DSM-Diagnose einer Angststörung erfüllten zusätzlich die Kriterien für mindestens eine weitere Störung. Ein Drittel aller Patienten erhielt drei oder mehr Diagnosen zusätzlich zu der Eingangsdiagnose, mit der sie in die Klinik überwiesen worden waren.

Die gegenwärtige uneinheitliche Diagnostik wirkt sich negativ auf die Versorgung von Patienten mit Angstanfällen aus. Es besteht die Gefahr, daß letztlich Laien, nämlich die Patienten selbst, über ihre Diagnose und Behandlung entscheiden, indem sie die behandelnden Spezialisten aufgrund ihrer Wahrnehmung der Beschwerden auswählten. Die Vielfalt der verwendeten Diagnosen trägt außerdem zur Verunsicherung der Patienten bei, die sich häufig an mehrere Spezialisten wenden und aufmerksam Pressemeldungen oder auch die Fachliteratur zu diesen Themen verfolgen.

4 Epidemiologie

Seit der Einführung der neuen, reliableren Diagnosesysteme wie dem DSM-III (American Psychiatric Association, 1980) und der Entwicklung zuverlässiger diagnostischer Instrumente (vor allem strukturierter Interviews) wurden mehrere großangelegte epidemiologische Studien durchgeführt. Die wichtigsten sind das Epidemiological Catchment Area Program (ECA) des amerikanischen National Institute of Mental Health (Myers et al. 1984, Robins et al. 1984, Weissman et al. 1986), die Zürich-Studie (Angst und Dobler-Mikola 1985a u. 1985b) und die Münchner Follow-up Studie (MFS, Wittchen 1986).

Nach diesen Studien stellen die Angststörungen bei Frauen die häufigste und bei Männern nach den Abhängigkeitssyndromen die zweithäufigste Form psychischer Störungen dar. Es ergaben sich relativ übereinstimmend für das Paniksyndrom (DSM-III-R: Paniksyndrom ohne Agoraphobie) durchschnittliche Sechs-Monats-Prävalenzen zwischen 0,6 und 1,1 % und Lebenszeit-Prävalenzen zwischen 1,4 und 2,4 % (ECA und MFS Studien) sowie eine jährliche Inzidenz von 0,2 % (Zürich-Studie). Für die Agoraphobie lagen die Prävalenzen der ECA- und MFS-Studien zwischen 2,7 und 5,8 % (sechs Monate) und 3,4 und 9 % (Lebenszeit) sowie die jährliche Inzidenz bei 2,5 % (Zürich-Studie).

Interessanterweise treten Angstanfälle auch bei nichtklinischen Populationen relativ häufig auf. Wittchen (1986) fand Angstanfälle bei 9,3 % der repräsentativen Stichprobe der MFS. Fragebogen-Reihenuntersuchungen an großen studentischen Populationen in Kanada (Norton et al. 1985 u. 1986) und Deutschland (Margraf u. Ehlers 1988) erbrachten Ein-Jahres-Prävalenzen von über 30 %. Allerdings zeigten systematische Vergleiche, daß Fragebogen im Vergleich zu strukturierten klinischen Interviews etwa 50 % falsch-positive Ergebnisse ergeben. In Fragebogenmaßen und experimentellen Untersuchungen fanden sich insgesamt viele Ähnlichkeiten zwischen nichtklinischen Personen mit Angstanfällen und Patienten mit Paniksyndrom (nach DSM-III-R; Margraf u. Ehlers 1988).

5 Verlauf

Während alle anderen Phobien in der Regel in der Kindheit oder Jugend beginnen, setzen Agoraphobien und Angstanfälle meist erst im frühen Erwachsenenalter zwischen 20 und 30 Jahren ein (Sheehan et al. 1981, Thorpe u. Burns 1983, Thyer et al. 1985, Öst 1987). Die meisten Studien berichten einen Mittelwert von etwa 28 Jahren, ein Beginn vor dem 16. oder nach dem 40. Lebensjahr ist selten (jeweils unter 10 % aller Fälle).

Nach den retrospektiven Aussagen der Patienten beginnen die Störungen in mindestens 80 % aller Fälle plötzlich mit einem Angstanfall an einem öffentlichen Ort (Öst 1987, Lelliott et al. 1989). Ein schleichender Beginn ist eher selten (Marks 1987a, Öst 1987).

tive Stressoren (z.B. Hitze) oder emotionale Reaktionen (z.B. Angst, Ärger, Freude).

- Die Person nimmt diese Veränderungen wahr. Die positive Rückkopplung kann an dieser Stelle beginnen, da körperliche Empfindungen nicht unbedingt exakt physiologische Prozesse widerspiegeln. Zum Beispiel kann eine Person nach dem Zubettgehen eine Beschleunigung der Herzfrequenz allein deswegen empfinden, weil die Veränderung der Körperposition ihre Herzwahrnehmung verbessert hat.
- Die körperlichen oder kognitiven Empfindungen werden mit unmittelbarer Gefahr assoziiert. Nicht alle internen Stimuli werden mit gleicher Wahrscheinlichkeit mit Gefahr in Verbindung gebracht. Zum Beispiel sind Empfindungen, die in Zusammenhang mit lebenswichtigen Körperfunktionen wie etwa Herzklopfen oder Atemnot stehen, inhärent bedrohlicher als andere wie etwa Hitzewallungen. Ebenso werden Symptome mit einem plötzlichen, akuten Beginn eher mit unmittelbarer Gefahr assoziiert.

  Die positive Rückkopplung kann an dieser Stelle ohne vorherige körperliche Veränderungen beginnen, wenn situative Variablen wahrgenommen und mit unmittelbarer Gefahr assoziiert werden. So können Angstanfälle bei normalerweise wenig ängstlichen Personen in lebensgefährlichen Situationen auftreten. Phobische Patienten können einen Angstanfall erleben, wenn sie mit ihrem phobischen Stimulus konfrontiert werden.
- Die Person reagiert auf die wahrgenommene Bedrohung mit Angst, die wiederum zu physiologischen Veränderungen, körperlichen Empfindungen und/oder kognitiven Symptomen führt (positive Rückkopplung). Wenn diese Symptome wahrgenommen und mit Gefahr assoziiert werden, kommt es zu weiteren Anstiegen der Angst, die in einem Angstanfall kulminieren können. Dabei muß beachtet werden, daß positive Rückkopplung ein schneller Prozeß ist.

Es ist unklar, ab welchem Punkt die resultierende Angst Panik genannt werden kann. Da Angstanfälle kein Alles-oder-Nichts-Phänomen sind, ist dies wahrscheinlich eine Frage des Schweregrades. Angstanfälle können von anderen Angstformen auf einer Reihe von Dimensionen unterschieden werden, z.B. nach der Art der Angstauslöser (Rolle interner Auslöser), der Art und dem Zeitverlauf der Symptome (Überwiegen körperlicher Symptome, plötzlicher Beginn), dem Inhalt, der subjektiven Wahrscheinlichkeit und dem Schweregrad der befürchteten Konsequenzen (sofortige schwere Bedrohung, hohe Wahrscheinlichkeit) sowie der wahrgenommenen Verfügbarkeit von Bewältigungsstrategien (niedrige Verfügbarkeit).

Angstreduktion

Dem Prozeß der positiven Rückkopplung wirken gleichzeitig negative Rückkopplungsprozesse entgegen. Diese beeinflussen alle Komponenten des positiven Rückkopplungskreises und führen zur Angstreduktion. Negative Rückkopplung findet langsamer statt als positive Rückkopplung. Daher kann ein Angstanfall sehr schnell entstehen, benötigt aber eine gewisse Zeit, um abzuklingen. Beispiele für negative Rückkopplungsprozesse sind

- Habituation
- selbstbegrenzende homöostatische Mechanismen bei Hyperventilation
- Ermüdung.

Daneben führt auch die wahrgenommene Verfügbarkeit von Bewältigungsstrategien zur Angstreduktion. Hierbei handelt es sich um Strategien, die die Person aktiv einsetzt, um Angst zu reduzieren. Beispiele hierfür sind

- langsames, flaches Atmen
- Ablenkung
- hilfesuchendes Verhalten.

Ein Versagen von Bewältigungsversuchen führt wieder zu Angstanstieg.

Einflüsse auf Entstehung und Verlauf von Angstanfällen

Eine Reihe interner und externer Variablen beeinflussen die Wahrscheinlichkeit, einen Angstanfall zu erleben, indem sie auf die Komponenten des Rückkopplungskreises einwirken (vgl. Abb. 6.1):

Interne oder externe Stressoren erhöhen die Wahrscheinlichkeit von physiologischen oder kognitiven Veränderungen und damit die Wahrscheinlichkeit der Auslösung eines Angstanfalls.

Individuelle Dispositionen schließen sowohl physiologische und psychische Prädispositionen als auch solche relativ überdauernden Variablen ein, die erst im Verlauf der Störung erworben wurden.

Physiologische Prädispositionen wie etwa $alpha_2$-adrenerge Dysregulation, zentrale Chemorezeptor-Sensitivität oder der körperliche Trainingszustand beeinflussen die Wahrscheinlichkeit körperlicher Veränderungen und deren Wahrnehmung.

Ein häufiges Beispiel für einen *psychischen Faktor,* der bei der Aufrechterhaltung von Angstanfällen eine Rolle spielt, ist die Sorge der Patienten, einen weiteren Anfall zu erleben. Sie führt zu einer Erhöhung der tonischen Erregung, die wiederum die Wahrscheinlichkeit angstauslösender Körperempfindungen und deren Assoziation mit Gefahr erhöht. Die Wahrnehmung körperlicher Empfindungen hängt weiterhin von anderen psychischen Prädispositionen ab wie Aufmerksamkeitszuwendung auf Gefahrenreize und Genauigkeit der Interozeption (Ehlers et al. 1988b u. 1988c; Ehlers 1993a; Ehlers & Breuer 1992). Die Verknüpfung dieser Empfindungen mit unmittelbarer körperlicher oder psychischer Gefahr hängt unter anderem von der Lerngeschichte (z. B. Kausalattributionen) ab. Darüber hinaus ist anzunehmen, daß Lernerfahrungen in Verbindung mit Klagen über somatische Symptome und negative Emotionen (z. B. operantes und Modellernen) beeinflussen, ob Personen Angstanfälle erleben bzw. wegen ihrer Ängste um professionelle Hilfe ersuchen (Ehlers 1993b).

Situative Faktoren haben Auswirkungen darauf, ob körperliche Veränderungen wahrgenommen (z. B. Körperposition, Intensität der gleichzeitigen externen Stimulation) und mit Gefahr in Verbindung gebracht werden (z. B. die Anwesenheit des Partners oder eines Therapeuten). Weiterhin können situative Variablen direkt mit Gefahr assoziiert werden und somit unmittelbar Angstanfälle auslösen.

Empirische Befunde

Inzwischen liegen eine Reihe stützender empirischer Befunde für das psychophysiologische Modell vor. Eine Übersicht geben Ehlers und Margraf (1989). Hier sollen nur einige wesentliche Ergebnisse zusammengefaßt werden. So berichten Patienten in strukturierten Interviews, daß sie bei ihren Angstanfällen zuerst körperliche Symptome, wie etwa Herzklopfen, wahrnehmen (z. B. Hibbert 1984). In Fragebögen zur Messung von „Angst vor der Angst" oder „Angst vor körperlichen Symptomen" wiesen Patienten mit Angstanfällen oder Agoraphobien höhere Werte auf als klinische oder normale Kontrollgruppen (z. B. Chambless et al. 1984, Ehlers, Margraf u. Chambless 1993). Falsche Rückmeldungen von Herzfrequenzanstiegen lösten bei Panikpatienten, nicht aber bei gesunden Kontrollpersonen, Anstiege von subjektiver Angst und physiologischer Erregung aus (Ehlers et al. 1988a). Nur die Patientengruppe reagierte hier also im Sinne der vom psychophysiologischen Modell vorhergesagten positiven Rückkopplung. Weiterhin zeigen Patienten mit Angstanfällen eine selektive Zuwendung ihrer Aufmerksamkeit auf Gefahrenreize (Ehlers et al. 1988c, Ehlers & Breuer 1995) und interpretieren körperliche Symptome als gefährlicher im Vergleich zu Kontrollpersonen oder erfolgreich behandelten Patienten (McNally u. Foa 1987).

Hyperventilation kann eine wichtige Rolle als Auslöser (akute Hyperventilation) und als disponierende Bedingung (chronische Hyperventilation) für Angstanfälle spielen (vgl. Lum 1981, Margraf et al. 1986b). Zwischen den Diagnosen Agoraphobie/Paniksyndrom und Hyperventilationssyndrom besteht eine Überlappung von etwa 60 % (Garssen et al. 1983). Willkürliche Hyperventilation löst bei der Mehrzahl agoraphobischer Patienten, aber kaum bei gesunden Kontrollpersonen, Angst und körperliche Symptome von Angstanfällen aus (Bonn et al. 1984). Weiterhin zeigen Patienten mit Angstanfällen einen niedrigeren Kohlendioxidpartialdruck-Ruhewert als Kontrollpersonen (Liebowitz et al. 1985, Salkovskis et al. 1986a). Inzwischen liegen erste Fallberichte vor, die die Rolle der Hyperventilation auch bei einer Untergruppe „spontan" auftretender Angstanfälle belegen (Salkovskis et al. 1986b, Hibbert u. Pilsbury 1988). Auch die oben erwähnten Befunde zur experimentellen Panikinduktion stehen mit dem psychophysiologischen Modell im Einklang, da die verwendeten Substanzen zu zahlreichen körperlichen Symptomen führen, die wiederum Angst auslösen können. Weiterhin zeigten Angstanfallspatienten stärkere Angst und kardiovaskuläre Erregung in Erwartung von Panikinduktionsprozeduren als gesunde Kontrollpersonen (Margraf 1988). Durch experimentelle Manipulation der Erwartungen konnten die Reaktionen von Panikpatienten und gesunden Personen deutlich verstärkt bzw. verringert werden (van den Hout u. Griez 1982, van der Molen et al. 1986, Rapee et al. 1988, Margraf et al. 1989).

6.3 Kognitiv-lerntheoretische Modelle der Agoraphobie

6.3.1 Zwei-Faktoren-Theorie

Der einflußreichste theoretische Ansatz zur Ätiologie agoraphobischen Vermeidungsverhaltens war lange Zeit die Zwei-Faktoren-Theorie Mowrers (1960). Mowrer nahm an, daß bei Phobien ursprünglich neutrale Stimuli aufgrund traumatischer Ereignisse mit einem zentralen motivationalen Angstzustand assoziiert (klassische Konditionierung) und die darauf folgende Vermeidung dieser Stimuli durch Reduktion dieses aversiven Zustandes negativ verstärkt werden (operante Konditionierung). Obwohl diese Theorie im Einklang mit vielen tierexperimentellen Befunden steht, ist sie als Erklärung für klinische Phobien nicht ausreichend (Thorpe u. Burns 1983, Marks 1987a).

So berichten Agoraphobiker in der Regel, daß sie zu Beginn der Störung plötzlich und ohne erkennbare Ursache Angst bekamen, oft in Form eines Angstanfalls. Sie können sich meist nicht an traumatische Ereignisse erinnern (Marks 1987a). Auch wenn Personen ihr Verhalten nicht immer korrekt mit den relevanten Stimuli in Bezug setzen (vgl. Nisbett u. Wilson 1977), widerspricht dies der Hypothese einer klassischen Konditionierung der Angst vor Situationen wie Supermärkten, Bussen etc. Verschiedene Autoren halten es allerdings für wahrscheinlich, daß der erste Angstanfall selbst als traumatischer Stimulus wirkt und durch interozeptives Konditionieren körperliche Vorgänge zu konditionierten Reizen für Angstreaktionen werden (Goldstein u. Chambless 1978, Mathews et al. 1981, Hallam 1985; zur Kritik vgl. Marks 1987a).

Weiterhin ist die Übertragbarkeit der tierexperimentellen Befunde zur Zwei-Faktoren-Theorie zweifelhaft, da bisher kein valides Tiermodell für agoraphobisches

Verhalten existiert (Marks 1987a). Ein weiteres Problem stellt die zunächst angenommene „Äquipotentialität" von Reizen bei der klassischen Konditionierung von Angstreaktionen dar. Die auslösenden Reize für phobische Ängste zeigen eine charakteristische und über verschiedene Kulturen hinweg stabile Verteilung, die weder der Häufigkeit dieser Reize im täglichen Leben noch der Wahrscheinlichkeit unangenehmer (traumatischer) Erfahrungen entspricht. Seligman (1971) nahm daher an, daß bestimmte Reiz-Reaktions-Verbindungen leichter gelernt werden, weil sie biologisch „vorbereitet" sind („preparedness"). Mehrere (wenn auch nicht alle) Laborexperimente und die Verteilung klinischer Phobien sprechen für diese Annahme (vgl. die Übersichten von Öhman et al. 1985, McNally 1987). Es ist denkbar, daß eine Verbindung zwischen Angstreaktionen und öffentlichen Orten, die weit von zu Hause entfernt sind, entsprechend biologisch vorbereitet ist. Mineka (1985) hat darauf hingewiesen, daß bestimmte innere Stimuli wie Schwindelgefühle als unkonditionierte Angstauslöser wirken können. Es ist weiterhin denkbar, daß gelernte Angstreaktionen auf diese Reize biologisch vorbereitet sind. Interozeptives Konditionieren hat sich in Tierversuchen als schnell erlernbar und löschungsresistent erwiesen.

Von verschiedenen Autoren wurden weitere Ergänzungen oder Modifikationen der Zwei-Faktoren-Theorie vorgeschlagen (vgl. Thorpe u. Burns 1983, Mineka u. Tomarken 1988). Zur Frage der Generalisierung der angstauslösenden Stimuli, auch symbolischer Art, verweisen wir auf Marks (1987a) und Mineka und Tomarken (1988). Des weiteren ist die Rolle von Sicherheitssignalen bei Agoraphobien vielfach betont worden (z.B. Rachman 1984). Agoraphobiker vermeiden nicht nur bestimmte gefürchtete Situationen, sie suchen auch sichere Orte und Personen aktiv auf.

Auch wenn die Zwei-Faktoren-Theorie in ihrer ursprünglichen Form in der wissenschaftlichen Diskussion zunehmend an Einfluß verliert, ist sie weiterhin für die Ableitung und Erklärung konfrontativer Interventionsmethoden (vgl. Abschn. 8) in der therapeutischen Praxis von großer Bedeutung.

6.3.2 Kognitive Modelle

Kognitive Faktoren (z.B. Fehlattributionen, externe Kontrollüberzeugung, Erwartung katastrophaler Konsequenzen) stehen im Mittelpunkt der Theorie Becks (Beck et al. 1985). Allgemein hält Beck inadäquate kognitive Schemata, die die Wahrnehmung und Interpretation der Umgebung steuern, für Angststörungen verantwortlich. Angstpatienten hielten sich für besonders „verletzbar" und zeichneten sich durch kognitive Verzerrungen in der Beurteilung potentieller Gefahren aus. Als speziellen Vulnerabilitätsfaktor für Agoraphobie nehmen Beck und Mitarbeiter latente Ängste vor Situationen an, die für ein Kleinkind tatsächlich bedrohlich sind (überfüllte Geschäfte, enge geschlossene Räume). Beck und Mitarbeiter gehen also im Gegensatz zu medizinischen Modellen der Angstanfälle und zur DSM-IV-Klassifikation davon aus, daß Ängste vor den agoraphobischen Situationen bereits vor dem ersten Angstanfall vorlagen (vgl. auch Marks 1987a).

Darüber hinaus sind Agoraphobiker nach Meinung dieser Autoren überempfindlich für bestimmte räumliche Konfigurationen (besonders enge oder weite Räume). Unter Belastung sei es schwer für die Betroffenen, ihre emotionalen Reaktionen auf diese Situationen zu modulieren und die übertriebenen Ängste auf ihren Realitätsgehalt zu prüfen (vgl. auch das Konzept der Disinhibition von Ängsten bei Hallam 1985). Daher nähmen sie viele Gefahren in der Welt außerhalb der vertrauten, „sicheren" Umgebung wahr. Die eigenen Angstreaktionen würden als Anzeichen interpretiert, nicht richtig funktionieren zu können und keine Kontrolle über externe und interne Situationen zu haben, also insgesamt „gefährdet" zu sein. Die Patienten nähmen daher bei einer unterstützenden Person („Caretaker") oder in einer sicheren Umgebung (meist das Zuhause) Zuflucht. Bei Entfernung vom „Caretaker" oder sicheren Ort werde wiederum Angst ausgelöst. Zu dieser Entwicklung könnten traumatische Ereignisse beitragen (z.B. Unfall oder Zusehen, wie eine andere Person einen Herzinfarkt erleidet). Angstanfälle entstünden durch Fehlattribution von körperlichen Symptomen und durch katastrophisierende Gedanken und Vorstellungen. Wenn eine Person einen Angstanfall erleide, verstärke oder überlagere die Furcht vor einem neuen Anfall die Angst vor den betreffenden Orten.

Eine Reihe von Fragebogenstudien unterstützen die Rolle der von Beck betonten Verzerrungen in der Beurteilung von Gefahren für die eigene Person bei Agoraphobikern (vgl. Beck et al. 1985, Michelson 1987, McNally u. Foa 1987, Foa 1988). Allerdings ist ungeklärt, ob diese Ursache oder Folge der agoraphobischen Symptomatik sind. Die zur Beurteilung dieser Frage notwendigen Längsschnittstudien liegen nicht vor.

7 Diagnostische Maßnahmen bei Angstanfällen und Agoraphobien

7.1 Differentialdiagnostische Abgrenzung anderer psychischer Störungen

Die Diagnose eines Paniksyndroms oder einer Agoraphobie hat direkte Konsequenzen für die Wahl der Behandlungsmethoden. Deswegen muß vor jeder Therapie zunächst eine sorgfältige Differentialdiagnose stattfinden, bei der das problematische Verhalten von anderen möglichen Störungen abgegrenzt wird: Hierbei muß zum einen geklärt werden, ob andere psychische Störungen wie Psychosen, schwere depressive Syndrome, Zwangssyndrome oder andere Phobien vorliegen. Zu beachten ist, daß Angstanfälle und Agoraphobie häufig zu einer sekundären Depression führen. Falls die Ängste nur in Phasen schwerer Depression auftreten, kann es notwendig sein, zuerst die Depression zu behandeln. Andere häufige Komplikationen sind Versuche zur Selbstbehandlung mit Hilfe von Medikamenten und Alkohol (Bibb u. Chambless 1986). In manchen Fällen erfordert dies eine direkte Behandlung. Der Beginn von Drogenmißbrauch nach Einsetzen der Angststörung ist sehr selten. Strukturierte Interviews wie das Diagnostische Interview für Psychische Störungen (DIPS, Margraf et al. 1991; deutsche Übersetzung der ADIS-R DiNardo et al. 1983, DiNardo u. Barlow 1988) oder das Strukturierte Klinische Interview für DSM (SKID, Wittchen et al. 1989; deutsche Übersetzung des SCID, Spitzer u. Williams 1986) sind effiziente und reliable Hilfsmittel in diesem Stadium des diagnostischen Prozesses. Daneben liefert insbesondere das DIPS weitere relevante Informationen für die Therapieplanung.

7.2 Differentialdiagnostische Abgrenzung organischer Störungen

Der zweite differentialdiagnostische Schritt beinhaltet die Abklärung möglicher organischer Ursachen und Komplikationen. Die Patienten haben gewöhnlich zahlreiche medizinische Untersuchungen hinter sich, bevor sie um psychologische Behandlung ersuchen. Falls dies nicht der Fall ist, sollte eine medizinische Untersuchung durchgeführt werden, da eine Reihe von organischen Syndromen mit Angstanfällen verbunden sein kann (McCue u. McCue

Tab. 6.2 Somatische Differentialdiagnose des Paniksyndroms (nach Margraf u. Schneider 1990a).

Hauptsymptome	mögliche Ursachen	differenzierende Symptome	bestätigender Test
Zittern, Schwitzen, Blässe, Benommenheit	reaktive Hypoglykämie	Symptome 2–4 Stunden nach dem Essen	5-Stunden-Glucosetoleranz-Test
	Insulin-produzierende Tumoren		Nüchternblutzucker und -insulinspiegel
Herzklopfen	paroxysmale Atrio-Tachykardie, ventrikuläre Extrasystolen	plötzlicher Beginn eines schnellen Herzschlags	24 Stunden-EKG, Beobachtungsplan
	Mitralklappenprolaps	systolisches Klicken oder spätes systolisches Murmeln	Echokardiogramm
Benommenheit	orthostatische Hypotonie, Anämie	Verschlimmerung beim Aufstehen und bei Anstrengung	Blutdruck und Puls stehend, sitzend, liegend; Blutbild
	gutartiger positionaler Schwindel	ausgelöst durch Drehung des Kopfes, Jogging	Barany-Test, otoneurologische Untersuchung
Atemnot, Hyperventilation	kongestives Herzversagen	schnelles flaches Atmen	Röntgen des Brustkorbs
	Pneumonie, Pleuritis	Fieber	EKG
	Asthma	pfeifendes Ausatmen	Röntgen des Brustkorbs
	chronische obstruktive pulmonale Störung	ausgelöst durch Rauchen	Lungenfunktionstest
	Alkoholentzug	früherer Alkoholgebrauch	
Brustschmerzen	Angina pectoris	vorausgehende körperliche Anstrengung, Gefühle, schwere Mahlzeiten	EKG, Belastungs-EKG
	Myokardinfarkt	andauernde schwere Schmerzen	EKG, kardiale Enzyme
	kostale Chondritis Pleuritis, Pneumonie	leichte Flecken in der kostochondralen Verbindung. Fieber	normaler kardiologischer Befund Röntgen des Brustkorbs
Gefühle der Unwirklichkeit	Temporallappen-Epilepsie	Mikropsie, Makropsie, Wahrnehmungsstörungen, Halluzinationen	EEG mit nasopharyngealer Ableitung
	Gebrauch von Psychedelika	früherer Gebrauch von Psychedelika	
Hitze- und Kälteschauer	karzinoide Symptome		5-HIAA im 24-Stunden-Urin
	Menopause	weibliches Geschlecht, entsprechendes Alter	
Schwäche	Multiple Sklerose	Alter unter 40, fluktuierende Symptome	neurologische Untersuchung
	vorübergehende ischämische Anfälle	Alter über 40, Lähmungen	

Tab. 6.2 Somatische Differentialdiagnose des Paniksyndroms (nach Margraf u. Schneider 1990a). (Fortsetzung)

Hauptsymptome	mögliche Ursachen	differenzierende Symptome	bestätigender Test
Restkategorien	Hyperthyreose	schneller Herzschlag, warme schwitzige Hände	Schilddrüsenfunktionstest
	Hypothyreose	Stimmveränderungen	
	Hyperparathyeoidismus	verschiedene psychiatrische Symptome	Blutkalziumspiegel
	Hypoparathyreoidismus	Tetanus, erhöhte Empfindlichkeit auf Hyperventilation	
	Phäochromozytom	Bluthochdruck	Katecholamine im 24-Stunden-Urin
	akute intermittierende Porphyrie	früherer Barbituratgebrauch	Urin-Porphobilinogen während des Anfalls
Drogenmißbrauch	Amphetamin-Intoxikation	paranoide Gefühle	Drogenscreening
	Halluzinogenmißbrauch	„Flashbacks“	
	Entzug von Barbituraten oder Tranquilizern	Agitation	
	Entzug von Opiaten	Schmerzen, allgemeines Unwohlsein	
	Alkoholentzug	früherer Alkoholgebrauch	
	Amitryptilin-Entzug	früherer Amitryptilin-Gebrauch	

5-HIAA = 5-hydroxyindole acetic acid

1984). Eine Liste relevanter somatischer Differentialdiagnosen ist in Tabelle 6.2 aufgeführt (nach Margraf u. Schneider 1990a). Die Tabelle zeigt neben den Hauptsymptomen des Paniksyndroms mögliche somatische Ursachen dieser Symptome. Daneben sind differenzierende Symptome und medizinische Tests aufgeführt, die eine Abgrenzung vom Paniksyndrom ermöglichen. Das Vorliegen eines Mitralklappenprolaps-Syndroms schließt normalerweise eine verhaltenstherapeutische Behandlung nicht aus (Margraf et al. 1988a). Ebenso können nach Behandlung einer Schilddrüsendysfunktion Angstanfälle und Agoraphobie bestehen bleiben und eine psychologische Behandlung erforderlich machen.

7.3 Analyse des Verhaltens in Problembereichen

Im Anschluß an die differentialdiagnostische Phase muß eine ausführliche Verhaltensanalyse für jeden Problembereich erstellt werden. Hier werden die für die individuelle Planung der Behandlung notwendigen Informationen zusammengetragen. Die Problembereiche werden anhand subjektiver, physiologischer und verhaltensmäßiger Reaktionen beschrieben. Dabei werden die Bedingungen erarbeitet, die Ängste auslösen, verschlimmern, verringern und aufrechterhalten. Das hilfesuchende Verhalten, die „naiven“ Erklärungen der Patienten für ihr Problem und die (falschen) Bewältigungsstrategien müssen exploriert werden.

Während des klinischen Interviews wird für jeden Patienten eine individuelle Angst- und Vermeidungshierarchie entwickelt. Die Patienten werden hierfür aufgefordert, „schwierige" Situationen oder Empfindungen aufzuzählen und sie in eine Rangordnung bezüglich der damit verbundenen Angst und Vermeidung zu bringen.

Weitere Informationen können aus klinischen Fragebögen wie dem Fear Questionnaire (Marks u. Mathews 1979) oder dem Mobilitäts-Inventar (Chambless et al. 1985), dem Inventar für agoraphobische Kognitionen (Agoraphobic Cognitions Questionnaire) und dem Fragebogen zu Angst vor körperlichen Symptomen (Body Sensations Questionnaire, Chambless et al. 1984) gezogen werden (deutsche Übersetzungen von Ehlers, Margraf u. Chambless 1993). Zusätzlich können Fragebögen sinnvoll sein, die allgemeine Angstbereitschaft, Depressivität, Alkoholismus und partnerschaftliche Zufriedenheit messen (s. Hahlweg et al. 1984; Collegium Internationale Psychiatriae Scalarum 1986, Corcoran u. Fischer 1987).

Wenn die Patienten über spontane Angstanfälle klagen, muß überprüft werden, ob diese in Verbindung mit Hyperventilation, interpersonellen Konflikten, besonderen Aktivitäten, Eßgewohnheiten oder Kognitionen stehen. Für diesen Zweck sind Selbstbeobachtungen mit Hilfe von Tagebüchern zusätzlich zu den klinischen Interviews äußerst sinnvoll. Ein standardisiertes Tagebuch findet sich bei Margraf und Schneider (1990).

7.4 Hyperventilationstest

Da Angst-Patienten häufig nicht wahrnehmen, daß sie hyperventilieren, empfiehlt sich als diagnostische Maßnahme und zur Unterstützung des Erklärungsmodells ein Hyperventilationstest. Hierbei ist zu beachten, daß die Patienten körperlich gesund sein müssen. Das standardisierte Vorgehen ist bei Margraf und Ehlers (1986) beschrieben.

8 Therapie von Angstanfällen und Agoraphobien

Da Agoraphobie und Paniksyndrom von verschiedenen Faktoren beeinflußt werden, hängt das jeweilige klinische Vorgehen von der individuellen Symptomatik ab. Der Entscheidungsprozeß kann schematisch in Form eines Flußdiagrammes (Abb. 6.2) dargestellt werden (modifiziert nach Margraf u. Ehlers 1986).

Falls die phobische Vermeidung im Vordergrund steht und/oder die Angstanfälle von externen phobischen Reizen ausgelöst werden, sollte die Behandlung mit dieser Symptomatik beginnen, die mit hoher Wahrscheinlichkeit erfolgreich beseitigt werden kann. Falls keine phobische Vermeidung vorliegt und die Angstanfälle in erster Linie durch internale Stimuli (z.B. Körperempfindungen wie Herzklopfen oder Schwindel) ausgelöst werden, sollte der Fokus der Behandlung auf den spontanen Angstanfällen liegen. Um im folgenden eine klarere Übersicht zu gewährleisten, werden wir die Behandlung von agoraphobischem Verhalten und von Angstanfällen separat beschreiben. Im klinischen Alltag jedoch treten diese Probleme meistens gemeinsam auf.

8.1 Therapie von agoraphobischem Vermeidungsverhalten und extern ausgelösten Angstanfällen

Das Grundprinzip der heute üblichen Behandlung von Agoraphobien, die Konfrontation mit angstauslösenden Situationen (Exposure), ist schon seit langem bekannt. Einer der berühmtesten Agoraphobiker, Johann Wolfgang Goethe, beschreibt in seinem autobiographischen Werk „Dichtung und Wahrheit", wie er sich selbst durch Konfrontation heilte. So stieg er auf den höchsten Punkt des Straßburger Münsters und besuchte Kliniken, medizinische Demonstrationen, einsame Orte, nächtliche Friedhöfe oder lärmende Menschenansammlungen jeweils solange, bis die Angst vor Höhen, Tod, Krankheit oder Einengung verschwunden war. Nach seiner Einschätzung war er darin so erfolgreich, daß er später „mit den Zimmerleuten um die Wette über die freiliegenden Balken" laufen konnte und auch mit Krankheit verbundene „widerwärtige Dinge" ihn nicht „wieder aus der Fassung setzen" konnten (Goethe 1970, S. 337).

Auch Freud hat in seinem Buch „Wege der Psychoanalytischen Therapie" darauf hingewiesen, daß die an der Behandlung der Hysterie entwickelte Psychoanalyse für Phobien nicht ausreiche. „Man wird kaum einer Phobie Herr, wenn man abwartet, bis sich der Kranke durch die Analyse bewegen läßt, sie aufzugeben". Bei schweren Agoraphobikern habe „man nur dann Erfolg, wenn man sie durch den Einfluß der Analyse bewegen kann, sich wieder wie Phobiker ersten Grades zu benehmen, also auf die Straße zu gehen und während dieses Versuches mit der Angst zu kämpfen" (beide Zitate Freud 1947, S. 191).

8.1.1 Grundprinzipien der Konfrontationsbehandlung

In den letzten 25 Jahren wurde die Konfrontationsbehandlung systematisiert und empirisch überprüft. Dabei erwies sich Konfrontation in vivo als die Methode der Wahl (Übersichten zur Effektivität bei Thorpe u. Burns 1983, Marks 1987a, Michelson 1987). Da wir das Vorgehen hier nur kurz umreißen können, verweisen wir auf die ausführlicheren Beschreibungen des therapeutischen Vorgehens bei Bartling et al. (1980), Mathews et al. (1981), Margraf und Ehlers (1986) und Reinecker (1987b).

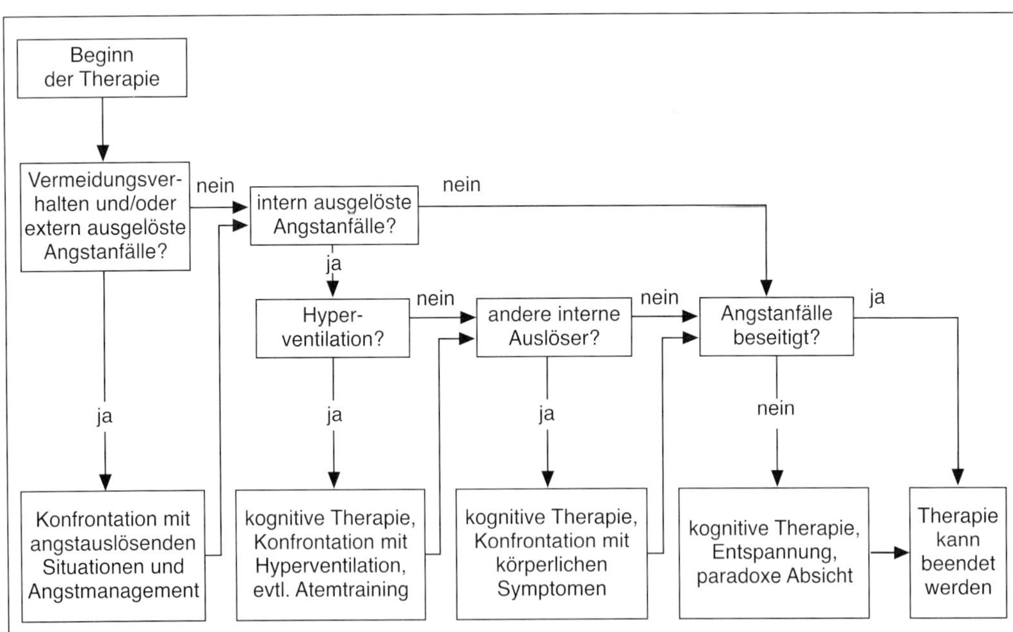

Abb. 6.2 Therapie von Angstanfällen und Agoraphobien.

Anhand von Beispielen aus der Anamnese wird den Patienten ein Erklärungsmodell für die Agoraphobie vermittelt, aus dem das therapeutische Vorgehen abgeleitet wird. Dies trägt zur Wirksamkeit und Akzeptanz der therapeutischen Maßnahmen, zur Generalisierung des Therapieerfolgs und zur Prophylaxe von Rückfällen bei (Fiegenbaum 1988, Margraf u. Ehlers 1986, Reinecker 1987a). Grundlage bildet die Zwei-Faktoren-Theorie der Angst, erweitert um die Sicherheitssignalhypothese (s. Abschn. 6.3). So kann man zum Beispiel von einem Teufelskreis zwischen Angst und Vermeidung sprechen: Flucht aus oder Vermeidung von Situationen, in denen man Angst erlebt, sei zunächst eine natürliche, verständliche Reaktion. Längerfristig bedingten Vermeidung und der Einsatz von Sicherheitssignalen aber eine Verschlimmerung der Erwartungsangst, die wiederum zu mehr Vermeidung führe. Durch die Konfrontationsbehandlung solle dieser Teufelskreis durchbrochen werden. Die Patienten müßten ihre „Angst vor der Angst" verlernen. Angstreaktionen bestünden nur für begrenzte Zeit und klängen dann von selbst ab. Die Patienten sollten lernen, daß sie Angst ertragen können und daß die befürchteten katastrophalen Konsequenzen der Angst nicht eintreten. Dazu sei es notwendig, daß sie die gefürchteten Situationen aufsuchten und Angst bekämen. Ziel sei nicht völlige Angstfreiheit, sondern ein der Situation angemessenes Ausmaß an Angst bzw. Erregung. Diese Erläuterungen müssen auf die individuellen Symptome, Verhaltensweisen, Befürchtungen und „naiven" Erklärungsschemata der Patienten zugeschnitten werden.

Die Situationen für die Konfrontation in vivo werden sehr konkret und detailliert zusammen mit den Patienten geplant. Dabei muß jeweils genügend Zeit vorgesehen werden. Beispielsituationen sind:

- im Kaufhaus Fahrstuhl fahren
- an der Kasse Schlange stehen
- Autofahren zum Wald
- allein im Wald spazierengehen
- Rückfahrt über die Autobahn
- in kleinem Raum eingeschlossen sitzen (s. Bartling et al. 1980 für weitere häufige Situationen).

Die Patienten werden instruiert, solange in den einzelnen Situationen zu bleiben, bis die Angst „von selbst" geringer wird, ohne zu versuchen, die Angst zu unterdrücken oder sich abzulenken. Die Begleitung durch den Therapeuten sollte so bald wie möglich ausgeschlichen werden. Es wird betont, daß es in der Therapie um die Vermittlung von Fertigkeiten geht, die selbständig auch bei wieder auftretenden Ängsten eingesetzt werden können, um Rückfällen vorzubeugen. Die Patienten werden für die Durchführung der Konfrontationsübungen (nicht aber für Angstfreiheit) verstärkt und zur Selbstverstärkung angehalten (Agras et al. 1968, Leitenberg et al. 1975).

8.1.2 Vorgehensweise bei der Konfrontationsbehandlung

Während über die Grundprinzipien der Konfrontationsbehandlung weitgehend Einigkeit besteht, sind jedoch unterschiedliche Vorgehensweisen gebräuchlich.

So stufen viele Programme die zu bewältigenden Situationen nach der Schwierigkeit ab (graduelles Vorgehen). Die Patienten üben dann schrittweise, ihren Aktionsradius auszudehnen (Mathews et al. 1981, Barlow u. Waddell 1985). Es deutet sich jedoch in Katamnesestudien an, daß Reizüberflutung langfristig wirksamer ist (Fiegenbaum 1988; vgl. jedoch O'Brien u. Barlow 1984, Marks 1987a). Bei der Reizüberflutung beginnt die Therapie gleich mit Situationen, die mit hoher Wahrscheinlichkeit starke Angst auslösen werden. Mehrere Stunden Konfrontation täglich an aufeinanderfolgenden Tagen (massierte Übung) scheint die schnellsten und sichersten Erfolge zu bewirken (Marks 1987a,

Fiegenbaum 1988). Die für die massierte Reizüberflutung nötige Behandlungsdauer schwankt zwischen 5 und 10 Tagen, je nach Dauer der einzelnen Sitzungen.

Weiterhin unterscheiden sich die einzelnen Programme nach der Häufigkeit des Therapeutenkontakts. So kann nach Instruktion durch den Therapeuten zum Beispiel ein Großteil der Übungen allein oder mit Unterstützung des Partners durchgeführt werden. Ausführliche Beschreibungen dieses Vorgehens geben z. B. Mathews et al. (1981) und Barlow und Waddell (1985).

In jüngster Zeit gibt es auch erfolgreiche Versuche, die Patienten mit Hilfe schriftlicher Manuale die Konfrontation ganz allein durchführen zu lassen (Ghosh u. Marks 1987).

8.1.3 Effektivität der Konfrontationsbehandlung

Die Effektivität von Konfrontationsverfahren in der Therapie von Agoraphobikern wurde mit Katamnesen von bis zu neun Jahren vielfach belegt (z.B. Goldstein 1982, McPherson et al. 1980, Munby u. Johnston 1980, Burns et al. 1983, Michelson et al. 1985, Hand et al. 1986, Fiegenbaum 1988). Die Katamnesen zeigen, daß einmal erzielte Erfolge auch über lange Zeiträume im Durchschnitt stabil bleiben und Rückfälle selten sind. Nach 4 oder 5 Jahren waren noch 75–82 % der behandelten Patienten „stark gebessert" oder „gebessert" (Lelliott et al. 1987). Gute Erfolge berichtet auch Fiegenbaum (1988): 78 % von 104 Agoraphobikern waren 5 Jahre nach Ende einer sehr intensiven Reizüberflutung völlig beschwerdefrei. Das Auftreten neuer Symptome (Symptomverschiebung) ist nach erfolgreichen Konfrontationstherapien nicht häufiger als in der Allgemeinbevölkerung (Mathews et al. 1981, Marks 1987a). Das größte Problem dieser Therapie scheint die Akzeptanz zu sein. In einigen Studien lehnten bis zu 20–25 % der Patienten die Therapie ab oder beendeten sie vorzeitig (vgl. O'Brien u. Barlow 1984). Barlow und Waddell (1985) weisen darauf hin, daß bei graduellem Vorgehen die Ablehnungsquote geringer zu sein scheint (unter 5 % in drei Studien).

Insgesamt widersprüchlich sind die Ergebnisse zu einigen weiteren Aspekten der Therapiedurchführung, zum Beispiel die Frage der Gruppen- oder Einzeltherapie (Übersichten bei Thorpe u. Burns 1983, Marks 1987a). Vorteile der Gruppentherapie sind Ökonomie und die gegenseitige Unterstützung der Patienten. Ein Problem der Gruppentherapie ist die Zusammenstellung homogener Patientengruppen.

Die Suche nach Prädiktoren des Therapieerfolgs verlief bisher weitgehend ergebnislos (Mathews et al. 1981, Emmelkamp u. van den Hout 1983, Marks 1987a, Chambless u. Gracely 1988, Fischer et al. 1988). Weder Patientenmerkmale (soziodemographische, Persönlichkeits- oder Störungsvariablen) noch Therapeutenvariablen zeigten einen konsistenten Zusammenhang. Der Effekt zusätzlicher psychischer Störungen (z.B. Alkoholismus) kann allerdings nicht abgeschätzt werden, da die vorliegenden Studien solche Patienten von vornherein ausschlossen.

8.1.4 Wirksame Komponenten

Die wirksamen Komponenten der verschiedenen Therapieprogramme sind nicht ausreichend geklärt. Marks (1978, 1987a) und Foa und Kozak (1986) stellten die Hypothese auf, daß Exposure (Konfrontation) der gemeinsame Nenner aller erfolgreichen Angstbehandlungen sei. Nach Marks (1987a) ist der Mechanismus, über den die Konfrontation wirkt, unbekannt.

Foa und Kozak (1986) erklären die Wirkung über eine Modifikation semantischer Netzwerke, in denen die phobischen

Objekte und die eigene Furchtreaktion repräsentiert sind. Eine Voraussetzung hierfür sei die Aktivierung dieser kognitiven Struktur. Dies kann z.B. durch Konfrontation in vivo erzielt werden. Physiologische Habituation während der Konfrontation führe zu einer Lockerung der Assoziation zwischen den Stimulus- (z.B. Menschenmenge) und Reaktionselementen (z.B. Herzrasen). Dadurch würde die Integration korrigierender Informationen über die Bedeutung der gefürchteten Elemente in das Netzwerk erleichtert (z.B. Herzrasen hat nicht zum Herzinfarkt geführt, ist also weniger gefährlich als angenommen). Dies habe wiederum zur Folge, daß die Patienten bei der nächsten Konfrontation geringere physiologische Reaktionen zeigen (Habituation zwischen den Sitzungen). Neben solchen spezifischen Mechanismen könnten jedoch auch sogenannte non-spezifische, eher den Prozeßvariablen zuzurechnende Faktoren an der Wirksamkeit der besprochenen Verfahren beteiligt sein (vgl. Bennun et al. 1986, Bennun u. Schindler 1987).

8.2 Therapie von Angstanfällen ohne situative Auslöser

Verfahren zur gezielten Behandlung von Angstanfällen wurden erst in jüngster Zeit entwickelt (vgl. Ehlers et al. 1986a, Margraf u. Ehlers 1986, Margraf u. Schneider 1990). Noch 1984 fanden Jacob und Rapport nur acht Behandlungsstudien zur Agoraphobie, die Maße für Angstanfälle berichteten. In sechs dieser Studien verbesserten sich die Anfälle nach der Behandlung des Vermeidungsverhaltens. Da der Hauptakzent auf der Erfassung der phobischen Symptomatik lag, waren allerdings die Maße für Angstanfälle in den früheren Studien unzureichend. Neuere Studien bestätigten in der Regel positive Effekte von Konfrontation in vivo auf die Häufigkeit und Intensität von Angstanfällen bei Agoraphobikern (Telch et al. 1985, Michelson et al. 1985, Chambless et al. 1986, Lelliott et al. 1987; kein Effekt bei Arnow et al. 1985).

8.2.1 Kognitive Therapie, Konfrontation und Angstmanagement

In den letzten Jahren wurden von verschiedenen Autoren gute Erfolge in der gezielten Behandlung von Angstanfällen berichtet. Die meisten Programme kombinieren die Konfrontation mit internen Reizen (besonders körperlichen Symptomen) mit der Vermittlung von Strategien zur Bewältigung von Angst und körperlichen Symptomen und mit kognitiven Methoden, die auf eine veränderte Interpretation der ursprünglich als bedrohlich erlebten Angstsymptome abzielen. Diese Verfahren wurden hauptsächlich für Patienten mit Paniksyndrom ohne phobisches Vermeidungsverhalten entwickelt, sind jedoch auch sinnvoll in der Behandlung agoraphobischer Patienten mit „spontanen" Angstanfällen, da Rückfälle bei Agoraphobikern häufig dem Auftreten von einem oder mehreren erneuten Angstanfällen zu folgen scheinen (Gelder u. Marks 1966). Ein detailliert ausgearbeitetes Therapieprogramm findet sich bei Margraf und Schneider (1990a). Am Ende dieses Kapitels werden wir den Verlauf einer Therapie genauer beschreiben (s. Fallbeispiel Abschn. 9).

In der diagnostischen Phase werden Anhaltspunkte für mögliche Auslöser der Angstanfälle gesucht und für Bedingungen, die die Wahrscheinlichkeit ihres Auftretens erhöhen (z.B. Eßgewohnheiten, Kognitionen, Hyperventilation, interpersonelle Situationen). Einen Schwerpunkt der Behandlung stellt die Vermittlung eines Erklärungsmodells für Angstanfälle dar. Dies ist neben den oben genannten Gründen von therapeutischem Nutzen, da es eine Alternative anbietet zu der Befürchtung vieler

Patienten, an einer (unbekannten) schweren körperlichen oder psychischen Krankheit zu leiden. Grundlage der Erläuterungen ist das oben beschriebene psychophysiologische Modell. Sowohl „spontan“ auftretende Anfälle als auch starke Angstreaktionen in phobischen Situationen werden als Ergebnis eines „Teufelskreises“ aus den individuell relevanten körperlichen Symptomen (z. B. Herzrasen, Schwindel), Kognitionen (z. B. „Ich könnte verrückt werden“) und Verhaltensweisen (z. B. Hyperventilation) dargestellt.

In der *kognitiven Therapie* werden dann diejenigen Fehlinterpretationen (Gedanken, Vorstellungsbilder, Einschätzungen der Wahrscheinlichkeit von Ereignissen) der körperlichen Symptome systematisch erarbeitet, die während eines Angstanfalls auftreten (z. B. „Ich werde in Ohnmacht fallen“, „Ich bekomme einen Herzinfarkt“). Anschließend wird ausführlich besprochen, welche Gründe aus Sicht des Patienten für diese Interpretation sprechen, bevor alternative Erklärungen für die Symptome besprochen werden. In „Verhaltenstests“ wird der Patient dazu angeleitet zu überprüfen, welche der Erklärungen richtig ist. Zum Beispiel kann ein Patient aufgefordert werden, willkürlich zu hyperventilieren, um zu prüfen, ob die Symptome durch sein Atemverhalten zustandekommen können.

Im allgemeinen werden die kognitiven Methoden um die *Konfrontation mit internen Reizen* (besonders mit körperlichen Symptomen) und/oder der Vermittlung von *Strategien zur Bewältigung von Angst und körperlichen Symptomen* ergänzt. Margraf und Schneider (1990b) konnten jedoch kürzlich zeigen, daß eine rein kognitive Therapie ohne Konfrontation (89 % der Patienten anfallsfrei) ebenso wirksam ist wie die Kombination dieser Therapietechniken (86 %). Die Methoden zur Konfrontation und Bewältigung von Angstsymptomen müssen der jeweiligen Symptomatik entsprechen und werden als Methoden zum Durchbrechen des Teufelskreises erläutert.

8.2.2 Hyperventilation und Atemtraining

Falls aufgrund der Diagnostik Hinweise auf Hyperventilation vorliegen, bieten sich atemzentrierte Verfahren an (Clark et al. 1985, Salkovskis et al. 1986a). Wenn die Patienten positiv auf den Hyperventilationstest reagieren, kann durch eine Konfrontationsbehandlung eine Gewöhnung an die Symptome erreicht werden. Die Patienten führen wiederholt Hyperventilationsübungen durch und achten dabei auf körperliche Symptome, Kognitionen und Angstniveau. Im Lauf der Zeit werden die somatischen Symptome als weniger gefährlich erlebt und das Angstniveau sinkt. Angstverstärkende Kognitionen (z. B. „Ich könnte in Ohnmacht fallen“) können dabei gezielt durch alternative Gedanken ersetzt werden. Weiterhin kann chronische Hyperventilation durch ein Atemtraining (ruhige Zwerchfellatmung) behandelt werden. Langsame Zwerchfellatmung kann auch als Angstbewältigungsstrategie eingesetzt werden und akute Hyperventilation verhindern.

8.2.3 Konfrontation mit körperlichen Symptomen

Starkes Herzklopfen oder -rasen ist das häufigste Symptom von Angstanfällen, und viele Patienten befürchten dementsprechend eine Herzerkrankung (vgl. den Begriff Herzneurose, Richter u. Beckmann 1973). Durch körperliche Belastung wie Treppensteigen, Kniebeugen oder Laufen lassen sich rasch Pulsanstiege in einer Größenordnung herstellen, die deutlich über den bei Angstanfällen üblicherweise auftretenden Anstiegen liegen. Die meisten Patienten sind in einem schlechten Trainingszustand (Taylor et al. 1987). Durch den Vergleich der Symptome nach körperlicher Belastung mit denen eines Angstanfalls wird eine Uminterpretation der sonst als gefährlich erlebten Symptome ermöglicht. Dieses Verfahren wurde erfolgreich in stationären Behandlungsprogrammen für Herzneurotiker angewendet (Sturm 1987). Auch die Konfrontation der Patienten mit ihrem eigenen EKG kann hilfreich sein.

Andere Möglichkeiten, Patienten mit ihren Angstsymptomen zu konfrontieren, sind vielfältig und hängen von den individuellen Symptomen ab. Zum Beispiel ließen Griez und van den Hout (1983, 1986) ihre Patienten wiederholt erhöhte Konzentrationen von Kohlendioxid einatmen. Dies erzeugt ähnliche Symptome wie starke Hyperventilation. Auch durch situative Bedingungen lassen sich ähnliche Symptome wie bei Angstanfällen erzeugen. So können Patienten etwa auf einem einsamen See ein Boot rudern, Achterbahn fahren oder in die Sauna gehen (vgl. Bartling et al. 1980). Vorstellungsübungen eignen sich zur Konfrontation mit den erwarteten katastrophalen Konsequenzen von Angstanfällen (z.B. verrückt werden, von allen Umstehenden angestarrt werden) und Symptomen oder Situationen, die nicht beliebig willkürlich herstellbar oder kontrollierbar sind. Konfrontation in sensu wurde von Chambless et al. (1982) bei Agoraphobien erfolgreich eingesetzt. Dabei wird angestrebt, ein möglichst hohes Angstniveau zu erzielen und die Vorstellung aufrechtzuerhalten, bis die Angst abgeklungen ist.

8.2.4 Effektivität der Behandlung

Therapiestudien zur kognitiven Verhaltenstherapie zeigten sehr gute Erfolge (Barlow et al. 1984 u. 1989, Waddell et al. 1984, Clark et al. 1985, Klosko et al. 1990, Margraf u. Schneider 1990b, Beck et al. 1992, Michelson et al. 1990, Clark et al. 1994). In einer Literaturübersicht stellte Clark (1991) fest, daß in der Katamnese (bis zu einem Jahr) insgesamt 83 % der behandelten Patienten panikanfallsfrei waren. Eine Übersicht über frühere Studien findet sich bei Margraf und Ehlers (1986). Die Patienten in diesen Studien erfüllten meist die DSM-III-R-Kriterien für die Diagnose Paniksyndrom, teilweise auch für Agoraphobie mit Panikanfällen. Die Dauer der Behandlungen lag meist bei etwa 15 Sitzungen, schwankte jedoch stark. In allen Studien wurden deutliche und stabile Verbesserungen oder vollständige Remissionen erzielt. Meist kam es zu zusätzlichen Besserungen in der Katamnese, zumindest blieben die bei Therapieende erzielten Fortschritte bestehen. Bei der großen Mehrheit der Patienten konnten Angstanfälle langfristig völlig beseitigt werden. In den meisten Studien, in denen dies untersucht wurde, war eine gezielte Behandlung der Angstanfälle nichtspezifischen psychologischen Verfahren oder medikamentöser Therapie überlegen (Beck et al. 1992, Bonn et al. 1984, Clark et al. 1994; Griez u. Van den Hout 1986, Klosko et al. 1988 u. 1990, Sartory u. Olajide 1988).

8.3 Alternative Behandlungsstrategien

Die oben beschriebenen Behandlungstechniken ermöglichen große Fortschritte für die überwiegende Mehrzahl der Patienten mit schweren und beeinträchtigenden Angststörungen. Doch nicht alle Patienten akzeptieren diese Art von Behandlung und manche brechen die Therapie ab, bevor Fortschritte erreicht wurden. Ein anderer Teil der Patienten wiederum scheint von diesen therapeutischen Interventionen nicht zu profitieren. Die Suche nach weiterer Verbesserung der Behandlungserfolge hat viele Kliniker und Forscher motiviert, sich anderen psychotherapeutischen und pharmakologischen Behandlungen zuzuwenden, die eine Ergänzung oder Alternative zu den Konfrontationsverfahren bieten könnten.

8.3.1 Andere psychotherapeutische Interventionen

Kombinierte Behandlung: Chambless und Goldstein versuchen, entsprechend der von ihnen angenommenen Rolle interpersoneller Konflikte (Goldstein u. Chambless 1978) durch Integration von Elementen aus anderen therapeutischen Ansätzen wie der Gestalttherapie die Effektivität besonders bei agoraphobischen Patienten mit Persönlichkeitsstörungen zu steigern (Chambless et al. 1986). Die Wirksamkeit der kombinierten Behandlung wurde belegt, jedoch nicht mit reiner Konfrontationstherapie verglichen. Eine frühere Form der kombinierten Behandlung brachte keine zusätzlichen Effekte (Chambless et al. 1982). Arnow et al. (1985) fanden, daß ein Partner-Kommunikationstraining ebenso wie ein Partner-Entspannungstraining nach Konfrontationstherapie zu zusätzlichen Therapieeffekten führt. Eine Replikation dieses Ergebnisses steht noch aus. Die von Systemtheoretikern vorhergesagte Verschlechterung der Partnerbeziehungen nach erfolgreicher Therapie ist selten. Empirische Studien fanden in der Regel keine Veränderung oder eine erhöhte Zufriedenheit der Partner (Himadi et al. 1986, Marks et al. 1987a).

Paradoxe Instruktionen: Mit ähnlicher Zielsetzung wie Konfrontationsmethoden werden auch paradoxe Instruktionen eingesetzt (Ascher 1981, Chambless u. Goldstein 1980, Mavissakalian et al. 1983, Michelson et al. 1985 u. 1986). Dies setzt eine sehr gute Therapeut-Patient-Beziehung voraus (Michelson et al. 1985 u. 1986). Im Gegensatz zum Vorgehen der strategischen Familientherapie (z. B. Haley 1979), werden die Patienten über die Ziele der paradoxen Intention informiert. Sie werden instruiert, Angst willentlich herbeizuführen bzw. so lange wie möglich ängstlich zu bleiben. Ziel sei es zu lernen, die Angst nicht als etwas Unerwünschtes oder Katastrophales zu erleben. Für manche Patienten ist es dabei nützlich, ihre Empfindungen und Befürchtungen im Sinne der „blow up"-Technik von Lazarus (1978) humorvoll zu übertreiben. Paradoxe Instruktionen können auch als Strategien zum Umgang mit spezifischen Symptomen oder Befürchtungen während der Konfrontationstherapie bei Agoraphobikern eingesetzt werden (vgl. Chambless u. Goldstein 1980, Margraf u. Ehlers 1986).

Bewältigungsstrategien: Ergänzend oder alternativ zu den Konfrontationsmethoden werden den Patienten Bewältigungsstrategien vermittelt, mit deren Hilfe sie Einfluß auf die Angstsymptome nehmen können. Als Begründung wird angeführt, daß die Patienten einen Angstanfall unterbrechen bzw. abkürzen können, wenn sie diese Strategien beherrschen. Das oben erwähnte Training der Zwerchfellatmung ist ein Beispiel. Des weiteren werden zu diesem Zweck Entspannungsübungen (Barlow et al. 1984, Michelson et al. 1985, Öst 1988, 1991) oder Techniken zur Kontrolle der Herzfrequenz (Biofeedback: Reinecker et al. 1985, Vaitl et al. 1988; Stimulation der Barorezeptoren: Sartory u. Olajide 1988) eingesetzt.

8.3.2 Medikamentöse Behandlung

Unabhängig von den hier besprochenen psychologischen Verfahren wurde die medikamentöse Behandlung von Angstanfällen in teilweise sehr umfangreichen Untersuchungen erprobt. Die meisten Patienten, die wegen Angstanfällen um psychologische oder psychiatrische Behandlung ersuchen, haben fehlgeschlagene pharmakotherapeutische Versuche hinter sich. Auch ist der Mißbrauch von Medikamenten nicht selten. So könnte der klinische Eindruck entstehen, Pharmakotherapie sei nicht wirksam. Die negativen Erfahrungen könnten jedoch teilweise mit der allgemein üblichen Praxis zusammenhängen, Benzodiazepine zu verschreiben, die nur „bei Bedarf" eingenommen werden sollen. Dies ist in der Behandlung von Angstanfällen weder unter pharmakologischen noch unter lerntheoretischen Aspekten sinnvoll. Als therapeutisch gilt seit einigen Jahren die längerfristig konstante Gabe von trizyklischen Antidepressiva (vor allem Imipramin, 100–300 mg/Tag), Monoaminooxidase- (MAO-) Hemmern (wie etwa Phenelzin) oder dem Triazolobenzodiazepin Alprazolam (4–10 mg/Tag).

Ein wesentlicher Nachteil der Pharmakotherapie besteht in der hohen Rückfallquote nach Absetzen der Medikation (nach Schätzungen bis zu 80 %). Wir können hier nicht genauer auf weitere Vor- und Nachteile eingehen und verweisen auf entsprechende Übersichten (Sartory 1983, Telch et al. 1983, Judd et al. 1986, Margraf u. Ehlers 1986, Michelson u. Marchione 1991).

9 Fallbeispiel

9.1 Vorgeschichte des Patienten

Herr M. meldete sich wegen häufiger Angstanfälle und einer sich immer stärker ausbreitenden Agoraphobie zur Therapie an. Er war bei Beginn der Behandlung 33 Jahre alt. Herr M. war verheiratet, hatte drei Kinder und arbeitete als Beamter im gehobenen Dienst. Er litt seit zwei Jahren an Angstanfällen und befürchtete, wegen der Beschwerden seine Verpflichtungen bei der Arbeit und auch gegenüber der Familie nicht mehr erfüllen zu können.

Den ersten Angstanfall hatte Herr M. bei einem Wochenendausflug mit dem Kegelclub nach Hamburg. Nach dem Wochenende sollte er wegen einer kleinen Operation für ein paar Tage in ein Krankenhaus. Während der Busfahrt nach Hamburg empfand Herr M. plötzlich sehr starkes Herzklopfen und Schmerzen in der Brust. Er fing an zu schwitzen und dachte, er würde jeden Moment einen Herzinfarkt bekommen. Seine Ehefrau bat den Busfahrer, bei der nächsten Gelegenheit anzuhalten. Nachdem Herr M. aus dem Bus ausgestiegen war und frische Luft geschnappt hatte, ging es ihm bald besser. Als er von dem Wochenendausflug wieder zurückgekehrt war, ließ er sich von seinem Hausarzt und einem Internisten untersuchen. Beide Ärzte konnten keine organischen Ursachen für seine Beschwerden feststellen. Herr M. war hierdurch zunächst beruhigt, doch nach einem weiteren Angstanfall setzten sofort wieder seine Sorgen ein, an einer unerkannten Herzkrankheit zu leiden. Weitere diagnostische Untersuchungen (einschließlich Belastungs-EKG und Echokardiogramm) konnten Herrn M. keine Erklärungen für seine Beschwerden liefern. Er war dadurch sehr verunsichert und begann, seinen Körper zu beobachten und auf auffällige Symptome zu achten. Er bekam daraufhin immer häufiger Angstanfälle und begann gleichzeitig, immer häufiger Situationen zu vermeiden, in denen er einen Angstanfall gehabt hatte oder möglicherweise erwarten konnte. Zu den für ihn schwierigsten Situationen gehörten das Busfahren und die Benutzung anderer öffentlicher Verkehrsmittel, körperliche Belastungen, die zu Herzklopfen führten, und alle Orte, an denen größere Menschenansammlungen möglich waren. Wenn seine Frau dabei war, konnte Herr M. die meisten dieser Situationen aufsuchen, wenngleich er sich auch dann dabei „hundeelend" fühlte.

9.2 Anamnese

In einem ausführlichen anamnestischen Gespräch zeigte sich, daß Herr M. seit mehreren Jahren unter einer starken Anspannung wegen der Epilepsieerkrankung seiner Ehefrau stand. Er beschrieb, ständig unter der Sorge zu leiden, seine Frau könne einen erneuten Epilepsieanfall

9.4 Abschluß der Therapie

In Sitzung 13 gab Herr M. an, keinerlei situatives Vermeidungsverhalten mehr zu haben. Auch über das mögliche Auftreten einer Herzkrankheit mache er sich keine besonderen Sorgen mehr. Zur Vorbeugung von Rückfällen gab die Therapeutin ihm die Aufgabe, bis zur nächsten Sitzung alles aufzuschreiben, was er in der Therapie über Angstanfälle und ihre Bewältigung gelernt habe. Außerdem diskutierte sie mit ihm noch einmal seine alten Fehlinterpretationen, um festzustellen, ob noch restliche irrationale Überzeugungen im Zusammenhang mit Angstanfällen oder Vermeidungsverhalten vorlagen. Die Besprechung dieser Hausaufgabe in der 14. Sitzung ergab keine Anhaltspunkte für weitere therapeutische Maßnahmen. Zum Abschluß der Therapie wurde noch einmal die klinische Fragebogenbatterie vorgegeben. Die Ergebnisse bestätigten den Erfolg der Therapie (Fragebogen zu angstbezogenen Kognitionen: 1,2; Fragebogen zur Angst vor körperlichen Symptomen: 1,5; Mobilitätsinventar allein: 1,2; Mobilitätsinventar in Begleitung: 1,2; Beck Depressioninventar: 4). Bei einem katamnestischen Gespräch nach sechs Monaten erklärte Herr M., daß seit Therapieende weder Angstanfälle noch das Erleben früher phobischer Situationen für ihn ein Problem dargestellt hätten. Zwar sei er auch jetzt voller Sorge um das Schicksal seines Kindes, aber das sei wohl angemessen und etwas ganz anderes als seine früheren Angstprobleme, die ihm nun ziemlich fern zu liegen schienen.

10 Ausblick

Die Entwicklung von effektiven Behandlungsstrategien bei Angstanfällen und Agoraphobie stellt einen der großen Erfolge der Therapieforschung dar. Allerdings gibt es trotz dieser Erfolge noch eine Reihe von Patienten, die von dieser Behandlung nicht profitieren oder die keine ausreichende Heilung erreichen. Die Verbesserung der verfügbaren Behandlungen stellt deswegen eine wichtige Aufgabe zukünftiger Forschung dar (Foa u. Emmelkamp 1983). Eine zweite, unseres Erachtens ebenso bedeutende Aufgabe resultiert aus der Tatsache, daß viele Patienten und leider auch professionelle Kräfte aus dem Gesundheitswesen nicht über erfolgversprechende Behandlungsmöglichkeiten informiert sind. Anhand einer großen Zahl von Patienten, die in Forschungsprojekten der Stanford Universität um Therapie ersuchten, konnten wir die Behandlungsgeschichten von Personen mit Ängsten und Vermeidung explorieren (Taylor et al. 1989). Zu unserer Überraschung hatten nur 4 % von 794 Patienten mit Angstanfällen (mit und ohne Agoraphobie) verhaltenstherapeutische Behandlungen erhalten. Nur bei 2,6 % der Patienten mit Vermeidungsverhalten war eine Konfrontationstherapie durchgeführt worden. Gleichzeitig aber hatten etwa zwei Drittel der Patienten eine medikamentöse Behandlung (meistens Benzodiazepine) und über 70 % irgendeine Art von Beratung oder Psychotherapie erhalten. Diese Ergebnisse machen deutlich, daß die Verbreitung von Informationen über eine angemessene Behandlung von Angststörungen eine wichtige Aufgabe im Gesundheitswesen darstellt.

Literatur

Agras WS, Leitenberg H, Barlow DH. Social reinforcement in the modification of agoraphobia. Arch Gen Psychiatry 1968; 19:423–7.
Agras WS, Sylvester D, Oliveau D. The epidemiology of common fears and phobias. Compr Psychiatry 1969; 10:151–6.
American Psychiatric Association. Diagnostic and Statistical Manual of Mental Disorders, Fourth Edition Revised (DSM-IV). Washington, D.C.: American Psychiatric Press 1994.

Anderson DJ, Noyes R, Crowe RR. A comparison of panic disorder and generalized anxiety disorder. Am J Psychiatry 1984; 141:572–5.

Angst J, Dobler-Mikola A. The Zürich study. V. Anxiety and phobia in young adults. Europ Arch Psychiatr Neurol Sci 1985a; 235:171–8.

Angst J, Dobler-Mikola A. The Zürich study. VI. A continuum from depression to anxiety disorders? Europ Arch Psychiatr Neurol Sci 1985b; 235:179–86.

Arnow BA, Taylor CB, Agras WS, Telch MJ. Enhancing agoraphobia treatment outcome by changing couple communication pattern. Behav Ther 1985; 16:452–67.

Arrindell WA, Emmelkamp PMG. Marital adjustment, intimacy and needs in female agoraphobics and their partners. Br J Psychiatry 1986; 149:592–602.

Ascher LM. Employing paradoxical intention in the treatment of agoraphobia. Behav Res Ther 1981; 19:533–42.

Barlow DH. Anxiety and Its Disorders. New York: Guilford Press 1988.

Barlow DH, Cohen AS, Waddell MT, Vermilyea BB, Klosko JS, Blanchard EB, DiNardo PA. Panic and generalized anxiety disorders: nature and treatment. Behav Ther 1984; 15:431–49.

Barlow DH, Craske MG, Cerny JA, Klosko JS. Behavioral treatment of panic disorder. Behav Ther 1989; 20:261–82.

Barlow DH, Vermilyea J, Blanchard EB, Vermilyea BB, DiNardo PA, Cerny JA. The phenomenon of panic. J Abnorm Psychol 1985; 94:320–8.

Barlow DH, Waddell MT. Agoraphobia. In: Clinical Handbook of Psychological Disorders. Barlow DH (ed). New York: Guilford Press 1985.

Bartling G, Fiegenbaum W, Krause R. Reizüberflutung. Theorie und Praxis. Stuttgart: Kohlhammer 1980.

Beck AT, Emery G, Greenberg RL. Anxiety Disorder and Phobias – A Cognitive Perspective. New York: Basic Books 1985.

Beck AT, Sokol L, Clark DA, Berchick B, Wright F. Focused cognitive therapy of panic disorder: a crossover design and one year follow-up. Am J Psychiatry 1992; 147:778–83.

Bennun I, Hahlweg K, Schindler L, Langlotz M. Therapist's and client's perceptions in behavior therapy: the development and cross-cultural analysis of an assessment instrument. Br J Clin Psychol 1986; 25:275–83.

Bennun I, Schindler L. Therapist and patient factors in the behavioural treatment of phobic patients. Br J Clin Psychol 1988; 27:145–50.

Bibb JL, Chambless DL. Alcohol use and abuse among diagnosed agoraphobics. Behav Rev Ther 1986; 24:49–58.

Bonn JA, Readhead CPA, Timmon BA. Enhanced adaptive behavioral response in agoraphobic patients pretreated with breathing retraining. Lancet 1984; 665–9.

Boyd JH. Use of mental health services for treatment of panic disorder. Am J Psychiatr 1986; 143:1569–774.

Burns LE, Thorpe GL, Cavallero A, Gosling J. Agoraphobia eight years after behavioral treatment: a follow-up study with interview, questionnaire and behavioral data. Beitrag zum 17. Kongreß der AABT/Weltkongreß für Verhaltenstherapie, Washington, D.C. 1983.

Cameron OG, Thyer BA, Nesse RM, Curtis GC. Symptom profiles of patients with DSM-III anxiety disorders. Am J Psychiatry 1986; 143:1132–7.

Cerny J, Klosko JS, Barlow DH. Cognitive therapy manual. Unveröffentlichtes Manuskript. Phobia and Anxiety Disorders Clinic, State University of New York at Albany 1984.

Chambless DL. The relationship of severity of agoraphobia to associated psychopathology. Behav Res Ther 1985; 23:305–10.

Chambless DL, Caputo GC, Bright P, Gallagher R. Assessment of fear in agoraphobics: the Body Sensations Questionaire and the Agoraphobic Cognitions Questionaire. J Consult Clin Psychol 1984; 52:1090–7.

Chambless DL, Caputo GC, Jasin SE, Gracely EJ, Williams C. The Mobility Inventory for agoraphobia. Behav Res Ther 1985; 23:35–44.

Chambless DL, Foa EB, Groves GA, Goldstein AJ. Exposure and communication training in the treatment of agoraphobia. Behav Res Ther 1982; 20:219–31.

Chambless DL, Goldstein AJ. Agoraphobia. In: Handbook of Behavioral Interventions: A Clinical Guide. Goldstein AJ, Foa EB (eds). New York: Wiley 1980.

Chambless DL, Goldstein AJ, Gallagher R, Bright P. Integrating behavior therapy and psychotherapy in the treatment of agoraphobia. Psychother 1986; 23:150–9.

Chambless DL, Gracely EJ. Prediction of outcome following in vivo exposure treatment of agoraphobia. In: Panic and Phobias 2. Hand I, Wittchen HU (eds). Berlin: Springer 1988.

Clark DM. A cognitive approach to panic. Behav Res Ther 1986; 24:461–70.

Clark DM. Cognitive mediation of panic attacks induced by biological challenge tests. Adv Behav Res Ther 1993; 15:75–84.

Clark DM. Cognitive therapy in the treatment of anxiety disorders. Clinical Neuropharmacology 1995; 18:27–37.

Clark DM, Salkovskis PM, Chalkley AJ. Respiratory control as treatment for panic attacks. J Exp Psychiatry Behav Ther 1985; 16:23–30.

Clark DM, Salkovskis PM, Hackman A, Middleton H, Anastasiades P, Gelder MG. A comparison of cognitive therapy, applied relaxation and imipramine in the treatment of panic disorder. Br J Psychiatry 1994; 164:759–69.

Collegium Internationale Psychiatriae Scalarum: Internationale Skalen für die Psychiatrie. Weinheim: Beltz 1986.

Corcoran K, Fischer J. Measures for Clinical Practice. A Sourcebook. New York: Free Press 1987.

Coryell W, Noyes R, Clancy J. Excess mortality in panic disorder. Arch Gen Psychiatry 1982; 39:701–3.

Coryell W, Noyes R, Clancy J. Panic disorder and primary unipolar depression. J Affective Disord 1983; 5:311–7.

DeSilva P, Rachman S. Does escape behavior strengthen agoraphobic avoidance? A preliminary study. Behav Res Ther 1984; 22:87–91.

Dilling H, Mombour W, Schmidt MH (Hrsg). Internationale Klassifikation psychischer Störungen. ICD-10 Kapitel V (F). Klinisch-diagnostische Leitlinien. Bern: Huber 1991.

DiNardo PA, Barlow DH. Anxiety Disorders Interview Schedule-Revised (ADIS-R). Unveröffentlichtes Manuskript. Center for Stress and Anxiety Disorders, State University of New York at Albany 1988.

DiNardo PA, O'Brien GT, Barlow DH, Waddell MT, Blanchard EB. Reliability of DSM-III anxiety disorder categories using a new structured interview. Arch Gen Psychiatry 1983; 40:1070–4.

Ehlers A. Interoception and panic disorder. Adv of Behav Res Ther 1993a; 15:3–21.

Ehlers A. Somatic symptoms and panic attacks: a retrospective study of learning experiences. Behav Res Ther 1993b; 31:269–78.

Ehlers A, Breuer P. Increased cardiac awareness in panic disorder. J Abnorm Psychol 1992; 101:371–82.

Ehlers A, Breuer P. Selective attention to physical threat in subjects with panic attacks and simple phobias. J Anxiety Disorders 1995; 9:11–32.

Ehlers A, Margraf J. The psychophysiological model of panic. In: Anxiety Disorders. Emmelkamp PMG, Evervaerd W, Kraaimaat F, Van Son M (eds). Amsterdam: Swets 1989.

Ehlers A, Margraf J, Chambless D. Fragebogen zu körperbezogenen Ängsten, Kognitionen und Vermeidung (AKV). Weinheim: Beltz 1993.

Ehlers A, Margraf J, Davies S, Roth WT. Selective information processing of threat cues in subjects with panic attacks. Cognition and Emotion 1988c; 2:201–20.

Ehlers A, Margraf J, Roth WT. Panik und Angst: Theorie und Forschung zu einer neuen Klassifikation der Angststörungen. Z Klin Psychol 1986a; 15:281–302.

Ehlers A, Margraf J, Roth WT. Experimental induction of panic attacks. In: Panic and Phobias. Hand I, Wittchen HU (eds). Berlin: Springer 1986b.

Ehlers A, Margraf J, Roth WT, Taylor CB, Birbaumer N. Anxiety induced by false heart rate feedback in patients with panic disorder. Behav Res Ther 1988a; 26:1–11.

Ehlers A, Margraf J, Roth WT. Selective information processing, interoception and panic attacks. In: Panic and Phobias 2. Hand I, Wittchen HU (eds). Berlin: Springer 1988b.

Emmelkamp PMG, van den Hout A. Failures in treating agoraphobia. In: Failures in Behavior Therapy. Foa E, Emmelkamp PMG (eds). New York: Wiley 1983.

Fiegenbaum W. Longterm efficacy of graded and massed exposure in agoraphobics. In: Panic and Phobias 2. Hand I, Wittchen HU (eds). Berlin: Springer 1988.

Fischer M, Hand I, Angenendt J. Failures in exposure treatment of agoraphobia: an exploratory analysis. In: Panic and Phobias 2. Hand I, Wittchen HU (eds). Berlin: Springer 1988.

Fisher LM, Wilson GT. Psychology of agoraphobia. Behav Res Ther 1985; 23:97–107.

Foa EB. What cognitions differentiate panic disorders from other anxiety disorders? In: Panic and Phobias 2. Hand I, Wittchen HU (eds). Berlin: Springer 1988.

Foa EB, Emmelkamp PMG (eds). Failures in Behavior Therapy. New York: John Wiley & Sons 1983.

Foa EB, Jameson JS, Turner RM, Payne LL. Massed vs. spaced exposure sessions in the treatment of agoraphobia. Behav Res Ther 1980; 18:333–8.

Foa EB, Kozak M. Emotional processing of fear: exposure to corrective information. Psychol Bull 1986; 99:20–35.

Freedman R, Ianni B, Ettedgui E, Puthezhath N. Ambulatory monitoring of panic disorder. Arch Gen Psychiatry 1985; 42:244–8.

Freud S. Über die Berechtigung, von der Neurasthenie einen bestimmten Symptomenkomplex als „Angstneurose" abzutrennen. In: Gesammelte Werke. Band I. Freud S. London: Imago 1947.

Freud S. Wege der psychoanalytischen Therapie. In: Gesammelte Werke. Band I. Freud S. London: Imago 1947.

Garssen B, Van Veenendaal W, Bloemink R. Agoraphobia and the hyperventilation syndrome. Behav Res Ther 1983; 21:643–9.

Gelder MG, Marks I. Severe agoraphobia: a controlled prospective trial of behavior therapy. Br J Psychiatry 1966; 112:309–19.

Ghosh A, Marks I. Self-directed exposure for agoraphobia: a controlled trial. Behav Ther 1987; 18:3–16.

Goethe JW von. Dichtungen und Wahrheit. In: Werke. Band 5. Goethe JW von. Frankfurt: Insel 1970.

Goldstein AJ. Agoraphobia: Treatment successes, treatment failures, and theoretical implications. In: Agoraphobia: Multiple Perspectives on Theory and Treatment. Chambless DL, Goldstein AJ (eds). New York: Wiley 1982.

Goldstein AJ, Chambless DL. A reanalysis of agoraphobia. Behav Ther 1978; 9:47–59.

Griez E, van den Hout MA. Treatment of phobophobia by exposure to CO_2-induced anxiety symptoms. J Nerv Ment Dis 1983; 171:506–8.

Griez E, van den Hout MA. CO_2 inhalation in the treatment of panic attacks. Behav Res Ther 1986; 24:145–50.

Hahlweg K, Schindler L, Revenstorf D. Partnerschaftsprobleme: Diagnose und Therapie. Berlin: Springer 1984.

Haley J. Direktive Familientherapie. Strategien für die Lösung von Problemen. München: Pfeiffer 1979.

Hallam RS. Anxiety. Psychological Perspectives on Panic and Agoraphobia. London: Academic Press 1985.

Hand I, Angenendt J, Fischer M, Wilke C. Exposure in vivo with panic management: treatment rationale and longterm outcome. In: Panic and Phobias. Hand I, Wittchen HU (eds). Berlin: Springer 1986.

Hibbert GA. Ideational components of anxiety. Br J Psychiatry 1984; 144:618–24.

Hibbert GA, Pilsbury D. Hyperventilation in panic attacks. Ambulatory monitoring of transcutaneous carbon dioxide. Br J Psychiatry 1988; 153:76–80.

Himadi WG, Cerny JA, Barlow DH, Cohen S, O'Brien GT. The relationship of marital adjustment to agoraphobia treatment outcome. Behav Res Ther 1986; 24:107–15.

Jacob R, Rapport MD. Panic disorder: medical and psychological parameters. In: Behavioral Theories and Treatment of Anxiety. Turner SM (ed). New York: Plenum Press 1984.

Judd FK, Norman TR, Burrows GD. Pharmacological treatment of panic disorder. Int Clin Psychopharmacol 1986; 1:3–16.

Klein DF. Anxiety reconceptualized. Compr Psychiatry 1980; 21:411–27.

Klein DF, Fink M. Psychiatric reaction patterns to imipramine. Am J Psychiatry 1962; 119:432–8.

Klosko JS, Barlow DH, Tassinari RB, Cerny JA. Comparison of alprazolam and cognitive behavior therapy in the treatment of panic disorder. A preliminary report. In: Panic and Phobias 2. Hand I, Wittchen HU (eds). Berlin: Springer 1988.

Klosko JS, Barlow DH, Tassinari RB, Cerny JA. A comparison of alprazolam and behavior therapy in the treatment of panic disorder. J Consult Clin Psychol 1990; 58:77–84.

Lader M. The Psychophysiology of Mental Illness. London: Routledge & Kegan Paul 1975.

Lazarus AA. Verhaltenstherapie im Übergang. Breitbandmethoden für die Praxis. München: Reinhardt 1978.

Leitenberg H, Agras WS, Allen R, Butz R, Edwards J. Feedback and therapist praise during treatment of phobia. J Consult Clin Psychol 1975; 43:396–404.

Lelliott PT, Marks IM, McNamee G. The onset of panic disorder with agoraphobia. Arch Gen Psychiatry 1989; 46:1000–4.

Lelliott PT, Marks IM, Monteiro WO, Tsakiris F, Noshirvani H. Agoraphobia 5 years after imipramine and exposure. Outcome and predictors. J Nerv Ment Dis 1987; 175:599–605.

Liebowitz MR, Gorman J, Fyer A, Levitt M, Dillon D, Levy G, Appleby I, Anderson S, Palij M, Davies S, Klein DF. Lactate provocation of panic attacks: II. Biochemical and physiological findings. Arch Gen Psychiatry 1985; 42:709–19.

Lum C. Hyperventilation and anxiety state. J R Soc Med 1981; 74:1–4.

Margraf J. Psychophysiologische Untersuchungen bei Panikanfällen. In: Angst – Leitsymptom psychiatrischer Erkrankungen. Ackenheil M, Hippius H, Engel R (Hrsg). Berlin: Springer 1988.

Margraf J, Ehlers A. Erkennung und Behandlung von akuten Angstanfällen. In: Therapieforschung für die Praxis 6. Brengelmann JC, Bühringer G (Hrsg). München: Gerhard Röttger Verlag 1986.

Margraf J, Ehlers A. Panic attacks in nonclinical subjects. In: Panic and Phobias 2. Hand I, Wittchen HU (eds). Berlin: Springer 1988.

Margraf J, Ehlers A. Biological models of agoraphobia and panic disorder: theory and evidence. In: Handbook of Anxiety. Vol. III. Noyes R, Roth M, Burrows MD (eds). Amsterdam: Elsevier 1990.

Margraf J, Ehlers A, Roth WT. Sodium lactate infusions and panic attacks: a review and critique. Psychosom Med 1986a; 48:23–51.

Margraf J, Ehlers A, Roth WT. Biological models of panic disorder and agoraphobia – a review. Behav Res Ther 1986b; 24:553–67.

Margraf J, Ehlers W, Roth WT. Mitral valve prolapse and panic disorder: a review of their relationship. Psychosom Med 1988; 50:93–113.

Margraf J, Ehlers A, Roth WT. Hyperventilation and expectancy as laboratory stressors. In: Frontiers of Stress Research. Helhammer D, Florin I, Weiner H, Murison R (eds). Toronto: Huber 1989.

Margraf J, Heidmeier K, Spörkel H. Psychische Störungen bei internistisch-psychosomatischen Patienten. Nervenarzt 1990; 61:658–66.

Margraf J, Schneider S. Panik, Angstanfälle und ihre Behandlung. Berlin: Springer 1990a.

Margraf J, Schneider S. Therapie und Verlaufsprognose von Panikanfällen. Unveröffentlichter Zwischenbericht zum DFG-Projekt Ma 1116/1-1 bis 1-4. Universität Marburg 1990b.

Margraf J, Schneider S, Ehlers A, DiNardo PA, Barlow DH. Diagnostisches Interview für Psychische Störungen. Berlin: Springer 1991.

Margraf J, Taylor CB, Ehlers A, Roth WT, Agras WS. Panic attacks in the natural environment. J Nerv Ment Dis 1987; 175:558–65.

Marks I. Behavioral psychotherapy of adult neurosis. In: Handbook of Psychotherapy and Behavior Change – An Empirical Analysis. 2. Aufl. Garfield SL, Bergin AE (eds). New York: Wiley 1978.

Marks I. Fears, Phobias, and Rituals. Panic, Anxiety, and Their Disorders. New York: Oxford University Press 1987a.

Marks I. Agoraphobia, panic disorder and related conditions in the DSM-III-R and ICD-10. J Psychopharmacol 1987b; 1:6–12.

Marks J, Mathews AM. Brief standard self-rating for agoraphobics. Behav Res Ther 1979; 17:263–7.

Mathews AM, Gelder MG, Johnston DW. Agoraphobia: Nature and Treatment. New York: Guilford Press 1981.

Mavissakalian M, Michelson L, Greenwald D, Kornblith S, Greenwald M. Cognitive-behavioral treatment of agoraphobia: paradoxical intention vs. self-statement training. Behav Res Ther 1983; 21:75–86.

McCue EC, McCue PA. Organic and hyperventilatory causes of anxiety-type symptoms. Behav Psychother 1984; 12:308–17.

McNally R. Preparedness and phobias: a review. Psychol Bull 1987; 101:283–303.

McNally R, Foa EB. Cognition and agoraphobia. Cogn Ther Res 1987; 11:567–82.

McPherson FM, Brougham I, McLaren S. Maintenance of improvement of agoraphobic patients treated by behavioural methods – four year follow-up. Behav Res Ther 1980; 18:150–2.

Michelson L. Cognitive behavioral assessment and treatment of agoraphobia. In: Anxiety and Stress Disorders. Michelson L, Ascher LM (eds). New York: Guilford Press 1987.

Michelson L, Marchione K. Behavioral, cognitive, and pharmacological treatments of panic disorder with agoraphobia: critique and synthesis. J Consult Clin Psychol 1991; 59:100–14.

Michelson L, Mavissakalian M, Marchione K. Cognitive and behavioral treatments of agoraphobia: clinical, behavioral, and psychophysiological outcomes. J Consult Clin Psychol 1985; 53:913–25.

Michelson L, Mavissakalian M, Marchione K, Dancu C, Greenwald M. The role of self-directed in vivo exposure in cognitive, behavioral, and psychophysiological treatments of agoraphobia. Behav Ther 1986; 17:91–108.

Mineka S. Animal models of anxiety-based disorders: their usefulness and limitations. In: Anxiety and the Anxiety Disorders. Maser J, Tuma A (eds). Hillsdale, NJ: Erlbaum 1985.

Mineka S, Tomarken AJ. The role of cognitive biases in the origins and maintenance of fear and anxiety disorders. In: Aversion, Avoidance, and Anxiety: Perspectives on Aversively Motivated Behavior. Archer T, Nilsson L-G (eds). Hillsdale, NJ: Erlbaum 1988.

Mowrer OH. Learning Theory and Behavior. New York: Wiley 1960.

Munby M, Johnston DW. Agoraphobia: the long-term follow-up of behavioural treatment. Br J Psychiatry 1980; 137:418–27.

Myers JK, Weissman MM, Tischler GL, Holzer CE, Leaf PJ, Orvaschel H, Anthony JC, Boyd JH, Burke JD, Kramer M, Stolzman R. Six-month prevalence of psychiatric disorders in three communities. Arch Gen Psychiatry 1984; 41:959–67.

Nisbett RF, Wilson TP. Telling more than we know: verbal reports on mental processes. Psychol Rev 1977; 84:231–79.

Norton GR, Dorward J, Cox BJ. Factors associated with panic attacks in nonclinical subjects. Behav Ther 1986; 17:239–52.

Norton GR, Harrison B, Hauch J, Rhodes L. Characteristics of people with infrequent panic attacks. J Abnorm Psychol 1985; 94:216–21.

O'Brien GT, Barlow DH. Agoraphobia. In: Behavioral Theories and Treatment of Anxiety. Turner SM (ed). New York: Plenum Press 1984.

Öhman A, Dimberg U, Öst LG. Animal and social phobia: biological constraints on learned fear responses. In: Theoretical Issues in Behavior Therapy. Reiss S, Bootzin R (eds). New York: Academic Press 1985.

Öst LG. Age of onset in different phobias. J Abnorm Psychol 1987; 96:223–9.

Öst LG. Applied relaxation vs. progressive relaxation in the treatment of panic disorder. Behav Res Ther 1988; 26:13–22.

Rachman S. Agoraphobia – a safety signal perspective. Behav Res Ther 1984; 22:59–70.

Rachman S, Craske M, Tallman K, Solyom C. Does escape behavior strengthen agoraphobic avoidance? A replication. Behav Ther 1986; 17:366–84.

Rapee R, Mattick R, Murrell E. Cognitive mediation in the affective component of spontaneous panic attacks. J Exp Psychiatry Behav Ther 1988; 17:245–53.

Reinecker H. Differentielle Effekte der Vermittlung plausibler Ätiologie- und Änderungsmodelle. In: Herzphobie. Nutzinger DO, Pfersman D, Welan T, Zapotoczky HD (Hrsg). Stuttgart: Enke 1987a.

Reinecker H. Grundlagen der Verhaltenstherapie. München: Urban & Schwarzenberg 1987b.

Reinecker H, Hartmann K, Eisenack P. Plausible Ätiologie- und Therapiemodelle. Differentielle Effekte bei der Therapie von Herzphobikern. Memorandum 5/1985, Lehrstuhl Psychologie III, Universität Bamberg 1985.

Richter HE, Beckmann D. Herzneurose. 2. Aufl. Stuttgart: Thieme 1973.

Robins LN, Helzer JE, Weissman MM, Orvaschel H, Gruenberg E, Burke JD, Regier DA. Lifetime prevalence of specific psychiatric disorders in three sites. Arch Gen Psychiatry 1984; 41:949–58.

Salkovskis PM, Jones DRO, Clark DM. Respiratory control in the treatment of panic attacks: replication and extension with concurrent measurement of behaviour and pCO_2. Br J Psychiatry 1986a; 148:526–32.

Salkovskis PM, Warwick HMC, Clark DM, Wessels DJ. A demonstration of acute hyperventilation during naturally occurring panic attacks. Behav Res Ther 1986b; 24:91–4.

Sartory G. Benzodiazepines and behavioural treatment of phobic anxiety. Behav Psychother 1983; 11:204–17.

Sartory G, Olajide D. Vagal innervation techniques in the treatment of panic disorder. Behav Res Ther 1988; 26:431–4.

Schapira K, Roth M, Kerr TA, Gurney C. The prognosis of affective disorders: the differentiation of anxiety states and depressive illnesses. Br J Psychiatry 1972; 121:175–81.

Seligman MEP. Phobias and preparedness. Behav Ther 1971; 2:307–20.

Shear MK, Kligfield P, Harshfield G, Devereux RB, Polan JJ, Mann JJ, Pickering T, Frances A. Ambulatory monitoring of blood pressure and heart rate in panic patients. Am J Psychiatry 1987; 144:633–7.

Sheehan DV. Panic attacks and phobias. N Engl Med 1982; 307:156–8.

Sheehan DV, Sheehan KE, Minichiello WE. Age of onset of phobic disorders: a reevaluation. Compr Psychiatr 1981; 22:544–53.

Spitzer RL, Williams J. Structured Clinical Interview for DSM (SCID). Unveröffentlichtes Manuskript. Biometrics Division, New York State Psychiatric Institute 1986.

Strian F. Angst – Grundlagen und Klinik. Berlin, Heidelberg: Springer 1983.

Sturm J. Ein multimodales verhaltensmedizinisches Gruppenkonzept für die Behandlung von Herzphobikern. In: Herzphobie. Nutzinger D, Pfersman D, Welan T, Zapotoczky HG (Hrsg). Stuttgart: Enke 1987.

Taylor CB, King RJ, Ehlers A, Margraf J, Clark D, Roth WT, Agras WS. Treadmill exercise test and ambulatory measures in patients with panic attacks. Am J Cardiol 1987; 60:48j–52j.

Taylor CB, King RJ, Margraf J, Ehlers A, Telch MJ, Roth WT, Agras WS. Utilization of imipramine and exposure therapy for the treatment of panic and avoidance. Results from a community sample. Am J Psychiatry 1989; 146:1423–6.

Taylor CB, Sheikh J, Agras WS, Roth WT, Margraf J, Ehlers A, Maddock RJ, Gossard D. Ambulatory heart rate changes in patients with panic attacks. Am J Psychiatry 1986; 143:478–82.

Taylor CB, Telch MJ, Havvik D. Ambulatory heart rate changes during panic attacks. J Psychiatry Res 1983; 17:261–6.

Telch MJ, Agras WS, Taylor CB, Roth WT, Gallen CC. Combined pharmacological and behavioral treatment for agoraphobia. Behav Res Ther 1985; 23:325–35.

Telch MJ, Tearnan BH, Taylor CB. Antidepressant medication in the treatment of agoraphobia: a critical review. Behav Res Ther 1983; 21:505–17.

Thorpe GL, Burns LE. The Agoraphobic Syndrome. Chichester: Wiley 1983.

Thyer BA, Parrish RT, Curtis GC, Nesse RM, Cameron OG. Age of onset of DSM-III anxiety disorders. Compr Psychiatry 1985; 26:113–21.

Turner SM, McCann BS, Beidel DC, Mezzich JE. DSM-III classification of the anxiety-disorders: a psychometric study. J Abnorm Psychol 1986; 95:168–72.

Uhde TW, Boulenger J-P, Roy-Byrne PR, Geraci MF, Vittone BJ, Post RM. Longitudinal course of panic disorder: clinical and biological considerations. Prog Neuropsychopharmacol Biol Psychiatry 1985; 9:39–51.

Vaitl D, Kuhmann W, Ebert-Hampel B. Heart rate stabilization in cardiophobic patients. In: Behavioral Medicine in Cardiovascular Disorders. Elbert T, Langosch W, Steptoc A, Vaitl D (eds). Chichester: Wiley 1988.

Van den Hout MA. The psychology of panic. In: Cognitive Approaches to Panic. Rachman S, Maser J (eds). Hillsdale, NJ: Erlbaum 1988.

Van den Hout MA, Griez E. Cognitive factors in carbon dioxide therapy. J Psychosom Res 1982; 26:219–24.

Van der Molen GM, van den Hout MA, Vroemen J, Lousberg H, Griez E. Cognitive determinants of lactate-induced anxiety. Behav Res Ther 1986; 24:677–80.

Waddell MT, Barlow DH, O'Brien GT. A preliminary investigation of cognitive and relaxation treatment of panic disorder: effects on intense anxiety vs „background" anxiety. Behav Res Ther 1984; 22:393–402.

Weissman MM, Leaf PJ, Blazer DG, Florio L. The relationship between panic disorder and agoraphobia: an epidemiologic perspective. Psychopharmacol Bull 1986; 22:787–91.

Westphal C. Die Agoraphobie, eine neuropathische Erscheinung. Arch Psychiatrie Nervenkr 1871; 3:138–61.

Wittchen HU. Epidemiology of panic attacks and panic disorder. In: Panic and Phobias. Hand I, Wittchen HU (eds). Berlin: Springer 1986.

Wittchen HU. The natural course and outcome of anxiety disorders. What cases remit without treatment? In: Treatments of Panic and Phobias. Hand I, Wittchen HU (eds). Berlin: Springer 1988.

Wittchen HU, Zaudig M, Schramm E, Spengler P, Mombour W, Klug J, Horn R. Strukturiertes klinisches Interview für DSM-III-R. Weinheim: Beltz 1989.

World Health Organization. Manual of the International Statistical Classification of Diseases, Injuries, and Causes of Death. 9th Revision. Genf: WHO 1977.

7 Alkohol und Angst

C. Terence Wilson*

Inhalt

* Deutsche Übersetzung von Christine Albert und Rolf Meermann.

1 Angstreduktionstheorie des Alkoholgebrauchs und -mißbrauchs

1.1 Vorbemerkungen

Folgende Szene ist in der einen oder anderen Version immer wieder in Fernsehserien (wie z. B. Dallas) zu beobachten: Eine öffentliche Auseinandersetzung sorgt für Konflikte, Verlegenheit und Spannungen unter den Beteiligten. Der Betroffene (z. B. J. R. Ewing) bedient sich der Hausbar oder begibt sich in die Kneipe, betrinkt sich, taucht zufrieden und entspannt wieder auf und fährt betrunken, aber sicher wieder nach Hause.

Diese Anekdote beschreibt nicht nur ein negatives und destruktives Trinkmuster, sie illustriert auch die bei sozialen wie auch Problemtrinkern und selbst bei Therapeuten verbreitete Überzeugung, daß Alkohol Spannungen und Ängste reduziert (Edwards 1972, Goldman et al. 1987, Cappell 1975). Selbst Psychoanalytiker und Lerntheoretiker, die dieser Theorie eher feindlich gegenüberstanden, sprechen dem Alkohol diese vermeintliche Eigenschaft zu. Das Über-Ich wurde als der in Alkohol lösliche Teil der Psyche definiert. Lerntheoretiker haben den Angstreduktionseffekt von Alkohol als negativen Verstärker für unangepaßte Verhaltensweisen betrachtet. Und selbst in der englischen Lyrik und Literatur tauchen einige der klassischen Aussagen über den Effekt von Alkohol auf.

Die Angstreduktionstheorie hat einerseits das Vorgehen von Forschern in den verschiedenen Disziplinen beeinflußt, andererseits ist es jedoch schwierig, die angstreduzierende Wirkung bei Versuchspersonen im Laborexperiment durchgängig nachzuweisen.

Seit ihrer Formulierung durch Conger (1956) hat die *Spannungs-* oder *Angstreduktionstheorie* einen tiefgreifenden Einfluß auf die Alkoholismusforschung gehabt. Drei Jahrzehnte später regt sie noch immer Studien an und sorgt für Diskussionen. Die allgemeinen Begriffe „Angst" und „Spannung" können synonym verwendet werden. Versuche, feinere Differenzierungen vorzunehmen, blieben erfolglos. *Streßreduktion* ist ein ebenfalls weit verbreiteter und im großen und ganzen vergleichbarer Begriff. Um die Wirkung von Alkohol zu beschreiben, haben Levenson und Shere den Begriff *„stress response dampening"* (etwa „Streßreaktionsdämpfung") eingeführt. Obwohl dieser Begriff enger gefaßt ist, wird vermutlich nur wenig erreicht, wenn man versucht, das Streßreaktionsdämpfungsmodell von der sogenannten Streßreduktionstheorie abzugrenzen (Glane und Leonard 1987). Sher (1987) beschreibt das Streßreaktionsdämpfungsmodell als eine bescheidene, eingeschränkte Spannungsreduktionshypothese.

Der Nachweis der anxiolytischen Wirkung von Alkohol hat geholfen, die Ursachen von Alkoholmißbrauch zu erhellen und uns die Richtung zu weisen, um Alkoholikern zu helfen. Aber die Angstreduktionstherapie versprach mehr als nur die plausible Darstellung der Entwicklung und Aufrechterhaltung von Alkoholismus. Von der Therapie her könnte die allgemein beobachtete Wirkung von Alkohol auf eine Reihe alltäglicher Aktivitäten erklärt werden. Wie Neal Miller, einer der Pioniere in der Forschung auf diesem Gebiet, formulierte, hat Alkohol „eine verwirrende Vielfalt von Effekten: einige macht er aggressiv, andere verliebt, manche weinerlich und andere wiederum geschwätzig" (1964). Wenn wir dennoch annehmen, daß diese unterschiedlichen Verhaltensmodalitäten, die auf Alkoholgenuß folgen, vorher durch Angst gehemmt waren (in vielen Fällen eine plausible Annahme), dann können diese scheinbar unterschiedlichen Wirkungen durch einen einzigen Mechanismus erklärt werden: durch Angstreduktion.

Kontrollierte experimentelle Studien haben jedoch widersprüchliche und wenig überzeugende Ergebnisse hervorgebracht: Danach soll Alkohol Angst vermindern, Angst steigern oder einfach keine Wirkung zeigen (Cappell u. Greeley 1987, Pohorecky u. Brick 1983, Sher 1987).

1.2 Tierstudien zur Angstreduktionstheorie

Die Angstreduktionstheorie beinhaltet folgende zwei Aspekte:

- Alkohol reduziert Angst.
- Diese angstreduzierende Wirkung motiviert zu Alkoholkonsum.

Der Schwerpunkt liegt auf der ersten Komponente.

In bestimmten Studien wird nicht der Effekt von induzierter Angst (Drohung eines Elektroschocks) auf das nachfolgende Trinkverhalten untersucht, sondern der Effekt von induzierter Angst auf die Intoxikation selbst. So konnte z. B. gezeigt werden, daß Angst dem Hemmeffekt der Alkoholintoxikation (z. B. auf die Ausführung einer Aufgabe) entgegenwirken kann (Frankenhaeuser et al. 1974). Dieser Effekt wurde als „sich zusammenreißen“ bezeichnet. Frankenhaeuser und ihre schwedische Forschergruppe führen diesen Effekt auf die von der Person vorgenommene „kognitive Bewertung der Situation“ zurück.

1.2.1 Untersuchung der neuroendokrinen Wirkung von Alkohol auf Angst

An dieser Stelle soll die Basisliteratur zu Tierstudien über die Wirkung von Äthanol auf Streß diskutiert werden. Diese Studien haben vor allem gezeigt, daß Alkohol die neuroendokrine Reaktion auf Streß abschwächt.

Brick und Pohorecky (1983) zeigten z. B., daß eine niedrige Dosis Äthanol bei Ratten den streßinduzierten Anstieg der Kortikosteroide und der ungesättigten Fettsäuren abschwächt. Sie fanden diese Schutzwirkungen des Äthanols als Reaktion sowohl auf physische als auch auf psychische Stressoren.

Vogel und DeTurck (1983) berichteten ebenfalls, daß bei Ratten der Anstieg der Katecholamine in Plasma und Gehirn durch Immobilisierung durch vorherige Gabe von Äthanol verhindert wurde.

Obwohl bei Ratten die streßabschwächende Wirkung von Alkohol auf neuroendokriner Ebene zuverlässig gezeigt werden konnte, müssen die Mechanismen dieser Wechselwirkung noch erforscht werden.

Brick und Pohorecky (1983, 1985) plädierten für einen auf der Ebene des Zentralnervensystems funktionierenden Mechanismus. In letzter Zeit ergaben Studien mit Imidatodiazepin-Verbindungen (RO-15-4513), daß die streßreduzierende und betäubende Wirkung von Alkohol durch zentrale GABA-Rezeptoren vermittelt wird. RO-15-4513 wirkt auf GABA-Rezeptoren. Durch Vorbehandlung mit RO-15-4513 werden bei Ratten sowohl die angstreduzierende Wirkung von Alkohol (nicht jedoch die von Phenobarbital), als auch das Verhalten nach Alkohol in hohen Dosen blockiert (Suzdak et al. 1986).

1.2.2 Untersuchung der anxiolytischen Wirkung von Alkohol

Im Gegensatz zu den genannten Studien über neuroendokrine Wirkungen von Alkohol ist die Interpretation von Studien über die Wirkung von Alkohol auf Spannungszustände (operationalisiert als Flucht- und Vermeidungsverhalten) umstritten. Obwohl Cappell in seinem viel zitierten Literaturüberblick von 1975 zum Ausdruck brachte, daß die Befunde mehrdeutig oder negativ seien, stellten Hodgson und Mitarbeiter (1979) fest, daß *relevante* Tierstudien, nämlich solche Verfahren, die die Wirkung von Alkohol auf Furcht und Frustration untersuchten, die Theorie angemessen überprüfen könnten (z. B. Verfahren zur Untersuchung experimenteller Neurosen, Konflikte und passiver Vermeidung). Negative Ergebnisse kamen ihrer Ansicht nach in solchen Studien zustande, die das Erlernen von Flucht- und aktiver Vermeidungsreaktion einsetzen. Flucht- und Vermeidungsreaktionen würden jedoch nicht durch Furcht oder Frustration ausgelöst und seien für die Überprüfung der Theorie daher nicht geeignet.

Insgesamt ist in Tierexperimenten eine anxiolytische oder streßreduzierende Wirkung von Alkohol festzustellen.

1.3 Studien zur Angstreduktionstheorie an Menschen

Ein Grund für die widersprüchlichen Ergebnisse experimenteller Studien an Menschen ist möglicherweise die Vielfalt der Untersuchungs- und Meßmethoden, mit denen die Wirkung von Alkohol auf Angst untersucht wird. Ein Aspekt dieser methodischen Vielfalt ist z. B. die unterschiedliche Auffassung des Begriffs Angst (oder vergleichbarer globaler Begriffe wie „Spannung" oder „Streß") in den verschiedenen Studien:

- Angst durch experimentell induzierte Konflikte
- Angst durch aversive Stimuli (z. B. Furcht vor Elektroschock)
- Angst durch soziale Stressoren (z. B. Furcht vor einer selbstenthüllenden Rede oder einer herausfordernden bzw. unangenehmen Interaktion mit einer andersgeschlechtlichen Person)
- phobische Vermeidung.

Weiterhin wurde Angst in den verschiedenen Studien auf unterschiedliche Weise gemessen:

- mit Hilfe verschiedener Formen von Selbstberichten
- mit Hilfe verschiedener Indikatoren des autonomen Nervensystems
- mit Hilfe biochemischer Indikatoren
- mit Hilfe von Beobachtungs- und Verhaltensdaten.

Durch den Einfluß von Lang und Rachmanns multidimensionaler Analyse der Reaktionsmuster bei Angst und Angstreduktion wurde in den Studien zunehmend ein multidimensionales Reaktionsmuster für die Erfassung des theoretischen Konstruktes „Angst" einbezogen. Diese Reaktionsmuster verändern sich nicht immer in die gleiche Richtung. Diese asynchrone Veränderung auf den drei Reaktionsebenen ist nicht beschränkt auf die Erforschung der Zusammenhänge zwischen Alkohol und Angst und wurde bei der Untersuchung und Behandlung von Angststörungen ausführlich dokumentiert (Lang 1969, Rachmann 1978). Diese asynchrone Veränderung kompliziert die Interpretation von Studien zur Wirkung von Alkohol. So könnten die Faktoren, die die Wirkung von Alkohol auf Angst beeinflussen, auf den verschiedenen Reaktionsebenen der Angst jeweils unterschiedliche Wirkung haben.

Die Vielfalt der in den verschiedenen Studien angewandten Methoden macht einen Vergleich der Ergebnisse schwierig. Sogar bei Studien, die auf den ersten Blick das gleiche experimentelle Vorgehen zur Induktion und Messung von Angst benutzen, ist es doch möglich, subtile methodische Unterschiede zu entdecken, deren Wirkungen schwer einzuschätzen sind (z. B. Steele u. Josephs 1987).

Dennoch ist es nicht überzeugend, die widersprüchlichen Ergebnisse in der Fachliteratur auf die Diversität experimenteller Vorgehensweisen zurückzuführen. Diese Daten reflektieren eher einen komplexen Zusammenhang zwischen Alkohol und Angst. Die Fragestellung „Reduziert Alkohol Angst?" ist konzeptionell naiv gewesen. Die häufige Annahme einer unveränderlichen und automatischen Wirkung von Alkohol auf Angst vernachlässigte die komplexen biopsychosozialen Faktoren, die die Wirkung von Alkohol determinieren. Eine sinnvollere Fragestellung wäre: „Bei welcher Dosierung, unter welchen Bedingungen, bei welchen Personen und auf welchen Reaktionsebenen reduziert Alkohol Angst?“ (Wilson 1982).

In der nachfolgenden Analyse liegt das Augenmerk aus zwei Gründen auf sozialer Angst:

- Die vorangegangene Forschung hat darauf hingewiesen, daß soziale Angst oder interpersonelle Bewertung eher als andere Angstreize Trinkverhalten auslösen (z. B. Higgins u. Marlatt 1975).
- Die klinische Erfahrung deutet darauf hin, daß interpersonelle angst- und streßbesetzte soziale Situationen zu den häufigsten und augenfälligsten Determinanten für Alkoholmißbrauch zählen.

2 Variablen, die die Wirkung von Alkohol determinieren

2.1 Dosis

Bandura (1986) stellte fest, daß Alkohol in niedriger Dosierung keine gleichbleibende Wirkung zeigt, in mittlerer und hoher Dosierung hingegen zu deutlicher Angstreduktion führen kann. Trotz widersprüchlicher Befunde scheinen die im folgenden aufgeführten Untersuchungen diese Feststellung zu unterstützen.

Lipscomb et al. (1980) berichteten, daß die Wirkung von Alkohol auf soziale Angst bei jungen Männern dosisabhängig sei, wobei der anxiolytische Effekt bei einer hohen Dosierung (etwa 1 g/kg Körpergewicht) signifikant höher ist. Dies wurde sowohl durch Messung verschiedener Indikatoren des autonomen Nervensystems bestätigt, wie auch durch Verhaltensbeobachtung der Probanden in bestimmten Situationen (z. B. Aufforderung des Probanden, einen möglichst günstigen Eindruck auf eine Kollegin des Versuchsleiters zu machen). Selbstberichte über Angst wurden hierbei nicht berücksichtigt.

Die dosisabhängige Wirkung von Alkohol auf die Herzfrequenz (Reduktion der Herzfrequenz) bei männlichen sozialen Trinkern wurde auch von Sher und Walitzer (1986) bestätigt. Die Autoren stellten ebenfalls einen – wenn auch geringen, so doch signifikanten – Zusammenhang zwischen Dosis und Selbstbericht über Angst fest. Es wurde festgestellt, daß zur Angstreduktion eine relativ hohe Dosis (etwa 1 g/kg Körpergewicht) erforderlich sei (Sher u. Levenson 1982).

In Anbetracht der zahlreichen Ausnahmen erscheinen solche Folgerungen nicht glaubwürdig. So erreichten Sher und Walitzer (1986) mit einer Dosierung von 0,425 g/kg Körpergewicht eine signifikante und deutliche Reduktion der Herzfrequenz bei sozialer Angst.

In zahlreichen Studien konnte dennoch festgestellt werden, daß es bei einem relativ hohen Blutalkoholspiegel in Gegenwart eines Stressors zur Reduktion der Herzfrequenz kommt (Levenson et al. 1980, Niaura et al. 1987, Zeichner et al. 1983).

2.2 Kognitive Faktoren

Um die Wirkung von Alkohol auf das soziale und emotionale Verhalten zu begreifen, müssen wir über die pharmakologische Wirkung hinausgehen und den psychosozialen Kontext untersuchen, in dem Trinken stattfindet. Die Erwartungen an Alkohol und seine Wirkung und schließlich die Konsequenzen des Alkoholkonsums scheinen eine Reihe wichtiger sozialer Phänomene zu beeinflussen (Marlatt u. Rohsenow 1980, Wilson 1981).

Wilson und Abrams (1977) verwendeten ein ausgewogenes Placebo-Design, um bei männlichen sozialen Trinkern sowohl die Wirkung von Alkohol als auch die Erwartungen an Alkohol zu erforschen. Sie fanden heraus, daß Probanden, die der Meinung waren, Alkohol konsumiert zu haben, weniger Angst zeigten als solche Probanden, die sich nüchtern glaubten. Dieses Ergebnis konnte sowohl durch Messung der Herzfrequenz als auch durch Daten aus der Verhaltensbeobachtung bestätigt werden, nicht jedoch in Hinblick auf Selbstberichte von Angst.

Ein weiterer Hinweis für die Bedeutung der *erwarteten* Wirkung von Alkohol auf Angst ergibt sich aus Analysen der Selbstenthüllung in interpersonellen Interaktionen. Caudill et al. (1987) konnten zeigen, daß männliche soziale Trinker, die sich – nach tatsächlichem oder vermeintlichem Alkoholgenuß – unter Alkoholeinfluß glaubten, bedeutend mehr über die eigene Person preisgeben konnten, als solche Probanden, die sich nüchtern glaubten.

Andere Studien (z. B. Wilson et al. 1981) stellten die Bedeutung der Erwartungen an Alkohol dennoch in Frage. So fanden Sher und Walitzer einen signifikanten Zusammenhang zwischen der Erwartung der Versuchsperson an die entspannende Wirkung von Alkohol und den Indikatoren von sozialer Angst.

Wiederum andere Studien (z. B. Goldman et al. 1987) stellten einen Zusammenhang zwischen den Erwartungen der Versuchspersonen an die streßreduzierende Wirkung von Alkohol und dem Trinkverhalten in verschiedenen Untergruppen fest.

2.3 Soziale Umgebung

Es wurde nachgewiesen, daß die physische und soziale Umgebung, in der Alkohol konsumiert wird, sowohl Geschwindigkeit und Menge des konsumierten Alkohols als auch die Alkoholwirkung – z. B. auf Angst – beeinflußt. Gemäß unseren früheren Befunden, wonach ein signifikanter Einfluß der Erwartung der Versuchspersonen auf die Intensität der erfahrenen Angst besteht, untersuchten wir die Erwartungen der Versuchsperson an das Trinkverhalten ihres Gegenübers in einer dyadischen sozialen Interaktion (Wilson et al. 1981). Wir stellten fest, daß männliche soziale Trinker über weniger Angst berichteten, wenn sie annehmen konnten, daß die unbekannte Frau, die sie beeindrucken sollten, auch schon etwas getrunken hatte. Ratings ihres Verhaltens durch unabhängige Beobachter bestätigten diese Selbstberichte. Diejenigen männlichen Versuchspersonen, die annehmen konnten, daß ihre Gesprächspartnerin Alkohol zu sich genommen hatte, wurden nicht nur als weniger ängstlich, sondern auch als attraktiver und liebenswerter eingeschätzt. Eine Analyse der Selbsteinschätzung dieser Probanden erbrachte das gleiche Ergebnis (Caudill et al. 1987).

Nicht nur die individuellen Erwartungen an die Auswirkungen des eigenen Alkoholkonsums beeinflussen auf relevante Weise soziale Angst und Selbstenthüllung, sondern auch die Erwartungen an das Alkoholkonsumverhalten des Gegenübers.

Die Bedeutung des Kontextes, in dem Trinken stattfindet, wurde in anderen Studien nachgewiesen. So scheint das während des Trinkens ausgeübte Verhalten die Wirkung von Alkohol auf die berichtete Angst zumindest unter gewissen Bedingungen zu mäßigen. Wenn diese als neutral oder als angenehm empfunden werden, dann wirkt Trinken streßreduzierend; sind sie jedoch unangenehm, dann kann Alkohol den Streß erhöhen (Langenbucher 1985, Steele u. Josephs 1987).

2.4 Individuelle Variablen

Es ist bekannt, daß Drogen – einschließlich Alkohol – bei verschiedenen Personen (und bei ein und derselben Person sogar zu verschiedenen Zeitpunkten) in unterschiedlicher Weise wirken. Ein neuer und wichtiger Aspekt ist die in zunehmendem Maß systematische experimentelle Untersuchung der Bedeutung individueller Unterschiede bei der Wirkung von Alkohol auf Angst.

So stellten Vogel und DeTurck (1983) große individuelle Unterschiede bei der Reaktion auf Äthanol in Streßsituationen fest. Selektive Züchtung von Tieren mit niedriger bzw. hoher Reagibilität auf Äthanol zeigten, daß Streßreaktionen und die Wirkung von Alkohol auf Streßsituationen eine genetische Komponente aufweisen.

2.4.1 Risikofaktoren für die Entwicklung von Alkoholismus

Studien von Levenson und Sher zeigten, wie zwei bekannte Risikofaktoren bei Alkoholismus die Wirkung von Alkohol auf Angst empfindlich beeinflussen können:

- In einer Reihe von Studien zeigten männliche soziale Trinker, die nach bestimmten Kriterien für Prä-Alkoholismus ausgewählt wurden (z. B. Impulsivität, Aggressivität, Extraversion) Streßreduktion nach Alkoholgenuß in höherem Ausmaß als eine Kontrollgruppe, die diese Eigenschaften nicht aufwies (Leverson et al.; in press; Sher u. Levenson 1982). Andere Studien stimmen mit diesen Ergebnissen nicht überein, woraus Sher folgerte, daß die Wirkung nicht eindeutig in den verschiedenen Studien nachzuweisen sei.
- Ein weiteres Risiko für die Entwicklung von Alkoholismus besteht bei Personen mit alkoholabhängigen Eltern. Levenson et al. haben gezeigt, daß bei solchen Versuchspersonen in einer Streßsituation die physiologischen Parameter in starkem Ausmaß herabgesetzt waren.

Daraus kann gefolgert werden, daß Alkohol aufgrund der anxiolytischen Wirkung bei Personen mit Risikopotential ein viel wirkungsvollerer Verstärker zu sein scheint als bei solchen ohne Risikopotential. Diese differenzierte angstreduzierende Wirkung von Alkohol könnte eine Erklärung dafür liefern, warum Individuen mit Risikopotential ein pathologisches Trinkverhalten entwickeln.

2.4.2 Selbstaufmerksamkeit

Mit der anxiolytischen Wirkung von Alkohol wurden auch andere Persönlichkeitsvariablen in Zusammenhang gebracht. Nach der Selbstaufmerksamkeitstheorie von Hull (1981) hat Alkohol bei Individuen mit einem hohen Grad an Selbstaufmerksamkeit eine stärkere angstreduzierende Wirkung. Die Theorie besagt, daß die Angstreduktion durch Alkohol eine Folge der herabgesetzten Selbstaufmerksamkeit und der damit verbundenen negativen (und somit anxiogenen) Selbstbewertung ist.

Hull et al. (1986) berichteten, daß bei Alkoholikern mit einem hohen Grad an dispositioneller (angeborener) Selbstaufmerksamkeit oder Selbstbewußtheit Rückfälle hauptsächlich als Folge von negativen selbstbezogenen Lebensereignissen auftraten. Bei Alkoholikern mit einer geringen dispositionellen Selbstbewußtheit waren negative selbstbezogene Lebensereignisse nicht mit Rückfällen verbunden. Dennoch konnten Laborexperimente keinen durchgängigen signifikanten Zusammenhang zwischen dispositioneller Selbstbewußtheit und Alkohol und Angst aufzeigen (Sher u. Walitzer 1986, Wilson et al. 1987). In einer Studie zeigte sich sogar durchgängig bei solchen Probanden die größte Streßreduktion, die sich durch einen niedrigen Grad an dispositioneller Selbstbewußtheit auszeichneten.

2.4.3 Verhaltensmuster

Die Wirkung von Alkohol bei Typ-A-Verhalten ist erst in letzter Zeit Gegenstand experimenteller Studien geworden. Zeichner et al. (1983) zeigten erstmals, daß Alkohol bei männlichen Typ-A-Personen in einer streßreichen Quiz-Situation im Vergleich zu einer nüchternen Kontrollgruppe die physiologische Erregung reduzierte. Niaura et al. (1987) wiederholten und vervollständigten diese Studie mit zusätzlichen Kontrollbedingungen. Insgesamt konnte bei allen Versuchspersonen ein deutlicher Streßreduktionseffekt von Alkohol auf die Herzfrequenz festgestellt werden, nicht jedoch auf selbstberichtete Angst. Das Typ-A-Verhaltensmuster hatte einen signifikanten Einfluß auf die Ergebnisse. Wir fanden, daß Versuchspersonen mit Typ-A-Verhaltensmuster und geringer Disposition zu Selbstbewußtheit die höchste systolische Blutdruckreaktion während einer selbstenthüllenden Rede aufwiesen und am meisten von Alkohol beeinträchtigt wurden. Alkohol verminderte in erheblichem Ausmaß die Reaktion des Blutdrucks.

Gemäß der Selbstaufmerksamkeitstheorie von Hull (1981) erwarteten wir einen streßreduzierenden Effekt von Alkohol bei Personen mit einem hohen Grad an Selbstbewußtheit. Versuchspersonen mit einem geringen Grad an Selbstbewußtheit vermeiden gewöhnlich Selbstaufmerksamkeit. Wenn Alkohol jedoch bei diesen Probanden dennoch einen streßreduzierenden Effekt hat, mag der Grund hierfür sein, daß *erzwungene Selbstaufmerksamkeit,* die die Aufgaben in dieser Studie mit sich brachten (Halten einer selbstenthüllenden Rede über den eigenen Körper, die für eine spätere Analyse auf Video aufgezeichnet wurde), besonders streßreich war und die Versuchsperson somit besonders empfänglich machte für diese Wirkung von Alkohol.

Obwohl eine zweite Studie von Zeichner et al. (1986) mit College-Studenten seine früheren Ergebnisse nicht replizieren konnte, bieten die Ergebnisse dieser Studien an Typ-A-Personen eine Erklärung der anscheinend protektiven Wirkung von Alkohol gegen koronare Herzerkrankungen. Forschungsergebnisse deuten darauf hin, daß eine autonome Hyperreagibilität gegenüber psychischem Streß die Entwicklung einer koronaren Herzerkrankung begünstigt. Wenn Alkohol diese autonome Hyperreagibilität reduziert, was in mehreren Studien beobachtet werden konnte, dann könnte diese Eigenschaft am Herzen eine protektive Wirkung vermitteln. Ergebnisse von Tierstudien bestätigen ebenfalls einen möglichen Zusammenhang zwischen der Wirkung von Alkohol auf Streß und seinem protektiven Effekt im Hinblick auf koronare Herzerkrankungen. Brick et al. (1987) haben gezeigt, daß nach einer Vorbehandlung von Ratten mit Äthanol der streßinduzierte Anstieg von Lipoproteinlipasen im Herzen signifikant reduziert wurde und damit vermutlich die Aufnahme von Triglyzeriden im Herzen verringert wird.

2.4.4 Angststörungen und die Wirkung von Alkohol

Forschungsberichte, die bislang diskutiert wurden, bezogen sich auf die experimentelle Induzierung einer Form von Angst oder Streß. Eine weitere Möglichkeit, den vermuteten angstlösenden Einfluß von Alkohol zu untersuchen, ist die Erforschung seiner Wirkung auf Personen mit hohem natürlichem Angstniveau, z.B. Patienten mit Angststörungen.

Angststörungen bei Alkoholikern: Viele Alkoholiker weisen auch Angststörungen auf (Smail et al. 1984, Stockwell et al. 1984, Thyer et al. 1986). Die Angstsymptomatik (typischerweise Agoraphobie oder soziale Ängste) scheint dem Alkoholismus vorangegangen zu sein. Obwohl die genaue Abfolge der Entwicklung von Angststörung und Alkoholismus nicht immer klar ist (Bowen et al. 1984), ist Alkoholmißbrauch als eine Form der Selbstmedikation zur Reduktion der Angstsymptome interpretiert worden (Quitkin et al. 1972).

Alkoholmißbrauch bei Patienten mit Angststörungen: Viele Patienten mit Angststörungen berichten über Alkoholmißbrauch (Thyer et al. 1986). Nach dem DSM-III-R tritt Alkoholmißbrauch besonders häufig bei Frauen mit Agoraphobie und bei Männern mit sozialen Ängsten auf. In einer Studie konnten Bibb und Chambless (1986) zeigen, daß 10–20 % der ambulanten Patienten mit Agoraphobie (nach Ansicht der Autoren eine eher vorsichtige Schätzung) gemäß den DSM-III-Kriterien als Alkoholiker zu betrachten waren. 91 % der Patienten mit Alkoholmißbrauch in der Vorgeschichte und 43 % ohne eine solche Vorgeschichte nahmen Alkohol zu sich, um phobische Angst zu reduzieren und beeinträchtigende Gedanken zu kontrollieren.

Der deutsche Neurologe Westphal, der als erster den Begriff Agoraphobie zur Beschreibung des Krankheitsbildes bei drei männlichen Patienten anwendete, die sich vor öffentlichen Orten fürchteten, verschrieb auch drei Methoden zur Erleichterung der Angst: einen vertrauenswürdigen Begleiter, einen Spazierstock und Alkohol.

Ergebnisse von Studien: Die experimentelle Forschung hat dieses Bild kompliziert:

- Zwei Studien konnten zeigen, daß Alkohol weder die phobische Angst noch das Vermeidungsverhalten bei einfachen Phobien reduziert (Cameron et al. 1987, Thyer u. Curtis 1984).
- In einer weiteren Studie wurde festgestellt, daß Alkohol zwar die subjektiv erlebte Angst bei einfachen Phobien reduzierte, nicht aber das Vermeidungsverhalten (Rimm et al. 1981).
- Lindman (1980) zeigte, daß Alkohol das Vermeidungsverhalten reduzierte.

Vergleich mit Benzodiazepinen: Wichtig ist die Beobachtung von Cameron et al. (1987), daß Alkohol den Verlauf einer In-vivo-Desensibilisierung bei einer Monophobie verzögert. Sie stellten dieses Ergebnis einer ähnlichen Studie mit Diazepam gegenüber, das die Annäherung an phobisch besetzte, d.h. angstauslösende Objekte erhöhte. Dies ist einer von vermutlich mehreren Unterschieden in der anxiolytischen Wirkung von Alkohol und Benzodiazepinen (Cappell u. Greeley 1987).

Die angstreduzierende Wirkung von Alkohol scheint sich über andere Mechanismen zu entfalten als die der Benzodiazepine. Alkohol wirkt mit geringerer Wahrscheinlichkeit als Valium® oder Librium®; Alkohol verliert seine Effektivität schneller und kann eher als aversiv erlebt werden.

Direkte experimentelle Tests zur Wirkung von Alkohol bei Patienten mit anderen Angststörungen werden in ähnlicher Weise zu negativen oder widersprüchlichen Ergebnissen führen.

Pathophysiologische Unterschiede zwischen den verschiedenen Angststörungen: Eine andere Begründung für die unterschiedliche Wirkung von Alkohol bei Angststörungen sind wichtige pathophysiologische Unterschiede zwischen den verschiedenen Angststörungen, die auf unterschiedliche Weise mit Alkohol interagieren. Studien in diesem Bereich könnten dazu beitragen, sowohl die Art der Unterschiede zwischen den Angststörungen als auch die Mechanismen der Wirkungsweise von Alkohol zu verstehen. Verschiedene aktuelle Theorien interpretieren die anxiolytischen Eigenschaften von Alkohol im Hinblick auf seine Wirkung auf kognitive Prozesse (z.B. Aufmerksamkeitsrichtung, Selbstwertgefühl und Attributionsprozesse). Hypothetisch könnte man annehmen, daß Alkohol nur in solchen Fällen als Selbstmedikation wirksam wird, in denen die Angst eine bedeutsame kognitive Komponente hat. Einfache Phobien können als primär nichtkognitiv angesehen werden. Die Tatsache, daß Alkohol bei Monophobien keine angstlösende Wirkung hat, paßt zu dieser Analyse.

Möglicherweise spricht die Agoraphobie am stärksten auf Alkohol an. Die antizipatorische Angst (die Angst vor der Angst), die für diese Störung charakteristisch ist, wird üblicherweise in kognitiven Termini konzeptualisiert. Darüber hinaus scheinen

Agoraphobiker einen ganz bestimmten angstinduzierenden Attributationsstil aufzuweisen (Fisher u. Wilson 1985, Goldstein u. Chambless 1982).

2.4.5 Problemtrinker

Wenn die Spannungsreduktionstheorie von Wert ist, müßte festzustellen sein, daß Alkohol einen angstauslösenden Effekt bei Alkoholikern hat. Ironischerweise haben ausgerechnet die Ergebnisse der Verhaltensforschung zum Trinkverhalten bei Alkoholikern die Spannungsreduktionstheorie in Frage gestellt. Studien über die Verabreichung von Alkohol an Alkoholiker über einen längeren Zeitraum gaben zu der schnell akzeptierten Ansicht Anlaß, daß die Intoxikation einen „paradoxen", „spannungsinduzierenden" Effekt auf Alkoholiker hatte. Bei fortgesetztem Trinken schienen die in diesen Studien untersuchten Alkoholiker in steigendem Maß über dysphorische und negative Affekte zu berichten.

Die meisten dieser Studien waren von ihrer Anlage her für die Überprüfung der Spannungsreduktionstheorie ungeeignet. Ihre Ergebnisse, die unkritisch interpretiert wurden, trugen eher zur Verwirrung als zur Klärung der Sachverhalte bei. In einer zusammenfassenden Analyse der Ergebnisse (15 Studien mit Verabreichung von Alkohol über einen längeren Zeitraum und 13 Studien mit einmaliger Verabreichung von Alkohol an Alkoholiker zwischen 1964 und 1984) hat Langenbucher (1985) die Irrelevanz vieler dieser Studien für die Theorie hervorgehoben und ist zu dem Schluß gekommen, daß besser kontrollierte Studien die Spannungsreduktionstheorie eher unterstützen als entkräften.

2.4.6 Alkoholtoleranz und Trinkmuster

Auch die Alkoholtoleranz spielt eine Rolle bei der Vermittlung der Wirkung von Alkohol auf Angst. Wilson et al. (1980) fanden bei männlichen sozialen Trinkern mit hoher Alkoholtoleranz unter Alkoholeinfluß eine geringere Angstreduktion (gemessen anhand der Herzfrequenz in einer Situation mit psychosozialer Herausforderung) als bei vergleichbaren Versuchspersonen mit niedriger Alkoholtoleranz. Alkoholtoleranz wurde in diesem Zusammenhang definiert als Ausmaß der Körperbeherrschung unter dem Einfluß von Alkohol.

Wenn Alkohol bei Trinkern mit höherer Alkoholtoleranz weniger angstreduzierend wirkt, müssen diese mehr Alkohol konsumieren, um den gewünschten Effekt zu erzielen. Der gesteigerte Konsum kann wiederum zu einer noch größeren Alkoholtoleranz führen und die zur Angstreduktion oder -kontrolle erforderliche Dosis noch weiter erhöhen. *Alkoholtoleranz und anxiolytische Wirkung von Alkohol können interagieren und so zu fortgesetztem Trinken führen.*

In einer Studie mit weiblichen sozialen Trinkern kamen Wilson et al. (1987) zu vergleichbaren Ergebnissen. Soziale Trinkerinnen mit hoher Alkoholtoleranz zeigten unter Alkoholeinfluß (während der Intoxikation) mehr Angst (gemessen als Erhöhung der Herzfrequenz und des systolischen Blutdruckes) als solche mit niedriger Alkoholtoleranz. In keiner dieser Studien stand die Alkoholtoleranz in Zusammenhang mit dem Trinkmuster. Sher (1987) stellte hierzu die Hypothese auf, daß die Ergebnisse eher auf eine konstitutionelle Sensibilität zurückzuführen seien als auf die Wirkung von Erfahrungseinflüssen.

2.4.7 Geschlecht

Geschlechtsunterschiede in Alkoholkonsum und Alkoholmißbrauch müssen immer in Betracht gezogen werden. Die Wirkung von Alkohol auf Angst und verwandte Phänomene bietet hierfür ein gutes Beispiel. Polivy et al. (1976) berichteten, daß Frauen, die zu der Annahme gebracht wurden, sie stünden unter Alkoholeinfluß, in erhöhtem Maß soziale Angst zeigten. Dieser Befund wurde von Abrams und Wilson (1979) und Sutker et al. (1982) repliziert und steht im Gegensatz zu Beobachtungen bei Männern. Im Unterschied zu Männern zeigen Frauen, die der Meinung sind, daß sie Alkohol zu sich genommen haben, weniger Bereitschaft zur Selbstöffnung als im nüchternen Zustand (unabhängig davon, ob sie nun tatsächlich Alkohol zu sich genommen haben oder nicht). Dies steht in Einklang mit den Ergebnissen von Rohsenow (1983), der feststellte, daß Frauen generell weniger Entspannung und Spannungsreduktion von ein paar Gläsern Alkohol erwarten als Männer. Eine Dosis-Wirkungs-Beziehung zwischen steigendem Blutalkoholspiegel und Angstreduktion oder Angstdämpfung trifft bei männlichen, offensichtlich jedoch nicht bei weiblichen Trinkern zu (Eilson et al. 1987).

Auch zeigen männliche Trinker selbstbeeinträchtigende Effekte bei Alkoholkonsum, weibliche Trinker hingegen nicht (Bordini et al. 1986). Frauen berichten – im Gegensatz zu männlichen Trinkern – über ein niedrigeres Selbstwertgefühl unter Alkoholeinfluß (Konovsky u. Wilnack 1982).

Mit Geschlechtsunterschieden bei der Wirkung von Alkohol auf Angst haben sich auch zwei neuere Studien befaßt. So fanden Levenson et al. (1987), daß Alkohol physiologische Indikatoren von Streß bei Männern und Frauen reduzierte. Das Geschlecht stand in keinem Zusammenhang mit dem tatsächlichen Risiko (Persönlichkeitstyp oder Alkoholismus bei einem Elternteil). Die Untersucher folgerten daraus, daß es zwischen den Geschlechtern viel mehr Ähnlichkeiten als Unterschiede gibt. Levenson et al. kontrollierten sorgfältig das Ausmaß der Trinkerfahrung und bezogen beide Geschlechter in dieselbe Studie ein. Ob die in anderen Studien gefundenen Unterschiede auf unkontrollierte Stichprobenunterschiede zurückzuführen sind, ist noch nicht erwiesen. Auch Steele und Josephs (1987) berichteten über fehlende Geschlechtsunterschiede bei der Wirkung von Alkohol auf selbstberichtete Angst (als Reaktion auf einen sozialen Stressor).

2.4.8 Soziokulturelle Faktoren

Der Schwerpunkt bei der Bewertung der Wirkung von Alkohol auf Angst lag in den vorangehenden Abschnitten auf experimentellen, vorwiegend im Labor durchgeführten Studien. Ein soziologischer Ansatz wurde von Linsky et al. (1986) gewählt. Sie untersuchten die These, daß soziostrukturelle Faktoren, die bei den Mitgliedern einer Gesellschaft Streß hervorrufen, auch die Rate des Alkoholmißbrauchs erhöhen. Zu diesem Zweck definierten sie zwei Arten von sozialem Streß und setzten diese in Beziehung zu Alkoholproblemen (z. B. Leberzirrhose und diagnostizierter Alkoholismus) und zum Pro-Kopf-Alkoholverbrauch (USA). Sozialer Streß wurde entweder in Form negativer Lebensereignisse oder als chronische streßreiche Bedingung definiert.

Die Ergebnisse zeigten, daß sowohl streßreiche Ereignisse als auch streßreiche Lebensbedingungen in hohem Ausmaß mit allen Indikatoren von Alkoholismus korrelierten. Die Meßergebnisse dieser Studie klärten 47 % der Varianz des Alkoholkonsums auf. Die Ergebnisse dieser Studie unterstützten zwar – in anderer Form – die These der angstlösenden Wirkung von Alkohol, fanden diesen Zusammenhang jedoch bei weiblichen Trinkern im selben Umfang wie bei männlichen Trinkern.

3 Theoretische Überlegungen zur Wirkung von Alkohol

3.1 Physiologische Mechanismen

Ergebnisse von Tierstudien weisen auf einen zentralen Mechanismus für die Wirkung von Alkohol auf Angst hin. Sher (1987) stellte in seiner Literaturübersicht fest, daß streßreduzierende Effekte von Alkohol beim Menschen in deutlicher Weise an kardiovaskulären Funktionen nachgewiesen werden können, was ein möglicher Hinweis dafür ist, daß dieser Effekt relativ spezifisch für dieses System ist, und damit eine periphere Vermittlung angenommen werden kann (z. B. eine Blokkierung der beta-adrenergen Rezeptoren des Herzens). Da die vorliegenden Daten auch Effekte auf andere physiologische Systeme (z. B. Hautwiderstand) und auf Selbstberichte zeigen, schließt Sher, daß Alkohol eine generalisierte, zentral vermittelte Angstreaktion bewirkt. Eine neuere detaillierte physiologische Analyse der Effekte von Alkohol auf eine Streßreaktion unterstützt diese Folgerung. Eisenhofer et al. (1986) stellten fest, daß die Alkoholwirkung auf die Herzfrequenz in einer Streßsituation nicht vom Einfluß des Alkohols auf die Reaktionsbereitschaft der Adrenalinrezeptoren abhing. Der Zusammenhang zwischen alkoholinduzierter Reduktion der Herzfrequenz und Adrenalinreaktion war signifikant, woraus die Untersucher schlossen, daß die reduzierte Herzfrequenz als Folge der abgeschwächten sympathischen Aktivierung des Herzens auftrat.

3.2 Psychologische Theorien

Congers (1956) ursprüngliche Formulierung der Spannungsreduktionstheorie erfolgte in termini der Konditionierungsprinzipien – im wesentlichen Mowrers Zweifaktorentheorie des Vermeidungsverhaltens. Es wurde angenommen, daß die pharmakologischen Effekte von Alkohol einen zugrundeliegenden Triebzustand der Angst reduzieren. Da dieser Triebzustand als kausal mit Flucht- und Vermeidungsverhalten verbunden angesehen wurde, würden diese dadurch verändert.

Diese Formulierung der Spannungsreduktionstheorie kann kritisiert werden, wie sich auch die Zweifaktorentheorie als inadäquat für die Erklärung der Aufrechterhaltung und Veränderung von Angststörungen erwiesen hat. Sher (1987) hat aufgezeigt, daß Conger selbst sich eine komplexere Determinierung der Alkoholwirkung auf Angst vorstellte als viele nachfolgende Untersucher annahmen. So sagte Conger voraus, daß Alkohol Spannung sowohl erhöhen wie auch reduzieren könne – in Abhängigkeit von der relativen Stärke der beiden konkurrierenden Triebe: der Annäherungs-Vermeidungs-Konflikt. Der Grundgedanke dabei war, daß Alkohol den negativen Triebzustand (Angst) ausreichend reduzieren konnte, damit sich der Organismus dem gewünschten Ziel weit genug nähert, um ein Appetenzverhalten hervorzurufen. Dies würde den Konflikt verstärken und damit auch die Angst erhöhen.

Diese Analyse der konkurrierenden Reaktionstendenzen hat die Differenzierung der angstlösenden oder angsterzeugenden Effekte vom Alkohol beim Menschen nicht erleichtert.

Das Streßdämpfungsmodell läßt ebenfalls die Möglichkeit zu, daß Alkohol Angst sowohl reduziert als auch erhöht. Nach Sher (1987) können reale oder imaginäre negative Konsequenzen der Intoxikation (z. B. Beeinträchtigung der kognitiven oder verhaltensmäßigen Leistungsfähigkeit in einer sozialen Interaktion) die Angst erhöhen. Dies ist bei einigen Patienten mit Angststörungen zu beobachten. Diese berichten, daß sie trinken, um ihre Angst zu reduzieren, sich aber gleichzeitig Sorgen über einen möglichen Kontrollverlust machen oder befürchten, etwas Dummes zu sagen oder zu tun.

3.3 Kognitive Theorien

Einige Neuformulierungen der möglichen anxiolytischen Effekte von Alkohol lassen sich aus der primären Wirkung von Alkohol auf kognitive Vermittlungsprozesse ableiten. Sekundär wird die Angst infolge dieser kognitiven Veränderung ebenfalls verändert.

Zu den kognitiven Theorien zählen

- sozial-kognitive Lerntheorie (Bandura 1986)
- „Selfhandicapping"-Theorie (Berglas 1987)
- Selbstaufmerksamkeitstheorie (Hull 1981)
- Erwartungsmodell (Marlatt 1984)
- Aufmerksamkeitsrichtungsmodell (Steele u. Josephs 1987).

Eine vollständige Analyse all dieser Theorien würde den Rahmen dieser Diskussion sprengen. Dennoch sollen an dieser Stelle die Modelle von Hull und Steele besprochen werden, die die Sichtweise, die hinter diesen kognitiven Ansätzen steht, verdeutlichen und zu neuer Forschung angeregt haben.

3.3.1 Selbstaufmerksamkeitsmodell

Im Selbstaufmerksamkeitsmodell geht Hull davon aus, daß Menschen Alkohol konsumieren, um die Aufmerksamkeit für negative selbstbezogene Informationen zu verringern. Je selbstaufmerksamer eine Person ist, um so aversiver ist sie gegen negatives selbstbezogenes Feedback und um so wahrscheinlicher wird Alkohol konsumiert werden, um die Selbstaufmerksamkeit zu hemmen und psychische Erleichterung zu erreichen.

Eines der Verdienste dieses Modells ist, daß es die Verbindungen zwischen experimenteller Sozialpsychologie und Alkoholismusforschung gefördert hat. Es wird zudem durch einige empirische Befunde unterstützt. Studien von Hull haben gezeigt, daß Alkohol die Selbstaufmerksamkeit senkt und daß ein Feedback über Versagen hochselbstaufmerksame Probanden stärker beeinflußt als weniger selbstaufmerksame Kontrollpersonen (Hull 1987). So begannen diejenigen behandelten Alkoholiker häufiger erneut zu trinken, die eine Disposition zu hoher Selbstaufmerksamkeit aufwiesen und während der Follow-up-Periode negative Lebensereignisse erlebt hatten, als solche Kontrollpersonen mit geringerer Selbstbewußtheit (Hull et al. 1986). Eine Umdefinition der Rolle der Selbstbewußtheit als Risikofaktor für den Rückfall würde wichtige Implikationen mit sich bringen.

Doch auch dieses Modell birgt Probleme:

- Eine hohe dispositionelle Selbstaufmerksamkeit stand in anderen Studien (Wilson et al. 1987, Sher u. Walitzer 1986, Niaura et al. 1987) in keinem Zusammenhang mit der anxiolytischen Wirkung von Alkohol.
- Verschiedene Studien haben gezeigt, daß Alkohol die Selbstaufmerksamkeit zumindest dann nicht reduziert, wenn sie über die Häufigkeit des Gebrauchs von „ich" operationalisiert wird (Frankenstein u. Wilson 1985).
- Alkohol reduziert die selbstkritische Selbstbewertung angesichts eines negativen interpersonellen Feedbacks auch in Abwesenheit von Effekten auf die Selbstaufmerksamkeit (Yankofsky et al. 1986). Dies deutet darauf hin, daß Alkohol nicht die Aufmerksamkeit für das Ausmaß des negativen selbstrelevanten Feedbacks verringert, sondern vielmehr die Bedeutung verzerrt, die eine Person solchen Informationen beimißt.
- Schließlich fanden Niaura et al. (1987) bei männlichen Typ-A-Personen, daß die Intoxikation die Blutdruckreaktivität

signifikant verminderte, während der Gebrauch der ersten Person Singular (während einer streßreichen, selbstenthüllenden Rede) unbeeinflußt blieb.

3.3.2 Aufmerksamkeitsrichtungsmodell

Steele und Josephs (1987) haben ein Modell vorgeschlagen, demzufolge die Alkoholwirkung bei psychischem Streß indirekter Art ist, vermittelt durch die bekannte Beeinträchtigung der Informationsverarbeitungskapazität. Die durch Alkohol auf unmittelbar vorhandene Reize eingeengte Wahrnehmung und die reduzierte kognitive Abstraktionsfähigkeit begrenzen möglicherweise die Aufmerksamkeit auf die unmittelbar erkennbaren Erfahrungswerte. Von dieser Annahme ausgehend wird die aktuelle Aktivität, die eine unter Alkoholeinfluß stehende Person ausführt, auch einen Hinweis für die Bestimmung der Alkoholwirkung geben.

- Angesichts eines streßreichen Ereignisses wird Alkoholkonsum ohne eine neutrale oder angenehme ablenkende Aktivität Angst nicht reduzieren und kann sogar, aufgrund der Einengung der Aufmerksamkeit auf den drohenden Stressor, zu einem Anstieg von Angst führen.
- Alkoholkonsum während einer angenehmen Aktivität wird dagegen – durch eine Blockierung der Aufmerksamkeit für spannungserzeugende Gedanken – Angst reduzieren.

Der Vorzug dieses Modells liegt darin, daß es eine Erklärung zu versprechen scheint, wie Alkohol Angst entweder reduziert oder steigert. Untersuchungen von Steele unterstützen die Voraussagen des Modells, obwohl die Daten sich bislang auf selbstberichtete Angst beschränken. Diese Daten sind unvereinbar mit dem Streßdämpfungsmodell, dem Selbstaufmerksamkeitsmodell von Hull und anderen Versionen der Angstreduktionstheorie.

Steele und Josephs (1987) diskutieren und verwerfen alternative Interpretationen ihrer Daten, einschließlich der Möglichkeit, daß die angsterzeugende Wirkung von Alkohol durch die Angst vor Versagen (Halten einer zufriedenstellenden Rede). Diese mögliche Ursache einer angsterzeugenden Wirkung wurde von Cappell und Greeley (1987) und Sher (1987) vorgeschlagen.

Das Modell erklärt auch einen anderen, sonst verwirrenden Befund bei Alkoholikern: Langenbucher fand, daß Alkoholkonsum in einer kleinen Gruppe von Alkoholikern in der geselligen Kneipensituation Spannung und Angst reduzierte. Wurde der Gruppenprozeß jedoch unterbrochen und sozialer Streß erzeugt, so war der Alkoholkonsum mit gesteigerter Spannung verbunden. Dieses Muster entspricht den Feststellungen in Steeles Modell.

Es überrascht jedoch, daß das Modell die in zahlreichen Studien dokumentierte Angstreduktion nicht erklären kann (Levenson u. Sher 1982, Niaura et al. 1987, Wilson et al. 1980). In diesen Studien über den Alkoholkonsum war das beobachtete Verhalten (Erwartung einer selbstenthüllenden Rede oder einer zuverlässig angstinduzierenden heterosexuellen Interaktion) sowohl aversiv als auch hervorstechend und erfüllte damit die beiden Bedingungen für einen angsterzeugenden Effekt nach Steeles Modell. Dennoch wurden die physiologische Aktivierung und teilweise auch die selbstberichtete Angst signifikant reduziert. Bei keinem der Meßwerte wurde vermehrt Angst beobachtet.

Die Wirkung von Alkohol auf Angst scheint doch durch multiple kognitive Prozesse determiniert zu sein. Abgesehen von der Rolle der Aufmerksamkeit für oder der Einengung der Wahrnehmung von aktuell bevorstehenden Reizen wird die Art, in der solche Reize verarbeitet werden, in zweiter Linie auch die affektive Reaktion beeinflussen. So haben Yankofsky et al. (1986) gezeigt, daß männliche soziale Trinker unter Alkoholeinfluß sich selbst nicht kritisch bewerteten, auch wenn sie sich der Tatsache bewußt waren, daß ihnen in einer sozialen Interaktion ihre weibliche Partnerin die kalte Schulter zeigte. Die vermutlich weniger glücklichen, nüchternen Kontrollpersonen berichteten hingegen über eine signifikant negative Selbstbewertung angesichts dieser belastenden Rückmeldung. In diesem Fall könnte die Bewußtheit des Feedbacks in einer den Selbstwert erhaltenden Weise die Streßsituation herabgesetzt oder verzerrt haben.

Einerseits ermutigen innovative Mini-Theorien, die die Alkoholismusforschung mit der experimentellen Psychologie verbinden, immer mehr zu einer wesentlich besser kontrollierten Forschung; andererseits haben die neuen Befunde lediglich zur Verwirrung beigetragen. Die Forschung ist noch immer weit entfernt von einer angemessenen Theorie der Effekte von Alkohol auf Angst.

4 Zusammenfassung

Alkohol reduziert *manchmal* und *wenigstens bei einigen Menschen* Spannungen. Alkohol hat jedoch keinen starken, vorherrschenden Effekt auf Angst. Mit Goodwin (1986) könnte man sagen:

„Wenn ein Pharmaziekonzern versuchen würde, die Zustimmung der FDA (US-Behörde zur Kontrolle von Nahrungs- und Arzneimitteln) zu erhalten, um Alkohol als Mittel gegen Angst zu vermarkten, würde dieser Antrag wahrscheinlich abgelehnt werden." (S. 57).

In ähnlicher Weise haben Cappell und Greeley (1987) festgestellt, daß Alkohol (besonders in höherer Dosierung) als spannungsreduzierendes Mittel hauptsächlich wegen seiner anderen Wirkungen, die gerade eine Spannungsreduktion verhindern, relativ ineffektiv ist. Die negativen Effekte bei hohem Blutalkoholspiegel gründen die Autoren vor allem auf Ergebnissen aus der Tierforschung.

Warum der Glaube an die angstreduzierende Wirkung von Alkohol so eingewurzelt und weit verbreitet ist, hat verschiedene Gründe:

Lerntheoretische Erklärung: Ein fortgesetzter Glaube an Vorstellungen selbst angesichts empirischer Befunde, die diese Vorstellungen nicht unterstützen oder ihnen sogar widersprechen, ist nicht ungewöhnlich. Die Lerntheorie liefert einige Anhaltspunkte für das Verständnis dieser Löschungsresistenz unseres Glaubens an die angstlösende Wirkung von Alkohol. Alkohol reduziert Angst gelegentlich. Diese intermittierende Verstärkung trägt vermutlich zur Aufrechterhaltung unserer Überzeugung bei. Ebenso kann die Funktion des Trinkens – zumindest beim Alkoholmißbrauch – in einer partiellen Vermeidungsreaktion gesehen werden. Selbst wenn Alkohol dann keine besonders angstreduzierende Wirkung hat, könnte das Trinken dazu dienen, eine gefürchtete schlechtere Alternative zu vermeiden. Relativ gesehen wird damit Angst reduziert (Hodgson et al. 1979).

Angst als Ursache eines Rückfalls: Es wird vermutet, daß Angst (oder Streß) typischerweise das Problemtrinken auslöst und Rückfälle fördert. Analysen der proximalen Determinanten, die bei Alkoholikern zu einem Rückfall führen, zeigen übereinstimmend, daß affektive Störungen den Hauptbeitrag leisten (Annis u. Davis, 1987). Es wird angenommen, daß Angst das Trinkverhalten auslöst, weil die Intoxikation diesen unangenehmen Affekt erleichtert. Möglicherweise wirken Angst und affektive Störungen im weitesten Sinn weniger als Trieb, dessen Reduktion das Trinkverhalten verstärkt. Möglicherweise wirken sie vielmehr als Quelle von Hinweisreizen, die direkt zu klassisch konditionierten Reaktionen führen, welche die Basis für erlernte Toleranz, Craving und Rückzugsreaktion darstellen. Diese klassisch konditionierten kompensatorischen Reaktionen (CCRs) führen dann nach Siegels (1983) Modell zum Trinken.

Kognitiver Erklärungsansatz: Die kognitive Psychologie der menschlichen Schlußfolgerung weist auf andere Gründe hin. Die Ereignisse, bei denen Alkohol Angst reduziert, können besonders hervorstechend sein, so daß der unproportionale und überdauernde Eindruck sowohl bei den Beteiligten als auch bei den Handelnden in dieser Interaktion entsteht. Eine etwa aufgetretene fehlende Angstreduktion wird dagegen eher vergessen. Kulturell vorbelastet, wie wir hinsichtlich des angstlösenden Effektes von Alkohol sind, kommen die auf Bestätigung ausgerichteten Kräfte der Voreingenommenheit ins Spiel. Wir sehen die Dinge so, wie wir glauben, daß sie sind (Nisbett u. Ross 1980).

Die Bedeutung biologischer Veränderungen: Möglicherweise reduziert Alkohol unangenehme Gefühle oder fördert ein Gefühl des Wohlbefindens, wenn man nicht auf Streß reagiert (Langenbucher 1985). Lukas und Mendelsohn (im Druck) haben gezeigt, daß eine geringe Alkoholdosis Effekte auf die hypothalamo-hypophysär-adrenale Achse im ansteigenden Bereich der Blutalkoholkurve hat (gesteigerte ACTH-Sekretion und veränderte EEG-Muster), die die biologische Basis der subjektiven Berichte über Euphorie sein könnten. Wenn man angespannt ist und nach Erleichterung sucht, wendet man sich dem Alkohol vielleicht wegen seiner euphorisierenden Wirkung zu, ohne die unterschiedlichen psychologischen und physiologischen Kontexte zu berücksichtigen.

Die wirklich wichtige Folgerung aus der Fülle experimenteller Untersuchungen, die die Angstreduktionstheorie angeregt hat, ist das Fehlen eines automatischen und gleichbleibenden Effekts von Alkohol auf Angst. Vielmehr scheint die Wirkung von Alkohol auf Angst – wie so viele andere psychosoziale Phänomene – das nachfolgende Trinkverhalten sowohl von nichtabhängigen wie auch von abhängigen Trinkern durch ein weites Spektrum biologischer, psychologischer und physiologischer Kontexte bedingt zu sein.

Die Suche nach einfachen, unveränderlichen Effekten ist irreführend. Die verstärkenden Effekte von Alkohol können nicht durch eine direkte pharmakologische Reaktion erklärt werden. Die pharmakologische Wirkung von Alkohol kann vielmehr durch eine Vielfalt psychosozialer Einflüsse verändert oder verdeckt sein. In diesem Sinn muß der Zusammenhang zwischen Alkohol und Angst im Rahmen einer Analyse des Alkoholgebrauchs und -mißbrauchs im allgemeinen untersucht werden.

Literatur

Abrams D, Wilson GT. Effects of alcohol on social anxiety in women: cognitive versus physiological processes. J Abnorm Psychol 1979; 88:161–73.

Annis HM, Davis CS. Self-efficacy and the prevention of alcoholic relapse: initial findings from a treatment trial. In: Additive Disorders: Psychological Research on Assessment and Treatment. Baker T, Cannon D (eds). New York: Praeger 1987.

Bandura A. Social foundations of thought and action. Englewood Cliffs NJ: Prentice-Hall 1986.

Berglas S. The self-handicapping model of alcohol abuse. In: Psychological Theories of Drinking and Alcoholism. Blane T, Leonard KE (eds). New York: Guilford Press 1987.

Bibb JL, Chambless D. Alcohol use and abuse among diagnosed agoraphobics. Behav Res Ther 1986; 24:9–58.

Bordini EJ, Tucker J, Vuchinich R, Rudd EJ. Alcohol consumption as a self-handicapping strategy in women. J Abnorm Psychol 1986; 95:346–9.

Bowen RC, Cipywnyk D, D'Arcy D, Keegan D. Alcoholism. Clin Exp Res 1984; 8:48–50.

Brick J, Pohorecky L. The neuroendocrine response to stress and the effect of ethanol. In: Stress and Alcohol Use. Pohorecky L, Brick J (eds). New York: Elsevier 1983.

Brick J, Pohorecky LA. Monoamines and the effect of ethanol on corticosterone and the nonesterified fatty acids. Alcohol 1985; 2:261–5.

Brick J, Pohorecky LA, DeTurck K. Cardiac lipase: effect of ethanol and stress. Life Sci 1987; 9:1897–901.

Brown SA, Creamer VA, Stetson BA. Adolescent alcohol expectancies in relation to personal and parental drinking patterns. J Consult Clin Psychol 1987; 55:117–21.

Brown SA, Munson E. Extroversion, anxiety and the perceived effects of alcohol. J Stud Alcohol 1987; 48:272–6.

Cameron OG, Liepman MR, Curtis GS, Thyer BA. Ethanol retards desensitization of simple phobias in non-alcoholics. Br J Psychiatry 1987; 150:845–9.

Cappell H. An evaluation of tension models of alcohol consumption. In: Research Advances in Alcohol and Drug Problems. Vol. 2. Gibbins RJ, Israel Y, Kalant H, Popham RE, Schmidt W, Smart RG. New York: Wiley 1975.

Cappell H, Greeley J. Alcohol and tension reduction: an update on research and theory. In: Psychological Theories of Drinking and Alcoholism. Blane HT, Leonard HE (eds). New York: Guilford Press 1987.

Caudill B, Wilson GT, Abrams DB. Alcohol and self-disclosure: analyses of interpersonal behavior in male and female social drinkers. J Stud Alcohol 1987.

Conger JJ. Reinforcement theory and the dynamics of alcoholism. Q J Stud Alcohol 1956; 17:296–305.

Edwards GJ. Motivation for drinking among men: survey of a London suburb. Psychol Med 1972; 2:260–71.

Eisenhofer G, Lambie DG, Johnson RH. Effects of ethanol on cardiovascular and catecholamine responses to mental stress. J Psychosom Res 1986; 30:93–102.

Fisher L, Wilson GT. A study of the psychology of agoraphobia. Behav Res Ther 1985; 23:97–108.

Frankenhaeuser M, Dunne E, Bjurstrom H, Lundberg U. Counteracting depressant effects of alcohol by psychological stress. Psychopharmacologia 1974; 38:271–8.

Goldman M, Brown S, Christiansen B. Expectancy theory – thinking about drinking. In: Psychological Theories of Drinking and Alcoholism. Blane HT, Leonard KE (eds). New York: Guilford Press 1987.

Goldstein A, Chambless D. Agoraphobia. New York: Wiley 1982.

Goodwin DW. Anxiety. New York: Ballantine 1986.

Higgins RL, Marlatt GA. Fear of interpersonal evaluation as a determinent of alcohol consumption in male social drinkers. J Abnorm Psychol 1975; 84.

Hodgson RJ, Stockwell TR, Rankin HJ. Can alcohol reduce tension? Behav Res Ther 1979; 17:459–66.

Hull J. A self-awareness model of the causes and effects of alcohol consumption. J Abnorm Psychol 1981; 90:586–600.

Hull JG, Young RD, Jouriles E. Applications of the self-awareness model of alcohol consumption: predicting patterns of use and abuse. J Pers Soc Psychol 1986; 51:790–6.

Konovsky M, Wilnack S. Social drinking and self-esteem in married couples. J Stud Alcohol 1982; 43:319–33.

Langenbucher J. The causes and consequences of alcoholic drinking: the role of affect. Unpublished dissertation, Rutgers University 1985.

Levenson RW, Oyama ON, Meek PS. Greater reinforcement from alcohol for those at risk: parental risk, personality risk and gender. J Abnorm Psychol 1987.

Levenson RW, Sher K, Grossman L, Newman J, Newlin D. Alcohol and stress response dampening: pharmacological effects, expectancy and tension reduction. J Abnorm Psychol 1980; 89:528–38.

Lindman R (ed). Anxiety and alcohol: limitations of tension reduction theory in nonalcoholics. Abo, Finland: Abo Akademi, Psychology Department 1980.

Linsky AS, Straus MA, Colby JP. Stressful events, stressful conditions and alcohol problems in the United States: a partial test of Bales's theory. J Stud Alcohol 1986; 46:72–80.

Lipscomb T, Nathan PE, Wilson GT, Abrams DB. Effects of tolerance on the anxiety-reducing function of alcohol. Arch Gen Psychiatry 1980; 37:577–82.

Marlatt GA. Alcohol, the magic elixir: stress, expectancy and the transformation of emotional states. Paper presented to seventh annual Coatesville Jefferson Conference. Coatesville, PA: V. A. Medical Center 1984.

Marlatt GA, Rohsenow D. Cognitive processes in alcohol use: expectancy and the balanced placebo design. In: Advances in Substance Mouse: Behavioral and Biological Research. Mello N (ed). Greenwich, CT: JAI Press 1980.

Niaura R, Wilson GT, Westrick E. Self-awareness, alcohol consumption and reduced cardiovascular reactivity. Psychosom Med 1987.

Nisbett RE, Ross L. Human Inference: Strategies and Shortcomings of Social Judgement. Englewood Cliffs, NJ: Prentice Hall 1980.

Polivy J, Schuenemann AL, Carlson K. Alcohol and tension reduction. J Abnorm Psychol 1976; 85:595–600.

Quitkin FM, Rikin A, Kaplan J, Klein DF. Phobic anxiety syndrome complicated by drug dependence and addition. Arch Gen Psychiatry 1972; 27:159–62.

Rohsenow DJ. Drinking habits and expectancies about alcohol's effects on self versus others. J Consult Clin Psychol 1983; 51:752–6.

Sher KJ. Stress response dampening. In: Psychological Theories of Drinking and Alcoholism. Blane HT, Leonard KE (eds). New York: Guilford Press 1987.

Sher KJ, Levenson RW. Risk for alcoholism and individual differences in the stress-response-dampening effect of alcohol. J Abnorm Psychol 1982; 91:350–68.

Sher KJ, Walitzer KS. Individual differences in the stress-response-dampening effect of alcohol: a dose-response study. J Abnorm Psychol 1986, 59:159–67.

Siegel S. Classical conditioning, drug tolerance and drug dependence. In: Research Advances in Alcohol and Drug Problems. Vol. 7. Smart RG, Glaser FB, Israel Y, Kalant H et al. (eds). New York: Plenum Press 1983.

Smail P, Stockwell T, Canter S, Hodgson R. Alcohol dependence and phobic anxiety states. I. A prevalence study. Br J Psychiatry 1984; 144:53–7.

Smith RC, Parker E, Noble E. Alcohol and affect in dyadic social interaction. Psychosom Med 1975; 37:25–40.

Steele CM, Josephs RA. Drinking your troubles away II: an attention-allocation model of alcohol's effect on psychological stress. Unpublished manuscript. University of Washington 1987.

Stockwell T, Smail P, Hodgson R, Canter S. Alcohol dependence and phobic anxiety states – II. A retrospective study. Br J Psychiatry 1984; 144:58–63.

Suzdak PE, Glowa JR, Grawley NJ, Schwartz RD, Skolnick P, Paul SM. A selective imidazobenzodiazepine antagonist of ethanol in the rat. Science 1986; 234:1243–7.

Sutker PB, Allain AN, Brantley PM, Randall C. Acute alcohol intoxication, negative affect, and autonomic arousal in women and men. Addict Behav 1982; 7:17–25.

Thyer BA, Curtis GC. The effects of ethanol intoxication on phobic anxiety. Behav Res Ther 1984; 22:599–610.

Thyer BA, Parrish RT, Himle J, Cameron OG, Curtis GC, Nesse RM. Alcohol abuse among clinically anxious patients. Behav Res Ther 1986; 24:357–9.

Vogel WH, DeTurck KH. Effects of ethanol on plasma and brain catecholamine levels in stressed and unstressed rats. In: Stress and Alcohol Use. Pohorecky L, Brick J (eds). New York: Elsevier 1983.

Wilson GT. The effects of alcohol on human sexual behavior. In: Advances in Substance Abuse: Behavioral and Biological Research. Mello NK (ed). Greenwich, CT: JAI Press 1981.

Wilson GT. Alcohol and anxiety: recent evidence on the tension reduction theory of alcohol use and abuse. In: Self-control of Emotional Behavior. Pollvy J, Blankstein K (eds). New York: Plenum Press 1982.

Wilson GT. Cognitive processes in addition. Br J Addict 1987; 82:343–53.

Wilson GT. Alcohol use and abuse: a social learning analysis. In: Theories of Alcoholism. Chaundron CD, Wilkinson D (eds). Toronto: Addiction Research Foundation 1989.

Wilson GT, Abrams DB. Effects of alcohol on social anxiety and physiological arousal: cognitive versus pharmacological processes. Cog Ther Res 1977; 1:195–210.

Wilson GT, Abrams DB, Lipscomb T. Effects of increasing levels of intoxication and drinking pattern on social anxiety. J Stud Alcohol 1980; 41:250–64.

Wilson GT, Brick J, Adler J, Cocco K, Breslin C. Alcohol's effects on assertiveness and anxiety in female social drinkers. Unpublished manuscript, Rutgers University 1987.

Wilson GT, Perold EA, Abrams DB. The effects of expectations of self-intoxication and partner's drinking on anxiety in dyadic social interaction. Cog Ther Res 1981; 5:251–64.

Yankofsky L, Wilson GT, Adler J, Hay W, Vrana S. The effect of alcohol on self-evaluation and perception on negative interpersonal feedback. J Stud Alcohol 1986; 47:26–33.

Zeichner A, Feuerstein M, Swartzman L, Reznick E. Acute effects of alcohol on cardiovascular reactivity to stress in type A (coronary prone) businessmen. In: Stress and Alcohol Use. Pohorecky LA, Brick J (eds). Amsterdam: Elsevier Biomedical 1983; 353–68.

Zeichner A, Edwards P, Cohen E. Acute effects of alcohol on cardiovascular reactivity to stress in college-age Type A (coronary-prone) individuals. J Psychopath Behav Assess 1986.

8 Zwänge

Rüdiger Klepsch, Zygmunt Wlazlo, Iver Hand

Inhalt

1 Definition

Bei der Zwangssymptomatik handelt es sich um Denkinhalte oder Handlungen, die sich immer wieder aufdrängen und nur schwer unterdrückt bzw. bei massivem Außendruck aufgeschoben werden können. Wird den Impulsen nicht nachgegeben, entstehen Ängste oder andere unangenehme Emotionen.

Zwänge können, mehr als die meisten anderen „neurotischen" Symptom-Bildungen, je nach Ausprägungsgrad, Behinderung und Leidensdruck auf einem Kontinuum vom Normal-Psychologischen bis zum Pathologischen angeordnet werden.

Stereotypien und Rituale im Denken und Handeln sind für die Entwicklung und die Funktionsfähigkeit eines einzelnen Menschen wie auch ganzer Systeme von der Familie bis zu einer Gesellschaft unerläßlich. Ohne diese Mechanismen würden die Menschen auf der individuellen Ebene von der Fülle der auf sie einstürzenden internen wie externen Informationen überwältigt werden. Unter diesem Gesichtspunkt haben Zwänge bzw. Rituale eine adaptive und regulative Funktion und bestimmen das Ausmaß von Flexibilität bzw. Starrheit und Rigidität, sowohl beim Individuum als auch bei Systemen. Zwänge und Rituale können aber auch zu einer Störung des Alltagslebens führen und zu einer Erkrankung werden. Bei einer Zwangserkrankung behindern die Zwänge und die Rituale (Intensitätssteigerung) in der Regel beträchtlich. Krankhaft gesteigerte Zwänge und Rituale haben häufig eine subjektiv positiv bewertete Bewältigungsfunktion (ausführliche Darstellung in Hand 1982, 1988 und 1991c).

1.1 Zwanghaftes Verhalten bei Gesunden

Zwanghafte Verhaltensweisen bei Normalpersonen können in den Tagesablauf integriert sein oder diesen auch strukturieren. Die Störung oder Unterbrechung kann jedoch häufig zu Unwohlsein oder Verstimmung führen. Dazu gehören zum Beispiel:

- wiederholtes Summen von Melodien
- Zählen von Glockenschlägen, Treppenstufen, Autos u.ä.
- wiederholte Kontrollen der Wohnung, der Koffer oder Taschen beim Verlassen der Wohnung, besonders für längere Zeit wie Urlaub
- „toi-toi-toi"-Rufen, dreimal auf Holz klopfen.

Auch viele andere Alltagstätigkeiten wie Essen, Zubettgehen, Toilette oder Waschen werden von Ritualen begleitet.

1.2 Pathologischer Zwang

Der Übergang zum pathologischen Zwang ist meist nicht qualitativer, sondern quantitativer Art, d.h., die Intensität und Ausbreitung der Symptomatik und die bis zur Panik reichende Angst beim Unterlassen der Zwangsrituale sind deutlich höher. Das Ausmaß der Behinderung und die Einschränkung in der Lebensführung und der daraus entstandene Leidensdruck sind weitere Merkmale für die Unterscheidung zwischen normal und pathologisch. Der unter Zwängen leidende Patient kann sich von diesen schwer distanzieren, trotz der wahrgenommenen teilweisen Unsinnigkeit seines Verhaltens oder seiner Gedanken.

Grundsätzlich wird zwischen Gedanken- und Handlungszwängen unterschieden. Bei zwei Dritteln der Patienten kommen diese Zwänge gleichzeitig vor.

Dabei ist die Kombination von handlungsabhängigen und handlungsunabhängigen Denkzwängen dreimal so häufig wie die von Handlungszwängen und handlungsbezogenen Denkzwängen (Zaworka u. Hand 1981).

1.2.1 Gedankenzwang

Die Inhalte von Gedankenzwängen beziehen sich hauptsächlich auf Schmutz und Kontamination, aggressive Impulse, religiöse oder sexuelle Inhalte und somatische Befürchtungen (Jenike et al. 1986).

Bei einer faktorenanalytischen Untersuchung konnten Zaworka und Hand (1980) die Gedankenzwänge weiter differenzieren in

- Denken nach einer Handlung
- Denken vor einer Handlung
- Gedankenketten
- Denken einzelner Worte, Sätze oder Bilder
- Zwangsvorstellungen oder Impulse, meist aggressiven Inhalts, sich selbst oder anderen ein Leid zuzufügen, Obszönes oder Blasphemisches auszusprechen, d.h., etwas Verbotenes wollen, denken oder tun.

In der angloamerikanischen Literatur werden Gedankenzwänge aufgeteilt in

- Zweifel (doubts)
- zwanghaftes Denken (obsessive thoughts)
- Zwangsbefürchtungen (obsessive fears)
- Zwangsimpulse (impulses)
- Zwangsvorstellungen (images).

Die relative Häufigkeit von Gedankenzwängen konnte bisher nicht eindeutig bestimmt werden. Als am häufigsten vertreten werden Zwangsbefürchtungen, Zwangsgrübeln und Zweifel genannt, gefolgt von Impulsen und Vorstellungen (Reed 1985). De Silva (1986) räumt den Zwangsvorstellungen (images) eine Sonderstellung im Rahmen von Zwangsgedanken ein. Nach seiner Einschätzung ist diese Form von Zwängen häufig zu wenig exploriert.

1.2.2 Zwangshandlungen

Die beiden am häufigsten vorkommenden Zwangshandlungen sind Waschen und Kontrollieren. Daneben lassen sich weitere Hauptformen wie Ordnen, Zählen, Berühren und Sprechen differenzieren (Zaworka u. Hand 1981).

In drei neueren Studien zeigte sich eine unterschiedliche prozentuale Verteilung. Während Jenike et al. (1986) bei 79 % der 100 Patienten das Kontrollieren gegenüber 58 % der Patienten mit Waschen am häufigsten fanden, beschreiben Rachman und Hodgson (1980) bei 86 % das Waschen als die häufigste Symptombildung. Ähnlich berichten Foa et al. (1983) von einem höheren Anteil der Patienten mit Waschzwängen (66 %) in ihrer Stichprobe.

1.2.3 Zwanghafte Langsamkeit

Bei der zwanghaften Langsamkeit („primary obsessional slowness“) handelt es sich um eine extreme Verlangsamung der Handlungs- und Denkabläufe, bei denen die Patienten bis zu mehreren Stunden zur Ausführung von einfachsten Tätigkeiten wie Aufstehen, Anziehen, Essen benötigen. Es ist unklar, inwiefern dies ein eigenständiger Typus von Zwang oder eher das Resultat von intern ausgeführten (Denk-) Zwängen oder einer primär hirnorganischen Erkrankung ist.

1.3 Komplexe Zwangssymptomatik

In der klinischen Praxis treten Zwangssymptome sehr selten isoliert auf. Zwangsgedanken und -handlungen können nebeneinander bestehen, ohne daß sie funktionell im Zusammenhang stehen. Sie können sich gegenseitig bedingen, aufheben oder auch ergänzen. Die Zwangsgedanken nicht akzeptablen Inhalts (aggressiv, obszön u.ä.) wirken in der Regel Angst- und Schuldgefühle induzierend, wohingegen Zwangshandlungen meist der Vermeidung und Reduktion von Angst dienen.

Häufig entwickeln die Patienten ein ausgefeiltes Zwangssystem, in dem viele der einzelnen Zwangssymptome ein fast zur Perfektion ausgearbeitetes „Ganzes" darstellen. Nach diesem System kann jede einzelne Tätigkeit sowie der gesamte Tagesablauf strukturiert werden, wo teilweise aus „ökonomischen" Gründen frühere und sehr lange Rituale durch andere „effektivere" ersetzt werden.

Die Bestimmung der funktionellen Beziehung zwischen Zwangsgedanken und Handlungen im oben genannten Sinn hat entscheidende Implikationen für die Planung und Durchführung therapeutischer Interventionen auf der Symptomebene.

2 Vorkommen

2.1 Epidemiologische Angaben

Bis vor kurzem wurden Zwänge zu den eher seltener auftretenden psychischen Störungen in der Gesamtbevölkerung gezählt. Die neueren Prävalenzraten in der Gesamtbevölkerung (USA) mit 1,3–2 % (Myers et al. 1984) bis 3 % (Robins et al. 1984) und 2,05 % (Wittchen u. v. Zerssen 1988) belegen jedoch, daß Zwangserkrankungen um den Faktor 5 bis 30 häufiger sind als in den früheren Psychiatrielehrbüchern angenommen.

Die weite Verbreitung von Zwängen in der Normalbevölkerung belegen außerdem mehrere andere Untersuchungen. Rachman und De Silva (1978) stellten bei 80 % der 124 untersuchten Normalpersonen das Vorhandensein von aufdringlichen, nicht akzeptablen Gedanken und Impulsen fest. Im Vergleich zu einer klinischen Population hatten die Gedanken ähnlichen Inhalt und ähnliche Form, sie traten häufiger unter Angst oder Depression auf und beide Gruppen äußerten Versuche, diesen Gedanken zu widerstehen. Zwangskranke empfinden die Zwänge jedoch über einen längeren Zeitraum intensiver angstauslösend als Normalpersonen.

In anderen Studien (Frost et al. 1986, Sher et al. 1983, Sher et al. 1984) wird die Rate von klinisch auffälligen Personen mit Kontrollzwängen in einer Normalpopulation (Studenten) mit 10–15 % angegeben. Weitere ausführliche epidemiologische Studien in diesem Bereich sind notwendig, nicht zuletzt zur Beantwortung der Frage, warum einige Personen mit Zwangssymptomen keiner psychiatrisch-psychotherapeutischen Behandlung bedürfen und einige klinisch auffällige Personen keine Behandlung suchen.

Entsprechend dem Überblick von Studien aus sechs Ländern von Insel (1984) sei abschließend erwähnt, daß die Formen und die Häufigkeit von Zwangserkrankungen transkulturell in vergleichbarer Weise vorkommen.

2.2 Zwangssymptome bei organischen und psychischen Erkrankungen

Da mit *Zwangserkrankungen* in der Klinik nur bei 0,1–0,8 % der Psychiatrie-Patienten zu rechnen ist (Süllwold 1978), *Zwangssymptome* jedoch in fast jedem klinisch-psychiatrischen Erscheinungsbild auftauchen können, müssen diagnostisch folgende psychopathologische und neurologische Symptomkonstellationen beachtet werden, um zu einem verantwortlichen Therapieangebot kommen zu können.

Zwangssymptome und neurologische Erkrankungen: Seit Griesinger (1868) und Westphal (1877) wurde versucht, organische Ursachenfaktoren zum Verständnis des Zwangs zu identifizieren. Die klinische Beobachtung zeigt zu Beginn, im Verlauf oder nach Remission organ-neurologischer Erkrankungen – sowie parallel zu bestimmten Erkrankungen bestehend – Zwangssymptome. In der Literatur werden folgende Krankheitsbilder beschrieben, bei denen Zwangssymptome auftreten können:

- Encephalitis epidemica
- Epilepsie
- Chorea minor
- Diabetes insipidus
- multiple Sklerose
- hirnatrophischer Prozeß
- Schädel-Hirn-Trauma
- Arteriosklerose
- zentrale Neurofibromatose
- extrapyramidale Bewegungsstörungen (Hyperkinesien, Tics etc.).

Zwangssymptome und Psychosen: Obwohl die oft ausgefallenen, bizarren Zwangsgedankengebäude und Zwangshandlungsabläufe zeitweise den Eindruck einer Schizophrenie nahelegen, taucht diese als Grundlage bzw. begleitend bei nur 0–3 % der Zwangskranken auf (Black 1974, Marks 1987). Damit liegt die Erkrankungshäufigkeit nicht über der Erkrankungshäufigkeit von Gesunden. Manische Episoden bei Zwangskranken tauchten bei 2 (0,3 %) von 56 Fällen auf (Marks 1987).

Innerhalb der psychiatrischen Literatur besteht eine große Varianz der Lehrmeinungen über Zwangssymptome als Vorläufer einer Schizophrenie. Vermutlich wird bei schwerer Zwangssymptomatik ohne spezielle Erfahrungen des Therapeuten mit der Zwangserkrankung zu oft die Diagnose einer Schizophrenie gestellt.

Zwangssymptome und Phobie: Kringlen (1965) konnte bei über 50 % seiner 91 zwangskranken Patienten eine Phobie-Symptomatik finden. Videbech (1975) berichtet über 40 % von 104 depressiven Zwangskranken, die Phobien angaben; Welner et al. (1976) fand hingegen nur bei sieben von 150 zwangskranken Patienten ausgeprägte Phobien. Hand und Zaworka (1981) fanden signifikante Korrelationen bei 72 zwangskranken Patienten in bezug auf Phobien (r = 0.53), allerdings nur zu Beginn (0,5–2 Jahre) der Krankheitsentwicklung.

Zwangssymptome und Depression: Die Zusammenhänge zwischen kognitiven Depressions- und Gedankenzwangssymptomen müssen als weitgehend ungeklärt gelten, obwohl eine Fülle von hypothesengenerierenden Studien vorliegen. Depressionen sind häufig die Basis für Zwangssymptome (primäre Depression); es kommt ebenso zu depressiven Symptomen auf der Grundlage einer Zwangserkrankung (sekundäre Depression; Rachman u. Hodgson 1980).

Die einzige phänomenologisch zwischen kognitiven Depressions- und Gedankenzwangssymptomen differenzierende Studie von Gittleson (1966) zeigte bei 50 % der 124 depressiven Patienten, die über Zwangsphänomene berichteten, hauptsächlich aggressive Tötungsphantasien. Kendall und Discipio (1970) und Videbech (1975) erweiterten diese Beobachtung, indem sie bei Zwangskranken Gedankenzwänge fanden, die überwiegend um Schmutz, Vergiftung, sexuelle und religiöse Themen rankten.

Zwangssymptome und Organerkrankungen: Bei Zwangserkrankungen ist vermehrt mit funktionellen Herzbeschwerden, funktionellen Magen-Darm-Beschwerden und funktionellen Störungen der Atmung zu rechnen. Schwidder (1954, 1955) prägte dafür den Begriff des „zwangsneurotischen Organsyndroms“.

Gleichzeitig wurden aber bei Zwangssymptomen häufig folgende körperliche Erkrankungen beschrieben (Csef 1988):

- Erkrankungen des Magen-Darm-Trakts (Colitis ulcerosa, Morbus Crohn)
- Erkrankungen des Herz-Kreislauf-Systems (essentielle Hypertonie, koronare Herzkrankheit, Myokardinfarkt).

3 Diagnostisch-therapeutische Phase

Eine verantwortlich durchgeführte Verhaltenstherapie ist ohne eine psycho- und ohne eine somatopathologische sowie therapierelevante Diagnostik nicht vorstellbar. Die folgenden Abschnitte konzentrieren sich auf die (verhaltens-)therapierelevante Diagnostik (Abschn. 3) und die verhaltenstherapeutische Behandlung von Zwangskranken (Abschn. 4).

Ziel der therapierelevanten Diagnostik ist die Erarbeitung einer Behandlungshypothese. Die Behandlungshypothese soll insbesondere die funktionalen Aspekte der Zwangssymptomatik verdeutlichen. Eine Behandlungshypothese gibt dem Therapeuten Auskunft über die hypothetisch angenommenen Ursachen für die gezeigte Symptomatik. Es läßt sich daraus eine Strategie des therapeutischen Vorgehens ableiten. Die Strategie kann „direkt" oder „indirekt" (s. Abschn. 4) zu den als ursächlich angesehenen Problemen oder Verhaltensdefiziten führen, da die Reihenfolge der Interventionen wesentlich von der Motivation des Patienten abhängt (s. Abschn. 3.6).

Zur Erläuterung wird im folgenden nach kurzer theoretischer Einführung (auf der Grundlage der „Strategie der Verhaltenstherapie" nach Hand 1986 und 1991a) anhand eines Fallbeispiels eine Behandlungshypothese entwickelt.

3.1 Verhaltensanalysen

Bedingungsanalyse: Unter Bedingungen werden die Variablen verstanden, die als Auslöser, Voraussetzungen oder Ursachen wirkten (historisch auslösende bis heute aufrechterhaltende Bedingungen) und wirken (aktuell verursachende Bedingungen), aber nicht durch das Symptomverhalten verändert werden. Die Bedingungsvariablen beziehen sich also auf die Vergangenheit und die Gegenwart.

Funktionsanalyse: Unter die Funktionen werden die Auswirkungen des Symptomverhaltens auf den Patienten selbst bzw. auf das soziale Umfeld und deren Rückwirkungen auf den Patienten gereiht. Funktionen beziehen sich auf die Gegenwart und Zukunft. Es werden *intraindividuelle* Funktionen (= innerhalb des Individuums) und *interaktionelle* Funktionen (= zwischen Patient und Umwelt) unterschieden. Dem Patienten sind diese Funktionen bewußt oder nicht bewußt. Beispiele:

- gewußt, intraindividuell: Zwänge zur Reduktion von Schuldgefühlen
- gewußt, interaktionell: Kontrolle der Angehörigen dadurch, daß sie sich auf Anordnung des Zwangskranken ebenfalls an bestimmte Rituale halten müssen
- nicht gewußt, intraindividuell: Nicht bewußt wahrgenommene Gefühle der Wut werden über die Zwänge abgebaut.
- nicht gewußt, interaktionell: Ein bestehender chronischer Ehekonflikt wird „gemieden" dadurch, daß sich das Ehepaar über die Auseinandersetzung um die Zwangsrituale gegenseitig ablenkt.

Mikroanalyse der Hauptsymptomatik: Hier soll die Wahrnehmung des Patienten in bezug auf die Auslösung und den Verlauf der Symptomatik erfragt werden:

- Wie nimmt sich der Patient emotional bei Auftreten der Symptomatik wahr? (Beispiel: Der Patient ist deprimiert und fühlt sich schuldig.)
- Wie nimmt sich der Patient kognitiv bei Auftreten der Symptomatik wahr? (Beispiel: Der Patient hat Gedanken, den Partner zu vergiften.)
- Wie verhält sich der Patient bei Auftreten der Symptomatik? (Beispiel: Der Patient zählt innerlich bis drei, während er die Kontrollen abwickelt.)
- Wie nimmt sich der Patient physiologisch bei Auftreten der Symptomatik wahr? (Beispiel: Schweißausbrüche)

Zusammenhang zwischen Funktions-, Bedingungs- und Mikroanalyse der Hauptsymptomatik: Bedingungen wie Funktionen können auslösende wie aufrechterhaltende Variablen des Krankheitsgeschehens darstellen. In der Mikroanalyse können sich weitere Bedingungen oder Funktionen ergeben. Bei auslösenden wie bei aufrechterhaltenden Variablen werden unterschieden

- Variablen bei Erstauftreten
- Variablen, die aktuell wirken und zu den „historisch“ aufgetretenen hinzugekommen sind.

Diese Systematik wird auf jedes Symptom des Patienten angewandt (nicht nur auf die Zwangssymptomatik, sondern auf alle anderen problematischen Symptombildungen). Die zeitliche Entwicklung der Symptomatik und die im folgenden erläuterte Befragung der lebensgeschichtlichen Entwicklung hilft einzuschätzen, ob es Entwicklungs- oder Bedingungszusammenhänge zwischen den gezeigten Symptomen gibt (z. B.: Kontrollzwänge führen zur sozialen Isolation, aus der die gleichzeitig betehende Depression erklärbar ist) oder ob die beobachteten Symptome unabhängig voneinander bestehen. Aus der Parallelentwicklung oder der kausal erklärbaren Entwicklung verschiedener Symptome leiten sich vollkommen unterschiedliche Behandlungswege ab. Ziel ist es, möglichst viele Einflußgrößen auf die Symptomatik zu Beginn der Therapie zu kennen, um in der Therapie mit ihnen arbeiten zu können.

3.2 Biographische Analyse

Die biographische Analyse bildet das Gerüst, in das die symptombezogenen Analysen für die Hypothesenbildung schlüssig einfügbar sein müssen.

Hauptsächlich orientiert sich die Gesprächsführung in der biographischen Analyse an den in unserer Kultur wichtigen Lebenseinschnitten wie

- Geburt
- Erleben der Vorschulzeit
- Einschulung und Erleben der Schulzeit
- Ende der Schulausbildung
- Eintritt in das Berufsleben, Berufsausbildung
- psychosexuelle Entwicklung
- Erziehungsmuster in der Familie
- Verhaltensmuster im Umgang mit sich selbst/nahestehenden Personen/Fremden
- Verhaltensaktiva/-passiva
- traumatische Erlebnisse und der Umgang damit.

3.3 Interaktionelle Besonderheiten bei Zwangskranken

Der Aufbau einer Vertrauensbeziehung ist im Umgang mit Zwangskranken besonders wichtig, da sie sehr häufig ihre Angst vor Kontrollverlust und Machtverlust pseudoassertiv bis aggressiv in ihrem sozialen Umfeld ausleben. Es resultiert daraus häufig eine Kampfbereitschaft und Überempfindlichkeit gegenüber dem Therapeuten. Aggressives Gegenreagieren des Therapeuten bzw. Versuche, den Patienten von den eigenen Überzeugungen überzeugen zu wollen, führen bei Zwangskranken schnell in einen zwanghaften Dialog (Clinch), der eine Fortsetzung der Therapie unmöglich macht. Clinch-Situationen können von Therapeuten umgangen werden, wenn er in der Lage ist, die soziale Interaktion aus der Sicht der vorhandenen Möglichkeiten des Patienten zu analysieren (ausführliche Darstellung in Hand 1988, 1991b und 1991c).

Neben den Zwangssymptomen ist also bei den Patienten mit Kommunikationsdefiziten und sozialer Verhaltensunsicherheit zu rechnen. Es existieren keine validen Fragebögen oder andere in einem vertretbaren Aufwand einsetzbare Hilfsmittel, um zu einer validen Einschätzung der sozialen Interaktionsfertigkeiten zu kommen. Daher ist die Gesprächssituation zwischen Therapeut und Patient ein wichtiges Diagnostikum. Zur Einschätzung der verbalen und sozialen Fertigkeiten hat sich die in Tabelle 8.1 aufgeführte Checkliste bewährt.

Tab. 8.1 Checkliste zur Einschätzung der sozialen Fertigkeiten des Patienten.

verbale Fertigkeiten
- positive Gefühle ausdrücken
- kritische Forderungen äußern
- nein sagen können – aktiv zuhören können
- Wünsche und Forderungen äußern
- Ärger und Enttäuschungen zeigen
- Fehler machen und diese eingestehen
- sich öffentlicher Beachtung aussetzen
- Komplimente annehmen
- Kontakte knüpfen und pflegen (Einzelpersonen und Gruppen)
- Hilfe in Anspruch nehmen
- Auseinandersetzungen führen.

nonverbale Fähigkeiten
- Blickkontakt halten
- seine Mimik entsprechend den Äußerungen verändern
- situationsangemessen die Stimme heben und senken
- fließend sprechen
- räumliche Distanz zum Redner verändern

Beobachtungen des Untersuchers
- Wie lange dauert die Antwort des Patienten?
- Wie laut ist die Stimme?
- Welche Assoziationen ruft sein Körperausdruck wach?

3.4 Klinische Selbstbeurteilungsskalen zur Zwangssymptomatik

Aufgrund der zum Teil beschämenden Inhalte der Gedankenzwänge, der empfundenen Widersinnigkeit der Handlungszwänge und der – zumeist – anzutreffenden Normenunsicherheit der zwangskranken Patienten werden nicht alle Symptome frei erzählt. Viele Details offenbaren sich dem Therapeuten – manchmal dem Patienten – erst im Verlauf der Therapie.
Um eine zwanghafte Informationssammlung auf Kosten der Beziehung zwischen Patient und Therapeut zu vermeiden, hat es sich als hilfreich erwiesen, einen Fragebogen zur Differenzierung von Handlungs- und Gedankenzwängen wie das Hamburger Zwangsinventar-Kurzform (Klepsch 1989, Klepsch et al. 1991) oder die deutsche Übersetzung des Maudsley-Obsessional-Compulsion Inventory (Hodgson u. Rachman 1977; hier werden jedoch keine Gedankenzwänge operationalisiert) vorzulegen. Dadurch ergibt sich auch eine gute Möglichkeit der therapeutenunabhängigen therapierelevanten Verlaufsdiagnostik.

3.5 Informationsgespräche mit Angehörigen

Wenn möglich sollten – mit Einverständnis des Patienten – auch in dieser diagnostisch-therapeutischen Phase die Angehörigen zu einem Informationsgespräch eingeladen werden. Hier läßt sich – ohne die Hypothese zu benennen – fremdanamnestisch die bisherige Hypothesenbildung überprüfen. Die zumeist erforderliche Mitarbeit der Angehörigen z. B. durch die Veränderung der aufrechterhaltenden Bedingungen – sofern nach Hypothesenbildung indiziert – oder in Form von familientherapeutischen Sitzungen – sofern nach Hypothesenbildung indiziert – läßt sich vorbereiten.

In Abhängigkeit von der Bedrohlichkeit für den Patienten, wenn der Therapeut einen Hausbesuch vorschlägt, kann vor der Übungstherapie auch eine „praktische Verhaltensdiagnostik" in der kurzen Zeit eines Hausbesuchs durchgeführt werden, indem der Patient aufgefordert wird, die Zwangsrituale unter In-vivo-Bedingungen vorzuführen (also auch in Anwesenheit und eventuell unter Mitwirkung der Angehörigen). Hierbei können Einsichten in Problemzusammenhänge vermittelt werden, die in der Gesprächssituation überhaupt nicht oder sehr viel später zur Geltung kommen (zur systematischen Einbeziehung Angehöriger in die Therapie – im Sinne einer „strategisch-systemischen Verhaltenstherapie" – s. Hand 1988 u. 1991c).

3.6 Motivationsanalyse

3.6.1 Motivation des Patienten

Die Motivationsanalyse ist nicht als abgeschlossene Einheit, sondern als ein Prozeß zu verstehen, der die Therapie begleitet. Jede neue Behandlungsentscheidung kann zu einer Motivationsveränderung führen, die eine neuerliche Motivationsanalyse notwendig macht. Zur Strukturierung der Motivationsanalyse wird folgende Aufteilung vorgeschlagen (Einzelheiten in Hand 1981 u. 1986):

- Eigenmotivation zur Veränderung
- Fremdmotivation zur Veränderung
- scheinbare Eigenmotivation
- scheinbare Fremdmotivation.

Die letzten drei Punkte sollen etwas ausführlicher angesprochen werden:

- Wenn der Patient *fremdmotiviert* ist, besteht die Möglichkeit, über das beschriebene diagnostische Vorgehen Motivation zur Veränderung aufzubauen, indem neue symptomunabhängige, vom Patienten vielleicht nicht erwartete Probleme angesprochen werden. Zum Beispiel besteht eine Möglichkeit darin, die Tatsache, daß der Patient sich von anderen Personen „schicken" läßt, zum Thema zu machen, und seine mangelnden Abgrenzungs- bzw. Selbstbestimmungsfertigkeiten in den Mittelpunkt einer möglichen Therapie zu stellen.
- Daß ein Patient *scheinbar eigenmotiviert* ist, stellt sich häufig bei Patienten heraus, die eine Therapieteilnahme als Alibi benötigen, um nichts an dem Status quo (z.B. in der Partnerschaft oder Familie) verändern zu müssen, oder wenn für anhängige Gerichtsverfahren Veränderungswilligkeit dokumentiert werden soll bzw. andere Versorgungsvorzüge öffentlicher Geldgeber erlangt werden sollen. Die Kenntnisnahme dieser Alibi-Funktion muß nicht zum Therapieabbruch führen: Eine mögliche Interventionsebene ist darüber gegeben, daß der Therapeut versucht, die Konsequenzen einer Therapiebeendigung durch den Therapeuten für den Patienten zu problematisieren. An dieser Stelle treten die erhofften Gewinne einer Alibi-Therapie hervor. Hieraus lassen sich – auch für den Patienten – Hinweise auf bestehende Defizite (zum Beispiel fehlende assertive Verhaltensstrategien zur Offenbarung und Durchsetzung eigener Interessen) gewinnen, an denen zu arbeiten dem Patienten wiederum sinnvoll erscheinen kann, da es sich in der Regel um Verhaltensmuster handelt, die ihn häufig in die mißliche Lage der „indirekten Hilfesuche" (wie zum Beispiel über eine „Alibi-Therapie") gebracht haben.
- Bei *scheinbar fremdmotivierten* Patienten ist sehr genau darauf zu achten, ob die vorgetragene Fremdmotivation nicht als Schutz dient, bestehende Verhaltensprobleme verdeckt zu halten, gleichzeitig aber – unabhängig von der eigenen Offenbarung – Therapiemöglichkeiten zu erforschen. Bei diesen Patienten kann der Schutzwall bestehen bleiben, den sie zu einer Annäherung brauchen. Bestätigt sich die Hypothese des Therapeuten über die scheinbare Fremdmotivation, dann kommt der Patient von sich aus auf Veränderungsmöglichkeiten zu sprechen, wenn klar und direkt auf die Fragen geantwortet wird. Zuviel Druck und Konfrontation führen zum Gesprächsabbruch.

3.6.2 Motivation des Therapeuten

In der Motivationsanalyse bei Zwangskranken spielen auch Therapeutenvariablen eine erhebliche Rolle (Hand 1986).

Die Motivation eines Patienten kann vom Therapeuten negativ beeinflußt werden durch

- unreflektierte Zuweisung des Patienten zu der für seine Diagnosegruppe häufig vorgeschlagenen Therapieform, so daß sich der Patient der Therapieform anschließen muß (Beispiel: Vorurteil, Zwangskranke *müßten* von Verhaltenstherapeuten mit Expositionsverfahren behandelt werden)

- Ablehnung des Patienten aufgrund von nicht bewußten Normenunterschieden zwischen Therapeut und Patient
- Ablehnung des Patienten aufgrund des Sekundeneindrucks (emotional-kognitive Voreingenommenheit bezüglich des Patienten).

3.7 Behandlungshypothese und Behandlungsplanung

In der Hypothese werden die einzelnen Informationen zusammengeführt. Ziel ist, eine Hierarchisierung dergestalt zu leisten, daß der effiziente Interventionspunkt aus Therapeutensicht benannt werden kann. Aus der Hypothese sollten zu erwartende Veränderungen und Schwierigkeiten im Behandlungsverlauf ableitbar sein. So verfügt der Therapeut über eine Zeitlinie für sein Handeln. Die Behandlungsplanung läßt sich kaum von der Motivationsanalyse trennen, bietet sie doch eine Konkretisierungsmöglichkeit der Motivation: Die Therapieziele des Patienten (konkrete Formulierung) und die Ziele des Therapeuten werden gegenübergestellt: Bei einer *Übereinstimmung* der Ziele ergeben sich keine Probleme. In diesem Fall kann die Therapieplanung transparent (offene Therapieplanung) gemacht werden.

Angenommen, die *Therapieziele des Patienten stimmen nicht vollkommen mit denen des Therapeuten überein,* kann der Therapeut sich auf die Zielsetzung des Patienten einlassen, wenn keine Eigen- bzw. Fremdgefährdung zu befürchten ist, ohne dabei jedoch die eigenen Zielsetzungen aus den Augen zu verlieren (joining).

So wird vermieden, daß es entweder zum Clinch oder aber zur langfristigen Meidung veränderungsbedeutsamer Therapieinhalte kommt. Der Therapeut kann nach Erreichen der vom Patienten gewünschten Therapieziele auf der Grundlage der dadurch entstandenen Vertrauensbasis in Richtung der eigenen Ziele (sofern noch notwendig) weiterarbeiten.

Bei stärkerer Diskrepanz der initialen Therapiezielsetzungen bietet sich ein anderes Vorgehen an.

Angenommen, der Patient setzt für sich das Hauptziel, die Zwangssymptomatik abbauen zu wollen, und kann sich den Zielvorstellungen des Therapeuten nicht anschließen, der zuvor andere Problembereiche *angehen* will, die als Auslöser der Zwangserkrankung anzusehen sind: Wenn die Therapeut-Patient-Beziehung es zuläßt, kann die Zielvorstellung des Therapeuten auch hier transparent gemacht werden. Der Patient kann zum Beispiel in einem Phantasie-Spiel aufgefordert werden, darüber nachzudenken, was geschehen würde, wenn er seine Ziele der alleinigen Reduktion der Zwangssymptomatik erreicht. So führt er sich selbst zu einer Auseinandersetzung mit den vom Therapeuten befürchteten Entwicklungen.

Zum Abschluß muß noch einmal darauf hingewiesen werden, daß die Hypothese des Therapeuten die *notwendige* Bedingung zur verantwortlichen Behandlungsplanung ist. Hinreichend ist sie erst in dem Moment, da die Motivationslage des Patienten mit der Behandlungsplanung – ob offen oder im „joining"-Vorgehen – überein zu bringen ist.

3.8 Anwendung der Analysen am Fallbeispiel

Ergebnisse der psycho- und somatopathologischen Diagnostik

Frau R. ist 20 Jahre alt, seit dem 15. Lebensjahr leidet sie unter Zwangssymptomen. Auf Betreiben der Eltern erfolgt die Überweisung vom Hausarzt.

Die Patientin ist bewußtseinsmäßig klar und voll orientiert. Sie leidet an Wasch-/Duschzwängen unter mittlerweile einsetzender Verletzung der Genitalien (Dauer: 45–120 Minuten: Häufigkeit: 3× pro Tag). Diese Einschätzung nach Erstgespräch wird über das Hamburger Zwangsinventar-Kurzform bestätigt (überdurchschnittliche Zwangssymptome im Bereich Waschen). Das Zwangsinventar zeigt überdurchschnittliche Werte auch bei „Gedanken, anderen oder sich selbst ein Leid zuzufügen“.

Es haben sich keine somatischen oder neurologischen Erkrankungen ergeben, die eine fachärztliche Mitbehandlung notwendig erscheinen lassen oder eine Kontraindikation zu verhaltenstherapeutischen Interventionen darstellen. Es werden keine psychotischen Episoden (akut in der Vorgeschichte oder in der Ursprungsfamilie) berichtet. Es treten reaktive depressive Verstimmungen nach Ausüben der Zwänge auf.

Es kann von einer im wesentlichen psychologisch erklärbaren Zwangserkrankung ausgegangen werden. Es gibt auf dieser Diagnostikebene keine Kontraindikationen für ein – vielleicht therapeutisch indiziertes – übendes Vorgehen (Expositionstherapie). Die Zwangserkrankung äußert sich primär in exzessiven, selbstschädigenden Duschritualen.

Biographische Analyse

(Aus Platzgründen werden die Informationen auszugsweise dargestellt.)

Die Patientin ist 1968 in Hamburg geboren worden. Sie war das letzte von drei Geschwistern. Nach der Einschulung 1974 ergaben sich Schwierigkeiten in der Schule, da sie ausgeprägt schielte und entsprechend gehänselt wurde (Sündenbock-Rolle). Bis zur 4. Hauptschulklasse beantwortete sie das Hänseln mit sozialem Rückzug.

In dieser Zeit entwickelte sich ihre Neigung zum Perfektionismus, um nicht anzuecken. Später versuchte sie, durch aggressive Ausbrüche – ohne den gewünschten Erfolg – der Isolation zu entgehen (eine feste Freundin über die Schulzeit hinweg). Es entwickelten sich fast ausschließlich Kontakte innerhalb der Familie (Geschwister und deren Freunde). Sie absolvierte die Realschule (Leistung durchschnittlich). Anschließend begann sie 1984 eine von ihr gewünschte Ausbildung als Friseuse. Die ab 1983 bestehenden Zwänge und die aus der frühen Kindheit stammenden Verhaltensweisen (unangemessen aggressives Auftreten bzw. sozialer Rückzug) sorgten dafür, daß sie Probleme mit den Arbeitskollegen bekam. Bei auftretenden Schwierigkeiten am Arbeitsplatz wirkten – wie in der Schulzeit – Vater und Mutter als diejenigen, die die Probleme für ihre Tochter zu klären versuchten.

Sie kam aufgrund der Zwänge häufig zu spät und mußte die Lehre beenden. Dies führte zu einem fast ganztätigen sozialen Rückzug in die schützenden Mauern der Familie. Die Waschzwangssymptomatik steigerte sich, es kam zu Suiziddrohungen der Patientin. Daraufhin suchten die Eltern einen Therapieplatz für ihre Tochter.

Psychosexuelle Entwicklung: 1981 erste Menses und Beginn der Pubertät. 1983 hatte sie ihren ersten Geschlechtsverkehr mit ihrem damaligen Freund (ohne sexuelle Aufklärung), zu dem sie sich nicht bereit fühlte und der zur Schwangerschaft führte. Über den Schwangerschaftsabbruch (Alter der Patientin: 15 Jahre) kam es zu einer von ihr gewünschten, wenn auch nicht direkt forcierten Trennung von dem damaligen Freund. 1986 lernte sie einen neuen Freund kennen (sie wird kennengelernt!). Frau R. wehrte Geschlechtsverkehr mit Bezug auf die Symptomatik ab. Es ist ihr nicht möglich, sich selbst zu befriedigen.

Interaktionsmuster

Innerhalb der Familie war sie als Nachzügler das Nesthäkchen und „Vaters Liebling“. Da keine Veränderung dieses Verhaltensmusters bis zum heutigen Zeitpunkt eintrat, fühlte sie sich seit Beginn der Pubertät (erste Menses mit 13 Jahren) innerhalb der Familie nicht ernstgenommen. Sie machte sich zum „Kleinkind“ (Kindchen-Schema) und erreichte in der Regel, daß andere ihr Unannehmlichkeiten abnahmen. Aus dieser Rolle kommt sie in dem Moment nicht heraus, wo sie ernstgenommen werden möchte. Das Gefühl, nicht ernstgenommen zu werden, macht sie wütend; es kommt zu trotzigen Ausbrüchen, die wiederum vom Umfeld als

Beweis gewertet werden, daß man sie nicht ernstnehmen kann. Dieses Muster bestand vor dem Schwangerschaftsabbruch ebenfalls und ist erklärlich durch die oben beschriebenen kränkenden Erfahrungen bzw. bestehenden Familienstrukturen.

Interaktionsverhalten im Therapiegespräch: Nonverbal verfügt sie über altersangemessene Ausdrucksmöglichkeiten; sie legt ein übertrieben selbstsicheres Auftreten (pseudoassertiv) an den Tag. Ihre Stimme ist modulationsfähig. In Entscheidungssituationen ist sie leicht verunsicherbar und weicht auf ein „Kleinkind-Verhalten" aus; in der Therapie-Sitzung erweckt sie häufig einen trotzigen Eindruck.

Verhaltensaktiva: In einer Atmosphäre, in der sie sich angenommen fühlt, ist Frau R. eloquent. In ihrer Auffassungsfähigkeit ist sie schnell und reflektiert und scheint im privaten Bereich – wenn kein Außendruck besteht – interessiert an sozialen Kontakten.

Verhaltensanalysen

Bedingungs-/Funktionsanalyse

In dem Fallbeispiel Frau R. (Dauer der Verhaltensanalyse 6 Stunden) braucht nur eine Zwangssymptomatik (Duschen nach unspezifischen Verschmutzungsbefürchtungen) auf ihre Funktions- und Bedingungszusammenhänge hin untersucht zu werden. Dies ist bei Zwangserkrankungen selten.

Auslösende Variablen

Bedingungen (bei Erstauftreten und aktuell wirksam):

- Aus christlichen Motiven gespeiste rigide Normentreue der Familie.
- Patientin ist „Nesthäkchen" der Familie.

Intraindividuelle Funktionen (bei Erstauftreten und aktuell wirksam):

Durch Schuldgefühle im Zusammenhang mit ihrem Schwangerschaftsabbruch entwikkeln sich die Waschzwänge (emotionale Auslöser), die vorerst vor der Familie (Patientin wohnt im Elternhaus) verheimlicht worden sind.

Die Patientin ist von den Eltern nicht aufgeklärt worden. Der Geschlechtsverkehr, der bei fehlenden Erfahrungen zur Schwangerschaft führte, war von dem damaligen Freund gefordert und von ihr – aus Angst vor Liebesentzug – widerwillig geduldet worden. Sie war nicht in der Lage, ihn zurückzuweisen. Den Wunsch, das Kind auszutragen, hat sie aufgrund mangelnder Durchsetzungsfähigkeit nicht ausdrücken können (15 Jahre!). Sie fühlte sich ein weiteres Mal überrollt, nicht ernstgenommen und unfähig (Verhaltensfehler, der ihre Unsicherheit steigerte oder unterstützte). Der Schwangerschaftsabbruch wurde in der Familie – speziell dem Vater gegenüber – nicht thematisiert.

Aufrechterhaltende Variablen

Bedingungen:

- Aus christlichen Motiven gespeiste rigide Normentreue der Familie.
- Patientin ist „Nesthäkchen" der Familie.

Funktionalität (intraindividuell):

- Das Duschen sorgt für eine Entspannung des Körpers.
- Vermeidung der Auseinandersetzung mit Schuldgefühlen bezüglich der Abtreibung (ungewußte Depressionsabwehr).
- Umgehen von Entscheidungs- und Normunsicherheiten (ungewußt).
- Abwaschen der Verschmutzungsgefühle, Reduktion der Unsicherheit (bewußt wahrgenommener Mechanismus, der jedoch in der Wahrnehmung der Patientin nicht zuverlässig funktioniert).

Funktionalität (interaktionell):

- Vermeidung der Auseinandersetzung mit der Ablösung vom Elternhaus (Verantwortungsabgabe an die Eltern).
- Vermeidung der familiären Auseinandersetzung über Zukunfts-/Berufsplanung.
- Möglichkeit, den Eltern gegenüber Aggressionen zu äußern, ohne sich dabei in Wutausbrüche hineinsteigern zu müssen (teilweise wahrgenommene Funktionalität).
- Da das Duschen immer ein(ge)setzt (wird), wenn sie die Wohnung verläßt, meidet sie es, die Wohnung zu verlassen: Dadurch haben sich die Sozialkontakte eingeschränkt. Damit steigt wiederum die Wahrscheinlichkeit, mit einem der benannten Auslöser konfrontiert zu werden.
- Der jetzige Freund und die Eltern gehen auf das ständige Nachfragen, ob sie „sauber" sei, ein und lassen sich durch die

Wutausbrüche manipulieren (Selbstmorddrohung). Diese Wutausbrüche setzen ein, wenn sie den Duschwunsch der Patientin nicht akzeptieren.

Mikroanalyse

Vor Ausüben der Symptomatik: Schuldgefühle bezüglich des Schwangerschaftsabbruchs und der Unfähigkeit; daraus resultierende Gefühle von Hilflosigkeit und Wut gegenüber den Eltern, insbesondere dem Vater.

Während: Sie konzentriert sich ausschließlich auf das Waschritual und die von ihr erwartete Unsicherheit bei Verlassen der Duschkabine. Die Schuldgefühle verlagern sich auf die Befürchtung, Fehler bei der Säuberung gemacht zu haben.

Danach: Es herrscht ein Leergefühl. Die Schuldgefühle bezüglich des Schwangerschaftsabbruchs existieren nicht mehr. Dafür setzen Zweifel ein, ob sie einhundertprozentig sauber ist. Die Zweifel, ob sie richtig handelt, begleiten den Tag und bilden den „Nährboden" für alle folgenden beschriebenen Symptomabläufe.

Weitere Auslöser vor Ausüben der Symptomatik: Der Ausbruch, keine Fehler bei Alltagsverrichtungen zu machen und die daraus folgende Entscheidungsunsicherheit (kognitive Auslöser) lösen bei der Patientin innere Unruhe aus (physiologische Auslöser). Zur Reduktion der Unsicherheit beginnt sie zu duschen.

Während: Sie ist hoch konzentriert darauf, das Waschritual perfekt durchzuführen.

Danach: Nach dem Duschen – manchmal während des Duschens – werden die Familienangehörigen gefragt, ob sie jetzt wirklich sauber sei. Dieses rückversichernde Nachfrageverhalten löst Wut und Ärger auf sich und andere aus.

Informationsgespräche mit Angehörigen

Die fremdanamnestischen Gespräche bestätigen die Hypothese des Therapeuten. Der Therapeut erklärt die Entwicklung von Zwangssymptomen, indem die Bedeutung von auslösenden und aufrechterhaltenden Bedingungen für die Zwangserkrankung in den Kontext möglicher Funktionen gestellt wird (allgemeines Erklärungsmodell, ohne die Informationen der – volljährigen – Patientin weiterzugeben). Es wird die Bereitschaft der Eltern abgeklärt, an der Therapie in Form von vielleicht notwendig werdenden Familiengesprächen teilzunehmen.

Behandlungshypothese

Der erste Versuch einer selbständigen Lebensführung mit ihrem ersten Freund schlägt fehl (Schwangerschaft und Schwangerschaftsabbruch). Da sie vorher keine Fertigkeiten erlernt hat, mit Konfliktsituationen umzugehen, wiederholt sie das über die Jahre erlernte Verhaltensmuster der Verantwortungsabgabe und des Rückzugs in die scheinbar schützenden Mauern der Familie. Andererseits kann sie dadurch ihre Ambivalenz hinsichtlich des Schwangerschaftsabbruchs nicht offen ansprechen. In dieser Spannungssituation entwickelt sich, einerseits auf der Grundlage der lerngeschichtlich nachvollziehbaren Verhaltensdefizite, andererseits auf der Grundlage ihres vorbestehenden Perfektionismus (siehe Schulerfahrungen) im Zusammenhang mit den Schuldgefühlen über den Schwangerschaftsabbruch die Waschzwangsymptomatik.

Für die Therapieplanung ist entscheidend, daß die Reduktion der Symptomatik erst sinnvoll ist, wenn die sozialen Fertigkeiten zur eigenverantwortlichen Konfliktbewältigung aufgebaut worden sind.

Der historisch erste und emotional gewichtigste *Auslöser* der Zwangssymptome sind Schuldgefühle im Zusammenhang mit dem Schwangerschaftsabbruch. Die Schuldgefühle entstehen, weil sie aus religiösen Motiven gegen Schwangerschaftsunterbrechung ist.

Als *aufrechterhaltende Bedingungen* wirken das Verhalten der Eltern und des Freundes, die der Patientin die Verantwortung abnehmen.

Als *aufrechterhaltende intraindividuelle Funktionen* kann die kurzfristig erfolgreiche Abwehr der Schuldgefühle gewertet werden. Zudem besteht für die Patientin zur Zeit die Möglichkeit, Unsicherheits- und Wutzustände, die sich physiologisch ähnlich den Schuldgefühlen äußern, über die Symptomatik abzubauen. Ebenfalls aufrechterhaltend ist die entspannende Wirkung des warmen Wassers beim Duschvorgang und der Prozeß der äußerlichen Reinigung durch das Abseifen.

Aufrechterhaltende interaktionelle Funktionen der Symptomatik: Sie kann über die Tyrannisierung der Eltern die – unbewußten – Wut- und Ärgergefühle den Eltern gegenüber ausdrücken: Zwar hat sie beiden Elternteilen gegenüber das ungewisse Gefühl, mit dem Schwangerschaftsabbruch unverzeihlichen Fehler begangen zu haben. Andererseits macht sie ihnen unausgesprochene Vorwürfe (z.B. die fehlende sexuelle Aufklärung durch die Mutter; die Tatsache, daß die Mutter die Tochter zu dem Schwangerschaftsabbruch geführt hat; die Tatsache, daß – aus der Sicht der Patientin – der Vater nicht zur Auseinandersetzung um die Schwangerschaft bereit ist.

Gleichzeitig hat die Symptomatik den Vorteil, daß die Patientin die Eltern an sich bindet, so daß sie in jedem Fall – wenn auch negativ besetzt – im Mittelpunkt steht, und die über die Symptomatik vermittelte Wut auf die Eltern gefahrlos – d.h. ohne Angst, verstoßen zu werden – vermitteln kann. Sie hat die Verantwortung für die Lebensplanung aus der Hand gegeben. Dies scheinbar auf dem Hintergrund, daß sie den für sie erschreckenden Fehler gemacht hat, schwanger zu werden, den sie sich zuschreibt und der als erste Konsequenz eigenverantwortlicher Lebensplanung im Gedächtnis verhaftet geblieben ist.

Motivationsanalyse und Behandlungsplanung

Frau R. war anfänglich scheinbar hoch motiviert. In der Motivationsanalyse stellte sich jedoch heraus, daß sie nur den Eltern gegenüber das Alibi des Therapiebesuchs benötigte. Die aufrechterhaltenden Bedingungen und Funktionen gewährten neben den Nachteilen soviele Vorteile, daß die Angst, in der Therapie geschähe etwas mit ihr, was sie nicht verkraften kann (Befürchtung der Patientin: Leere mit anschließendem Suizid, um den Belastungen zu entkommen), dem gegenüberstand. Dieser Widerspruch äußerte sich darin, daß sie – anfangs – unpünktlich zu den Sitzungen erschien.

Sie ging davon aus, daß ihre Zwangssymptome „weggenommen“ werden sollten. Erst als sich im Laufe der Verhaltens- und Lebensgeschichtsanalysen der Patientin ein vollständiges Bild über die Ursachen, Bedingungen und Funktionen der Zwänge in ihrem Verhalten und eine mögliche Therapie in Bereichen unabhängig von der Zwangssymptomatik erschloß, veränderte sich die Motivation. Sie erschien pünktlich.

Aufbauend auf den Verhaltensanalysen, der Lebensgeschichtsanalyse und der Motivationsanalyse ergibt sich folgende Behandlungsplanung:

- Aufbau der Fertigkeiten, insbesondere Schuldgefühle zu verarbeiten, mit dem Ziel, Selbstunsicherheit und Selbstverunsicherung eventuell im Zusammenhang mit Familiengesprächen über die seit jeher bestehende Rolle der Patientin in der Familie abzubauen. In dieser Phase werden die Zwänge nicht direkt behandelt. Die Symptomatik wird als „psychische Krücke“ umdefiniert, die solange nicht „aufgegeben“ (= behandelt) wird, bis die entsprechenden Fertigkeiten erlernt worden sind. Gleichzeitig wird vereinbart, daß die „Krücke“ auch nicht überstrapaziert werden darf (sonst „bricht sie zusammen“). Damit wird gleichzeitig der erste Versuch unternommen, die Entscheidungsfähigkeit und die Eigenverantwortlichkeit der Patientin zu stärken. Diese „braucht“ sie – unter anderem –, um mit den Schuldgefühlen umgehen zu können. *Maximal 6–8 Therapiestunden in größeren Zeitabständen mit konkreten Übungen in den angesprochenen Bereichen.*
- Auseinandersetzung mit dem Schwangerschaftsabbruch mit dem Ziel einer emotionalen und kognitiven Neubewertung, zum Beispiel über die Auseinandersetzung mit Sexualaufklärungsmaterialien. Zudem plante die Patientin, einen Termin bei dem damals behandelnden Frauenarzt zu vereinbaren, um die Ereignisse, die zu einem Schwangerschaftsabbruch gehören, kennenzulernen (Prüfung der eigenen Phantasien). Im Anschluß sollten – falls notwendig – in einer Übungstherapie die Zwangssymptome behandelt werden. *4 Therapiestunden.*
- Parallel wird im Beisein und mit Zustimmung der Patientin eine Absprache mit den Eltern dahingehend getroffen, daß

letztere bei Rückfragen der Patientin ihr die Verantwortung zurückgeben, die Rückfragen werden weder positiv noch negativ bewertet. *3 Familiensitzungen.*
- Falls noch notwendig, wird nach Erreichen der obengenannten Ziele eine Expositionsbehandlung zum Abbau der Zwangssymptomatik durchgeführt. *4 × 3 Stunden Übungstherapie: Exposition-in-vivo.*

3.9 Kontraindikationen einer Expositionstherapie

- Keine Expositionstherapie bei Herz-Kreislauf-Erkrankungen! Bei allen übrigen nachgewiesenen parallel, abwechselnd oder kausal auftretenden organischen Erkrankungen und Zwangssymptomen sind Expositionstechniken – sofern sie überhaupt indiziert sind – nur bei Zusammenarbeit bzw. in Absprache mit den entsprechenden Fachärzten für den Verhaltenstherapeuten verantwortbar.
- Keine Expositionstherapie für die Behandlung der Zwangssymptomatik bei aktuell bestehenden oder in der Vorgeschichte aufgetretenen psychotischen Erkrankungen! Vorsicht bei der Expositionsbehandlung ist in den Fällen geboten, wo in der Ursprungsfamilie psychotische Erkrankungen aufgetreten waren.
- Keine Expositionsbehandlung der Zwangssymptome bei primärer bestehender Depression oder bestehenden stoffgebundenen Abhängigkeiten!

4 Therapie

4.1 Behandlung von Gedankenzwängen

Emmelkamp (1987) ordnet die Methoden zur Behandlung von „reinen" Gedankenzwängen in drei Gruppen:

Methoden zur Beseitigung der Gedanken: Zu der ersten Gruppe werden Gedankenstopp und aversive Verfahren gezählt. Beim Gedankenstopp wird versucht, das Auftreten von angstauslösenden Gedanken durch ein Stichwort des Therapeuten (später durch internalisierte „Kommandos") zu unterbrechen. Die Effektivität dieses Verfahrens ist bisher kaum nachgewiesen worden, es wird jedoch aufgrund des Mangels an effektiven Methoden bei Denkzwängen relativ häufig angewandt.

Methoden zur Habituation: Zu der zweiten Gruppe werden Übersättigungstraining (satiation) und Exposition in Phantasie gezählt. Beim *Übersättigungstraining* (Rachman u. Hodgson 1980) werden die Patienten aufgefordert, ihre Gedanken herbeizuführen und über einen verlängerten Zeitraum bis ca. 15 Minuten aufrechtzuerhalten. Bei *der Exposition in der Phantasie* werden die Patienten über einen verlängerten Zeitraum (ca. 60 Minuten) durch den Therapeuten mit den am meisten angstauslösenden Gedanken und Phantasien konfrontiert, und diese werden solange ununterbrochen beschrieben, bis eine Angstreduktion eingetreten ist. Die Art der Konfrontation kann variieren zwischen Präsentation durch den Therapeuten, vom Band oder lautes Verbalisieren durch den Patienten; letzteres wäre am ehesten angezeigt, um eine gleichzeitige interne Vermeidung auszuschalten.

Bearbeitung der hypothetisch zugrundeliegenden Probleme: Neben der direkten Konfrontation mit angstauslösenden Gedanken stellt das „indirekte" Vorgehen zur Bewältigung von den Zwängen zugrundeliegenden Problembereichen die bevorzugte Strategie in unserer Abteilung dar. Zu den häufig zu beobachtenden Konflikt- bzw. Problembereichen gehören in erster Linie soziale Ängste bzw. Defizite, deren spezifische Form, nämlich die Unfähigkeit sich durchzusetzen sowie negative (aggressive) Gefühle zum Ausdruck zu bringen, hypothetisch der Entwicklung von Gedankenzwängen des Inhalts, sich selbst oder anderen ein Leid zuzufügen, zugrundeliegen kann. Ein Selbstsicherheitstraining stellt in diesem Zusammenhang z.B. eine indirekte therapeutische Strategie dar, ebenso wie eine gezielte Paar- oder Ehetherapie, in deren Rahmen der pathologische Umgangsstil des Paares modifiziert werden kann, wenn die Zwänge durch eine interaktionelle Verknüpfung aufrechterhalten werden.

4.2 Behandlung von Zwangshandlungen

Die Reizkonfrontation oder Exposition-in-vivo gilt inzwischen als die am meisten wirkungsvolle und am besten empirisch überprüfte Methode in diesem Bereich. Diese Therapieform ist auf die bereits vor 20 Jahren veröffentlichte Untersuchung von Meyer (1966) zurückzuführen, bei der die Zwangspatienten an der Durchführung von Ritualen gehindert wurden (Response prevention), während sie gleichzeitig mit angst-/ritualauslösenden Situationen konfrontiert wurden. Dieses Vorgehen von Exposure und Response prevention (Konfrontation und Reaktionsverhinderung) wurde inzwischen weiter systematisiert und in zahlreichen empirischen Untersuchungen überprüft (Überblick bei Marks 1987, Foa 1978).

Wirksamkeit der Expositionsmethode
Die mit dieser Methode erzielte Erfolgsquote liegt zwischen 50–80 %, je nachdem, welche Erfolgskriterien zugrundegelegt wurden (Diskussion zu Erfolgseinschätzung s. Foa et al. 1983). Bei der Beurteilung dieser relativ hohen Prozentzahlen ist aber zu berücksichtigen, daß die meisten der untersuchten Patientengruppen unter engumschriebenen (wenn auch ausgeprägten) Wasch- oder Kontrollzwängen gelitten haben.

Bei den wenigen Untersuchungen zu Prädiktor-Variablen für den Ausgang der Therapie (Foa et al. 1983, Emmelkamp et al. 1985) konnten folgende Zusammenhänge zwischen Patientenmerkmalen und Erfolg/Mißerfolg beobachtet werden:

- Ein niedriges Ausmaß der Angst und Depression vor Beginn der Therapie hing mit positiven Ergebnissen bei Therapieende zusammen, hatte aber für den Langzeitverlauf keinen direkten Vorhersagewert.
- Obwohl die Dauer der Symptomatik keine Vorhersage des Ausgangs erlaubt, zeigt sich eine hohe Korrelation zwischen dem Alter des Patienten zum Symptombeginn und dem Therapieausgang zum Follow-up, d.h., je jünger die Patienten bei Ausbruch der Beschwerden waren, um so besser wurden die positiven Veränderungen im Follow-up-Zeitraum aufrechterhalten (in beiden Studien).
- Eine weitere Variable, die mit dem Ergebnis beim Follow-up im Zusammenhang steht, ist die Einschätzung der Ablehnung durch die Eltern, speziell durch den Vater.
- Daß eine starke Depression sich negativ auf den Therapieausgang auswirkt, wird von Foa et al. mit einer höheren emotionalen Reaktivität und damit geringeren Habituationstendenz solcher Patienten beim Exposure erklärt, die wiederum als intermittierende Variable den Ausgang zum Follow-up voraussagen läßt, d.h., je größer die Habituation zwischen den Sitzungen während der Therapie, um so bessere Ergebnisse beim Follow-up. Ebenso zeigten stärker depressive Patienten eine höhere Rückfallquote als leicht- oder mitteldepressive.

Die letzten Ergebnisse dürfen nicht übergeneralisiert werden, da es unklar ist, inwiefern es sich bei diesen Patienten um primäre oder sekundäre Depressionen handelte, da die Reduktion der letzteren erfahrungsgemäß – auch wenn sie ursprünglich höhere Ausmaße hatte – meistens eine indirekte Folge der Beseitigung der Hauptsymptomatik ist.

Wirksamkeit einzelner Komponenten der Exposition

Die Forschung im Bereich Exposition und Reaktionsverhinderung erbrachte eine Reihe von Ergebnissen zur Wirksamkeit und Bedeutung verschiedener Komponenten der Behandlung, welche an dieser Stelle kurz zusammengefaßt werden (Übersicht bei Marks 1987, Rachman u. Hodgson 1980, Jenike et al. 1987).

Graduierte Exposition in vivo ist gleich effektiv wie ein Flooding in vivo. Damit kommen – je nach der Motivation des Patienten – beide Vorgehensweisen gleichermaßen in Frage. In der klinischen Praxis wird meist eine gestufte Konfrontation mit immer mehr belastenden Situationen einer Überflutung mit dem höchsten Item vorgezogen. Im Kontext des „emotional processing" – Konzeptes (Rachman 1980) ist anzunehmen, daß solch ein gestuftes Vorgehen den Prozeß einer emotionalen wie auch einer kognitiven Neubewertung der angstauslösenden Stimuli (Habituation) besser ermöglichen kann, hingegen beim Flooding ein überhöhtes Erregungsniveau eher unnötig provoziert werden könnte, was den oben genannten Prozeß erschwert.

Zusätzliche Methoden wie Modelling, Entspannung oder Selbstinstruktionen erhöhen nicht die Wirksamkeit von Exposition in vivo. Diese Verfahren brauchen somit nicht in Kombination mit Exposition angewandt zu werden.

Verlängerte (prolonged) Exposition ist effektiver als kurze Konfrontationssequenzen. Zwar konnte bisher keine optimale Exposure-Dauer gefunden werden, die bisherigen Befunde und klinische Erfahrungen sprechen aber eindeutig dafür, daß die Konfrontationssitzungen bei Zwangsneurotikern eine längere Zeit erfordern als bei anderen Angsterkrankungen. Die durchschnittliche Dauer einer Expositionssitzung sollte möglichst zwei Zeitstunden nicht unterschreiten. Im Einzelfall hängt die Dauer einer Sitzung von dem Ausmaß der Angst, der Anzahl der relevanten Stimuli (und Ausprägung der Zwänge) und der „Risiko"-Bereitschaft der Patienten ab.

Exposition und Reaktionsverhinderung sollten immer *in Kombination* angewandt werden. Jedes dieser Verfahren separat angewandt führt zu positiven aber kurzfristigen Ergebnissen. Exposure hat hauptsächlich einen angstreduzierenden Effekt, während Response prevention die Reduktion der Rituale bewirkt. Werden beide Aspekte nicht berücksichtigt, so wird der oben beschriebene funktionelle Kreis der Symptomatik nicht durchbrochen, und ein Wiederauftreten der Beschwerden ist sehr wahrscheinlich.

Exposition in der Phantasie: Obwohl Exposure in fantasy bei anderen Angsterkrankungen dem Exposure in vivo unterlegen ist, stellt dieses Vorgehen bei einer Reihe von Zwangssymptomen eine sinnvolle und notwendige Technik dar. Besonders bei Kontrollzwängen und Gedankenzwängen mit intern ablaufenden Ritualen ist diese Methode angezeigt. Bei Kontrollzwängen, die sich häufig auf befürchtete und angstauslösende Katastrophengedanken beziehen, kann die zusätzliche Anwendung von Exposition in der Phantasie die Stabilität der Effektivität von Exposition in vivo und Reaktionsverhinderung erhöhen.

Häufigkeit der Therapiesitzungen: Obwohl keine eindeutigen empirischen Ergebnisse zur Bedeutung der Häufigkeit von Therapiesitzungen vorliegen, wird überwiegend eine Mindestanzahl von 2 bis 3 Exposure-Sitzungen pro Woche bevorzugt. Die überschaubare Zeit zwischen den einzelnen Übungssequenzen reduziert das Risiko von Vermeidungsverhalten und bietet den Patienten eine schnelle Möglichkeit, die durch das neue Verhalten ausgelösten Emotionen bzw. andere Probleme besprechen zu können. Obwohl die meisten klinischen Studien in einem stationären Setting durchgeführt wurden, sollte Exposition möglichst ambulant und im Lebensbereich der Patienten durchgeführt werden. Neben den geringeren Kosten ist der Vorteil der direkten Generalisierung der Therapieschritte das entscheidende Argument. Besonders bei Zwängen, die funktionell mit interaktionellen Konflikten verknüpft sind, ist ein beinahe vollständiges Abklingen der Zwänge im stationären Setting zu beobachten; eine „spontane Besserung", die bei Wiedereingliederung in das Alltagsleben ebenso rapide wieder „auftaucht".

4.3 Häufige verhaltenstherapeutische Vorgehensweisen (Strategien)

Hand (1982; detaillierte Darstellung 1991c) nennt folgende Zielsetzungen von symptomgerichteten Übungen innerhalb der therapeutischen Gesamtstrategie:

- Sie können Mittelpunkt der Gesamttherapie bleiben.
- Sie können gezielt aus dem aktiv-übenden Teil der Gesamttherapie ausgeblendet werden („Therapie am Symptom vorbei").
- Sie können den „Einstieg" in eine nachfolgende multimodale Therapie darstellen.
- Sie können „ergänzend" eingesetzt werden.

4.3.1 Symptomgerichtete Übungen als Gesamttherapie

Die seltene ausschließliche Konzentration auf das Symptomverhalten kann sich in zwei Fällen ergeben:

- Wenn ein Patient unter relativ engumschriebenen Zwängen leidet und diese den an sich unproblematischen Alltag des insgesamt gut sozial angepaßten und kompetenten Patienten behindern, kann die Beseitigung der Zwänge den Hauptfokus der Therapie bilden.
- Wenn eine schon vorher bestehende komplexe Gestörtheit gut mit Zwängen kompensiert wurde, bis der Patient aufgrund einer Zusatzbelastung mit massiven Zwängen dekompensierte (z.B. eine ältere alleinlebende Frau, die ihren Alltag nach ausgeprägten Zwangsritualen strukturierte, dekompensierte mit noch massiveren Zwängen und Erschöpfungszuständen, nachdem ihre Wohnung nach ca. 20 Jahren renoviert wurde). In solchen Fällen würde die Symptomtherapie eine „Normalisierung" der Zwänge zumindest auf das Ausmaß vor der Dekompensation zum Ziel haben, um eine neue „ökonomische" Ritualisierung des Alltags zu erreichen.

4.3.2 Symptomgerichtete Übungen als Einstieg in die Therapie

In der Regel dient die Expositionsbehandlung als Einstieg in die Therapie zuvor bestehender oder durch die Zwangssymptomatik mitbedingter Problembereiche (s.o.).

Fallbeispiel

Vorgeschichte: Ein 29jähriger Mann litt an einer Reihe von Zwangssymptomen, die sich voneinander zeitlich unabhängig entwickelten:

- Die Zwangsbefürchtungen, Fehler bei Reparaturen von elektrischen Geräten gemacht zu haben, bestanden seit 8 Jahren (seitdem vermied der Patient jegliche Reparaturen trotz seiner früheren Ausbildung als Elektriker).
- Die Waschzwänge mit den Befürchtungen, sich und andere (besonders die Ehefrau) mit Geschlechtskrankheiten anzustecken, bestanden seit 5 Jahren.
- Die Gedankenzwänge, andere Personen beim Autofahren zu verletzen, in Verbindung mit Kontrollzwängen in Form von Kontrollfahrten bestanden seit ca. 3 Jahren.

Bei Therapiebeginn war der Patient deutlich deprimiert, die Beschäftigung mit und die Behinderung durch die Zwänge erlaubten ihm keinen zufriedenstellenden Alltag; er war aufgrund der Zwänge seit einem halben Jahr krankgeschrieben und arbeitslos. Als zusätzliche ausgeprägte Störung konnten soziale Ängste und Defizite speziell im Umgang mit Autoritätspersonen und mit Konfliktsituationen diagnostiziert werden.

Aktuelle Situation: Der Patient lebte mit seiner Ehefrau zusammen, die in die Problematik soweit einbezogen war, daß sie dem Patienten Zuspruch gab und im Bereich der Waschzwänge dem Patienten häufig rückversicherte, er habe sich nicht anstecken können, er könne sie nicht anstecken. Außer vereinzelten Kontakten zum gemeinsamen Freundespaar zeigte der Patient kein Freizeitverhalten, verbrachte die meiste Zeit in der Wohnung.

Zur Genese: Der Patient wuchs mit seinem zwei Jahre älteren Bruder auf einem Bauernhof auf. Das Familienleben war durch den autoritären, schnell zu Jähzornausbrüchen neigenden Vater geprägt. Der Erziehungsstil bestand aus starren Regeln, vielen Verboten und Strafen bei bereits kleinsten Fehlern. Bis zum Auszug aus dem Elternhaus, bedingt durch den Wunsch, ein weitergehendes Studium zu absolvieren, hatte der Patient keinerlei Erfahrungen mit Frauen, lebte weitgehend sozial zurückgezogen. Nach dem Umzug nach Hamburg wurde der Patient mit seiner sozialen Isolation und mit seiner Unfähigkeit, soziale Kontakte zu knüpfen, konfrontiert. Die einzige soziale Quelle von Zuwendung waren für ihn seine Vermieterin und vereinzelte Bordellbesuche. In dieser Phase beginnen Zwangsbefürchtungen, einen Fehler während der Reparaturen für die Vermieterin gemacht zu haben und Phantasien über mögliche katastrophale Folgen. Seine Frau lernte der Patient über einen Studienkollegen kennen. Nach anfänglich positiver Zeit wurde er über die Beziehung zunehmend unzufriedener (besonders über die Sexualität) mit der Folge des ersten Bordellbesuchs während der Ehe. Nach einem Jahr kam es zu einem zweiten Bordellbesuch und dem Auftreten der Waschzwänge. Wegen starker Leistungsprobleme gab der Patient ca. ein Jahr später sein Studium auf und nahm eine Arbeit als Auslieferungsfahrer an. Nach einem Jahr – bei enormen Leistungsanforderungen in der Firma – begannen die Gedanken – und Kontrollzwänge beim Autofahren, die nach weiteren zwei Jahren zu Erschöpfungszuständen, Krankschreibung und Kündigung führten.

Hypothese: Der gesamten Entwicklung des Patienten lagen eine ausgeprägte soziale Unsicherheit und soziale Defizite zugrunde verbunden mit Kritikängsten, die auf den väterlichen Erziehungsstil zurückzuführen waren. Neben den fehlenden Fertigkeiten, soziale Kontakte aufzubauen, bestand eine ausgeprägte Angst, Konflikte anzugehen und Auseinandersetzungen zu führen (Ausdruck und Umgang mit Aggressivität). Die *Zwangsbefürchtungen* bekamen in diesem Zusammenhang die Funktion, seine nach außen nicht offen geäußerte Wut der Vermieterin gegenüber zum Ausdruck zu bringen (den Patienten störte auf das Äußerste, daß die Vermieterin sein Bett mit einem Fußbodenlappen abwischte), bei gleichzeitiger Angst, durch direkten Streit würde ihm die Vermieterin (wichtigste Bezugsperson) kündigen. Somit hatten die Zwänge auch eine „schützende" Funktion.

Die *Waschzwänge* entwickelte der Patient nach seinem wiederholten Bordellbesuch. Auch hier war der Ursprung seines Verhaltens eine Unzufriedenheit über die sexuelle Beziehung zu seiner Frau. Da über die Seitensprünge nur ganz kurz am Frühstückstisch gesprochen wurde, und der Patient bereits am Abend des gleichen Tages über die Ansteckungsängste berichtete, versuchte seine Frau, ihm bei seiner Angst zu helfen. In diesem Moment übernahm das Paar die Zwänge als das „kleinere Übel", statt sich auf die zugrundeliegende Problematik in der Ehe zu konzentrieren. Die Zwänge bekamen für den Patienten die Funktion, seine Unzufriedenheit indirekt „mitzuteilen" (die von ihm beklagte Passivität der Ehefrau mußte sie über die Übernahme der Verantwortung „Du wirst mich nicht anstecken" verändern). Gleichzeitig schützten die Zwänge ihn und das Paar vor befürchteten negativen Folgen einer direkten Auseinandersetzung.

Ebenso ging den *Gedankenzwängen* eine enorme Unzufriedenheit des Patienten über die Anforderungen der Firma voraus. Dies habe er aus Angst vor einer möglichen Kündigung sowie der Angst vor weiteren Vorstellungsgesprächen – der entscheidende Einfluß der primären sozialen Ängste wird hier deutlich – niemals offen äußern können und lediglich in aggressiven Phantasien dem Chef seine Meinung „gesagt". Die Gedanken- und Kontrollzwänge hatten somit die Funktion, seinen Unmut durch die verminderte Arbeitsleistung zum Ausdruck zu bringen und ihn gleichzeitig vor dem Risiko zu bewahren, durch eine direkte Auseinandersetzung den Arbeitsplatz zu verlieren.

Therapie: Trotz der bereits in den Vorgesprächen offenkundig gewordenen Problembereiche (soziale Ängste/Defizite, Ehekonflikt) wünschte der Patient zuerst eine Reduktion der Waschzwänge. Als weitere Schritte wurden die Bearbeitung der sozialen Fertigkeiten und der Eheproblematik vereinbart. Die durchgeführten drei Übungssitzungen von 2–3 Stunden im Bereich der Waschzwänge fanden in Anwesenheit der Ehefrau statt (der Patient wurde vorher auf die Gefahr hingewiesen, daß dabei der o.g. Konflikt angesprochen wird). Da die Angst vor der Ansteckung seiner Frau und der dahinterliegende vermiedene Konflikt die aufrechterhaltenden Bedingungen darstellten, wurde der Fokus der Übungssitzung bei der Frage der Schuldgefühle, falls die Befürchtungen zutreffen sollten, relativ schnell (vom Therapeuten) auf den Konflikt gerichtet durch Fragen wie „Wem gegenüber fühlen Sie sich schuldig?", „Weswegen fühlen Sie sich schuldig?". Die Anwesenheit der Ehefrau machte diese Fragen zu einem eindeutigen Signal für den bestehenden Konflikt, der an dieser Stelle offen benannt wurde. Die weitere Therapie umfaßte ein Training sozialer Fertigkeiten (mit Schwerpunkt auf Durchsetzungsfähigkeit) und eine Paarberatung, in der neue Regeln für die Alltagsgestaltung, Verantwortungsaufteilung und Sexualität aufgestellt wurden. Am Ende der Behandlung bestanden nur noch minimale Waschimpulse, die der Patient gut beherrschen konnte. Die Gedankenzwänge, die nur indirekt über den Aufbau von Durchsetzungsfähigkeit „behandelt" wurden, waren so weit reduziert, daß der Patient zunehmend längere Strecken allein Auto fahren konnte. Insgesamt berichtete der Patient von gesteigertem Selbstwertgefühl und Durchsetzungsfähigkeit. Drei Monate nach der Behandlung wurde eine Exposition in der Phantasie mit den Gedanken, Reparaturfehler in der Vergangenheit begangen zu haben, durchgeführt. 12 Monate nach der Therapie war der Patient weitgehend symptomfrei obwohl er zu diesem Zeitpunkt von depressiven Verstimmungen im Zusammenhang mit der Überforderung an seinem neuen Arbeitsplatz berichtete.

4.3.3 Therapie am Symptom vorbei („indirekte" Strategie)

Ein Beispiel für eine „Therapie am Symptom vorbei" wäre die Motivation zur und schließlich Durchführung eines Trainings sozialer Fertigkeiten, wenn deren Mangel in kausaler Beziehung zur Symptomatik steht. Weitere Formen von indirekten Strategien bestehen auf der interindividuellen Ebene in paar- oder familientherapeutischen Interventionen.

Fallbeispiel
Vorgeschichte: Die Patientin, 18 Jahre alt, litt seit 6 Monaten an sehr ausgeprägten Wasch- und Reinigungszwängen, die sich hauptsächlich auf die Sauberkeit ihres Körpers und des Badezimmers bezogen. Die Toilette mußte vor und nach dem Aufsuchen sehr ausführlich mit Reinigungsmitteln gesäubert werden, mit vorherigen Waschritualen der Hände und anschließenden Waschritualen der Ausscheidungsorgane. Ebenso war das übliche Waschen und Duschen von aufwendigen Ritualen begleitet (Säubern der Badewanne, der Hähne, Beseitigung aller potentiell schmutzigen Gegenstände wie Cremes, Tuben usw.). Das Anfassen von Klinken in der Wohnung löste ebenfalls Waschrituale aus, sie wechselte die Unterwäsche nach jedem Toilettengang, und wenn sie beim Anziehen Gegenstände wie Schrank u.a. berührte, galt die Wäsche als schmutzig. Parallel zu der Zwangssymptomatik bestand ein Vaginismus, weswegen sie noch keinen sexuellen Kontakt mit ihrem Freund hatte vollziehen können. Die Be-

fürchtungen und Angst der Patientin richteten sich auf eine mögliche Ansteckung mit AIDS.

Aktuelle Situation: Die insgesamt sozial gut angepaßte junge Frau befand sich im letzten Abiturjahr, hatte keinerlei Schwierigkeiten im sozialen Leistungsbereich der Schule. Sie lebte zusammen mit ihrer vor drei Jahren geschiedenen Mutter. Seit Bestehen der Zwänge war die Beziehung der beiden Frauen massiv durch die Auseinandersetzungen über die Ängste und Zwangsrituale der Patientin gestört.

Zur Genese: Die Patientin wuchs als Einzelkind in einer Familie auf, deren Atmosphäre durch den Alkoholkonsum und die damit verbundene Aggressivität des Vaters gekennzeichnet war. Die Mutter wandte sich von früh an in allen ihren Sorgen an die Tochter, die eine helfende Rolle übernehmen mußte („Meine Mutter fragte mich, ob sie sich scheiden lassen sollte."). Ein Jahr nach der Scheidung veränderte die Mutter ihren Lebensstil und begann zunehmend häufiger Kontakte zu anderen Männern aufzunehmen. Meistens dauerten diese Bekanntschaften keine drei Monate, und das Ende dieser Beziehungen war jeweils von einer tiefen Verzweiflung und Depression der Mutter begleitet, die sich hilfesuchend an die Tochter wandte. Auch bei sonstigen Problemen suchte die Mutter bei der Patientin Hilfe und Zuspruch. Die Symptomatik begann zu einem Zeitpunkt, als die Mutter sich wieder von einem ihrer Freunde trennte, zu dem die Patientin zum erstenmal Vertrauen faßte.

Hypothese: Die weitere Analyse, die in fünf Einzelgesprächen (mit je 90 Min.) lief, ergab die folgende Hypothese: Die Patientin entwickelte von früh an ein übertriebenes Verantwortungsgefühl und übernahm die beschützende Rolle für ihre Mutter, die wiederum ihre Tochter mit Depressionen und Suizidabsichten konfrontierte. Die Übernahme eines bis dahin von der Mutter selbst höchstverpönten Lebenswandels mit Phasen von Desinteresse an der Tochter (wenn Freund vorhanden) und hilfesuchender Annäherung an die Tochter (bei Trennung), führte bei der Patientin zu Gefühlen von „Benutzt-/Mißbrauchtwerden" und Wut. Über die Zwänge konnte die Patientin ihre Gefühle zum Ausdruck bringen und übernahm außerdem die Rolle einer moralischen Instanz, indem sie der Mutter verbat, Männer nach Hause mitzubringen, oder die Mutter sich bei der Patientin „abmelden" mußte. Ein weiteres Problem stellte die für die Patientin wiederkehrende Angst um die Mutter (Suiziddrohungen) und damit verbundene emotionale Belastung dar, d.h. einerseits Verantwortung für die Mutter tragen zu müssen und andererseits keinerlei Unterstützung und Richtlinien für ihre eigenen Probleme zu bekommen (schulische Konflikte, Berufsplanung usw.). Die Symptomatik erlaubte ihr diesen Wunsch indirekt zu erfüllen.

Therapie: Die durchgeführte Behandlung basierte auf zwei Schritten: auf Einzelgesprächen mit der Patientin und auf gemeinsamen Gesprächen mit Mutter und Tochter. Die Einzelgespräche dienten hauptsächlich der Bewußtmachung und Verbalisierung der negativen Gefühle (Wut, Enttäuschung, Hilflosigkeit) gegenüber der Mutter sowie der Herstellung des Zusammenhangs zwischen diesen Gefühlen und der Symptomatik. Die darauf folgenden „Paargespräche" hatten eine Neustrukturierung der Beziehung zum Ziel. Die Definition der Beziehung erfolgte z.B. durch Fragen wie „Wer ist von Ihnen beiden älter?", „Welche Pflichten und Verantwortung hat die Ältere oder die Jüngere zu tragen?" usw. Wenn auch mit Mühe, so konnte sich die Mutter schließlich doch zu der Entscheidung durchringen, daß sie die Ältere sei und bekam die dementprechend definierten Pflichten auferlegt. Der weitere Schwerpunkt dieser Gespräche lag auf der altersgemäßen „Trennung" der beiden, indem der Mutter untersagt wurde, jegliche eigenen Probleme der Tochter zu erzählen (sich stattdessen an gleichaltrige Freunde zu wenden); bei Versuchen, diese Regel zu durchbrechen, wurde es der Tochter verboten zuzuhören. Um gleichzeitig neue Regeln für die von beiden gewünschte gegenseitige Zuwendung aufzustellen, wurden beide aufgefordert, alternative gemeinsame Aktivitäten zu unternehmen. Innerhalb von elf Sitzungen (fünf Einzelgespräche von je 90 Minuten, zwei von je 60 Minuten mit Mutter und drei von je 90 Minuten mit beiden) führte diese Strategie zu einem beinahe vollständigen Abklingen der

Symptomatik, die drei Monate nach der Therapie verschwunden war. Der nicht direkt behandelte Vaginismus verschwand ebenfalls sechs Monate nach der Behandlung. Ein Jahr nach der Therapie war die Patientin immer noch symptomfrei.

4.3.4 An „indirekte" Strategie gekoppelte symptomorientierte Interventionen

Mit den folgenden Fallbeispielen soll der Einsatz von symptomorientierten Interventionen beschrieben werden, die sich an eine „indirekte" therapeutische Strategie anschließen.

Fallbeispiel A
Vorgeschichte: Bei einem 20jährigen Patienten mit ausgeprägten Waschzwängen und einem „Zwangssymptom", das sein gesamtes Leben strukturierte, bestand die Symptomatik seit dem 14. Lebensjahr. Das Auftreten der Zwänge war auf dem Hintergrund einer pathologischen Familienkonstellation zu erklären, in der der Patient die wichtigste Bezugsperson der Mutter war (während der Vater beruflich tage- und wochenlang abwesend war), die vor Beginn der Symptomatik des Patienten akut an endogener Depression erkrankte und in den folgenden Jahren ihren Sohn als die einzige Hilfsquelle betrachtete. Die Entwicklung der Zwänge in dieser für den Patienten emotional belastenden Situation ging mit dem Eintritt in die Pubertät einher und wurde durch die Fixierung auf Vorstellungen über sexuelle Betätigung mit Tieren eingeleitet, was als schmutzig und widernatürlich empfunden wurde und über immer ausgeprägtere Zwangsrituale „bewältigt" wurde. Über die erste Funktion der „Bewältigung" der emotionalen Belastung hinaus bekamen die Zwänge im Laufe der Zeit die Funktion, sich von allem, was mit unangenehmen Erfahrungen in der Vergangenheit verknüpft war (somit auch von der Mutter), zu distanzieren. Da der Patient außer seinen schulischen („reinen") Leistungen keine sozialen Erfahrungen in der gesamten Zeitspanne machen konnte, bestand ein völliges Vakuum, das es ihm unmöglich machte, ein selbständiges Leben zu führen und seinen Wunsch nach einer Wohnung zu verwirklichen; das Zwangssystem war für ihn der einzige Lebensinhalt.

Therapie: Der Hauptschwerpunkt der Behandlung bestand zuerst aus einem systematischen Aufbau der sozialen Fertigkeiten und Herstellung von sozialen Kontakten, besonders zu Mädchen (hier die indirekte Zielsetzung der Veränderung der sexuellen Phantasien). Erst nachdem der Patient wesentliche Fortschritte und ausreichend Stabilität im außerfamiliären Bereich erzielte („das Vakuum füllte"), wurde am Ende der Therapie die Expositionsbehandlung in vivo durchgeführt, deren Hauptzielsetzung in der Überprüfung der befürchteten Konsequenzen (Angst vor der Überflutung mit früheren Gefühlen) und in einer Neuorientierung bezüglich des Umgangs mit Sauberkeitsnormen bestand.

Die Überprüfung der Befürchtungen wäre im Fall einer sofortigen Symptomintervention mit sehr großer Wahrscheinlichkeit nicht möglich gewesen, diente die Zwangssymptomatik doch aktuell der „Bewältigung" der vorhandenen „Leere" im Leben des Patienten.

Fallbeispiel B
Vorgeschichte: Eine 22jährige Patientin kam wegen Waschzwängen zur Behandlung. Die gesamte Familie (Mutter, Vater, Verlobter) war in die Symptomatik einbezogen. Eine genaue Analyse (mit Baseline im Haus der Familie) machte deutlich, daß die Patientin unter der Angst litt, mit Gegenständen in Berührung zu kommen, die zuvor vom Vater berührt worden waren. Die Mutter hatte hingegen die Aufgabe übernommen, die derart „verschmutzten" Dinge zu reiningen.

Therapie: Die Therapie basierte schwerpunktmäßig auf der direkten Durchsetzung der eigenen Wünsche seitens der Patientin, die ihre Eltern (speziell den Vater) nicht verletzen wollte, Angst hatte, ihre Eltern zu enttäuschen, wenn sie ihre eigenen Zukunftsvorstellungen in die Tat umsetzte. Sie war voller Sorge um die Mutter, wie diese ihr Leben ohne die Tochter bewerkstelligen würde. Die ständige Betonung der Eigenverantwortlichkeit der Patientin und Motivation zur Veränderung ihres Verhaltens gegenüber den Eltern (Umdefinieren der Zwänge als „verzögerte" Wutausbrüche) führten zu einer Wutreaktion gegenüber dem Therapeuten und daraus resultierender „spontaner" Annäherung an den Vater. Neben weiteren Gesprächen über die neue Gestaltung des Familienlebens für die Mutter wurde anschließend eine Übungstherapie durchgeführt, die mit lediglich leichtem Unbehagen bei Berührung von angstbesetzten Gegenständen keinerlei Probleme für die Patientin darstellte.

Der Einsatz von Symptominterventionen war in diesem Kontext lediglich ein „Beweis" dafür, daß die Zwänge (vorher als „reine" Krankheit definiert, die das Familienleben unmöglich macht) durch den professionellen Eingriff beseitigt und damit die Schuldfrage über die Entstehung der Beschwerden „geklärt" wurden.

Da die symptomorientierten Übungen aus der Sicht der Angehörigen große Ähnlichkeit mit ihren gut gemeinten, leider fruchtlosen Ratschlägen zum Umgang mit der Symptomatik haben und im Rahmen der Behandlung zu einer drastischen Reduktion der Beschwerden führen, kann dies von den Angehörigen als Vertrauensbruch und Provokation erlebt werden. Die Aufklärung der Bezugspersonen, einerseits mit der Betonung ihrer helfenden Funktion und der Klarstellung der Kompetenz und Zuständigkeit des Therapeuten andererseits, hilft, negativen Reaktionen der Angehörigen vorzubeugen und erhöht die Stabilität der erzielten Veränderungen.

4.4 Praktische Richtlinien für die Durchführung der Expositionsbehandlung

Im folgenden sollen einige praktische Leitlinien, die zum Teil auf klinischer Erfahrung und zum Teil auf empirischen Befunden basieren, für die Durchführung der Exposition kurz erläutert werden, die als Orientierungshilfe zur Überprüfung von eigenen Schritten dienen können.

4.4.1 Vorbereitung der Patienten auf die Übungen

Es ist wichtig, daß die Patienten das Konzept der Übungstherapie verstehen und nachvollziehen können. Dazu wird den Patienten ein Erklärungsmodell vermittelt, das auf einfache Weise sowohl den aufrechterhaltenden Teufelskreis als auch den Wirkungsmechanismus der Therapie und die notwendige Beteiligung der Patienten veranschaulicht:

- Aufrechterhaltung der Angst und Zwänge über passives und aktives Vermeidungsverhalten
- Eingehen des Risikos, sich mit angstauslösenden Situationen zu konfrontieren bei gleichzeitigem Unterlassen von Ritualen
- Erfahrung, daß eine verlängerte Konfrontation mit Angst oder begleitenden Gefühlen zu deren langsamer Reduktion führt
- Erlernen eines Konzepts für den Umgang mit Angst
- Betonung der Eigenverantwortung und selbständiger Schritte in Form von Hausaufgaben.

Die Darstellung eines solchen Therapievorgehens, das das bisherige Verhalten der Patienten „auf den Kopf stellt", führt verständlicherweise initial oft zu vermehrter (Erwartungs-)Angst. Die Versicherung des Therapeuten, daß während der gesamten Therapie die Patienten die Möglichkeit haben, eine Übung abzubrechen und alle Übungsschritte nur mit ihrem Einverständnis und eigener Entscheidung geschehen (im Gegensatz zum früheren Vorgehen von Meyer [1966] bei Zwängen bzw. von Bartling et al. [1980] bei Phobien, also *keine* erzwungene Reaktionsverhinderung), führt in der Regel zu erhöhter Motivation. Für viele Patienten ist die Vorstellung, daß die Therapeuten zu ihnen nach Hause kommen, mit extremer Verunsicherung verbunden, die der Therapeut am leichtesten reduzieren kann, indem er dies zum Thema

5 Schlußbemerkungen

Trotz der bereits erzielten großen Fortschritte in der Behandlung von Zwangserkrankungen durch die Verhaltenstherapie ist diese Störung nach wie vor eine der am schwierigsten zu behandelnden und am meisten beeinträchtigenden neurotischen Erkrankungen.

Expositionsverfahren haben sich besonders bei handlungsbezogenen Zwängen bewährt, bei „reinen" Gedankenzwängen sind ihre Möglichkeiten bisher nur in wenigen Arbeitsgruppen konsequent genutzt (Übersicht in Hand 1991c) und noch viel zu wenig systematisch untersucht worden. Ebenso kaum systematisch untersucht sind „indirekte" Strategien zur Behandlung der Zwangssymptome. Zwar gehört nahezu in jeder Therapie die Bearbeitung von anderen Problembereichen zum Standardvorgehen, dieses ist aber bisher in kaum einer Weise systematisiert oder überprüft worden.

Die Bedeutung einer guten Therapeuten-Patient-Beziehung für den Therapieverlauf und -ausgang ist allgemein akzeptiert und wird von allen Seiten betont; wie diese Beziehung aber optimal systematisch aufgebaut und gestaltet werden sollte, ist bisher – genauso wie der interaktionelle Umgang mit diesen Patienten – der Intuition und den Erfahrungswerten einzelner Therapeuten überlassen worden (erste systematische Anleitung in Hand 1991c).

Unabhängig davon, welche bisherigen oder neuen Methoden den Therapeuten zur Verfügung stehen werden, war es die Absicht dieses Beitrages, die Vielschichtigkeit der Behandlung von Zwangserkrankungen anzudeuten und die Notwendigkeit einer strategischen Therapieplanung hervorzuheben, in deren Rahmen unterschiedliche Methoden zur Anwendung kommen können, die den individuellen Bedürfnissen jedes einzelnen Patienten, oft aber auch denen seines sozialen Umfeldes (s. Hand 1991c), entsprechen sollten.

Literatur

Barlow D. Anxiety and its Disorders. The Nature and Treatment of Anxiety and Panic. New York, London: Guilford Press 1988.

Bartling G, Fiegenbaum W, Krause R. Reizüberflutung. Theorie und Praxis. Stuttgart: Kohlhammer 1980.

Berendt H, Neumärkter M, Nickel B. Typenanalyse bei 80 neurotischen Patienten (Zwang). Psychiatr Neurol Med Psychol 1971; 23:40–7.

Black A. The natural history of obsessional patients. In: Obsessional States. Beech HR (ed). London: Methuen 1974.

Csef H. Zur Psychosomatik des Zwangskranken. Berlin: Springer 1988.

De Silva P. Obsessional-compulsive imagery. Behav Res Ther 1986; 24:333–50.

Dowson JH. The phenomenology of severe obsessive-compulsive neurosis. Br J Psychiatry 1977; 131:75–80.

Emmelkamp PMG. Obsessive-compulsive disorders. In: Anxiety and Stress Disorders. Cognitive-Behavioral Assessment and Treatment. Michelson L, Ascher LM (eds). New York, London: Guilford Press 1987.

Emmelkamp PMG, Hoekstra RJ, Visser S. The behavioral treatment of obsessive-compulsive disorder: prediction of outcome at 3.5 years follow-up. In: Psychiatry: the State of the Art (Vol. 4). Pichot P et al. (eds). New York: Plenum Press 1985.

Foa EB, Steketee GS. Obsessive-compulsives: conceptual issues and treatment interventions. In: Progress in Behavior Modification (Vol. 8). Hersen M, Eisler RM, Miller PM (eds). New York: Academic Press 1979.

Foa EB, Steketee G, Grayson JB, Doppelt HG. Treatment of obsessive-compulsives: When do we fail? In: Failures in Behavioral Therapy. Foa EB, Emmelkamp PMG (eds). New York: Wiley 1983.

Frost RO, Sher KJ, Geen T. Psychotherapy and personality characteristics of nonclinical compulsive checkers. Behav Res Ther 1986; 24:133–43.

Gittleson NL. The effect of obsessions on depressive psychosis. Br J Psychiatry 1966; 112:253–9.

Griesinger W. Über einen wenig bekannten psychopathischen Zustand. In: Gesammelte Abhandlungen Bd. 1 – Psychiatrische und Nervenpathologische Abhandlungen. Griesinger W. Berlin: Hirschwald 1872.

Hand I. Expositionsbehandlung. In: Psychotherapie Manual. Linden M, Hautzinger M (Hrsg). Berlin, Heidelberg, New York: Springer 1981.

Hand I. Motivationsanalyse und Motivationsmodifikation im Erstkontakt. In: Erstkontakt-prägender Beginn einer Entwicklung. Zuzan W, Larcher R, Crombach-Seeger B (Hrsg). Wien: Literas 1981.

Hand I. Multimodale Verhaltenstherapie bei Zwängen. In: Psychotherapie in der Psychiatrie. Helmchen H, Linden M, Rüber V (Hrsg). Berlin, Heidelberg, New York: Springer 1982.

Hand I. Verhaltenstherapie und kognitive Therapie in der Psychiatrie. In: Psychiatrie der Gegenwart. Band 1. 3. Aufl. Kisker KP, Lanter H, Meyer J-E, Müller C, Strömgen E (Hrsg). Berlin, Heidelberg, New York: Springer 1986.

Hand I. Obsessive-compulsive patients and their families. In: Handbook of Behavioral Family Therapy. Falloon IR (ed). New York: Guilford Press 1988.

Hand I. Klassifikation und Diagnostik der Neurosen. In: Lehrbuch der klinischen Psychologie. Bd. 1. Grundlagen, Diagnostik, Ätiologie. Baumann U, Perrez F (Hrsg). Bern: Huber 1990.

Hand I. Neurosen: Interventionen. In: Lehrbuch der klinischen Psychologie. Bd. II. Grundlagen, Diagnostik, Ätiologie. Perrez F, Baumann U (Hrsg). Bern: Huber 1991a.

Hand I. Aggression und soziale Defizite bei psychischen Erkrankungen. In: Aggression und Autoaggression. Bd. 8. Pöldinger W, Hand I (Hrsg). Hannover: Dupharmed Script 1991b.

Hand I. Verhaltenstherapie für Zwangskranke und deren Angehörige. In: Therapie psychiatrischer Erkrankungen. Möller HJ (Hrsg). Stuttgart: Enke 1991c.

Hand I, Zaworka W. Entwicklung der Zwangsneurose über die Zeit: Ergebnisse einer „Quasi"-Längsschnittuntersuchung und deren Implikationen für die Neurosen-Theorie und Therapie. Experimentelle Diagnostik der Zwangsneurose III. In: Indikationen zur Psychotherapie. Baumann U (Hrsg). München, Wien, Baltimore: Urban & Schwarzenberg 1981.

Hodgson RJ, Rachman S. Obsessional compulsive complaints. Behav Res Ther 1977; 10:111–7.

Insel TR. New Findings in Obsessive-Compulsive Disorder. Washington, DC: American Psychiatric Press 1984.

Jenike MA, Bear L, Minichiello WE (eds). Obsessive-Compulsive Disorders: Theory and Management. Littleton: PSG 1986.

Kendall RE, Discipio WJ. Obsessional symptoms and obsessional personality traits in patients with depressive illness. Psychol Med 1970; 1:65–72.

Klepsch R. Computerdialogfähige Kurzformen des Hamburger Zwangsinventars. Weinheim: Deutscher Studienverlag 1989.

Klepsch R, Zaworka W, Hand I, Lunenschloß K, Jauernig G. Derivation and validation of the Hamburg obsession compulsion inventary – short form. First results. Psychological Assessment: A Journal of Consulting and Clinical Psychology 1991.

Kringlen E. Obsessional neurosis: a longterm follow-up. Br J Psychiatry 1965; 111:709–22.

Marks I. Behavioral treatments of phobic and obsessive-compulsive disorders: a critical appraisal. In: Progress in Behavior Modification (Vol. I). Hersen M, Eisler R, Miller PM (eds). New York: Academic Press 1975.

Marks I. Fears, Phobias and Rituals. Oxford: Oxford University Press 1987.

Meyer V. Modification of expectations in cases with obsessional rituals. Behav Res Ther 1966; 4:273–80.

Myers K, Weissmann M, Tischler L, Holzer E, Leaf J, Orvaschel H, Anthony C, Boyd H, Burke D, Kramer M, Stolzman R. Sixmonth prevalence of psychiatric disorders in three communities: 1980–1982. Arch Gen Psychiatry 1984; 41:959–67.

Rachman S. Emotional processing. Behav Res Ther 1980; 18:51–60.

Rachman S, de Silva P. Abnormal and normal obsessions. Behav Res Ther 1978; 16:233–48.

Rachman S, Hodgson RJ. Obsessions and Compulsions. Englewood Cliffs: Prentice Hall 1980.

Reed GF. Obsessional Experience and Compulsive Behavior: A Cognitive-Structured Approach. New York: Academic Press 1985.

Robins LN, Holzer JE, Weissman MM, Orvaschel H, Gruenberg E, Burke JD, Regier DA. Lifetime prevalence of specific psychiatric disorders in three sites. Arch Gen Psychiatry 1984; 41:949–58.

Salkovskis PM. Obsessional-compulsive problems: a cognitive behavioural analysis. Behav Res Ther 1985; 23:571–83.

Schwidder W. Symptombild, Grundstruktur und Therapie der Zwangsneurose. Psyche 1954/55; 8:126–42.

Sher KJ, Frost RO, Otto R. Cognitive deficits in compulsive checkers: an exploratory study. Behav Res Ther 1983; 21:357–63.

Sher KJ, Mann B, Frost RO. Cognitive dysfunction in compulsive checkers: further explorations. Behav Res Ther 1984; 22:493–502.

Stern RS, Cobb JP. Phenomenology of obsessive compulsive neurosis. Br J Psychiatry 1978; 132:233–9.

Süllwold L. Zwangsstörungen. In: Trends in Forschung und Praxis: Klinische Psychologie. Baumann U, Berbalk H, Seidenstücker G (Hrsg). Bern: Huber 1978.

Videbech T. The psychopathology of anancastic endogenous depression. Acta Psychiatr Scand 1975; 52:336–73.

Weiner A, Reich T, Robins E, Fishman R, van Doren T. Obsessive compulsive neurosis. Record, follow up and family studies. I. Inpatient record study. Compr Psychiatry 1976; 17:527–39.

Westphal C. Über Zwangsvorstellungen. Berliner klinische Wochenschrift 1877; 46:669 ff. u. 47:687 ff.

Wittchen H-U, Zerssen D v. Die Münchener-Follow-up-Studie. Heidelberg: Springer 1988.

Zaworka W, Hand I. Phänomenologie (Dimensionalität) der Zwangssymptomatik. Experimentelle Diagnostik der Zwangsneurose I. Archiv Psychiatrie Nervenkrankheiten 1980; 228:257–73.

Zaworka W, Hand I. Ein individuelles Verlaufs- und Indikations-Modell (IVIM) für (zwangs-)neurotische Symptombildungen. Experimentelle Diagnostik der Zwangsneurose IV. In: Indikationen zur Psychotherapie. Baumann U (Hrsg). München, Wien, Baltimore: Urban & Schwarzenberg 1981.

9 Depressionen

Martin Hautzinger und Josef Bailer

Inhalt

1 Symptomatik depressiver Zustandsbilder

Neben einer Vielzahl von Theorien über Ursachen einer depressiven Erkrankung und ihre angemessene Behandlung bietet sich ein eher einheitliches Bild, wenn es um die Beschreibung der Symptomatik geht. Depressive Zustandsbilder werden in der Regel folgendermaßen beschrieben (vgl. Hautzinger 1981, Hautzinger u. de Jong-Meyer 1994):

- *somatische* Beschwerden (z.B. Schlafstörungen, Appetitverlust, Druck und Engegefühl in der Herzgegend, Schmerzen im Kopf- und Bauchbereich, Magen-, Darmbeschwerden)
- *motorische* Beschwerden (z.B. Agitation, Verlangsamung, Hemmungen, Inaktivität)
- *emotionale* Beschwerden (z.B. Angst, niedergeschlagene Stimmung, Verzweiflung, Leere)
- *motivationale* Beschwerden (z.B. Interessenverlust, Antriebslosigkeit, Entschlußunfähigkeit, Suizidgedanken)
- *kognitive* Beschwerden (z.B. Gedächtnisschwäche, Konzentrationsmangel, Selbstvorwürfe, Schuldgefühle, Pessimismus, Sorgen um die eigene Gesundheit, die eigenen Fähigkeiten und die Zukunft)
- *interaktive* Beschwerden (z.B. sozialer Rückzug, leise Stimme, wenig Blickkontakt, Einengung kommunikativer Fähigkeiten und sozialer Fertigkeiten).

2 Diagnostik von Depressionen

2.1 Definitionen

Depressive Erkrankung: Nach dem Diagnostic and Statistic Manual (American Psychiatric Association 1996) kann eine depressive Erkrankung (major depression) dann diagnostiziert werden, wenn mindestens fünf der im folgenden aufgeführten Symptome in einem Zeitraum von zwei Wochen gleichzeitig vorhanden sind:

- depressive Verstimmung während der meisten Zeit des Tages
- Verlust des Interesses oder des Vergnügens und der Freude an nahezu allen Aktivitäten
- Gewichtsverlust oder Gewichtszunahme, ohne daß dies auf Diät oder Bulimie zurückzuführen ist
- Insomnia oder Hypersomnia
- psychomotorische Agitiertheit oder Retardierung
- Energielosigkeit und Müdigkeit
- Gefühl der Wertlosigkeit, Schuldgefühle
- Denk- und Konzentrationsstörungen, Unentschlossenheit und Entscheidungsschwierigkeiten
- Todeswünsche, Selbstmordideen, Selbstmordversuch.

Eines dieser Symptome muß entweder depressive Verstimmung oder der Verlust jeglichen Interesses und der Freude sein. Symptome, die auf physischen, körperlichen oder hirnorganischen Veränderungen beruhen, bleiben unberücksichtigt (Ausschluß). Stimmungsinkongruente Realitätsverkennungen, Halluzinationen, Inkohärenzen im Denken oder andere formale Denkstörungen sind ebenfalls Ausschlußkriterien.

Endogene Depression: Die Erkrankung kann dabei durch das Vorliegen von Zusatzkriterien so schwer sein, daß man von einer *Melancholie* (endogene Depression) spricht. Für die Diagnostik einer Melancholie müssen mindestens fünf der im folgenden aufgeführten Zusatzkriterien in einem Zeitraum von ebenfalls zwei Wochen vorliegen:

- besondere Qualität der Stimmung oder pervasiver Verlust des Interesses und der Freude an allem
- Mangel an Reagibilität (auf positive Dinge)
- Stimmung morgens am schlechtesten (Morgentief)
- morgendliches Früherwachen (2 Stunden und mehr)

- psychomotorische Retardierung
- Appetit- und Gewichtsverlust
- unauffällige (prämorbide) Persönlichkeit
- frühere depressive Phasen
- (früheres) Ansprechen auf Antidepressiva, Elektrokrampf- oder Lithium-Therapie.

Neurotische Depression: Sind die depressiven Symptome noch einfühlbar und (damit) weniger intensiv, doch dafür persistierend und chronisch, spricht man heute von einer Dysthymie oder einer neurotischen Depression. Für diese Diagnose ist das Vorliegen von mindestens zwei depressiven Symptomen über einen Zeitraum von zwei oder mehr Jahren erforderlich. Diese Symptome müssen dabei die meiste Zeit, ohne längere Unterbrechungen, vorhanden gewesen sein und es darf in der Vergangenheit niemals eine Major Depression diagnostiziert worden sein.

2.2 Meßinstrumente zur Erhebung depressiver Symptome

Zur reliablen Erhebung dieser klinischen Bilder und diagnostischen Depressionskategorien haben sich in den letzten Jahren verschiedene strukturierte und standardisierte Interviews bewährt. Das aktuellste und sicherlich bislang am besten bewährte Instrument ist das *„Strukturierte klinische Interview für DSM-IV“* (SKID; Wittchen et al. 1996).

Ohne hier ausführlich auf die Vielfalt der zusätzlichen Vorschläge zur Erfassung depressiver Symptome eingehen zu wollen (vgl. Hautzinger u. Herrmann 1981, Sartorius u. Ban 1986), erscheint es im Rahmen der Behandlungskontrolle sinnvoll, Selbstbeurteilungsskalen und Fremdbeurteilungen zu verwenden. Bei den Selbstbeurteilungsinstrumenten ist das Beck-Depressionsinventar (BDI, Beck et al. 1986) eines der weltweit am meisten verwendeten Fragebogenverfahren. Bei den Fremdbeurteilungsinstrumenten dominiert die Hamilton-Depressionsskala (HAMD, Hamilton 1960, CIPS 1995) international.

Beide Meßinstrumente sind inzwischen auch für den deutschen Sprachraum evaluiert (Baumann 1976, Kammer 1983, Hautzinger et al. 1995), jedoch mit Problemen behaftet (Akzeptanz bei Patienten und Definitionen der Urteilsabstufungen, Hautzinger 1986). Aus Gründen der Vergleichbarkeit des eigenen Handelns empfiehlt sich jedoch in jedem Fall die Verwendung dieser beiden Instrumente zu Anfang und am Ende der Behandlung.

Zwei andere Depressionsinstrumente erscheinen geeignet, um im *Verlauf* einer Behandlung wiederholt eingesetzt zu werden. Es handelt sich zum einen um das Depressionsinventar des „Center for Epidemiological Studies“ des National Institute of Mental Health (CES-D, Radloff 1977, Hautzinger 1988, Hautzinger u. Bailer 1993) als Selbstbeurteilungsskala und um das „Inventar depressiver Symptome“ (IDS von Rush et al. 1982, Hautzinger 1986) als Fremdbeurteilungsverfahren (Tab. 9.1).

Die Korrelationen dieser neueren, doch von der Konstruktion her verbesserten Instrumente mit dem BDI bzw. dem HAMD sind hoch (Korrelationen zwischen 0,81 und 0,92, s. Hautzinger u. de Jong-Meyer 1994). Das CES-D und das IDS sind – im Gegensatz zum BDI und HAMD – beide aus dem Zeitraum der zurückliegenden Woche ausgerichtet und schon deshalb für den Einsatz wöchentlich sich wiederholender Selbst- bzw. Fremdbeurteilungen im Rahmen der Kontrolle der therapeutischen Praxis geeignet.

3 Erklärungsmodelle zur Entstehung und Aufrechterhaltung depressiver Syndrome

Für die von den Verhaltenstheorien entwickelten Hypothesen zur Entstehung und

Tab. 9.1 Inventar depressiver Symptome (IDS).

Bitte kreuzen Sie zu jeder der folgenden (Symptom-) Fragen jeweils nur eine Antwort an, die den Patienten für die zurückliegende Woche am besten beschreibt.

1 Einschlafschwierigkeiten
0 Patient brauchte nie länger als 30 Minuten, um einzuschlafen.
1 Patient brauchte an weniger als der Hälfte der Woche mindestens 30 Minuten, um einzuschlafen.
2 Patient brauchte an mehr als der Hälfte der Woche mindestens 30 Minuten, um einzuschlafen.
3 Patient brauchte mehr als die Hälfte der Woche über eine Stunde, um einzuschlafen.

2 Nächtliches Erwachen
0 Patient erwachte während der Nacht nicht.
1 Patient berichtete von ruhelosem, leichtem Schlaf mit einigen Malen Erwachen.
2 Patient wurde zumindest einmal jede Nacht wach, doch er schlief leicht wieder ein.
3 Patient wurde mehr als einmal pro Nacht, während mehr als der Hälfte der Woche wach und es dauerte mindestens 20 Minuten, um wieder einzuschlafen.

3 Früherwachen
0 Patient wurde während weniger als der Hälfte der Woche eine halbe Stunde oder weniger früher wach als notwendig.
1 Patient wurde während mehr als der Hälfte der Woche eine halbe Stunde oder mehr früher wach als notwendig.
2 Patient wurde während mehr als der Hälfte der Woche eine Stunde zu früh wach.
3 Patient wurde während mehr als der Hälfte der Woche zwei Stunden zu früh wach.

4 Hypersomnia
0 Patient schlief nicht mehr als acht Stunden.
1 Patient schlief nicht mehr als zehn Stunden während 24 Stunden.
2 Patient schlief nicht mehr als zwölf Stunden während 24 Stunden.
3 Patient schlief mehr als 12 Stunden während 24 Stunden.

5 Stimmung (Traurigkeit, Niedergeschlagenheit)
0 Patient war nicht traurig, niedergeschlagen.
1 Patient fühlte sich weniger als die Hälfte der Woche traurig, niedergeschlagen.
2 Patient fühlte sich mehr als die Hälfte der Woche traurig, niedergeschlagen.
3 Patient fühlte sich praktisch die gesamte Woche über sehr traurig, niedergeschlagen.

6 Stimmung (Verunsicherung, Irritation)
0 Patient fühlte sich nicht ängstlich, irritiert.
1 Patient fühlte sich verunsichert, irritiert, doch weniger als die Hälfte der Woche.
2 Patient fühlte sich mehr als die Hälfte der Woche verunsichert, irritiert.
3 Patient fühlte sich praktisch die ganze Woche sehr verunsichert, irritiert.

7 Stimmung (Angst, Verspannung)
0 Patient war nicht verunsichert oder verspannt.
1 Patient war weniger als die Hälfte der Woche ängstlich, verspannt.
2 Patient war mehr als die Hälfte der Woche ängstlich, verspannt.
3 Patient war praktisch die ganze Woche sehr ängstlich und verspannt.

8 Reaktivität der Stimmung
0 Nach positivem Ereignis verbesserte sich die Stimmung des Patienten bis hin zu Normalbefinden und hielt mehrere Stunden an.
1 Nach positivem Ereignis hellte sich die Stimmung des Patienten zwar auf, doch Normalbefinden wurde nicht erreicht.
2 Patient zeigt nur geringe Stimmungsaufhellung nach Eintritt eines sehr erwünschten, seltenen Ereignisses.
3 Patient zeigt keine Stimmungsaufhellung, selbst dann nicht, wenn sehr positive oder sehr erwünschte, herbeigesehnte Ereignisse eintraten.

Tab. 9.1 Inventar depressiver Symptome (IDS). (Fortsetzung)

9 Stimmungsvariabilität
0 Bei Patienten war kein offensichtlicher Zusammenhang zwischen Stimmungsveränderung und Tageszeit festzustellen.
1 Stimmung des Patienten erschien oft abhängig von Dingen und Umständen, die sich zu bestimmten Tageszeiten ereigneten.
2 Während der meisten Zeit der Woche schien die Stimmung des Patienten mehr von der Tageszeit als von Ereignissen abhängig.
3 Stimmung des Patienten war eindeutig vorhersagbar, indem zu einer bestimmten Tageszeit die Stimmung besser bzw. schlechter war. Stimmung üblicherweise schlechter:
○ morgens ○ nachmittags ○ abends

10 Qualität der Stimmung
0 Stimmung und Gefühle des Patienten waren ungestört bzw. entsprachen echter Traurigkeit.
1 Stimmung des Patienten war meist wie bei Trauer, obgleich nicht immer vermittel- und erklärbar, mit mehr Angst verbunden oder sehr viel intensiver.
2 Stimmung des Patienten war weniger als die Hälfte der Woche qualitativ deutlich verändert und von dem Gefühl der Trauer verschieden und daher anderen schwer zu erklären.
3 Stimmung des Patienten war praktisch die ganze Woche qualitativ verändert (im Vergleich zur Traurigkeit).

Nur 11 oder 12 beantworten:

11 Appetit (Reduktion)
0 Patient zeigte keine Veränderung des gewöhnlichen Appetit- und Hungergefühls.
1 Patient aß weniger als gewöhnlich (Frequenz und/oder Menge).
2 Patient aß deutlich weniger als gewöhnlich und nur unter großer Anstrengung (sich überwinden).
3 Patient aß selten während 24 Stunden und nur mit großer Anstrengung oder mit Aufforderung/Kontrolle durch andere.

12 Appetit (Steigerung)
0 Patient zeigte keine Veränderung des gewöhnlichen Appetit- und Hungergefühls.
1 Patient verspürte häufig während der Woche eine Steigerung des Appetitgefühls.
2 Patient aß regelmäßig mehr als gewöhnlich (Frequenz und/oder Menge).
3 Patient verspürte deutliche Steigerung des Appetits, verbunden mit dem Drang zum Überessen und/oder zu Zwischenmahlzeiten.

Nur 13 oder 14 beantworten:

13 Gewichtsabnahme (während der letzten 2 Wochen)
0 Patient zeigte keine Gewichtsveränderungen.
1 Patient empfindet Gewichtsreduktion.
2 Patient verlor zwei oder mehr Pfund.
3 Patient verlor fünf oder mehr Pfund.

14 Gewichtszunahme (während der letzten 2 Wochen)
0 Patient zeigte keine Gewichtsveränderung.
1 Patient empfindet geringe Gewichtszunahme.
2 Patient nahm zwei oder mehr Pfund zu.
3 Patient nahm fünf oder mehr Pfund zu.

15 Konzentration, Entscheidungsvermögen
0 Patient zeigte keine Veränderung im Konzentrations- und Entscheidungsvermögen.
1 Patient fühlte sich gelegentlich unentschlossen und unaufmerksam.
2 Patient hatte die meiste Zeit Schwierigkeiten, sich zu konzentrieren oder sich zu entscheiden.
3 Patient konnte sich selbst auf Kleinigkeiten wie Lesen nicht konzentrieren oder Entscheidungen selbst bei Kleinigkeiten nicht treffen, war entscheidungsunfähig.

16 Selbstbewertung
0 Patient sah sich als ebenso wertvoll und verdienstwürdig wie andere Menschen.
1 Patient war mehr selbstanklagend als üblich.
2 Patient glaubte, daß er/sie für andere nur eine Last sei und Probleme verursache.
3 Patient grübelte über viele größere und kleinere Fehler nach, die er/sie alle in seiner/ihrer Person begründet sah.

Tab. 9.1 Inventar depressiver Symptome (IDS). (Fortsetzung)

17 Sicht der Zukunft
0 Patient sah die Zukunft mit normalem Optimismus.
1 Patient hatte gelegentlich pessimistische Phasen, die jedoch durch andere Personen oder Ereignisse überwunden werden konnten.
2 Patient war meist sehr pessimistisch in bezug auf seine nächste Zukunft.
3 Patient sah zu keiner Zeit Hoffnung für sich und seine Lage in der Zukunft.

18 Suizidvorstellungen
0 Patient hatte keinerlei Gedanken an Selbstmord oder Tod.
1 Patient empfand das Leben leer oder nicht lebenswert.
2 Patient dachte mehrfach während der Woche an Selbstmord oder den Tod.
3 Patient dachte wiederholt und ernsthaft an Selbstmord oder Tod, machte spezifische Pläne oder versuchte, Selbstmord zu begehen.

19 Interesse/Beteiligung am Leben
0 Patient zeigte keine Veränderung des gewöhnlichen Interesses an anderen Menschen und Aktivitäten.
1 Patient bemerkte eine Verminderung des früheren Interesses an Dingen und Aktivitäten.
2 Bei dem Patienten waren noch ein oder zwei frühere Interessen erhalten.
3 Patient zeigte kein Interesse mehr an geliebten Dingen und früheren Aktivitäten.

20 Energielosigkeit
0 Patient war voll unveränderter, gewohnter Energie.
1 Patient ermüdet leichter als gewöhnlich.
2 Patient mußte sich sehr anstrengen, um alltägliche Dinge zu schaffen oder durchzuhalten.
3 Patient war aufgrund von Energielosigkeit nicht in der Lage, alltägliche Dinge zu schaffen.

21 Vergnügen, Lustempfinden (außer sexuellen Aktivitäten)
0 Patient beteiligte und vergnügte sich in gewohnter Weise an angenehmen Aktivitäten oder Ereignissen.
1 Patient zog weniger Vergnügen aus angenehmen Aktivitäten und Ereignissen.
2 Patient zog ganz selten Vergnügen/Lust aus irgendwelchen Aktivitäten oder Ereignissen.
3 Patient war unfähig, jegliche Art von Vergnügen/Lust aus irgendwelchen Aktivitäten oder Ereignissen zu ziehen.

22 Sexuelles Interesse
0 Patient berichtete von unverändertem Interesse an oder Vergnügen durch sexuelle Aktivitäten.
1 Patient berichtete von leicht verändertem Interesse an oder Vergnügen durch sexuelle Aktivitäten.
2 Patient berichtete von deutlich verringertem Interesse oder reduziertem Vergnügen an sexuellen Aktivitäten.
3 Patient berichtete vom Fehlen jeglichen Interesses an oder Vergnügen durch sexuelle Aktivitäten.

23 Psychomotorische Verlangsamung
0 Patient zeigte normale Geschwindigkeit in Denken, Sprechen und Gestik/Mimik.
1 Patient bemerkte verlangsamtes Denken und die Stimmodulation war eingeschränkt.
2 Patient berichtete von verlangsamtem Denken und es dauerte einige Sekunden, bis der Patient auf Fragen reagierte.
3 Patient reagiert auf Fragen ohne ausdrückliches Daraufbestehen meist nicht.

24 Psychomotorische Agitiertheit
0 Patient zeigte keine Steigerung der Geschwindigkeit oder Desorganisation in Denken oder Gestik/Mimik.
1 Patient war unruhig, rutschte oft hin und her, rieb seine Hände aneinander, war zappelig o. ä.
2 Patient beschrieb Impulse, sich (ziellos) bewegen zu müssen, oder zeigte motorische Ruhelosigkeit.
3 Patient konnte nicht stillsitzen, mußte sich, trotz Aufforderung dazu, es nicht zu tun, hin- und herbewegen.

Tab. 9.1 Inventar depressiver Symptome (IDS). (Fortsetzung)

25 Somatische Klagen
0 Patient klagte nicht über Schmerzen oder Beschwerden.
1 Patient klagte über Kopf-, Bauch-, Rücken- oder Gliederschmerzen, jedoch behinderten ihn/sie diese Beschwerden nicht.
2 Die genannten Beschwerden waren mäßig stark und während mehr als der Hälfte der Woche vorhanden.
3 Die genannten Beschwerden waren so stark, daß der Patient funktionell behindert war.

26 Sympathotone Erregung
0 Patient zeige keine Anzeichen von Herzrasen, Schwitzen, Tremor, verschwommenem Sehen, Hitze-/Kälteschauer, Ohrengeräuschen/-sausen, Brustschmerzen, Atemnot/Kurzatmigkeit.
1 Die genannten Symptome waren bei dem Patienten nur leicht und zeitweilig vorhanden.
2 Die genannten Symptome waren bei dem Patienten mäßig stark und während mehr als der Hälfte der Woche vorhanden.
3 Die genannten Symptome waren so stark, daß der Patient funktionell behindert war.

27 Panik/Phobische Symptome
0 Patient zeigte keine Anzeichen von Panik oder von phobischen Symptomen.
1 Patient zeigte leichte Anzeichen von Panik oder von phobischer Symptomatik, was jedoch den Patienten nicht weiter behinderte oder sein Verhalten beeinflußte.
2 Patient zeigte deutliche Panik oder phobische Symptomatik, die das Patientenverhalten beeinflußte, ohne gleichzeitig zu behindern.
3 Patient erlebte (mindestens einmal in der Woche) lähmende Panikanfälle oder phobische Symptome, die den Patient Vermeidungsverhalten zeigen ließen.

28 Verdauungsbeschwerden
0 Patient hatte normale Verdauung, keine Veränderung oder Beschwerden.
1 Patient hatte gelegentlich Verstopfung und/oder Durchfall von leichtem Ausmaß.
2 Patient litt die meiste Zeit unter Verstopfung und/oder Durchfall, was jedoch die Funktionsfähigkeit des Patienten nicht beeinträchtigte.
3 Patient litt wiederholt an Verstopfung und/oder Durchfall. Dies erforderte Behandlung oder bewirkte Funktionsbeeinträchtigung des Patienten.

Aufrechterhaltung eines depressiven Syndroms bzw. einzelner Symptome ist charakteristisch, daß sie bestimmte Symptomanteile als auslösend und aufrechterhaltend bewerten und deshalb auch vorrangig zu modifizieren suchen: Als entscheidende Auslöser gelten entweder das Verhalten einer Person (z.B. Art und Umfang von Aktivitäten und Sozialkontakte) oder die Kognitionen (z.B. Wahrnehmung und Deutung von Ereignissen). Beiden Modellen ist gemeinsam, daß somatische, emotionale und motivationale Auswirkungen der Erkrankung indirekt über die Behandlung verhaltensübender oder kognitionsverändernder Maßnahmen beeinflußt werden sollen.

3.1 Verstärkungstheoretisches Erklärungsmodell

Grundannahmen: Lewinsohn (1974/1979) schlug ein Verstärkungstheoretisches Modell der Depression vor. Die Grundannahmen dieses Ansatzes lauten:

- Eine geringe Rate verhaltenskontingenter positiver Verstärkung wirkt auslösend für depressives Verhalten.
- Eine geringe Rate verhaltenskontingenter positiver Verstärkung hält die Depression aufrecht. Die Rate des möglichen, noch zu verstärkenden Verhaltens wird zusätzlich verringert. Der Patient ist damit langanhaltenden Löschungsbedingungen ausgesetzt.
- Die Gesamtmenge positiver Verstärker ist abhängig von dem Umfang potentiell

verstärkender Ereignisse und Aktivitäten (zusätzlich beeinflußt durch individuelle Kriterien wie Alter, Geschlecht, Lerngeschichte eines Patienten etc.), dem Umfang verfügbarer und erreichbarer Verstärker zu einem bestimmten Zeitpunkt bzw. unter bestimmten situativen Bedingungen und dem Verhaltensrepertoire eines Patienten und seiner Fähigkeit, Verhalten zu zeigen, das verstärkt werden kann.

- Depressives Verhalten wird oftmals aufrechterhalten durch die Art der Verstärkung, die ein Patient kurzfristig durch die (engere) soziale Umwelt erhält, wie Sympathie, Anteilnahme, Hilfe.

Aktivitätsniveau und Depression: Aus diesen Überlegungen, aus klinischen Beobachtungen und aufgrund empirischer Arbeiten lassen sich Hypothesen ableiten, die nahelegen, daß die Förderung von Aktivitäten aus folgenden Gründen hilfreich sein kann:

- Ein entsprechendes Aktivitätsniveau erhöht das Ausmaß potentieller positiver Verstärker.
- Depressive verbringen viel Zeit mit solchen Aktivitäten, die eher als „passiv" zu bezeichnen sind (grübeln, vor sich hin starren) und keinen positiven Verstärkerwert besitzen.
- Ein Zusammenhang wird vermutet zwischen der Aktivitätsrate eines Patienten, der Art der Aktivitäten und seiner Stimmung.
- Depressive Patienten neigen dazu, ihre Aktivitätsrate geringer einzuschätzen und keine Stimmungsunterschiede wahrzunehmen.

Soziales Verhalten und Depression: Der Aufbau sozialer Fertigkeiten erscheint aus folgenden Gründen sinnvoll:

- Depressiven Patienten fehlt oft die Fähigkeit, sich im Gespräch so zu verhalten, daß beide Interaktionspartner dies als angenehm erleben: Typisch sind langsames, leises Sprechen, fehlender Blickkontakt, mangelhafte Gesprächsbeteiligung, ungenügendes Eingehen auf den Gesprächspartner etc.
- Depressive entwickeln oft ungünstige Interaktionsstile: z.B. Überwiegen von Klagen und hilfesuchenden Bemerkungen, geringes Einfühlungsvermögen für den Gesprächspartner, unzureichende Wahrnehmung von „Signalen" anderer Personen, auf die reagiert werden müßte, Unfähigkeit, positive Verstärker wahrzunehmen bzw. anderen zu vermitteln.
- Depressive können negative Gefühle nicht offen zum Ausdruck bringen, auf Mitmenschen aber stets mürrisch und feindselig wirken.
- Patienten sollten erfahren, wie ihr Verhalten auf ihre Mitmenschen wirkt und welchen Einfluß dies auf den Umgang mit anderen hat: Kurzfristig wecken sie Interesse und erregen das Mitleid des Gesprächspartners, langfristig werden sie für den Interaktionspartner zu belastend. Als Folge davon ergibt sich eine immer stärkere Einschränkung des Bekanntenkreises und eine weitere Verstärkerreduktion.

3.2 Interaktionstheoretisches Erklärungsmodell

Das verstärkungstheoretische Modell wurde von Coyne (1976) und Linden (1976) auf die partnerschaftliche Interaktion depressiver Personen ausgeweitet. Dabei wurde deutlich, daß es falsch wäre, depressives Verhalten in der Partnerinteraktion nur als *passives* Verhalten aufzufassen. Depressives Verhalten provoziert nicht nur kurzfristig Unterstützung und Zuwendung (positive Verstärkung), sondern in Ermangelung entsprechender Handlungsalternativen (Mangel an Fertigkeiten) und gestörter Kommunikationsformen (keine Konfliktlösungsstrategien, keine Metakommunikation) wird es auch langfristig immer wieder negativ verstärkt.

Hinchliffe, Hooper und Roberts (1978), aber auch Hautzinger et al. (1982) fanden aufgrund der Analysen der Interaktion Depressiver mit ihren engen Sozialpartnern, daß depressionstypisches Verbalverhalten gekennzeichnet ist durch

- negative Selbstbewertung
- negative Befindensäußerungen (Klagsamkeit)
- Pessimismus
- Forderungen stellen
- positive Partner- und Beziehungsäußerungen.

Nicht-depressives Verhalten ist

- positiv
- initiativ
- aktiv
- erbittet Hilfen
- bewertet den depressiven Partner und die Beziehung negativ (Hostilität).

Der Depressive richtet an seinen Partner eine Vielzahl von Verhaltensweisen, die den Versuch darstellen, bei ihm Hilfe, Trost, Unterstützung und Mitgefühl hervorzurufen. Der Partner zeigt diese Reaktion nicht immer bereitwillig, nicht in ausreichendem Maße und im Laufe der Zeit seltener bzw. zögernder. Dies führt dazu, daß der Depressive, da ihm meist ein Alternativverhalten fehlt, das entsprechende Appellationsverhalten intensiviert, bis die erwünschten Partnerreaktionen auftreten und der Partner anschließend für sein Verhalten durch ein zeitweiliges Aussetzen der (aversiven) depressiven Verhaltensweisen negativ verstärkt wird.

Diese Interaktion produziert beim Depressiven ein Gefühl der Abhängigkeit und Hilflosigkeit verbunden mit stetigem Zweifel an der Aufrichtigkeit des Partners; beim Partner aggressiv-feindselige Empfindungen, da dieses Gefüge nur auf die Gefahr der Intensivierung der Depression des anderen Partners (Suizidalität) verlassen werden könnte und eine Metakommunikation über die Lage meist nicht gelingt. Dieser Zwangsmechanismus strapaziert und unterhöhlt wiederum die Partnerinteraktion, so daß die Zweifel des Depressiven genährt werden.

Therapeutische Konsequenzen: Die Konsequenzen für den verhaltenstherapeutischen Umgang mit depressiven Patienten bestehen darin, daß nicht nur die sozialen Fertigkeiten, sondern in gleichem Maße die interaktiven Fertigkeiten beachtet und verändert werden müssen. Folglich ist die Einbeziehung des Partners und der Familie des Patienten sinnvoll, um Zuhören, direktes Äußern von Wünschen, Führen von Konfliktgesprächen und Schließen von Kompromissen usw. einzuüben und als neues Interaktionsverhalten zu etablieren.

3.3 Kognitionstheoretisches Erklärungsmodell

Beck (1967, 1974) und Seligman (1979) formulierten Kognitionstheoretische Modelle der Depression.

Grundannahmen: Becks zentrale Annahmen lauten:

- Grundlage einer jeden depressiven Entwicklung ist eine kognitive Störung, wobei das Denken Depressiver durch logische Fehler wie selektive Wahrnehmung, willkürliches Schlußfolgern, Übertreibungen etc. gekennzeichnet ist.
- Auslösebedingungen für eine solche kognitive Störung sind negative, streßbesetzte Erfahrungen im Verlauf der lebensgeschichtlichen Entwicklung eines Patienten (insbesondere Verlusttraumata in der Kindheit), die sich als kognitive Schemata verfestigen.
- Diese Schemata werden aktiviert durch belastende Situationen oder kumulativ verstärkt durch die Erfahrung, überhöhten eigenen Ansprüchen nicht gerecht werden zu können. In solchen Situationen neigt der Patient dazu, sich selbst, seine Umwelt und seine Zukunft negativ zu sehen (kognitive Triade). Diese kognitive Triade bewirkt, daß sich Depressive immer wieder mit irrationalen nega-

tiven Gedanken beschäftigen, die ihnen plausibel erscheinen.

- Diese Gedanken erleben sie als automatisch, außerordentlich beharrlich, andauernd und unfreiwillig. Sie kreisen immer wieder um Themen wie Hoffnungslosigkeit, geringe Selbstachtung, Selbstkritik, Flucht und Vermeidung sowie Suizidabsichten.

Beck macht diese *kognitive Störung* für alle affektiven, motivationalen und psychischen Merkmale einer Depression verantwortlich.

Therapeutische Konsequenzen: Folgt man diesem theoretischen Modell, dann wird die Veränderung von Gedanken und Einstellungen aus folgenden Gründen als therapeutisch wirksam postuliert:

- Depressive Patienten neigen zu kognitiven Verzerrungen, falschen Ursachenzuschreibungen und Wahrnehmungsmustern.
- Ein Zusammenhang zwischen (negativen) Gedanken, Gefühlen und der Stimmung eines Patienten wird angenommen.
- Depressive setzen sich in der Regel sehr hohe Ziele und übernehmen unkritisch Normen, die für andere gültig sein mögen. Zwangsläufig ergibt sich daraus oft das Problem, daß Patienten ihre eigenen Fähigkeiten als gering einschätzen.
- Depressive Patienten müssen lernen, daß es außer ihrer auf Selbstabwertung zielenden Selbstbeobachtung noch andere Selbstkontrollprinzipien wie z.B. Selbstverstärkung gibt.
- Depressive haben die Tendenz, ihre Gedanken bereits als Tatsachen zu betrachten, ohne sie auch an der Realität überprüft zu haben.

Abramson, Seligman und Teasdale (1978) reformulierten die Theorie der *erlernten Hilflosigkeit*. Demnach ist entscheidend, wie eine Person Erfahrungen der Nichtkontrolle bzw. Mißerfolge kognitiv verarbeitet. Attributionsmuster, die negative Erfahrungen der eigenen Person (internal) anlasten, für unveränderbar (stabil) halten und unter den unterschiedlichsten Bedingungen (global) gelten, führen zum Zustand der Hilflosigkeit und letztlich der Depression. Ähnlich ungünstig ist die Erklärung von Erfolgen durch externale, variable und spezifische Ursachen (z.B. Glück, günstige Umstände usw.).

Die therapeutischen Konsequenzen aus diesem Modell entsprechen den Überlegungen bei Beck et al. (1986).

3.4 Integratives Modell

Der heutige Stand der psychologischen Depressionsforschung legt die Annahme nahe, daß kognitive und behavioristische Standpunkte sich gegenseitig ergänzen und sinnvoll beeinflussen können (vgl. Hautzinger u. Greif 1981, Lewinsohn u. Hoberman 1982, Kammer u. Hautzinger 1988, Hautzinger u. de Jong-Meyer 1994). In der Therapiepraxis führt das immer häufiger zu weitgehend identischem Handeln, wobei sich allenfalls bei der Bestimmung von Therapiezielen unterschiedliche Schwerpunkte ergeben können. Eine genaue Betrachtung der Vorschläge von Lewinsohn (1982) bzw. Beck (1986) zeigt, daß beide Autorengruppen, trotz unterschiedlicher theoretischer Ausrichtung, therapeutische Elemente der Verhaltenstherapie (Aktivitätsaufbau, Training sozialer Fertigkeiten) und der Kognitiven Therapie (kognitives Umstrukturieren, Änderung von Einstellungen und inneren Dialogen, realistischere Selbstbewertung und Attribution) benützen.

3.4.1 Entstehung von Depressionen

Weiterentwicklungen psychologischer Modelle depressiver Störungen integrieren die vielfältig beteiligten psychischen und sozialen Prozesse (z.B. Lewinsohn, Hoberman, Teri u. Hautzinger 1985, Hautzinger u. de Jong-Meyer 1994) und lassen Raum für biologische und dispositionelle Faktoren.

Dabei werden die aktuell ausgelösten innerpsychischen Mechanismen nicht nur als „Kognitionen“ bezeichnet. Denn über die Beteiligung unmittelbarer Emotionen (im Sinne von Zajonc 1980), stimmungsabhängigen Gedächtniszugang und Lernen (im Sinne von Bower 1981), Zunahme der Selbstaufmerksamkeit (Carver und Scheier 1981) bzw. der Lageorientierung (Kuhl 1983) und damit verbundener Intensivierung aversiver Bedingungen entstehen dysphorische Stimmungszustände, die erst unter Einwirkung verschiedener dispositioneller Faktoren und Vulnerabilitäten in eine Depression münden. Diese zuletzt genannten Hintergrundfaktoren sind jedoch nicht nur depressionsfördernd zu nennen, sondern ebenso sind dabei depressionsbeschützende (immunisierende) Bedingungen denkbar, die den zuvor beschriebenen Prozeß von der Auslösung hin zur Depression unterbrechen und umlenken. Abbildung 9.1 stellt ein derartiges multifaktorielles Modell der Depressionsentwicklung dar:

- *Vorausgehende Bedingungen* sind definiert als Ereignisse, die das Wiederauftreten einer Depression erhöhen oder die Entwicklung einer depressiven Erkrankung einleiten können. Zahllose Untersuchungen haben immer wieder gezeigt, daß diese vorausgehenden oder auslösenden Ereignisse gut unter dem Begriff „streßreiche oder kritische Lebensereignisse“, besonders im Bereich enger Sozialbeziehungen, zusammenfaßbar sind (vgl. Lloyd 1980, Paykel 1982).

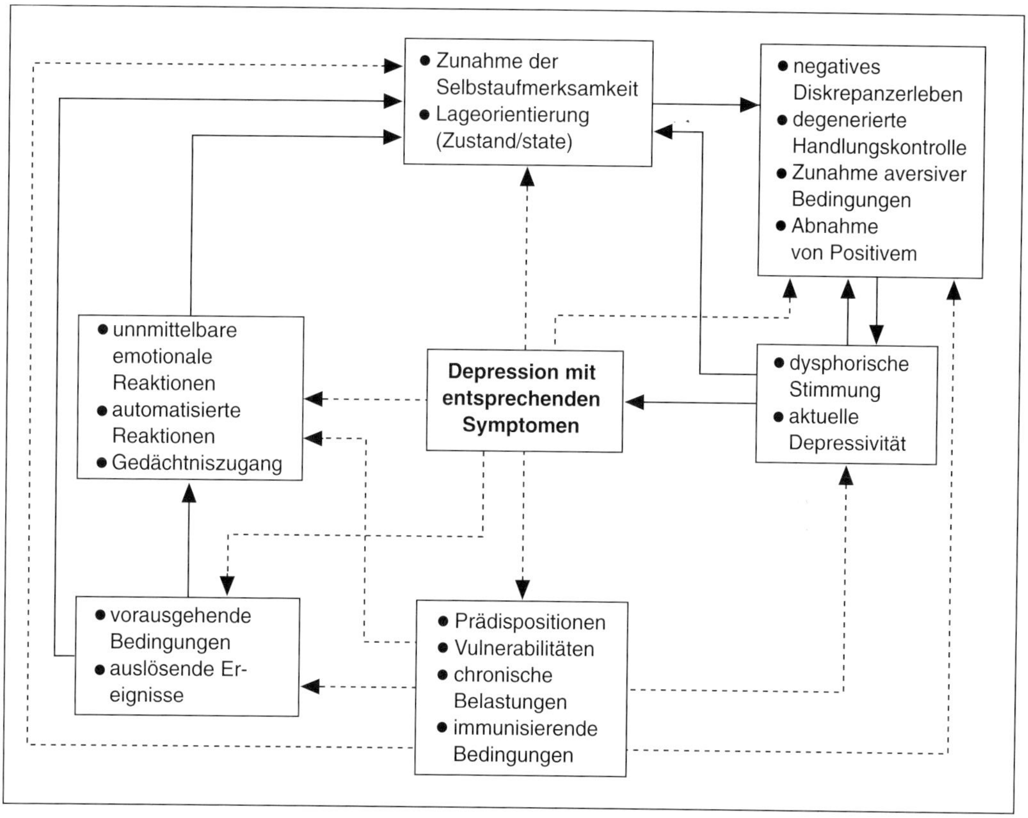

Abb. 9.1 Multifaktorielles Modell der Depressionsentstehung (nach Hautzinger u. de Jong-Meyer 1994). Erläuterungen siehe Text.

- Die auslösenden Bedingungen produzieren unmittelbar Unterbrechungen oder Störungen (z.B. automatisierter Abläufe), rufen spontane, aber noch wenig differenzierte *affektive Reaktionen* hervor und aktivieren damit Gedächtnisprozesse, die zusätzlich belastende Erinnerungen hervorbringen (Billings u. Moos 1982, Zajonc 1980, Bower 1981),
- Ein Zustand zunehmender *Selbstaufmerksamkeit* bzw. der Handlungs- oder Lageorientierung kann entweder Bewältigungsmechanismen aktivieren oder in der Mehrzahl der Fälle durch den internalen Fokus zur selbstkritischen Betrachtung der eigenen Person und Lage und damit zur weiteren Blockierung von Verhaltensabläufen und zur Intensivierung handlungsbehindernder Emotionen beitragen (Kuhl 1983, Lewinsohn et al. 1979, Alloy u. Abramson 1979).
- Sowohl die aversiven Umstände als auch die zunehmende Selbstaufmerksamkeit vermehren unangenehme Lebensaspekte (Zunahme aversiver Bedingungen) und die *Abnahme positiver Erfahrungen* (Lewinsohn et al. 1979).
- Diese Einflüsse intensivieren die affektiven Reaktionen hin zu *dysphorischen Stimmungen*.
- Die depressive Verstimmung mündet dann unter Beibehaltung zunehmender Lageorientierung, vermehrter aversiver Erfahrungen, reduzierter positiver Erfahrungen und anwachsender Selbstkritik in die kognitiven, emotionalen, motivationalen, somatischen, interaktiven und motorischen Verhaltensaspekte einer *Depression*.

3.4.2 Intensivierung und Abschwächung der Depression

Liegen bestimmte Anfälligkeiten (Vulnerabilitäten) vor wie z.B. depressive Erkrankungen in der Vorgeschichte, höheres Lebensalter, weibliches Geschlecht, abhängige oder zwanghaft-rigide Persönlichkeitszüge, Mangel an sozialen Fertigkeiten (Alternativverhalten), familiäre Erfahrungen, Sozialisationseinflüsse (Verlusterfahrungen) und dysfunktionale Grundannahmen (negative Attributionsmuster), so kann dieser Ablauf beschleunigt, verstärkt und in Form eines „Teufelskreises" intensiviert werden.

In gleicher Weise können bestimmte Immunisierungsbedingungen, wie z.B. Bewältigungsmechanismen (z.B. soziale und instrumentelle Ressourcen), viele verstärkende, positive Aktivitäten, Problemlösefertigkeiten diesen Prozeß aufhalten und eine Chronifizierung verhindern. Diese Variablen entfalten ihren Einfluß nicht erst ab dem Manifestwerden einer Depression, sondern bereits auf jeder der in dem Modell genannten Stufen hin zu einer Depression (Becker 1982, Lazarus u. Folkman 1984, Hautzinger 1990).

3.4.3 Therapeutische Konsequenzen

Auch bei diesem psychologischen Erklärungsmodell der Entwicklung und Aufrechterhaltung bzw. Überwindung der Depression wird deutlich, daß die im folgenden beschriebenen therapeutischen Elemente an zentralen Aspekten der Ätiologieüberlegungen ansetzen (Hautzinger et al. 1992). Der *Aufbau angenehmer Aktivitäten* unterbricht nicht nur den ausgelösten Prozeß hin zur dysphorischen Verstimmung durch Ablenkung und positive Erfahrungen, sondern damit werden gleichzeitig die beschützenden Bedingungen gestärkt. Auch die Beeinflussung *sozialer Fertigkeiten* stärkt über die soziale Kompetenz, die verringerten Abhängigkeiten und die vergrößerten Kontrollerfahrungen die Immunitäten.

Die *kognitiven Behandlungstechniken* zielen in diesem Modell auf die Beeinflussung von verfestigten kognitiven Stilen, negativen Erwartungshaltungen, ungünstiger und inkorrekter Selbstwahrnehmung, aber auch auf die Unterbrechung automatisierter negativer Denkmuster und Gedächtnisinhalte, der übertriebenen Selbstaufmerksamkeit verbunden mit der Bearbeitung automatisch und vorschnell vorgenommener negativer Diskrepanzen zwischen dem idealen und realen Selbstbild.

4 Ergebnisse wissenschaftlicher Untersuchungen zur Verhaltenstherapie depressiver Patienten

Es liegt erst einige Jahre zurück, daß die ersten Therapieerfolgsstudien unter Berücksichtigung psychotherapeutischer Methoden bei depressiven Patienten publiziert wurden (McLean et al. 1973). Dort wurde die Wirksamkeit von verhaltenstherapeutischer Einzel- und Paartherapie mit einer offenen (meist medikamentösen) Kontrollbehandlung durch einen Arzt untersucht. Seit diesem Beginn hat sich die Zahl der Erfolgsstudien deutlich erhöht, bleibt jedoch noch überschaubar.

4.1 Studien zur pharmakologischen und psychologischen Kombinationsbehandlung

Metaanalysen der Effektstärke von verhaltenstherapeutischer Psychotherapie und trizyklischer Pharmakotherapie bei unipolar depressiver Patienten in der bis 1980 vorliegenden Literatur kommen zu dem Schluß, daß beide Interventionsformen allen bislang verwendeten Kontrollbedingungen überlegen sind. Die Unterschiede zwischen Antidepressiva und Verhaltenstherapie sind gering. Die Kombination aus beiden Behandlungsformen scheint einen zusätzlichen Vorteil zu bringen (Smith, Glass, Miller 1980, Miller u. Berman 1983). Die Kombination pharmakologischer und psychologischer Therapie für die Behandlung depressiver Störungen wird unabhängig von diesen mathematischen Analysen häufig als die Therapie der Wahl vorgeschlagen (Weissman 1979) und dürfte in der Praxis ein häufig verwendetes Verfahren darstellen. Dabei spielen weniger die wissenschaftlichen Wirknachweise eine Rolle, als die Erfahrung vieler Praktiker, die Patienten (nicht nur die depressiven Patienten) eher dem jeweils Behandelnden „treu bleiben“ (Compliance zeigen), wenn sie psychotherapeutisch mitbetreut werden.

Die vorliegenden wissenschaftlichen Untersuchungen erfolgten fast ausschließlich an ambulanten, unipolar depressiven Patienten. Dabei dürfte der „neurotische“ Typus überwiegen und die Mehrzahl der Patienten waren Frauen (Weissman et al. 1976, 1979, 1981, DiMascio et al. 1979, Rounsaville et al. 1981, Covi et al. 1974, 1987, Friedman 1974, Wilson 1982, Roth et al. 1982, Bellack et al. 1981, Blackburn et al. 1981, Murphy et al. 1984).

Die Studien, die als experimentelle Variablen die *kombinierte* Behandlung aus Verhaltenstherapie und Pharmakotherapie umfaßten, sind in der Mehrzahl, so daß das in der Praxis recht übliche Vorgehen bislang zu wenig abgesichert ist.

In der „klassisch“ zu nennenden frühen Studie von Rush et. al. (1977) wurde kognitive Verhaltenstherapie mit Imipramin bei ambulanten Patienten mit einer unipolaren, chronifizierten Depression verglichen. Beide Behandlungsmaßnahmen führten zu einer bedeutsamen Reduktion der depressiven und ängstlichen Symptomatik. Kognitive Verhaltenstherapie führte jedoch bei 79 % der Patienten zu einer erheblichen Besserung bzw. vollständigen Remission, während dies bei nur 23 % der Patienten mit Pharmakotherpie in dem zwölfwöchigen Untersuchungszeitraum der Fall war. Die Abbrecherquote betrug bei der Pharmakotherapie 36 %, bei der Verhaltenstherapie nur 5 %. Im Katamnesezeitraum von insgesamt 12 Monaten war die Rezidivrate bei der Verhaltenstherapie 16 %, während diese bei der Pharmakotherapie 68 % erreichte (Kovacs et al. 1981). In einer neueren Arbeit von Murphy et al. (1984) konnten die bislang berichteten Ergebnisse auch bei Verwendung von Nortriptylin und wiederum für die Einjahreskatamnese bestätigt werden (Simons et al. 1984). Auch die Ergebnisse von Teasdale et al. (1984), die zusätzlich Patienten aus Antidepressiva (nach Wahl und Urteil des Arztes) berücksichtigten, demonstrieren die Vorteile der kognitiven Verhaltenstherapie.

De Jong et al. (1980, 1986) sind bislang die einzigen, die stationär behandelte depressive Patienten in einer Studie zur Wirksamkeit verschiedener Komponenten der kognitiven Verhaltenstherapie berücksichtigt haben. Insgesamt zeigte sich dabei, daß die Patienten bei Anwendung sowohl kognitiver als auch rein verhaltenstherapeutischer Interventionen die deutlichsten Besserungen zeigten.

Eine wichtige Arbeit zur Wirksamkeit verschiedener pharmakologischer und psychologischer Behandlungen bei Depressionen ist die multizentrische Studie des NIMH (Elkin et al. 1989). Dabei wurden 250 depressive Patienten in beispielhaft kontrollierter Weise entweder mit Imipramin, aktivem Placebo, kognitiver Verhaltenstherapie (wie hier beschrieben) oder mit interpersoneller Psychotherapie behandelt. Bezogen auf die Haupterfolgsindikatoren und aufgrund erster Analysen ergaben sich zwischen den aktiven Behandlungsmaßnahmen kaum bedeutsame Unterschiede. Alle drei Therapien waren deutlich besser als Placebo.

Hautzinger et al. (1984, 1985, 1987) untersuchten anhand mehrerer experimenteller Einzelfallstudien Veränderungsverläufe bei depressiven Patienten, die alle mit kognitiver Verhaltenstherapie behandelt wurden. Neben dem erneuten Nachweis der Überlegenheit der kognitiven Verhaltenstherapie im gruppenstatistischen Vergleich zeigten die einzelfallstatistischen Auswertungen eine große Variabilität hinsichtlich des Zeitpunktes des Eintritts einer statisch und klinisch bedeutsamen Besserung der depressiven Symptomatik. Die aktuellsten Studien zur Wirksamkeit der kognitiven Verhaltenstherapie wurde von Hautzinger und de Jong-Meyer (1996) vorgelegt.

4.2 Indikationen zur pharmakologischen und psychologischen Therapie

Versucht man die bisherigen Erfahrungen und empirischen Befunde in einige – vorläufige – Indikationsregeln zusammenzufassen, dann gilt:

- Depressive Störungen, die eher lebensgeschichtlich bedingt (neurotisch), von reaktiver oder chronischer Natur sind, bei denen Angsterleben vorherrscht oder die in Verbindung mit anderen (psychosomatischen oder neurologischen) Erkrankungen auftreten, stellen die typischen Indikationen für die im folgenden beschriebene kognitive Verhaltenstherapie dar.
- Die Diagnose einer „endogenen Depression" stellt keine Kontraindikation dar. Hier empfiehlt sich jedoch zwingend eine Kombinationsbehandlung.
- Höheres Lebensalter, mangelnde geistige Beweglichkeit oder unterdurchschnittliche Intelligenz stellen ebenfalls keine Anwendungshindernisse dar.
- Die Anwendung des im folgenden beschriebenen verhaltenstherapeutischen Vorgehens ist nicht auf die ambulante Behandlung oder die Einzeltherapie begrenzt.
- Bei pharmakotherapieresistenten depressiven Patienten ist der Versuch mit kognitiver Verhaltenstherapie immer lohnend.
- Ein besonderer zusätzlicher Wert der Verhaltenstherapie liegt in der Verringerung der Behandlungsabbrecher und der Verhinderung von Rezidiven bzw. dem Hinausschieben des depressiven Rückfalls.

5 Kognitive Verhaltenstherapie: Anforderungen an den Therapeuten und Gesprächsführung

Das verhaltenstherapeutische Vorgehen stellt eine Reihe von Anforderungen an den Therapeuten, die sowohl die Beherrschung verschiedener Behandlungstechniken einschließen, als auch zwischenmenschliche Qualitäten, besondere Verhaltensweisen und Einstellungen verlangen.

Persönlichkeit des Therapeuten: Ein Verhaltenstherapeut sollte wie jeder „gute Psychotherapeut" empathisch, aufrichtig, interessiert und interaktionsfähig sein. Dies ist eine wesentliche Voraussetzung für die Anwendung der für die Therapieform spezifischen Techniken. Der Patient muß sich verstanden und ernstgenommen fühlen, damit die Veränderungstechniken wirksam eingesetzt werden können. Fühlt der Patient sich technizistisch behandelt oder gar kritisiert und manipuliert, gerät er in die Defensive und wird eher auf seinen depressionsfördernden Vorstellungen und Befürchtungen beharren, als bereit sein, diese mit dem Therapeuten zu bearbeiten. Therapeuten müssen versuchen, die Gedanken und Gefühle des Patienten, also seine „Welt", zu verstehen und dieses Verständnis dem Patienten auf möglichst eindeutige, präzise und einfühlende Weise zu vermitteln.

Geschickte Verhaltenstherapeuten zeigen ein Gleichgewicht zwischen Interesse, emotionaler Wärme und Direktivität. Kühles, distanziertes Verhalten erschwert die Entwicklung einer kooperativen, entspannten Beziehung, die eine Grundvoraussetzung für den Therapieprozeß darstellt.

Transparenz des Vorgehens: Transparenz im Vorgehen erzeugt und verbessert nicht nur die vertrauensvolle Beziehung, sondern liefert über die konkreten Erfahrungen hinaus auch Hilfe bei der Anwendung des Erlernten im Alltag und in der Zukunft. Transparenz ist also Voraussetzung für die Generalisierung therapeutischer Inhalte und den Erwerb von präventiven Bewältigungsfertigkeiten.

Strukturierung der Behandlung: Strukturierung beinhaltet neben dem zeitlichen Aspekt auch den Versuch, therapeutische Themen nach Problembereichen zu organisieren, konkrete Ziele für die Sitzung und die gesamte Behandlung zu formulieren und damit einer Bearbeitung und Lösung zugänglich zu machen. Auch dahinter verbirgt sich neben der Hilfe im therapeutischen Problemlöseprozeß das Ziel, dem Patienten „Strukturierung" als wichtige Bewältigungsstrategie zu vermitteln.

Abgrenzung der Probleme: Ein Verhaltenstherapeut bemüht sich, die Berichte des Patienten zu konkretisieren, so daß aus vagen Berichten über Probleme, Belastungen usw. möglichst konkret benennbare und abgrenzbare Probleme herausgearbeitet werden können. Verbunden mit der Strukturiertheit des Vorgehens ist es wichtig, daß der Therapeut sich nicht in Einzelheiten des Verhaltens und Erlebens des Patienten verliert, sondern diese im Zusammenhang mit zentralen Schwierigkeiten, Konflikten und Problemen des Patienten sieht und entsprechend formuliert.

Gesprächsführung: Das Gesprächsverhalten des Therapeuten unterscheidet sich in charakteristischer Art und Weise von der Gesprächsführung anderer Therapieverfahren.

- Ein wesentliches Element ist die zielgerichtete, hypothesengeleitete und didaktisch geschickte Verwendung von Fragen (*sokratische Gesprächsführung*).
- Der Therapeut ist *kooperativ* und bemüht sich um eine aktive Mitarbeit des Patienten, um zu einem gemeinsamen Vorgehen zu gelangen. Er ermutigt den Patienten zur aktiven Teilnahme und verstärkt den Patienten, wenn er aktiv wird. In diesem Sinn bilden Patient und Therapeut ein „Team". Der Schwerpunkt der Zusammenarbeit liegt im gemeinsamen Interesse an den Aktivitä-

ten und den Gedanken, Gefühlen und Wünschen sowie den Verhaltensweisen des Patienten.

- Ein sehr bedeutsames didaktisches Element des therapeutischen Gesprächsverhaltens ist das Geben und Erbitten von *Zusammenfassungen*. Erst durch regelmäßiges kurzes Zusammenfassen von Gesprächs- bzw. Übungsinhalten, Schlüsselproblemen oder Ergebnissen wird es möglich, die Kodierung lernrelevanter Informationen zu erhöhen, die Aufmerksamkeit des Patienten auf spezielle Bereiche zu lenken und seine Gedächtnisleistung im weitesten Sinne zu optimieren. Zusammenfassungen gewährleisten, daß konkrete Probleme besprochen und bearbeitet werden bzw. der derzeitige Stand der Problemlösung erkannt wird.

Bedeutung der Hausaufgaben: Die Bedeutung von Hausaufgaben für eine wirksame Psychotherapie ist wiederholt hervorgehoben worden. Die systematische Anwendung und Einhaltung von Hausaufgaben scheint wesentlich dazu beizutragen, daß eine Besserung eintritt und der Erfolg nach Beendigung der Behandlung anhält. Dauerhafte Veränderungen sind leichter zu erreichen, wenn der Patient aktiv an Erfahrungen außerhalb der Praxis beteiligt ist.

6 Kognitive Verhaltenstherapie: Behandlungstechniken

6.1 Aufbau positiver Aktivitäten

Depressive Personen erleben oft einen überdurchschnittlichen Rückgang an positiver Verstärkung. Dieser Verlust von Verstärkung führt meist zu Verhaltensweisen wie Rückzug und unsicherem Auftreten und löst Gefühle der Niedergeschlagenheit und Depression aus. Ein Mittel zur Veränderung depressiver Stimmungen ist daher die Erhöhung der Rate positiver Verstärkung im Leben des Patienten.

Der Erhöhung positiver Aktivitäten bei der Therapie von Depressionen kommt insofern große Bedeutung zu, weil der Patient damit auch die Zahl seiner potentiellen Verstärker erhöhen kann. Ein allmählicher und vorsichtiger Aufbau eines ausgewogenen Aktivitätsniveaus ist daher eine zentrale und unerläßliche therapeutische Maßnahme bei der Behandlung von Depressionen.

6.1.1 Definition positiver Aktivitäten

Mit positiven Aktivitäten bezeichnen wir Tätigkeiten, die vom Patienten als positiv und angenehm erlebt werden. Dabei kann es sich sowohl um aktiv initiierte Tätigkeiten als auch um Ereignisse handeln, die in verschiedenen Bereichen des individuellen Lebens (Beruf, Freizeit und Alltag) vorkommen. So können geplante Aktivitäten wie „zum Essen ausgehen“ oder „zusammen mit Freunden ein Fußballspiel besuchen“ ebenso positive Aktivitäten darstellen wie Ereignisse („einen alten Freund in der Stadt treffen“ oder „ein Tennisspiel gewinnen“), die zwar nicht vorher planbar sind, aber eine gewisse Aktivitätsbereitschaft voraussetzt.

Wichtig ist die Unterscheidung von Aktivitäten, die als neutral oder unangenehm erlebt werden, die wir aber aus den verschiedensten Gründen ausführen müssen, und solchen Aktivitäten, die von uns als angenehm und schön erlebt werden. Im täglichen Leben kann man nicht nur Aktivitäten ausführen, die man subjektiv als positiv betrachtet. Deshalb sollte die Ausgewogenheit dieser beiden Aktivitätsarten bei der Tages- oder Wochenplanung berücksichtigt werden.

Je mehr positiv erlebte Aktivitäten der Patient regelmäßig durchführt, desto besser fühlt er sich; die verbesserte Stimmung steigert seine Bereitschaft, aktiver zu sein. Neben der Analyse des Zusammenhangs von Häufigkeit angenehmer Aktivitäten und Stimmung ist es wichtig, individuell bedeutsame Tätigkeiten zu identifizieren. Bedeutsam und wichtig für den Patienten können beispielsweise Aktivitäten sein, die er auch schon früher als angenehm und positiv erlebt hat; es können aber auch Aktivitäten sein, die neu für den Patienten sind und sich seiner jetzigen, veränderten Situation anpassen.

6.1.2 Bestimmung des Aktivitätsniveaus des Patienten und Festsetzung der Ziele

Das allgemeine Ziel für den Patienten besteht darin, ein angemessenes Aktivitätsniveau mit einer ausgewogenen Verteilung von angenehmen, positiv erlebten Aktivitäten und solchen Tätigkeiten, die als neutral oder unangenehm erlebt werden zu erreichen. Außerdem sollte der Patient in die Lage versetzt werden, depressionsfördernde Aktivitäten (wie z. B. Grübeln, sich zurückziehen) zu reduzieren oder sie durch angenehme Aktivitäten zu ersetzen.
Im einzelnen lauten die Ziele:

- Erfassen von Ereignissen oder Aktivitäten, die einen potentiellen Verstärkerwert für den Patienten haben
- Rückmeldung für den Patienten, daß es zwar eine Reihe für ihn potentiell angenehmer Verhaltensweisen gibt, er aber tatsächlich nur wenige positive Aktivitäten ausführt
- genau geplante und nach Schwierigkeitsgrad abgestufte Durchführung angenehmer Aktivitäten
- Erkennen des gegenseitigen Einflusses von Aktivitäten und Stimmung durch Protokollierung von Stimmungsveränderungen während und nach der Durchführung der Aktivitäten
- Identifizieren und Kontrollieren depressionsfördernder Verhaltensweisen
- Vermittlung von Fähigkeiten zur Aufrechterhatlung eines ausgeglichenen Aktivitätsniveaus und zur eigengesteuerten Veränderung und Kontrolle von Stimmungsschwankungen, die im Zusammenhang mit Passivität und Rückzug stehen.

Grundsätzlich ist der „Aufbau positiver Aktivitäten“ eine ausgezeichnete Methode, um neben der quantitativen Erhöhung des Aktivitätsniveaus dem Patienten erste wichtige Erfolgserlebnisse zu vermitteln und damit die Motivation für die Therapie zu stärken. Die damit einhergehende Stimmungsverbesserung kann als Basis für die Bearbeitung komplexerer Probleme hilfreich werden. Die Erhöhung positiver und die Reduzierung depressionsfördernder Aktivitäten steht daher im allgemeinen am Anfang der Behandlung.

Zunächst wird dem Patienten der Zusammenhang zwischen Aktivitäten und Stimmungen anhand von Beispielen erklärt und die Notwendigkeit und Zielsetzung einer kontrollierten, objektivierenden Selbstbeobachtung mit Hilfe einer Liste angenehmer Ereignisse und mit Hilfe von Selbstbeobachtungsbögen (Tages- und Wochenplan) verdeutlicht (s. Hautzinger et al. 1989). Wichtig ist hierbei, immer wieder nach eigenen Erfahrungen des Patienten zu fragen und die beschriebenen Prinzipien anhand dieser Schilderung von Erfahrungen und Erlebnissen zu erklären.

6.1.3 Planung und Durchführung positiver Aktivitäten

Mit diesem Element geht die Therapie über von einer Phase der aktiven, objektivierenden Selbstbeobachtung zu einer systematischen und geplanten Veränderung des Aktivitätsniveaus und der Verhaltensgewohnheiten des Patienten. Damit wird sowohl eine verbesserte Stimmung des Patienten als auch eine Erhöhung der persönlichen und sozialen Kompetenz angestrebt:

Zum einen sollte der bereits angesprochene Zusammenhang zwischen der Art der Stimmung und der Häufigkeit spezifischer Aktivitäten dem Patienten noch einmal ins Gedächtnis gerufen werden. Um diesen Zusammenhang klar und deutlich zu machen, sollte darauf geachtet werden, daß die zu den geplanten und durchgeführten angenehmen Aktivitäten zugehörige Stimmung regelmäßig und zuverlässig eingeschätzt wird.

Zum anderen soll dem Patienten eine Methode in die Hand gegeben werden, mit der er selbst das Ausmaß und die Häufigkeit angenehmer Aktivitäten bzw. Tätigkeiten und somit auch sein Stimmungsniveau kontrollieren kann. Diese Methode umfaßt die Fähigkeit, einige Ziele in realistischer Weise festzulegen, die dazugehörigen Aktivitäten in geplanter Weise auszuführen und damit das Erreichen dieser Ziele kontrollieren und angemessen bewerten zu können. Außerdem kann damit ein ausgewogenes Verhältnis zwischen unangenehmen, neutralen und positiven Aktivitäten erreicht werden.

Eine sorgfältige inhaltliche und zeitliche Planung von angenehmen Aktivitäten ist unerläßlich, da gerade depressive Patienten leicht zu Passivität neigen und aus Mißerfolgsängsten Aufgaben eher ausweichen. Wird ein Plan z. B. für die kommende Woche (Wochenplan) erstellt, geht der Patient die Verpflichtung ein, eine verbindliche Aussage darüber zu machen, was er in den nächsten sieben Tagen tun möchte. Er soll lernen, Entscheidungen zu fällen und Prioritäten zu setzen. Ein expliziter Plan hat den Vorteil, daß Patienten zu einer realistischen Antizipation der kommenden Ereignisse angeleitet werden können. Potentielle Probleme, die die Ausführung des Planes gefährden könnten, sollte man vorher überdenken.

6.1.4 Reduzierung depressionsfördernder Aktivitäten

Wie sich bei der Durchführung von angenehmen Aktivitäten die sonst depressive Stimmung des Patienten bessert, können auf der anderen Seite weniger angenehme Aktivitäten die Depression und Niedergeschlagenheit des Patienten verstärken oder auslösen. Deshalb wird allein ein erhöhtes Niveau angenehmer Aktivitäten die Stimmung des Patienten noch nicht wesentlich verbessern, wenn weiterhin sogenannte depressionsfördernde Aktivitäten sein alltägliches Leben wesentlich bestimmen. Aus diesem Grund wird hier besonderes Gewicht darauf gelegt, solche depressionsfördernden Aktivitäten herauszufinden und die Bedingungen zu analysieren, unter denen sie auftreten, um damit eine Basis für die konstruktive Veränderung solcher Aktivitäten zu schaffen.

Zielelemente sind:

- Identifizieren depressionsfördernder Aktivitäten
- Herausfinden und Analysieren der auslösenden und aufrechterhaltenden Bedingungen dieser Aktivitäten (Analyse von vorhergehenden Ereignissen und von Konsequenzen)
- Vermindern der Häufigkeitsrate depressionsfördernder Aktivitäten
- Abbauen der Stärke der unangenehmen Gefühle, die bei solchen Aktivitäten auftreten
- allmähliches Ersetzen depressionsfördernder Aktivitäten durch positive, angenehm erlebte Aktivitäten.

Zur Reduktion depressionsfördernder Aktivitäten sind folgende Strategien möglich:

- Treten die depressionsfördernden Aktivitäten immer in Zusammenhang mit bestimmten Situationen auf, so ist eine Veränderung und Kontrolle dieser Situationen anzustreben.
- Die Kontrolle depressionsfördernder Situationen kann verbessert werden, indem mit dem Patienten zusammen ein ausführlicher und detaillierter Tagesplan erarbeitet wird. Ein solcher Tagesplan sollte ein ausgewogenes Verhältnis zwischen notwendigen unangenehmen Ereignissen und angenehmen Aktivitäten

enthalten. Regelmäßig vorkommende Stituationen, die depressionsverstärkend sind, sollten nach Möglichkeit kontrolliert werden.
- Die Reduktion depressionsfördernder Aktivitäten sollte (im Idealfall möglichst gleichzeitig) mit dem Aufbau alternativer Verhaltensweisen einhergehen.

6.2 Veränderung von Kognitionen

6.2.1 Therapeutische Techniken

Die kognitiven Techniken sind aktive, zeitlich begrenzte und strukturierte Methoden, die zur Behandlung einer Vielfalt psychischer Störungen eingesetzt werden. Sie basieren auf der Annahme, daß Affekt und Verhalten eines Menschen unter anderem auch von der Art bestimmt sind, in der er die Welt strukturiert. Kognitionen (verbale und bildhafte „Ereignisse“ in seinem Bewußtseinsstrom) gehen auf Einstellung oder Annahmen zurück, die aus vergangenen Erfahrungen entstanden sind.

Wenn z.B. jemand alle seine Erfahrungen unter dem Gesichtspunkt interpretiert, ob er tüchtig und allen Aufgaben gewachsen ist, so ist sein Denken von der Überzeugung beherrscht: „Wenn ich nicht alles perfekt mache, bin ich ein Versager“. Er bezweifelt, daß er bestimmten Situationen gewachsen ist, auch wenn solche Situationen in keinem Zusammenhang mit seiner persönlichen Tüchtigkeit stehen. Oder wenn z.B. jemand sein Verhalten nach der Überzeugung ausrichtet, daß es ein Fehler ist, andere um Hilfe zu bitten, dann finden wir dabei oft die Grundannahme: „Jemanden um Hilfe zu bitten, ist ein Zeichen von Schwäche“. Diese Person wird sich ständig überfordern und Probleme damit haben, Dinge aus der Hand zu geben.

Die therapeutischen Techniken dienen der Identifikation, Überprüfung und Korrektur gestörter Konzeptbildungen und irriger Überzeugungen, die diesen Kognitionen zugrunde liegen. Zu Beginn wird dem Patienten die rationale Begründung des Vorgehens erklärt. Danach lernt er, seine negativen Gedanken zu erkennen, zu beobachten und im „Tagesprotokoll negativer Gedanken“ zu vermerken. Die Kognitionen und die ihnen zugrundeliegenden Annahmen werden auf ihre Logik, ihre Gültigkeit und Angemessenheit hin diskutiert und im Hinblick auf ihren Wert für die Entwicklung positiven Verhaltens im Gegensatz zur Aufrechterhaltung pathologischen Verhaltens überprüft. So wird z.B. die Neigung eines depressiven Menschen identifiziert und diskutiert, sich für Mißerfolge verantwortlich zu fühlen, sich aber niemals einen eigenen Erfolg zugute zu halten.

6.2.2 Identifikation kognitiver Störungen

Selbstbefragung: Die Therapie konzentriert sich auf bestimmte „Zielsymptome“ (z.B. Selbstmordabsichten). Die Kognitionen, die diese Symptome stützen, werden identifiziert (z.B. „Mein Leben ist wertlos und ich kann es nicht ändern.“) und dann einer empirischen Analyse unterzogen. Ein wirkungsvoller Bestandteil des psychotherapeutischen Lernmodells besteht darin, daß der Patient viele der therapeutischen Techniken zu übernehmen beginnt. So bemerken die Patienten z.B. häufig, daß sie anfangen, spontan ihre eigenen Schlußfolgerungen und Vorhersagen in Frage zu stellen. Einige Beispiele dieser Art Selbstbefragung sind:
- Welchen Beweis gibt es für eine Schlußfolgerung?
- Wieviel geht mir tatsächlich von meinem Leben verloren?
- Wie stark trifft es mich, wenn ein Fremder schlecht über mich denkt?
- Was kann ich verlieren, wenn ich versuche, mich besser zu behaupten?

Solche Selbstbefragungen spielen eine wesentliche Rolle, wenn kognitive Techni-

Tab. 9.2 Gegenüberstellung von einseitigem Denken und reflektiertem Denken.

einseitiges Denken	*reflektiertes Denken*
eindimensional einseitig	multidimensional
absolutistisch, moralisch, invariant	relativierend, nicht wertend, variabel
globale (Charakter-) Diagnosen	spezifische, konkrete Verhaltensdiagnosen
irreversibel	reversibel
undifferenziert	differenziert

ken von der Gesprächssituation auf externe Situationen generalisiert werden.

Grundannahmen der kognitiven Therapie: Die allgemeinen Grundnannahmen des kognitiven Vorgehens sind:

- Wahrnehmen und Erfahren sind im allgemeinen aktive Prozesse, die sich auf äußere und innere Gegebenheiten beziehen.
- Die Kognitionen des Patienten stellen eine Synthese innerer und äußerer Stimuli dar.
- Wie jemand seine Situation einschätzt, wird im allgemeinen aus seinen automatisch ablaufenden Gedanken ersichtlich.
- Diese Kognitionen bilden den „Bewußtseinsstrom" des Menschen oder das phänomenale Feld, das die Auffassung des Menschen von sich selbst, seiner Welt, seiner Vergangenheit und Zukunft widerspiegelt.
- Inhaltliche Veränderungen der grundlegenden kognitiven Strukturen eines Menschen beeinflussen seinen Gefühlszustand und seine Verhaltensmuster.
- Im Verlauf einer psychologischen Therapie kann sich ein Patient seiner kognitiven Störungen bewußt werden.
- Die Korrektur dieser falschen, dysfunktionalen Konstrukte führt zu klinischer Besserung.

Kognitive Prozesse bei Depressionen sind Wahrnehmungen, Erwartungen, Anspruchshaltungen, Interpretationen, Bewertungen und Antizipationen, die katastrophisierend, verzerrend, überinterpretierend, unpassend, irrational sind und sich in einer Blockierung und Fixierung dieser kognitiven Muster niederschlagen. In Tabelle 9.2 wird versucht, sogenanntes einseitiges Denken, das mit psychischen Beeinträchtigungen einhergeht, reflektiertem, funktionalem Denken gegenüberzustellen (nach Beck).

„Einseitiges Denken" schlägt sich in der negativen kognitiven Triade und einer Reihe von fehlerhaften automatischen Gedanken nieder, die durch therapeutische Maßnahmen verändert werden sollen. Die Aspekte des „reflektierten" Denkens können als Leitlinien für konkreter zu formulierende, therapeutische Ziele des kognitiven Vorgehens angesehen werden.

Ziele der kognitiven Therapie: Ziele der kognitiven Behandlungselemente sind:

- Erkennen unpassender, fehlerhafter und unlogischer gedanklicher Interpretationen externaler und internaler Ereignisse
- Einleitung von schrittweisen Korrekturen dieser fehlerhaften Denkweisen
- Ersetzen der fehlerhaften Denkweisen durch korrekte, situationsangemessene Kognitionen
- Veränderung grundlegender kognitiver Idiosynkrasien (sogenannter „Grundannahmen"), um damit eine dauerhafte Vorbeugung depressiver Reaktionen bei erneuten Belastungen zu erreichen
- Erlernen und selbständige Anwendung der kognitiven Techniken, um so dem Patienten mehr Selbstkontrolle über sein emotionales Erleben zu vermitteln.

Um diese Ziele zu erreichen, muß der Therapeut einerseits die Basisvariablen des psychotherapeutischen Handelns beherrschen, andererseits müssen die im folgenden beschriebenen kognitiven Interventionselemente individuell auf den Patienten zugeschnitten werden.

6.2.3 Sokratische Gesprächsführung

Ein wichtiges Merkmal des therapeutischen Vorgehens besteht darin, nicht durch Überzeugungskraft und Überredungskünste, sondern durch gelenktes Fragen Veränderungen auf kognitiver Ebene zu erreichen. Dieser gerne auch „sokratischer Dialog" genannte Interaktionsstil zielt darauf ab, die individuell unterschiedliche Art des Denkens der depressiven Patienten aufzudecken, nachzuvollziehen, bisher Unentdecktes zu isolieren und einer Realitätsprüfung zugänglich zu machen. Die Patienten sollen durch das gelenkte Fragen in die Lage versetzt werden, selbst zu entdecken, daß ihre gewohnte Art zu denken nur *eine* mögliche Form ist, und daß es für die Erklärung eines bestimmten Ereignisses sehr viele andere Interpretationen gibt, die ebenso berechtigt bzw. sogar realitätsgerechter sind.

Ausgangspunkt einer sokratischen Gesprächsphase sind:

- automatische Gedanken (z.B. „Das schaffe ich nicht".)
- Erlebnisse und ihre Bedeutung (z.B. „Da habe ich versagt".)
- Überzeugungen und Einstellungen (z.B. „Ich verliere immer".).

Der Therapeut versucht nun jedoch nicht, diese Kognitionen durch Gegenargumente zu entkräften, sondern er beginnt, Fragen und Hypothesen zu formulieren, die die Bedeutung, die Schlußfolgerung usw. der Aussage offenlegen, so daß die realitätsverzerrende Verarbeitung dem depressiven Patienten „von selbst" klar wird.

Bei der Gestaltung des „sokratischen Gesprächs" sollten folgende Aspekte beachtet werden:

- Es handelt sich nicht um eine sophistische Methode. Es geht also nicht darum, den Patienten bei einem Widerspruch zu ertappen. Dies bedeutet, der Therapeut muß sehr vorsichtig auf bestimmte Widersprüche hinweisen und den Eindruck vermeiden, er wolle dem Patienten eine Falle stellen.
- Der Therapeut sollte sehr kurze, konkrete und möglichst einfache Fragen formulieren, die an unmittelbare Äußerungen des Patienten anknüpfen und weitere Informationen erfragen.
- Der Therapeut sollte offen für die Antworten des Patienten sein und nicht von eigenen vorgefaßten Ansichten über die depressive Struktur des Patienten ausgehen.
- Durch die Fragetechnik soll vor allem der Patient zu neuen Erkenntnissen und zu einer neuen Problemwahrnehmung und Problembewertung gelangen.
- Der Therapeut muß auf jeden Fall vermeiden, mit dem Patienten zu debattieren (oder gar zu streiten) bzw. ihn von seinen eigenen Ansichten, Lebensphilosophien etc. zu überzeugen versuchen.
- Der Patient muß den Fragen (Gedankengängen) des Therapeuten jederzeit folgen können.

6.2.4 Beobachtung und Erkennen von automatischen Gedanken

Wie bereits erwähnt sind automatische Gedanken schnell ablaufende, blitzartig auftretende, subjektiv plausibel erscheinende und unfreiwillig sich einstellende Kognitionen, die zwischen einem Ereignis (externaler und internaler Art) und einem emotionalen Erleben (Konsequenz) liegen. Da diese Gedanken für das emotionale Befinden und für depressive Symptome von zentraler Bedeutung sind, ist ein erster wichtiger therapeutischer Schritt der, sie zu entdecken und zu beobachten. Erst darauf aufbauend gelingen Strategien zur Veränderung von Denkmustern und letztlich von affektiven Symptomen. Anknüpfungspunkte bieten sich bei den Schilderungen der Patienten kurz zurückliegender Ereignisse, von (konkreten) Erinnerungen an eine bestimmte Situation, der Vorstellung einer hypothetischen Situation oder bei Stimmungsveränderungen des Patienten während der Therapiesituation.

6.2.5 Tagesprotokoll negativer Gedanken

Die Überprüfung, Bewertung und Modifizierung automatischer Gedanken kann folgendermaßen geschehen: Kognitionen und die sie begleitenden Reaktionen werden in parallele Spalten einer Tabelle eingetragen. Eine solche Aufzeichnung bietet eine gute Gelegenheit, sich der verschiedenen ablaufenden Gedanken und Gefühle in einer belastenden Situation klarer zu werden. Die tatsächlich ablaufenden kognitiven Prozesse können dadurch aufgedeckt und damit zum Thema einer Therapie werden. Das Schema leitet zu einer genauen Selbsthilfemöglichkeit für die Zeit zwischen den Therapiestunden und kann nach Beendigung der Therapie fortgesetzt werden (s. Hautzinger et al. 1992):

- Das erste Ziel, das mit diesen Protokollbögen verbunden ist, liegt in der Selbstbeobachtung von Affektäußerungen, im möglichst genauen Erfassen und richtigen Benennen von Emotionen.
- In einem weiteren Schritt werden die automatischen Gedanken in Beziehung gesetzt zu den negativ erlebten Situationen und den damit verbundenen Emotionen.
- Außerdem wird das Ausmaß eingeschätzt, in dem diese Gedanken den Patienten überzeugen. Hierfür steht die dritte Spalte dieses Arbeitsbogens zur Verfügung.
- In der vierten Rubrik des Protokolls werden andere mögliche Erklärungen gesammelt oder produktivere, (der vorangegangenen Situation) angemessenere oder ergänzende Überlegungen angestellt und niedergeschrieben.
- Schließlich wird in der fünften Spalte des Bogens erneut eine Einschätzung des emotionalen Erlebens aufgrund der kognitiven Neubenennung vorgenommen bzw. das Ausmaß der Beeinträchtigung oder der Intensität des Gefühls neu eingeschätzt.

6.2.6 Kognitive Techniken

Kognitive Techniken zur Veränderung dysfunktionaler Überzeugungen und inadäquater automatischer Gedanken sind im folgenden aufgeführt (vgl. Hautzinger et al. 1992):

Benennen kognitiver Fehler: Nachdem automatische Gedanken identifiziert worden sind, können sie auf kognitive Fehler hin untersucht werden. Es ist angebracht, zunächst einige typische automatische Gedanken, die demselben Fehler folgen, zu sammeln und danach dem Patienten zu vermitteln, daß er bei seinen Gedanken z.B. immer wieder in ein „Alles-oder-nichts-Denken" verfällt. Dieser Interaktionsschritt sollte möglichst per sokratischem Dialog erfolgen. Es ist auch sinnvoll, dem Patienten die möglichen kognitiven Fehler bei den automatischen Gedanken zu erklären, ihm Beispiele und eine Liste in die Hand zu geben, so daß er später seine gedanklichen Verzerrungen selbständig identifizieren und damit leichter verändern kann.

Kognitives Neubenennen: Drei Aspekte sind im kognitiven Neubenennen zu unterscheiden: Prüfung des Realitätsgehalts von Kognitionen; Disattribuieren, Reattribuieren; Verantwortung reduzieren, alternative Erklärungen suchen.

- Bei der *Realitätsüberprüfung* versucht der Patient, seine eigenen Erfahrungen und die „Realität" genauer und korrekter zu beschreiben. Der Patient sammelt, erarbeitet und beobachtet, er experimentiert und testet, um dadurch mehr Informationen über eine bestimmte Situation, eine Person, ein Ereignis oder einen Plan zu erhalten. Diese Vergrößerung der Datenbasis für Schlußfolgerungen und Annahmen sollte der Patient selbst in Form von Experimenten, Rollenspielen, Rollentausch, d.h. durch Handeln erbringen.

- *Reattribuierung*: Eine erste Distanzierung zu den eigenen negativen automatischen Gedanken gelingt, wenn der Patient erkennt, daß seine Gedanken dem kognitiven Fehler, „Dinge persönlich zu nehmen", unterliegen. Dabei sind drei Zugänge zu unterscheiden:
  - Der Patient kann dazu gebracht werden, mehr Fakten zu sammeln, die eine Neubeurteilung des in Frage kommenden Ereignisses und der eigenen Verantwortung dabei erlauben (s. Realitätstesten).
  - Der Therapeut kann dem Patienten durch Rollenspiel bzw. durch die Beurteilung einer anderen Person, die in der gleichen Situation wie der Patient in der gleichen Weise handelt, deutlich machen, daß er unterschiedliche Kriterien zur Beurteilung von sich und anderen Personen, bei gleichem Verhalten, benutzt (sogenannte Doppelstandards).
  - Anwendung der sokratischen Gesprächsführung zur Bearbeitung der Überzeugung, daß es bei Ereignissen immer einen Alleinverantwortlichen bzw. eine hundertprozentige Ursache und Erklärung für Mißerfolge geben muß und daß dies meist der Patient selbst ist.
- *Finden von „rationalen" Alternativen:* Automatische Gedanken sind einseitig und berücksichtigen nur Teile der Realität und einen kleinen Ausschnitt aus der Vielzahl möglicher Ursachen. Der erste Schritt im therapeutischen Vorgehen besteht daher darin, für konkrete Ereignisse alle nur erdenklichen Erklärungshypothesen zusammenzutragen. Dies kann z.B. in Form eines Brainstorming geschehen. In einem nächsten Schritt werden die Alternativen bewertet und hinsichtlich ihrer Gültigkeit für die Situation eingeschätzt. Dazu kann eine Skala von 0–100% verwendet werden. Sind dadurch alternative Erklärungen in Form prüfbarer Hypothesen gefunden, dann müssen diese in der Realität auf ihre Stichhaltigkeit hin überprüft werden, um die eigene, erste Einschätzung zu validieren. Meist bieten sich aufgrund des Erkennens weiterer möglicher Erklärungen auch neue Handlungs- und Lösungsmöglicheiten an.

Identifikation und Modifikation von Grundannahmen: Das Erkennen von Grundannahmen ist eine notwendige aber keine hinreichende Bedingung für eine Veränderung. Einige Patienten sehen nach der Verbalisierung ihrer Überzeugungen deren Unangepaßtheit und Absurdität ein, bei anderen steht der Änderungsmotivation das Gefühl entgegen, daß diese Regeln sie vor unangenehmen Ereignissen zu bewahren scheinen. In jedem Fall erfordert die Überprüfung der Überzeugungen der Patienten ein behutsames therapeutisches Vorgehen. Beginnt der Therapeut zu früh, diese Annahmen in Frage zu stellen, erlebt der Patient dies als Angriff oder als Zeichen mangelnder Einfühlung. Von zentraler Bedeutung ist es, ob die Argumente des Therapeuten zugunsten einer Änderung der Grundannahmen dem Patienten einleuchten; optimal ist die eigene Einsicht des Patienten. Daher sollte der Therapeut es vermeiden, dem Patienten Vorträge zu halten, sondern Fragen oder alternative Annahmen im Rahmen sokratischer Gesprächsführung formulieren. Bei der Identifikation von Grundannahmen und der Veränderung automatischer Gedanken geht es darum, für verzerrte Denkweisen Beweise zu erbringen, z.B. durch ein Experiment, das der Patient in der Realität durchführt.

Aus Platzgründen werden im folgenden mögliche Interventionsmethoden nur genannt (zur ausführlichen Darstellung mit Beispielen und Materialien s. Hautzinger et al. 1992):

- Reaktionsverhinderung und sukzessive Annäherung
- Gegenüberstellung von Vor- und Nachteilen
- Rolle des Handelns
- Gegenargumente liefern
- Bezugnahme auf das Selbstwertgefühl
- Enthüllung der Willkürlichkeit
- Prüfen lang- und kurzfristiger Nützlichkeit.

6.3 Verbesserung sozialer Fertigkeiten

Die starke Passivität und Zurückgezogenheit depressiver Patienten, aber auch Tendenzen zur Selbstabwertung und Gefühle der Wertlosigkeit gehen oft einher mit mehr oder weniger gravierenden sozialen Defiziten dieser Patienten. Schwierigkeiten, Gespräche mit anderen Menschen anzufangen oder aufrechtzuerhalten, positive oder negative Gefühle offen zu äußern oder eigene Wünsche in sozialen Situationen adäquat durchzusetzen, werden oft von depressiven Patienten beklagt und führen dazu, daß positive Erfahrungen im Kontakt mit anderen Menschen kaum gemacht werden können und so ein Verlust von sozialen Verstärkern ensteht.

Die Vermittlung sozialer Fertigkeiten ist daher ein wesentlicher Bestandteil der Verhaltenstherapie bei Depressionen, um einen Aufbau positiver Aktivitäten im sozialen Bereich und eine Veränderung kognitiver Wahrnehmungsmuster und Strukturen zu ermöglichen. Deshalb ist es notwendig, die Stärken und Schwächen der sozialen Fähigkeiten des Patienten einzuschätzen und zu analysieren, um dann indikativ die individuellen Probleme des Patienten im Bereich sozialer Kompetenz zu bearbeiten.

6.3.1 Einschätzung der sozialen Kompetenz

Mit sozialer Kompetenz läßt sich die Fähigkeit einer Person bezeichnen, ihre alltäglichen Beziehungen zu anderen Personen (Freunde, Partner, Bekannte, Arbeitskollegen, Fremde) so zu gestalten, daß sie ein hohes Maß an positiven und angenehmen Konsequenzen erfahren kann. Dazu gehört sowohl die Wahrnehmung und Verwirklichung eigener Ansprüche und Wünsche, als auch die Berücksichtigung von Wünschen und Ansprüchen von Sozialpartnern, gesellschaftlichen Normen und ähnlichem. Damit definiert „soziale Kompetenz" die Fähigkeit, jeweils in angemessener Weise einen Kompromiß zwischen Selbstverwirklichung und Anpassung zu finden. Um ein möglichst hohes Maß an positiven Konsequenzen zu erreichen und die Rate belastender Ereignisse niedrig zu halten, sind folgende Fertigkeiten notwendig:

- Eine Person muß ihre eigenen Wünsche und Ansprüche in bezug auf ihre Umwelt, aber auch die Anforderungen und Wünsche ihrer sozialen Umwelt in bezug auf sich selbst wahrnehmen und verarbeiten können (soziale Wahrnehmung).
- Sie muß sowohl im verbalen als auch im nonverbalen Bereich in adäquater Weise auf ihre Sozialpartner zugehen oder auf sie reagieren können.
- Sie muß in der Lage sein, unterschiedliche (auch belastende) soziale Situationen angemessen einzuschätzen und zu bewältigen.
- Sie muß sich der möglichen Ressourcen und Hilfen ihrer Umwelt zur Bewältigung von Situationen in adäquater Weise bedienen können.

6.3.2 Komponenten und Vorgehen

Verhaltensbeobachtung: Eine wichtige Voraussetzung für die Verbesserung sozialer Fertigkeiten ist die adäquate und realistische Einschätzung der Schwächen und Stärken des Patienten im sozialen Umgang mit anderen Menschen. Neben der Erfassung der individuellen Zielvorstellungen des Patienten ist dies die wesentliche Grundlage für die Entscheidung, welche therapeutischen Inhalte und Methoden zur Verbesserung sozialer Fertigkeiten gewählt werden.

Rollenspiele: Das verhaltenstherapeutische Rollenspiel ist zusammen mit den Verhaltensübungen in natürlichen Situationen die zentrale Methode zur Verbesserung sozialer Fertigkeiten bei Patienten mit depressiven Störungen. Das konkrete Spielen vergangener oder zukünftiger Situationen und die Übernahme von Rollen vereinigt in dieser Methode die Möglichkeit der diagnostischen Einschätzung sozialer Verhaltensweisen, wie auch die gezielte, systematische Übung bestimmter Aspekte sozialen Verhaltens.

Verhaltensübungen in der Realsituation: Schon bei der Durchführung des Rollenspiels sollte darauf geachtet werden, daß die im Rollenspiel erlernten Verhaltensweisen später in die Realität übertragen werden können. In-vivo-Übungen sind deshalb eine unabdingbare Ergänzung zu Rollenspielen, da die Erfahrungen des Patienten mit derartigen Übungen darüber entscheiden, ob und wie häufig das neu erworbene Verhalten tatsächlich gezeigt wird.

Weitere Maßnahmen zur Verbesserung sozialer Fähigkeiten sind

- Äußern von positiven und negativen Gefühlen
- nonverbales Verhalten in sozialen Situationen
- Bearbeiten individueller Problembereiche
- soziale Wahrnehmung
- Kontakte aufbauen und aufrechterhalten
- Interaktion mit wichtigen Sozialpartnern (Ehepartner)
- partnerschaftliches Gespräch (Kommunikationsübungen)
- Umgang mit Belastungssituationen.

6.4 Beibehaltung des Therapieerfolgs

Der Patient soll durch die Verhaltenstherapie auch für die Zukunft selbst in die Lage versetzt werden, erste Anzeichen einer erneut auftretenden depressiven Verstimmung frühzeitig zu erkennen und so etwaige Rückfälle, die mit verminderter Aktivität, negativen Gedanken oder anderen vorhersehbaren Belastungsfaktoren zusammenhängen, zu vermeiden bzw. ihnen entgegenzuwirken. Um diese Fähigkeiten zur Eigensteuerung zu erreichen, sollte dem Patienten mit diesem Element folgendes ermöglicht werden:

- Fertigkeit, erneute depressive Stimmungen frühzeitig zu erkennen
- Kenntnis der Mittel, die in Zukunft möglicherweise starke depressive Verstimmungen verhindern können bzw. der Mittel, die aus einem solchen Tiefpunkt wieder herauszuführen vermögen
- Fertigkeit, solche Methoden oder Techniken bei Bedarf einzusetzen und den Erfolg zu bewerten
- Fertigkeit, Ereignisse oder Belastungsfaktoren möglichst frühzeitig vorauszusehen, die das Risiko einer erneuten depressiven Verstimmung mit sich bringen und diesen Ereignissen präventiv zu begegnen.

Wichtige Komponenten für die Beibehaltung des Therapieerfolgs, die bereits während der Behandlung trainiert werden sollten, sind:

- Aufrechterhaltung bzw. Erhöhung positiver Aktivitäten
- Stabilisierung und Gebrauch veränderter automatischer Gedanken und Grundannahmen
- Erkennen von depressionsauslösenden bzw. belastenden Ereignissen
- Planung der Zukunft und der Veränderungen
- Entwicklung antidepressiver Kompetenzen (vgl. Hautzinger 1990).

7 Fall- und Behandlungsbeispiel

Vorgeschichte

Die Patientin ist 47 Jahre alt, seit sieben Jahren verwitwet. Den alkoholkranken Ehemann hatte sie bis zu seinem Tod verpflegt. Sie hat vier Kinder im Alter von 19 bis 25 Jahren und arbeitet als Bedienung in einer Gaststätte. Der älteste Sohn ist Epileptiker und die älteste Tochter heroinabhängig. Bis auf die älteste Tochter, die sich in stationärer Drogentherapie befindet, leben alle Kinder noch bei der Mutter.

Sie fühle sich ihren beiden kranken Kindern gegenüber schuldig, vor allem bei der drogenabhängigen Tochter mache sie sich Vorwürfe, sie zu sehr verwöhnt zu haben. Aus Mitleid habe sie ihr immer wieder Geld für Drogen gegeben, wodurch sie sich selbst in eine schwierige finanzielle Lage gebracht habe. Als gegenwärtiges Hauptproblem nennt sie die Trennung von ihrem Freund. Er habe sie wegen einer anderen Frau verlassen, was sie sehr belaste. Sie fühle sich in ihrem Stolz verletzt, leide seit der Trennung unter einer ständigen inneren Unruhe, ausgeprägten Schlafstörungen, fühle sich wertlos und trinke häufig mit, wenn ihr die Gäste einen ausgeben. Sie befinde sich schon seit Jahren in ambulanter psychiatrischer Behandlung, sei aber immer nur medikamentös behandelt worden (mit Valim®, Librium®, Limbatril®, Imap®). Gegenwärtig bekomme sie ein Antidepressivum (Ludiomil®). Da dies jedoch nicht die gewünschte Wirkung zeige, habe sie sich an uns gewandt.

Aufgrund einer ausführlichen klinischen Diagnostik wurden bei ihr eine Major Depression (DSM-I, nach ICD-9 eine neurotische Depression) und eine mäßige Medikamentenabhängigkeit festgestellt. Die Eingangsbefunde in den Selbst- und Fremdenbeurteilungsskalen waren:

- Beck-Depressionsinventar: 44 Pkt.
- Hamilton-Depressionsskala: 24 Pkt.
- Inventar depressiver Symptome: 40 Pkt.

Die Ergebnisse weisen auf eine ernsthafte depressive Beeinträchtigung hin.

Die Behandlung mit kognitiver Verhaltenstherapie erfolgte ambulant. Sie erstreckte sich über 8 Wochen mit 24 Einzelsitzungen von 60 Minuten Dauer. Nach Abschluß der Behandlung wurden ein Jahr lang Monatskatamnesen zum Depressionsverlauf (ebenso wie die Eingangs- und Enddiagnostik) von einer nicht an der Behandlung beteiligten Klinikerin unserer Arbeitsgruppe (Martina van Gülick) durchgeführt.

Therapeutisches Vorgehen

Von der Therapie erhoffte sich die Patientin Hilfe und Unterstützung bei der Bewältigung der Trennung von ihrem Exfreund. Sie wolle wieder mehr Selbstbewußtsein erlangen, sich nicht mehr erniedrigen lassen, auch einmal nein sagen können, sich etwas mehr von der Familie lösen und sich einen eigenen Freiraum für Freizeitaktivitäten etc. schaffen.

Die Behandlung bestand aus folgenden Schwerpunkten:

- Absetzen der Psychopharmaka und Einschränkung des Alkoholkonsums wegen der deutlichen psychischen und physischen Abhängigkeitsproblematik und da die Patientin über Nebenwirkungen des Antidepressivums klagte, insbesondere über ausgeprägte Herzrhythmusstörungen. Ferner äußerte sie Angst vor Kontrollverlust und Abhängigkeit beim Alkoholtrinken.
- Entwicklung und Aufbau angenehmer, alternativer Aktivitäten; Abbau belastender, unangenehmer Aktivitäten.
- Bearbeitung der Trennungsproblematik. Hier kamen vor allem kognitive Verfahren wie der sokratische Dialog und Techniken der kognitiven Umstrukturierung zum Einsatz.
- Auch der Aufbau von selbstsicherem Verhalten wie Neinsagen und etwas Fordern können erwies sich in diesem Zusammenhang als hilfreich.

- Die Bearbeitung negativer Gedanken und unangemessener Situationsbewertungen wie Selbstvorwürfe, Schuldgefühle, pessimistische Zukunftserwartungen und mißerfolgsorientierte Situationseinschätzungen war ebenfalls ein zentrales themenübergreifendes Behandlungselement.
- Die Veränderung und Verbesserung der familiären, beruflichen und finanziellen Situation waren weitere Therapieinhalte. Hier kamen zusätzlich zu den bereits erwähnten verhaltenstherapeutischen Verfahren systematische Problemlösestrategien zum Zug.

Absetzen der Psychopharmaka: Dies hatte, wie erwartet und angekündigt, in den ersten 10 Tagen deutliche Entzugssymptome zur Folge, die die Patientin allerdings gut bewältigte. Auch die Alkoholproblematik bekam sie schon nach wenigen Wochen in den Griff. Anhand einer ausführlichen Sammlung von Situationen, in denen sie bevorzugt zum Alkohol griff, konnte ihr der Zusammenhang zwischen psychischer Anspannung – häufig verursacht durch die gedankliche Beschäftigung mit dem Exfreund – und der entspannenden bis betäubenden Wirkung des Alkohols aufgezeigt werden. Da sportliche Aktivitäten bei ihr früher einen ähnlichen spannungsreduzierenden Effekt hatten, kam sie auf die Idee, statt Alkohol vermehrt Sport zu treiben, z.B. wieder zu reiten.

Aufbau angenehmer, verstärkender Dinge und Aktivitäten: Dies erfolgte ebenfalls in den ersten fünf Behandlungswochen. Im Gegensatz zu den meisten Depressiven zeigte diese Patientin kein generell erniedrigtes Aktivitätsniveau. Ihr Problem äußerte sich vielmehr in einem Ausüben zu vieler Aktivitäten. Unser Ziel war daher die Einführung und Einhaltung mindestens einer Ruhepause am Tage, die zur Beruhigung und zur Regeneration der verbrauchten Kräfte dienen sollte. Sie verbrachte diese Zeit gewöhnlich in einem gemütlichen Café.

Reduktion eher unangenehmer Pflichtaktivitäten (wie z.B. diverse Haushaltsarbeiten, Besorgungen machen, Behördengänge, Überstunden im Beruf etc.) und der Aus- und Aufbau entspannender, angenehmer Aktivitäten (z.B. reiten, schwimmen, Freundinnen besuchen, Stadtbummel, schöne und gepflegte Kleidung tragen etc.). Abbildung 9.2 zeigt über 30 Tage hinweg den engen Zusammenhang zwischen der täglichen Anzahl angenehmer Aktivitäten und der täglichen Befindlichkeit. Das Schaubild wurde von der Patientin selbst angefertigt und diente als Demonstrationsgrundlage für das Aufzeigen der stimmungsregulierenden Wirkung angenehmer Aktivitäten. Im Lauf von 30 Tagen erfolgte eine zunehmende Stabilisierung und Verbesserung der emotionalen Befindlichkeit.

Bearbeitung der Trennungsproblematik: Die Trennung vom Exfreund war während der ersten 13 Sitzungen das häufigste Therapiethema, das von der Patientin zur Bearbeitung vorgeschlagen wurde. Als besonders schmerzlich empfand sie die spontanen Besuche und Telefonanrufe des Exfreundes, die er dazu benutzte, ihr ausführlich seine Schwierigkeiten mit der neuen Frau zu schildern. Obwohl der Patientin dabei häufig „fast das Herz stehen blieb", fühlte sie sich nicht in der Lage, ihm dies mitzuteilen oder gar den Kontakt zu ihm vollständig abzubrechen. Während und nach derartigen Gesprächen mit dem Freund gingen ihr folgende negative Gedanken durch den Kopf:

> „Ich schaffe es einfach nicht, ihm klar zu sagen, wo es lang geht; wie kann man sich nur so erniedrigen lassen; ich bin uninteressant, wertlos, minderwertig: ich finde keinen anderen mehr, der zu mir paßt".

Der Zusammenhang zwischen diesen Gedanken und der nachfolgenden traurigen, depressiven Stimmung wurde der Patientin immer wieder verdeutlicht, was bei ihr dann häufig Wut und Ärger über das Verhalten des Exfreundes auslöste sowie den Wunsch „ihn endlich los zu sein". Hilfreich war auch das Sammeln von möglichst vielen Argumenten, die ihrer Meinung nach für oder gegen ein weiteres Kontakthalten mit dem Exfreund sprachen. Sie gelangte schließlich zur Überzeugung, daß nur ein totaler Beziehungsabbruch ihr die innere und äußere Ablösung von dem Exfreund ermöglichen kann. Durch das Schreiben eines fiktiven Abschiedsbriefes und das Durchspielen von Abschiedsgesprächen wurde sie auf diesen Schritt vorbereitet. Im Lauf der Therapie wurden die Zeiträume, in denen sie keinen Kontakt mit dem Exfreund hatte, immer länger und ihre Einstellung zur Trennung zunehmend positiver.

Aufbau von selbstsicherem Verhalten: Das Schlüsselproblem der Patientin, das sich durch alle Lebensbereiche zog, war ihre übersteigerte Hilfsbereitschaft und Fürsorglichkeit, die letztlich immer wieder dazu führte, daß sie sich von Personen, die ihr nahe standen (z.B. Ehemann, Freund, Kinder, Arbeitgeber), nur allzu leicht ausnutzen ließ. Hinter diesem Verhalten standen Grundannahmen wie:

„Ein guter, wertvoller und moralischer Mensch muß jedem helfen, der Hilfe braucht. Ich muß es allen recht machen, sonst lieben sie mich nicht. Wenn andere einen nicht mögen, dann kann man nicht glücklich sein".

Das Überprüfen und Infragestellen dieser Überzeugungen führte dazu, daß die Patientin sich vermehrt bemühte, unberechtigte Forderungen abzulehnen (z.B. sie weigerte sich in der Arbeit, schwere Kisten zu schleppen) und selbst eigene Forderungen zu stellen (z.B. Anspruch auf eine Urlaubsreise). Die hierfür benötigte

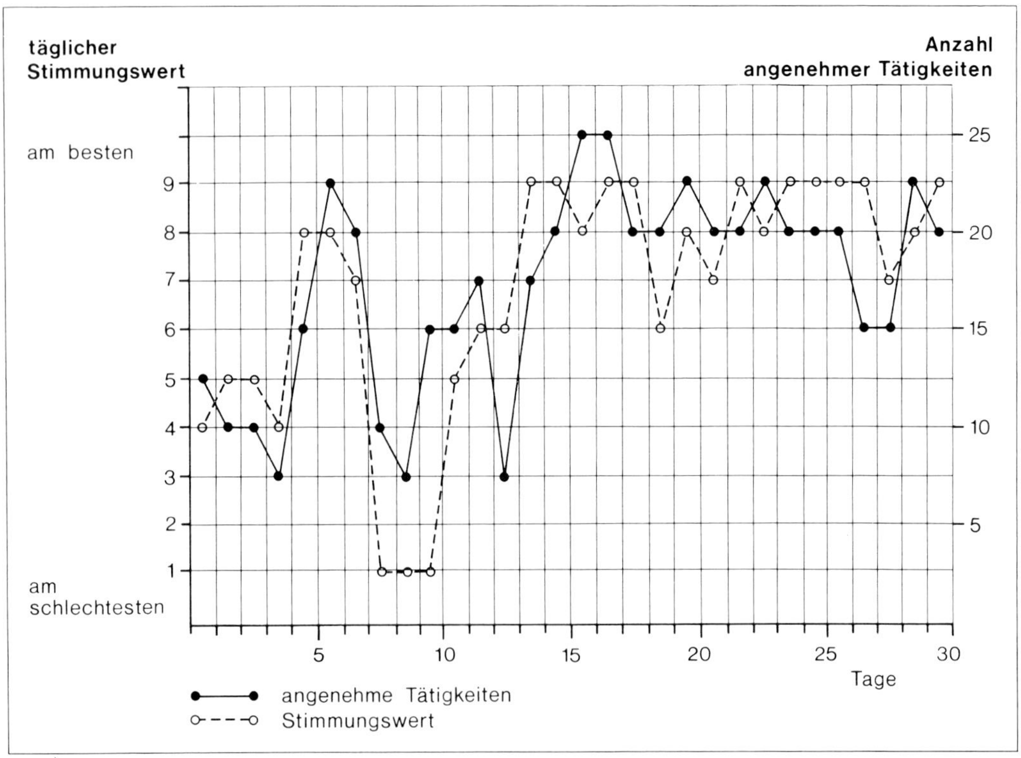

Abb. 9.2 Schaubild der Patientin zum Zusammenhang von angenehmen Aktivitäten und Befinden.

soziale Kompetenz wurde in mehreren Sitzungen über Vorstellungsübungen und durch Rollenspiele aufgebaut.

Die depressive Symptomatik bildete sich unter der Behandlung vollständig zurück. Die Befunde in den Selbst- und Fremdbeurteilungsskalen am Ende der Therapie waren:

- Beck-Depressionsinventar: 4 Pkt.
- Hamilton-Depressionsskala: 5 Pkt.
- Inventar depressiver Symptome: 1 Pkt.

In den nachfolgenden 12 Monaten traten reaktiv auf extrem belastende Lebensereignisse (Brustoperation unter Krebsverdacht, Zunahme der epileptischen Anfälle des Sohnes, Besuch der Tochter in der Suchtklinik) kurze depressive Phasen auf, welche die Patientin, bis auf eine einzige Kriseninterventionssitzung im Zusammenhang mit der Brustoperation, selbständig bewältigte (vgl. Abb. 9.3). Eine Nachbefragung 4 Jahre nach Behandlungsende bestätigte diese erfreuliche Entwicklung. Ohne weitere therapeutische Hilfe in Anspruch genommen zu haben und ohne Medikamente war die Patientin symptomfrei. Nach ihren Angaben benutzte sie bei gelegentlichen Krisen noch immer die durch die Therapie erworbenen Strategien.

Literatur

Abramson LY, Seligman MEP, Teasdale JD. Learned helplessness in humans. Critique and reformulation. J Abnorm Psychol 1978; 87:49–74.

Alloy LB, Abramson LY. Judgement of contingency in depressed and nondepressed students: Sadder but wiser? J Exp Psychol 1979; 108:441–58.

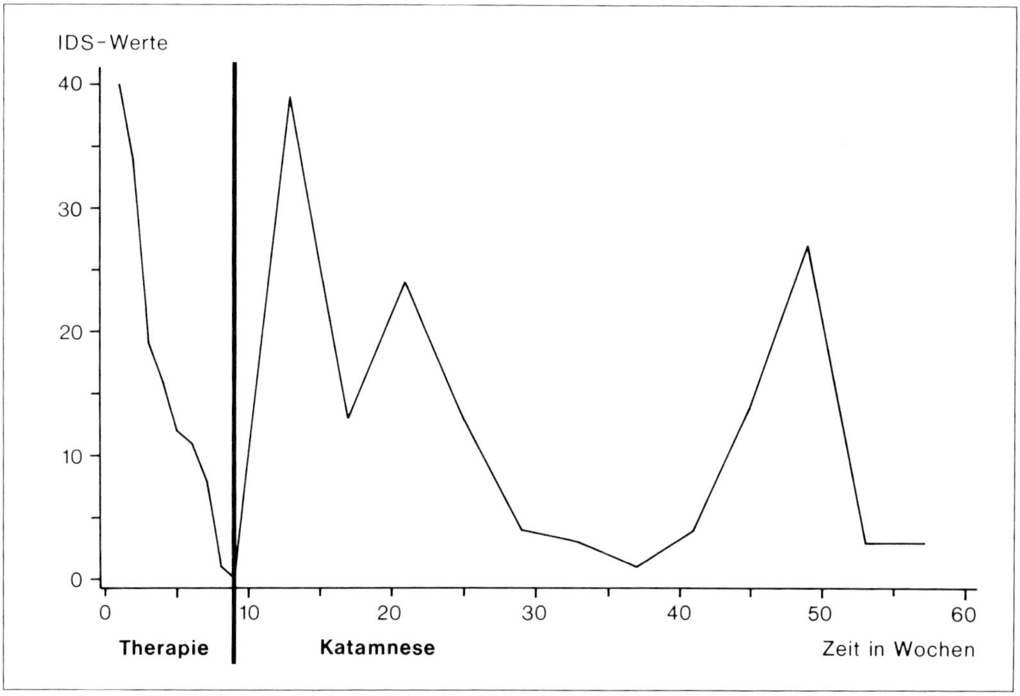

Abb. 9.3 Fremdbeurteilung depressiver Symptomatik (mit IDS) während der Behandlung (dort wöchentliche Beurteilung) und während der einjährigen Katamnese (doch monatliche Beurteilung).
Vier Wochen nach Therapieende erfolgte ein Rezidiv aufgrund einer Brustoperation mit Krebsverdacht. Hierauf erfolgte ein einstündiger Therapiekontakt. In der 22. Woche der Katamnese verstärkten sich die epileptischen Anfälle des Sohnes und in der 49. Woche besuchte die Patientin ihre Tochter in der Suchtklinik. Die Bewältigung der depressiven Reaktionen erfolgte selbständig durch die gelernten Methoden der Therapie.

American Psychiatric Association. Diagnostic and Statistic Manual, 4th ed. Washington D. C., 1994. Deutsche Ausgabe: Psychologie Verlags Union, München 1996.

Baumann U. Methodische Untersuchungen zur Hamilton Depression Skala. Aarch Psychiat Nervenkr 1976; 222:359–75.

Beck AT. Depression. Causes and Treatment. Philadelphia: University of Pensylvania Press 1967.

Beck AT. The development of depression: a cognitive model. In: The Psychology of Depression. Friedman RJ, Katz MM (eds). New York: Wiley 1974.

Beck AT. Cognitive Therapy and the Emotional Disorders. New York: International University Press 1976.

Beck AT, Rush AJ, Shaw BF, Emery G. Kognitive Therapie der Depression. 2. Aufl. 1986. München: Urban & Schwarzenberg 1981.

Bellack AS, Hersen M, Himmelhoch J. Social skills training compared with pharmacotherapy and psychotherapy in the treatment of unipolar depression. Am J Psychiatry 1981; 138:1562–7.

Billings AG, Moos RH. Psychosocial theory and research on depression. Clin Psychol Rev 1982; 2:213–37.

Blackburn IM, Bishop S, Glen AIM, Whalley LJ, Christie JE. The efficacy of cognitive therapy in depression. A treatment trial usign cognitive therapy and pharmacotherapy, each alone and in combination. Br J Psychiatry 1981; 139:181–9.

Bower GH. Mood and memory. Am Psychol 1980; 36:129–48.

Carver CS, Scheier MF. Attention and self-regulation. A control theory approach to human behavior. New York: Springer 1981.

CIPS. Internationale Skalen für Psychiatrie. Göttingen: Beltz 1995.

Covi L, Lipman RS, Derogatis LR, Smith JE, Pattison JH. Drugs and group psychotherapy in enurotic depression. Am J Psychiatry 1973; 131:191–8.

Coyne JC. Toward an interactional description of depression. Psychiatry 1976; 39:28–40.

De Jong R, Ferstl R, Henrich G. Die Wirkung von Aktivitätsplänen, der Therapie sozialen Verhaltens, sowie der Therapie gedanklicher Prozesse bei schwer depressiven Patienten. In: Klinische Psychologie und Psychotherapie, Band 3. Hautzinger M, Schulz W (Hrsg). Tübingen: Deutsche Gesellschaft für Verhaltenstherapie 1980.

De Jong R, Treiber R, Henrich G. Effectiveness of two psychological treatments for inpatients with characterological depression. Cog Ther Res 1986; 10:645–63.

DiMascio A, Weissman MW, Prusoff BA, Neu C, Zwilling M, Klerman GL. Differential symptom reduction by drugs and psychotherapy in acute depression. Arch Gen Psychiatry 1979; 36:1450–6.

Elkin I, Shea M, Watkins J, Imber S, Sotsky S, Collins J, Glass D, Pilkonis P, Leber W, Docherty J, Fiester S, Parloff M. National Institute of Mental Health treatment of depression collaborative research program: General effectiveness of treatments. Arch Gen Psychiatry 1989; 46:971–82.

Friedman AS. Interaction of drug therapy with marital therapy in depressed patients. Arch Gen Psychiatry 1975; 32:619–37.

Hamilton M. A rating scale for depression. J Neurol Neurosurg Psychiatry 1967; 23:56–62.

Hautzinger M. Depression und Kognition. In: Kognitionspsychologie der Depression. Hautzinger M, Greif S (Hrsg). Stuttgart: Kohlhammer 1981.

Hautzinger M. Veränderungsverläufe depressiver Symptomatik bei kognitiver Verhaltenstherapie. In: Psychologische Aspekte depressiver Störungen. Hautzinger M, Straub R (Hrsg). Regensburg: Roderer 1984.

Hautzinger M. Cognitive behavior therapy with depressed outpatients. München: Vortrag auf dem 15. Kongreß der European Association of Behavior Therapie 1985.

Hautzinger M. Bewältigung von Belastungen. Regensburg: Roderer 1990.

Hautzinger M. Die CES-D Skala. Ein Depressionsmeßinstrument für Untersuchungen in der Allgemeinbevölkerung. Diagnostica 1988; 34:167–73.

Hautzinger M, Bailer M. Allgemeine Depressionsskala. Göttingen: Beltz 1993.

Hautzinger M, Bailer M, Worrall H, Keller F. Das Beck-Depressionsinventar. 2. Aufl. Bern: Huber 1995.

Hautzinger M, Baumgartner P. Neßhöver W, Schmitz B. Zeitreihenanalysen kognitiver Verhaltenstherapie bei depressiven Patienten. Klin Psychol 1987; 26:256–65.

Hautzinger M, de Jong-Meyer R. Depressionen. In: Lehrbuch der Klinischen Psychologie. 2. Aufl. Reinecker H (Hrsg). Göttingen: Beltz 1994.

Hautzinger M, de Jong-Meyer R. Depressionen (Themenheft). Z Klin Psychol Psyopathol Psychother 1996; 26:79–160.

Hautzinger M, Greif S (Hrsg). Kognitionspsychologie der Depression. Stuttgart: Kohlhammer 1981.

Hautzinger M, Herrmann C. Erfassung von Depression: Ebenen, Möglichkeiten und Probleme. In: Kognitionspsychologie der Depression. Hautzinger M, Greif S (Hrsg). Stuttgart: Kohlhammer 1981.

Hautzinger M, Hoffmann N, Linden M. Interaktionsanalysen depressiver und nichtdepressiver Patienten und ihrer Sozialpartner. Z exp angew Psychol 1982; 29:246–63.

Hautzinger M, Stark M, Treiber R. Kognitive Verhaltenstherapie bei Depressionen. 2. Aufl. Weinheim: PVU 1992.
Hinchliffe MK, Hooper D, Roberts FJ. The Melancholy Marriage. London: Wiley & Sons 1978.
Kammer D. Eine Untersuchung der psychometrischen Eigenschaften des Beck-Depressionsinventars. Diagnostica 1983; 24:48–60.
Kammer D, Hautzinger M (Hrsg). Kognitive Depressionsforschung. Bern: Huber 1988.
Kovacs M, Rush AJ, Beck AT, Hollon SD. Depressed outpatients treated with cognitive therapy or pharmacotherapy. Arch Gen Psychiatry 1981; 38:33–9.
Kuhl J. Motivation, Konflikt und Handlungskontrolle. Heidelberg: Springer 1983.
Lazarus RS, Folkman S. Stress, Appraisal and Coping. New York: Springer 1984.
Lewinsohn PM. A behavioral approach to depression. In: The Psychology of Depression. Friedman RJ, Katz MM (eds). New York: Wiley & Sons 1974.
Lewinsohn PM, Hoberman H. Depression. In: International Handbook of Behavior Modification and Therapy. Bellack AS, Hersen M, Kazdin AE (eds). New York: Plenum Press 1982.
Lewinsohn PM, Hoberman H, Teri L, Hautzinger M. An integrative theory of depression. In: Theoretical Issues in Behavior Therapy. Reiss S, Bootzin RR (eds). New York: Academic Press 1985.
Lewinsohn PM, Youngren MA, Grosscup SJ. Reinforcement and depression. In: The Psychobiology of Depressive Disorders. Depue RA (ed). New York: Academic Press 1979.
Linden M. Depression als aktives Verhalten. In: Depressives Verhalten. Hoffmann N (Hrsg). Salzburg: Müller 1976.
Lloyd C. Life events and depressive disorders. Arch Gen Psychiatry 1980; 37:529–48.
McLean PD, Ogston K, Grauer L. A behavioral approach to the treatment of depression. J Behav Ther Exp Psychiatry 1973; 4:323–30.
Miller RC, Berman JS. The efficacy of cognitive behavior therapies. Psychol Bull 1983; 94:39–53.
Murphy GE, Dimons AD, Wetzel RD, Lustman PJ. Cognitive therapy. Arch Gen Psychiatry 1984; 41:33–41.
Pakel ES (ed). Handbook of affective discorders. New York: Guilford Press 1982.
Radloff LS. The CES-D scale. A self-report depression scale. Appl Psychol Measurement I 1977; 385–401.
Roth P, Bielski R, Jones M, Parker W, Osborn F. A comparison of self-control therapy and combined self-control therapy and antidepressant medication in the treatment of depression. Behv Ther 1982; 13:133–44.
Rounsaville BJ, Klerman GL, Weissman MM. Do psychotherapy and pharmacotherapy of depression conflict? Arch Gen Psychiatry 1981; 38:24–9.
Rush AJ, Beck AT, Kovacs M, Hollon SD. Comparative efficacy of cognitive therapy and pharmacotherapy in the treatment of depressed outpatients. Cogn Ther Res 1977; 1:17–37.
Rush AJ, Giles DE, Schlesser MA, Fulton CL, Weisseenburger J, Burns C. The inventory for depressive symptomatology (IDS). Psychiatry Res 1986; 18:65–87.
Sartorius N, Ban TA (eds). Assessment of depression. Heidelberg: Springer 1986.
Seligman MEP. Erlernte Hilflosigkeit. München: Urban & Schwarzenberg 1979.
Simons AD, Garfield SL, Murphy GE. The process of change in cognitive therapy and pharmacotherapy for depression. Arch Gen Psychiatry 1984; 41:45–51.
Smith ML, Glass GV, Miller TI. The benefits of Psychotherapy. Baltimore: John Hopkins University Press 1980.
Teasdale JD, Fennell MJV, Hibbert GA, Amies PL. Cognitive therapy for major depression in primary care. Br J Psychiatry 1984; 144:400–6.
Weissman MM. The psychological treatment of depression. Evidence for the efficacy of psychotherapy alone, in comparison with and in combination with pharmacotherapy. Arch Gen Psychiatry 1979; 36:1261–9.
Weissman MM, Kasl SU, Klerman GL. Follow-up of depressed women after maintenance treatment. Am J Psychiatry 1976; 133:757–60.
Weissman MM, Klerman GL, Prusoff BA, Sholomskas D, Padian N. Depressed outpatients. Results of one year treatment with drugs and/or interpersonal psychotherapy. Arch Gen Psychiatry 1981; 38:51–5.
Weissman MM, Prusoff BA, DiMascio A, Neu C, Goklaney M, Klerman GL. The efficacy of drugs and psychotherapy in the treatment of acute depressive episodes. Am J Psychiatry 1979; 136:555–8.
Wilson PH. Combined pharmacological and behavioral treatment of depression. Behav Res Ther 1982; 20:173–84.
Wittchen HU. Das strukturierte klinische Interview für DSM IV (SKID). Göttingen: Beltz 1996.
Zajonc RB. Feeling and thinking. Preferences need no inferences. Am Psychol 1980; 35:151–75.

10 Negative Emotionen

Ernst-Jürgen Borgart

Inhalt

1 Einleitung

Aus lerntheoretischer Sicht wird davon ausgegangen, daß affektives oder emotionales Verhalten mit körperlichen Reaktionen auf autonomem und endokrinem Gebiet einhergeht. Emotionale Störungen, d.h. sehr intensive und/oder langandauernde negative Gefühle, können daher zu physiologischen Dysfunktionen und unter Umständen zu Gewebsschädigungen führen. Die Frage, welches Organ dabei betroffen ist, wird durch individuelle Unterschiede in der vegetativen Reaktionsbereitschaft erklärt (s. Bräutigam u. Christian 1986, Franke 1981).

Wenn die Dysfunktionen oder Substratschädigungen vom Individuum wahrgenommen werden, kann dies zu sekundären emotionalen Störungen führen, z.B. Angst vor Herzinfarkt oder Angst vor Krankheit. Damit kann sich ein „Teufelskreis" von emotionaler Belastung und physiologischen Dysfunktionen etablieren.

1.1 Kognitive Emotionstheorie

Als Erklärungsmodell zur Entstehung negativer Emotionen und damit psychosomatischer Erkrankungen ist die kognitive Emotionstheorie von Lazarus und Mitarbeitern, die ursprünglich als Streßtheorie entwickelt wurde (s. Miltner 1986), besonders bekannt geworden. Emotionen bestehen danach aus drei Elementen (Lazarus 1981, Lazarus, Kanner u. Folkman 1980, Lazarus u. Launier 1981):

- Kognitive Bewertung der momentanen Beziehung des Individuums zu seiner Umwelt:
  - primäre Bewertung, inwieweit das persönliche Wohlbefinden durch ein Ereignis tangiert wird: „irrelevant" oder „günstig/positiv" oder „stressend". „Stressend" kann bedeuten: Bedrohung, Schädigung oder Herausforderung
  - sekundäre Bewertung der verfügbaren Bewältigungsmöglichkeiten, um die Einschränkung des Wohlbefindens zu überwinden oder zu tolerieren.
- Verhaltensimpuls: z.B. Angriff, Verteidigung oder Flucht.
- Physiologische Aktivierung und subjektive Erregung.

Den kognitiven Bewertungen wird eine zentrale Rolle zugeordnet, da die anderen Elemente in der Regel eine Funktion der Bewertung darstellen. Eine primäre Bewertung als „irrelevant" führt zu keinen emotionalen Reaktionen, während die Bewertung „günstig" zu positiven und die Bewertung „stressend" zu negativen Emotionen führt. Durch die Einschätzung der Bewältigungsmöglichkeiten kann die primäre Bewertung noch verstärkt oder abgeschwächt werden.

1.2 Emotionstheorie der kognitiven Psychotherapie

Ganz ähnliche Auffassungen werden in der kognitiven Psychotherapie vertreten (z.B. Beck 1979, Ellis 1977a), die sich auch als kognitive Verhaltenstherapie verstehen läßt. Auch hier werden emotionale Reaktionen hauptsächlich als Folge verschiedener kognitiver Prozesse betrachtet. Während in dem Ansatz von Beck (1979) vor allem die subjektive Wahrnehmung und Interpretation von Ereignissen als bedingender Faktor betrachtet wird, werden in der rational-emotiven Therapie von Ellis (1977a) vor allem Bewertungsprozesse in den Vordergrund gestellt. Die theoretischen Grundannahmen und die therapeutischen Strategien der rational-emotiven Therapie zeigen in weiten Bereichen große Übereinstimmung mit den Modellvorstellungen der kognitiven Emotionstheorie von Lazarus (s. Borgart 1984, 1987).

Wir wollen im folgenden das theoretische Erklärungsmodell der rational-emotiven Therapie und die therapeutischen Veränderungsstrategien ausführlicher darstellen sowie auf spezielle Probleme im Zusammenhang mit psychosomatischen Erkrankungen eingehen.

2 Das Emotionsmodell der rational-emotiven Therapie

2.1 Negative Emotionen

Von emotionalen Störungen wird in der rational-emotiven Therapie dann gesprochen, wenn es sich um besonders intensive und/oder langandauernde negative Emotionen handelt. Die verschiedenen negativen emotionalen Reaktionen lassen sich zu einigen wenigen Klassen zusammenfassen (Schmidt-Atzert 1981):

- Abneigung und Ekel
- Wut und Ärger
- Traurigkeit und Depression
- Scham und Schuld
- Neid und Eifersucht
- Angst und Panik.

2.2 Irrationale Überzeugungen als Ursachen negativer Emotionen

Die rational-emotive Therapie geht davon aus, daß emotionale Störungen und damit einhergehende unangepaßte Verhaltensweisen in erster Linie durch sogenannte irrationale Überzeugungen bedingt sind.

Das Konzept irrationaler Überzeugungen wurde von Ellis (1977a) im Rahmen seines ABC-Modells entwickelt:

- A bezeichnet das aktivierende äußere oder auch innere Ereignis
- B bezeichnet die „rationalen" oder „irrationalen" Überzeugungen
- C bezeichnet die aus den Überzeugungen resultierenden emotionalen und verhaltensmäßigen Reaktionen.

Die irrationalen Überzeugungen wurden von Ellis (1977a) anfangs in Form von 11 „irrationalen Ideen" konkretisiert, die als eine keineswegs vollständige Sammlung typischer neurotisierender Einstellungen betrachtet werden können (s. Tab. 10.1).

Später hat Ellis (1977b) die irrationalen Überzeugungen auf vier Grundformen reduziert:

- Der Gedanke, irgendjemand oder irgendetwas sollte oder müßte anders sein, als es gegenwärtig der Fall ist („musturbating", „Muß-Forderungen").
- Die Meinung, es sei schrecklich, entsetzlich oder eine Katastrophe, daß es nicht anders ist als es ist („awfulizing", „Katastrophisieren").
- Der Gedanke, die Person oder die Sache, die nicht so sein sollte wie sie ist, sei nicht zu ertragen, auszuhalten oder zu dulden („can't-stand-it-*itis*", „geringe Frustrationstoleranz").
- Der Gedanke, daß man selbst oder andere entsetzliche Fehler gemacht haben oder immer noch machen und daß man selbst oder die anderen, da man nicht hätte so handeln dürfen, wie es der Fall ist, in Bausch und Bogen verurteilt werden müssen und mit Recht als

Tab. 10.1 Liste der 11 irrationalen Ideen (nach Ellis 1977a).

- Die Meinung, es sei für jeden Erwachsenen absolut notwendig, von praktisch jeder anderen Person in seinem Umfeld geliebt oder anerkannt zu werden.
- Die Meinung, daß man sich nur dann als wertvoll empfinden dürfe, wenn man in jeder Hinsicht kompetent, tüchtig und leistungsfähig ist.
- Die Idee, daß bestimmte Menschen böse, schlecht und schurkisch seien und für ihre Schlechtigkeit streng zu rügen und zu bestrafen seien.
- Die Vorstellung, daß es schrecklich und katastrophal ist, wenn die Dinge nicht so sind, wie man sie gerne haben möchte.
- Die Vorstellung, daß menschliches Leiden äußere Ursachen habe und daß der Mensch wenig Einfluß auf seinen Kummer und seine psychischen Probleme nehmen könne.
- Die Überzeugung, daß man sich über tatsächliche oder eingebildete Gefahren große Sorgen machen, sich ständig mit der Möglichkeit ihres Eintretens befassen müsse.
- Die Meinung, es sei leichter, bestimmten Schwierigkeiten auszuweichen, als sich ihnen zu stellen.
- Die Vorstellung, daß man sich auf andere verlassen sollte und daß man einen Stärkeren braucht, auf den man sich stützen kann.
- Die Vorstellung, daß die eigene Vergangenheit entscheidenden Einfluß auf das gegenwärtige Verhalten hat und daß etwas, das sich früher einmal auf das Leben auswirkte, dies auch weiterhin tun müsse.
- Die Neigung, sich über die Probleme und Verhaltensschwierigkeiten anderer Leute aufzuregen.
- Die Vorstellung, daß es für jedes menschliche Problem eine absolut richtige, perfekte Lösung gibt und daß es eine Katastrophe sei, wenn diese perfekte Lösung nicht gefunden wird.

Nichtsnutz, wertloses Subjekt oder als ein Stück Dreck bezeichnet werden können („damning of yourself and/or) others", „persönlicher Wertverlust").

Die Charakterisierung irrationaler Überzeugungen anhand dieser vier Aspekte ist in neueren Konzeptionen der rational-emotiven Therapie weit verbreitet (z.B. Grieger 1985, Walen, DiGiuseppe u. Wessler 1982) und läßt sich als Verknüpfung von absoluten Wünschen und Bedürfnissen mit absoluten Bewertungen begreifen. Es wird dabei ein sogenannter Syllogismus angenommen, wobei die absoluten Forderungen die Prämissen und die Bewertungen die Konklusionen bei Nichterfüllung der Forderungen darstellen (Borgart 1984, Walen et al. 1982).

Das ABC-Modell ist von Wessler und Wessler (1980) zu einem komplexeren Emotionsmodell ausgearbeitet worden (s. Tab. 10.2). Bedeutsam ist hierbei, daß auch Wahrnehmungs- und Interpretationsprozesse sowie nachfolgende verstärkende Konsequenzen in die Analyse mit einbezogen werden. Wahrnehmungsfehler oder ungünstige Interpretationen, die dann zu der subjektiven Realität (=A) führen, werden zwar berücksichtigt, entscheidend sind aber die Bewertungen, die zu einer emotionalen Reaktion führen. Es wird auch davon ausgegangen, daß die meisten unrealistischen Interpretationen der Realität erst als Folge absoluter Forderungen entstehen (Ellis 1980b). Wichtig sind darüber hinaus mögliche verstärkende Folgen, die im Sinne eines „sekundären Krankheitsgewinns" wirken können.

3 Der diagnostische Prozeß in der rational-emotiven Therapie: das explorative Gespräch

Das diagnostische Vorgehen in der rational-emotiven Therapie läßt sich mit dem Aufstellen eines funktionalen Bedingungsmodells in der klassischen Verhaltenstherapie vergleichen (Schulte 1974) und besteht im wesentlichen darin, emotionale Störun-

Tab. 10.2 ABC-Modell einer emotionalen Episode (nach Wessler u. Wessler 1980).

A	1	Realität	Stimulus (S) (offen oder verdeckt)
	2	Reizaufnahme und -selektion	Aufmerksamkeit/Bewußtwerden von S
	3	Definition und Beschreibung	symbolische Repräsentation, verbale Bestimmung von S; S=S'
	4	Interpretation	Schlußfolgerung über nichtsichtbare Aspekte von S'
B	5	Bewertung	positiv, negativ oder neutral
C	6	Affekt	Erregung, falls positiv oder negativ
	7	Handlungstendenz	Annäherung, falls positiv Beseitigung von S, falls negativ: – Vermeidung – Zerstörung
	8	Rückmeldung	verstärkende Konsequenzen auf die Reaktionen (6 u. 7)

gen und unangepaßte Verhaltensweisen sowie die bedingenden kognitiven Prozesse zu erfassen. Die Erfassung der irrationalen Überzeugungen geschieht größtenteils durch das explorative Gespräch und die Selbstbeobachtung des Patienten.
Meßinstrumente zur Erfassung irrationaler Überzeugungen sind vor allem im amerikanischen Sprachraum entwickelt worden, genügen jedoch zumeist nur begrenzt psychometrischen Anforderungen. Im deutschsprachigen Bereich gibt es dagegen bislang nur vereinzelt Übersetzungen für Forschungszwecke (Borgart 1989, Sutton-Simon 1981).

Das explorative Gespräch läßt sich in sechs Stufen unterteilen, die den Ablauf in idealtypischer Form kennzeichnen. Hierbei wird das Problem des Patienten anhand des ABC-Modells strukturiert und Veränderungsziele festgelegt:

- Gefühl und Verhalten (C) explorieren
- Unangemessenheit von C feststellen
- sekundäres C explorieren
- äußeres oder inneres Ereignis (A) spezifizieren
- Ziele festlegen
- kognitive Prozesse (B) explorieren.

3.1 Exploration von Gefühl und Verhalten des Patienten

Das Gespräch beginnt mit der Frage danach, worin das Problem des Patienten besteht. Patienten beantworten die Frage häufig mit der Schilderung belastender äußerer Situationen oder unangenehmer körperlicher Mißempfindungen. Wichtig ist hier, den Patienten zu fragen, wie er sich denn gefühlt hat. Dabei ist die *spezifische Qualität der emotionalen Reaktion* genau zu erfragen, z. B. Angst, Traurigkeit oder Wut. Hier sollte sich der Therapeut auch nicht mit der häufigen Antwort „schlecht gefühlt“ oder „unangenehm“ zufrieden geben, sondern nach der spezifischen emotionalen Tönung fragen.

Daneben ist die Erfassung der konkreten *verhaltensmäßigen Reaktion* in der gegebenen Situation wichtig. Aus dem konkreten Verhalten läßt sich wiederum auch auf emotionale Reaktionen schließen, z. B.

- aus Vermeidungsverhalten auf Angst
- aus selbstverletzendem oder -herabsetzendem Verhalten auf Schuldgefühle
- aus aggressivem Verhalten auf Wutgefühle.

Ein weiterer Punkt ist die Erfassung der *physischen Reaktionen*, z. B. Magenschmerzen, Zittern oder Schweißausbrüche.

Für alle drei Komponenten ist die Stärke und Dauer festzustellen. Die Intensität der emotionalen Reaktion läßt sich annähernd dadurch festmachen, daß man den Patienten bittet, sein Gefühl auf einer Skala von 0 bis 100 einzuschätzen, wobei „0“ keine

Reaktion bzw. Entspannung bezeichnet und „100“ die stärkste bisher erlebte Gefühlsreaktion.

3.2 Feststellung der Unangemessenheit der gefühls- und verhaltensmäßigen Reaktionen

Der nächste Schritt besteht darin festzustellen, inwieweit die gefühls- und verhaltensmäßigen Reaktionen als unangemessen zu betrachten sind. Zunächst kann man danach fragen, wie häufig das Gefühl auftritt. Handelt es sich um eine extrem seltene Reaktion, wird man den Patienten fragen, warum ihm eine Veränderung denn so wichtig ist. Die wichtigste Frage ist danach, woran den Patienten seine Reaktion gehindert hat und was er gemacht hätte, wenn er sich nicht so gefühlt hätte. Ähnlich ist die Frage danach, was sich in seinem Leben verändern würde, wenn er sich nicht mehr so fühlen würde. Berichtet der Patient, daß sich wenig ändern würde, so sollte man den Patienten damit konfrontieren, ob es sich wirklich um ein therapiebedürftiges Problem handelt. Möglich ist, daß der Patient unrealisitische Vorstellungen über angemessene und unangemessene gefühlsmäßige Reaktionen hat oder primär von anderen Personen zu einer Veränderung gedrängt wird. In diesem Fall sollte man mit dem Patienten besprechen, ob eine Veränderung für ihn wirklich hilfreich und sinnvoll ist oder ob es nicht andere Lösungsmöglichkeiten geben kann.

3.3 Exploration sekundärer Störungen

Ein weiterer Schritt besteht darin, sogenannte sekundäre Störungen (Ellis 1979c) zu explorieren, d. h. emotionale Störungen aufgrund des primären Problems wie z. B. Angst vor der Angst oder Schamgefühl wegen der Angst. Hierbei sind Fragen sinnvoll, wie sich der Patient in der Situation anschließend an seine erste emotionale Reaktion gefühlt und verhalten hat oder wie er sich fühlt, wenn er an diese Reaktion denkt.

Sekundäre emotionale Störungen werden selten von Patienten spontan geäußert, sondern zeigen sich häufig erst durch das Verhalten des Patienten im therapeutischen Gespräch. Auch hier ist die Intensität, Dauer und Unangemessenheit der Reaktion festzustellen. Des weiteren ist zu erfragen, ob das primäre oder das sekundäre Problem belastender und einschränkender ist.

3.4 Exploration der auslösenden äußeren oder inneren Ereignisse

Für jede emotionale Reaktion ist das aktivierende äußere oder innere Ereignis zu explorieren. Bei äußeren Ereignissen sollte man sich die Situation detailliert schildern lassen. Um ein möglichst objektives Bild zu haben, kann man den Patienten fragen, was andere Personen wahrgenommen hätten oder was auf einem Film zu sehen wäre (sogenannter „camera check“). Um die spezifischen auslösenden Bedingungen zu erhalten, kann man den Patienten fragen, was an der Situation anders hätte sein müssen, damit seine emotionale Reaktion nicht aufgetreten wäre.

3.5 Festlegung der Veränderungsziele des Patienten

Ein wichtiger Schritt, der für das weitere therapeutische Vorgehen bedeutsam ist, besteht darin, die Veränderungsziele des Patienten zu erheben. Hierbei geht es im wesentlichen um die Entscheidung, ob der Patient die belastende äußere Situation oder seine emotionale Reaktion auf diese Situation verändern möchte. Wenn hier keine klare Zielsetzung erfolgt, kann dies zu erheblichen Mißverständnissen und Problemen im therapeutischen Prozeß führen.

Auch die Tatsache, daß Patienten sich häufig nicht eindeutig festlegen können oder ihre Entscheidung später rückgängig machen, ohne dies deutlich dem Therapeuten zu sagen, kann es notwendig machen, auch in späteren Phasen der Therapie immer wieder auf diesen Punkt zurückzukommen.

3.5.1 Veränderung der belastenden Situation

Entscheidet sich der Patient dafür, die belastende Situation zu verändern, handelt es sich um ein eher praktisches Problem (Walen et al. 1982) und das weitere therapeutische Vorgehen besteht darin, konkrete Veränderungsmöglichkeiten zu sammeln. Hierbei kann es notwendig sein, Verhaltensfertigkeiten des Patienten aufzubauen und zu trainieren (etwa im Rahmen von Selbstsicherheitstrainings), Informationsdefizite des Patienten zu beseitigen oder Unterstützungsmöglichkeiten in der sozialen Umwelt des Patienten zu suchen. Bei allen Lösungsmöglichkeiten ist ihre Realisierbarkeit genau zu prüfen. Erscheint eine Veränderung der Situation unwahrscheinlich oder unrealistisch, sollte man mit dem Patienten besprechen, ob er dann nicht eher seine emotionale Reaktion verändern möchte. Auch sollte man prüfen, warum der Patient bisher noch nicht die Situation verändert hat. Dabei stellt sich häufig heraus, daß nicht nur Verhaltensdefizite oder Wissenslücken vorliegen, sondern zusätzliche emotionale Probleme bestehen, die ihn an der Umsetzung der Veränderungsmöglichkeiten gehindert haben.

3.5.2 Veränderung der emotionalen Reaktion

Entscheidet sich der Patient dafür, seine emotionale Reaktion zu verändern, d.h. handelt es sich um ein emotionales Problem, so besteht das weitere therapeutische Vorgehen in der Erfassung und Veränderung der bedingenden kognitiven Prozesse. Sind zuvor mehrere emotionale Störungen analysiert worden, ist zunächst mit dem Patienten zusammen festzulegen, welche Reaktion er vorrangig verändern möchte. Anhand von Kriterien wie Stärke der Reaktion, Ausmaß der Behinderung und Erfolgswahrscheinlichkeit einer Veränderung sollte man gemeinsam überlegen, welches Gefühl sinnvollerweise als erstes verändert werden sollte. Als Grundregel empfiehlt es sich darüber hinaus, sekundäre Störungen vor primären Störungen zu bearbeiten. Einer der Gründe hierfür liegt darin, daß der Patient durch die sekundären Probleme möglicherweise an der Bearbeitung der primären Probleme gehindert wird, da er sich beispielsweise derentwegen schämt oder depressiv reagiert.

Haben sich Therapeut und Patient auf ein zu veränderndes Gefühl geeinigt, sollten die alternativen (angemesseneren) gefühls- und verhaltensmäßigen Reaktionen genau festgelegt werden. Hierbei sind auch die langfristigen Lebensziele des Patienten zu erfragen und es sollte gemeinsam geprüft werden, ob die angestrebten Veränderungen den langfristigen Zielen dienlich sind. An dieser Stelle sind auch die Reaktionen der Umwelt auf die emotionalen Probleme des Patienten zu explorieren und die positiven und negativen Konsequenzen bei einer Veränderung der emotionalen Reaktionen zu berücksichtigen.

Die relativ ausführliche Darstellung dieses Punkts macht bereits deutlich, daß die Zielanalyse und -festlegung unserer Auffassung nach eine ganz entscheidende Phase darstellt, die bei Schwierigkeiten im therapeutischen Fortschritt auch immer wieder neu durchlaufen werden sollte.

3.6 Exploration der bedingenden kognitiven Prozesse

Haben sich Therapeut und Patient auf die Veränderung einer emotionalen Reaktion in einer bestimmten Situation geeinigt, so folgt erst jetzt die genaue Exploration der bedingenden kognitiven Prozesse. Hier sollte der Therapeut beispielsweise fragen, welche Gedanken in der Situation auftraten oder welche Befürchtungen oder Vorstellungen der Patient hatte. Häufig geben Patienten hierauf Antworten, die sich auf Interpretationen der Situation beziehen. Bei zukunftsbezogenen Befürchtungen ist es sinnvoll, die Erwartungen mit Fragen wie „was könnte passieren, wenn..." immer weiter zu explorieren, bis mögliche Katastrophenphantasien deutlich werden.

Die objektive Situation einschließlich aller Interpretationen und Befürchtungen stellt dann die subjektive Realität des Patienten dar.

Um die spezifischen Bewertungen zu explorieren, sind in der Regel explizite Fragen sinnvoll:

- Welche Bedeutung hat diese „Realität" für ihn?
- Wie schlimm findet er das?
- Welche Gedanken kommen ihm über seine Person oder wie schwer ist das zu ertragen?

Hier antworten Patienten häufig mit typischen irrationalen Bewertungen wie „Das wäre schrecklich" oder „Das könnte ich nicht aushalten". Sind die Formulierungen des Patienten nicht eindeutig, kann man ihn fragen, ob seine Äußerung mit einer entsprechenden irrationalen Bewertung gleichbedeutend ist.

Eher seltener enthalten die Antworten der Patienten absolute Muß-Forderungen wie „Das darf nicht passieren". Dies spricht dafür, daß derartige Prämissen eher unbewußt sind (s.a. Ellis u. Bernard 1985b). Hier sollte der Therapeut dann bestimmte Prämissen anbieten und den Patienten fragen, ob eine derartige Einstellung seinen Gedanken zugrunde liegt.

Als Resultat dieses diagnostischen Prozesses ergibt sich ein komplexes Bedingungsmodell, das aus einem oder mehreren ABCs besteht. Lassen sich einzelne Punkte im Gespräch nicht klären, kann man dem Patienten eine Selbstbeobachtungsaufgabe geben und ihn bitten, problematische Situationen in den nächsten Tagen nach dem ABC-Schema zu protokollieren, um die fehlenden Informationen zu gewinnen.

4 Veränderungsstrategien der rational-emotiven Therapie

Abhängig von den Veränderungszielen des Patienten werden in der rational-emotiven Therapie ganz unterschiedliche therapeutische Strategien eingesetzt. Besteht das Ziel in der Veränderung belastender Umweltbedingungen, so wird sich das therapeutische Vorgehen, wie bereits gesagt, auf die Suche nach praktischen Problemlösungen, den Abbau von Wissensdefiziten oder den Aufbau von Verhaltensfertigkeiten konzentrieren. Hierbei lassen sich typische verhaltenstherapeutische Techniken wie Rollenspiel, Modellernen oder Selbstsicherheitstraining einsetzen.

Besteht das Ziel des Patienten in der Veränderung seiner emotionalen Reaktion, so wird ihm anhand des ABC-Modells, mit Hilfe von Beispielen oder Fragen danach, wie andere Personen in dieser Situation gedacht und reagiert hätten, zunächst deutlich gemacht, daß seine emotionale Reaktion im wesentlichen von seinen Gedanken abhängt. In bezug auf die Veränderung der Kognitionen lassen sich zwei verschiedene, jedoch einander ergänzende Therapiestrategien unterscheiden, die von Ellis (1977c, 1980b) als „elegante" und „unelegante" rational-emotive Therapie bezeichnet wurden.

4.1 Veränderung der unangemessenen Interpretation

Die Strategien der *uneleganten rational-emotiven Therapie* beziehen sich vor allem darauf, unangemessene oder unrealistische

Interpretationen der Realität zu verändern. Hierunter fällt beispielsweise die Modifikation von Fehlwahrnehmungen, ungünstigen und falschen Attribuierungen oder Interpretationsfehlern, die im Konzept von Beck als „kognitive Irrtümer" bezeichnet werden (Beck, Rush, Shaw u. Emery 1986). Die therapeutischen Techniken sind weitgehend identisch mit denen, die in der kognitiven Therapie von Beck (1979, Beck u. Emery 1981, Beck et al. 1986) eingesetzt werden, um dem Patienten die Diskrepanz zwischen seinen Kognitionen und der Realität deutlich zu machen. Hierzu zählen beispielsweise Realitätsprüfungen, Verifizierung von Beobachtungen und Schlußfolgerungen, Reattribuierung, Distanzierung und Dezentrierung.

4.2 Veränderung der Bewertungen und Forderungen

Die Strategien der *eleganten rational-emotiven Therapie* beziehen sich dagegen direkt auf die Veränderung absoluter Bewertungen und der dahinter stehenden absoluten Forderungen. Diese sogenannten Disputationsstrategien lassen sich in verbale/kognitive, vorstellungsbezogene und verhaltenszentrierte Strategien unterteilen.

4.2.1 Verbale Disputationsstrategien

Verbale Disputationsstrategien bestehen im wesentlichen aus verschiedenen Arten von Fragen, Techniken des Dialogs („sokratischer Dialog") sowie didaktischen Formen wie Analogien, Gleichnissen oder beispielhaften Geschichten von anderen Personen mit ähnlichen Problemen. In bezug auf die Fragetechniken läßt sich zwischen hedonistischer und empirischer Disputation unterscheiden.

Hedonistische Disputation bezieht sich darauf, dem Patienten den Zusammenhang zwischen seinen Überzeugungen und seinen Gefühlen zu verdeutlichen, alternative rationale Überzeugungen anzubieten und ihm deutlich zu machen, daß „rationale" Einstellungen für ihn hilfreicher sind. Das Ziel besteht also darin, den Patienten von den Vorteilen einer alternativen Einstellung zu überzeugen und ihn für eine Veränderung zu motivieren.

Empirische Disputation besteht dagegen darin, dem Patienten durch Fragen nach Beweisen und empirischen Belegen für seine irrationalen Überzeugungen deutlich zu machen, daß diese unrealistisch, unbegründet oder unangemessen sind.

4.2.2 Vorstellungsbezogene Disputationsstrategien

Vorstellungsbezogene Disputationsstrategien umfassen im wesentlichen die verschiedenen Formen „rational-emotiver Imagination" (REI), d.h. Vorstellungsübungen, in denen die unangemessenen Gefühle evoziert und verändert werden (Keßler u. Hoellen 1982, Walen et al. 1982). Der Patient wird beispielsweise gebeten, sich die belastende Situation vorzustellen und dann das auftretende unangemessene Gefühl unter Beibehaltung der vorgestellten Situation zu verändern.

4.2.3 Verhaltenszentrierte Disputationsstrategien

Verhaltenszentrierte Disputationsstrategien beziehen sich auf alle Techniken, die den Patienten zu Verhaltensweisen auffordern, die nicht mit seinen irrationalen Überzeugungen, wohl aber mit alternativen rationalen in Einklang stehen. Das Ziel besteht darin, dem Patienten neue Erfahrungen zu vermitteln und ihn somit von der Ungefährlichkeit und den Vorteilen rationaler Einstellungen zu überzeugen. Hierzu gehören alle Formen von In-vivo-Verhaltensübungen oder Rollenspiele sowie die speziell in der rational-emotiven Therapie enwickelten „Risikoübungen" und „shame attacking" Übungen (Ellis 1979d). Hierbei handelt es sich um Übungen, in denen bewußt ein Risiko eingegangen oder die Ablehnung oder das Gelächter anderer provoziert wird. Beispielsweise könnte der Patient zwei verschiedene Schuhe anziehen, im Lebensmittelgeschäft nach Schallplatten fragen oder auf der Straße laut die Uhrzeit ausrufen.

4.3 Einige ausgewählte Techniken für die vier Formen „irrationaler" Überzeugungen

Im folgenden wollen wir einige spezielle Disputationsstrategien zur Veränderung der vier Formen „irrationaler" Überzeugungen (vgl. Abschn. 2.2) darstellen, die nach unseren Erfahrungen besonders sinnvoll und erfolgreich sind. Weitere Techniken lassen sich vor allem den praxisbezogenen Büchern von Walen et al. (1982) und Wessler und Wessler (1980) entnehmen.

4.3.1 Muß-Forderungen

Ansatzpunkt und Ziel: Therapeutischer Ansatzpunkt sind die absoluten Forderungen oder Verbote, die der Patient an sich selbst, an andere Personen oder allgemein an seine Umwelt richtet und die durch Wörter wie „sollen", „müssen" oder „nicht dürfen" gekennzeichnet sind. Ziel sind rationale Überzeugungen, die die Möglichkeit der Nichterfüllung der Wünsche berücksichtigen, was sich in Formulierungen wie „Es wäre schön, wenn..." oder „Es wäre wünschenswert, daß..." ausdrückt.

Hedonistische verbale Strategien bestehen darin, dem Patienten deutlich zu machen, daß absolute Forderungen die emotionale Belastung vergrößern und den Verhaltensspielraum einschränken, während rationale Überzeugungen sowohl das eigene Wohlbefinden vergrößern als auch die Wahrscheinlichkeit der Zielerreichung erhöhen.

Beispiel: So kann man beispielsweise einem Patienten, der aufgrund seiner absoluten Forderung, daß andere ihn nicht unfair behandeln dürfen, wütend und aggressiv reagiert, deutlich machen, daß er sich bei einer rationalen Einstellung vermutlich nur ärgerlich fühlen und ungehalten reagieren würde und daß dies sowohl für sein Wohlbefinden hilfreicher ist als auch die Wahrscheinlichkeit erhöht, daß die anderen ihr Verhalten ändern.

Empirische verbale Strategien: Diese bestehen darin, vom Patienten Beweise oder Belege für seine absoluten Forderungen zu verlangen oder ihn zu fragen, ob er absolute Kontrolle über sich oder andere Personen hat. Hierzu gehören beispielsweise Fragen wie „Wo steht geschrieben, daß andere so handeln müssen?", „Wo ist der Beweis dafür, daß...?" oder „Können Sie es in jedem Fall erreichen, daß ...?"

Verhaltenszentrierte Strategien: Diese bestehen darin, daß der Patient ein Verhalten ausführt, das im Widerspruch zu seinen absoluten Muß-Forderungen steht, und ihm somit gegenläufige Erfahrungen vermittelt werden. Diese „Verhaltensexperimente" sollten am besten in vivo, können aber auch vorher im Rollenspiel oder in realitätsnäherer Umgebung, wie beispielsweise im Rahmen einer Gruppe oder im Klinikalltag, durchgeführt werden. Bei der Planung der Verhaltensaufgaben sind der Kreativität von Therapeut und Patient keine Grenzen gesetzt. Als Richtlinie empfiehlt es sich, daß der Patient möglichst genau das Gegenteil von dem ausprobiert, was er in seiner Prämisse unbedingt fordert oder verbietet.

Beispiel: Stellt beispielsweise ein Patient an sich das Verbot „Ich darf im Gespräch nichts Falsches sagen", so könnte man mit ihm planen, daß er einmal absichtlich in einem Gespräch etwas „Dummes" oder offensichtlich „Falsches“ äußert. Stellt ein Patient an sich die Forderung „Ich sollte die Wünsche anderer immer erfüllen“, so könnte er beispielsweise ausprobieren, Bitten anderer abzulehnen oder Einladungen auszuschlagen.

4.3.2 Katastrophisieren

Ansatzpunkt und Ziel: Der zentrale Angriffspunkt der Disputation ist der Aspekt, daß der Patient bestimmte Ereignisse als „katastrophal“ oder „schrecklich“ bewertet, d. h. als 100 %ig schlimm ansieht. Das Ziel besteht darin, dem Patienten zu vermitteln, daß diese Ereignisse zwar sehr unangenehm sind, jedoch nicht das Schlimmste darstellen, was ihm hätte passieren können. Das Ziel ist eine gewisse Relativierung der Bedrohung oder Schädigung des Wohlbefindens, die durch das Ereignis besteht, nicht jedoch eine Verharmlosung des Ereignisses.

Verbale Strategien: Therapeut und Patient einigen sich auf eine gemeinsame Definition des Begriffes „katastrophal“, d. h. daß darunter das Schlimmste verstanden wird, was überhaupt eintreten kann. Des weiteren kann man den Patienten bitten, eine „Katastrophenskala“ aufzustellen, d. h. sich mögliche persönliche, familiäre oder Umweltkatastrophen auszudenken und diese auf einer Skala von 0 bis 100 einzustufen. Dann wird man den Patienten bitten, das von ihm als „schrecklich“ bewertete Ereignis auf dieser Skala einzustufen, was in der Regel zu einer Relativierung der Bewertung führt.

Das Aufstellen einer „Katastrophenskala“ ist zumeist dann hilfreich, wenn ein Patient ein bestimmtes Ereignis offensichtlich stark überbewertet, z. B. gelegentliches Stottern oder Rotwerden als „katastrophal“ einschätzt. Schwieriger ist es, wenn das Ereignis von den meisten Menschen als sehr negativ bewertet wird, beispielsweise der Tod des Partners oder eines anderen Familienangehörigen. Hier kann es leicht dazu führen, daß der Patient den Eindruck bekommt, daß er vom Therapeuten in seiner Traurigkeit nicht ernst genommen wird. Dennoch sollte man dem Patienten deutlich machen, daß auch solche Ereignisse nicht das Schlimmste sind, was ihm hätte passieren können, und sein Leben trotzdem noch einen Sinn haben kann. Die Relativierung der Bewertung geschieht leichter im Rahmen einer Therapiegruppe, wenn Mitpatienten über ähnliche oder noch belastendere Ereignisse berichten (s. Borgart 1986).

Vorstellungsbezogene Strategien: Eine weitere Strategie besteht darin, die realen zukünftigen Konsequenzen des als „katastrophal“ bewerteten Ereignisses zu überprüfen. Hier sollte der Therapeut beharrlich immer weiter nachfragen, was sich im Leben ändern würde oder wie das Leben nach dem Ereignis aussehen könnte.

Verhaltenszentrierte Strategien: Hierzu gehören alle Übungen, bei denen sich der Patient direkt dem als „schrecklich“ bewerteten Ereignis aussetzt, z. B. sich in angstauslösende Situationen begibt, risikoreiche Verhaltensweisen ausführt oder bewußt Mißerfolge erlebt. Die Strategien sind vergleichbar mit den Methoden der Reizüberflutung oder des Expositionstrainings, und der Patient sollte die entsprechenden Durchführungshinweise beachten, z. B. kein Fluchtverhalten zeigen und solange in der Situation ausharren, bis ein Rückgang der Erregung erfolgt.

4.3.3 Persönlicher Wertverlust

Ansatzpunkt und Ziel: Hauptansatzpunkt der Disputation ist der Aspekt, daß sich der Patient bei bestimmten Ereignissen als „wertloser Mensch“ beurteilt, d. h. seinen gesamten Selbstwert als verloren betrachtet. Das Ziel besteht darin, daß der Patient seinen Selbstwert nicht von bestimmten Bedingungen, z. B. einzelnen Verhaltensweisen oder Beurteilungen durch andere Personen, abhängig macht, sondern unabhängig davon eine positive Selbstwertschätzung zeigt. Ein noch anspruchsvolleres Ziel besteht darin, daß der Patient lediglich einzelne Verhaltensweisen oder Teile seines Selbst, nicht jedoch seine gesamte Person bewertet, sondern diese „wertfrei" akzeptiert, d.h. auch auf positive Selbstwertschätzung verzichtet (Borgart u. Kemmler 1986, Ellis 1979a, Wessler u. Wessler 1980). Während die negative Selbstabwertung bei den meisten emotionalen Problemen im Vordergrund steht, kann es bei einigen emotionalen Störungen, z.B. Wut und Aggression, wichtig sein, die negative Abwertung anderer Personen zu verändern.

Verbale Strategien: Zu den wichtigsten Zielen gehört die Unterscheidung zwischen Meinungen und Tatsachen. Anhand von Beispielen kann man dem Patienten deutlich machen, daß Beurteilungen oder Ansichten anderer Personen von der Realität zu unterscheiden sind. Halten beispielsweise andere Personen den Patienten für einen Versager, so bedeutet das nicht, daß er auch wirklich einer ist.

Anhand von Beispielen und Gleichnissen kann man dem Patienten deutlich machen, daß Selbstbewertungen im Prinzip unmöglich sind, da Menschen zu komplex sind, um sie insgesamt beurteilen zu können, und es auch keine Belege dafür gibt, daß verschiedene Menschen einen unterschiedlichen Wert haben. Der Patient soll lernen, daß er zwar einzelne Verhaltensweisen bewerten kann, nicht jedoch die gesamte Person.

Mit Hilfe von Schaubildern kann man dem Patienten verdeutlichen, daß es seine willkürliche Setzung ist, wenn er seinen Selbstwert von der positiven oder negativen Bewertung einzelner Verhaltensweisen abhängig macht, und daß es angemessener und hilfreicher ist, wenn er sich unabhängig davon als wertvoll einschätzt oder sogar auf eine globale Bewertung seiner Person verzichtet.

Verhaltenszentrierte Strategien: Besonders wichtig sind auch hier verhaltenszentrierte Strategien, die darauf abzielen, daß der Patient genau die Dinge macht, vor denen er Angst hat, weil er fürchtet, dadurch an Selbstwert zu verlieren. Beispielhaft wären hier die sogenannten Shame-attacking-Aufgaben, die direkt darauf abzielen, die negative Bewertung anderer Personen durch sozial auffälliges Verhalten zu provozieren.

4.3.4 Geringe Frustrationstoleranz

Ansatzpunkt und Ziel: Ansatzpunkt der Disputation ist die Beurteilung des Patienten, daß er bestimmte Ereignisse „nicht aushalten" oder „nicht ertragen" kann. Das Ziel besteht darin, daß der Patient negative und belastende Ereignisse zwar als sehr unangenehm einschätzt, jedoch die Überzeugung gewinnt, sie trotzdem aushalten zu können. Nach Auffassung der rational-emotiven Therapie sind im Prinzip alle Ereignisse, die nicht direkt lebensbedrohlich sind, mehr oder weniger schwer auszuhalten.

Verbale Strategien: Hierzu zählen vor allem Fragen nach Beweisen für die Richtigkeit der Behauptung, daß der Patient das Ereignis nicht aushalten könne. Ein wichtiges Argument kann sein, daß er es bisher auch ausgehalten hat. Auch der Hinweis auf andere Personen, die ähnliche Ereignisse aushalten, kann wirksam sein. Um den Patienten auf Bewältigungsmöglichkeiten aufmerksam zu machen, kann man ihn auch fragen, ob er das Ereignis aushalten könnte, wenn er beispielsweise 100000 DM dafür erhalten würde.

Verhaltenszentrierte Strategien: Diese zielen darauf ab, daß der Patient sich den unangenehmen Ereignissen aussetzt und sich darin übt, sie auszuhalten. Hier kann es auch sinnvoll sein, daß der Patient bewußt unangenehme oder unbequeme Tätigkeiten ausführt, um seine Frustrationstoleranz zu erhöhen.

4.4 Hausaufgaben in der rational-emotiven Therapie

Die Methode der Hausaufgaben, d.h. selbständige Übungen des Patienten zwischen den Therapiesitzungen, wurde vor allem im Rahmen der Verhaltenstherapie entwickelt und stellt ein wichtiges und wirksames therapeutisches Element dar (Borgart u. Kemmler 1989, Shelton u. Ackerman 1978). Im Rahmen der rational-emotiven Therapie spielen Hausaufgaben eine herausragende Rolle und fast alle therapeutischen Strategien können in Form von selbständigen Übungen des Patienten durchgeführt werden. Im folgenden wollen wir einige typische und wichtige Formen von Hausaufgaben darstellen. Darüber hinaus gilt auch hier, daß der Kreativität von Therapeut und Patient in bezug auf die praktische Ausgestaltung keine Grenzen gesetzt sind, wenn die Zielsetzung im Rahmen des Konzepts der rational-emotiven Therapie liegt.

Selbstbeobachtung: Am Anfang der Therapie stehen in der Regel Selbstbeobachtungsaufgaben im Vordergrund, wobei es darum geht, problematische Situationen, begleitende Gedanken und unangemessene Gefühle und Verhaltensweisen nach dem ABC-Schema zu beobachten und zu protokollieren. Derartige Protokolle stellen einerseits die Grundlage für das Therapiegespräch dar und sollen andererseits den Patienten für Kognitions-Emotionszusammenhänge sensibilisieren.

Veränderung von belastenden Situationen: Hausaufgaben bei eher „praktischen Problemen" können darin bestehen, konkrete Schritte zur Veränderung von belastenden Situationen durchzuführen, beispielsweise mit dem Partner über eine Veränderung der Beziehung oder mit dem Vorgesetzten über Veränderungen am Arbeitsplatz zu reden. Hierfür kann es notwendig sein, bestimmte Verhaltensfertigkeiten zu trainieren, beispielsweise Selbstsicherheitsübungen durchzuführen oder Entspannungstraining zu üben.

Realitätsprüfung: Hausaufgaben zur Veränderung von Interpretationen beziehen sich darauf, eine Realitätsprüfung vorzunehmen. Dies kann darin bestehen, daß der Patient Informationen sammelt, indem er beispielsweise andere Personen direkt nach ihren Eindrücken oder Bewertungen fragt, oder Verhaltensexperimente durchführt, um zu testen, ob seine Erwartungen zutreffen.

Selbständige Anwendung der Disputationsstratgien: Zur direkten Veränderung von Bewertungen können viele der oben genannten Disputationsstrategien vom Patienten selbständig durchgeführt werden (s. Abschn. 4.2). Dies kann darin bestehen, daß der Patient selbständig seine irrationalen Überzeugungen anhand bestimmter Kriterien, z.B. „wie realistisch" oder „wie hilfreich", in Frage stellt oder Argumente dagegen sammelt. Auch die rational-emotiven Vorstellungsübungen können vom Patienten selbständig durchgeführt werden. Die Verhaltensübungen und Verhaltensexperimente sollten möglichst immer in realen Situationen durchgeführt werden und können auch weitestgehend eigenständig vom Patienten in Form von Hausaufgaben durchgeführt werden. Da viele Verhaltensaufgaben in Form eines Expositionstrainings ablaufen, ist der Patient vorher genau zu instruieren und vor allem darauf hinzuweisen, daß er kein Flucht- oder Vermeidungsverhalten zeigt.

Selbstkontrollstrategien: Zur Veränderung von Konsequenzen der Umwelt kann der Patient bestimmte Selbstkontrollstrategien einsetzen, z.B. Selbstverstärkung für erreichte Veränderungen, oder seine Bezugspersonen informieren und zur Unterstützung heranziehen.

Zwei Formen von Hausaufgaben dienen vor allem dazu, dem Patienten das Konzept der rational-emotiven Therapie zu vermitteln und den gesamten therapeutischen Prozeß zu unterstützen:

- die sogenannte *Audiotherapie*, d.h. der Patient hört sich eine Tonbandaufnahme der jeweils letzten Sitzung an
- die *Bibliotherapie*, d.h. der Patient liest entsprechende Bücher zur rational-emotiven Therapie oder Selbsthilfebücher (deutschsprachig z.B. Ellis 1987, Lazarus u. Fay 1977, Maultsby u. Klärner 1984, Schwartz 1986).

5 Aspekte der Therapeut-Patient-Beziehung in der rational-emotiven Therapie

Anders als etwa in der Gesprächspsychotherapie, in der Therapeuten-Variablen wie „unbedingte positive Wertschätzung", „Empathie" und „Kongruenz" als notwendige und zum Teil hinreichende Bedingungen für den Therapieerfolg betrachtet werden, finden sich im Therapiekonzept der rational-emotiven Therapie wenige Aussagen über notwendige Haltungen und Einstellungen des Therapeuten (s.a. Eschenröder 1978, Hoffmann 1983). Aufgrund des persönlichen, eher konfrontativen Stils von Albert Ellis und der Tatsache, daß die therapeutischen Strategien häufig sehr direkt und konfrontierend wirken, wurde der rational-emotiven Therapie häufig der Vorwurf von Direktivität gemacht.

Wir wollen im folgenden einige wichtige Aspekte der therapeutischen Beziehung in der rational-emotiven Therapie aufgreifen, um mögliche Mißverständnisse auszuräumen, die vor allem bei Anfängertherapeuten häufig zu Problemen führen.

5.1 Die Rolle des Therapeuten

Auch in der rational-emotiven Therapie werden Basisvariablen der therapeutischen Beziehung wie „Akzeptierung des Patienten" und „Echtheit des Therapeuten" betont (s. Ellis 1980b, Walen et al. 1982). Der Therapeut nimmt jedoch keine „nondirektive", abwartende Haltung ein, sondern gibt von sich aus Impulse, stellt Fragen, macht Vorschläge, gibt Anregungen und steuert insgesamt die Inhalte des Gesprächs mit. Dem Patienten wird auf verschiedene Weise deutlich gemacht, daß seine emotionalen Probleme von seinen Bewertungen abhängen und daß es notwendig ist, seine irrationalen Überzeugungen zu verändern, wenn er angemessene Emotionen erleben will. Hierzu werden ihm Argumente an die Hand gegeben, die es ihm leichter machen sollen, seine Überzeugungen zu verändern, und er wird dazu angeleitet, durch Verhaltensübungen neue Erfahrungen mit alternativen Bewertungsmustern zu machen. Der Therapeut hat zwar eine *aktive Rolle*, versteht sich jedoch nur als Hilfestellung, damit der Patient seine eigenen Ziele besser erreichen kann. Der Therapeut hat keine direktive, lenkende Rolle in dem Sinn, daß er den Patienten zu einem Ziel führt, das dieser selbst nicht wünscht. Wenn diese wesentliche Unterscheidung vom Therapeuten nicht bedacht wird, kann dies zu Mißverständnissen, Problemen und Spannungen im therapeutischen Prozeß führen.

Häufig kommt es in der Phase der Disputation irrationaler Überzeugungen dadurch zu Problemen, daß Therapeuten zu schnell versuchen, bestimmte Überzeugungen des Patienten zu verändern. Patienten schildern oft relativ früh typische irrationale Bewertungsmuster und Therapeuten lassen sich dann leicht in Versuchung bringen, diese in Frage zu stellen. Eine Veränderung seiner Überzeugungen, die er in der Regel jahrelang geglaubt hat, wird der Patient jedoch nur dann für sinnvoll erachten, wenn er die Abhängigkeit seiner Gefühle von seinen Überzeugungen einsieht und das Ziel hat, seine Emotionen in einer gegebenen Situation zu verändern. Andernfalls kann es leicht dazu kommen, daß die Disputation zu einer Diskussion und Auseinandersetzung zwischen Therapeuten und Patient um die „richtige" Überzeugung ausartet und der Patient sich angegriffen fühlt, anstatt den Therapeuten als Hilfestellung zu sehen. Auch wenn die Ziele des Patienten geklärt sind, wirken Disputationsstrategien häufig konfrontierend. Damit der Patient diese Konfrontationen annehmen kann, sollte in der Regel eine gute, vertrauensvolle therapeutische Beziehung hergestellt sein.

5.2 Gesprächsführung

Eng damit verknüpft ist die Frage, in welcher Form das therapeutische Gespräch und damit die Disputation erfolgen sollte. In der rational-emotiven Therapie wurde hierzu die Technik des *sokratischen Dialogs* entwickelt (Walen et al. 1982). Damit ist gemeint, daß der Therapeut seine Fragen so formuliert, daß der Patient selbständig zu bestimmten Einsichten kommen kann. Hierzu sollen entweder offene Fragen gestellt oder verschiedene Alternativen vorgegeben und dem Patienten die Entscheidung überlassen werden. Auch wenn der Therapeut dem Patienten bestimmte Zusammenhänge deutlich machen will, sollte er dies so in Fragen ausdrücken, daß der Patient selbst diese Zusammenhänge erkennen kann. Beispielhafte Fragen wären:

- Wie würden Sie sich fühlen, wenn sie die Einstellung hätten, daß sie das aushalten könnten?
- Könnten Sie sich vorstellen, welche Einstellung hilfreicher für Sie wäre?
- Was hält Sie davon ab, solch eine Einstellung zu glauben?

Daneben gibt es auch eine Reihe didaktischer Disputationsstrategien, die aber nicht in schulmeisterlicher Form durchgeführt werden sollten, sondern mehr als Modell oder Anregung für den Patienten gedacht sind.

5.3 Vergabe der Hausaufgaben

Ein weiterer Punkt, an dem Therapeuten häufig direktiv wirken, ist die Phase der Hausaufgabenvergabe. Hausaufgaben sollten möglichst immer Übungen sein, die sich der Patient selbst vornimmt. Daher sollte man eventuell auch auf den Begriff „Hausaufgaben" verzichten und stattdessen von „Übungen" oder „Experimenten" sprechen. Hausaufgaben sollten immer in Übereinstimmung zwischen Patient und Therapeuten festgelegt werden. Hierzu kann der Therapeut den Patienten fragen, ob er Ideen hat, was er ausprobieren möchte, um ein bestimmtes Ziel zu erreichen, oder er kann bestimmte Übungen vorschlagen und den Patienten fragen, ob er diese sinnvoll und hilfreich findet.

6 Rational-emotive Therapie in der Psychosomatik

Die rational-emotive Therapie versteht sich als Psychotherapie bei emotionalen Störungen und wird bei unterschiedlichen psychischen Störungen und Verhaltensproblemen, wie etwa Ängsten, sexuellen Störungen oder Partnerproblemen, eingesetzt. Es gibt auch eine Reihe von Versuchen, rational-emotive Therapie speziell im Bereich der Psychosomatik einzusetzen. Die Literatur hierzu besteht allerdings weitgehend aus Fallberichten und Einzelfallstudien. McGovern und Silverman (1984) berichten über neuere kontrollierte Effektivitätsstudien, in denen die rational-emotive Therapie bei Übergewicht, Alkoholismus und Migräne eingesetzt wurde. Es handelt sich dabei allerdings fast ausschließlich um unveröffentlichte Dissertationen, und die Befunde sprechen zwar für die Wirksamkeit der rational-emotiven Therapie, jedoch sind die Ergebnisse nicht signifikant.

Die Fallstudien sprechen dafür, daß die rational-emotive Therapie bei unterschiedlichen psychosomatischen Beschwerdebildern erfolgreich eingesetzt werden kann. So wurde die rational-emotive Therapie oder eng verwandte Techniken bei Bulimia nervosa (Harvill 1985) und Migräne (Marrazo, Hickling u. Sison 1984) eingesetzt. Bresler (1988) beschreibt Möglichkeiten des Einsatzes von Techniken der rational-emotiven Therapie im Rahmen von breiteren kognitiv-verhaltenstherapeutischen Programmen bei Magersucht, Bulimia nervosa und Adipositas. In dem Band von Ellis und Bernard (1985a) finden sich Darstellungen der Anwendung der rational-emotiven Therapie bei Abhängigkeiten, sexuellen Störungen und Übergewicht.

Aus unserer eigenen Arbeit wollen wir exemplarisch zwei Fälle vorstellen, bei denen im Rahmen eines breit angelegten verhaltensmedizinischen Konzepts einer psychosomatischen Klinik vorrangig für die rational-emotive Therapie spezifische Techniken innerhalb der Einzel- und Gruppentherapie eingesetzt wurden.

6.1 Fallbeispiel A

Vorgeschichte der Patientin

Die 38jährige Patientin, als Lehrerin in einer Sonderschule tätig, kam zur stationären Behandlung wegen chronifizierter Schlafstörungen und HWS-Syndrom. Die Schlafstörungen bestanden seit sieben Jahren und hatten nach der Geburt des zweiten Kindes begonnen. Die Patientin berichtete, daß sie nachts häufig aufgestanden sei und vermutlich dadurch aus ihrem Schlafrhythmus gekommen sei. Sie hatte sich nach der Entbindung zwei Jahre vom Schuldienst beurlauben lassen und in dieser Zeit unter hoher Anspannung gestanden: einerseits habe sie von seiten ihres Mannes einen starken Druck verspürt, möglichst viel im Haushalt zu erledigen, andererseits habe sie selbst hohe Ansprüche an sich gestellt und auch noch zusätzliche Aufgaben in der Nachbarschaft übernommen. Auch vorher hatte sie im Schuldienst durch ihren Perfektionismus und ihre Suche nach zusätzlichen Aufgaben unter starker Belastung gestanden, die zu einer permanenten Magenschleimhautentzündung und einer Gewichtsabnahme geführt hatte. Als Lösung hatte sie bereits zwei Jahre vor der Geburt eine halbe Stelle übernommen.

Vor zwei Jahren habe sie dann während der Schulferien eine Woche nicht schlafen können, und einen „Zusammenbruch" mit Herzrasen, kaltem Schweiß und Todesangst gehabt. Die Patientin war dann 10 Tage im Krankenhaus, das EKG war ohne Befund und sie wurde vier Wochen lang mit Tranquilizern behandelt. Seit dieser Zeit war sie auch in ambulanter psychotherapeutischer Behandlung.

Bei der Aufnahme berichtete die Patientin, daß sie nachts etwa drei bis vier Stunden schlafe. Das Einschlafen falle ihr schwer. Sie liege dann über eine Stunde im Bett und lese auch manchmal noch. Nach etwa drei Stunden Schlaf wache sie auf, mache dann aber kein Licht an und denke an die Aufgaben, die am nächsten Morgen bevorstehen. Gegen Morgen schlafe sie dann meist noch wieder eine Stunde.

Therapie

In der Therapie wurde zunächst versucht, die Problematik in Form eines ABC-Modells zu strukturieren. Die Patientin erhielt als Selbstbeobachtungsaufgabe, Gedanken und Gefühle, die beim Einschlafen bzw. Aufwachen auftraten, zu protokollieren. Hierbei wurde deutlich, daß sekundäre Probleme über die Schlafstörung im Vordergrund standen:

- Situation (A): nicht schlafen können
- Gedanken (B):
  - „Jetzt schläfst Du schon wieder nicht".
  - „Was machst Du, wenn du das hier nicht schaffst?"
  - „Jetzt muß ich in vier Wochen meine Schlafstörungen beheben."

– „Wenn ich das noch drei Jahre habe, bin ich eine alte Frau."
- Gefühl (C): Unruhe

Im Gespräch wurde herausgearbeitet, daß hinter den Gedanken die irrationale Überzeugung stand „Mein Schlafproblem muß weggehen, andernfalls könnte ich es nicht aushalten", und die Unruhe ein Sammelbegriff für Gefühle von Angst, Ärger und Wut war. Der Patientin wurde deutlich gemacht, daß durch diese sekundären emotionalen Probleme die Wahrscheinlichkeit des Einschlafens zusätzlich gemindert würde.

Als vorrangiges Ziel wurde gemeinsam festgelegt, weniger Angst davor zu haben, daß das Schlafproblem möglicherweise nicht beseitigt würde, und sich weniger darüber zu ärgern. Mit Hilfe verbaler Disputationsstrategien wurden rationale Überzeugungen entwickelt wie etwa „Das ist nun mal so, daß ich schlecht schlafe. Das geht vielleicht irgendwann weg, aber wenn nicht, könnte ich es auch aushalten". Das Ziel bestand also zunächst darin, das Schlafproblem zu akzeptieren und die Angst vor Unbehagen („discomfort anxiety"; Ellis 1979e, 1980a) und den Ärger zu reduzieren. Als verhaltenszentrierte Strategie wurde vereinbart, daß sie bewußt versuchen sollte, eine Nacht nicht zu schlafen. Die Patientin probierte das aus, was ihr jedoch nicht gelang. Durch die Übung wurde ihr direkt erfahrbar, daß das Einschlafen um so leichter war, je weniger sie es unbedingt forderte.

Im Verlauf der Gespräche wurde deutlich, daß neben der Angst vor dem Nichteinschlafenkönnen eine allgemeinere Angst vor Unangenehmem existierte, die mit der irrationalen Überzeugung verbunden war „Wenn mein Leben sich negativ entwickeln würde und es nicht nach meinen Auffassungen läuft, könnte ich es nicht aushalten". Auch hier wurden mit verbalen Strategien rationale Überzeugungen entwickelt und die Angst reduziert.

Im weiteren Verlauf der Therapie wurden die primären emotionalen Probleme bearbeitet, die nach unserer Analyse mit Entspannung interferierten und dazu führten, daß die Patientin nicht einschlafen konnte. Hier spielten vor allem selbstwertbezogene Ängste („ego anxiety"; Ellis 1979e, 1980a) eine Rolle, wie die Ängste, von anderen abgelehnt, von anderen negativ beurteilt oder von ihrem Mann nicht mehr geliebt zu werden. Neben der verbalen Disputation der entsprechenden irrationalen Überzeugungen wurden hier in erster Linie verhaltenszentrierte Strategien eingesetzt. So übte die Patientin, berechtigten Ärger gegenüber Mitpatienten zu äußern, sich nach ihren Auffassungen egoistischer zu verhalten oder sich Dinge zu kaufen, die nach Meinung ihres Mannes unnötig waren.

Zusätzlich führte die Patientin eine Art „shame-attack-Übung" durch, indem sie in der Klinik einen Aushang machte und dabei bewußt in den Text zahlreiche Rechtschreibfehler einbaute. Diese Übung fiel ihr als Lehrerin besonders schwer, aber sie machte es sich indirekt dadurch leichter, daß sie so viele Fehler einbaute, daß es für die Mitpatienten als geplant erscheinen mußte. Realitätsbezogener war dagegen die Übung, in Briefe an Bekannte, die sie früher mehrmals Korrektur gelesen hatte, kleine Rechtschreibfehler einzubauen. Als weitere primäre emotionale Probleme wurden Traurigkeit, depressive Verstimmungen und Wutgefühle bearbeitet, die auftraten, wenn ihr Mann sie kritisierte oder sie nicht so beachtete, wie sie es von ihm forderte.

Weiterer Verlauf

Die Patientin führte die Verhaltensübungen zwischen den Einzelsitzungen durch, war sehr motiviert und engagiert dabei und entwickelte auch selbständig Ideen für mögliche Übungen. Daneben nahm sie an verschiedenen anderen therapeutischen Angeboten im Klinikrahmen teil, wie etwa Entspannungstraining, Gruppentherapie, Sporttherapie, Krankengymnastik und Ergotherapie.

Nach sechswöchigem Klinikaufenthalt konnte insgesamt eine sehr gute Verbesserung des Zustandes der Patientin erreicht werden. Die Schlafstörungen waren deutlich gebessert und die Angst, nicht einschlafen zu können, war abgebaut. Es war zwar noch kein regelmäßiger Schlafrhythmus vorhanden, jedoch fand die Patientin genügend Schlaf, um gut damit leben zu können. Die Patientin hatte den Eindruck, sich sehr stark positiv verändert zu haben, und hatte sich konkrete Vornahmen für Verhaltensänderungen im privaten und beruflichen Bereich gemacht. Unser Angebot, bei Bedarf weitere ambulante Therapie durchzuführen, nahm sie nicht wahr. Nach einigen Monaten schrieb sie einen ausführlichen Brief, in dem sie über eine weitere Verbesserung und Stabilisierung des Zustandes berichtete und weitere therapeutische Unterstützung nicht für notwendig hielt.

6.2 Fallbeispiel B

Vorgeschichte des Patienten

Der 30jährige Patient, als Operator bei einer Bank tätig, kam zur stationären Behandlung wegen psychovegetativer Erschöpfung. Im Vordergrund der Beschwerden standen häufige Magenschmerzen, Anspannung und Druckgefühl im Magen, die seit fünf Jahren auftraten. Damals hatte sich seine Frau von ihm getrennt, ohne daß er etwas ahnte. Davor hatten beide Ehepartner jedoch jahrelang häufig Streit, auch um Kleinigkeiten, und gegenüber seinem Schwiegervater hatte der Patient Haßgefühle entwickelt. Auch bestand eine langjährige berufliche Belastung durch Wechselschicht. Nach der Trennung folgten verschiedene gerichtliche Auseinandersetzungen in Zusammenhang mit der Scheidung. Daneben hatte der Patient in den letzten Jahren häufiger Ärger mit seinen Vorgesetzten. Die Magenschmerzen traten in Situationen auf, in denen der Patient sich ärgerte. Besonders schlimm war es für ihn, wenn andere seine Ärgeräußerungen ignorierten oder er keine Änderung der Situation bewirken konnte.

Therapie

Zu Beginn der Therapie wurde versucht, das Problemverhalten in Form eines ABC-Modells zu strukturieren. Auslöser für Ärger waren vor allem Situationen, in denen der Patient sich ungerecht behandelt fühlte, andere Personen sich nicht korrekt verhielten oder auf seinen Ärger nicht eingingen.

Als Ziel formulierte der Patient, seine Ärgergefühle abzubauen, sich eine „dikkere Haut“ zuzulegen und Situationen gelassener hinzunehmen.

Um die spezifischen Kognitionen genauer herauszuarbeiten, erhielt der Patient die Selbstbeobachtungsaufgabe, problematische Situationen im Klinikalltag nach dem ABC-Schema zu protokollieren. Anhand der Aufzeichnungen wurde im Gespräch die grundlegende irrationale Überzeugung herausgearbeitet „Andere müssen sich so verhalten, wie ich es erwarte, und ich kann es nicht aushalten, wenn sie das nicht machen“.

Mit Hilfe verbaler Disputationsstrategien wurde versucht, die irrationalen Überzeugungen zu verändern. Im Vordergrund standen Fragen wie „Gibt es einen Beweis dafür, daß andere sich so verhalten *müssen*?“ oder „Wo steht geschrieben, daß andere das machen *müssen*?“ Der Patient versuchte dann, alternative rationale Überzeugungen wie „Es wäre schön, wenn andere sich so verhalten würden, wie ich es gern hätte, aber ich kann es auch aushalten, wenn sie das nicht machen,“ durch Verhaltensübungen zu festigen, indem er bewußt entsprechende Situationen aufsuchte und seine irrationalen Überzeugungen selbst disputierte. Es gelang ihm dann auch, sich in vielen Situationen weniger zu ärgern.

Weiterer Verlauf

Der Veränderungsprozeß gestaltete sich insgesamt mühsam, wie es häufig bei Patienten mit Ärgerproblemen der Fall ist, da Ärger oft auch kurzfristig positive Konsequenzen dadurch hat, daß durch das Ausdrücken von Ärger körperliche Anspannung reduziert wird und andere Personen, zumindest vorübergehend, ihr Verhalten ändern. Dem Patienten wurde daher immer wieder deutlich gemacht, daß er es selbst in der Hand hat, wie stark er sich ärgern will, welche langfristigen negativen Konsequenzen sein Ärger für seine Gesundheit hat und wie wenig hilfreich seine irrationalen Überzeugungen sind. Zusätzlich wurde ihm als Bibliotherapie ein Buch von Ellis (1987) empfohlen.

Nach sechswöchigem Aufenthalt war insgesamt eine sehr gute Besserung des Zustandes des Patienten erreicht. Er fühlte sich insgesamt ruhiger, nicht mehr gestreßt und die Magenschmerzen waren reduziert. Er war in der Lage, seine irrationalen Überzeugungen selbst in Frage zu stellen, und hatte diese weitgehend bereits verändert. Abschließend wurde mit ihm besprochen, wie er die Bewältigungsstrategien auch im privaten und beruflichen Bereich umsetzen könnte. Einige Monate nach Abschluß der Therapie schrieb der Patient uns eine Karte, auf der er kurz mitteilte, daß es „funktioniere".

6.3 Spezielle Probleme im Bereich der Psychosomatik

6.3.1 Betonung der körperlichen Komponente

Patienten mit psychosomatischen Beschwerden schildern auf die Frage, was ihr Problem ist, häufig primär körperliche Beschwerden wie Schwindel, Herzklopfen, Schweißausbrüche, Magenschmerzen oder Kopfschmerzen. Nur selten werden spontan Gefühle beschrieben wie Angst, Traurigkeit oder Ärger. Von verhaltenstherapeutischer Seite wurde die Hypothese aufgestellt, daß dies weniger auf eine mangelnde Fähigkeit des Patienten, Gefühle zu erleben oder auszudrücken (sogenannte „Alexithymie"), sondern mehr auf einen Lernprozeß im Rahmen der bisherigen ärztlichen Konsultationen zurückzuführen ist (Franke 1981). Für den Therapeuten bedeutet dies, sich mit diesen Schilderungen nicht zufrieden zu geben, sondern genauer nachzufragen, wie der Patient sich denn *gefühlt* hat. Da die physischen Komponenten zumeist relativ unspezifisch für bestimmte Gefühle sind, lassen sich hieraus nur wenig Hinweise auf emotionale Anteile gewinnen. Deutlichere Hinweise lassen sich dagegen aus den verhaltensmäßigen Komponenten gewinnen. Auch aus den spezifischen Situationen und den genauen Begleitumständen, unter denen die Beschwerden auftreten, lassen sich aufgrund von Erfahrungswerten Hypothesen über die entsprechenden gefühlsmäßigen Reaktionen ableiten. Diese Vermutungen sollte man dem Patienten anbieten, worauf viele Patienten auch ihre gefühlsmäßigen Empfindungen beschreiben können. Haben Patienten dennoch Schwierigkeiten, Gefühle zu nennen, kann man mit ihnen unter Umständen ein Sensibilisierungstraining durchführen. Dies kann darin bestehen, daß sie anhand von Beispielen verschiedene Gefühle benennen und unterscheiden lernen.

6.3.2 Erwartungshaltung des Patienten

Patienten mit psychosomatischen Beschwerden erwarten häufig eine Veränderung der körperlichen Beschwerden ohne eine Modifikation der gefühls- und verhaltensmäßigen Anteile. Auch wird häufig erwartet, daß diese Veränderung eher passiv erfolgen kann, z.B. durch Medikamente, Massagen, Bäder oder Packungen. Für den Therapeuten bedeutet das, daß er anhand von Beispielen, Modellen, eigenen Erfahrungen und ähnlichem zunächst das kognitive Emotionsmodell und das Zusammenwirken von kognitiven, physiologischen und verhaltensmäßigen Anteilen vermitteln und den Patienten für eine derartige Sichtweise motivieren muß. Hier können auch Übungen hilfreich sein, die dem Patienten direkt den Zusammenhang von Kognitionen und Emotionen deutlich und erfahrbar machen.

6.3.3 Verlust des Krankheitsgewinns

Patienten mit psychosomatischen Beschwerden erfahren häufig in besonderem Maße Verstärkung für ihr Krankheitsverhalten, da die körperlichen Beschwerden in Verbindung mit den zumeist fehlenden organischen Ursachen verstärkt das Interesse, die Zuwendung und das Mitgefühl von Bezugspersonen hervorrufen. Ebenso liegen häufig negativ verstärkende Faktoren dadurch vor, daß aufgrund der Beschwerden eine Entlastung von beruflichen Anforderungen oder eine vollständige Vermeidung beruflicher oder privater Konfliktsituationen erfolgt. Derartige aufrechterhaltende operante Faktoren, die dem Patienten zumeist nicht direkt bewußt sind, sind bei der Festlegung von Veränderungszielen sorgfältig zu berücksichtigen. So ist mit dem Patienten zu besprechen, daß bei einer Reduzierung seiner emotionalen Probleme und damit der körperlichen Beschwerden eventuell bestimmte Zuwendungen fehlen oder andere Schwierigkeiten in den Vordergrund treten werden. Nur wenn der Patient hierfür Lösungs- und Bewältigungsmöglichkeiten zur Verfügung hat, ist zu erwarten, daß er aktiv und engagiert an der Veränderung seiner emotionalen Probleme arbeiten wird. Mangelnde therapeutische Fortschritte, geringe Eigenaktivität des Patienten, Nichterledigung von Hausaufgaben oder andere Schwierigkeiten im therapeutischen Prozeß können daher Hinweis darauf sein, daß aufrechterhaltende Faktoren noch nicht erkannt oder nicht genügend berücksichtigt worden sind.

7 Die Effektivität der rational-emotiven Therapie

Obwohl die rational-emotive Therapie bereits Mitte der 50er Jahre von Albert Ellis entwickelt wurde, wurden erst seit Anfang der 70er Jahre empirische Untersuchungen zur Wirksamkeit der Therapie durchgeführt, deren Zahl in den letzten Jahren zunehmend wächst. Die Studien lassen sich im wesentlichen zwei Gruppen zuordnen: einerseits Prüfungen der Effektivität im Vergleich zu Kontrollgruppen, andererseits Vergleiche mit anderen Psychotherapieformen.

Mehrere Autoren haben versucht, die empirischen Untersuchungen zu sichten und kritisch zu würdigen und kommen dabei zu teilweise recht unterschiedlichen Einschätzungen.

Während Mahoney (1977a) in einem Überblick über die Studien bis 1974 zu der Schlußfolgerung gelangt, daß die Forschung noch spärlich und methodisch schlecht ist und die klinische Effektivität noch angemessen nachgewiesen werden muß, kommen DiGiuseppe und Miller (1979) in einem Überblick über die Studien bis 1977 zu deutlich positiveren Einschätzungen. Die Vergleiche mit Kontrollgruppen sprechen für die therapeutische Effektivität der rational-emotiven Therapie und Vergleiche mit anderen Psychotherapieformen zeigen, daß die rational-emotive Therapie der klientenzentrierten Psychotherapie und der systematischen Desensibilisierung bei bestimmten Patienten bzw. Störungen überlegen ist.

Allerdings weisen die Studien zahlreiche methodische Mängel auf, wobei in erster Linie die Tatsache zu nennen ist, daß es sich im wesentlichen um Analogstudien mit nichtrepräsentativen Stichproben, d.h.

lern oder Studenten, handelt und die behandelten Störungen zumeist Prüfungsangst, Sprechangst oder allgemeine soziale Angst darstellen. Aufgrund der eingegrenzten Störungsbereiche und des wahrscheinlich niedrigeren Angstniveaus bei freiwilligen Probanden aus dem Kreis der Studenten ist die Übertragbarkeit der Ergebnisse auf klinische Populationen fraglich. Hinzu kommen die meist kurze Behandlungsdauer und das niedrige Ausbildungsniveau der Therapeuten.

Unter Berücksichtigung dieser Einschränkungen ist die Metaanalyse von Smith und Glass (1977) zu betrachten, die bei einem Vergleich von fast 400 Therapiestudien zu dem Ergebnis kamen, daß die rational-emotive Therapie nach der systematischen Desensibilisierung die zweitgrößte Effektivität von zehn verschiedenen Therapieformen hat, dicht gefolgt von der Verhaltensmodifikation.

In einem Überblick über 47 Therapiestudien zwischen 1977 und 1982 kommen McGovern und Silverman (1984) zu dem Ergebnis, daß 31 Studien die Effektivität der rational-emotiven Therapie signifikant belegen. Auch in den übrigen Arbeiten führte die rational-emotive Therapie zu Verbesserungen und in keiner Studie war eine andere Therapieform signifikant besser als die rational-emotive Therapie. Zum Teil wurden in dem Überblick jedoch auch Untersuchungen mit berücksichtigt, die sich auf Techniken ähnlich denen der rational-emotiven Therapie beziehen. Gegenüber früheren Analogstudien mit Studenten wurde die rational-emotive Therapie dagegen bei unterschiedlichsten Stichproben eingesetzt, z.B. bei Strafgefangenen, Übergewichtigen oder in der Eheberatung.

Nur wenige Therapiestudien konnten bislang die Effektivität der rational-emotiven Therapie bei klinischen Populationen demonstrieren, z.B. Moleski und Tosi (1976) bei Stotterern, Wolfe und Fodor (1977) bei selbstunsicheren Frauen und Lipsky, Kassinove und Miller (1980) bei Patienten mit verschiedenen neurotischen Störungen.

In einer Metaanalyse über 48 Therapiestudien prüften Miller und Berman (1983) die Effektivität von *kognitiver Verhaltenstherapie*, worunter sie allerdings neben der rational-emotiven Therapie auch die Ansätze von Beck und Meichenbaum faßten. Kognitive Verhaltenstherapie erwies sich gegenüber Kontrollgruppen als deutlich effektiver, zeigte gegenüber anderen Therapieformen nur eine geringe Überlegenheit und gegenüber der Systematischen Desensibilisierung keine Unterschiede. Bemerkenswert ist, daß kognitive Verhaltenstherapie keine Effektivitätsunterschiede bei verschiedenen Störungsbereichen (Depression, verschiedene Angststörungen und psychosomatische Beschwerden) zeigte. Ebenso machte es keinen Unterschied, ob in den Therapien der Schwerpunkt auf kognitiven oder verhaltenszentrierten Techniken lag oder die Therapie als Einzel- oder Gruppentherapie durchgeführt wurde. Auch Variablen wie Alter, Geschlecht und Schulbildung der Patienten, Erfahrung der Therapeuten und Dauer der Therapie hatten keinen Einfluß auf die therapeutische Wirksamkeit. Erstaunlich ist, daß kognitive Verhaltenstherapie bei ambulanten Patienten tendenziell sogar eine größere Effektivität zeigte als bei Populationen von Freiwilligen, was nach Ansicht der Autoren dafür spricht, daß Analogstudien mit (Studenten-)Freiwilligen einen angemessenen Anhalt für die Wirkung bei klinischen Populationen liefern. Die Tatsache, daß die Effekte kognitiver Verhaltenstherapie relativ gleichförmig bei unterschiedlichen Störungen, Behandlungsbedingungen, Therapeuten- und Patienteneigenschaften sind, stimmt nach Miller und Berman (1983) mit der Annahme überein, daß die Effekte von Psychotherapien nicht auf spezifische, sondern eher auf allgemeine Faktoren zurückzuführen sind.

Übereinstimmend damit erbrachten die bisherigen Studien, die die Wirksamkeit einzelner Komponenten der rational-emotiven Theapie untersuchten, uneinheitliche Ergebnisse (Smith 1982, Zettle und Hayes 1980). Ungeklärt ist damit auch die Frage, ob die Veränderungen irrationaler Überzeugungen die entscheidende Bedingung für die Wirksamkeit der rational-emotiven Therapie darstellt.

Zusammenfassung

Zusammenfassend läßt sich feststellen, daß in zahlreichen Studien die therapeutische Effektivität der rational-emotiven Therapie belegt werden konnte. Obwohl diese Resultate vorwiegend in Analogstudien mit Studenten und eng umgrenzten Störungsbereichen gefunden wurden, lassen sich die Befunde mit Vorbehalt auch auf klinische Populationen übertragen. Nur wenige Studien konnten allerdings bislang direkt die Effektivität bei klinischen Stichproben mit schwerwiegenden Störungen belegen. Die Wirksamkeit der rational-emotiven Therapie konnte überzeugend gegenüber Kontrollgruppen demonstriert werden, während Vergleiche mit anderen etablierten Therapieformen keine eindeutigen Belege für eine Überlegenheit der rational-emotiven Therapie lieferten. Die Frage, welche Therapieelemente der rational-emotiven Therapie für die therapeutische Wirkung entscheidend sind, insbesondere ob die Veränderung irrationaler Überzeugungen die zentrale Rolle spielt, ist bislang ungeklärt. Die Ergebnisse stehen in Übereinstimmung mit neueren Befunden der Psychotherapieforschung, daß alle Therapieformen effektiver als keine Therapie, die Unterschiede zwischen den Therapieformen jedoch minimal sind (Stiles, Shapiro u. Elliott 1986). Eine von mehreren Erklärungen besagt, daß die Wirkung der Therapieformen weniger auf spezifische Faktoren, sondern mehr auf Variablen zurückzuführen ist, die allen Formen gemeinsam sind.

8 Kritische Bewertung der rational-emotiven Therapie

Zu den kognitiv orientierten Psychotherapieformen lassen sich nach Wessler (1982) die Ansätze von Ellis, Beck, Mahoney, Maultsby, Raimy, Kelly und Bandura zählen. Ein gemeinsames Merkmal besteht darin, daß sie den Kognitionen eine zentrale Rolle in der Entstehung von Emotionen und Verhaltensweisen zuordnen und die Veränderung unangemessener Kognitionen als entscheidende therapeutische Variable ansehen. Daneben gibt es noch kognitiv orientierte Therapieansätze, in denen Kognitionen primär nur als Hilfsmittel zur Kontrolle von Verhaltensweisen betrachtet werden, wie etwa im Ansatz von Meichenbaum oder in den Problemlöseansätzen (Mahoney und Arnkoff 1978). Im Rahmen der „kognitiven Wende" in der Verhaltenstherapie und der Ausweitung klassischer Verhaltenstherapie-Strategien auf kognitive Prozesse, wie etwa in den Ansätzen zur Selbstkontrolle und zum verdeckten Konditionieren, wurden die kognitiven Therapien in die Verhaltenstherapie integriert und als „Kognitive Verhaltenstherapie" bezeichnet.

Zu den bedeutendsten kognitiven Therapien, gemessen sowohl am Einfluß auf die psychotherapeutische Praxis als auch in bezug auf die Anregung von Forschungsaktivitäten, zählen die Ansätze von Ellis (z.B. 1977a) und Beck (z.B. 1979). Beide Ansätze wurden unabhängig voneinander aus klinisch-psychologischen Erfahrungen, vor allem mit der klassischen Psychoanalyse, entwickelt und weisen sowohl in ihren theoretischen Grundannahmen als auch in ihrem therapeutischen Vorgehen große Übereinstimmung auf (Borgart 1987, Hoffmann 1983). Unterschiede bestehen hauptsächlich darin, daß im Ansatz von Beck am Anfang der Therapie zunächst Interpretationsprozesse des Patienten und erst im späteren Verlauf sogenannte Grundannahmen, die mit irrationalen Überzeugungen vergleichbar sind, verändert werden, während die rational-emotive Therapie primär eine Veränderung irrationaler Überzeugungen anstrebt. In den Fällen, in denen dies nicht möglich ist, wird ebenfalls eine Veränderung von Wahrnehmungs- und Interpretationsprozessen angestrebt.

Das theoretische Konzept und das therapeutische Vorgehen der rational-emotiven Therapie ist häufig kritisiert worden (z. B. Eschenröder 1982, Jaeggi 1982, Mahoney 1977b, Meichenbaum 1977, Zettle u. Hayes 1980). Ellis (1977d) hat den Versuch gemacht, Belege aus der Literatur für die Annahmen der rational-emotiven Therapie zusammenzutragen, wobei er jedoch relativ selektiv die unterschiedlichsten Befunde als Bestätigung herangezogen hat und die Kritik nicht ausräumen konnte (Mahoney 1977b). Auf einige der wesentlichen kritischen Punkte der rational-emotiven Therapie wollen wir im folgenden näher eingehen.

In bezug auf die theoretischen Grundannahmen fehlt bislang eine eindeutige Definition von irrationalen Überzeugungen und damit die Grundlage für entsprechende Meßinstrumente und eine empirische Überprüfung der Grundannahmen (Borgart 1989, Zettle u. Hayes 1980). Die Definition irrationaler Überzeugungen anhand qualitativer Merkmale, wie sie in den vier Grundformen „musturbating", „awfulizing", „can't-stand-it-itis" und „damning of yourself and/or others" erfolgt (Ellis 1977b), wird vor allem in neueren Ansätzen der rational-emotiven Therapie vertreten (Grieger 1985, Walen et al. 1982, mit Einschränkung auch Ellis u. Bernard 1985b). Bislang existiert nur ein Meßinstrument, das auf dieser Grundlage basiert, nämlich der „Personal Beliefs Test" (Kassinove 1986), der allerdings noch nicht genügend empirisch überprüft wurde. Alle anderen Meßinstrumente basieren mehr oder weniger auf den „11 irrationalen Ideen" von Ellis (1977a), mit denen zahlreiche Probleme verknüpft sind und die als Grundlage für ein Meßinstrument nicht adäquat erscheinen (Borgart 1989).

Die Entwicklung und Aufrechterhaltung irrationaler Überzeugungen wurde von Ellis (1979b) weitgehend auf angeborene Faktoren zurückgeführt, während Umwelteinflüsse bislang zu wenig berücksichtigt wurden (Ellis 1982, Eschenroeder 1982, Meichenbaum 1977).

Die theoretischen Modellvorstellungen der rational-emotiven Therapie sind in unterschiedlichem Maße empirisch abgesichert. Die Annahme, daß irrationale Überzeugungen eine entscheidende Bedingung für emotionale oder psychische Störungen darstellen, wird indirekt durch eine große Zahl von Untersuchungen unterstützt, in denen ein korrelativer Zusammenhang zwischen irrationalen Überzeugungen und psychischen Störungen festgestellt wurde (im Überblick Borgart 1989, Smith 1982, Zettle u. Hayes 1980). Darüber hinaus gibt es auch mehrere experimentelle Studien, die eindeutigere Belege für den kausalen Einfluß kognitiver Prozesse auf emotionale, motorische und physiologische Anteile liefern. In diesen Studien wurde jedoch oft der Einfluß relativ unspezifischer Selbstverbalisationen, z. B. positiv oder negativ getönter Aussagen, geprüft (Mandel u. Shrauger 1980, May 1977, May u. Johnson 1973, Schuele u. Wiesenfeld 1983, Velten 1968). Nur in wenigen Untersuchungen wurde der Einfluß spezifischer Aspekte irrationaler Überzeugungen experimentell belegt (Rimm u. Litvak 1969, Rogers u. Craighead 1977, Russell u. Brandsma 1974, Schill, Monroe, Evans u. Ramanaiah 1978).

Die Annahme, daß eine therapeutische Besserung von einer Reduzierung irrationaler Überzeugungen abhängt, ist dagegen empirisch kaum bestätigt. Zwar gibt es, wie oben aufgezeigt, eine Reihe von Therapiestudien, die die Effektivität der rational-emotiven Therapie belegen, jedoch wurden nur in wenigen Studien überhaupt Veränderungen irrationaler Überzeugungen mit erfaßt. Diese fanden zwar signifikante Verbesserungen auf Maßen für irrationale Überzeugungen (Alden, Safran u. Weideman 1978, Kanter u. Goldfried 1979, Lipsky, Kassinove u. Miller 1980, Trexler u. Karst 1972), direkte korrelative Zusammenhänge zwischen Veränderungen irrationaler Überzeugungen und Veränderungen auf Therapieerfolgsmaßen wurden aber nur von Smith (1983) untersucht.

Die rational-emotive Therapie umfaßt unterschiedliche verbale/kognitive, vorstellungsbezogene und verhaltenszentrierte Veränderungsstrategien. *Die Frage, welche einzelnen Aspekte des therapeutischen Vorgehens für die Wirksamkeit der rational-emotiven Therapie entscheidend sind, ist empirisch nicht genügend geklärt.* Die Studien, in denen einzelne Komponenten, wie etwa Disputation, isoliert wurden, erbrachten keine eindeutigen Ergebnisse (Smith 1982, Zettle u. Hayes 1980). Bemerkenswert sind darüber hinaus die Befunde, die dafür sprechen, daß durch Verhaltensübungen in gleicher Weise oder sogar effektiver eine Reduzierung irrationaler Überzeugungen erreicht werden kann als durch verbale Techniken (Alden et al. 1978, Hammen, Jacobs, Mayol u. Cochran 1980). Dies entspricht auch unseren klinischen Erfahrungen, daß therapeutische Fortschritte zumeist erst dann zu beobachten sind, wenn es Patienten gelingt, rationale Überzeugungen in Verhaltensänderungen umzusetzen.

Zusammenfassung

Zusammenfassend läßt sich feststellen, daß mit dem Konzept der rational-emotiven Therapie noch zahlreiche Probleme verbunden sind, von denen wir einige wesentliche hier aufgeführt haben. Wie Smith (1982) bereits feststellte, besteht eine deutliche Diskrepanz zwischend der Popularität der rational-emotiven Therapie und den vorhandenen empirischen Belegen für ihre grundlegenden Modellvorstellungen. Sowohl die theoretischen Annahmen als auch die therapeutischen Strategien bedürfen weiterer Klärung, Verfeinerung und empirischer Absicherung. So könnte beispielsweise der Rückgriff auf allgemeine kognitive Emotionstheorien dazu beitragen, ein präzises theoretisches Modell zu entwickeln, welche Formen von kognitiven Prozessen zu emotionalen Störungen führen (Borgart 1984, 1987). Aufgabe für die weitere Forschung sollte vor allem sein, die Effektivität der rational-emotiven Therapie bei klinischen Populationen noch fundierter zu belegen und die Frage zu klären, welche spezifischen Elemente für eine therapeutische Veränderung entscheidend sind.

Literatur

Alden L, Safran J, Weideman R. A comparison of cognitive and skills training strategies in the treatment of unassertive clients. Behav Ther 1978; 9:843–6.

Beck AT. Wahrnehmung der Wirklichkeit und Neurose. München: Pfeiffer 1979.

Beck AT, Emery G. Kognitive Verhaltenstherapie bei Angst und Phobien. Eine Anleitung für Therapeuten. Tübingen: DGVT 1981.

Beck AT, Rush AJ, Shaw BF, Emery G. Kognitive Therapie der Depression. 2. Aufl. München: Psychologie Verlags Union 1986.

Borgart E-J. Rational-emotive Therapie (RET) und kognitive Emotionstheorien: Ansätze zu einer theoretischen Fundierung und Weiterentwicklung der RET. Z personenzentrierte Psychol Psychother 1984; 3:339–55.

Borgart E-J. Wirkfaktoren der rational-emotiven Therapie in Gruppen. Gruppendynamik 1986; 17:287–300.

Borgart E-J. Kritische Analyse kognitiver Therapien aus der Sicht der kognitiven Emotionstheorien von Lazarus und Weiner. Z Klin Psychol Psychopathol 1987; 35:231–43.

Borgart E-J. Meßinstrumente zur Erfassung „irrationaler" Überzeugungen: Ein Überblick über ihren gegenwärtigen Entwicklungsstand. Diagnostica 1989; 35:336–50.

Borgart E-J, Kemmler L. Klientenzentrierte Gesprächspsychotherapie und rational-emotive Therapie: Einige Gemeinsamkeiten und Unterschiede. Z Klin Psychol 1986; 15:110–23.

Borgart E-J, Kemmler L. Hausaufgaben in der Psychotherapie. Psychol Rundschau 1989; 40:10–7.

Bräutigam W, Christian P. Psychosomatische Medizin. 4. Aufl. Stuttgart: Thieme 1986.

Bresler J. Eating disorders and obesity. J Rational-Emotive Cogn-Behav Ther 1988; 6:9–22.

DiGiuseppe RA, Miller NJ. Überblick über Untersuchungen zur Effektivität der rational-emotiven Therapie. In: Praxis der rational-emotiven Therapie. Ellis A, Grieger R (Hrsg). München: Urban & Schwarzenberg 1979; 37–62.

Ellis A. Die rational-emotive Therapie. München: Pfeiffer 1977a.

Ellis A. The basic clinical theory of rational-emotive therapy. In: Handbook of Rational-Emotive Therapy. Ellis A, Grieger R (eds). New York: Springer 1977b; 3–34.

Ellis A. Rejoinder: Elegant and inelegant RET. The Counseling Psychologist 1977c; 7:73–82.

Ellis A. Rational-emotive therapy: Research data that support the clinical and personality hypotheses of RET and other modes of cognitive-behavior therapy. The Counseling Psychologist 1977d; 7:2–42.

Ellis A. Psychotherapie und der Wert eines Menschen. In: Praxis der rational-emotiven Therapie. Ellis A, Grieger R (Hrsg). München: Urban & Schwarzenberg 1979a; 65–78.

Ellis A. Toward a new theory of personality. In: Theoretical and Empirical Foundations of Rational-Emotive Therapy. Ellis A, Whiteley JM (eds). Monterey: Brooks/Cole 1979b; 7–32.

Ellis A. The theory of rational-emotive therapy. In: Theoretical and Empirical Foundations of Rational-Emotive Therapy. Ellis A, Whiteley JM (eds). Monterey: Brooks/Cole 1979c; 33–60.

Ellis A. The practice of rational-emotive therapy. In: Theoretical and Empirical Foundations of Rational-Emotive Therapy. Ellis A, Whiteley JM (eds). Monterey: Brooks/Cole 1979d; 61–100.

Ellis A. Discomfort anxiety: A new cognitive-behavioral construct (Part I). Rational Living 1979e; 14:3–8.

Ellis A. Discomfort anxiety: A new cognitive-behavioral construct (Part II). Rational Living 1980a; 15:25–30.

Ellis A. Rational-emotive therapy and cognitive behavior therapy: Similarities and differences. Cogn Ther Res 1980b; 4:325–40.

Ellis A. A reappraisal of rational-emotive therapy's theoretical foundations and therapeutic methods: A reply to Eschenroeder. Cogn Ther Res 1982; 6:393–8.

Ellis A. Wut. Die Kunst, sich richtig zu ärgern. München: Goldmann 1987.

Ellis A, Bernard ME (eds). Clinical Applications of Rational-Emotive Therapy. New York: Plenum Press 1985a.

Ellis A, Bernard ME. What is rational-emotive therapy (RET)? In: Clinical Applications of Rational-Emotive Therapy. Ellis A, Bernard ME (eds). New York: Plenum Press 1985b; 1–30.

Eschenröder C. Die Rolle des Therapeuten und die therapeutische Beziehung in der rational-emotiven Therapie. Integr Ther 1978; 3:168–81.

Eschenröder C. How rational is rational-emotive therapy? A critical appraisal of its theoretical foundations and therapeutic methods. Cogn Ther Res 1982; 6:381–92.

Franke A. Psychosomatische Störungen: Theorien und Versorgung. Stuttgart: Kohlhammer 1981.

Grieger RM. The process of rational-emotive therapy. J Rational-Emotive Ther 1985; 3:138–48.

Hammen CL, Jacobs M, Mayol A, Cochran SD. Dysfunctional cognitions and the effectiveness of skills and cognitive-behavioral assertion training. J Consult Clin Psychol 1980; 48:685–95.

Harvill R. Bulimia: Treatment of purging via systematic rational restructuring. J Rational-Emotive Ther 1985; 3:130–7.

Hoffmann M. Die Klient-Therapeut-Beziehung in den kognitiven Therapien. In: Die therapeutische Beziehung. Zimmer D (Hrsg). Weinheim: Edition Psychologie 1983; 130–7.

Jaeggi E. Sind kognitive Therapeuten „gefühllos“? Z personenzentrierte Psychol Psychother 1982; 1:79–91.

Kanter NJ, Goldfried MR. Relative effectiveness of rational restructuring and self-control desensitization in the reduction of interpersonal anxiety. Behav Ther 1979; 10:472–90.

Kassinove H. Self-reported affect and core irrational thinking: A preliminary analysis. J Rational-Emotive Ther 1986; 4:119–30.

Keßler BH, Hoellen B. Rational-emotive Therapie in der klinischen Praxis. Weinheim: Beltz 1982.

Lazarus A, Fay A. Ich kann, wenn ich will. Stuttgart: Klett-Cotta 1977.

Lazarus RS. Streß und Streßbewältigung – Ein Paradigma. In: Kritische Lebensereignisse. Filipp SH (Hrsg). München: Urban & Schwarzenberg 1981; 198–232.

Lazarus RS, Kanner AD, Folkman S. Emotions: A cognitive-phenomenological analysis. In: Emotion. Theory, Research and Experiences. Vol. 1: Theories of Emotion. Plutchik R, Kellerman H (eds). New York: Academic Press 1980; 189–217.

Lazarus RS, Launier R. Streßbezogene Transaktionen zwischen Person und Umwelt. In: Streß. Theorien, Untersuchungen, Maßnahmen. Nitsch J (Hrsg). Bern: Huber 1981; 213–59.

Lipsky M, Kassinove H, Miller NJ. Effects of rational-emotive therapy, rational role reversal and rational-emotive imagery on the emotional adjustment of community mental health center patients. J Consult Clin Psychol 1980; 48:366–74.

Mahoney MJ. Kognitive Verhaltenstherapie. München: Pfeiffer 1977a.

Mahoney MJ. A critical analysis of rational-emotive theory and therapy. The Counseling Psychologist 1977b; 7:44–6.

Mahoney MJ, Arnkoff DB. Cognitive and self-control therapies. In: Handbook of Psychotherapy and Behavior Change. Garfield SL, Bergin AE (eds). New York: John Wiley 1978; 689–722.

Mandel NM, Shrauger JS. The effects of self-evaluative statements on heterosocial approach in shy and nonshy males. Cogn Ther Res 1980; 4:369–81.

Marrazo M, Hickling EJ, Sison GFP. The combined use of rational-emotive therapy and biofeedback in the treatment of childhood migraine. J Rational-Emotive Ther 1984; 2:27–31.

Maultsby MC, Klärner JP. Praxis der Selbstberatung bei seelischen Problemen. Freiburg: Herder 1984.

May JR. Psychophysiology of self-regulated phobic thoughts. Behav Ther 1977; 8:150–9.

May JR, Johnson HJ. Physiological activity to internally elicited arousal and inhibitory thoughts. J Abnorm Psychol 1973; 82:239–45.

McGovern TE, Silverman MS. A review of outcome studies of rational-emotive therapy from 1977 to 1982. J Rational-Emotive Ther 1984; 2:7–18.

Meichenbaum D. Dr. Ellis, please stand up. The Counseling Psychologist 1977; 7:43–4.

Miller RC, Berman JS. The efficacy of cognitive behavior therapies: A quantitative review of the research evidence. Psychol Bull 1983; 9:39–53.

Miltner W. Streßbewältigung, subliminale Wahrnehmung und Krankheit. In: Verhaltensmedizin. Miltner W, Birbaumer N, Gerber W-D (Hrsg). Berlin: Springer 1986; 38–60.

Moleski R, Tosi DJ. Comparative psychotherapy: Rational-emotive therapy versus systematic desensitization in the treatment of stuttering. J Consult Clin Psychol 1976; 44:309–11.

Rimm DC, Litvak SB. Self-verbalization and emotional arousal. J Abnorm Psychol 1969; 74:181–7.

Rogers T, Craighead WE. Physiological responses to self-statements: The effects of statement valence and discrepancy. Cogn Ther Res 1977; 1:99–119.

Russell PL, Brandsma JM. A theoretical and empirical integration of the rational-emotive and classical conditioning theories. J Consult Clin Psychol 1974; 42:389–97.

Schill T, Monroe S, Evans R, Ramanaiah N. The effects of self-verbalizations on performance: A test of the rational-emotive position. Psychother 1978; 15:2–7.

Schmidt-Atzert L. Emotionspsychologie. Stuttgart: Kohlhammer 1981.

Schuele JG, Wiesenfeld AR. Autonomic response to self-critical thought. Cogn Ther Res 1983; 7:189–94.

Schulte D. Ein Schema für Diagnose und Therapieplanung in der Verhaltenstherapie. In: Diagnostik in der Verhaltenstherapie. Schulte D (Hrsg). München: Urban & Schwarzenberg 1974; 75–104.

Schwartz D. Gefühle erkennen und positiv beeinflussen. Landsberg am Lech: mvg 1986.

Shelton JL, Ackerman JM. Verhaltensweisungen. Hausaufgaben in Beratung und Psychotherapie. München: Pfeiffer 1978.

Smith ML, Glass GV. Meta-analysis of psychotherapy outcome studies. Am Psychol 1977; 32:752–60.

Smith TW. Irrational beliefs in the cause and treatment of emotional distress. A critical review of the rational-emotive model. Clin Psychol Rev 1982; 2:505–22.

Smith TW. Change in irrational beliefs and the outcome of rational-emotive psychotherapy. J Consult Clin Psychol 1983; 51:156–7.

Stiles WB, Shapiro DA, Elliott R. Are all psychotherapies equivalent? Am Psychol 1986; 41:165–80.

Sutton-Simon K. Assessing belief systems: concepts and strategies. In: Assessment Strategies for Cognitive-Behavioral Interventions. Kendall PC, Hollon SD (eds). New York: Academic Press 1981; 59–84.

Trexler LD, Karst TO. Rational-emotive therapy, placebo and no-treatment effects on public-speaking anxiety. J Abnorm Psychol 1972; 79:60–7.

Velten E. A laboratory task for induction of mood states. Behav Res Ther 1968; 6:473–82.

Walen SR, DiGiuseppe R, Wessler RL: RET-Training. Einführung in die Praxis der rational-emotiven Therapie. München: Pfeiffer 1982.

Wessler RA, Wessler RL. The Principles and Practice of Rational-Emotive Therapy. San Francisco: Jossey-Bass 1980.

Wessler RL. Varieties of cognitions in the cognitively-oriented psychotherapies. Rational Living 1982; 17:3–10.

Wolfe JL, Fodor IG. Modifying assertive behavior in women: A comparison of three approaches. Behav Ther 1977; 8:567–74.

Zettle RD, Hayes SC. Conceptual and empirical status of rational-emotive therapy. In: Progress in Behavior Modification. Hersen M, Eisler RM, Miller PM (eds). Vol. 9. New York: Academic Press 1980; 125–66.

Psychophysiologische und somatische Störungen (mit Fallbeispielen)

11 Anorexia nervosa

Rolf Meermann und Walter Vandereycken

Inhalt

1 Das Spektrum der psychogenen Eßstörungen

Eine zunehmende Anzahl Jugendlicher und junger Erwachsener leidet an psychogenen Eß- und Gewichtsstörungen. Manche Autoren sprechen von einer geradezu endemischen Zunahme der Krankheitsbilder der Magersucht (Anorexia nervosa) und Bulimia nervosa (Eß-Brech-Sucht). Beide Krankheiten finden sich hauptsächlich beim weiblichen Geschlecht. Ergebnisse epidemiologischer Studien lassen vermuten, daß in den westlichen zivilisierten Ländern z.Z. ca. 2–4 % der Frauen im Alter zwischen 18 und 35 Jahren an einer Bulimia nervosa erkrankt sind. Bei der Magersucht wird für die Altersgruppe der 12- bis 18jährigen mit einer Erkrankungshäufigkeit von 0,8–1 % zu rechnen sein. Der Anteil männlicher Anorexie-Patienten wird mit ca. 5 % angegeben, der Anteil männlicher Bulimia nervosa-Patienten liegt leicht darüber.

Obwohl die Magersucht und die Fettsucht (Adipositas) lange Zeit als zwei unterschiedliche und unabhängige psychosomatische Krankheitsbilder gegolten haben, gibt es aus der klinischen Praxis und Forschung genügend Hinweise dafür, daß man eine streng dichotome Sichtweise aufgeben sollte. So finden sich z.B. beide Erscheinungen bei ein und derselben Person im Wechsel.

Die *Magersucht* oder *Anorexia nervosa* erscheint klinisch zumindest in zwei Unterformen: Zum einen als rein diäthaltende, abstinente Magersucht (restriktive Anorexia nervosa), zum anderen als Magersucht mit Erbrechen und Laxanzienmißbrauch (bulimische Verlaufsform der Anorexia nervosa).

Die *Bulimia nervosa* als Eß-Brech-Sucht bzw. Freß-Kotz-Sucht ist primär charakterisiert durch anfallsweise Eßattacken und anschließende gewichtsregulierende Maßnahmen (wie Fasten, Laxanzienmißbrauch oder Erbrechen). Im Gegensatz zur Magersucht sind die Bulimia-nervosa-Patientinnen mehr oder weniger normalgewichtig. Zwischen der Bulimia nervosa und der psychosomatischen extremen Adipositas ist eine Patientengruppe einzuordnen, die Pudel (1982) als „latent Adipöse" bezeichnet hat.

Wir sind der Meinung, daß Eß-/Gewichtsstörungen besser erforscht und verstanden werden können, wenn man statt eines statischen Diagnosesystems ein dynamisches und dimensionsorientiertes Modell benutzt. Mit dem Begriff dynamisch meinen wir, daß wir den Faktor Zeit als äußerst wichtig in einem deskriptiven Ansatz berücksichtigen wollen, der den *Verlaufsaspekt* der Erkrankung mitberücksichtigt und der zeigt, daß sich die klinische Gesamtsituation ständig verändern kann. Tatsächlich ist nämlich jede klinische Diagnosestellung nur das Ergebnis einer bestimmten Einschätzung zu einem fixen Zeitpunkt, d.h., ein statisches Bild, ein Schnappschuß oder auch ein Querschnitt der zu einem bestimmten Zeitpunkt beobachteten klinischen Charakteristika. Unser dynamischer Ansatz bezieht die Tatsache mit ein, daß sich das klinische Bild einer dysorektischen Patientin im Laufe der Zeit ändern kann, während sich das zugrundeliegende Problem nicht verändert. Dementsprechend befürworten wir auch ein dimensionales Modell. Dieses Modell berücksichtigt die Heterogenität der Eßstörungen als eine klinisch relevante Tatsache und weist auf die Zusammenhänge der anorektischen Pathologie mit anderen Eß- und Gewichtsstörungen wie z.B. der Bulimia nervosa und der psychosomatischen Adipositas hin.

Das in Abbildung 11.1 gezeigte Dysorexia-/Dysponderosis-Kontinuum stellt unseren Versuch dar, Eß-Gewichtsstörungen auf eine dynamische und dimensionale Art und Weise zu beschreiben. Wenn man das zugrundeliegende seelische Problem als gestörtes *Eßverhalten* bezeichnet (unregelmäßiger Appetit, Hunger und/oder Sättigung), dann kann man die Störung der Dimension *„Dysorexia"* (Anorexia oder Nahrungsmittelabstinenz versus Hyperorexia oder Überessen) zuordnen. Wenn man die Krankheit jedoch hauptsächlich als eine Störung oder einen Ausfall der *Gewichtsregulation* ansieht, so scheint es passender, von der Dimension *„Dysponderosis"* (Streben nach Dünnsein oder Magersucht versus Fettleibigkeit oder Adipositas) zu sprechen.

An das eine Ende des Kontinuums legen wir das klassische Bild der restriktiven Anorexia nervosa, der Patientin, die stän-

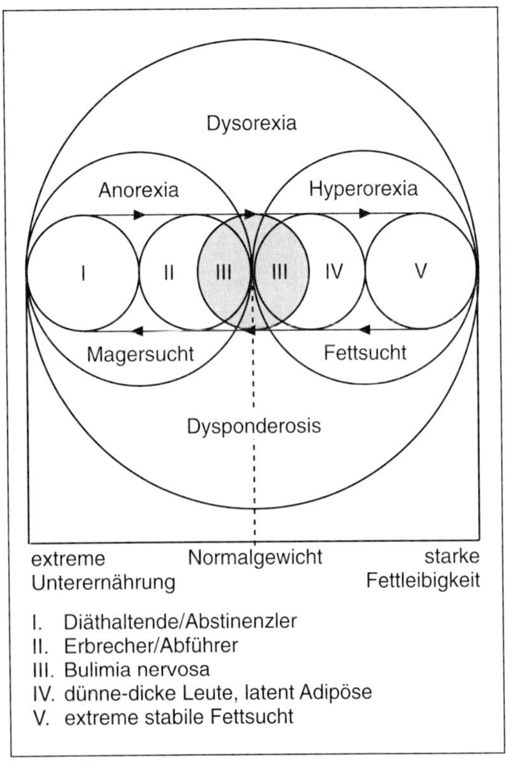

Abb. 11.1 Ein dimensionales Modell der Eß- und Gewichtsstörungen (aus Meermann und Vandereycken 1987).

dig abnimmt und die nichts zunehmen will. Die Untergruppe der bulimischen Anorexia nervosa (mit Erbrechen und Laxativmißbrauch) leitet über zur Bulimia nervosa, die gewissermaßen eine zentrale Position zwischen der bulimischen Anorexie auf der einen Seite und den übergewichtigen zwanghaft überessenden Patienten auf der anderen Seite darstellt. Letztere sind (vormals) fettleibige Patienten, die nur durch ständige gedankliche Beschäftigung mit Nahrung und Kalorien mühsam ihr Normalgewicht halten können. Am anderen Ende des Kontinuums sind die mehr oder weniger stabilen psychosomatischen Fettleibigen anzuordnen, bei denen das Übergewicht das Resultat von verschiedenen Faktoren (nicht nur durch Hyperphagie verursacht) ist.

Diese fünf aufgezeigten Symptomgruppen müssen als eine Art von Markierungspunkten verstanden werden, nach der die individuelle Krankengeschichte eines einzelnen Patienten nachzuzeichnen ist. Manche Patienten entwickeln nur eine dieser klinischen Formen, während andere sich möglicherweise von einer Position zur anderen bewegen. Auch das Oszillieren zwischen zwei Markierungspunkten findet sich häufig. Die Austauschbarkeit oder Abwechslung der Symptome ist entweder ein spontanes Phänomen (z.B. kann ein chronisch fettsüchtiger Patient oder ein anorektischer Diäthaltender im Laufe der Zeit zu einem Anfallsesser werden), oder sie wird durch die ärztliche Intervention (d.h. iatrogen) verursacht (der extrem fettleibige Patient wird, wenn er auf eine strenge Diät gesetzt wird, zu einem latent Adipösen; nicht lege artis ausgeführte Zwangsernährung eines ausgemergelten Anorektikers bringt zwangsläufig auch immer das Risiko der Auslösung von Verhaltensweisen mit sich, die zu Erbrechen und Abführen beim Patienten führen).

2 Diagnostische Kriterien der Magersucht

Auf die Schwierigkeiten einer validen Diagnose der Magersucht und Bulimia nervosa sind wir an anderer Seite ausführlich eingegangen (Meermann u. Vandereycken 1987, Vanderlinden, Norré, Vandereycken, Meermann 1992). Aus praktisch-klinischen Gründen bevorzugen wir die Diagnosekriterien der Amerikanischen Psychiatrischen Gesellschaft in der Fassung des DSM-IV (1994). In der Bundesrepublik bedeutsam ist darüber hinaus die Internationale Klassifikation der Krankheiten der Weltgesundheitsorganisation in der Fassung des ICD-10 (1991).

Tab. 11.1 Diagnostische Kriterien der Anorexia nervosa (auf der Grundlage des Entwurfs zum DSM-IV 1994).

A	Das Körpergewicht wird absichtlich nicht über dem der Körpergröße oder dem Alter entsprechenden Minimum gehalten, d.h. Gewichtsverlust auf ein Gewicht von 15 % oder mehr unter dem zu erwartenden Gewicht bzw. während der Wachstumsperiode Ausbleiben der zu erwartenden Gewichtszunahme mit der Folge eines Gewichts von 15 % oder mehr unter dem erwarteten Gewicht.
B	Starke Angst vor Gewichtszunahme oder Angst vor dem Dickwerden, obgleich Untergewicht besteht.
C	Störung der eigenen Körperwahrnehmung hinsichtlich Gewicht oder Form, übermäßiger Einfluß von Körperform oder -gewicht auf die Selbstbewertung oder Verkennung der Ernsthaftigkeit des derzeitigen geringen Körpergewichts.
D	Bei Frauen Aussetzen von mindestens drei aufeinanderfolgenden Menstruationszyklen, deren Auftreten sonst zu erwarten gewesen wäre (primäre oder sekundäre Amenorrhoe; bei Frauen liegt eine Amenorrhoe vor, wenn die Menstruation nur bei Gabe von Hormonen, z.B. Östrogenen, eintritt).

Tab. 11.2 Diagnose der Magersucht nach ICD-10.

F50.0 Anorexia nervosa

Die Anorexia nervosa ist durch einen absichtlich selbst herbeigeführten und/oder aufrechterhaltenen Gewichtsverlust charakterisiert. Am häufigsten ist die Störung bei heranwachsenden Mädchen und jungen Frauen; heranwachsende Jungen und junge Männer sind wie Kinder vor der Pubertät und ältere Frauen bis zur Menopause wesentlich seltener betroffen. DieAnorexia nervosa stellt in folgender Hinsicht ein eigenständiges Syndrom dar:

1. Die klinischen Merkmale des Syndroms sind leicht erkennbar, so daß die Diagnose mit einem hohen Grad an Übereinstimmung zwischen verschiedenen Klinikern zuverlässig gestellt werden kann.
2. Verlaufsstudien haben gezeigt, daß eine beträchtliche Anzahl nicht remittierter Patienten Hauptmerkmale der Anorexia nervosa weiter in einer chronischen Form aufweisen.

Obwohl die Ursachen der Anorexia nervosa noch wenig faßbar sind, wächst die Überzeugung, daß vor allem eine Interaktion soziokultureller und biologischer Faktoren sowie auch unspezifische psychologische Mechanismen und die Vulnerabilität der Persönlichkeit eine Rolle spielen. Mit der Erkrankung ist eine Unterernährung unterschiedlichen Schweregrades verbunden, die sekundär zu endokrinen und metabolischen Veränderungen sowie anderen körperlichen Funktionsstörungen führt. Es bleiben einige Zweifel, ob die charakteristische endokrine Störung durch die Unterernährung und als direkte Folge der verschiedenen zugrundeliegenden Verhaltensweisen (z.B. eingeschränkte Nahrungsauswahl, exzessive Sportbetätigung und Änderung der Körperbeschaffenheit, induziertes Erbrechen und Abführen mit der Folge von Elektrolyt-Entgleisungen) aufzufassen ist, oder ob andere noch ungeklärte Faktoren eine Rolle spielen.

Diagnostische Leitlinien:

Für die Diagnose sind alle folgenden Kriterien erforderlich:

1. Tatsächliches Körpergewicht mindestens 15 % unter dem erwarteten (entweder durch Gewichtsverlust oder nie erreichtes Gewicht) oder Quetelets-Index*) von 17,5 oder weniger. Bei Patienten in der Vorpubertät kann die erwartete Gewichtszunahme während der Wachstumsperiode ausbleiben.
2. Der Gewichtsverlust ist selbst herbeigeführt durch:
   a. Vermeidung von hochkalorischen Speisen; und eine oder mehrere der folgenden Möglichkeiten:
   b. selbst induziertes Erbrechen;
   c. selbst induziertes Abführen;
   d. übertriebene körperliche Aktivitäten;
   e. Gebrauch von Appetitzüglern und/oder Diuretika.
3. Körperschema-Störung in Form einer spezifischen psychischen Störung: Die Angst, zu dick zu werden, besteht als eine tiefverwurzelte überwertige Idee; die Betroffenen legen eine sehr niedrige Gewichtsschwelle für sich selbst fest.
4. Eine endokrine Störung auf der Hypothalamus-Hypophysen-Gonaden-Achse. Sie manifestiert sich bei Frauen als Amenorrhoe und bei Männern als Libido- und Potenzverlust. Eine Ausnahme stellt das Persistieren vaginaler Blutungen bei anorektischen Frauen mit einer Hormonsubstitutionstherapie zur Kontrazeption dar. Erhöhte Wachstumshormon- und Kortisolspiegel, Änderungen des peripheren Metabolismus von Schilddrüsenhormonen und Störungen der Insulinsekretion können gleichfalls vorliegen.
5. Bei Beginn der Erkrankung vor der Pubertät ist die Abfolge der pubertären Entwicklungsschritte verzögert oder gehemmt (Wachstumsstopp; fehlende Brustentwicklung und primäre Amenorrhoe beim Mädchen; bei Knaben bleiben die Genitalien kindlich). Nach Remission wird die Pubertätsentwicklung häufig normal abgeschlossen, die Menarche tritt aber verspätet ein.

Differentialdiagnose:

Es können depressive und Zwangssymptome wie auch Merkmale einer Persönlichkeitsstörung vorkommen. Dann wird die Abgrenzung zu dieser Störung und/oder die Verwendung von mehr als einer diagnostischen Kodierung notwendig. Somatische Ursachen eines Gewichtsverlustes bei jungen Patienten müssen berücksichtigt werden, z.B. chronisch konsumierende Erkrankungen, Hirntumoren, Darmerkrankungen wie Morbus Crohn oder ein Malabsorptionssyndrom.

*) Quetelets-Index: $\frac{W}{H^2}$

(W = Körpergewicht in kg; H = Körpergröße in Meter)

Die klinische Diagnose der Anorexia nervosa (Magersucht) dürfte in aller Regel kein allzugroßes Problem darstellen. Neben dem kachektischen Gesamtzustand ist insbesondere das subjektive Erleben (die Einstellung der Patientin zu ihrem Körpergewicht und ihrer äußeren Erscheinungsform) richtungsweisend. Fremdanamnestische Angaben in bezug auf das Eßverhalten sind hilfreich (vgl. Das klinische Interview, S. 238).

3 Differentialdiagnose

Eine exakte Diagnose psychogener Eßstörungen kann nur durch den Spezialisten, d.h. durch den Facharzt für Psychiatrie und Psychotherapie, gestellt werden. Viele Allgemeinärzte mit entsprechender psychiatrisch-psychosomatischer Erfahrung sind ebenfalls in der Lage, eine exakte und verläßliche Diagnose zu stellen. Eine Diagnosestellung kann jedoch nur durch die Zusammenschau von psychopathologischen und somatischen Befunden erfolgen, d.h., daß eine körperliche Untersuchung der Kranken unverzichtbar ist. Erst die Synopse aus somatischen Befunden und den Ergebnissen des klinischen Interviews schließt alle anderen differentialdiagnostischen Möglichkeiten aus und ermöglicht eine entsprechende Indikationsstellung, z.B. zu ambulanter oder stationärer Psychotherapie. Die Diagnose der Anorexia nervosa ist unseres Erachtens relativ leicht zu stellen, wenn der Arzt dem Verhalten und dem subjektiven Erleben der Patientin mehr Aufmerksamkeit schenkt als ihren Körperfunktionen. Aus diesem Grund können wir gar nicht oft genug darauf hinweisen, wie wichtig es ist, die Patientin zu fragen, wie sie selbst ihr Problem sieht, bevor eine Routineanamnese erhoben wird.

Der Grund für die körperliche (somatomedizinische) Untersuchung und den Einsatz an ggf. zusätzlicher apparativer Diagnostik (vgl. körperliche Untersuchungsbefunde, S. 239) ist der Ausschluß somatischer Ursachen für die Unterernährung sowie die Dokumentation von greifbaren somatischen Konsequenzen der Aushungerung, die auch während des Verlaufs der Therapie überwacht werden müssen.

Durch klinisches Interview und körperliche Untersuchung müssen somatische und psychiatrische Differentialdiagnosen ausgeschlossen werden. Einige *metabolisch-morphologische Veränderungen* als Sekundärfolge der Kachexie sind in Abbildung 11.2 dargestellt. Die Darstellung dieser Befunde bedeutet nicht, daß man bei allen Patienten nach diesen Anormalitäten suchen soll. Im Gegenteil wollen wir darstellen, wie die Magersucht mit zahlreichen metabolischen, physiologischen und endokrinologischen Veränderungen verbunden sein kann. Diese können ihrerseits wiederum direkt mit dem Zustand der Unterernährung zusammenhängen und sind für gewöhnlich bei einer Gewichtszunahme reversibel. Insofern sollte eine routinemäßige Laboruntersuchung durchgeführt werden, um evtl. andere Ursachen für die Unterernährung auszuschließen und um das Ausmaß der Unterernährung zu bestimmen: Rotes und weißes Blutbild, Elektrolyte, Leberwerte, Gesamtprotein sollten insbesondere untersucht werden. Einige physiologische Veränderungen, wie z.B. der Anstieg in den Serumenzymen S-GOT, LDH und der alkalischen Phosphatase, können bei Gewichtsrestitution auftreten und gehen wieder auf normale Werte zurück, wenn die Patientin eine Zeitlang ihr normales Gewicht gehalten hat.

Im Fall einer extremen Bradykardie, von Herzrhythmusstörungen, systolischen Herzgeräuschen oder auch Elektrolytverschiebungen sollte ein EKG durchgeführt werden. Zum Ausschluß eines Gehirntumors empfehlen wir ein EEG sowie eine kranielle Computertomographie (CCT).

Psychiatrisch-differentialdiagnostisch sind im wesentlichen schizophrene Patienten abzugrenzen, die aufgrund von Wahnvorstellungen (z.B. Vergiftungswahn) nicht mehr essen. Diese zeigen jedoch nicht die Gewichtsphobie und den Drang zum Dünnsein, der für die Magersucht charakteristisch ist. Trotzdem können die nahezu wahnhaften Vorstellungen, die Magersuchtpatientinnen in bezug auf ihren Körper oder Nahrungsmittel haben, nahelegen, daß es sich bei der Anorexia nervosa um eine „forme fruste“ der Schizophrenie handelt. Es gibt zwar Berichte über die Entwicklung einer Schizophrenie bei ano-

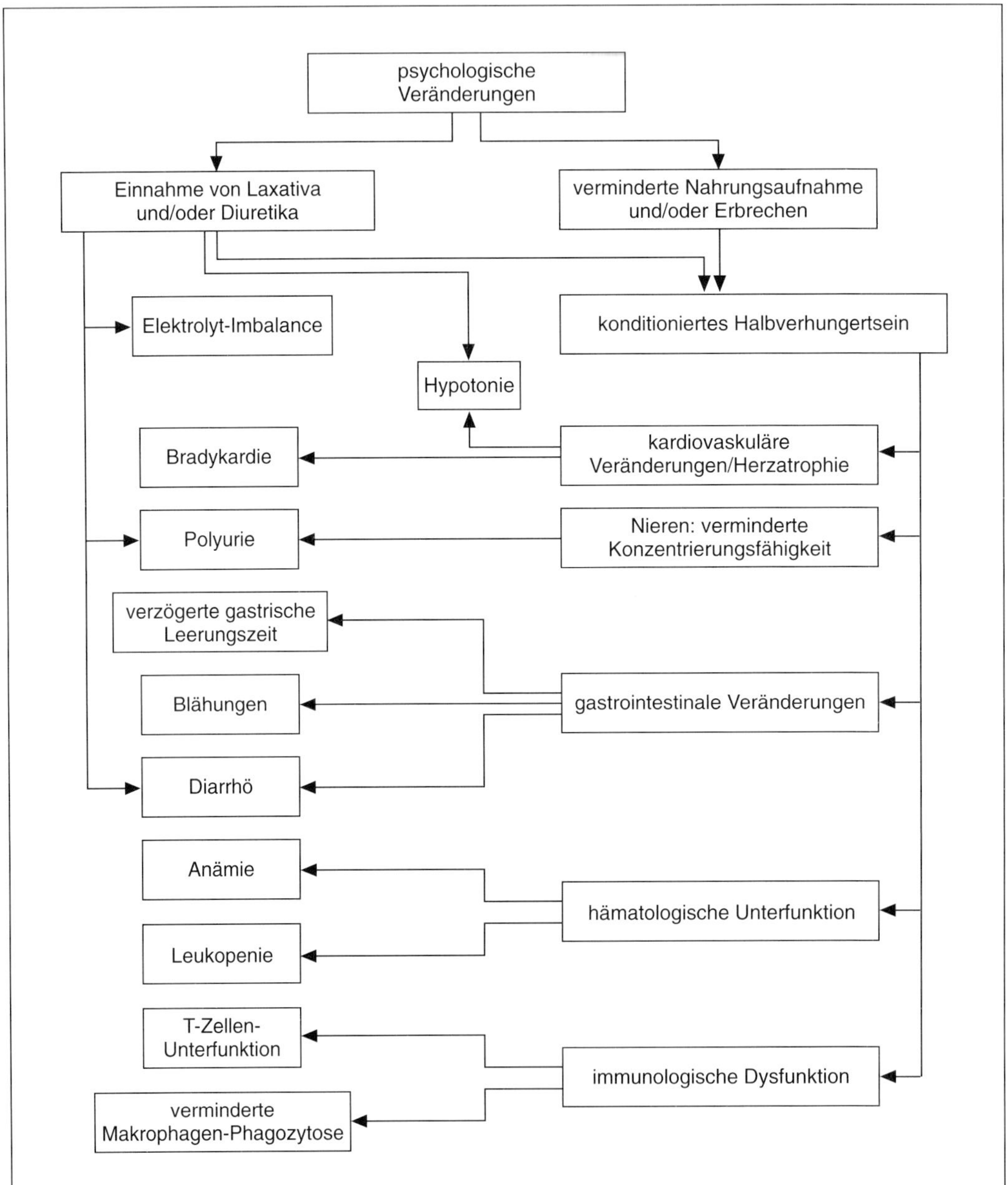

Abb. 11.2 Metabolisch-morphologische Veränderungen bei Anorexia nervosa (aus Meermann u. Vandereycken 1987).

Tab. 11.3 Klinische Symptome der Magersucht, Konversionsneurose, Schizophrenie und Depression (nach Garfinkel et al. 1983).

Merkmal	Anorexia nervosa	Konversionssyndrom	Schizophrenie	Depression
Extrem ausgeprägtes Streben nach Dünnsein	Deutlich	Nicht vorhanden	Nicht vorhanden	Nicht vorhanden
Selbstauferlegtes Hungern	Deutlich (zurückzuführen auf die Angst vor dem Dickwerden)	Nicht vorhanden	Deutlich (zurückzuführen auf Wahnvorstellungen im Zusammenhang mit Essen)	Nicht vorhanden
Störungen des Körperschemas	Vorhanden (mangelnde Einsicht in die Veränderungen der Körperausmaße und fehlende Zufriedenheit mit oder Freude am Körper)	Nicht vorhanden	Nicht vorhanden	Nicht vorhanden
Appetit	Noch vorhanden (aber mit der Angst vor Impulsdurchbrüchen verbunden)	Unterschiedlich ausgeprägt	Noch vorhanden	Echte Appetitlosigkeit
Sättigung	Meist im Sinne von Völlegefühl, Übelkeit, schneller Sättigung	Unterschiedlich ausgeprägt	Unterschiedlich ausgeprägt	Unterschiedlich ausgeprägt
Vermeiden spezieller Nahrungsmittel	Vorhanden (bei Kohlenhydraten oder Nahrungsmitteln, die als hochkalorisch eingeschätzt werden)	Nicht vorhanden	Vorhanden (bei Nahrungsmitteln, von denen angenommen wird, daß sie vergiftet sind)	Kein Interesse mehr an jeder Art von Nahrung
Bulimie	Vorhanden bei 30–50 %	Kann vorkommen	Selten	Selten
Erbrechen	Vorhanden (um eine Gewichtszunahme zu verhindern)	Vorhanden (hat Symbolcharakter)	Selten (um unerwünschte Auswirkungen auf den Körper zu verhindern)	Nicht vorhanden
Laxanzienmißbrauch	Vorhanden (um eine Gewichtszunahme zu verhindern)	Selten vorhanden (hat Symbolcharakter)	Nicht vorhanden	Nicht vorhanden
Aktivitätsniveau	Erhöht	Reduziert oder unverändert	Unverändert	Reduziert
Amenorrhö	Erhöht	Reduziert oder unverändert	Unverändert	Reduziert

Tab. 11.4 Allgemeinmedizinisches Interview bei Patienten mit einem Gewichtsproblem (aus Meermann u. Vandereycken 1987).

1. Ansichten der Patientin über das Problem. Gibt es eine Gewichtsstörung?
2. Beginn des Problems.
3. Verlauf des Problems.
4. Verschlechternde oder verbessernde Umstände.
   a) Art der Umstände.
   b) Andauer der Verschlimmerung oder Remission.
   c) Diät- und Aktivitätsgeschichte.
5. Krankengeschichte inklusive Medikamenten-, Drogen- oder Alkoholgebrauch oder -mißbrauch.
6. Untersuchung der Körperfunktionen mit besonderer Aufmerksamkeit auf eventuelle begünstigende oder verschlimmernde medizinische Probleme.
7. Familiengeschichte in bezug auf Gewichtsstörungen, genetische Anormalitäten, Krankheiten mit Bezug zu Gewichtsstörungen.
8. Psychiatrische Krankengeschichte.

rektischen Patientinnen, für gewöhnlich sind psychotische Zustände bei Magersüchtigen oder bulimischen Patientinnen vorübergehender Natur.

Sehr viel häufiger findet sich hingegen eine Komorbidität von Magersucht und depressiver Störung. Weitere psychiatrische Differentialdiagnosen sind Zwangsneurose und psychogenes Erbrechen.

Tabelle 11.3 listet einige psychiatrische Differentialdiagnosen der Magersucht auf.

4 Das klinische Interview bei Anorexia nervosa (Verhaltensanalyse)

Häufig wird die Diagnose einer Magersucht deshalb nicht beim praktischen Arzt gestellt, weil

- ein wenig ausgeprägter Gewichtsverlust vorliegt (z.B. bei der bulimischen Anorexie), weil
- unnötige und aufwendige Untersuchungen ausgeführt werden, um andere Krankheiten auszuschließen und weil
- die Patientinnen selber abstreiten, an Eß- und Gewichtsstörungen zu leiden.

Verleugnung, d.h. die einfache Verneinung einer Situation, über die sich andere Sorgen machen, kann zwar sicherlich schon das erste Hindernis im diagnostischen Prozeß sein, dies jedoch hauptsächlich für unerfahrene Kliniker. Vielmehr sollte die Tatsache, daß ein offensichtlich unterernährtes Mädchen behauptet, gesund zu sein und sich auch so benimmt, ein erster und ernster Hinweis sein, der den Argwohn verstärken und Anlaß zu einer direkten Befragung der Patientin und ihrer Familie geben. Magersüchtige täuschen ihre Umwelt so perfekt, daß sie wegen eines anderen Aspektes ihrer Erkrankung in intensiver medizinischer Behandlung sein können, auch z.B. wegen Diarrhöen unklarer Ursache und der Frage, ob dies durch exzessive Laxanzieneinnahme verursacht wurde oder nicht, ohne daß die zugrundeliegende Gewichtsphobie diagnostiziert wurde.

Tabelle 11.4 gibt einige Hinweise für den Verlauf einer gezielten Anamnese. Wichtig ist das bewußtseinsferne Kriterium der Krankheitsverleugnung bzw. Krankheitsverleugnungstendenz vieler magersüchtiger Patientinnen. Auch haben bulimische Patientinnen oft Probleme, spontan und klar in eine direkte Kommunikation mit dem Arzt über ihre Symptomatik zu treten.

Dementsprechend ist der erste und wichtigste Schritt der Aufbau einer guten Arzt-Patient-Beziehung, um negative bzw. aggressive Reaktionen zu verhindern und

Tab. 11.5 Interviewleitfaden zur Exploration anorektischen Verhaltens (aus Meermann u. Vandereycken 1987).

1.	**Gewicht** Wie denkst Du über Dein jetziges Gewicht? Hast Du in der letzten Zeit Gewicht verloren? Wieviel in welchem Zeitraum? Wolltest Du Gewicht verlieren? Wieviel und warum? Was ist Dein Idealgewicht? Fühlst Du Dich oft „fett"? Denken andere Leute (z.B. zu Hause), daß du Gewicht verlieren oder zunehmen solltest? Hast Du Angst davor, übergewichtig zu werden? Wieviel würdest Du bei Dir als Übergewicht bezeichnen? Benutzt Du manchmal Abführmittel/Entwässerungstabletten, um Gewicht zu verlieren? Bist Du jemals wegen einer Gewichtsstörung behandelt worden?
2.	**Nahrungsaufnahme** Was ißt Du? Wie viel? Wie oft? Wann und wo? Ziehst Du es vor, alleine zu essen? Vermeidest Du es, vor anderen zu essen? Fastest Du manchmal? Wie oft? Für wie lange? Hast Du jemals Angst, nicht mit dem Essen aufhören zu können? Ißt Du jemals große Mengen an Nahrung in einem sehr kurzen Zeitraum? Überrascht Du Dich oft dabei, wie Du ständig über Essen und Kalorien nachdenkst? Stört das Essen deinen Lebensrhythmus? In welchem Ausmaß? Führst Du jemals Erbrechen herbei, nachdem Du gegessen hast? Nimmst Du jemals Pillen, um deinen Appetit zu zügeln? Glaubst Du, daß dein Eßverhalten normal ist? Bist Du jemals wegen einer Eßstörung behandelt worden?
3.	**Aktivität** Übst Du Sport aus? Welche Sportarten? Fühlst Du Dich schneller müde als früher? Hast Du einen aktiven Lebensstil? Jetzige und frühere sportliche Entwicklung, Art des Berufs: aktiv, sitzend, mit Essen zu tun?

um mit statt gegen die Familie zu arbeiten. Wenn so beide Parteien, Patientin und Familie, auf eine einfühlsame und verständnisvolle Art und Weise angesprochen werden, kann das klinische Interview, das sich auf das typische anorektische Verhalten konzentriert, durchgeführt werden (vgl. Tab. 11.5). Ein solches Interview bringt nicht nur wichtige Informationen, sondern kann auch das Vertrauen der Patientin gewinnen, wenn der Arzt die richtigen Fragen auf die richtige Art und Weise stellt. Für Eltern gibt es auch einen spezifischen Fragebogen.

5 Körperliche Untersuchungsbefunde bei Anorexia nervosa

Die körperliche Untersuchung beinhaltet die Messung von Körpergröße und Körpergewicht, vorzugsweise unbekleidet (cave Täuschungsversuche durch die Patientin, z.B. durch Verstecken von schweren Gegenständen in der Kleidung oder durch das Trinken von Wasser vor dem Wiegen), eine internistische Untersuchung mit Palpation, Auskultation und Perkussion sowie eine klinisch-neurologische Untersuchung. Auf diese Art und Weise können unter Umständen verschiedene physiologische Charakteristika gefunden werden, die wir in Tabelle 11.6 aufgelistet haben.

Tab. 11.6 Mögliche Befunde der körperlichen Untersuchung einer Magersüchtigen (aus Meermann u. Vandereycken 1987).

Allgemein	Untergewicht Kachexie Hypothermie Bradypnoe
Kardiovaskulär	Hypotonie Bradykardie Arrhythmien periphere Ödeme Akrozyanose
Kutan	atrophe, trockene Haut gelbliche Haut Haarverlust Lanugohaare
Oral	dentale Anormalitäten geschwollene Speicheldrüsen

6 Ätiologie: Die kognitiv-verhaltenstheoretische Sichtweise

Wir sind der Überzeugung, daß bei einem so komplexen psychophysiologischen Krankheitsbild wie der Magersucht nur durch eine multidimensionale Sichtweise und durch Beachtung der Verlaufsperspektive ein adäquates Entstehungs- und Aufrechterhaltungsmodell skizziert werden kann. Wir werden im folgenden nicht auf die psychodynamische, systemtheoretische, soziokulturelle und biologische Sichtweise eingehen, wenngleich alle diese Modelle ihren Beitrag zu unserem Verständnis der Eßstörungen geliefert haben. Im folgenden wollen wir unsere eigene kognitiv-verhaltentheoretische Sichtweise, d.h. eine funktionale Analyse der Anorexia nervosa, erläutern.

6.1 Kognitive Defizite

Tabelle 11.7 listet häufige anorektische Kognitionen auf. Die häufigsten Auffälligkeiten in der Argumentation Magersüchtiger sind ihre dichotome Denkweise, das Phänomen der Personalisierung und abergläubisches Denken. Über die Ursachen solcher kognitiven Beeinträchtigungen bzw. Verzerrungen können wir zum jetzigen Zeitpunkt nur spekulieren: Handelt es sich, zumindest teilweise, um (vorübergehende) Verzerrungen als Sekundäreffekte der Auszehrung, sind es bewußte Negierungen (Verleugnung), oder ist es eine bewußtseinsferne psychologische Abwehr oder eine sich verändernde Kombination all der genannten Mechanismen? Ohne Frage führt Unterernährung zu einer Bewußtseinseinengung mit total in sich selbst vertieften Patientinnen, die nur noch über das Essen und ihr Gewicht grübeln.

6.2 Störungen der Körperwahrnehmung

Wir sind an anderer Stelle (Meermann 1991) ausführlich auf die therapeutische Relevanz der sogenannten Body-Image-Störungen bei Magersucht und Bulimie eingegangen. In bezug auf die Wahrnehmung ihrer äußeren Körperdimensionen (Körperschema) gibt es ausreichende empirische Daten, daß eßgestörte Patientinnen eine stärkere Überschätzungstendenz der eigenen Körperdimensionen zeigen bzw. eine größere Variabilität (d.h. größere Unsicherheit) ihrer subjektiven Schätzung gegenüber den objektiven Körpermaßen. Dabei ist das Ausmaß der Überschätzungstendenz bzw. der erhöhten Variabilität der Schätzungen positiv korreliert mit einer Reihe psychopathologischer Charakteristika, die auch als Prädiktorvariablen identifiziert sind: Hyperaktivität, Tendenz zur Krankheitsverleugnung, psychosexuelle Unreife, frühere ergebnislose Hospitalisierung, Krankheitsdauer, Aufnahmegewicht, Katamneseindex etc.

Ähnliche Defizite in der Körperwahrnehmung finden sich auch bei interozeptiven Reizen: Störungen der Wahrnehmung von Hunger oder Sättigung, Geschmacks-

Tab. 11.7 Anorektische Kognitionen (nach Garner u. Bemis 1982).

Selektive Abstraktion, oder das Begründen einer Überzeugung mit einzelnen Indizien, während widersprüchliche und glaubwürdigere Beweise ignoriert werden.	Beispiele: „Ich kann mich einfach nicht beherrschen. Als ich gestern in einem Restaurant zu Abend aß, habe ich alles gegessen, was mir serviert wurde, obwohl ich mir schon vorher vorgenommen hatte, vorsichtig zu sein. Ich bin so schwach". „Für mich ist die Nahrungsaufnahme die einzige Möglichkeit, mich unter Kontrolle zu haben". „Wenn ich dünn bin, bin ich etwas Besonderes".
Übergeneralisierung, oder das Aufstellen einer Regel auf der Basis nur einer einzigen Begebenheit und die Übertragung dieser Regel auf andere, unähnliche Situationen.	Beispiele: „Als ich noch Kohlenhydrate gegessen habe, war ich dick; deshalb muß ich jetzt kohlenhydratreiche Kost vermeiden, um nicht fett zu werden". „Früher hatte ich Normalgewicht; und ich war nicht glücklich. Also weiß ich, daß ich mich auch nicht besser fühlen werde, wenn ich zunehme".
Übertreibung, oder die Überschätzung der Wichtigkeit von unerwünschten Konsequenzen. Die Stimuli werden mit einer tieferen Bedeutung belegt, die sich bei einer objektiven Analyse nicht bestätigen läßt.	Beispiele: „Fünf Pfund zuzunehmen, gäbe mir den Rest". „Ich könnte es nicht aushalten, wenn sich jemand über meinen Gewichtszuwachs äußern würde". „Ich habe zwei Pfund zugenommen, also kann ich keine Shorts mehr tragen.
Dichotomes oder Alles-oder-Nichts-Denken, oder Denken in extremen und absoluten Begriffen. Geschehnisse können nur schwarz oder weiß, richtig oder falsch, gut oder schlecht sein.	Beispiele: „Wenn ich mich nicht total in der Gewalt habe, verliere ich jegliche Kontrolle über mich. Wenn ich diesen Aspekt meines Lebens nicht meistern kann, verliere ich alles". „Wenn ich ein Pfund zunehme, dann kann ich nicht aufhören und nehme hundert Pfund zu". „Wenn ich meinen Tagesablauf nicht plane, verläuft alles chaotisch, und ich erreiche nichts".
Personalifizierung und Selbst-Referenz, oder die egozentrische Interpretation von unpersönlichen Ereignissen oder die Überbewertung von die Person betreffenden Ereignissen.	Beispiele: „Als ich vorbeiging, lachten und tuschelten zwei Leute. Sie haben wahrscheinlich gesagt, wie unattraktiv ich doch aussähe. Ich habe nämlich drei Pfund zugenommen...". „Es ist mir peinlich, wenn mir andere Leute beim Essen zuschauen". „Wenn ich jemand sehe, die Übergewicht hat, mache ich mir Sorgen, daß ich einmal so sein werde, wie sie".
Abergläubisches Denken, oder der Glaube an eine Ursache-Wirkung-Beziehung zwischen absolut unabhängigen Ereignissen.	Beispiele: „Ich kann mich an Nichts mehr erfreuen, weil man es mir wegnehmen wird". „Wenn ich eine Süßigkeit esse, so wird sie sofort in Bauchspeck umgewandelt".

wahrnehmung. Ohne Frage müssen diese Phänomene in einem komplexen Behandlungsprogramm und auch bei der Evaluation von Langzeitergebnissen Beachtung finden.

6.3 Die falsche Problemlösestrategie

In Deutschland haben insbesondere Schröder (1977) und Otte, Baseler und Schwoon (1978) wertvolle lerntheoretische Beiträge zur Ätiopathogenese der Magersucht geliefert, die wir im folgenden ausführlich darstellen wollen.

Es ist eine zumindest in unserer Gesellschaft gut bekannte Tatsache, daß die körperliche Reifung in der Pubertät sehr oft von psychischer Instabilität, Angst und Unsicherheit begleitet wird (Schröder 1977). Dies kann – schlimmstenfalls – zu einer ernstzunehmenden psychophysiologischen Reifungs- und Identitätskrise führen. Körperliche Attraktivität ist besonders bei heranreifenden Mädchen für die Selbstachtung sehr wichtig. Aus diesem Grunde erscheint es plausibel, daß Beobachtungen, Gefühle und Kognitionen über die Reifung des Körpers und das eigene Aussehen einen besonders hohen Stellenwert haben. Ebenso ist es auch verständlich, daß die Empfänglichkeit für diese betreffenden Informationen (z.B. über das derzeitige Mode-Ideal, schlank zu sein, oder Hänseleien wegen „Baby-Speck", die als aversiv erlebt werden) erhöht ist. Schlankheit kann auch die Gelegenheit bieten, sexuelle Triebimpulse, die als widersprüchlich erlebt werden, zu steuern, indem man sie vergeistigt und gleichzeitig die physische Reifung verzögert.

Nach Schröder (1977) kann die Genese der Anorexia nervosa den folgenden idealtypischen Lauf nehmen. Bis zum Beginn der Pubertät waren hervorragende Leistungen und gutes Benehmen die konditionierten Stimuli für das verstärkende Gefühl der Selbstachtung. Jetzt wird die körperliche Reifung (vielleicht als ein Prozeß des Vergleichens mit gleichaltrigen Bezugspersonen) wichtiger für das Selbstwertgefühl, kann aber nicht von der Patientin direkt beeinflußt werden. Sie muß Dinge akzeptieren, über die sie keinerlei Kontrolle hat, und dies führt zu einem Gefühl der Hilflosigkeit. Während vorher die konditionierten Stimuli (CS) Leistung und gutes Benehmen zu der konditionierten Reaktion (CR) Selbstachtung geführt haben, treten jetzt aversive CS (z.B. in Form von Hänseleien über die Figur der Patientin) auf. Als Ergebnis wird das Problemverhalten (R_1 = Gewicht verlieren) ausgelöst.

Dieses Verhalten R_1 wird dann durch operante Verstärker aufrechterhalten: Einerseits wird das Verlieren von Gewicht dadurch positiv verstärkt, daß man attraktiver wird (zumindest aus der Sicht der Patientin), und danach wird Abnehmen negativ verstärkt, wenn die Auszehrung eine Möglichkeit bietet, aus sozialen, besonders zwischengeschlechtlichen Kontaktsituationen flüchten zu können. Diese operanten Verstärker bekräftigen weiterhin selbstkontrollierendes Verhalten (R_2), durch das die Patientin gleichzeitig auch Macht und Kontrolle über ihre Familie und das soziale System bekommt, in dem sie lebt. Schließlich werden alle Nahrungsmittel, die Kalorien enthalten oder auch nur einfach alle Mahlzeiten und Situationen, in denen zusammen gegessen wird, aversive Stimuli oder Stimulusvorstellungen, die echte Gefühle der Abscheu erzeugen können, die wiederum den Prozeß des Hungerns verstärken.

Otte, Basler und Schwoon (Otte et al. 1978) haben ein Prozeß-Modell entwickelt, das das symptomatische anorektische Verhalten auf zwei Verhaltens- und zwei auf dem Erleben der Patientinnen beruhende Ebenen aufteilt:

- E_1 (Erfahrungsebene): *Gefühl der Unfähigkeit,* d.h. eine Selbstdarstellung oder ein Selbstbild der Inkompetenz, Abhängigkeit, des Kontrollverlustes und ein Gefühl des Überflüssigseins;
- B_1 (Verhaltensbene): *Soziale Inkompetenz,* d.h. unsicheres abhängiges Verhalten, Mangel an Konfliktbewältigung sowie Kapitulation oder Mangel an Aggression im sozialen Verhalten;
- E_2 (Erfahrungsebene): *Angst- und Übelkeitsgefühle* bei Gedanken/Gefühlen der Völle oder Sattheit, bei der Wahrnehmung der Nahrungsaufnahme; *gedankliche Besessenheit von Essen;*
- B_2 (Verhaltensebene): Zentrales *anorektisches Verhalten* (Weigerung zu essen, Gewichtsabnahme und -manipulation, Hyperaktivität).

Der Zyklus E_1-B_1-E_2-B_2 wird durch die Familiensituation der anorektischen Patientin ausgelöst. Aus lerntheoretischer Sicht gibt es weder für das abhängige Verhalten der Patientin noch für selbstsicheres Verhalten oder Selbstbewußtsein systematische Verstärkungskontingenzen; im Gegenteil, beide Verhaltensgruppen werden unsystematisch bestraft, eine Situation, die der Erzeugung von experimentellen Neurosen (z.B. „gelernte Hilflosigkeit") nicht ganz unähnlich ist.

Vor diesem Hintergrund (E_1-B_2) haben dann manche Erfahrungen (zum Beispiel die mit der Loslösung vom Elternhaus verbundenen Probleme, erste Enttäuschungen in zwischengeschlechtlichen Beziehungen usw.) den Effekt, daß die Symptome ausgelöst werden (E_2-B_2).

Otte, Basler und Schwoon (1978) postulieren, daß in Abwesenheit anderer Verhaltensstrategien ein Lernprozeß eintritt, der zu Angstreduktion und Bestätigung führt.

- *Angstreduktion:* Um die Angst zu reduzieren, die durch das Erwachsenwerden erzeugt wird, findet sowohl positiv wie auch negativ verstärktes Vermeidungsverhalten statt (Hungern); positiv, weil das Verhalten vorhersehbare Konsequenzen hat, die das gefühlsmäßige Erleben des Verlustes der Kontrolle über das Funktionieren des Körpers teilweise kompensieren; negativ, weil das Abnehmen dabei hilft, die ursprünglich angstauslösenden Stimuli (anstrengende Situation bei der Arbeit, mit der Sexualität und beim Zwang, das Elternhaus verlassen zu müssen) zu vermeiden. Der Kernpunkt der anorektischen Pathologie ist jedoch die Tatsache, daß sie eine Verhaltensstrategie darstellt, mit der die Patientin die Ängste und Belastungen bekämpfen kann, die von eben diesem Verhalten selbst ausgelöst worden sind (z.B. fortgeschrittene Kachexie), was in einem Teufelskreis endet.
- *Bestätigung:* Ein zweiter lerntheoretischer Aspekt ist der Effekt der sozialen Verstärkung für das anorektische Verhalten. Das Hungern führt zu Sorgen, positiver Aufmerksamkeit, Verärgerung und Zorn von seiten wichtiger sozialer Beziehungspartner (besonders der Eltern oder anderer Familienmitglieder, Verwandter, Freunde usw.). Wegen der gewonnenen Aufmerksamkeit und aufgrund der Möglichkeit, über ihre Eltern Kontrolle auszuüben und sich gegen sie zu behaupten, bedeutet dies eine enorme positive Verstärkung für die Patientin.

Der Ärger und die Sorgen der Eltern erzeugen jedoch gleichzeitig auch Angst, die dann das Gefühl der Hilflosigkeit bei der Patientin verstärkt, was sie dazu veranlaßt – jetzt mit noch größerer Gewißheit –, eben diese schon als erfolgreich erwiesene Strategie anzuwenden, um Aufmerksamkeit zu bekommen und Besorgnis zu erregen. Der fortschreitende Gewichtsverlust der Patientin, die sich in einem Teufelskreis befindet, bringt die Eltern in eine Zwickmühle, da sowohl ihre liebevolle Aufmerksamkeit wie auch ihre verärgerte Ablehnung oder Kontrolle das pathologische Verhalten verstärken; sie können nicht „nicht reagieren", da der ständig bedrohlichere Zustand ihrer Tochter es nicht zuläßt, daß sie unaufmerksam sind. In dieser Phase der Entwicklung regiert die Patientin das häusliche Leben.

Das Dilemma, das auf die Patientin selbst wie auch auf ihre Umgebung zukommt, nämlich, daß sie ihr Verhalten als so positiv erlebt, obwohl es klarer und klarer wird, daß es ihr schadet, erzeugt einen Zustand der *„kognitiven Dissonanz"*. Dies ist ein Zustand des inneren Konfliktes, der dann auftritt, wenn Überzeugungen oder Annahmen von neuen Informationen widerlegt werden. Die Dissonanztheorie behauptet, daß der Konflikt unangenehme Gefühle auslöst, die das Individuum vermindern möchte, indem es die Differenzen miteinander in Einklang zu bringen versucht, sich davon überzeugt, daß gar keine Differenzen existieren oder durch die Aufnahme irgendeines anderen defensiven Manövers versucht, die Differenzen zu eliminieren. Die Anorexia-nervosa-Patientin, die sich gut fühlt, aber „weiß" (oder hört), daß ihr Zustand gefährlich ist, versucht diese kognitive Dissonanz zu überwinden, indem sie die Normen für körperliches Wohlergehen und Aussehen umdefiniert und eine neue und nur subjektiv gültige Norm verfestigt, die dann offensichtlich zu den Körperwahrnehmungsstörungen führt, die wir im vorigen Abschnitt diskutiert haben.

Eine gute Zusammenfassung unseres derzeitigen Wissens über funktionale Abhängigkeiten bei der Entstehung der Magersucht liefert das Modell von Garner und Garfinkel 1980 (s. Abb. 11.3) und insbesondere das Modell von Slade (s. Abb. 11.4). Es versucht, die Entwicklung der Magersucht durch eine Anzahl hypothetischer vorausgehender Ereignisse/Variablen und ihrer Aufrechterhaltung bzw. Verschlechterung mit sowohl positiven als auch negativen Verstärkern zu erklären. Dieses Modell bezieht sowohl psychologische als auch biologische und soziale Faktoren mit ein. Magersucht wird dabei als eine Strategie angesehen, die paradoxerweise gleichzeitig sowohl angepaßt als auch unangepaßt ist, dementsprechend also ein Problem löst, während sie gleichzeitig ein anderes erzeugt. Dabei ist bemerkenswert, daß das anfängliche Verhalten des Abnehmens durch scheinbar relativ harmlose psychosoziale Reize zusammen mit schwerwiegenderen Zuständen (generelle Unzufriedenheit, perfektionistische Tendenzen), die die Patientin zu Selbst- und Körperkontrolle prädisponieren, verursacht wird. Erfolgreiches Abnehmen wird dann durch seine positiven Konsequenzen enorm verstärkt, was zu einer Abwärtsspirale und damit schnell zum Vollbild der Anorexia nervosa führen kann.

7 Verhaltenstherapeutische Behandlungsstrategien

7.1 Kriterien für die stationäre Einweisung

Ambulante Behandlungsversuche der Magersucht sind u.E. immer angezeigt. Es gilt, die Autonomie der Patientin und den sozialen Bezug zur Ursprungsfamilie so-

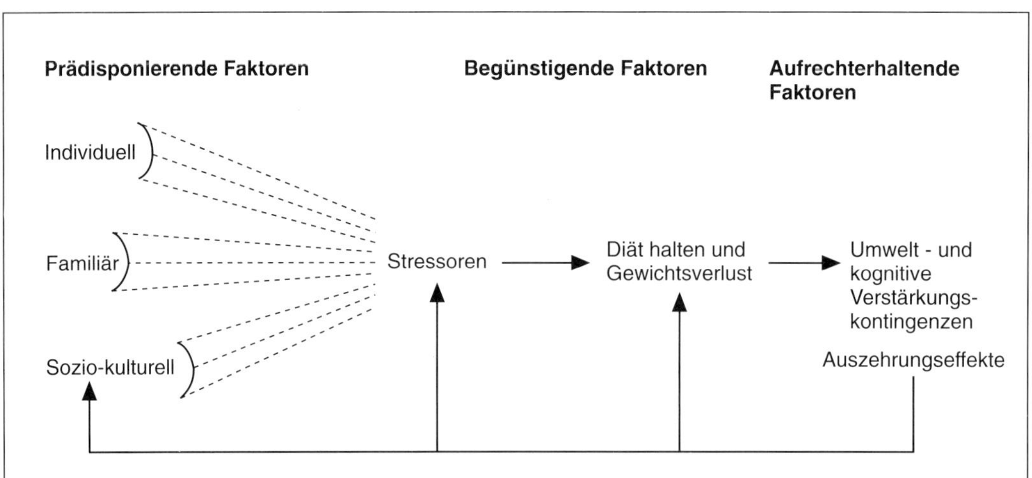

Abb. 11.3 Anorexia nervosa als eine multikausale Krankheit (nach Garner u. Garfinkel 1980).

Tab. 11.8 Indikationen für eine stationäre Einweisung, 1. bezogen auf die Patientin und ihre Familie (Anyan u. Schowalter 1983), 2. nach medizinischen, psychosozialen und psychotherapeutischen Kriterien (Hodas et al. 1982, Pierloot et al. 1982).

1.a *Patienteneinschätzung*

- Die *körperliche Verfassung* der Patientin.
- Der *Negativismus* der Patientin in Bezug darauf, ein Problem zu haben und deshalb Hilfe zu benötigen.
- Die *Meinung* der Patientin dazu, *an welchem Ort* sie in der Lage wäre, gesund zu werden, ob zu Hause oder im Krankenhaus.

1.b *Familieneinschätzung*

- die Existenz von *Eheproblemen* und ihre Schwere.
- Die *Erkenntnis* der Eltern, daß eine Behandlung notwendig ist sowie ihre Fähigkeit, sich zur Unterstützung dieser Behandlung miteinander zu verbünden.
- Das Ausmaß des *Ärgers* oder der *Angst* der Eltern über die körperliche oder emotionale Verfassung der Patientin.

2.a *Medizinische Kriterien*

Eine lebensbedrohliche Situation oder eine starke Verschlechterung der Gesundheit der Patientin macht eine Einweisung notwendig oder sogar unumgänglich:

- starker akuter oder nicht nachlassender extremer Gewichtsverlust (z.B. 30% oder mehr unter dem statistischen Normalgewicht);
- Veränderungen der wichtigen Lebenszeichen (orthostatische Hypotonie, Bradykardie, Hypothermie) und Fehlen der Urin-Ketonkörper;
- Elektrolytanomalien, besonders Hypokaliämie (oft durch Laxativ-/Diuretika-Mißbrauch oder wiederholtes Erbrechen verursacht);
- Bei stark kachektischen Patientinnen zusätzliches Auftreten einer Infektion.

Eine ausgeprägte suizidale Tendenz oder Suizidversuche (meistens bei „Anfallsessern") und psychotische Reaktionen können auch als medizinische Kriterien betrachtet werden.

2.b *Psychosoziale Kriterien*

Die Einweisung in ein Krankenhaus ist der einzige Weg aus dem sich ständig verschlimmernden Teufelskreis, in dem die Patientin gefangen ist, z.B. ausgeprägte Familienstörungen (mit starker Verleugnung oder Unfähigkeit, an einer ambulanten Therapie teilzunehmen) oder aus einer Situation normaler sozialer Isolation (mit Unfähigkeit zu lernen oder zu arbeiten). Diese Situationen können zugleich Ursache und Konsequenz des anorektischen Verhaltens sein, und beinhalten ein hohes Risiko für die Entstehung einer chronischen Erkrankung.

2.c *Psychotherapeutische Kriterien*

In ihrer negativen Ausprägung betreffen diese Kriterien zum Beispiel das Versagen vorhergehender Behandlungsversuche (besonders bei Patientinnen mit schlechteren Prognosen, d.h. bei längerer Krankheitsdauer, spätem Krankheitsbeginn, bei Auftreten von Eßanfällen, Erbrechen oder Abführen) und bei Motivationsmangel oder totaler Weigerung (von Seiten der Patientin und/oder ihrer Familie), an einer ambulanten Behandlung mitzuwirken. Die Einweisung in eine auf solche Fälle spezialisierte Umgebung kann auch positive Indikationen haben, da sie ein besonderes psychotherapeutisches Klima bietet. das beachtliche Veränderungen hervorrufen kann, die zu bewirken es sonst eine ganze Zeit gedauert hätte, d.h. Einweisung als Katalysator für einen Veränderungsprozeß.

---

weit wie möglich zu wahren. Bei jedem Behandlungsversuch muß aber die Gewichtszunahme ein erklärtes Behandlungsziel sein. Wir selber haben gute Erfahrungen mit ambulanten Therapieversuchen bei jungen Patientinnen, die gut familiär integriert sind.

An anderer Stelle haben wir ausführlich die Erfordernisse der Behandlung im Akutstadium und die Differentialindikation für eine ambulante versus stationäre Behandlung diskutiert (Meermann u. Vandereycken 1987). Tabelle 11.8 gibt eine Entscheidungshilfe für die stationäre Einweisung nach medizinischen, psychosozialen und psychotherapeutischen Kriterien.

7.2 Kurzzeitperspektive

Die Wiederherstellung ihres prämorbiden Gewichts stellt eine notwendige Voraussetzung für jede psychotherapeutische Arbeit mit einer magersüchtigen Patientin dar. Wir halten es für einen schweren Kunstfehler, mit stark untergewichtigen bzw. kachektischen Patientinnen Psychotherapie zu beginnen, ohne für eine adäquate Gewichtsrestitution Sorge zu tragen. Es gibt eine Reihe von Behandlungsempfehlungen für die „Wiederauffütterung“ der Patientinnen. Wir halten operante Verstärkungsprogramme (Gewichtszunahmeprogramme) für die rascheste und humanste Methode, der Patientin bei der Erlangung ihres prämorbiden Gewichts bzw. Zielgewichts zu helfen. Über das operante Gewichtszunahmeprogramm der Psychosomatischen Fachklinik Bad Pyrmont informiert der Anhang zu diesem Kapitel.

7.3 Langzeitperspektive

In Tabelle 11.9 sind die wesentlichen verhaltenstherapeutischen Elemente für eine stationäre Behandlung der Magersucht zusammengefaßt: Neben der individuellen psychotherapeutischen Arbeit mit dem Bezugstherapeuten (Einzelgespräche) ist unser Behandlungsansatz überwiegend gruppenorientiert. Im Rahmen der Einzelgespräche wird eine individuelle Verhaltensanalyse erstellt und die Behandlungsfortschritte werden monitoriert. Alle Patientinnen nehmen an der indikativen Problemlösegruppe für eßgestörte Patientinnen (Magersucht und Bulimie) teil. Darin arbeiten 8–10 Patientinnen 3 × wöchentlich für 1 1/2 Stunden im Sinn eines verhaltenstherapeutischen Problemlöseansatzes an der individuellen Problematik jeweils einer Patientin, die ihre Problembereiche vorstrukturiert hat und vorstellt.

Das Endziel jeder Psychotherapie bei Magersüchtigen muß die Schaffung von einigen Hauptquellen (anderen als Diäthalten) positiver Befriedigung oder Verstärkung sein. Die Patientinnen müssen alternative Interessen und ein vollständig neues Verhaltensrepertoire entwickeln, das das ausschließlich anorektische Verhalten ersetzen soll. Die bisherigen Defizite im kognitiven, emotionalen und Verhaltensbereich werden durch eine fortlaufende offene Gruppe (Eßgestörten-Problemlösegruppe) bearbeitet. Dabei gilt es, Alternativen zur Lebensbewältigung, Angstreduzierung, Problemlösung, Stabilisierung des Selbstwertgefühls zu erarbeiten (statt des bisherigen Fastens). Außerdem werden Sachinformationen über Folgen der Unterernährung gegeben (Bibliotherapie, kommentierte Literaturliste, Informationsbroschüre). Es wird bei Patientinnen mit Bulimieproblemen eine Auslöseranalyse für bulimische Attacken durchgeführt, vorhandene Reste von erfolgreicher Selbstkontrolle werden systematisch eruiert und verstärkt. Bei bulimischen Anfällen gilt es, Handlungsalternativen zur Verhinderung oder Unterbrechung solcher Attacken zu erarbeiten. Ein weiteres Thema stellt die Familiensituation bis hin zur Frage der Ablösung vom Elternhaus im Rahmen der Nachsorgeplanung dar. Genießen und Freizeitgestaltung sind ebenso Themen wie das Erwachsenwerden und der Umgang mit der eigenen Sexualität. Kommunikative Defizite finden sich im Bereich Kontaktknüpfen, Nähe-Distanz-Regulierung, Umgang mit dem anderen Geschlecht und soziale Kompetenz.

Sowohl im Rahmen der Einzelgespräche als auch in dieser Gruppe werden die individuellen Problemlösungen in kleinen Schritten erarbeitet und durch Verhaltenserprobungen (Hausaufgaben) in die Realität umgesetzt. Die Patientinnen lernen, ihre eigenen Behandlungsfortschritte durch

Tab. 11.9 Elemente stationärer Verhaltenstherapie von Anorexia nervosa und Bulimia nervosa.

	Behandlungs-Elemente	Ziel	Autor
1.	Einzelgespräche	Individuelle Verhaltensanalyse, kognitive-behaviorale Einzeltherapie	Meermann u. Vandereycken 1987
2.	Eßgestörten-Problemlösegruppe (PLG)	Informationen, Strategien, interaktionell und klärungsorientiert	Vanderlinden et al. 1992
3.	Psychomotorische Therapie	Therapie der Körperschemastörung, verbesserte Körperwahrnehmung	Meermann u. Napierski 1984, Meermann u. Vandereycken 1988
4.	Goal-attainment-scaling (GAS)	Individuelle Problemlösungen erarbeiten, Verhaltenserprobungen	Smith 1981
5.	Selbstsicherheitstraining	Erhöhung der sozialen Kompetenz	Liberman et al. 1975
6.	Operantes Gewichtsprogramm	Normalisierung von Eßverhalten und Körpergewicht	Meermann 1977
7.	Familien- und Partnergespräch, Angehörigengruppe	Erarbeitung von Problemlösung im sozialkommunikativen Bereich	Meermann u. Vandereycken 1987, Meermann u. Zelmanski 1994
8.	Externe Belastungserprobung	Realitätstestung der neu gewonnenen Fertigkeiten	Meermann 1989
9.	Kochgruppe	Planung und Zubereitung von Mahlzeiten	
10.	Progressive Muskelrelaxation nach Jacobson	Körperliche Entspannung	Bernstein u. Borkovec 1987

eine Zielerreichungsskalierung (Goal Attainment Scaling) zu bewerten. Einen weiteren wichtigen Behandlungsansatz stellt unsere *psychomotorische Therapie* dar. Behandlungsziel dieser Gruppe ist die Verbesserung der Körperwahrnehmung, die Akzeptanz des eigenen Körpers, Körpererkundung etc. mit Hilfe von Elementen aus konzentrativer Bewegungstherapie, Entspannungstechniken, tanztherapeutischen Elementen, Vertrauens- und Partnerübungen etc. Neben Kontakt- und Vertrauensübungen wird insbesondere der Bereich der Körpererfahrung betont. Die Patientinnen lernen Entspannungs- und Atemübungen, probieren Selbst- und Fremdmassage aus und haben die ganze Zeit die Möglichkeit, sich selbst in enganliegender Kleidung in Ganzkörperspiegeln bzw. nach der Therapiesitzung auf Video zu betrachten. Es gilt, neue Erfahrungen im Umgang mit dem eigenen Körper zu gewinnen, Vermeidungsverhalten abzubauen, die Freude am Körper und Umgang mit ihm zu erhöhen. Man kann dieses Vorgehen im Sinne eines Habituationstrainings lerntheoretisch fassen. Wichtig ist auch der Einsatz vom Video als Feedbackinstrument durch das sogenannte Aufnahme- und Entlassungsband, bei dem die Patientinnen nach einer standardisierten Prozedur gefilmt werden und das Videoband anschließend in der gesamten Gruppe diskutiert wird. Hier kommt es zu wichtigen Effekten der Selbst-, aber insbesondere auch der Heterokonfrontation, was in der Regel mit einer Erhöhung der Therapiemotivation und einer Verringerung der Abbruchrate einhergeht. Körperausdruck wird durch freies Tanzen, Pantomime und nonverbales Selbstsicherheitstraining geübt.

Fast alle Patientinnen nehmen auch am Selbstsicherheitstraining zur Erhöhung der sozialen Kompetenz und am Jacobson-Ent-

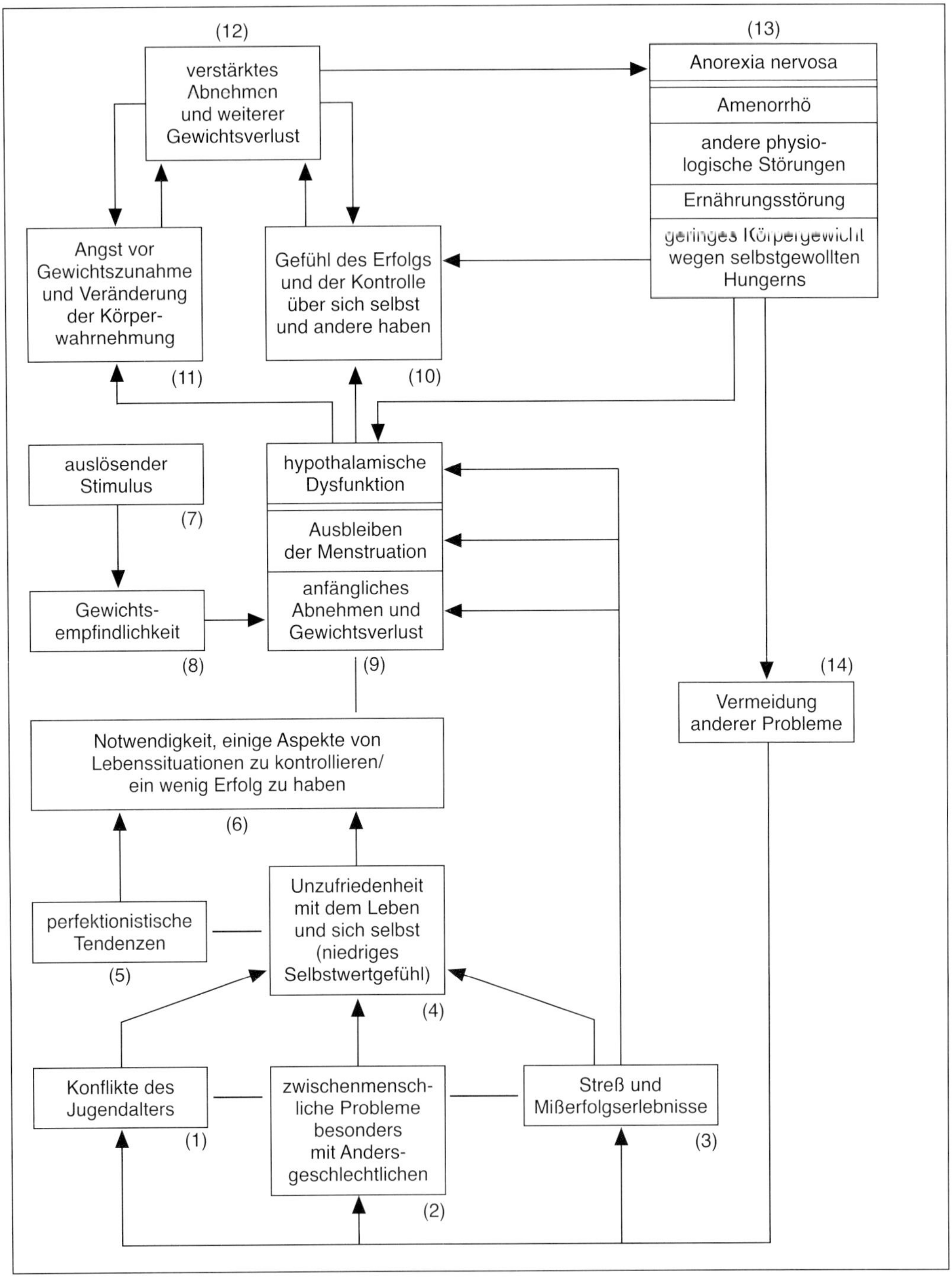

Abb. 11.4 Funktionale Analyse der Anorexia nervosa (nach Slade 1982).

Tab. 11.10 Beispiel für ein Behandlungs-Programm.

I. *Langfristiges Ziel:* Eßgewohnheiten normalisieren.
Kurzfristige Ziele:
a) Drei Mahlzeiten pro Tag essen; Nahrungsaufnahme notieren.
b) Vergrößere die Flexibilität durch Hinzufügen einer neuen Speise pro Tag; Führe Protokoll.
c) Bleib nach dem Essen für mindestens eine Stunde mit den anderen zusammen im Wohnraum; Erbrechen niederschreiben.
d) Geh und sprich mit anderen Mitgliedern der Gruppe oder des Personals, falls bulimische Tendenzen auftauchen.

II. *Langfristiges Ziel:* Verbessere Dein Körperbild.
Kurzfristige Ziele:
a) Jeden Tag Entspannungsübungen machen, alles notieren.
b) Kleidung tragen, die meine Körperform zeigt.
c) Körperwahrnehmungen mit anderen diskutieren.
d) Meine eigenen Ideen darüber, was ich unter ‚sich dick fühlen' verstehe, in Frage stellen; niederschreiben.

III. *Langfristiges Ziel:* Selbstwertgefühl verbessern.
Kurzfristige Ziele:
a) Jeden Tag mindestens eine positive Erfahrung niederschreiben.
b) Realitätstest machen, wenn ich mich hilflos oder anderen unterlegen fühle; mit den Gruppenmitgliedern und dem Personal besprechen.
c) Andere fragen, was sie von mir halten; aufschreiben.

IV. *Langfristiges Ziel:* Verhältnis zu Eltern verbessern.
Kurzfristige Ziele:
a) Mich meinen Eltern gegenüber bei jedem Besuch durchsetzen.
b) Gefühle der Schuld oder Verantwortung meinen Eltern gegenüber in Frage stellen.
c) Meine Unsicherheit darüber, in der Zukunft auszuziehen, erklären.

spannungstraining zum Erlernen der progressiven Muskelrelaxation teil. Die Teilnahme an einer 14täglichen Kochgruppe ist obligatorisch. In ihr lernen die Patientinnen Planung und Zubereitung von Mahlzeiten, die anschließend gemeinsam in der Lehrküche eingenommen werden. Familien- und Partnergespräche werden regelmäßig angeboten. Darüber hinaus führen wir einmal im Monat eine sogenannte Angehörigengruppe durch. Die Patientin kann bestimmen, wer von ihren wichtigen Bezugspersonen zu dieser Gruppe durch die Klinik eingeladen wird. Themen der Angehörigengruppe (an der die Patientin selbst nicht teilnimmt) sind Umgang mit Schuldgefühlen, Verarbeitung der traumatisierenden Erfahrung, daß die Familie „versagt" hat, Austausch zwischen den Angehörigen, wie den Betroffenen am besten zu helfen sei, Planungen für die Zeit nach Klinikentlassung (Meermann u. Zelmanski 1994).

In einem verhaltenstherapeutischen Setting ist es besonders wichtig, daß neuerlernte bzw. wiedererlernte Einstellungen und Fertigkeiten in der Realität überprüft werden können. Wir haben verschiedene Möglichkeiten der gestuften Belastungserprobung für unsere Patientinnen in der Klinik (z.B. in der Hauswirtschaft oder im Hausmeisterbereich). Eine wichtige Säule der Realitätstestung neugewonnener Fertigkeiten stellt jedoch die externe Belastungserprobung dar. Hierbei arbeiten wir mit über 40 Pyrmonter Betrieben (von der Bäckerei bis zum Buchladen, von der Stadtverwaltung bis zur Maschinenfabrik) zusammen. Diese Betriebe nehmen uns stunden- bzw. tageweise unsere Patientinnen zur Belastungserprobung ab. Hier haben die Patientinnen eine sehr konkrete

Möglichkeit zu überprüfen, ob ihre in der Klinik gelernten Copingstrategien unter den realen Anforderungen des Erwerbslebens Bestand haben. Für unsere eigene prognostische Einschätzung und sozialmedizinische Beurteilung sind die so gewonnenen Verhaltensbeobachtungen ebenso wertvoll, wie für das subjektive Selbstverständnis und Selbstvertrauen unserer Patientinnen.

8 Evaluation

Evaluation findet als klinikinterne Maßnahme durch einen ausführlichen Entlassungsfragebogen sowie durch unsere sogenannte Basisdokumentation Psychosomatik statt. Hier werden soziodemographische, psychopathologische, sozialmedizinische und spezifisch verhaltensanalytische und verhaltenstherapeutische Daten EDV-mäßig erfaßt. Es erfolgt eine subjektive Einschätzung des Behandlungserfolgs durch den Bezugstherapeuten zum Zeitpunkt der Entlassung. Ergebnisqualität läßt sich bekanntermaßen nur durch Katamnesestudien sichern. Hier wird ein Mindestzeitraum von 4 Jahren für eine gute Langzeitkatamnese gefordert. Für Nachuntersuchungen von eßgestörten Patientinnen empfehlen wir den EDES von Vandereycken (1993; vgl. Tab. 11.11). Erste ausführliche Ergebnisse einer 5-Jahres-Katamnese von 291 stationär verhaltenstherapeutisch behandelten Patienten haben Vandereycken und Pieters (1992) dargestellt. Demnach haben offensichtlich die restriktiven Magersüchtigen die beste Prognose.

9 Fallbeispiel*)

Informationen zur Patientin

Die Patientin war bei Therapiebeginn 24 Jahre alt und lebte in einer abgetrennten Wohnung zusammen mit ihrem Partner im Haus der Eltern. Der 2 Jahre jüngere Bruder lebte bei den Eltern in der Wohnung. Die Patientin hat einen Realschulabschluß sowie den Abschluß der Höheren Handelsschule und war nach ihrer Ausbildung zur Einzelhandelskauffrau 1985 zunächst arbeitslos, spätere Tätigkeiten hatte sie wegen des Untergewichts mehrfach abgebrochen und war bei der Aufnahme seit 7 Monaten arbeitsunfähig.

Das prämorbide Gewicht betrug 1987 70 kg bei 167 cm Körpergröße, bei Erstvorstellung in der Klinik 11/1991 28,4 kg. Ab 1989 hatte die Patientin mehrfache Behandlungsversuche unternommen: mehrfache Behandlungen in internistischen Abteilungen zur Gewichtszunahme, jeweils mit anschließender Gewichtsabnahme; 2 stationäre Psychotherapien, die sie nach einer Woche bzw. nach 3 Monaten abbrach sowie 2 ambulante Psychotherapien, die sie ebenfalls nach wenigen Wochen abbrach.

Die Symptomatik bei Aufnahme

Am Aufnahmetag stellte sich die Patientin in extrem kachektischem Zustand mit einem Gewicht von 28,4 kg in unserer Klinik vor. Diagnostisch erfüllte sie Kriterien einer Anorexia nervosa nach DSM-III-R (vgl. Tab. 11.1). Ihre Ernährung bestand im wesentlichen aus Babyfertignahrung, Butterkeksen und hochkalorischen Getränken wie z.B. Salvimulsin. Früher hatte sie teilweise selbstinduziert erbrochen, jetzt gab sie spontanes Erbrechen und Durchfälle an.

Im Hinblick auf die Körperwahrnehmung konnte die Patientin ihre extreme Abmagerung zwar erkennen und gab auch an, dies „ganz schrecklich" zu finden, dennoch prüfte sie bei jeder Nahrungsaufnahme durch Druck auf die Beckenknochen von der Bauchseite her, ob ihr Bauch etwa schon zu dick sei und stellte die Nahrungsaufnahme ein, sobald das Becken nicht mehr tastbar war.

Im Erstgespräch wurde deutlich, daß Gedanken an Eßverhalten und Gewicht für die Patientin ganz im Vordergrund standen, andere Themenbereiche oder gar Probleme wurden so gut wie gar nicht wahrgenommen. Insbesondere ihre Beziehung zu den Eltern und zum Partner beschrieb die Patientin als völlig unproblematisch und harmonisch,

*) Frau Regina Schlape-Bild, Psychosomatische Fachklinik Bad Pyrmont, sei für die Überlassung dieser Falldarstellung herzlich gedankt.

Tab. 11.11 EDES-Münster. Deutsche Übersetzung der Eating Disorder Evaluation Scale (Vandereycken 1993).

1. *Aktuelles Körpergewicht in % (Gemessen am Normalgewicht)*
   90 % – 100 % = 6
   80 % – 89 % oder 110 %–119 % = 4
   70 % – 79 % oder 120 %–130 % = 2
   unter 70 % oder über 130 % = 0 (a) ⊔
2. *Gewichtsschwankungen während der letzten 6 Monate*
   weniger als 1 kg = 6
   1 kg–2 kg = 4
   2 kg–5 kg = 2
   mehr als 5 kg = 0 (b) ⊔
3. *Eßverhalten*
   Einschränkung der Nahrungsaufnahme (c) ⊔
   Freßanfälle (d) ⊔
   Erbrechen (e) ⊔
   Abführmittelgebrauch (f) ⊔
   niemals = 6; manchmal = 4; wöchentlich = 2; täglich = 0)
4. *Ständige gedankliche Beschäftigung*
   mit Nahrungsmitteln/-aufnahme (g) ⊔
   mit der eigenen Körpergestalt (h) ⊔
   (niemals = 6; mäßig = 4; stark = 2; extrem = 0)
5. *Menstruation**)
   Regelmäßiger Menstruationszyklus/Schwangerschaft = 6
   Unregelmäßiger Menstruationszyklus oder medikamentös herbeigeführt = 4
   Sporadisch auftretende Blutungen = 2
   Völliges Ausbleiben der Menstruation = 0
6. *Einstellung zur Sexualität*

	Vergnügen	↔		Ablehnung		
Einstellung zur Sexualität	6	4	2	0	(j)	⊔
Aktives Sexualverhalten	6	4	2	0	(k)	⊔

7. *Soziale Anpassung*
   Einstellung/Haltung gegenüber der Familie**) (l) ⊔
   Kontakte außerhalb der Familie (m) ⊔
   Anpassung im Beruf (n) ⊔
   (gut bis zufriedenstellend = 6;
   ziemlich gut/schwankend = 4;
   unzulänglich/schwach = 2;
   schlecht = 0)
8. *Mentaler Zustand*
   6 = normal
   4 = leicht abweichend (unbedeutende Stimmungsschwankungen oder psychosomatische Beschwerden, die keine Behandlung erfordern)
   2 = deutlich gestört (z.B. Angstzustände, affektive Störungen und andere Problematiken, die eine ambulante psychiatrische/psychotherapeutische Behandlung erfordern)
   0 = stark pathologisch (z.B. ernsthafter Suizidversuch, Sucht, psychotisches Verhalten oder Problematiken, die eine Hospitalisierung erforderlich machen) (o) ⊔

Gesamtpunktwert (von a–o; Maximum = 90) ⊔⊔

*) Bei männlichen Patienten nach der Häufigkeit des Auftretens von Ejakulationen fragen (hervorgerufen durch Masturbation, sexuellen Verkehr oder spontan ausgelöst)

**) Bei verheirateten Patienten Bezug auf die Ursprungsfamilie nehmen.

wenn man einmal von Konflikten bzgl. des Eßverhaltens absah. Sie beteuerte im Erstkontakt ihre Therapiemotivation und Krankheitseinsicht, sie wisse ja, daß dies ihre letzte Chance sei und sie sonst sterben müsse, doch erschien diese Therapiemotivation eher oberflächlich. Leidensdruck bestand vor allem wegen der körperlichen Erschöpfung, die die Patientin in ihrem Bewegungsspielraum stark einschränkte. Sie freute sich darauf, die Klinik „mit Pausbäckchen“ wieder verlassen zu können.

Erster Therapieabschnitt: Hauptziel Gewichtszunahme

In der Literatur besteht weitgehend Einigkeit darüber, daß die Wiederherstellung eines angemessenen Körpergewichts auch Voraussetzung für die Bearbeitung auslösender und aufrechterhaltender Bedingungen der Symptomatik und somit das erste Therapieziel bei Anorexia nervosa darstellt (Meermann u. Vandereycken 1987). Bei der hier beschriebenen Therapie kam jedoch erschwerend hinzu, daß das Ausmaß des Untergewichts bei Aufnahme als lebensbedrohlich angesehen werden mußte.

Bereits vor Aufnahme war die Patientin über unser Therapiekonzept, das zu erreichende Zielgewicht von 57 kg und das Mindestaufnahmegewicht von 34 kg informiert worden. Entsprechend dieser Absprache wurde die Patientin unmittelbar nach dem Erstgespräch in ein benachbartes Akutkrankenhaus verlegt, wobei sie zunächst auf der Intensivstation, später auf einer Inneren Station behandelt wurde. Trotz der geäußerten hohen Therapiemotivation nahm die Patientin dort auch unter intravenöser und Sondenernährung anfangs kaum zu.

Von unserer Seite aus fanden während ihres 4wöchigen Aufenthaltes im Akutkrankenhaus täglich Kontakte mit der Bezugstherapeutin oder einer Cotherapeutin statt, in denen der Schwerpunkt immer wieder auf der Motivierung der Patientin und auf der Betonung ihrer Eigenverantwortung für die Gewichtszunahme lag. Erst nachdem wir eine Frist gesetzt hatten, bis zu der die Patientin das Mindestgewicht erreicht haben mußte, um noch bei uns aufgenommen zu werden, begann sie zuzunehmen, so daß sie nach insgesamt 4 Wochen in unserer Klinik aufgenommen werden konnte.

Mit der Aufnahme in unsere Klinik begann für die Patientin die Teilnahme an der Eßgestörtentherapie wobei die beschriebenen Therapiebausteine (Tab. 11.9) bis zum Erreichen des Zielgewichts unverändert blieben, jedoch im Verlauf durch zusätzliche Therapiemaßnahmen ergänzt wurden. Hauptbestandteil war dabei das operante Programm zur Gewichtszunahme, welches eine wöchentlich vereinbarte Mindestzunahme von 700 g und – bei Nichterreichen dieser Mindestzunahme – das Inkrafttreten verschiedener Einschränkungsbedingungen beinhaltet (s. Meermann u. Vandereycken 1987). Dieses Programm beinhaltet 3 Phasen mit unterschiedlichen Graden der Einschränkung und arbeitet nach dem verhaltenstherapeutischen Prinzip der negativen Verstärkung und des Goal-Attainment: Die Patientin muß selbst die Verantwortung für ihre Gewichtszunahme und damit für ihr Eßverhalten übernehmen und kann durch raschere Gewichtszunahme erreichen, daß die einmal eingetretenen Einschränkungen zu einem früheren Zeitpunkt wieder aufgehoben werden. Die erste Phase dieses Programms, die für die Patientin eintritt, sobald sie erstmals die vereinbarte Mindestzunahme nicht erreicht, beinhaltet beispielsweise die Beschränkung des Bewegungsspielraums auf die Etage, die Einnahme der Mahlzeiten auf dem Zimmer und die Versorgung durch Mitpatienten sowie eine Sperre von Briefempfang und Telefon.

Weitere Therapiebausteine sind neben der Einzeltherapie die indikative Gruppe für anorektische und bulimische Patientinnen, die Selbstbeobachtung und Protokollierung des Eßverhaltens, die Kochgruppe für Eßgestörte sowie die Körpertherapie, in deren Rahmen anhand von Videokonfrontation, Spiegel- und Massageübungen eine realistischere Wahrnehmung des eigenen Körpers aufgebaut werden soll. In den ersten Wochen nahm die Patientin an all diesen Maßnahmen teil, ohne sich jedoch besonders zu engagieren oder zu beteiligen. Die Kontakte zu Mitpatientinnen in der Gruppe blieben oberflächlich. Im Eßverhalten machte die Patientin zunächst kaum Fortschritte, so daß die ersten 9 Wochen der Therapie durch einen ständigen

Wechsel zwischen langsamer Gewichtszunahme und erneuter Gewichtsabnahme gekennzeichnet waren. In den Eßprotokollen machte die Patientin gänzlich unrealistische Mengenangaben und beteuerte immer wieder, wie sehr sie sich bemühe, und daß sie sich ihre Gewichtsabnahme anhand ihres Eßverhaltens überhaupt nicht erklären könne. Dementsprechend lag der Schwerpunkt in der Einzeltherapie immer wieder auf der Betonung der Eigenverantwortung der Patientin für die Gewichtszunahme, nach dem Motto: „Auch wenn Sie jetzt schon sehr viel essen, müssen Sie für eine Gewichtszunahme offenbar noch mehr essen".

Die Patientin kam durch ihr Eßverhalten zunächst in die beschriebene Phase 1, zwischenzeitlich auch mehrfach für wenige Tage in das Einschränkungsprogramm, das den Aufenthalt auf das eigene Zimmer beschränkte. Obwohl die Patientin die Dauer der Phase 1 durch das Tempo der Gewichtszunahme selbst bestimmen konnte, brauchte sie wegen ihrer häufigen Gewichtsabnahmen 13 Wochen, um dieses Ziel zu erreichen. Das bedeutete beispielsweise, daß sie zu Ostern ihre Weihnachtspost in Empfang nehmen durfte.

Dennoch standen in den letzten Wochen, die die Patientin in Phase 1 zubrachte, auch erstmals andere Probleme im Vordergrund: Da die Patientin während der Dauer der Phase 1 auf die Versorgung durch Mitpatienten angewiesen war, kam es auch erstmals zu von ihr wahrgenommenen Konflikten in diesem Bereich. So erkannte die Patientin die Wirkung ihres Eßverhaltens auf andere und merkte erstmals, daß sie bei der Äußerung eigener Wünsche und Bedürfnisse massive Schwierigkeiten hatte. Die Wahrnehmung dieser Defizite bezog sich zunächst jedoch nur auf den Klinikalltag, die familiären und partnerschaftlichen Beziehungen wurden nach wie vor als harmonisch und unproblematisch beschrieben.

Neue Therapieziele: Die Förderung von Problembewußtsein und der Aufbau sozialer Kompetenz

Nachdem die Patientin begonnen hatte, Schwierigkeiten im Bereich sozialer Kompetenz zu erkennen, nahm sie am Selbstsicherheitstraining teil. Dort übte sie im Rollenspiel, eigene Bedürfnisse und Wünsche zu äußern, in den späteren Wochen aber auch, sich gegenüber Wünschen und Erwartungen anderer abzugrenzen, mit Kritik umzugehen und Konflikte auszutragen. Die Patientin wandte diese neuen Strategien auch im Klinikalltag an, stellte jedoch anfangs noch keinerlei Beziehungen zum häuslichen Umfeld und dort bestehenden Problemen her. Allerdings begann sie allmählich, in der Gruppentherapie bei den vorgestellten Problembereichen von Mitpatientinnen Parallelen zu ihrer eigenen Situation zu erkennen. Zudem durfte sie nach Beendigung der Phase 1 telefonisch und brieflich Kontakt nach Hause aufnehmen sowie Besuch erhalten. Bei diesen Kontakten wurde deutlich, wie wenig die Patientin Gefühle wie Enttäuschung, Trauer oder Wut, z.B. über einen abgesagten oder vorzeitig beendeten Besuch, überhaupt wahrnahm. Vielmehr war sie der Ansicht, zu solchen Gefühlen gar kein Recht zu haben, da sie Familie und Partner durch ihre Krankheit ohnehin schwer belastet habe. Etwa 16 Wochen nach Therapiebeginn stellte die Patientin erstmals einen eigenen Problembereich in der Gruppe vor, und zwar ihre Partnerschaft. Sie beschrieb dabei zwar Konflikte, sah jedoch deren Ursache allein in ihrer Eßstörung. Erst durch entsprechende Rückmeldungen von Gruppenmitgliedern war sie in der Lage, die Berechtigung ihrer eigenen Gefühle und überhaupt eines eigenen Standpunktes zu erkennen.

Das Therapieziel der Gewichtszunahme wurde auch in diesem Therapieabschnitt parallel zu den neuen Zielen weiterbearbeitet, es trat jedoch innerhalb der Therapie mehr in den Hintergrund, da die Patientin nunmehr kontinuierlich zunahm, auch von sich aus kalorienreiche Lebensmittel in die Ernährung einbezog und die in der Phase 2 erforderliche Gewichtszunahme, die der in Phase 1 entsprach, dadurch in 4–5 Wochen bewältigte.

In Phase 2 durfte sich die Patientin im ganzen Haus aufhalten, an den Mahlzeiten im Speisesaal teilnehmen sowie eine Stunde täglich die Klinik verlassen. Auch äußerte sie sich zu diesem Zeitpunkt erstmals positiv über ihre bislang erreichte Gewichtszunahme und die damit verbundene Zunahme der körperlichen Belastbarkeit. Bei der Videokonfrontation in der Körpertherapie konnte sie ihre Gewichtszunahme auf aktuellen Videos im Vergleich zur Videoaufzeichnung beim Aufnahmezeitpunkt ebenfalls als positiv bewerten, so daß auch ihre eigene Motivation zur weiteren Gewichtszunahme anstieg.

Erste Anwendung neuer Verhaltensweisen im Alltag

In der Phase 3, die für die Patientin mit keinerlei Einschränkungen mehr verbunden war, verlangsamte sich die Gewichtszunahme etwas, jedoch nahm sie weiterhin die wöchentlich vereinbarten 700 g kontinuierlich zu, so daß sie 26 Wochen nach Aufnahme ihr Zielgewicht von 57 kg erreichte. In dieser letzten Therapiephase vor Erreichen des Zielgewichts wurde die Patientin für 5 Tage therapeutisch beurlaubt, um ihr Eßverhalten im Alltag zu erproben. Dabei gelang es der Patientin erstmals, Gefühle und Bedürfnisse gegenüber ihrem Partner zu äußern und Auseinandersetzungen mit ihm zu führen.

Im Verlauf dieser Gespräche entschloß sich die Patientin zur Trennung von ihrem Partner und leitete auch die organisatorische Durchführung (seinen Auszug aus der gemeinsamen Wohnung) ein. Obwohl in den darauffolgenden Wochen noch mehrfach konfliktreiche Gespräche mit dem Partner stattfanden, blieb die Patientin bei ihrem Entschluß und setzte diesen auch durch. Die Beziehung zu den Eltern erlebte sie in dieser Phase als unterstützend und hilfreich. Ihr Eßverhalten blieb zu Hause stabil, jedoch ging sie dazu über, die Mahlzeiten überwiegend mit der Mutter gemeinsam in deren Wohnung einzunehmen.

Nach Erreichen des Zielgewichts

Obwohl das Erreichen des Zielgewichts von Anfang an ein wichtiges Therapieziel darstellt, ist die Therapie mit dem Erreichen des Zielgewichts keineswegs beendet: Vielmehr beginnt für die Patientin hier ein neuer Abschnitt, der oftmals mit einer erheblichen Rückfallgefährdung verbunden ist.

Waren bislang kalorienreiche Lebensmittel erlaubt, ja sogar erwünscht, um die wöchentliche Zunahme zu schaffen, so beginnt nun von neuem die Sorge, bei einer Fortsetzung dieses Eßverhaltens ins Unermeßliche zuzunehmen. Die Patientin muß also nunmehr die Erfahrung machen, daß sie auch bei weiterer Einhaltung geregelter Mahlzeiten und Einbeziehung von „Dickmachern" ein stabiles Gewicht halten kann. Dies bedeutete beispielsweise für unsere hier beschriebene Patientin, daß sie sich weiterhin nachmittags ein Stück Kuchen gönnen mußte. Darüber hinaus durfte sie nun auch am Sport teilnehmen, um zu erproben, wie sie ihr Eßverhalten an stärkere körperliche Belastung anpassen konnte.

In der Körpertherapie ging es jetzt um die Auseinandersetzung mit den weiblichen Formen des Körpers. Nachdem die Patientin sich in den genannten Bereichen stabilisiert und ihr Zielgewicht einige Wochen gehalten hatte, begann sie mit einer 4wöchigen externen Belastungserprobung in einem Kaufhaus in Bad Pyrmont, zunächst halb-, später vollschichtig. Hier erlebte die Patientin erstmals Erfolge und positive Rückmeldungen außerhalb der Klinik, auch stellte sie fest, daß sie soziale Beziehungen zu den Kollegen ohne große Schwierigkeiten aufbauen und dennoch ihre Meinung äußern und Konflikte austragen konnte.

Vorbereitung auf Entlassung und Nachsorge

Im Anschluß an die Belastungserprobung wurde die Patientin für 14 Tage nach Hause entlassen. Sie sollte dort in der bisher mit dem Partner bewohnten Wohnung allein leben und an ihrem früheren und zugleich zukünftigen Arbeitsplatz arbeiten. Die Voraussetzungen für eine solche Erprobung sind natürlich nicht bei allen Patientinnen gegeben.

Im vorliegenden Fall erschien dies allerdings aus 2 Gründen wichtig: Zum einen war aufgrund der extrem langen stationären Therapiedauer, die durch die erforderliche Gewichtszunahme und die anfangs damit verbundenen Schwierigkeiten zustande kam, mit erheblichen Umstellungsschwierigkeiten in der häuslichen Situation zu rechnen, zum anderen war aus therapeutischer Sicht schon seit längerem eine massive Problematik in der Beziehung zu den Eltern erkennbar, die jedoch von der Patientin bislang nicht wahrgenommen wurde. Alle Einladungen zu einem Familiengespräch und zu unserer Angehörigengruppe wurden zudem von den Eltern abgelehnt, so daß eine Bearbeitung dieses Bereichs in der Therapie bis zu diesem Zeitpunkt nicht möglich gewesen war.

Nach dieser 14tägigen Erprobung wurde die Patientin für 4 Wochen wieder aufgenommen. Die gemeinsame Auswertung der beiden Wochen zu Hause mit der Patientin ergaben folgende positive Ergebnisse: Die Patientin konnte Eßverhalten und Gewicht stabil halten; sie nahm eine Vielzahl neuer und auch früher abgebrochener Kontakte zu Gleichaltrigen auf; sie machte am Arbeitsplatz sowohl bzgl. ihrer eigenen Leistungsfähigkeit als auch im Umgang mit Kollegen und Vorgesetzten positive Erfahrungen; sie nahm Kontakt zu einem ambulanten Therapeuten auf und konnte so die Nachsorge sichern; sie begegnete ihrem früheren Partner und fühlte sich dabei in der Entscheidung für eine Trennung erneut bestätigt.

Als einzige negative Erfahrung, die aus therapeutischer Sicht jedoch eher positiv zu bewerten war, schilderte die Patientin die Beziehung zu ihren Eltern: Sie fühlte sich von ihnen überbehütet und nicht ernstgenommen und mit ihren Ängsten und Gefühlen nicht akzeptiert. Insbesondere begann sie auch, sich erstmals über die Ablehnung von Familiengesprächen durch die Eltern zu ärgern und ihre Enttäuschung und Wut auch gegenüber den Eltern zu äußern. Der therapeutische Schwerpunkt in der Einzel- und Gruppentherapie lag daher in diesem letzten Therapieabschnitt vor allem auf der Erarbeitung einer realistischen Einschätzung der noch bestehenden Konflikte und vorhandener Bewältigungsstrategien sowie in der Unterstützung der Patientin bzgl. der Akzeptanz ihrer eigenen Gefühle und deren Äußerung gegenüber den Eltern.

Nachbefragung

9 Monate nach der Entlassung aus der Klinik wurde ein telefonischer Kontakt mit der Patientin aufgenommen. Sie berichtete, daß sie sowohl ihr Eßverhalten als auch das erreichte Zielgewicht habe beibehalten können und auch in beruflicher und privater Hinsicht mit ihrer Lebenssituation sehr zufrieden sei. Allerdings gebe es inzwischen heftige Auseinandersetzungen mit den Eltern. Sie sei in ambulanter Therapie, auch die Eltern hätten inzwischen mehrfach an Familiengesprächen teilgenommen. Inzwischen habe sie einen neuen Partner und habe auch neue Probleme in diesem Bereich entdeckt.

Literatur

Bernstein DA, Borkovec TD. Entspannungstraining. Handbuch der PMR. München: Pfeiffer 1987.

Garfinkel et al. Differential diagnosis of emotional disorders that cause weight loss. Can Med Assoc J 1983; 129:939–45.

Garner DM, Bemis KM. A cognitive-behavioral approach to anorexia nervosa. Cogn Ther Res 1982; 6:123–50.

Libermann RP et al. Personal Effectiveness. Champaign, IM: Research Press 1975.

Meermann R. Das Konzept der Psychosomatischen Fachklinik Bad Pyrmont unter besonderer Berücksichtigung gezielter Belastungserprobungen und Leistungsbeurteilungen durch die Abteilung Rehabilitationspädagogik. In: Optimierung der Rahmenbedingungen stationärer Rehabilitationsmaßnahmen. Schriftenreihe der Fachklinik Bad Pyrmont. Band 3. Meermann R, Rieger J (Hrsg). 1989; 64–89.

Meermann R. Body-image-Störungen bei Anorexia und Bulimia nervosa und ihre Relevanz für die Therapie. In: Bulimia und Anorexia nervosa. Ursachen und Therapie. Jacobi C, Paul T (Hrsg). Heidelberg: Springer 1991; 69–85.

Meermann R, Napierski C. Body image disorders in the eating disorders: From research to treatment, U-matic, Video-Film 22 min. 1984. 17th Congress of the European Association for Behavioral Therapy. Amsterdam, Niederlande (26. August 1987), Abstract book; 272.

Meermann R, Vandereycken W. Verhaltenstherapie bei Pubertätsmagersucht. In: Anorexia nervosa. Ursachen und Behandlung. Meermann R (Hrsg). Stuttgart: Enke 1981; 87–107.

Meermann R, Vandereycken W. Therapie der Magersucht und Bulimia nervosa. Ein klinischer Leitfaden für den Praktiker. Berlin, New York: de Gruyter 1987.

Meermann R, Vandereycken W. Body Image Disturbances in Eating Disorders from the Viewpoint of Experimental Research. In: The Psychobiology of Bulimia Nervosa. Pirke KM et al. (ed). Berlin, Heidelberg: Springer 1988; 158–71.

Meermann R, Zelmanski S. Theorie und Praxis der Selbsthilfearbeit bei Eßstörungen. Regensburg: Roderer 1994.

Otte H, Basler HD, Schwoon DR. Zur Theorie und Behandlung der Anorexia nervosa aus verhaltenstherapeutischer Sicht. Therapiewoche 1978; 28:8037–55.

Pudel V. Zur Psychogenese und Therapie der Adipositas. Berlin: Springer 1982.

Scheutzel P, Meermann R. Anorexie und Bulimie aus zahnärztlicher Sicht. München: Urban & Schwarzenberg 1994.

Schröder G. Verhaltenstherapie bei Kindern und Jugendlichen. Erfahrungen und Hinweise aus der Praxis. München: Pfeiffer 1977.

Slade PD. Towards a functional analysis of anorexia nervosa and bulimia nervosa. Br J Clin Psychol 1982; 21:167–79.

Smith A. Goal Attainment Scaling. In: Advances in Psychological Assessment. Vol. 5. Mc Reynolds P (ed). San Francisco: Jossey Bass 1981; 424–59.

Vandereycken W, Pieters G. A Large-Scale Longitudinal Follow-up Study of Patients with Eating Disorders: Methodological Issues and Preliminary Results. In: The Course of Eating Disorders. Herzog W, Deter H-C, Vandereycken W (eds). Berlin, Heidelberg, New York: Springer 1992.

Vandereycken W, van Deth R, Meermann R. Hungerkünstler, Fastenwunder, Magersucht. Eine Kulturgeschichte der Eßstörungen. München: dtv 1992.

Vanderlinden J, Norré J, Vandereycken W, Meermann R. Die Behandlung der Bulimia nervosa. Behandlungskonzepte mit Fallbeispielen. Stuttgart, New York: Schattauer 1992.

WHO. Internationale Klassifikation psychischer Störungen. ICD-10, Kapitel V. Dilling H, Mombour W, Schmidt MH (Hrsg). Bern, Göttingen, Toronto: Huber 1991.

12 Bulimia nervosa: Diagnostik und Behandlung

Walter Vandereycken, Jan Norré, Rolf Meermann

Inhalt

1 Definitionen

1.1 Merkmale der Bulimie

Die Bulimie kann beschrieben werden als ein unwiderstehliches Bedürfnis, in der Regel kalorienreiche Nahrung in Perioden des sich Überfressens (Hyperphagie) zu sich zu nehmen, wobei die Person einen *Kontrollverlust* über das Eßverhalten erfährt. Diesem sich Überfressen folgt aus Angst, dick zu werden, ein manuell ausgelöstes Erbrechen der Nahrung, der Mißbrauch von Laxanzien und/oder Diuretika sowie ein strenges Fasten, um letztlich das Gewicht unter Kontrolle halten zu können.

Die präzise Bestimmung der notwendigen diagnostischen Merkmale hat zu einer ganzen Reihe von Veröffentlichungen geführt (s. Garner u. Garfinkel 1988). Die Widersprüche innerhalb dieser Veröffentlichungen haben mehrere Ursachen:

- Auffassung der Bulimie als Symptom oder als Syndrom
- Auftreten von Bulimie sowohl bei Patienten mit Anorexia nervosa als auch bei einer großen Anzahl von Frauen mit normalem Gewicht
- große individuelle Unterschiede der Reaktionen auf eine Behandlung
- Komplexität der Verhaltensstörungen durch Interaktionen sozialer, psychischer und biologischer Faktoren.

In diesem Kapitel wird deutlich zwischen der Bulimie als Symptom und als Syndrom unterschieden.

1.2 Bulimie als Symptom

Die Bulimie als Symptom oder als außergewöhnliche dysfunktionelle Verhaltenskomponente (Synonyme: Hyperorexie, binge-eating, Freßsucht) verweist auf einen unbezwingbaren Eßdrang oder die Aufnahme von großen Nahrungsmengen im Rahmen diverser verhaltenspathologischer oder organpathologischer Bilder (z.B. Hirntumor). Der Vollständigkeit halber seien folgende Bulimievarianten erwähnt, die nur indirekt als problematisch betrachtet werden:

- situationsgebundene Bulimie („Freßabschnitte"), die u.a. häufig in Studentenpopulationen auftritt und meist ohne ernsthafte Folgen bleibt
- streßreduzierende Bulimie ohne die Angst, dick zu werden
- hedonistische Bulimie oder ein als angenehm empfundener Freßanfall, wiederum ohne Angst, dick zu werden und ohne anschließendes Erbrechen oder Medikamentenmißbrauch.

Es existieren auch Formen von psychogenem Erbrechen ohne Eßprobleme: Diese können entweder chronisch oder episodisch bei Patienten ohne Gewichtsprobleme vorkommen.

1.3 Bulimie als Syndrom

Die Bulimie als Syndrom kann unter verschiedenen Begriffen beschrieben werden:

Bulimia, Bulimia nervosa, Bulimarexia, Bulimie-Syndrom, Hyperorexia nervosa, thin-fat syndrome, dietary chaos syndrome, abnormal/normal-weight syndrome, stuffing syndrome, compulsive eating, night-eating syndrome, gorging-purging syndrome.

Russell (1979) war der erste, der den Versuch unternahm, die Grenzen für die diagnostischen Kriterien dieses Syndroms abzustecken. Er nannte das Syndrom „Bulimia nervosa", um die Verwandtschaft zur Anorexia nervosa zu betonen. Die viel umfassendere Beschreibung der „Bulimia" im DSM-III (1980) rief eine ganze Reihe von kritischen Reaktionen hervor und führte schließlich zu einigen gründlichen Änderungen im DSM-III-R (1987), was einen bedeutenden Fortschritt darstellt (Tab. 12.1):

- Es wird generell von „Bulimia nervosa" gesprochen, wie es Russell bereits 1979 tat, um terminologische Verwirrungen mit Bulimie (Bulimia) als Symptom zu vermeiden und um die enge Verbindung zur Anorexia nervosa zu betonen.
- Die essentiellen Charakteristika des Syndroms werden explizit erwähnt: Freßanfälle als Äußerung eines tatsächlichen empfundenen Kontrollverlustes, diverse Methoden zur Gewichtskontrolle sowie krankhafte Fehleinschätzungen des eigenen Körpers und Gewichtes.
- Es existiert jetzt ein Index für das Maß der Krankhaftigkeit.

Tab. 12.1 Diagnostische Kriterien der Bulimia nervosa (DSM-III-R 1987).

- Wiederholte Episoden von Freßanfällen (schnelle Aufnahme einer großen Nahrungsmenge innerhalb einer bestimmten Zeitspanne).
- Das Gefühl, das Eßverhalten während der Freßanfälle nicht unter Kontrolle halten zu können.
- Um einer Gewichtszunahme entgegenzusteuern, greift der Betroffene regelmäßig zu Maßnahmen zur Verhinderung einer Gewichtszunahme, wie selbstinduziertem Erbrechen, dem Gebrauch von Laxanzien oder Diuretika, strengen Diäten oder Fastenkuren oder übermäßiger körperlicher Betätigung.
- Durchschnittlich mindestens zwei Freßanfälle pro Woche über einen Mindestzeitraum von drei Monaten.
- Ausdauernde, übertriebene Beschäftigung mit Figur und Gewicht.

2 Epidemiologie

Die Bulimia nervosa kommt fast ausschließlich bei Frauen vor. Die Mehrzahl ist älter als 20 Jahre, und ca. ein Viertel ist verheiratet oder lebt mit einem festen Partner zusammen.

Wie auch bei der Anorexia nervosa entstammen die meisten Frauen sozial höheren Schichten. Die Prävalenz ist bei den jungen Frauen inkonsistent; sie variiert zwischen 3 % und 20 %. Dies hat verschiedene Gründe:

- Die häufig angewendeten Kriterien der DSM-III (1980) waren nicht von ausreichender Spezifität.
- Die verschiedenen Untersuchungen arbeiteten mit unterschiedlichen Parametern bei der Beschreibung von Freßanfällen (Menge, Art und Weise, Frequenz).
- Die meisten Untersuchungen wurden bei einer jungen (universitären) Population, die nicht repräsentativ sein kann, durchgeführt.
- Bei Anwendung von Fragebögen muß die Zuverlässigkeit der Anworten ange-

zweifelt werden, da es sich um ein Ernährungsverhalten handelt, das vor der Umwelt möglichst geheim gehalten werden soll.

Über das Auftreten der Bulimia nervosa bei Männern existieren nur wenig zuverlässige Daten. Die Studien weisen auf einen Anstieg der Häufigkeit von Eßstörungen innerhalb der westlichen Welt hin. Zur Zeit ist noch unklar, ob der zu beobachtende Anstieg ein Zeichen für eine Änderung der Häufigkeit des Syndroms oder das Resultat einer größeren Bekanntheit und öffentlicher Diskussionen ist, wodurch mehr Menschen begannen, Hilfe in Anspruch zu nehmen. Die kulturelle Voreingenommenheit für Schlankheit und die physische Anziehungskraft spielen zweifelsohne eine bedeutsame Rolle. Auf die Frage, welche Faktoren bestimmte Frauen für die Entwicklung einer Eßstörung anfällig sein lassen, bleibt uns die Forschung vorläufig eine Antwort schuldig: spezifische Prädisposition für eine Krise hinsichtlich des Selbstwertgefühls während der Adoleszenz oder bei jungen Erwachsenen ist nicht zwingend; ebensowenig muß eine spezifische Prädisposition bestehen, um dem kulturellen Druck zu erliegen und die Eßgewohnheit zur Aufbesserung des Selbstwertgefühls drastisch zu ändern.

3 Krankheitsbild und Diagnostik

Bei der Bulimia nervosa geht es um mehr als um bloße Freßanfälle. Die Diagnose erfordert die in Tabelle 12.1 aufgeführten fünf Merkmale. Auf diese Weise besteht nun eine Möglichkeit, die Bulimia nervosa gegenüber Bulimie oder Freßsucht als Symptom eines anderen psychiatrischen Syndroms (wie affektive Störungen oder Konversionsstörungen) abzugrenzen (vgl. Abschn. 1.2).

Die Bulimia nervosa kann jetzt als ein regelmäßig auftretender *Kontrollverlust* über das Eßverhalten beschrieben werden, was zu häufigen Perioden von Freßanfällen und einem gestörten Ernährungsmuster führt. Auf diese Freßanfälle folgt das selbstprovozierte Erbrechen, der Mißbrauch von Laxanzien und/oder Diuretika, ein rigoroses Fasten oder eine Hyperaktivität, was auf die *Angst vor dem Dickwerden* zurückführbar ist.

Das von uns erstmals beschriebene „chewing-spitting-syndrom" oder Kauen-Ausspucken-Syndrom (Meermann u. Vandereycken 1987) ist eine Variante dessen: Hierbei handelt es sich um ein sehr langsames Eßverhalten, bei dem die Nahrung im Mund lediglich zergehen soll, um anschließend wieder ausgespuckt zu werden.

Obwohl das Körpergewicht für die Diagnostik an sich nicht relevant ist, besteht auch bei diesem Syndrom ein *krankhaftes Vorurteil gegen die eigene Körperform und das Gewicht,* wobei im Vordergrund die Angst vor einem Kontrollverlust über das Eßverhalten und einer daraus resultierenden Gewichtszunahme steht. Die Patientinnen sind sich des abnormen Charakters ihres Eßverhaltens bewußt und häufig folgen auf die Freßanfälle depressive Gefühle und Gedanken (Scham- und Schuldgefühle), die für die Diagnose allerdings nicht wesentlich sind. Am meisten fällt bei diesem gestörten Eßverhalten der Freß-Brech-Zyklus auf. In der Praxis läßt sich eine große Mannigfaltigkeit feststellen. Trotzdem läßt sich dieses gestörte Eßverhalten an Hand wichtiger Charakteristika einteilen:

- Während der Freßanfälle kommt es meist zu einer exzessiven Zuführung von meist sehr kalorienreicher Nahrung (1000–10 000 Kalorien, in manchen Fällen auch mehr). Erfahrungsgemäß verläuft das Ernährungsmuster um so gestörter, je intensiver sich das Neutralisierungsverhalten (Erbrechen und-/oder Laxanzienabusus) erweist. Das Problem der Entgleisung hängt nicht so sehr von der Quantität als vom subjektiven Erleben ab: Manche Patienten empfinden

Tab. 12.2 Themen zur Exploration der Bulimie (nach Harris und Hsu 1983).

Heißhungeranfälle
- Empfindet die Patientin einen „unkontrollierbaren“ Drang zu essen?
- Wie oft empfindet sie diesen Drang, und wie lange dauert er an?
- Was geht diesem Verlangen voraus?
- Woran denkt die Patientin, bevor sie einen Heißhungeranfall hat?
- Was für Aktivitäten übt die Patientin aus, bevor sie den Drang verspürt, unkontrolliert zu essen ?
- Zu welcher Tageszeit hat sie diese Heißhungeranfälle?
- Wenn sie auf diesen Drang hin ißt,
  - welche Arten und Mengen von Nahrungsmitteln nimmt sie zu sich?
  - wie schnell ißt sie die Nahrung?
  - welche anderen Aktivitäten übt sie aus, während sie ißt?
  - wo nimmt sie die Nahrung zu sich?
  - ißt sie alleine oder in Gegenwart anderer?
  - woran denkt die Patientin, während sie ißt?
  - wieviele solcher „Eßsuchtanfälle“ hat die Patientin pro Woche?
- Warum hört die Patientin zu essen auf?
- Was für Auswirkungen haben die Heißhungeranfälle?
  - Was für ein Selbstgefühl hat die Patientin direkt nach einem Anfall?
  - Was für eine Stimmung hat sie nach einem Anfall?
  - Wie reagieren andere Leute auf ihre Eßanfälle?
  - Was für Aktivitäten führt die Patientin nach ihrem Eßanfall aus?

Abführen der Nahrung
- Verspürt die Patientin den Drang, durch Erbrechen oder durch Laxanzien oder Diuretika abzuführen?
- Was geht diesem Verlangen voraus?
- Verspürt sie dieses Verlangen auch nach normalen Mahlzeiten?
- Ist dieses Verlangen stärker (oder schwächer) nach dem Genuß bestimmter Nahrungsmittel?
- Was für ein Selbstgefühl und was für subjektive Gedanken hat sie direkt vor dem Abführen?

Erbrechen
- Wie oft (in Brechanfällen pro Tag oder Wochen und wieviele Male pro Anfall) erbricht sich die Patientin?
- Wie führt sie den Brechreiz herbei?
- Ist es für die Patientin schwierig und/oder schmerzhaft, sich zu erbrechen?
- Wie lange nach dem Essen übergibt sie sich?
- Was für Umstände begleiteten den ersten Vorfall?

Laxanzien- und/oder Diuretika-Gebrauch
- Wie oft benutzt die Patientin dieses Mittel?
- Welche Arten von Laxanzien oder Diuretika benutzt sie?
- In welchen Dosen nimmt sie Laxanzien und Diuretika ein?
- Was für Umstände begleiteten den ersten Vorfall?

Andere Informationen über die Essensgewohnheiten
- Zu welchen Tageszeiten ißt die Patientin?
- Nimmt sie regelmäßige Mahlzeiten zu sich?
- Plant sie ihre Mahlzeiten im voraus?
- Welche Arten und Mengen von Nahrungsmitteln nimmt sie zu sich?
- Was für einen Nährwert hat ihre Diät?
- Hat die Patientin einen ungefähren Einblick in ihre Ernährungsbedürfnisse?
- Hat sie Meinungen/Ansichten, die sie davon abhalten, eine normale Diät zu halten?

Körpergewicht
- Wie groß ist die Patientin, und was wiegt sie?
- Wieviel würde sie gern wiegen?
- Hält sie sich selbst für übergewichtig?
- Wie stark hat ihr Gewicht im Zusammenhang mit ihren Eß- und Abführanfällen variiert?

Angst vor dem Dickwerden aus. Aus diesem Grunde kontrollieren sie häufig ihr Gewicht auf der Waage, oftmals direkt nach dem Erbrechen zur kontrollierenden Stabilisierung ihres Körpergewichts. Meistens unterliegen sie einer falschen Wahrnehmung hinsichtlich ihres Körpers, dessen Umfang sie in der Regel überschätzen (Körperschemastörung).

Themen zur Exploration von Bulimia-nervosa-Patientinnen sind in Tabelle 12.2 zusammengefaßt.

Der *Diät-Freß-Säuberungszyklus* (Abb. 12.1) ist ein in sich selbständig ablaufender Kreislauf. Das Fasten, Erbrechen und/oder die Einnahme von Laxanzien mildern zwar die Angst vor einer Gewichtszunahme, aber die ständige gedankliche Beschäftigung mit der Ernährung, die Zwangsvorstellungen hinsichtlich der Körperform und des Gewichts bleiben bestehen. Nach einer Periode der exzessiven Nahrungsaufnahme werden das Erbrechen und der Laxanzienabusus anfänglich noch als Zeichen der Kontrolle empfunden. Trotzdem enden diese Praktiken langfristig in einem stetig wachsenden Kontrollverlust über das Verhalten, die Patientinnen „legitimieren" das Erbrechen, was zu dem Gefühl, alles Gegessene ausbrechen zu müssen, führen kann. Hinter diesem Zyklus steht die zentrale Angst vor dem Dickwerden (Gewichtsphobie), ein essentielles Merkmal, das diese Patientinnen mit Anorexia nervosa gemeinsam haben (s.a. Abschn. 5, Abgrenzung der Bulimia nervosa zu psychiatrischen Störungen).

4 Komplikationen

Über die Effektivität der Gewichtskontrollmethoden herrscht bei den Patientinnen ein großes Mißverständnis. Die vollständige Entfernung aller Kalorien aus dem Magen kann durch das Erbrechen nicht gewährleistet werden, so daß selbst häufig auftretende Zyklen zu einer Gewichtszunahme führen können. Laxanzien haben einen Effekt auf die Entleerung des Darmtrakts, allerdings sind vorher bereits die meisten Kalorien absorbiert worden. Das Mißverständnis ist durch die Erfahrung eines kurzzeitig auftretenden Gewichtsverlustes entstanden, der jedoch größtenteils durch Flüssigkeitsverluste verursacht wird.

Aus der anschließenden Wasserretention resultiert eine erneute Gewichtszunahme. Die gleiche Situation ergibt sich bei der Einnahme von Diuretika, die keinerlei Auswirkungen auf den Kalorienverbrauch haben. Diese Verhaltensweisen haben einschneidende Auswirkungen auf die Gesundheit (s. Tab. im Anhang, S. 288). Die bedeutendste Schädigung der Gesundheit ist der gestörte Elektrolythaushalt, die Hypokaliämie-Alkalose, durch die lebensgefährliche Herzrhythmusstörungen verursacht werden können.

5 Abgrenzung der Bulimia nervosa zu anderen psychopathologischen Krankheitsbildern

Neben den essentiellen Charakteristika der Bulimia nervosa sollen nun eine ganze Reihe assoziierter Symptome besprochen werden, die für die Diagnose allerdings nicht zwingend sind.

Depression: Bei den Patientinnen mit Bulimia nervosa kommt es zu depressiven Syndromen wie Niedergeschlagenheit, Schlafstörungen, Konzentrationsstörungen, Müdigkeit, pessimistischem Denken, Suizidtendenzen (und -versuchen) und zu Minderwertigkeitsgefühlen. Dies gibt den Anstoß zu Untersuchungen bezüglich der Zusammenhänge zwischen Bulimia nervosa und Depressionen. Diese Beziehung wird bei der Beschreibung des affektiven Modells genauer analysiert (s. Abschn. 6.1).

Impulsivität und Triebhaftigkeit: Dieses Problem zeigt sich am deutlichsten an der Art und Weise, wie die Freßanfälle durchgeführt werden. Zusätzlich kann diese Eßstörung zu ernsthaften finanziellen Schwierigkeiten führen, bis hin zu Diebstahl von Nahrung und Geld, um dem Eßdrang nachgeben zu können (Kleptomanie). Gleichzeitig wird Alkohol-, Medikamenten- und Drogenmißbrauch beobachtet. Viele Patientinnen sollen ein promiskuitives Verhalten zeigen. Manchmal kommt es auch zu Selbstverstümmelungen. Diese Störungen führen zu der Frage, ob die Bulimia nervosa als eine Impulskontrollstörung oder eine Form von Abhängigkeitserkrankung (eine „Sucht" nach Nahrung und Süßem) betrachtet werden muß (s. Abschn. 6.2).

Zwanghaftigkeit: Allgemein kann man bei Patientinnen mit Bulimia nervosa eine zwanghaft perfektionistische Haltung feststellen, die mit einem Alles-oder-Nichts-Denken einhergeht. Dieses Denken in Schwarz-Weiß-Kategorien äußert sich zum einen im Ernährungsverhalten: Wurde erst von der „verbotenen Frucht" gegessen, werden die Diätvorschriften über den Haufen geworfen und zum „Alles" (Freßanfall) gegriffen, da ja doch alles hoffnungslos sei. Zum anderen äußert sich dieses Denken im Umgang mit Erfahrung und/oder Ausdruck von hauptsächlich negativen Gefühlen: Angst, Ärger, Frustrationen oder Enttäuschungen werden entweder aus Angst vor einem Kontrollverlust nicht erkannt (unterdrückt) oder ungehemmt ausgelebt (reeller Kontrollverlust).

Soziale Störungen: Die Eßstörung hat deutliche Auswirkungen auf die sozialen Beziehungen. Häufig treten Lern- und Arbeitsstörungen auf, Konzentrationsprobleme aufgrund der Nahrungs- und Gewichtszwanghaftigkeit, aufgrund von Zeitmangel oder Übermüdung als Folge des Freß-Brech-Zyklus. Da die Patientinnen sich ihres Eßverhaltens schämen und vor einer Entdeckung Angst haben, meiden sie zusehends den Kontakt zu Altersgenossen sowie zu Familienmitgliedern. Die Einsamkeit verstärkt das Gefühl der Ausgeschlossenheit und der Insuffizienz, was wiederum zu Freßanfällen führen kann. Darüber hinaus zeigen viele Patientinnen einen Mangel an sozialer Kompetenz, so daß sie automatisch unangenehmen Situationen oder sozialen Beziehungen „erwarteter" Ablehnung ausweichen.

In heterosexuellen Beziehungen nehmen sie oftmals die traditionellen Geschlechtsrollen an und empfinden lediglich geringe Befriedigung in sexuellen Kontakten.

Psychiatrische Störungen: Neben möglichen Berührungspunkten mit einigen psychiatrischen Störungen muß der Frage nachgegangen werden, ob Bulimia nervosa und Anorexia nervosa unterschiedliche klinische Entitäten darstellen (Tab. 12.3). Die auffälligste Übereinstimmung ist die morbide Angst, dick zu werden, sowie das Streben nach einem Schlankheitsideal als Mittel zur Problemlösung und/oder für einen besseren Umgang mit schmerzbereitenden Gefühlen. Beide Eßstörungen sind durch das stark sozial-kulturelle Schlankheitsideal beeinflußt (Vandereycken et al. 1990). Dies führt vor allem bei Frauen zu Vorurteilen gegen Nahrung, Körpergewicht und Diät. Die Tatsache, daß viele Patientinnen mit Anorexia nervosa nach einer gewissen Zeit eine Bulimie entwikkeln und schließlich das Gesamtbild der Bulimia nervosa zeigen, obwohl die Bulimia nervosa noch durch lange Perioden des Fastens unterbrochen werden kann, weist auf einen engen Zusammenhang zwischen beiden Syndromen hin, obwohl umgekehrt die Patienten mit Bulimia nervosa nur selten eine vollständige und andauernde Anorexia nervosa entwickeln (Abb. 12.2).

All dies spricht für ein dynamisch-dimensionelles Bild der Eß- und Gewichtsproblematik: Das klinische Bild der Eßstörung kann sich allmählich ändern und darf deshalb nicht als statisch oder als feste Entität betrachtet werden.

Tab. 12.3 Vergleich der Krankheitsbilder Anorexia nervosa und Bulimia nervosa.

	Anorexia nervosa	Bulimia nervosa	beide Syndrome
Epidemiologie	90–95 % weiblich, etwas jünger, ca. 1–3 % aller Mädchen vor der Hochschulreife zeigen (prä-)klinische Symptome	mehr als 80 % weiblich, etwas älter, 5–13 % der Collegebesucherinnen zeigen (prä-)klinische Symptome	nimmt mit höherem sozioökonomischen Status zu
Krankheitsverlauf	häufige Umwandlung in chronische Bulimia nervosa	selten Umwandlung in eine chronische Anorexia nervosa	
Gewicht	unter 80 % des Idealgewichts	Gewicht in oder um den Normbereich	
menstruelle Perioden	fehlen	unregelmäßig oder fehlen	
Verhalten	Angst vor dem Dickwerden durch erwarteten Kontrollverlust beim Essen, mehr zwanghaft, sind sich weniger der psychologischen Gestörtheit bewußt	Angst vor dem Dickwerden durch tatsächlichen Kontrollverlust beim Essen, mehr hysterisch, sind sich der psychologischen Gestörtheit stärker bewußt	Besessenheit von Nahrung, Gewicht und Körperfülle, oft dysphorisch und schuldbeladen, oft gesellschaftlich isoliert

6 Therapiemodelle

Um der steigenden Zahl von Hilfegesuchen gerecht werden zu können, wurde in den letzten Jahren aus den unterschiedlichsten Richtungen mit diversen Behandlungsprogrammen experimentiert. Die Bulimia nervosa kann betrachtet werden als:

- Symptom einer affektiven Störung
- Zeichen mangelnder Impulskontrolle
- konditionierte Antwort auf negative Bestätigung innerhalb der sozialen Schicht
- Folge dysfunktionaler Kognition
- Äußerung eines Dissoziationszustandes
- Zeichen für ein pathologisches Familiensystem
- Symptom eines aufgedrängten Sozialisationsprozesses der Frau.

Diese unterschiedlichen Auffassungen haben natürlich eingreifende Auswirkungen auf die Wahl der Behandlungsmethoden.

6.1 Depressionsmodell

6.1.1 Ätiologische Überlegungen

Es besteht kein Zweifel, daß Depressionen häufig mit Bulimia nervosa einhergehen, wobei sich die Frage stellt, ob die Eßstörung lediglich eine Untereinheit eines depressiven Syndroms darstellt oder ob die Depression eine sekundäre Folge der Bulimia nervosa ist.

Es existieren fünf Befundtypen, die auf eine enge Beziehung zwischen Eßstörungen (auch Anorexia nervosa) und affektiven Störungen schließen lassen.

- *Äußere Merkmale:* Depressive Symptome werden häufig von Patienten mit Eßstörungen beschrieben.
- *Krankheitsverlauf:* In Nachuntersuchungen lassen sich oft depressive Symptome nach einer Behandlung der Eßstörung feststellen.

- *Familiengeschichte:* Überzufällig sind affektive Störungen bei Verwandten von Patienten mit Eßstörungen gefunden worden.
- *Biologische Tests:* Häufig werden bei diesen Patienten Kortisolabweichungen und positive Dexamethasonsuppressionstests festgestellt.
- *Behandlungsergebnisse:* Antidepressiva bewirken manchmal auffallend günstige Resultate bei Eßstörungen.

Aufgrund dieser Resultate wird vor allem in den USA eine Behandlung mit Andidepressiva propagiert, die sowohl die Besserung der Depressionen als auch des gestörten Eßverhaltens bewirken soll.

Sowohl Studien mit als auch ohne Kontrollgruppen weisen jedoch widersprüchliche Resultate auf.

Die Behandlung mit Antidepressiva wird aus der psychotherapeutischen Richtung heftig angefochten. Exakte funktionale Analysen des gestörten Eßverhaltens ergeben, daß die Stimmungsschwankungen dem Eßverhalten anscheinend erst sekundär folgen. Mit anderen Worten scheint die Depressivität eher eine Folge denn eine Ursache der Bulimia nervosa zu sein. Eine erfolgreiche Heilung der Eßstörung führt zu einer bedeutsamen Abnahme der Depressionen und anderer psychopathologischer Auffälligkeiten. Daß der Einsatz von Antidepressiva einige Erfolge erzielte, ist wahrscheinlich der geringen Eindeutigkeit der DSM-III-Kriterien (1980) zuzuschreiben, durch die die Bulimia nervosa nicht von einer affektiven Störung unterschieden werden konnte.

Psychologische Untersuchungen ergeben im übrigen, daß endokrinologische und metabolische Veränderungen, die als typisch für affektive Störungen gelten, auch

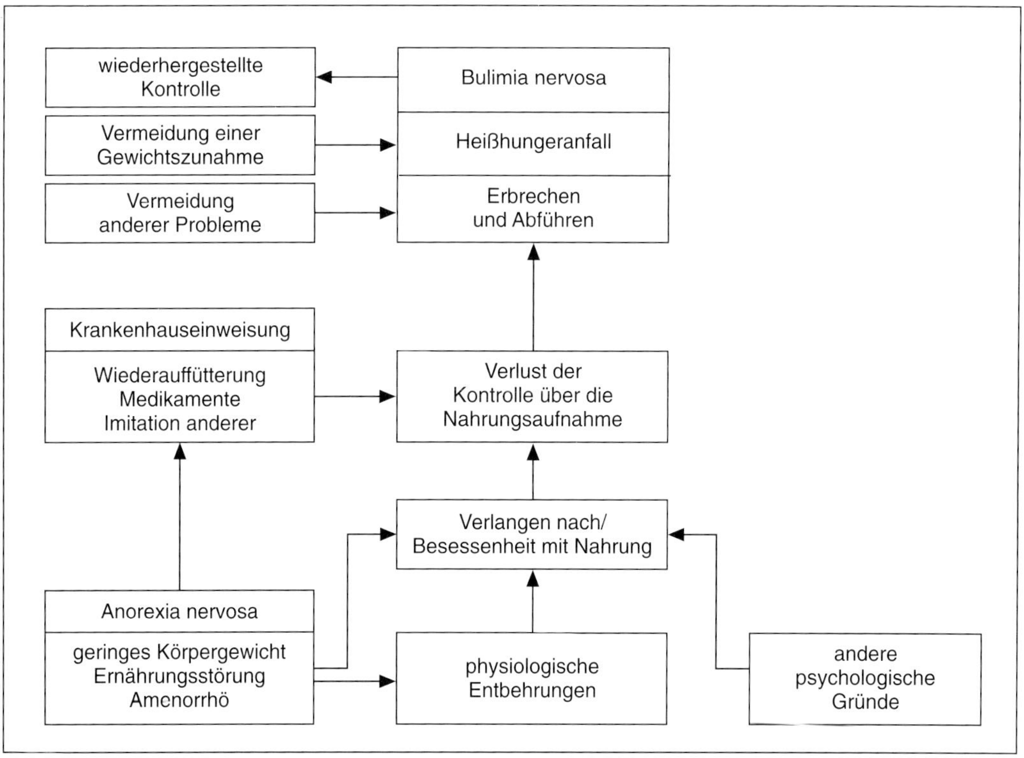

Abb. 12.2 Diagrammhafte Darstellung der Entstehung der Bulimia nervosa (nach Slade 1982).

Folgen einer Aushungerung und der intermittierenden Diäten sein können.

Die obengenannten Argumente für die Betrachtung der Bulimia nervosa als Depressionsäquivalent sind aus vielerlei Gründen anfechtbar: Es handelt sich hier um eine Argumentation auf Basis vermeintlicher Analogien, wobei die Methodologie dieser Untersuchungen Zweifel erweckt. Die einzige Assoziation zwischen Bulimia nervosa und einer affektiven Störung – was auch immer ihre wahre Natur sein mag – ergibt sich aus einer Untergruppe von Bulimia-nervosa-Patientinnen (mit oder ohne Anorexia-nervosa-Vorgeschichte), wobei wir drei Formen temporärer Relationen unterscheiden:

- Einem Freßanfall folgt eine depressive Stimmung. Dies ist mit der Idee, daß Stimmungsstörungen eine Folge ernster Ernährungsprobleme sind, konsistent. Die Depression verschwindet bei Wiedererlangung der Kontrolle über das Eßverhalten.
- Die depressive Stimmung geht einem Freßanfall voran. Dies bedeutet, daß die affektive Störung bei einer Untergruppe von Bulimia-nervosa-Patientinnen an primärer Stelle bezüglich der Zeitdimension steht.
- Bei Patientinnen mit einer langwierigen Krankheitsgeschichte können beide Formen vorkommen, wodurch ein Teufelskreis verursacht wird. In diesem Fall ist es nicht mehr möglich, Ursache und Folge zu unterscheiden.

6.1.2 Therapeutische Überlegungen

In der Praxis raten wir, Antidepressiva nur bei Fortdauer der Depressionen auch nach der Heilung des gestörten Ernährungsmusters und Wiederherstellung des Gewichts zu verschreiben. Hieran anschließend soll auch über den Einsatz anderer Medikamente bei Bulimia-nervosa-Patientinnen gesprochen werden.

Der zwanghafte und automatisierte Verlauf eines Freßanfalls zeigt Ähnlichkeiten mit der psychomotorischen Epilepsie; die Anwendung von Antikonvulsiva führte allerdings ebensowenig zu Hoffnung erweckenden Resultaten. Die Verordnung von Appetithemmern, Schlafmitteln usw. dient allein der Symptombehandlung, die die tiefergelegene Problematik der Bulimia nervosa verleugnet. Außerdem liegt in der Verordnung solcher Medikamente die Gefahr des Mißbrauchs (Gewöhnung, Abhängigkeit), dies betrifft in jedem Fall die Appetithemmer mit ihrer stimulierenden Wirkung (Amphetamine!).

6.2 Suchtmodell

6.2.1 Ätiologische Überlegungen

Die Bulimie oder die übermäßige Nahrungsaufnahme von hochkalorischen Stoffen kann auch als eine Form der Sucht betrachtet werden. Diese Analogie stützt sich auf folgende Feststellungen:

- Bei sehr vielen Bulimia-nervosa-Patientinnen kann man diverse Impulskontrollstörungen sowie Alkohol- und Drogenmißbrauch beobachten.
- Sucht taucht bei Verwandten von Bulimia-nervosa-Patientinnen häufiger als Problem auf als bei der übrigen Bevölkerung.
- Das Persönlichkeitsprofil der Bulimia-nervosa-Patientinnen weist große Ähnlichkeit mit dem der Alkohol- und Drogenabhängigen auf.
- Die Bulimia nervosa erfüllt folgende Suchtkriterien:
  - Kontrollverlust
  - Präokkupationen gegenüber dem Suchtmittel
  - Einsatz des Suchtmittels für den besseren Umgang mit Streß oder negativen Gefühlen
  - Geheimhaltung
  - Persistenz der Sucht trotz aversiver Folgen.

Bei Bulimia-nervosa-Patientinnen läßt sich eine geringere Impulskontrolle als Folge des unkontrollierbaren Spannungsfeldes zwischen dem Drang, sich auszuhungern, und dem physiologischen Bedürfnis nach Nahrung feststellen.

Das Interesse konzentriert sich bei diesem Modell auf die Perioden des Fastens (zwischen zwei Freßanfällen), da gerade diese Perioden für die physischen und psychischen Nebenwirkungen verantwortlich sind:

- erhöhte Inzidenz von neurotischen Störungen bei einem Gewichtsverlust von 25 %
- Eingriff in die Arbeitskapazität
- starke Präokkupation gegenüber Nahrungsmitteln
- Sucht nach Nahrung als unkontrollierbarer realer Zustand
- Störungen des Hunger- und Sättigungsgefühls.

6.2.2 Veränderungen metabolischer Prozesse

Eine weitere bedeutsame Folge des Hungerns ist die Verzögerung metabolischer Prozesse als kompensatorische Reaktion auf die Nahrungsdeprivation. Dies stellt eines der Hindernisse für eine Therapie dar: Durch das Ersetzen des Fasten-Freß-Zyklus durch ein normales Eßverhalten wird die Patientin mit einer schnellen, aber kurzzeitigen Gewichtszunahme konfrontiert. Ein Gleichgewicht kann erst durch den wieder normal funktionierenden Metabolismus hergestellt werden.

Zwei Erklärungen spielen hier möglicherweise eine Rolle:

Veränderungen des Hungergefühls: Während eines Freßanfalls nimmt die Patientin vor allem Süßes zu sich, wobei gerade der Zucker noch vor dem Erbrechen absorbiert wird. Hat sich der Körper erst an eine solche „Zuckerdiät" angepaßt, kann es zu einem erhöhten Insulinspiegel kommen, der wiederum ein Hungergefühl hervorruft. Frühzeitiges Abbrechen der Nahrungsaufnahme provoziert einen Zustand der Hypoglykämie, der deutlich macht, daß der Verzehr eines einzelnen Kekses zu einem unkontrollierbaren Hungergefühl führen kann. Diverse Untersuchungen zeigen jedoch, daß man nicht von einem eindeutigen Zusammenhang zwischen Hypoglykämie und der Bulimia nervosa ausgehen kann. Trotzdem muß die Rolle der physiologischen Prozesse für die Problematik der Chronizität und die Tatsache, daß bestimmte Eßstörungen und Formen von Zuckerkrankheiten zusammenhängen können, betrachtet werden.

Veränderungen des Sättigungsgefühls: Die zweite Erklärung bezieht sich auf den Konditionierungsprozeß bezüglich des Sättigungsgefühls. Während eines Freßanfall-Brechzyklus erhält der Körper fortlaufend Fehlinformationen, wodurch das Sättigungsgefühl verhindert wird, es sei denn, der Patient verzehrt enorme Nahrungsmengen. Der Magenumfang nimmt fortschreitend zu, so daß außergewöhnlich viel gegessen werden kann, bevor ein Völlegefühl eintritt.

6.2.3 Therapeutische Überlegungen

Ein wichtiger Ansatzpunkt ist die Tatsache, daß das Fasten die Ursache für erneute Freßanfälle darstellt. Dies impliziert die Notwendigkeit, die Perioden des totalen Fastens oder der lediglich geringen Nahrungsaufnahme zu beenden. Mit anderen Worten: Es geht um das *Erlernen eines natürlichen und im Gleichgewicht befindlichen Ernährungsmusters,* ein zentrales Prinzip innerhalb der meisten Therapieprogramme.

Diät: Die Hinzuziehung eines Diätassistenten kann dabei sinnvoll sein, da die Kenntnisse über Nahrungs- und Energieverbrauch der Bulimia-nervosa-Patientinnen in der Regel unzureichend sind. Außerdem sollten die Patientinnen lernen, nicht mehr zwischen „guter“ und „schlechter“ Nahrung zu unterscheiden, da beide Komponenten zu einer abwechslungsreichen Ernährung gehören. Zusätzlich muß die Empfindlichkeit für interne Stimuli des Hungers wiederhergestellt werden (Unterscheidung zwischen Appetit und tatsächlichem Hunger), auch wenn dies zu erheblichen Problemen führen kann, da das Gefühl, nicht satt zu sein, auch nach dem Wegfallen der Freßanfälle bestehen bleibt, und zwar so lange, bis der Körper sich an die Nahrung, die früher erbrochen wurde, angepaßt hat.

Selbstkontrolle: Der Vergleich zwischen Bulimia nervosa und Sucht war Ursache für die Anwendung therapeutischer Techniken, die schon bei Alkoholabhängigen und Fettsüchtigen positive Effekte bewiesen haben. Es geht hierbei um *Selbstkontrolle und Stimuluskontrolltechniken.* Die gängigste Methode zur Selbstkontrolle ist das Führen eines strengstrukturierten Tagebuchs. Diese Aufforderung zur Selbstbeobachtung zieht sich wie ein roter Faden durch die Therapie und hat ein zweifaches Ziel: Die Patientin erhält einen genauen Eindruck vom Ausmaß ihres gestörten Ernährungsmusters und für den Therapeuten stellen die Informationen eine interessante Bereicherung für das Erstellen einer funktionalen Analyse und für die Planung therapeutischer Interventionen dar. Kurzfristig kann diese Methode zu einer zeitweiligen Reduktion der Symptome führen.

Andere Beispiele für Prozesse der Selbstkontrolle sind:

- Planung der Mahlzeiten in Zusammenhang mit festgelegten Orten der Nahrungsaufnahme und vorzugsweise in Anwesenheit anderer Personen
- zeitweilige Ausschaltung und anschließendes Absetzen von nahrungsgebundenen Stimuli
- Ersetzen des Freßdrangs durch Alternativen (wie Spaziergänge, Telefonate mit guten Bekannten, Musikhören usw.)
- Entfernung von Waagen, Diätbüchern und Kalorienlisten
- allmählicher Aufschub des auftretenden Freßdrangs und/oder ein progressiver Responseaufschub, d.h. stetige Vergrößerung der Intervalle zwischen den Freßanfällen und dem Erbrechen.

Gruppentherapie: Mitchell et al. (1985) entwickelten auf Basis der Ähnlichkeiten zwischen Bulimia nervosa und Suchtproblemen ein intensives gruppentherapeutisches Programm. Dieses Programm in Form häufiger abendlicher Sitzungen während eines Zeitraums von zwei Monaten läßt sich in drei Phasen einteilen:

- Innerhalb der *ersten Phase* setzen sich die Stunden aus Informationsvermittlung und aus Gruppendiskussionen über eng mit der Bulimia nervosa verbundene Themen zusammen: Ausbruch aus dem Fasten-Freß-Zyklus, gesunde Ernährung, Depression, realisierbare Planungen, Streßmanagement, Assertivitätstraining, Systemtheorie, Selbsthilfegruppen, rational-emotive Techniken (RET, vgl. Kapitel 10) und Präventionsmaßnahmen gegen einen Rückfall.
- In der *zweiten Phase* werden in vivo Techniken zur Kontrolle des Ernährungsverhaltens geübt.
- In der *dritten Phase* werden schließlich die individuellen Entwicklungen im Rahmen der Gruppensitzungen besprochen.

Bulimie-Workshops: Die Vorteile einer gruppentherapeutischen Annäherung an die „Süchtigen“ inspirierten Brisman und Siegel (1985) zur Erarbeitung eines „Bulimie-Workshops“, eines Wochendkurses, um dem Suchtverhalten auf direkte Weise entgegentreten zu können.

Die Behandlung beginnt mit einem intensiven Wochenendprogramm zur Förderung der Gruppenkohäsion, wobei auf der Basis von verhaltenstherapeutischen Prinzipien Kontrakte zur Durchbrechung und Änderung des symptomatischen Verhaltens aufgebaut werden. Innerhalb der

Follow-ups kommt es zur Besprechung der Schwierigkeiten, die bei der Einhaltung der Kontrakte entstanden sind. In der dritten Phase (ohne Therapie) sollen sich die Gruppenmitglieder gegenseitig zur Förderung eigener Fortschritte unterstützen.

6.2.4 Zusammenfassung

Auf Grund der Analogie zwischen der Bulimia nervosa und der Suchtgefährdung drängt sich die bedeutsame Frage auf, ob schon am Anfang der Behandlung das Ende des Freß-Brech-Zyklus stehen muß (Abstinenzansatz) oder ob lediglich ein allmähliches Abklingen der Zyklen angestrebt wird, wobei eine Besserung nicht notwendigerweise eine vollständige Heilung von Bulimieanfällen bedeuten muß (Antiabstinenzansatz).

Der Abbruch von Bulimieanfällen bewirkt ein Gefühl von neugewonnener persönlicher Kontrolle, erhöht das Selbstwertgefühl und bietet die Möglichkeit, alternative Problemlösungsstrategien anzuwenden.

Der Antiabstinenzansatz geht davon aus, daß der kognitive und emotionale Stil, mit dem sich die Bulimia-nervosa-Patientinnen dem Leben stellen, am auffälligsten und hinderlichsten ist. Bei Anwendung des Abstinenzmodells verstärkt sich der absolute Maßstab, wodurch die Abstinenzhaltung der Bulimia-nervosa-Patientinnen gegenüber bestimmten Nahrungsmitteln zusätzlich gesteigert werden kann. Die Änderung des Bulimieverhaltens ist auch hier das primäre Ziel, aber nur als ein Teil eines übergeordneten Änderungsprozesses. Auf diese Weise sollen die Aufmerksamkeit von dem vollständigen Fehlen der Eßstörungen abgezogen und realistische Ziele gesteckt werden, wobei der Aufmerksamkeitsschwerpunkt auf Prävention von Rückfällen liegt. Ein zeitweiliger Rückfall bedeutet hier auch nicht automatisch den totalen Mißerfolg.

Bei der Behandlung der Bulimia nervosa geht es im allgemeinen immer um das Beseitigen eines problematischen Verhaltens und nicht um die Abstinenz gegenüber problematischen Substanzen (wie Drogen und Alkohol). Man kann nicht „abstinent“ von Nahrungsmitteln sein. Das Ziel besteht also im Erlernen einer gesunden Ernährungsweise.

Die Analogie zwischen Suchtgefährdung und Bulimie beruht auf der Selbsteinschätzung der Bulimia-nervosa-Patientinnen, unter einem Kontrollverlust zu leiden. Da die Patientinnen keine neutralen Beobachterinnen sein können, müssen wir uns mit der Frage auseinandersetzen, ob es sich dabei nicht um eine Form der Selbstverteidigung handelt. Tatsächlich wird die Störung von den Patientinnen als ein durch sie nicht beeinflußbarer Zustand beschrieben. Dadurch entgehen sie der Eigenverantwortlichkeit. Im übrigen kann die Bulimia nervosa nicht alle essentiellen Kriterien einer Sucht erfüllen.

Der Anstieg der Nahrungsmenge sollte zu einer Toleranz oder Gewöhnung führen; die meisten Patientinnen empfinden das Fressen allerdings nicht als angenehm, geschweige denn als Befriedigung. Die einzige Erfahrung, die auf einer Befriedigung beruhen könnte, ist wahrscheinlich das selbstausgelöste Erbrechen. Daher sollten wir uns lieber die Frage stellen, ob Bulimia-nervosa-Patientinnen nicht eher Süchtige hinsichtlich des Fastens sind, wobei die Bulimieepisoden lediglich die Durchbrechung dieser Abhängigkeit darstellen. Sollten doch Süchtige und Bulimia-nervosa-Patientinnen verglichen werden, vermuten wir, daß der charakteristische Drang sich lediglich in einer externen Selbstkontrolle hinsichtlich des Gewichts und Körpers äußert, wie es auch bei der Anorexia nervosa beobachtet werden kann.

6.3 Angstmodell

6.3.1 Ätiologische Überlegungen

Dieses Modell stellt eine Analogie zwischen dem angstreduzierenen Effekt des Erbrechens (Laxanzien- bzw. Diuretikaabusus, Fasten) bei der Bulimia nervosa und dem zwanghaften Händewaschen oder den repetitiven Kontrollritualen bei Zwangskrankheiten her. Im Gegensatz zu dem beispielsweise zwanghaften Händewäscher, der den Schmutz meidet, sucht die Bulimia-nervosa-Patientin die verlockenden Reizeinflüsse (die Eßsituation). Im übrigen sind an einen Freßanfall auch positive Konsequenzen geknüpft (der Essensgenuß, die Vermeidung von Langeweile und/oder Einsamkeit, von Gefühlen wie beispielsweise Depression, Angst, Schuld, Ärger), die jedoch nur durch die Gewißheit, später entsprechend einer „sedierenden" Funktion erbrechen zu können, gesichert sind. Ist dieses Vermeidungsverhalten oft erlernt, wird das Erbrechen zur treibenden Kraft für den Fortbestand von Freßanfällen.

6.3.2 Reizexposition und Reaktionsmanagement

Durchführung: Dieses Modell führte bei der Bulimia nervosa zur „Exposure"-Anwendung (Exposition in vivo) sowie zu Responsepräventionstechniken. Die Patientinnen werden dabei mit den gefürchteten Stimuli (beispielsweise spezifisch kalorienreiche Nahrung) unmittelbar konfrontiert oder zum Fressen ermuntert, dürfen allerdings nicht zu dem Vermeidungsverhalten in Form von Erbrechen greifen. Die Lerntheorie besagt, daß die Freßanfälle nur allmählich verschwinden werden, bis die Patientin die Kontrolle über das Erbrechen erworben hat. Die Nahrungsmittel, die bei den Patientinnen Ängste hervorrufen, werden in einer Hierarchie hinsichtlich der Angstintensität in normal dosierten Mengen innerhalb der Therapiesitzungen angeboten. Nach der Mahlzeit richtet sich die Aufmerksamkeit des Therapeuten auf die angsterweckenden Gefühle und Gedanken der Patientin. Irrationale Gedanken hinsichtlich Gewichtszunahme, Körperfunktion, Nahrung und der Effizienz des Erbrechens kommen via Information und Feedback zur Sprache. Die Therapie kann dabei nur erfolgreich sein, wenn die Nahrung nicht innerhalb von zweieinhalb Stunden nach der Sitzung erbrochen wird, so daß die Zeit zur Verdauung ausreicht; die Patientin hat die Möglichkeiten, so lange bei dem Therapeuten zu bleiben, bis der Brechreiz vorüber ist.

Je nach Therapiefortschritt lernen die Patientinnen, ihre Probleme neu zu formulieren:

- Die Angst nach dem Verzehr von „verbotener" Nahrung erweist sich als weniger überwältigend, als erwartet.
- Auch die häusliche Anwendung der Responseprävention zeigt, daß keine Freßanfälle auftreten, wenn die Patientin sich vorgenommen hat, nicht mehr zu erbrechen; wobei es effektiver ist, dies an einem Tag konsequent durchzuführen, anstatt es über die Woche zu verteilen.
- Die Zurückführung der körperlichen Sensationen auf „Kognition" ist von großer Bedeutung.
- Der Drang, einem Schlankheitsideal nachzukommen, muß allmählich abklingen und zur Diskussion gestellt werden.
- Der Verzehr normaler Mahlzeiten führt nicht zwingend zu einer bedeutenden Gewichtszunahme.

Die Anwendung ist bei folgenden Patientinnen nicht sinnvoll:

- Patientinnen, bei denen der Zusammenhang zwischen dem Ernährungsverhalten und dem selbstausgelösten Erbrechen nur schwach ausgeprägt ist (z.B. keine typische, das Erbrechen verursachende Nahrung oder das Erbrechen kommt nur sehr selten vor)

- Patientinnen, die alles erbrechen, was sie zu sich nehmen
- Patientinnen, bei denen sich kein konsistenter Freßanfall-Brech-Zyklus feststelen läßt.

Effektivität: Die Effektivität von Reizexposition und Responseprävention (eventuell in Kombination mit anderen kognitiven oder verhaltenstherapeutischen Techniken) ist noch nicht wirklich bewiesen. Allerdings kann man wohl von einer Wirkung ausgehen, wenn man das Erbrechen als treibende Kraft für die Eßstörung betrachtet. Die Lerntheorie läßt jedoch keine Voraussagen über das Auftreten des Brechverhaltens für ein Wegbleiben der Eßstörungen zu, da dies weder direkt durch positive noch negative Folgen betätigt werden kann. Andererseits kann eine Anwendung bei folgenden Patientinnen sinnvoll sein:

- Patientinnen, denen Einhaltung eines regelmäßigen Ernährungsmusters nicht gelingt, insbesondere hinsichtlich der Intergration „verbotener" Nahrungsmittel in die geregelten Mahlzeiten
- Patientinnen, die über die Freßanfälle hinaus häufig erbrechen.

6.3.3 Zusammenfassung

Sollten Exposure und Responseprävention wirksam sein, weiß man allerdings nicht weshalb. Kognitive und soziale Lerntheorien postulieren, daß die Effektivität derartiger verhaltenstherapeutischer Programme nicht auf der Extinktion (Löschung) konditionierter Angstreaktionen, sondern auf der Änderung mediierender kognitiver Prozesse beruht.

Bei der Bulimia nervosa geht es in erster Linie um dysfunktionelle Selbsteinschätzungssysteme. Die Therapie kann deshalb bei den Patienten das positive Gefühl der *Selbsteffektivität,* die Erfahrung, daß man das eigene Verhalten wieder unter Kontrolle hat, hervorrufen. Dieser Blickwinkel basiert auf den folgenden Feststellungen:

- Der Therapieerfolg spiegelt sich in einer fortschreitenden Selbsteffektivität wider.
- Das Maß an Selbsteffektivität bestimmt in einem Follow-up das Rückfallrisiko.
- Selbsteffektivität wirkt sich auf das Selbstwertgefühl aus, das einen wichtigen Faktor bei der Prognose darstellt.

Diese Feststellungen knüpfen direkt an das folgende Modell an.

6.4 Kognitives Modell

6.4.1 Ätiologische Überlegungen

Im Zentrum dieses Modells steht die Idee, daß dysfunktionale Gedanken über Nahrung, Diäten und Gewichtskontrollen sowie Fehlwahrnehmungen beim Körpergefühl und inadäquate Bewältigungsfertigkeiten für die Lösung von Problemen (Coping-Strategien) eine essentielle Rolle für die Entstehung und Fortdauer der Bulimia nervosa spielen. Die bedeutendste Dysfunktion beruht auf der Zwangsvorstellung, schlank sein zu müssen, woraus Mißverständnisse und eine Präokkupation in bezug auf Nahrung, Körper und Gewicht resultieren.

Bulimia-nervosa-Patientinnen empfinden sich selbst als gewichtiger, als sie es in Wahrheit sind. Obwohl diese Überschätzung nicht typisch für Patientinnen mit Eßstörungen ist, kommt sie bei Bulimia-nervosa-Patientinnen häufiger vor als bei Anorexia-nervosa-Patientinnen und wird um so deutlicher, je mehr die Anzahl der Freßanfälle zunimmt und je mehr das Körpergewicht vom Durchschnitt abweicht.

Die Einschätzung diverser Diätpraktiken ist nicht nur unrealistisch, sondern auch gesundheitsschädigend und beruht auf einer ganzen Reihe von Mißverständnissen bezüglich der Nahrungs- und Gewichtskontrolle:

- Normale Nahrungsaufnahme führe ohne Erbrechen in jedem Fall zu einer Gewichtszunahme.

- Eine Kalorie eiweißreicher Nahrung sei nicht mit einer Kalorie süßstoffreicher Nahrung gleichzusetzen.
- Das Körpergewicht müsse unbedingt stabil bleiben und dürfe nicht schwanken.

Die gestörten Eßpraktiken der Bulimianervosa-Patientinnen verursachen eine Störung der inneren Wahrnehmung der Körperstimuli: Das Hunger-/Sättigungsgefühl befindet sich außerhalb einer Regulation, die Schwellung des Magens wird als bedrohlich empfunden, und die Nahrung wird nicht mehr mit Genuß verzehrt. Ebensowenig sind sich die Bulimia-nervosa-Patientinnen der Unwirksamkeit und des Risikos des selbstausgelösten Erbrechens und des Laxanzien- und/oder Diuretikaabusus bewußt.

Außerdem haben die Bulimia-nervosa-Patientinnen einen besonderen kognitiven „Stil", der durch ausgeprägten Perfektionismus und Schwarz-Weiß-Denken (Dichotomie) charakterisiert ist. Ihr Ernährungsverhalten illustriert dies auf lebhafte Weise: Entweder bin ich auf Diät, oder ich werfe alle Regeln über Bord und fresse.

Da Bulimia-nervosa-Patientinnen sehr hohe Anforderungen an sich selbst stellen, wodurch eine realistische Annäherung an Probleme und/oder eine realistische Zielsetzung oftmals erschwert, wenn nicht sogar unmöglich gemacht wird, leiden sie unter manifesten Insuffizienzgefühlen. Dies verleitet sie, Nahrung als Bewältigungsmechanismus einzusetzen, um sich selbst zu „betäuben" und von negativen Gefühlen abzulenken, schwierigen Situationen zu entfliehen, Langeweile zu entrinnen und sich selbst zu belohnen oder zu bestrafen, was ihre soziale Isolierung verstärkt und derartige Ausmaße annehmen kann, daß ihr gesamter Tagesablauf sich rund um die Freßanfälle gestaltet.

6.4.2 Therapeutische Überlegungen

Die Anwendung des kognitiven Modells für die Therapie hängt von der spezifisch funktionalen Analyse des problematischen Verhaltens ab. Als Prototyp für dieses Modell kann das kognitive verhaltenstherapeutische Programm von Fairburn (1985) gelten. Dieses individuelle, ambulante Programm umfaßt drei Phasen:

Erste Phase: Diese Phase hat die Durchbrechung des gestörten Ernährungsverhaltens zum primären Ziel. Der Schwerpunkt liegt auf der Informationsvermittlung und der Selbstkontrolle. Gleichzeitig nehmen die Therapeuten Kontakt zu den wichtigsten Personen aus der Umgebung der Patientin auf, um auch ihre Mitarbeit zu erreichen. Diese Phase erstreckt sich nur selten über mehr als acht Wochen und setzt sich aus zwei bis drei Sitzungen pro Woche zusammen.

Zweite Phase: In der zweiten Phase liegt der Akzent auf den irrationalen Annahmen und Einstellungen. Das Ernährungsmuster wird stabilisiert, und die Patientin muß das Fasten allmählich aufgeben, d.h. sie muß die Nahrung, die sonst vermieden wird, allmählich in die Mahlzeiten miteinbeziehen, so daß später alle Nahrungsmittel von der Patientin gegessen werden können. Dies stellt eine ideale Gelegenheit dar, die Auffassungen bezüglich Nahrung, Körper und Gewicht zu ändern. Die Identifikation mit und die Veränderung dieser Auffassung erfolgt für die Behandlung von Depressionen nach der bekannten Methode von Beck (vgl. auch Kap. 9 in diesem Buch). Die Patientinnen erhalten ein Trainingsprogramm für bessere Lösungsmöglichkeiten bei Problemen. Diese Phase dauert durchschnittlich acht Wochen und umfaßt eine Sitzung pro Woche.

Dritte Phase: Die dritte Phase hat eine doppelte Zielsetzung: Zunächst sollen die Fortschritte durch die Einübung der Techniken aus den ersten beiden Phasen stabilisiert werden. Außerdem soll die Patientin sich mit den zukünftigen Problemen vorbereitend auseinandersetzen. Diese Phase umfaßt drei Sitzungen, die einmal in 14 Tagen stattfinden.

6.4.3 Zusammenfassung

Die Prinzipien dieses kognitiv-verhaltenstherapeutischen Modells finden sich in diversen Programmen wieder. Allerdings schenken nicht alle den dysfunktionellen Erkenntnissen die gleiche Aufmerksamkeit. Dies hängt mit dem angewendeten Kausalitätsmodell des Freßwellenzyklus zusammen: Fressen und Erbrechen können als eine erlernte Gewohnheit, als ein Zeichen unterdrückter negativer Gefühle oder als Form eines Kontrollverlustes über sich selbst betrachtet werden.

Im Zusammenhang mit dieser Interpretation spielt die kognitive Umstrukturierung eine zentrale Rolle; anderenfalls handelt es sich lediglich um ein umfassendes Behandlungspaket. Die vergleichenden Untersuchungen zwischen diversen therapeutischen Interventionen und den kognitiv-verhaltenstherapeutischen Annäherungen lassen jedoch zur Zeit noch keine Differenzierung qua Effektivität zu.

6.5 Dissoziationsmodell

6.5.1 Prinzip des Modells nach Janet

Der berühmte französische Psychiater Pierre Janet war der erste, der um die Jahrhundertwende mit einem Dissoziationsmodell bei der Behandlung von Anorexia-nervosa-Patientinnen arbeitete (Vandereycken et al. 1990). Auf Grund seiner Beschreibungen kann man vermuten, daß er auch Bulimie-Patientinnen behandelt hat. Die Flucht vor bestimmten Ideen („idées fixes") oder selbst vor einem ganzen Komplex aus Gedankenbildern mit den dazugehörigen Gefühlen in einen Kontrollverlust und manchmal sogar in das Unbewußte bezeichnet er als Dissoziation. Der unterdrückte oder dissoziierte Gedanke verselbständigt sich und wirkt sich bei Anorexia-nervosa-Patientinnen durch eine hartnäkkige Nahrungsverweigerung aus, wobei es jedoch zu einem plötzlichen Drang zur Nahrungsaufnahme mit anschließendem Erbrechen kommen kann.

Diesen „idées fixes" liegen, so Janet, ein konstitutioneller Faktor und heftige Emotionen zu Grunde, die durch eine oder mehrere traumatische Erfahrungen verursacht sein können. Auf Grund einer konstitutionell bedingten Schwäche dissoziieren diese Patientinnen die traumatischen Erfahrungen und Gefühle aus ihrem Bewußtsein.

Janet behandelte mit Hypnose (oder „künstlichem Somnambulismus") zur Wiedererweckung der dissoziierten Zustände vor allem bei hysterischen Patientinnen, da diese leicht beeinfluß- und hypnotisierbar waren. Da Janet die meisten Magersucht-Patientinnen für hysterisch hielt, wendete er auch hier häufig die Hypnose an, um die dissoziierten Gedanken und Gefühle wieder ins Bewußtsein zu bringen und um so die „idées fixes", die der Anorexia nervosa (oder Bulimie) zu Grunde liegen, aufzudecken.

Bei seiner therapeutischen Arbeit verwendete Janet u.a. eine Substitutionstechnik, mit der er während der Hypnose die „idée fixe" durch beispielsweise die Veränderung bestimmter Untereinheiten der „idée fixe" zu dissoziieren versuchte, wodurch letztlich das gesamte System transformiert wurde. Janet forderte die Patientinnen zunächst unter Hypnose zur Nahrungsaufnahme auf und dann in Form von posthypnotischen Suggestionen, sich nach der Sitzung normal zu fühlen und zu verhalten.

6.5.2 Hypnoanalytische Therapie

Janets Dissoziationsmodell für die Behandlung von Patientinnen mit Eßstörungen geriet mehr als ein halbes Jahrhundert lang in Vergessenheit. Sowohl der enorme Anstieg des Interesses für Bulimie seit Anfang der 80er Jahre als auch die „Renaissance"

sische und psychosoziale Wohlbefinden der Patienten als autonome Individuen betrifft.

Zur Erreichung dieser Ziele ist ein intensiver, multidimensionaler Ansatz notwendig, wobei der interaktionelle Kontext sicherlich eine wichtige Rolle spielt. Familientherapie kann ein Bestandteil der Behandlung sein, ist aber nicht zwangsläufig notwendig. Eine Familienkrise impliziert nicht notwendigerweise eine Familienpathologie, außerdem kann die funktionale Analyse sogar ergeben, daß eine gestörte Familienfunktion nicht unbedingt existieren muß.

6.7 Feministisches Modell

6.7.1 Soziale Konditionierung des Schlankheitsideals

Der breite soziokulturelle Kontext der Bulimia nervosa stellt den Brennpunkt des feministischen Modells dar. In den letzten 20 Jahren wurde den unterschiedlichen Schichten der Bevölkerung ein weibliches Schlankheitsideal als magischer Schlüssel für ein glückliches und sorgloses Leben aufgezwungen (Vandereycken et al. 1990).

Das Anstreben dieses Schlankheitsideals wird immer unrealistischer und kann sogar destruktive Züge annehmen. Die Vorteile des Abnehmens und der Schlankheit werden überbewertet, während die Nachteile der Korpulenz oft mit unwissenschaftlichen Begründungen herausgestrichen werden. Das Gewicht der „idealen" schönen Frau hat in den Medien während der letzten zwei Jahrzehnte abgenommen, wohingegen das durchschnittliche Körpergewicht der Durchschnittsfrauen gestiegen ist.

Zur Überbrückung der zunehmenden Diskrepanz veröffentlichen die Medien Diätvorschläge am laufenden Band, und Fitneßzentren schießen wie Pilze aus dem Boden.

Körperbewegung ist zu einer neuen Waffe im Kampf um die Kontrolle über das Idealgewicht geworden und dient nicht mehr der Prävention körperlicher Erkrankungen. Im übrigen wird das jugendliche Aussehen in unserer Gesellschaft überbetont, was zum Abhungern jedes „überflüssigen Gramms an Fett" führen muß. Dabei wird die Anorexia nervosa zum Status des „Golden Girl's Disease" erhoben, und es werden tatsächlich Diäten veröffentlicht, die die Symptome der Magersucht als Heilmittel propagieren. Während viele Frauen aus dem traditionellen Rollenverhalten auszubrechen versuchen, scheinen sich sehr viele ihrer Geschlechtsgenossinnen dem herrschenden Schlankheitsideal sklavisch zu unterwerfen, was zu dem alten Schema, dem Mann gefallen zu müssen, paßt.

6.7.2 Therapeutische Ansätze

Der Ausgangspunkt des feministischen Modells beruht auf der Feststellung der sozialen Konditionierung der Frauen, die aus der Unterdrückung bestimmter Bedürfnisse und Aspekte resultiert. Das gestörte Ernährungsverhalten symbolisiert diesen unterschwelligen Konflikt. Die Arbeitsweise von Orbach (1978) beruht auf dem Schwerpunkt innerhalb der Gruppentherapie, sich der unterschwelligen intra- und interpersonellen Konflikte bewußt zu werden: Die Beziehung zur Nahrung, zum eigenen Körper und ein Abhängigkeitsbedürfnis hemmen die Wahrnehmung eigener Bedürfnisse und Wünsche. Im Kampf um die Gewichtskontrolle betreiben die Bulimia-nervosa-Patientinnen eine extreme Selbstverleugnung, um als „gutes Mädchen" von ihren Mitmenschen akzeptiert zu werden.

Innerhalb der gruppentherapeutischen Arbeitsweise von White und Boskind-Lodahl (1981) liegt der Aufmerksamkeitsschwerpunkt auf dem gestörten Ernährungsverhalten. Auch sie wenden verhaltenstherapeutische Prinzipien an, um den

Bulimia-nervosa-Patientinnen Techniken zur besseren Beherrschung der durch die Eßstörung hervorgerufenen Faktoren beizubringen.

Ein Behandlungsmodell, das sich zwischen dem Familien- und dem feministischen Modell befindet, stellt die Arbeitsweise von Root et al. (1986) dar. Diese eher gemäßigt feministisch orientierten Familientherapeuten gehen von folgenden Punkten aus:

- Die durch die Gesellschaft vorgeschriebenen Geschlechtsrollen üben einen destruktiven Einfluß sowohl auf Männer als auch auf Frauen aus.
- Der soziokulturelle Kontext übt einen ungünstigen Einfluß (sowohl ökonomisch, politisch als auch juristisch) auf die Familie aus und resultiert häufig in dem Phänomen der „übermäßig besorgten" Mutter und dem stets „abwesenden" Vater.
- Die meisten Familienprobleme resultieren aus Machtansprüchen und überschrittenen Grenzen, wobei Männer eine größere soziale, ökonomische, physische und politische Macht als Frauen besitzen.
- Viele Bulimie-Patientinnen sind Opfer physischer und sexueller Gewalt von Männern.

Root et al. (1986) empfehlen eine familientherapeutische Behandlung, sie lehnen jedoch die sogenannte Neutralität des Therapeuten radikal ab. Der Therapeut sollte bei der Konfrontation mit einem weiblichen Opfer physischer und/oder sexueller Gewalt eindeutig Stellung beziehen und dem männlichen Täter die volle Verantwortung zuschreiben.

Im folgenden sind die wichtigsten Behandlungsziele genannt:

- Therapeutische Arbeitsweise bei Bulimie: Die Verantwortung bezüglich des Ernährungsverhaltens muß der Patientin zugeschrieben werden. Diesbezüglich werden Absprachen getroffen. Gleichzeitig wird mit der Familie über die soziokulturelle Bedeutung der Ernährung und des Gewichts zur Edukation der Familie gesprochen. Die Absicht liegt in der Grenzziehung zwischen der Patientin und ihrer Familie schon innerhalb dieser ersten Phase.
- Umstrukturierung oder Neuverteilung der Machtpositionen innerhalb der Familie: Die Bulimie wird als Ausdruck von Machtlosigkeit neuformuliert. In den Familiensitzungen sollen alle Familienmitglieder an die Reihe kommen, wobei die Therapie die offene Komunikation und Empathie stimulieren soll.
- Wenn notwendig Behandlung von physischen und/oder sexuellen Mißhandlungen, wobei der Schutz der Patientin absolut gewährleistet werden muß.

6.7.3 Zusammenfassung

Die feministische Auffassung weist auf eine nicht zu vernachlässigende Realität hin, es bleiben jedoch eine ganze Reihe von Fragen offen. Bisher hat diese Anschauungsweise noch keine stichhaltige Antwort auf die Fragen geben können, weshalb bestimmte Frauen diesem soziokulturellen Druck erliegen und daraus resultierend eine Eßstörung entwickeln, wohingegen andere Frauen sich diesem Druck in ausreichender Weise widersetzen können. Im übrigen liefert dieses Modell keine Erklärung für das (allerdings sehr seltene) Auftreten von gestörtem Eßverhalten bei Männern, so daß die Annahme einer lediglich ungenügenden Diagnose der Bulimia nervosa innerhalb dieser Population nicht unberechtigt zu sein scheint.

6.8 Eklektische Anschauungsweise

Bei der Diskussion der Behandlungsprogramme der diversen Modelle ist häufig von Kombinationen der Therapieformen die Rede. Es existieren zahlreiche therapeutische Programme, die sich nicht einer der vorgestellten Modelle zuordnen lassen und eher einen eklektischen Charakter aufweisen. Zur Illustration seien hier einige genannt.

Hinsichtlich der Heterogenität der Bulimie-Population stellt Lacey (1985) einen eklektischen Ansatz vor (er unterscheidet zwischen sekundärer Bulimie, einer neurotischen Gruppe und einer Gruppe mit Persönlichkeitsstörungen). Nach Lacey existieren einerseits auslösende Faktoren (Beziehungsprobleme, Verlusterlebnisse, Umgebungsveränderungen), die in einer aufdeckenden Gruppentherapie angepackt werden müssen, andererseits existieren dauerhafte Faktoren (das Aushungern, Streß und Einsamkeit): Die Einzelsitzungen sollen mit Hilfe von Kontroll- und kognitiven Techniken Struktur in das chaotische Ernährungsmuster bringen. Das Alternieren von Einzel- und Gruppensitzungen wird von den Patientinnen selbst entschieden. Kann die Patientin einschätzen, daß sie die Symptome unter Kontrolle bringen wird, besteht um so mehr Zeit für die einsichtsorientierte Gruppentherapie.

Wooley et al. (1985/86) stellen ein individuell und im Gruppenverband kombiniertes emotionales Behandlungsprogramm vor, das auf der Bearbeitung des gestörten Ernährungsverhaltens via verhaltenstherapeutischer Techniken und edukativem Rat beruht. In den Gruppensitzungen erhalten die Patientinnen die Chance, mit interpersonellen Beziehungen zu experimentieren.

Die auf Körpererfahrung und Expression gerichtete Therapie beabsichtigt das Bewußtsein für die Körperform zu erwekken sowie dessen Aufhebung durch Vorstellungsübungen, plastische und nichtverbale Expressionen. Unseren eigenen körperorientierten („psychomotorischen") Therapieansatz haben wir an anderer Seite beschrieben (Vandereycken et al. 1988, Probst et al. 1990). Familienprobleme, die mit der Eßstörung einhergehen, werden durch verhaltenstherapeutische Sitzungen aufgefangen.

Andersens (1985) eklektischer Ansatz richtet sich nicht so sehr auf die Eliminierung des symptomatischen Verhaltens, sondern darauf, daß dieses überflüssig wird. Er unterscheidet drei Bereiche:

- Verhaltenstherapeutische Techniken werden für die Behandlung abnormen Ernährungsverhaltens und anderer Verhaltensstörungen angewendet.
- Eine medizinische Behandlung wird bei zu niedrigem Gewicht und bei Komplikationen durch Erbrechen oder Abführen erforderlich.
- Die Psychotherapie ist auf die psychologischen Konsequenzen des Gewichtsverlusts, das Minderwertigkeitsgefühl und auf zugrundeliegende (psychodynamische) Themen ausgerichtet.

Aufgrund der auffälligen Heterogenität der Bulimia nervosa ist bei Abraham et al. (1985) das Ziel der Therapie die Einstellungsänderung gegenüber Nahrung und Gewicht sowie die Problemlösung anstelle einer Zuflucht in Freßanfällen. Sie gehen dabei von dem kognitivverhaltenstherapeutischen Modell in Ergänzung zum Entspannungstraining und zu familientherapeutischen Sitzungen (mit Schwerpunkt auf Unabhängigkeits- und Eheproblemen) aus.

Die kurze psycho-edukative Gruppentherapie von Weiss et al. (1985) setzt den Schwerpunkt auf die Entwicklung positiver Fähigkeiten (im Hinblick auf Persönlichkeitsmängel, die bei der Eßstörung festgestellt wurden). Auffällig ist die Tatsache, daß dieses Therapieprogramm dem Eßverhalten keine direkte Aufmerksamkeit schenkt. Als ein Beispiel für die unterschiedlichen Selbsthilfeansätze sei die Bulimie-Anorexie-Selbsthilfe (BASH) von Larocca in St. Louis genannt.

6.9 Zusammenfassung

Aus dem bisher Gesagten geht deutlich hervor, daß es sich bei der Bulimia nervosa um eine komplexe und vielseitige Erkrankung handelt, die gerade dadurch sehr irreführend sein kann.

Bei der Bewertung der unterschiedlichen Behandlungsmodelle stoßen wir stets auf zwei Probleme: die unzureichende Vergleichbarkeit der betroffenen Patientinnenpopulationen und der Mangel an methodologisch sorgfältigen Untersuchungen.

Es wird wohl noch eine ganze Weile vergehen, bevor deutlich wird, welches der beschriebenen Modelle sich schließlich durchsetzen wird. Denn das Interesse an dem Phänomen Bulimia nervosa ist noch zu neu, als daß zum jetzigen Zeitpunkt sorgfältige Untersuchungen uns helfen könnten, die Spreu vom Weizen zu trennen.

7 Fall- und Behandlungsbeispiel

7.1 Vorgeschichte der Patientin

Christine ist eine 29jährige, alleinwohnende Frau, die vor zwölf Jahren eine extreme Diät begann. Über diese verlor sie die Kontrolle, so daß sie in eine anorektische Phase geriet. Zwei Jahre später schlug dies um in Perioden des Fastens, die von Freßanfällen unterbrochen wurden, wodurch ihr Gewicht extrem in die Höhe schoß. Vor einem Jahr hatte sie durch Zufall das selbstinduzierte Erbrechen entdeckt und begann Laxanzien zu mißbrauchen. Die Freßanfälle nahmen in Frequenz zu: Das Gewicht begann zu sinken. Hierdurch verarmte ihr Sozialleben und auch ihre Arbeit gab ihr keine Befriedigung mehr. Einzig und allein ein Freund, den sie einige Monate vor der Therapie kennengelernt hatte, ist über ihre Probleme informiert.

7.2 Therapieablauf

7.2.1 Änderung des Ernährungsverhaltens

Ausgehend von Christines eigenen Beobachtungen (Tagebuchnotizen) beginnt die Therapie mit dem Aufbau eines gesunden Eßverhaltens. Dieser Aufbau verläuft schrittweise, indem pro Mahlzeit über Zeitpunkt und Ort, über Quantität und Qualität Absprachen getroffen werden. Struktur in Zeit und Raum der Ernährungsgewohnheiten bringt eine Regelmäßigkeit mit sich, die notwendig ist, um das gestörte Hunger- und Sättigungsgefühl wiederherzustellen. Aus denselben Gründen müssen über die Quantität deutliche Absprachen gemacht werden. Häufig haben Patientinnen nicht die geringste Ahnung mehr über „normale " Portionen einer Mahlzeit, weil sie die Nahrung allein nach Kalorien abwägen, ein Verhalten, das sie sich abgewöhnen müssen. Das zeitweilige Zählen von Kalorien kann manchmal der Konfrontation mit dem Ausmaß der Freßanfälle dienlich sein, weil dies im krassen Gegensatz zu dem steht, was während des Tages gegessen wird.

Da es wesentlich ist, daß die Patientinnen eine Steigerung der Kontrolle über ihr Eßverhalten erfahren, werden Absprachen gemacht, um zu verhindern, daß „normale" Mahlzeiten in Freßanfälle ausarten: Darum dürfen diese Mahlzeiten nicht erbrochen werden. Denn wenn Patientinnen sich während der Mahlzeit die Erlaubnis zum Erbrechen geben („Ich darf jetzt trotzdem weiteressen, weil ich mich gleich übergeben kann"), dann neigen sie gerade zum Weiteressen, mit anderen Worten das Erbrechen legitimiert die Freßanfälle und nicht umgekehrt, wie die Bulimia-nervosa-Patientinnen argumentieren („Hilf mir, von meinen Freßanfällen wegzukommen, dann brauche ich auch nicht mehr zu erbrechen"). Darum kann es auch ratsam sein, zeitweise keine Nahrung einzunehmen, da diese selbst ein direkter Anlaß zum Fressen oder Erbrechen ist. Trotzdem ist es für die Patientin eine starke Überwindung, täglich drei Mahlzeiten einzunehmen, da dies für sie keine Diät mehr darstellt. So erfahren sie zum ersten Mal, daß das Ernährungsverhalten kontrollierbar sein kann. Der Akzent liegt also an erster Stelle auf Struktur und Regelmäßigkeit. Erst danach kann der Diätcharakter der Mahlzeiten abgebaut werden, einerseits durch die progressive Erhöhung der Quantität und andererseits die Durchbrechung der Trennungslinie zwischen Diät und „verbotener" Nahrung. Die Absprachen über die zwei Zwischenmahlzeiten verlaufen auf gleiche Art und Weise.

Wir illustrieren diesen Prozeß des Aufbaus eines gesunden Eßverhaltens bei Christine. Dieser verlief über eine Periode von zwei Monaten mit zwei Sitzungen pro Woche. Es ist ein repräsentatives Beispiel, wie in kleinen Schritten gearbeitet wird und wie mühsam es sein kann mit dem Rückfall und der Verbesserung.

In der dritten Sitzung wird mit Christine ein Frühstück bestehend aus einem Butterbrot mit einem nichtbedrohenden (keine Freßanfälle heraufbeschwörenden) Belag um 7.45 Uhr abgesprochen, so daß sie unmittelbar danach zu ihrer Arbeit fahren muß und nicht mit dem Fressen beginnen kann. Es gelang ihr, dies durchzuhalten, aber ihre Reaktionen zeigen die Anspannung, die sie hierfür aufbringen muß: „Ich habe Schwierigkeiten aufzuhören. Ich habe Lust, weiter zu essen. Der Gedanke, bis heute Mittag warten zu müssen, ist schrecklich. Ich denke so heftig an das eine Butterbrot, daß es kaum noch schmeckt. Essen ist immer zu wenig, weil es für mich beim Essen nicht darum geht, was in meinem Magen geschieht. Das Kauen gibt mir eine Art Genugtuung und bringt auf eine Weise Betäubung zuwege. Darum muß ich das Essen so weit wie möglich aufschieben, denn wenn ich bereits den Geschmack koste, will ich weiter gehen, und wenn ich morgens beginne zu fressen, dauert es den ganzen Tag an. Mein Gewicht wird gerade dann ein Trümmerhaufen".

In der fünften Sitzung wird abgesprochen, die Menge auf zwei Butterbrote zu steigern, denn sie ist jetzt in der Lage, das Frühstück zu akzeptieren. Die Angst vor dem Fressen ist etwas gesunken. In der sechsten Sitzung wird beschlossen, mittags in einer Snackbar eine Brotmahlzeit zu sich zu nehmen, die sie nicht zum Fressen anstiftet. Dies bedeutet zwei Brote oder ein halbes Baguette oder einen Toast. Es gelang ihr, aber dann berichtete sie: „Zwei Butterbrote hineinzubekommen scheint mir ein schrecklicher Gedanke, vor allem bei der Gewißheit, nachmittags drinnen bleiben zu müssen. So kann ich mich nicht genügend bewegen, ich muß rumlaufen können. Wenn ich dies nicht mehr kann, ist es genau wie eine Strafe. Die Angst vor dem Tag gibt mir die Lust, weiter zu essen. Um den Tag weg zu essen".

7.2.2 Änderung des Lebensmusters

Während der folgenden Sitzung wird deutlich, daß Christine sich selbst keine Zeit gönnt. Sie „muß" einen ganzen Haufen Dinge erledigen. So muß sie auch genügend Bewegung pro Tag haben, damit ihr Gewicht nicht steigen könnte. Mittags macht sie viele Umwege, um zu einer Snackbar zu gelangen. Bei ihrer Arbeit ergreift sie jeden Vorwand, um die Treppe nehmen zu können. Abends kann sie sich in ihrem Appartement erst nach zehn Uhr Ruhe gönnen. Schrittweise werden folgende Absprachen gemacht:

- Listen mit Aktivitäten aufzustellen, zu denen sie wegen ihrem Bewegungsdrang nicht mehr kommt.
- Abstellen des unnötigen Herumlaufens während der Arbeit.
- Abendliche Aktivitätsplanung, bei der ein Gleichgewicht angestrebt wird zwischen Haushaltsaktivitäten und solchen Dingen, zu denen sie vorher nicht mehr kam.
- Da auf ihrem Wunschzettel stand, daß sie etwas Angenehmes mit ihrem Körper machen wollte in Form von Pflege oder Sport, wurde abgesprochen, daß sie zunächst jede Woche eine Stunde schwimmen geht.

Aus Christines Tagebuchnotizen geht hervor, daß die Veränderungen in ihrem Ernährungs- und Lebensmuster nach einem Monat noch sehr schwankend sind.

7.2.3 Weiterer Verlauf der Therapie

In der zehnten Sitzung wurden Absprachen über zwei Zwischenmahlzeiten gemacht. Die Zeitpunkte wurden festgelegt auf 16.15–17.15 Uhr und 21.30–22.30 Uhr. Zugleich wurde sie gebeten, eine Liste aufzusetzen mit „verbotenen" Lebensmitteln, die in ihr Angst hervorrufen. So versuchen wir, den Diätcharakter der Mahlzeiten aufzulösen. Zum Beispiel die Liste vom Brotbelag:

- Geringste Angst: Magerer Schmierkäse, Magerquark, Schinken, Roastbeef, Puten- oder Hühnerfilet, Kalbfleisch.

- Ein bißchen Angst: Schweinefleisch, Marmelade, Filet americain, Ardenner Schinken, alle Käsesorten, Sülze in Tomatensauce, Heringsfilet.
- Sehr viel Angst: Salami, Schokolade, alle Salate mit Mayonnaise, alle fetten Fleischsorten sowie Wurst, Pastete, Korinthen- oder Zuckerbrot mit Butter.

In der folgenden Sitzung wurde besprochen, ein Butterbrot der Abendmahlzeit mit Belag aus der Kategorie „ein bißchen Angst" zu essen. Danach wurden die Mengen der Brotmahlzeiten auf zwei bis drei Butterbrote morgens und drei bis vier Butterbrote abends gesteigert. Inzwischen ist ihr Gewicht innerhalb normaler Grenzen gesunken, und sie hat ein bis drei Freßanfälle pro Woche. Diese können manchmal auf durchgreifende Weise gemachte Absprachen an dem betroffenen Tag zerstören. Christine hat dann das Gefühl, auf ganzer Linie gescheitert zu sein. Während dieser Sitzung wird ihr erklärt, daß diese Freßanfälle ein Signal sind, daß bestimmte Dinge in ihrem Leben verkehrt laufen. Zusammen wird nach der Bedeutung gesucht. So wird der Freßanfall kein Feind mehr, gegen den gekämpft werden muß, sondern ein Verbündeter, der versucht, ihr etwas deutlich zu machen. So wird erlernt, das gestörte Ernährungsverhalten in einen breiteren Kontext zu plazieren, und der Inhalt der Problemgebiete, an denen später in den Gruppentherapien gearbeitet werden muß, wird vertieft.

Nach einem Wochenende in der 13. Sitzung wirft Christine ihr Tagebuch auf den Tisch und sagt, daß sie alles verdorben habe: „Das Wochenende war ein Chaos", und sie beginnt zu weinen. Sie hatte fünf Freßanfälle, und das war noch nicht vorgefallen seit Beginn der Therapie. Hierdurch war ihr Ernährungsschema am Sonntag ganz und gar durcheinander gebracht, obwohl sie sich an den anderen Tagen an die Abmachungen gehalten hatte. Aus einer näheren Analyse des Wochenendverlaufs ergab sich, daß sie die ganze Zeit das tat, was ihr Freund vorschlug. Sie wagte selbst keine Initiative anzubringen, von der sie wußte, daß er sie nicht schätzen würde. Die einzige Art, sich hiergegen zu wehren, bestand darin, sich auf das Essen zu stürzen.

Zusammen sind wir dem nachgegangen, was sie am folgenden Wochenende gerne machen will. Sie wird dies mit ihrem Freund während der Woche überlegen, so daß am folgenden Wochenende auch Dinge geschehen, die sie gerne möchte. Ohne zu dramatisieren, werden ihre „Regelübertretungen" in bezug auf die gemachten Absprachen analysiert. Dabei wird nochmals die Wichtigkeit unterstrichen, weiterhin den „verbotenen" Belag zu probieren. Alle Absprachen scheinen durchführbar zu sein, so daß sie die Sitzung wieder hoffnungsvoll verläßt: „Vor dem schief gelaufenen Wochenende konnte ich gut durchhalten, also wird es mir jetzt auch wieder gelingen".

7.2.4 Absprachen über Freßanfälle

In der 14. Sitzung wurde beschlossen, Absprachen über die Freßanfälle zu machen. Nach beidseitiger Überlegung über die Durchführbarkeit einigten wir uns auf folgendes:

- Die Freßanfälle finden ausschließlich zwischen 22.30 und 23.20 Uhr statt. Es ist erlaubt, jeden Tag zu fressen.
- Es wird mit dem „Freßanfallbeutel" gearbeitet. Das bedeutet, daß sie für einen bestimmten Geldbetrag Nahrung kaufen wird, die sie gerne ißt und in einem Beutel im Kofferraum plaziert. Wenn die Stunde gekommen ist und sie fressen möchte, holt sie den Beutel aus dem Auto und beginnt zu fressen. Der Rest im Beutel wird in einen Abfalleimer geworfen. Am folgenden Tag wird ein neuer Sack gekauft, so daß jeden Tag ein Freßanfallbeutel vorrätig ist.
- Es werden keine Laxanzien mehr benutzt.
- Während der Freßanfälle wird kein Alkohol mehr getrunken.
- Fünfzehn Minuten nach dem Fressen ist Erbrechen erlaubt.

Obwohl Christine befürchtete, daß diese Absprachen sie jeden Tag zum Fressen bewegen würden – es ist immer erlaubt –, hatte dies zu ihrer eigenen Überraschung den umgekehrten Effekt. Sie wird jetzt verantwortlich dafür gemacht, bewußt zu beschließen, ob sie mit dem Fressen beginnt oder nicht. Dieses Bewußtwerden veranlaßt sie häufig, Alternativen aus ihrer Liste zu wäh-

nichts mehr zufrieden ist: die Schulzensuren (Schulleistungen) sind nicht gut genug, am körperlichen Erscheinungsbild ist stets irgendetwas nicht in Ordnung, im Vergleich zu anderen fühlt man sich unterlegen, zu Hause fühlt man sich zunehmend einsamer und unverstanden. Dies kann zu allerlei Reaktionen veranlassen: man zieht sich stark auf sich selbst zurück, man verwendet all seine Zeit auf das Lernen, man will unbedingt einen perfekten Körper haben. Vor allem letzteres kann nach und nach die ganze Aufmerksamkeit in Anspruch nehmen.

3 Sklavin einer Modeerscheinung

Vor allem Mädchen und Frauen stehen unter dem starken Druck, dem Modeideal nahe zu kommen: schlank ist schön! Mannequins, Filmschauspielerinnen und Popstars geben das Vorbild ab. Hierdurch entsteht der falsche Eindruck, daß allein schlanke Menschen Erfolg haben, anziehend sind oder geliebt werden. Dabei zeigte eine Untersuchung, daß zwar die heute modernen Schönheitsmodelle schlanker als die der Vergangenheit sind, daß allerdings das Durchschnittsgewicht der Frau in den letzten 30 Jahren angestiegen ist! Anders ausgedrückt entsteht also eine zunehmend größere Kluft zwischen der Realität (wie ich bin) und dem Ideal (wie ich zu sein versuche). Jede Mädchen- oder Frauenzeitschrift spielt hierbei durch das wöchentliche oder monatliche Anpreisen von neuen Wunderdiäten fleißig mit. So wird Schlankheit zu einem Produkt, das mit viel Reklame verkauft wird. Der starke Druck nach einer immer noch schlankeren Figur, welcher auf den Frauen lastet, findet seinen Ausdruck auch noch in einer anderen Modeerscheinung: *Fitsein*. Fitsein soll notwendig sein, um eine schlanke Linie zu bekommen und zu erhalten. Jogging, Aerobic und andere Leibesübungen werden so zu einer neuen (weiteren) Waffe zur Kontrolle des Gewichts.

Aus all diesem resultiert, daß viele Frauen mit ihrem Körper unzufrieden sind, da sie die „ideale“ Figur nicht haben und höchstwahrscheinlich auch nie bekommen werden. Das, was viele Frauen an sich selbst als „übergewichtig“ beurteilen, ist statistisch gesehen ein Normalgewicht. Andere Frauen, die offensichtlich untergewichtig sind, weigern sich anzuerkennen, daß ihr Gewicht zu niedrig ist. Wieder andere wollen sich operieren lassen, damit ihr Körper schöner wird. Und dies alles, weil die Mode sagt, daß schlank schön sei... Sehr viele machen sich dadurch zur Sklavin dieser Modeerscheinung.

4 Wie eine Bulimie beginnen kann

Eine strenge Diät oder lang andauerndes Fasten schüren den Drang zu essen. Je schärfer man versucht, das Essen unter Kontrolle zu halten, desto wahrscheinlicher wird das Risiko, daß man sich eines Tages nicht mehr beherrschen kann und in das andere Extrem („Fressen“) fällt. Wenn man dann einmal mehr ißt, als es die Diät erlaubt, kommt die starke Versuchung, weiterzuessen: wenn ich sowieso schon gesündigt habe, kann ich jetzt auch weiteressen, vor allem von den „verbotenen Früchten“ (Plätzchen, Schokolade und andere Süßigkeiten).

Fasten und „Sündigen“ haben einschneidende Auswirkungen auf das Verhalten:

- Veränderungen im Gefühlsleben: schwermütige Stimmungen, Gereiztheit und Wutausbrüche
- soziale Veränderungen: Vermeiden von Kontakten aus Angst vor Situationen, in denen gegessen werden könnte, größere Einsamkeit, Verlust von sexuellem Interesse
- Veränderungen im Denken: zunehmende Besessenheit durch Gedanken an

Nahrung und alles, was damit zusammenhängt, verminderte Konzentrationsfähigkeit und Gedächtnisstörungen (Probleme beim Lernen/Studium)

- allerlei körperliche Veränderungen, über die später noch gesprochen wird.

All diese Nebenerscheinungen verschwinden nach einer Normalisierung des Eßverhaltens wieder.

Wer das nicht schafft, gerät in immer größere Schwierigkeiten, besondes dann, wenn neben dem Fasten und „Fressen" auch noch selbst herbeigeführtes Erbrechen und/oder die mißbräuchliche Einnahme von Abführmitteln oder wassertreibenden Mitteln (Diuretika) praktiziert wird.

Der Kreislauf von Fasten – Überessen – Erbrechen hält sich selbst in Gang. Brechen und Abführmittelgebrauch werden zu Methoden, nach einer Phase des Überessens die Kontrolle zurückzugewinnen (s. Abb.). Es entsteht ein Automatismus:

„Ach, ich kann ja weiteressen, weil ich anschließend sowieso erbreche.."

Zuweilen beginnt man sogar mit dem Essen, um erbrechen zu können! Dieser Zustand kann verheerende körperliche Nebenwirkungen mit sich bringen.

Neben den Folgen für die Gesundheit bedeutet das Überessen auch eine ernstzunehmende Verschwendung und finanzielle Belastung. Manchmal entsteht sogar die Haltung, Lebensmittel oder Geld zu stehlen, damit der Drang nach Essen befriedigt werden kann; so wie ein Abhängiger nicht auf seine Droge verzichten kann.

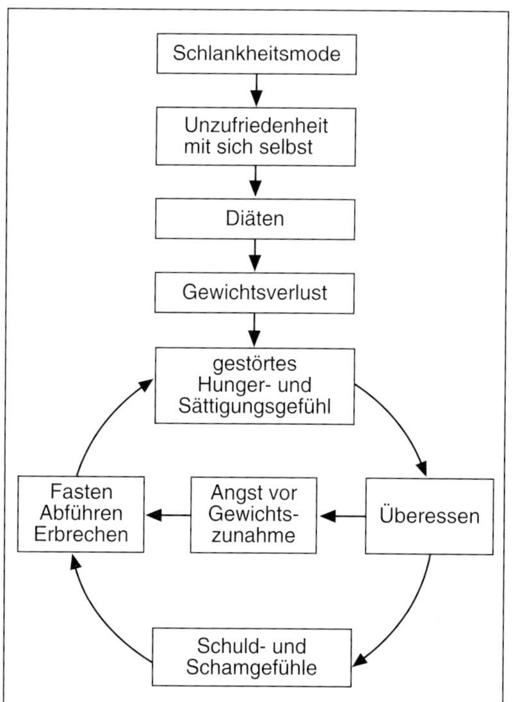

Abb. 12.3 Der Kreislauf von Fasten, Überessen und Erbrechen bei der Bulimia nervosa.

5 Der Körper aus dem Gleichgewicht

Das Körpergewicht ist nicht etwas, das einfach so mit viel Willenskraft umgeformt werden kann. Unser Körper trachtet nach der Aufrechterhaltung eines physiologischen Gewichtsniveaus: dieses wird „Gleichgewichtspunkt" (Set-Point) genannt. Um dieses Gewichtsniveau zu erhalten, arbeitet unser Körper vergleichbar dem Thermostat einer Wärmezentrale, welcher dafür sorgt, daß die Raumtemperatur unverändert bleibt.

Auf diese Weise bleibt das Gewicht bei den meisten Menschen konstant: spontan, ohne Berechnungen sind Energieaufnahme (Nahrung) und Energieverbrauch (Bewegung) im Gleichgewicht. Die wichtigsten dieses Gleichgewicht beeinflussenden Faktoren sind:

- Nahrung: Kaloriengehalt im Verhältnis zum normalen Bedarf, der wiederum abhängig ist vom Lebensalter und dem Körperbau.
- Bewegung: Bewegung ist allein bei der Stabilisierung des Körpergewichts behilflich, nicht aber bei der Verminderung des Gewichts.

Wie reagiert unser Körper auf eine Diät? Zu Beginn einer Diät ist es relativ leicht, als Resultat eines Wasserverlusts einige Kilos zu verlieren. Danach erreicht man eine Ebene, auf der ein weiterer Gewichtsverlust nur noch mühsam möglich ist. Durch das Abmagern geht der Körper auf „Sparflamme", indem er seinen Verbrauch verringert. Je länger man fastet, desto stärker wehrt sich der Körper gegen einen weiteren Gewichtsverlust.

Eine andere ernstzunehmende Nebenerscheinung ist das Verschwinden des normalen Hunger- und Sättigungsgefühls: je länger ein quälender Hunger andauert, um so weniger bekommt man beim Verzehr von selbst großen Nahrungsmengen das Gefühl, genug zu haben. Der Körper gerät immer wieder aus dem Gleichgewicht, was durch ein Überessen, Erbrechen oder Abführen noch verstärkt (verschlimmert) wird. Hierdurch wird oft eine Reihe von körperlichen Komplikationen hervorgerufen, die in nebenstehender Tabelle aufgeführt sind.

An dieser Stelle ist es noch wichtig zu erwähnen, daß Abführmittel wenig Einfluß auf das Körpergewicht haben. Bis Abführmittel zu wirken beginnen, ist der größte Teil der Nahrung bereits vom Dünndarm aufgenommen worden. Der einzige Effekt, den man mit Abführmitteln erzielt, ist das Gefühl, einen „leeren, flachen" Bauch zu haben.

Tab. 12.4 Somatische Komplikationen der Bulimia nervosa (aus Meermann und Vandereycken 1987).

Heißhungeranfall
- akute Dilatation des Magens
- unverhofftes Aussetzen der Magentätigkeit mit der Gefahr eines Risses in der Magenwand
- Menstruationsbeschwerden/-störungen
- schmerzlose Speicheldrüsenvergrößerung (speziell der Parotis)

gewolltes Erbrechen
- Erosion des Zahnschmelzes, Zahnausfall
- chronische Heiserkeit
- gastrointestinaler Rückfluß

Abführmittelmißbrauch
- Durchfall, Stearrhö
- Trommelschlegelfinger

gewolltes Erbrechen und Abführmittelmißbrauch
- Stoffwechselstörungen (Kaliumverlust)
- Herzrhythmusstörungen
- Nierenschäden
- Muskelkrämpfe, Tetanie und periphere Parästhesien
- epileptische Anfälle
- Austrocknung
- Schläfrigkeit

6 Behandlungsschritte

Die erste Bedingung für eine Behandlung ist *Ehrlichkeit:* sowohl sich selbst gegenüber als auch gegenüber dem Behandelnden. Da der Wille zur Ehrlichkeit allein oft nicht ausreicht, um die Neigung zu überwinden, sich selbst und anderen die Situation beschönigend oder verschlimmernd darzustellen, ist das Führen eines Tagebuches grundlegend und zentral für die gesamte Behandlung. In diesem Tagebuch notieren Sie alles über Ihr Eßverhalten: was, wieviel, wo und wann habe ich gegessen? Gab es einen besonderen Anlaß (Auslöser) für das Essen? Wie fühlte ich mich vor und nach dem Essen usw. Mit Hilfe eines solchen ehrlichen Tagebuchs lernen Sie, sich realistischer einzuschätzen und können Erfolge und Mißerfolge genau überprüfen.

Die erste Phase der Behandlung ist auf die Normalisierung und Stabilisierung des Eßverhaltens gerichtet. Das Gewicht steht nicht im Mittelpunkt. Das *Eßmuster* (die Art, wie gegessen wird) steht an erster, das Gewicht erst an zweiter Stelle, weil es eine Folge des Eßmusters ist. Angesichts der ernsthaften Risiken müssen das Erbrechen und das Abführen so schnell wie möglich eingestellt werden. Auch das Fasten sollte beendet werden und allmählich durch ein normales Eßmuster ersetzt werden (drei Hauptmahlzeiten und zwei Zwischenmahlzeiten täglich). Sie müssen nach und nach über Erfahrungen entdecken, daß Sie mehr essen können, ohne dadurch zuzunehmen. Vergessen Sie nicht, daß Ihr Hungergefühl und Ihr Sättigungsgefühl gestört sind und Sie sich am Anfang nicht auf sie verlassen können. Deshalb ist es notwendig, über die Zeitabstände zwischen den Mahlzeiten und die Essensmengen Absprachen zu treffen. Auch sind Abwechslungen im Essen notwendig; die meisten Diäten sind enorm eintönig. Langsam müssen die Bestandteile der Nahrung, die sonst nur bei den Eßanfällen erlaubt waren (z.B. Süßigkeiten), in kleinen Portionen in die Mahlzeiten miteinbezogen werden. Dies soll Sie als eine Art Medikament vor einem erneuten Drang zum Überessen schützen.

Auch das Eßmuster muß betrachtet werden; z.B. müssen Sie lernen, mit kleinen Bissen und mit Aufmerksamkeit für den Geschmack der Nahrung zu essen.

Was das *Gewicht* anbelangt, ist es total falsch, wenn Sie sich auf eine Kilozahl festlegen, weil Sie dann die natürlichen Gewichtsschwankungen nicht mitberücksichtigen. Besser ist es, einen vernünftigen Gewichtsbereich festzulegen, d.h. eine Minimum- und Maximumgrenze anhand von Lebensalter und Körpergröße zu errechnen. Sie sollten sich nur einmal wöchentlich wiegen, damit Sie nicht zuviel Aufmerksamkeit auf die tägliche Gewichtsschwankungen legen.

In der zweiten Behandlungsphase wird die Aufmerksamkeit einerseits weiterhin auf die Stabilisierung des Eßmusters gerichtet. Andererseits wird nun den Umständen, unter denen Perioden des Überessens auftraten, näher nachgegangen. Die Gedanken und Gefühle, die sich auf Nahrung, Gewicht und Körperformen richten, werden analysiert. Es wird nach besseren Methoden zur Entladung von eventuell auftretenden inneren Spannungen gesucht. Eine gründliche Planung von Aktivitäten und zwischenmenschlichen Kontakten ist hier äußerst wichtig.

Die letzte Behandlungsphase beschäftigt sich damit, was Sie von dem in den ersten zwei Behandlungsabschnitten Gelernten weiterhin gebrauchen können, auch wenn sich neue, fremde Situationen ergeben. In jedem Leben sind Konflikte und Probleme zu erwarten. Das sind Herausforderungen, für die wir Lösungen finden und auch ausprobieren müssen.

Eßprobleme können in Zeiten von Streß erneut auftauchen. Sie müssen Ihre Eßprobleme als Ihren „wunden Punkt" betrachten: das ist Ihre Form, auf Schwierigkeiten zu reagieren. Wenn Sie wieder einmal das Bedürfnis verspüren, sich zu überessen, liegt dem gewöhnlich ein anderes, ungelöstes Problem zugrunde. Darum ist es wichtig für Sie zu sehen, was sich in Ihrem Leben abspielt und worüber Sie unzufrieden sind. Wenn Sie herausgefunden haben, was das eigentliche Problem ist, studieren Sie alle möglichen Lösungen für dieses Problem und erstellen Sie sich einen Lösungsplan.

7 Verhaltensregeln zur Vermeidung eines Rückfalls in die Bulimie

Es gibt eine Reihe von Verhaltensregeln, die – wenn Sie sie berücksichtigen – eine Hilfe für Ihr tägliches Leben darstellen. Besonders, wenn ein Rückfall in die Bulimie droht, sollten Sie sich genau nach ihnen richten.

1. Nehmen Sie sich Zeit, um über ihre Schwierigkeiten nachzudenken, nach Lösungen zu suchen und einen Aktionsplan auszuarbeiten. Einige Lösungen helfen, andere nicht.
2. Beginnen Sie wieder mit dem Führen eines Tagebuches über Ihr Essen.
3. Beschränken Sie Ihr Essen auf drei geplante Hauptmahlzeiten und höchstens zwei Zwischenmahlzeiten. Versuchen Sie, sich hierbei an feste Zeitabstände zu halten. Wenn Sie das Gefühl

bekommen, daß Sie die Kontrolle verlieren, dann planen Sie Ihre Mahlzeiten bis ins Detail vor.

4. Sorgen Sie dafür, daß Sie sich möglichst oft in Gesellschaft mit anderen befinden, besonders beim Essen.
5. Beschränken Sie Ihren Nahrungsmittelvorrat. Wenn Sie vorausahnen, daß Sie zuviel einkaufen werden, dann nehmen Sie so wenig Geld wie möglich mit oder planen Sie den Einkauf im voraus und begeben Sie sich in Gesellschaft.
6. Planen Sie ihre Tagesaktivitäten. Vermeiden Sie Situationen von Nicht-wissen-was-tun ebenso wie solche von Zuviel-tun-zu-wollen.
7. Entdecken Sie, welche Momente zum Überessen verführen, und planen Sie dann Aktivitäten, die unvereinbar mit Essen sind, z.B. Besuch von Freunden, Beschäftigung mit einem Hobby usw.
8. Halten Sie sich zwischen den Mahlzeiten von der Küche und den Aufbewahrungsplätzen für die Lebensmittel fern.
9. Wenn Sie wieder zuviel über Ihr Gewicht nachzugrübeln beginnen, dann legen Sie sich selbst die Beschränkung auf, sich höchstens einmal in der Woche zu wiegen. Sollte es dann doch nötig sein, daß Sie etwas abnehmen müssen, dann tun Sie dies erst, nachdem Ihre Eßgewohnheiten wieder normal geworden sind, und tun Sie es langsam und durch die Verringerung der Nahrungsmengen der festen Mahlzeiten und nicht durch das Ausfallenlassen von Mahlzeiten. Denken Sie daran, daß Sie Gewichtsschwankungen einplanen müssen, die sehr natürlich (normal) sind.
10. Wenn Sie zuviel an Ihre Figur denken, kann das daher kommen, daß Sie sich ängstlich und bedrückt fühlen. Immer wenn es Ihnen nicht gut geht, haben Sie das Gefühl, dick zu sein. Versuchen Sie, die Probleme aufzuspüren und sie zu lösen.
11. Vertrauen Sie anderen. Oft ist es hilfreich, mit Freunden über sich, seine Probleme aber auch andere Dinge zu reden.
12. Setzen Sie sich überschaubare und erreichbare Ziele. Es ist wichtig, sich nicht zuviel auf einmal vorzunehmen! Wenn es dann trotzdem einmal nicht so klappt, wie Sie es sich vorgenommen haben, ist das kein Beweis dafür, daß nun alles bergab geht. Zu jedem Leben gehören auch Mißerfolge. Das Wichtigste ist, nicht aufzugeben, immer wieder einen neuen Anfang zu suchen und neue Wege auszuprobieren und sich selbst gegenüber ehrlich zu bleiben.

13 Funktionelle gastrointestinale Beschwerden

Gijs Bleijenberg, Johann F. M. Fennis, J. Han C. Kuijpers

Inhalt

1 Definition

Funktionelle Bauchbeschwerden sind Beschwerden des Verdauungstrakts, für die keine organische Erklärung gefunden werden kann. Dies trifft auch auf das von Fielding (1985) formulierte Reizdarm-Syndrom (irritable bowel syndrome) zu. Zur Bezeichnung unerklärlicher Bauchbeschwerden werden auch folgende Begriffe verwendet: spastisches Kolon, funktionelle Dyspepsie, nervöser Durchfall etc. Weil die Diagnose „Reizdarm-Syndrom" und andere Begriffe dieser Art unhandlich sind, bevorzugen wir die Bezeichnung „funktionelle Bauchbeschwerden" (Bleijenberg et al. 1986).

Bauchbeschwerden sind oft der Grund dafür, einen Arzt zu Rate zu ziehen. Der Anteil funktioneller Beschwerden des Verdauungstrakts beträgt nach Schätzungen 40–85 % (Conon u. Frey 1982, Ferguson et al. 1983, Gomez u. Dally 1977, Kruis et al. 1984, Woodhouse u. Bockner 1979). Die Angaben stimmen darin überein, daß funktionelle Bauchbeschwerden die häufigste Zuweisungsdiagnose an Internisten und Gastroenterologen sind (Ferguson et al. 1983, Fielding 1977). Man kann daraus schließen, daß Patienten mit funktionellen Bauchbeschwerden in einem hohen Maß unser Gesundheitssystem in Anspruch nehmen. Die Suche nach Hilfe für diese Beschwerden wird vermutlich zum großen Teil von psychologischen Faktoren bestimmt (Drossman et al. 1988, Whitehead et al. 1988).

2 Hypothesen zur Pathogenese von funktionellen Bauchbeschwerden

2.1 Psychologische Hypothesen

In Abschnitt 3 wird erwähnt, daß Patienten mit funktionellen Bauchbeschwerden in psychologischer Hinsicht nicht von Patienten mit organisch erklärbaren Beschwerden zu unterscheiden sind (Bleijenberg u. Fennis 1989). Die Durchschnittsergebnisse der psychologischen Variablen in der organischen und funktionellen Gruppe zeigten sich jedoch höher als die von Gesunden (Bleijenberg u. Fennis 1989, Hill u. Blendis 1967, Latimer et al. 1981, Palmer et al. 1974).

Im Vergleich mit einer Gruppe von Neurotikern wurde kein Unterschied im Hinblick auf Angst, Depression oder Neurotizismus gefunden (Latimer et al. 1981). Manchmal zeigte sich, daß Patienten mit funktionellen Bauchbeschwerden im Hinblick auf diese Variablen sogar niedrigere Ergebnisse erzielten (Palmer et al. 1974). Welche Rolle belastende Ereignisse im Leben eines Patienten mit funktionellen Bauchbeschwerden spielen (life events), ist derzeit aus methodologischen Gründen noch nicht geklärt (Bass 1986). Es ist anzunehmen, daß belastende Ereignisse wie andere psychologische Faktoren bei der Entstehung dieser Beschwerden im selben Umfang eine Rolle spielen wie bei der Entstehung anderer Krankheiten.

Belastende Ereignisse im Leben und andere psychologische Faktoren sieht man jedoch ebenso oft bei anderen Patientengruppen, so daß sie keineswegs kennzeichnend sind für Patienten mit funktionellen Bauchbeschwerden.

2.2 Faserdefizit-Hypothese

Funktionelle Bauchbeschwerden sind nach dieser Hypothese Folge eines Defizits an Fasern in der Nahrung und kommen bei Völkern mit anderen Nahrungsgewohnheiten seltener vor. Doch auch bevor die faserarme Ernährung zunahm, gab es schon funktionelle Bauchbeschwerden. Diese Hypothese erklärt auch nicht ausreichend, weshalb bei gleichem Fasergehalt in der Nahrung trotzdem große individuelle Unterschiede beim Auftreten der Beschwerden bestehen. Es stellte sich außerdem heraus, daß die Behandlung von funktionellen Bauchbeschwerden mit faserreicher Ernährung nicht besser ist als die Behandlung mit Placebo (Heaton 1989).

2.3 Motilitäts-Hypothese

Gastrointestinale Beschwerden (Bauchbeschwerden und/oder Stuhlentleerungsprobleme) können (ausnahmsweise) auch durch eine Motilitätsstörung des Darms verursacht werden. Es gibt zahlreiche Methoden für die Untersuchung der Motorik des Kolons, und es wird eine große interindividuelle Variabilität in der Beweglichkeit des Darms beschrieben (Hizinga 1986). Es ist jedoch zu klären, welche Rolle eine abnormale Darmaktivität bei Patienten mit funktionellen Bauchbeschwerden spielt.

Die auf dieser Hypothese gegründete Therapie mit Medikamenten zur Verbesserung der Darmmotorik erweist sich als kaum besser als die Applikationen von Scheinmedikamenten (Holdsworth 1985). Daß Patienten mit funktionellen Bauchbeschwerden eine typische oder kennzeichnende Störung der Motilität des Darms oder des Ösophagus aufweisen, muß als *un*bewiesen betrachtet werden (van Wijk 1988).

2.4 Hyperalgesie-Hypothese

Es wird vermutet, daß Patienten mit funktionellen Bauchbeschwerden empfindlicher auf die Dehnung des Kolons reagieren als gesunde Menschen. Normale Kolonreaktionen werden nach dieser Hypothese als anormal und schmerzhaft empfunden. Untersuchungen zeigen jedoch entgegengesetzte Resultate. Neuere Untersuchungen zeigen sogar, daß Patienten mit funktionellen Bauchbeschwerden die gleiche Schmerztoleranz haben wie Patienten mit Morbus Crohn, aber eine größere Schmerztoleranz als gesunde Menschen (Cook et al. 1987).

2.5 Funktionsstörung der Beckenbodenmuskulatur

Ein Grund dafür, daß es kaum allgemein gültige Hypothesen zur Pathogenese von funktionellen Bauchbeschwerden gibt, liegt wahrscheinlich in der Heterogenität dieser Patientengruppe. Es ist deshalb notwendig, Subgruppen zu bestimmen. Als eine solche Subgruppe könnten Patienten mit Bauchschmerzen und Obstipation betrachtet werden, bei denen eine Funktionsstörung der Beckenbodenmuskulatur angenommen wird.

Die Defäkation ist bei diesen Patienten erschwert, weil während des Preßvorgangs der Beckenbodenmuskel andauernd kontrahiert ist, statt zu erschlaffen. Aufgrund dieser Kontraktion während des Preßvorgangs wird die Entleerung des Darms verhindert, und es entsteht eine Ausgangsobstruktion. Als Folge davon häufen sich Fäzes in Rektum und Kolon an, wodurch wahrscheinlich die Bauchschmerzen verursacht werden. Dieses Syndrom wird auch als spastisches „Beckenboden-Syndrom" bezeichnet (Kuijpers u. Bleijenberg 1985, Kuijpers et al. 1986). Diese Funktionsstörung kann mittels Elektromyographie nachgewiesen werden. Noch unbekannt ist, wieviele Patienten mit Bauchschmerzen und Obstipation diese Funktionsstörung aufweisen.

Die Biofeedback-Behandlung dieser Funktionsstörung wird in Abschnitt 5 beschrieben.

2.6 Zusammenfassung

Wir sind der Meinung, daß die Begriffe „spastisches Kolon" oder „Reizdarm-Syndrom" nicht zu verantworten sind. In gewissem Sinn ist diese Benennung sowohl für den Arzt als auch für den Patienten sogar gefährlich: Es könnte der Eindruck entstehen, daß mit dem Darm des Patienten etwas nicht in Ordnung sei, was nur zum jetzigen Zeitpunkt nicht nachgewiesen werden kann. Außerdem zeigt sich, daß Organattribuierungen (wie z. B. das Etikett „spastisches Kolon") einen ungünstigen Einfluß auf den Verlauf haben (s. Abschn. 4).

3 Diagnostik

3.1 Fragestellung

Die Körper-Seele-Dichotomie ist seit Descartes im ärztlichen Denken – aber auch allgemein – Gemeingut geworden. Wenn es für Bauchbeschwerden keine somatische Erklärung gibt, geht man meistens davon aus, daß den Beschwerden psychologische Faktoren bzw. eine psychische Problematik zugrundeliegen. Patienten mit funktionellen Bauchbeschwerden müßten sich demnach in psychologischer Hinsicht von Patienten mit organisch erklärbaren Bauchbeschwerden unterscheiden. In medizinischen Handbüchern wird – ohne nähere Beweisführung – diese Auffassung öfter angetroffen (Boucher et al. 1984, Misiewicz 1981, Phillips 1983). Neben dieser Auffassung werden bei Patienten mit funktionellen Bauchbeschwerden noch andere Kriterien vorausgesetzt, an denen diese Patienten zu erkennen sein sollen:

- längere Beschwerdedauer
- jüngeres Lebensalter
- größerer medizinischer „Konsum" (oft mehrere Bauchoperationen)
- weitere Nebenbeschwerden
- ernstliche Beschwerden
- häufiger Bauchschmerzen in der Kindheit etc.

In der Universitätsklinik Nimwegen, Poliklinik Innere Medizin, haben wir die oben genannten Auffassungen über funktionelle Bauchbeschwerden geprüft. Die Fragestellung hierbei war, ob Patienten mit funktionellen Bauchbeschwerden von Patienten mit organisch erklärbaren Bauchbeschwerden zu unterscheiden sind (Bleijenberg u. Fennis 1989).

3.2 Methode und Resultate

Von 308 Patienten wurde mittels Fragebogen und Krankenblattprüfung eine Anzahl anamnestischer und psychologischer Angaben gesammelt. Bei 81 dieser 308 Patienten (26 %) wurde folgende organische Diagnose gestellt:

- Ulcus pepticum 26
- Ösophagitis 5
- Pankreatitis 4
- verschiedene Erkrankungen 21

Das Geschlechterverhältnis (Frauen : Männer) betrug 34 : 47 in der Gruppe der Patienten mit organisch erklärbaren Bauchbeschwerden und 149 : 78 in der Gruppe der Patienten mit funktionellen Beschwerden.

Den beiden Gruppen waren gemeinsam:

- Durchschnittsalter (45 ± 15 Jahre)
- Beschwerdedauer (3,2 ± bzw. 3,7 ± 6 Jahre)
- Art der Schmerzen oder Frequenz der nächtlichen Schmerzen.

Es bestanden einige signifikatne Unterschiede in der Lokalisierung der Schmerzen: In der Gruppe der organisch erklärbaren Beschwerden wurde als Schmerzlokalisation öfter „Mitte oben" (47 % versus 28 %) angegeben, in der Gruppe mit funktionellen Beschwerden „links rechts unten" (10 % versus 21 %). Diese Unterschiede tragen jedoch kaum dazu bei, Patienten mit funktionellen Beschwerden von solchen mit organisch erklärbaren zu unterscheiden.

Es stellte sich heraus, daß Erbrechen, Nahrungsintoleranz, Durchfall und Abmagerung in der organischen Gruppe etwas öfter zu beobachten waren, während Flatu-

Tab. 13.1 Ergebnisse von psychologischen Tests (Mittelwerte [X̄] u. Standardabweichungen [SD]).

	organisch				funktionell			
	Männer		Frauen		Männer		Frauen	
	X̄	SD	X̄	SD	X̄	SD	X̄	SD
Depression	42,3	8,6[1]	47,3	6,5[1]	43,3	10,4	45,8	10,8
Angst	40,9	10,7	44,1	11,3	42,0	9,9	43,1	11,2
Neurotizismus	8,8	4,9	9,9	5,9	10,2	4,8	10,9	5,4
Selbstwert	29,1	5,5	28,3	7,2	27,9	6,9	26,6	7,0

[1] Männer versus Frauen $p<0{,}01$

lenz und Kopfschmerzen besonders in der Gruppe der Patienten mit funktionellen Beschwerden vorkamen.

Die Einnahme von Sedativa, Schlafmitteln und anderen Medikamenten war in beiden Gruppen gleich. Appendektomien hatten in 20 % und 26 %, Uterusexstirpationen in 15 % der Fälle stattgefunden. Der Hausarzt wurde bei beiden Gruppen im Durchschnitt fünfmal pro Jahr aufgesucht. Das Maß der Vermeidung und Beschränkungen infolge der Beschwerden unterschied sich ebenso wenig wie der vom Patienten eingeschätzte Ernst der Beschwerden. Patienten mit funktionellen Bauchbeschwerden hatten als Kind nicht öfter Bauchschmerzen gehabt.

Es ergaben sich auch keine Unterschiede in den verschiedenen psychologischen Variablen Depression, Angst, Neurotizismus und Selbstwert (Tab. 13.1). *Depression* wurde mit Hilfe der Self Rating Depression Scale (Zung 1965) ermittelt, *Angst* mit Hilfe des Anxiety Inventory (Spielberger et al. 1970), *Neurotizismus* mit Hilfe eines gekürzten Fragebogens für erfahrene Gesundheit (Dirken 1969) und *Selbstwert* mit Hilfe des Niederländischen Persönlichkeitsinventars (Luteijn 1974). Es ergaben sich keine signifikaten Unteschiede hinsichtlich der Umgangsweise mit Problemen (niederländische Utrechter Coping Liste, Schreurs et al. 1984), der Frequenz und Art der Ereignisse, über die man sich sorgte, Vorhandensein von psychischen oder nervösen Beschwerden, Einfluß von Spannungen auf die Beschwerden, Vorhandensein von spezifischen Ängsten, Zufriedenheit mit den eigenen Lebensumständen und der partnerschaftlichen Beziehung.

3.3 Schlußfolgerung

Obwohl eine große Anzahl von Variablen von uns untersucht wurde, fanden sich nur an einigen Stellen statistisch signifikante Unterschiede zwischen den Gruppen mit organischen und funktionellen Beschwerden. Diese Angaben besitzen jedoch keinen ausreichenden Vorhersagewert, um zur zuverlässigen Unterscheidung zwischen funktionellen und organisch erklärbaren Beschwerden beizutragen. Einen potentiellen Vorhersagewert für funktionelle Bauchbeschwerden hat eventuell das Vorhandensein von Flatulenz und Kopfschmerzen als Nebenbeschwerden. Es zeigte sich, daß alle übrigen anamnestischen und psychologischen Kriterien bei Patienten mit funktionellen Bauchbeschwerden im selben Maß vorhanden sind wie bei Patienten mit organisch erklärbaren Bauchbeschwerden und deshalb nicht zu einer Unterscheidung beitragen.

4 Verlauf und verlaufsbestimmende Faktoren

4.1 Vorbemerkungen und Methoden

Über die Prognose der funktionellen Bauchbeschwerden ist noch wenig be-

- häufiges Wiederkehren der Beschwerden
- Erfahrung vieler Einschränkungen
- Vermeiden bestimmter Dinge auf Grund der Bauchschmerzen
- Einnahme von Schlafmitteln
- häufige Arztbesuche während der 12 Monate vor dem Aufsuchen der Poliklinik.

Diese Prädikatoren konnten unter den folgenden Nenner subsummiert werden: psychologische Faktoren und Faktoren hinsichtlich des Ernstes/der Schwere und der Dauer.

Schlußfolgerung: Psychologische und anamnestische Angaben haben Vorhersagewert für den Verlauf von funktionellen Bauchbeschwerden, sie liefern jedoch keinen Beitrag zur Unterscheidung zwischen organischen und funktionellen Bauchbeschwerden.

5 Therapie

5.1 Biofeedback bei Obstipation

5.1.1 Beschreibung des Beschwerdebilds

Obstipation ist definiert als unregelmäßige, schwere und/oder schmerzhafte Defäkation. Sie ist – neben Bauchschmerzen – die wichtigste Beschwerde eines Patienten mit spastischem Beckenboden-Syndrom (s. Hypothesen zur Pathogenese funktioneller Bauchbeschwerden, Abschn. 2.5).

Weil Patienten mit spastischem Beckenboden-Syndrom den Anus während des Preßvorgangs geschlossen halten, kostet es sie sehr viel Mühe, die Stuhlentleerung herbeizuführen. Oft gelingt dies auch nicht, und es entsteht das Gefühl, daß die Stuhlentleerung nicht vollständig erfolgte. Der Stuhl ist meist von harter Konsistenz. Nahezu alle Patienten klagen über ständige Bauchschmerzen. Auch Beschwerden wie Übelkeit, Erbrechen und Blut im Stuhl werden öfter berichtet. Die Frequenz der Stuhlentleerung liegt meist unter zwei- bis dreimal pro Woche. Manche Patienten erleben die Stuhlentleerung täglich unvollständig und schmerzhaft. Laxanzien helfen in diesen Fällen nicht. Die meisten Patienten können ihr Rektum nur mittels Wasserklysmen oder mit Hilfe der Finger entleeren.

Weil das spastische Beckenboden-Syndrom auf einer abnormalen Betätigung der sonst normalen Beckenbodenmuskulatur beruht, ist es das Ziel der Biofeedback-Behandlung, dem Patienten mittels EMG-Feedback des externen Sphinkters einen normalen Einsatz dieses Muskels beizubringen, damit die Beschwerden sistieren (Bleijenberg u. Kuijpers 1987 u. 1989).

Die Behandlung der Obstipation mittels Biofeedback erfolgt in drei Phasen. Während der Behandlung benutzt der Patient weder Klistiere noch Laxanzien. Vom Anfang der Behandlung an führt der Patient ein Tagesprotokoll.

5.1.2 EMG-Feedback

Es wird ein Myotron® verwendet, an den über einen Draht von ca. 1,50 m eine Analdübelelektrode angeschlossen ist. Wenn die Analdübelelektrode eingebracht ist, wird die EMG-Aktivität des externen Sphinkters gemessen. Das EMG wird digital mit einer dreistelligen Zahl wiedergegeben, die alle drei Sekunden einen Durchschnittswert anzeigt. Die EMG-Aktivität kann auch ständig mit Hilfe eines Lichtbälkchens abgelesen werden, wobei die Länge des Lichtbälkchens das Ausmaß der Muskelanspannung wiedergibt. Nachdem erklärt worden ist, wie der Apparat funktioniert, wird der Patient nach dem Einbringen der Elektrode gebeten, wie bei der Stuhlentleerung zu pressen. Durch den Anstieg der Zahl auf dem Myotron ist erkennbar, daß sich die Muskeln anspannen, und die gestellte Diagnose ist damit bestätigt. Versuchspersonen ohne Stuhlentleerungsprobleme zeigen bei der Instruktion „pressen" eine Verminderung der Muskelanspannung. Wenn wir den Patienten bitten zu kneifen, nimmt die Muskelanspannung ebenfalls zu (Abb. 13.2).

Um dem Patienten zu verdeutlichen, was er anders machen muß, um den Preßvorgang richtig durchzuführen, wird ein Ballon in das Rektum eingebracht und aufgeblasen (bis 60 ccm). Dann wird dieser Ballon langsam herausgezogen, was der Patient dann wie eine Stuhlentleerung empfindet. Die Instruktion mit Hilfe des Ballons erwies sich als notwendig, weil mit Worten nicht zu vermitteln ist, in welcher Weise das Preßverhalten des Patienten verändert werden soll. Nach der Instruktion mit Hilfe des Ballons bitten wir den Patienten, richtiges Pressen zu üben, d. h. Muskulatur und entsprechend abnehmender EMG-Aktivität (=Zahl auf dem Myotron wird kleiner, und das Lichtbälkchen wird kürzer). Der Patient erhält ein Übungsschema von sechs Serien mit jeweils zehn Preßübungen pro Tag. Die Zahlen und eventuell erfolgende Stuhlentleerungen werden im Tagesprotokoll notiert. Sobald der Preßvorgang in 80 % der Fälle richtig durchgeführt wird, geht man zur zweiten Phase der Behandlung über.

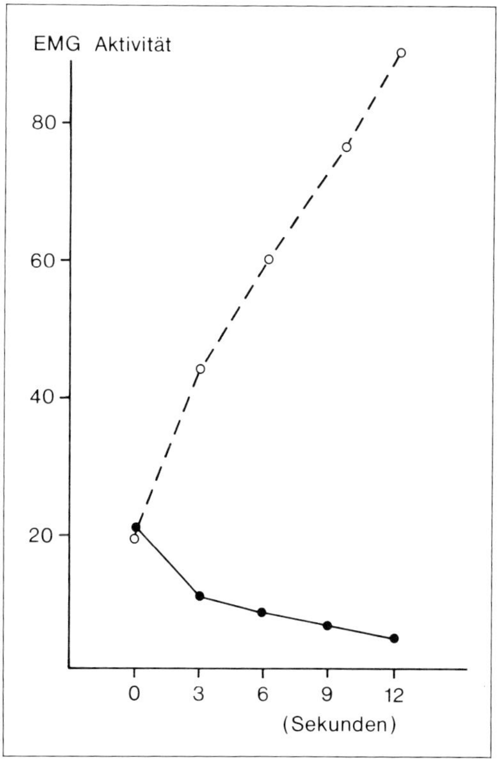

Abb. 13.2 Richtiges (durchgezogene Linie) und falsches Preßverhalten (gestrichelte Linie) in einem Zeitraum von 12 Sekunden, wiedergegeben in EMG-Aktivität mittels Myotron 220.

5.1.3 EMG-Feedback und Simulation des Defäkationsverhaltens

Um den Lernvorgang zu fördern, wird das Defäkationsverhalten mit Haferflocken als Darmfüllung nachgebildet. Hierzu wird der Patient instruiert, einen nicht allzu sehr verdünnten Brei aus Haferflocken mit Hilfe einer Kanüle in das Rektum einzubringen. Nach 15 Minuten steht der Patient auf, geht zur Toilette und preßt, um die Breimasse zu entleeren, was ihm nur gelingt, wenn er auf die richtige Weise preßt.

Das Defäkationsverhalten mit Hilfe von Brei wird in der oben beschriebenen Weise nach einem Schema anfangs sechsmal pro Tag geübt. In dieser Phase der Behandlung wird das Üben mit dem EMG-Feedback fortgesetzt.

5.1.4 Entwicklung eines normalen Defäkationsverhaltens

Wenn in den Phasen 1 und 2 befriedigende Ergebnisse erzielt worden sind, beginnt die letzte Phase. Wir gehen jetzt davon aus, daß der Patient ein Gefühl dafür entwickelt hat, selber zu erkennen, ob sein Preßverhalten richtig ist oder nicht. In dieser Phase der Behandlung braucht der Patient kein EMG-Feedback mehr, übt aber noch weiterhin das Defäkationsverhalten mit Hilfe von Brei. Dies ist für ihn die eigentliche

Kontrolle, ob er noch auf die richtige Weise preßt.

Die Behandlung wird hier um die Anweisung ergänzt, nach jeder Mahlzeit maximal fünfmal auf der Toilette zu pressen mit dem Ziel, eine Stuhlentleerung herbeizuführen. Auch soll der Patient wieder ein Gefühl von Stuhldrang entwickeln, das meist infolge der Obstipation verlorengegangen ist. Durch die Methode, jedes Mal nach der Mahlzeit (dann also, wenn die Wahrscheinlichkeit der Darmentleerung am größten ist) zu pressen, werden nach kürzerer oder längerer Zeit einige Stuhlentleerungen herbeigeführt. Die vorangehenden Körperempfindungen können mit der Zeit immer besser als ein Gefühl von Stuhldrang erkannt werden.

Für den Erfolg dieser Maßnahme ist richtiges Pressen die Voraussetzung. Wenn notwendig, sollten Wiederholungssitzungen mit EMG-Feedback durchgeführt werden, mit Hilfe derer das erstrebte Preßverhalten erneut eingeübt wird. Sobald Stuhlentleerungen einigermaßen regelmäßig erfolgen, können die Breiübungen beendet werden.

5.1.5 Ergebnisse

Bisher haben wir 23 Patienten (20 Frauen und 3 Männer) im Alter von 17 bis 57 Jahren mit dieser Biofeedback-Methode behandelt. Bei 9 Patienten bestanden die Beschwerden schon so lange, wie sie sich erinnern konnten; die Beschwerdedauer betrug bei den anderen Patienten im Mittel 9 Jahre. Die Defäkationsfrequenz betrug bei 21 Patienten 1mal pro 3–15 Tage; 2 Patienten gaben täglich unvollständige Stuhlentleerungen an. Bei 2 Patienten lag ein solitäres Rektumulkus vor.

Bei 16 der 23 Patienten hat nach der Behandlung die Stuhlentleerung einen guten Verlauf genommen: Sie wurde nicht mehr als schmerzhaft empfunden, und die Frequenz stieg von einmal in 3–15 Tagen auf einmal täglich oder alle zwei Tage eine Stuhlentleerung. Klistiere oder Laxanzien waren nicht mehr notwendig. Auch die Bauchschmerzen waren verschwunden. Diese Ergebnisse blieben auch bei Nachuntersuchungen nach 3 und 45 Monaten stabil. Bei 2 Patienten kam es nach 2 Jahren zu einem Rückfall, der einige poliklinische Wiederholungssitzungen mit Biofeedback notwendig machte. Bei den Patienten mit solitärem Rektumulkus war das Ulkus verheilt.

Ein Patient war nicht motiviert und schied aus.

Zwei Patienten mit spastischem Beckenboden-Syndrom konnten zwar erlernen, die Beckenbodenmuskulatur während des Preßvorgangs erschlaffen zu lassen, aber die Obstipation hielt unverändert an. Es fand sich eine verzögerte Kolonpassage in allen Segmenten des Kolons. Die subtotale Kolektomie ergab bei diesen Patienten letztendlich ein positives Resultat. Demgegenüber führte sie subtotale Kolektomie bei den Patienten mit einer Ausgangsobstruktion nicht zur Abnahme der Beschwerden (Kuijpers et al. 1986). Es ist deshalb wahrscheinlich, daß bei diesen Patienten zwei Ursachen für die Obstipation verantwortlich waren: funktionelle Ausgangsobstruktion und verzögerte segmentale Kolonpassage. Chronischer Laxanzienabusus ist vielleicht eine wichtige Ursache für die verzögerte segmentale Passagezeit.

Einer der für diese Behandlung ausgewählten Patienten war nicht in der Lage, in der klinischen Phase ein anderes Preßverhalten zu erlernen. Drei weitere Patienten konnten das Gelernte in ihrer gewohnten Umgebung nicht dauerhaft durchführen, wofür wir psychische Faktoren verantwortlich machen.

Nach einer Psychotherapie (Verhaltenstherapie) mit dem Ziel, (u. a. durch Relaxationsübungen) eine bessere Gefühlsempfindung im analen Bereich und besseren Umgang mit Konfliktsituationen oder mit Streß zu erlernen, konnten zwei von drei psychotherapeutisch behandelten Patienten von der Biofeedback-Behandlung profitieren.

Schlußfolgerung: Die Erfolgsrate der Biofeedback-Behandlung kann wesentlich erhöht werden, wenn sie – bei entsprechender Indikation – durch chirurgische Intervention oder Psychotherapie ergänzt wird.

5.2 Andere psychologische Behandlungen bei funktionellen Bauchbeschwerden

5.2.1 Ergebnisse kontrollierter Studien

Im Vergleich zu den zahlreichen kontrollierten Studien zur Wirkung verschiedener Medikationen bei funktionellen Bauchbeschwerden sind relativ wenig kontrollierte Untersuchungen zur Wirkung psychologischer Interventionen gemacht worden. In Tabelle 13.3 sind die Ergebnisse von einigen kontrollierten Untersuchungen aufgeführt.

Psychotherapie und/oder Medikamente (Schonecke u. Schüffel 1975)
Die Untersucher teilten eine Gruppe von 78 Patienten in vier Untergruppen mit folgenden Behandlungskonditionen:

- Psychotherapie und Medikation (Bromazepam)
- Psychotherapie und Scheinmedikament (Plazebo)
- Medikation
- Scheinmedikation (Plazebo).

Die Psychotherapie bestand aus Gesprächen mit dem Patienten von 20 Minuten Länge mit Betonung der falschen Gewohnheiten. Nach einem Behandlungszeitraum von sechs Wochen kam es auf der Schätzskala für Ängste und bei der Beurteilung von Depression und Empfindlichkeit nach dem Freiburger Persönlichkeitsinventar zu einer Verschlechterung bei den Patienten, die psychotherapeutisch behandelt worden waren. Eine Follow-up-Untersuchung wurde nicht durchgeführt.

Psychotherapie und/oder Biofeedback (Giles 1978)
In dieser Studie wurden EMG-Feedback (Musculus frontalis), individuelle Psychotherapie (auf Umgang mit Streß gerichtet) und eine Kombination dieser beiden Behandlungsmethoden mit einer Wartelistengruppe verglichen. Relaxation mittels Biofeedback soll einen günstigen Einfluß auf das Stuhlentleerungsmuster haben und die kombinierte Behandlung besonders die psychologischen Symptome bessern. Einzelheiten über Meßinstrumente, Art der Psychotherapie und Follow-up-Untersuchung sind jedoch nicht bekannt.

Psychotherapie und/oder Medikamente (Svedlund et al. 1983)
Die Untersucher verglichen 50 Patienten, die individuelle dynamische Psychotherapie (10×1 Stunde) und Medikation erhalten hatten, mit 51 Patienten, die nur mit Medikamenten behandelt worden waren. Beide Gruppen zeigten eine Besserung der somatischen und psychischen Faktoren. Die Psychotherapie-Gruppe schnitt dabei besser ab. Die Psychotherapie-Gruppe zeigte bei der Follow-up-Untersuchung eine Reduktion der Bauchschmerzen um zwei Drittel, die Kontrollgruppe hingegen keine Besserung in diesem Bereich. Angst und andere psychische Symptome reduzierten sich lediglich um 20%. Diese Ergebnisse basieren zum größten Teil auf subjektiver Beurteilung auf der Grundlage der Interviews; eine Doppelblind-Studie wurde nicht durchgeführt.

Hypnotherapie oder Medikamente (Whorwell et al. 1984 u. 1987)
Die Untersucher verglichen bei 15 Patienten die Wirkung von Hypnotherapie mit der Wirkung eines Scheinmedikaments und supportiver Psychotherapie. Die Hypno-

Tab. 13.3 Ergebnisse psychologischer Behandlungen bei funktionellen Bauchbeschwerden (Ergebnisse kontrollierter Untersuchungen).

Autoren	Art der Messung	Anzahl der Patienten	Behandlung der experimentellen Gruppe (E)	Behandlung der Kontrollgruppe (C)	Ergebnis	Follow-up
Schonecke und Schüffel (1975)	Persönlichkeitsfragebogen, Depression, Angst, Beschwerdeliste	78	Psychotherapie und Medikamente oder Psychotherapie und Scheinmedikament (6 Wochen)	Medikament oder Scheinmedikament	E≤C	–
Giles (1978)	?	40	Biofeedback oder Psychotherapie oder Psychotherapie und Biofeedback (8 Wochen)	Warteliste	E>C	6 Monate
Svedlund et al. (1983)	Symptomergebnisse, Interviews, ungefähre Selbstevaluierung	101	Psychotherapie und Medikamente (3 Monate)	Medikamente	E>C	1 Jahr
Whorwell et al. (1984 u. 1987)	Selbstregistrierung	30	Hypnotherapie 7×30 Minuten (3 Monate)	Scheinmedikament und supportive Psychotherapie	E>C	14–21 Monate
Bennet und Wilkinson (1985)	STAI, Selbstregistrierung	33	Verhaltenstherapie: Information, Muskelrelaxation, Streßmanagement (8 Wochen)	Warteperiode oder Medikamente und 15-Minuten-Gespräche	E≤C	–
Blanchard et al. (1988)	Selbstregistrierung	19	Verhaltenstherapie: Information, Muskelrelaxation, Temperatur-Feedback, Streßmanagement (8 Wochen)	Beschwerderegistrierung	E>C 60 %>11 %	2 Jahre

therapie war auf Relaxation mit Suggestionen für die Kontrolle über die Darmfunktion ausgerichtet. Ich-verstärkende Instruktionen wurden ebenfalls gegeben. In beiden Gruppen wurde eine Besserung der Bauchschmerzen, der Stuhlentleerung, des Blähungsgefühls im Bauch und der allgemeinen Befindlichkeit angegeben, in größerem Umfang jedoch in der Hypnotherapie-Gruppe. Im Bericht über die Follow-up-Untersuchung werden die Ergebnisse der Kontrollgruppe leider nicht mehr erwähnt. In der experimentellen Gruppe blieben die Besserungen bestehen, wobei alle drei Monate eine Behandlungssitzung mit Hypnotheapie erfolgte. Bei zwei Patienten waren zwei zusätzliche Hypnotherapie-Sitzungen notwendig.

Verhaltenstherapie oder Medikamente (Bennet u. Wilkinson 1985)

In dieser Studie wurde festgestellt, daß während einer Wartezeit von sechs Wochen bei 33 Patienten keine signifikanten Veränderungen auftraten. 5 Patienten schieden aus und weitere 2 während der Behandlung in beiden Gruppen, so daß letztlich 12 Patienten pro Gruppe die Behandlung abschlossen. Die Psychotherapie-Gruppe erhielt Informationen über Darmfunktion,

Muskelrelaxation und Streßmanagement-Training (self-instructional training) nach Meichenbaum (1977). Die Kontrollgruppe erhielt als Medikation eine Kombination bestehend aus einem Antidepressivum/Anxiolytikum, einem Spasmaolytikum und einer Quellsubstanz (Richie u. Truelove 1980); darüber hinaus erhielt diese Gruppe monatlich Konsultationen von 10–15 Minuten. In beiden Gruppen kam es zu einer signifikanten Besserung einiger Beschwerdeparameter. Lediglich die Angstreduktion erfolgte in signifikant größerem Ausmaß in der experimentellen Gruppe.

Verhaltenstherapie und Beschwerderegistrierung (Blanchard et al. 1988)
In dieser Studie wurden 10 Patienten individuell in 12 Sitzungen behandelt, in denen Informationen über Muskelrelaxation als Ziel und über Streßmanagement erteilt wurden. Die Kontrollgruppe registrierte während des Behandlungszeitraums alle Beschwerden. Ein Patient wurde dann als klinisch gebessert betrachtet, wenn eine Reduktion der Beschwerden um 50 % oder mehr eingetreten war. Eine Beserung war bei 6 von 10 Patienten in der Verhaltenstherapie-Gruppe (60 %) eingetreten, während dies in der Kontrollgruppe bei einem von 9 Patienten (11 %) der Fall war. 7 dieser 9 Patienten aus der Kontrollgruppe erhielten nachträglich eine Verhaltenstherapie, woraufhin bei 3 Patienten (43 %) klinisch eine Besserung eintrat. Eine Follow-up-Untersuchung nach 1 oder 2 Jahren ergab, daß bei 8 von 14 Patienten (57 %) eine Besserung der Symptome eingetreten war. Von den Patienten mit Obstipation und Bauchschmerzen (insgesamt 4) zeigte sich nur bei einem eine klinische Besserung. Es ist möglich, daß es sich bei den Patienten, bei denen keine Besserung eingetreten war, um ein spastisches Beckenboden-Syndrom handelte, das eine andere Behandlung erforderlich macht (s. Abschn. 5.1). 3 Patienten waren nicht mehr bereit, die Selbstprotokollierung durchzuführen.

5.2.2 Schlußfolgerung

Es ist hinlänglich bekannt, daß kontrollierte Untersuchungen auf dem Gebiet der Psychosomatik außergewöhnlich schwierig sind. Ebenfalls bekannt ist, daß in kontrollierten Untersuchungen mit Medikamenten die Wirkung der Scheinmedikamente (Plazebo) groß ist und zwischen 30 und 65 % schwanken kann (Thompson 1986). Eine Follow-up-Untersuchung über einen längeren Zeitraum ist daher sicherlich notwendig.

Es scheint uns daher nicht gerechtfertigt, aus den Ergebnissen der in Abschnitt 5.2.1 aufgeführten kontrollierten Untersuchungen zu schließen, daß eine psychologische Behandlung bei funktionellen Bauchbeschwerden wirkungsvoller ist als die Verabreichung von Scheinmedikamenten (Plazebo) oder andere Behandlungsformen. Eine deutliche Wirkung der psychologischen Behandlung zeigte sich nur in den Studien von Whorwell (1984 u. 1987) und Blanchard (1988). In den Follow-up-Untersuchungen wurde jedoch die Wirkung der Scheinmedikamente nicht mehr untersucht. Die beiden genannten Autoren benutzten die Follow-up-Sitzungen, die all drei Monate stattfanden zugleich als Behandlungssitzungen, wodurch die guten Ergebnisse aufrechterhalten werden konnten. Bei beiden Behandlungsmethoden ist die Relaxation ein wichtiger Bestandteil.

Eine standardisierte psychologische Behandlung, wie sie in den kontrollierten Studien durchgeführt wurde, zeigt nicht bei jedem Patienten Erfolg. Standardbehandlungen sind dafür zu wenig individualisiert, und es ist noch kaum untersucht worden, welche (Standard-)Behandlung für welchen Patienten geeignet ist. Es ist jedoch bekannt, daß Hypnotherapie für Patienten mit Bauchschmerzen ohne Störungen der Stuhlentleerung, für Patienten mit einem größeren Ausmaß an psychopathologischer Gestörtheit (ermittelt durch Fragebogen) und für Patienten über 50 Jahre nicht geeignet war (Harvey et al. 1989, Whorwell et al. 1987). Andere Autoren waren der Meinung, daß eine niedrige Trait anxiety (Angstgefühle) mit einem günstigen Behandlungsverlauf im Zusammenhang steht (Blanchard et al. 1988).

6 Fallbeispiele

Über die Pathogenese von funktionellen Bauchbeschwerden ist bislang zu wenig bekannt, als daß homogene Subgruppen gebildet und behandelt werden könnten (s. Abschn. 2). Nur eine gute, individuelle Verhaltensanalyse des Beschwerdemusters kann bei der Planung und Durchführung einer auf den Einzelfall abgestimmten Verhaltenstherapie helfen (s. a. Bleijenberg u. Cluysenaer 1983, Hedberg 1973, Latimer et al. 1982, Younell u. McCullough 1975). Die anschließenden Fallbeispiele sollen insbesondere die Bedeutung der Verhaltensanalyse demonstrieren.

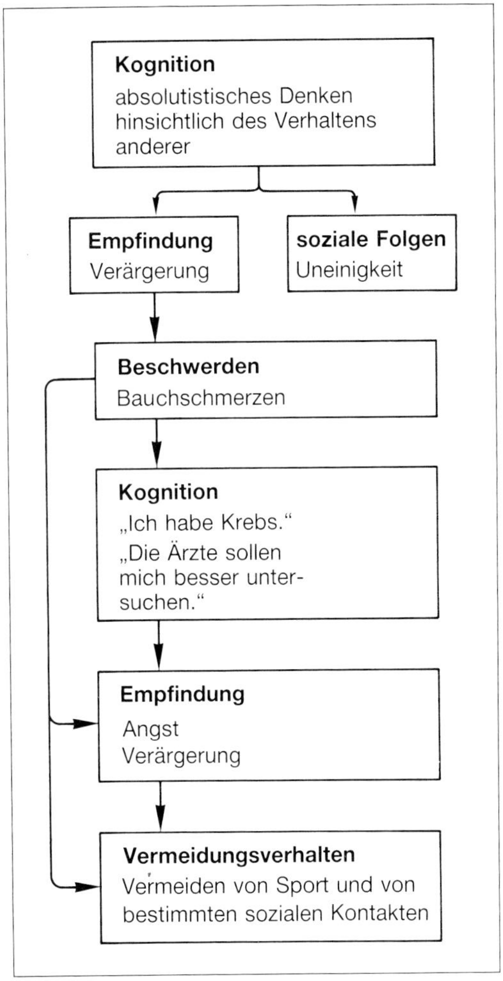

Abb. 13.3 Verhaltensanalyse Patient A.

6.1 Patient A

Vorgeschichte
Der Patient ist 40 Jahre alt, von Beruf Lokomotivführer. Er leidet an Bauchschmerzen, die im Oberbauch lokalisiert sind. Die Schmerzen sind ständig vorhanden. Diese Beschwerden hat er schon 12 Jahre. Damals sind rezidivierende Ulcera ventriculi und duodeni diagnostiziert worden, weshalb schließlich sogar eine Magenoperation (Magenresektion nach Billroth I) stattgefunden hat. Nach fünf Jahren ohne Beschwerden sind die Beschwerden nun wieder aufgetreten. Da sich keine körperliche Erklärung für diese Beschwerden fand, wurde der Patient schließlich an einen Psychologen verwiesen.

Psychologische Anamnese und Exploration
Es zeigte sich testdiagnostisch, daß der Patient ziemlich hohe Ergebnisse erzielte in den Bereichen Neurotizismus und Angst. Aus der Verhaltensanalyse war zu ersehen, daß der Patient fast andauernd Ansprüche an die Menschen in seiner Umgebung stellte (Verhaltensanalyse des Patienten s. Abb. 13.3). Er war der Meinung, daß andere genauso denken und handeln sollten, wie er es für vernünftig hielt, und wurde natürlich oft enttäuscht. Es erregte ihn, wenn die anderen sich auf ihre Weise verhielten und handelten, was ziemlich oft zu Auseinandersetzungen mit seiner Umgebung führte. Diese Art von Kognitionen mit ihren emotionellen und

sozialen Folgen zeigte sich als eine wichtige Antezedenz für Bauchschmerzen. Anfangs reagierte der Patient auf die Bauchschmerzen mit den Gedanken: „Ich habe Krebs." „Die Ärzte hätten besser untersuchen sollen."

Therapie
Diese kognitiven Reaktionen wurden in der Therapie als erstes behandelt. Der Patient lernte zu akzeptieren, daß die Ärzte getan hatten, was sie konnten, und daß es sehr unwahrscheinlich war, daß er an Krebs litt. Dies bildete die Grundlage für das weitere therapeutische Vorgehen. Die kognitive Umstrukturierung war auf die Veränderung des absolutistischen Denkens in bezug auf das Verhalten der anderen gerichtet.

Mittels Vorstellungsübungen und Verhaltensübungen übte der Patient, in vielen sozialen Situationen anders zu denken und zu fühlen. Gleichzeitig wurde versucht, das Vermeidungsverhalten des Patienten (in Folge der Bauchbeschwerden) zu durchbrechen. Der Patient fing wieder an, Sport zu treiben, womit er wegen der Bauchbeschwerden aufgehört hatte. Er entdeckte, daß die Bauchschmerzen durch Sport nicht zunahmen, sondern manchmal sogar nachließen. Soziale Situationen (wie Verein oder Kollegen) hatte er wegen seiner absoluten Forderungen, auf die niemand eingehen wollte, früher gemieden; mit einer neuen Haltung suchte er diese Situationen jetzt wieder auf.

Am Schluß der Behandlung (12 Sitzungen in einem Zeitraum von 14 Monaten) waren die Bauchschmerzen nicht mehr kontinuierlich vorhanden. Regelmäßig wiederkehrende Bauchschmerzen waren für ihn jetzt ein Zeichen für „falsches" Denken. Die Frequenz der Bauchschmerzen nahm in der Follow-up-Periode ab (durchschnittlich einmal im Monat). Die Follow-up-Kontakte fanden anfangs dreimal, dann einmal im Jahr über einen Zeitraum von insgesamt 5 Jahren statt.

6.2 Patientin B

Vorgeschichte
Die Patientin ist 25 Jahre alt, verheiratet und arbeitet in der Küche eines Krankenhauses. Sie hat schon seit vielen Jahren Bauchschmerzen im Bereich des Nabels. Darüber hinaus leidet die Patientin unter Dyspareunie, die bei weiblichen Patienten mit Bauchschmerzen nicht ungewöhnlich ist (Kuijpers et al. 1986). Ein Jahr vor der psychologischen Behandlung scheint der Schmerz schlimmer geworden zu sein. Die Patientin klagt über nächtliche Schmerzanfälle. Bei Verdacht auf eine Appendizitis wird eine Appendektomie durchgeführt, nach der jedoch die Bauchschmerzen noch immer vorhanden sind. Die Unterbringung in einer Universitätsklinik erbringt ein Laktoseenzym-Defizit. Aber auch das ist nicht die Erklärung für ihre Beschwerden, da nämlich eine Laktose-arme Diät keine Veränderungen ihrer Beschwerden bringt. Schließlich wird die Patientin an einen Psychologen verwiesen.

Psychologische Anamnese und Exploration
Es zeigte sich testdiagnostisch, daß die Patientin ziemlich hohe Ergebnisse erzielte in den Bereichen Neurotizismus, Angst und Depression. Die Verhaltensanalyse ergibt, daß die Patientin große Probleme dabei hat, für sich selbst einzutreten oder ihre Meinung zu äußern (Verhaltensanalyse s. Abb. 13.4). Am Arbeitsplatz versucht sie, es jedem recht zu machen. Wenn die Kollegen sie bitten, mit ihr die Schicht zu wechseln, antwortet sie immer mit „ja". Zu Hause übernimmt die Mutter der Patientin viele häusliche Tätigkeiten, die die Patientin nicht für notwendig hält. Sie wagt aber nicht, sich darüber zu beklagen. Außerdem beklagt sich die Mutter über andere Familienmitglieder, und auch das läßt sich die Patientin gefallen. Die Patientin hat den Eindruck: „Mein Leben wird für mich geregelt", und „ich kann nichts

sagen.“ Dadurch hatte sie eine negative Meinung über sich selbst. Wegen der verschiedenen somatischen Interventionen ist die Patientin darüber hinaus der Überzeugung, daß ihr etwas sehr Ernstes fehlt.

Therapie

Die Überzeugung, ernsthaft krank zu sein, konnte schnell geändert werden. Ferner wird in einer individuellen Behandlung an ihrem Selbstsicherheitsproblem gearbeitet, und sie nimmt an einem Selbstsicherheitstraining in der Gruppe teil. Hier lernt die Patientin unter anderem, auch einmal „nein“ zu ihrer Mutter oder zu ihren Arbeitskollegen zu sagen. Sie ist jetzt in der Lage, mehr das zu tun, was sie möchte, ohne jedesmal Rechenschaft darüber abzulegen. Nach 10 Sitzungen individueller Therapie und 10 Sitzungen des Selbstsicherheitstrainings in der Gruppe haben sich die Bauchschmerzen erheblich verringert und treten nur noch als Signal für nichtassertives Verhalten auf.

Die Dyspareunie ist noch unverändert vorhanden. Die Patientin ist jedoch selbstsicherer (assertiver) geworden und kann jetzt ihrem Partner sagen, daß sie jahrelang

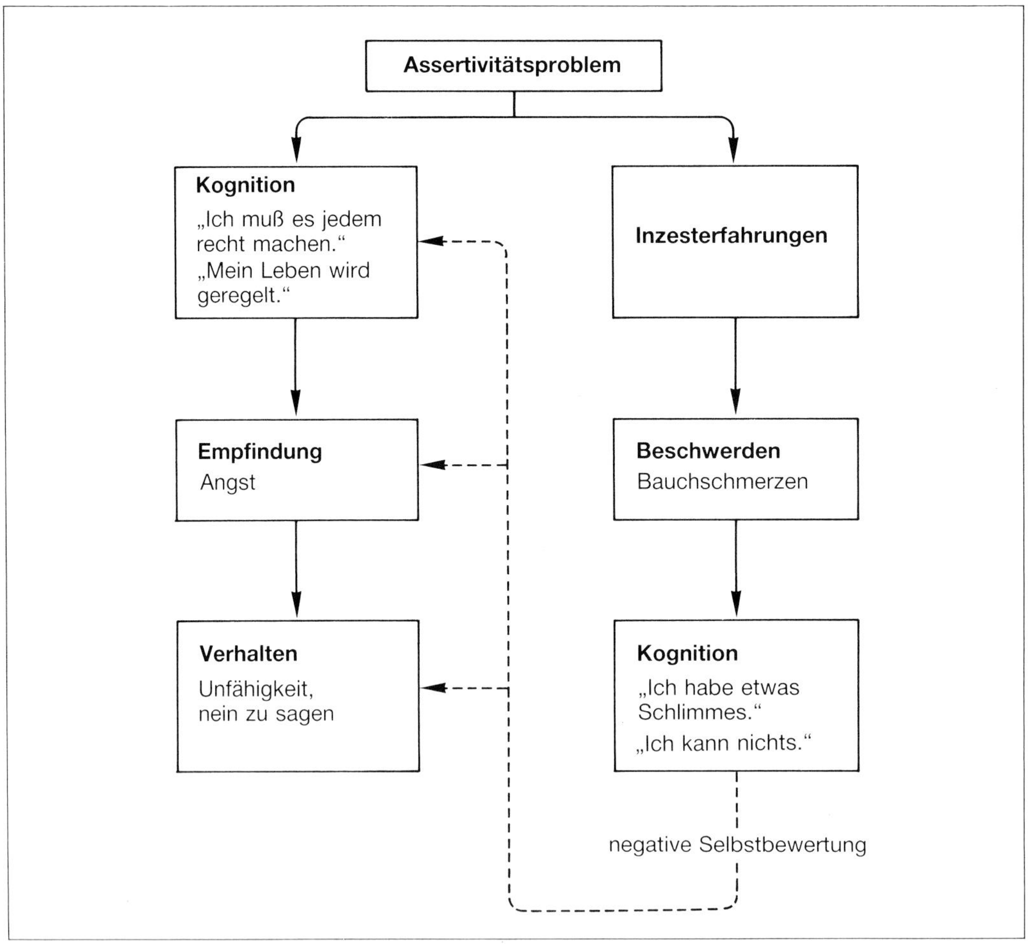

Abb. 13.4 Verhaltensanalyse Patientin B.

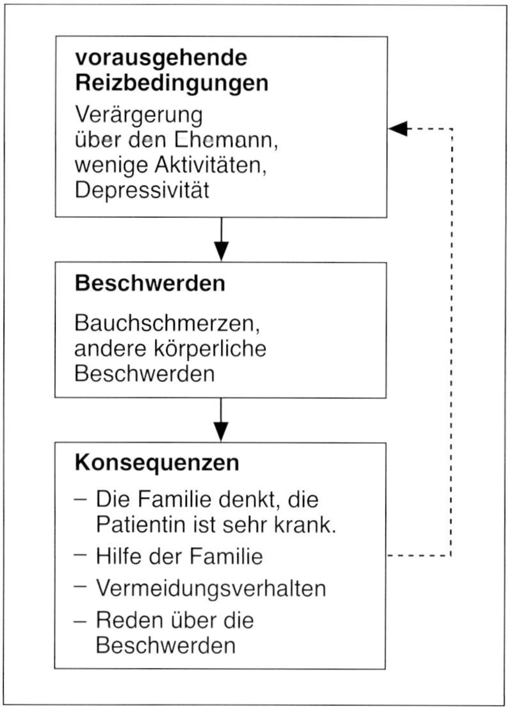

Abb. 13.5 Verhaltensanalyse Patientin C.

vom Ehemann ihrer älteren Schwester sexuell mißbraucht worden sei. Sie habe es nicht gewagt, einem Menschen davon zu erzählen, nicht einmal ihrem Mann. Diese Inzesterfahrungen, die nur deshalb fortdauern konnten, weil die Patientin Selbstsicherheitsdefizite hatte, sind eine wichtige Antezedenz für die Bauchschmerzen.

Die nächsten 15 Sitzungen haben die Bewältigung der Inzesterfahrungen zum Ziel. Hierzu werden während der Sitzungen und auch zu Hause Imaginationsübungen durchgeführt, bei denen die Patientin auf assertive Weise lernen muß, eine Begegnung mit dem Inzesttäter mit assertivem Verhalten anzugehen. Ein wichtiges Behandlungselement ist, daß die Patientin alle Gefühle, die man ihr angetan hat, ihre Gefühle bei der Begegnung mit dem Inzesttäter und ihr jetziges Verhalten zu ihm in Form eines Briefes aufschreibt, den sie zu Hause und während der Sitzung (vor)liest („exposure“ und „selfexposure“).

In einigen Gesprächen mit dem Ehepaar wird versucht, eine bessere Kommunikation zu erreichen, so daß der Mann die Patientin unterstützen kann und sie wiederum mit Rücksicht auf ihren Mann assertiver vorgehen kann.

Am Ende dieser Behandlung sind die Bauchschmerzen wesentlich geringer geworden und haben nur noch eine Signalfunktion, und die sexuellen Probleme sind gelöst. Mit Hilfe von Follow-up-Gesprächen, die zwei- bis dreimal im Jahr stattfinden, werden diese Ergebnisse seit nunmehr zwei Jahren konsolidiert.

6.3 Patientin C

Vorgeschichte

Die Patientin ist 47 Jahre alt und seit 23 Jahren mit einem Fabrikarbeiter verheiratet. Die Patientin hat eine 21jährige Tochter. Seit 10 Jahren leidet sie an Bauchschmerzen, die vor allem im Oberbauch lokalisiert sind und in den Rücken ausstrahlen. An weiteren Beschwerden bestehen wechselnde Defäkationsfrequenz, Rülpsen, Brustschmerzen, Kopfschmerzen und Müdigkeit. Nachdem der Aufenthalt in einer Klinik für innere Krankheiten zu keiner Klärung der Bauchschmerzen geführt hat, wurde die Patientin an einen Psychologen verwiesen.

Psychologische Anamnese und Exploration

Testdiagnostisch zeigte sich, daß die Patientin hohe Ergebnisse erzielte in den Bereichen Neurotizismus, Angst und Depression. Viele Familienmitglieder der Patientin leiden an Herzerkrankungen; der Vater und der Bruder sind daran gestorben. Zwei Schwestern haben einen Herzinfarkt erlitten.

Vor 14 Jahren zog die Mutter bei ihr ein. Die Patientin konnte dies jedoch nicht verkraften. Einige Jahre danach traten die Beschwerden auf. Weil die Ärzte anfangs dachten, daß etwas mit ihrem Herzen nicht stimmte, bekam sie Medikamente, und es wurde ihr gesagt, daß sie sich in acht nehmen sollte. Die Patientin erschrak darüber sehr, und die Beschwerden nahmen zu. Die Familienmitglieder halfen ihr im Haus, und die Mutter wurde in ein Altersheim geschickt. Später wurde herausgefunden, daß die Beschwerden wahrscheinlich auf Hyperventilation zurückzuführen waren, und deshalb wurden die Medikamente für das Herz abgesetzt. Die Bauchbeschwerden blieben jedoch bestehen, und die Patientin erhielt dafür zunächst auch Medikamente.

Die Familie denkt noch immer, daß die Patientin an einer sehr ernsten Erkrankung leidet. Deshalb kommt eine Schwester der Patientin, um ihr im Haushalt zu helfen. In der Familie ist viel von körperlichen Beschwerden die Rede: Ohne Beschwerden gehört man nicht dazu.

Die Patientin selber hat keine Angst mehr vor einer ernsten Krankheit. Sie würde gern Einkäufe in der Stadt machen oder mit dem Zug verreisen. Sie hat jedoch Angst, daß dann die Bauchbeschwerden zunehmen. Ihren Ehemann kann sie nicht dazu bewegen mitzukommen. Sie ärgert sich regelmäßig über ihn: Er ist so ruhig und ergreift niemals die Initiative. Selbst wenn über körperliche Beschwerden gesprochen wird, reagiert er nicht mehr.

Die Patientin unternimmt sehr wenig und fühlt sich depressiv. Das Vermeidungsverhalten, die Unterstützung und die Haltung der Familie und das häufige Reden über die Beschwerden scheinen die Beschwerden aufrechtzuerhalten (Verhaltensanalyse der Patientin s. Abb. 13.5).

Therapie

Die Behandlung hat zunächst zum Ziel, das Klageverhalten zu stoppen. Die Patientin lernt, ihrer Familie zu sagen, daß es ihr gut geht, daß sie keine Hilfe mehr braucht und daß sie nicht mehr über die Beschwerden reden möchte. Sie lernt ferner, mit den Reaktionen ihrer Familie umzugehen. Das Vermeidungsverhalten wird Schritt für Schritt durchbrochen. Die Patientin macht Gymnastik und geht öfter aus. Sie lernt zu akzeptieren, daß ihr Mann schon immer ruhig gewesen ist und sich in dieser Hinsicht wohl nie ändern wird. Sie lernt Entspannungsübungen, um ihr Spannungsniveau zu verringern.

Nach 14 Terminen über einen Zeitraum von 14 Monaten wird die Behandlung abgeschlossen. Die Patientin klagt noch ab und zu über Bauchschmerzen und andere Beschwerden, aber es macht ihr jetzt weniger aus, weil sie besser damit umgehen kann. Sie betrachtet das Leben jetzt viel positiver, und auch ihre Umgebung meint, daß sie sich gebessert hat.

6.4 Zusammenfassung

Anhand der vorgestellten Fälle zeigt sich, daß die Verhaltensanalyse der Patienten mit Bauchbeschwerden sehr verschieden ausfallen kann und dementsprechend auch die auf diese Analyse gegründete Behandlung. Standardisierte Behandlung ist deshalb immer weniger erfolgreich als eine auf den einzelnen Patienten zugeschnittene Behandlung auf der Basis einer sorgfältigen Verhaltensanalyse. Patienten mit hohen testpsychologischen Werten in den Bereichen psychopathologischer Gestörtheit zeigen ein erhöhtes Risiko für einen ungünstigen Verlauf (s. Abschn. 4) und geringere Erfolgschancen einer Hypnotherapie (Harvey et al. 1989, Whorwell et al. 1987). Gerade bei dieser Patientengruppe erscheint uns daher eine individuelle psychologische Behandlung nach detaillierter Verhaltensanalyse sehr wichtig.

Literatur

Bass C. Life events and gastrointestinal symptoms. Gut 1986; 27:123–6.

Bennet P, Wilkinson S. A comparison of psychological and medical treatment of the irritable bowel syndrome. Br J Clin Psychol 1985; 24:215–6.

Blanchard EB, Schwarz SP. Two-year follow-up of behavioral treatment of irritable bowel syndrome. Behav Ther 1988; 19:67–73.

Blanchard EB, Schwarz SP, Neff DF, Gerardi MA. Prediction of outcome from the self-regulatory treatment of irritable bowel syndrome. Behav Res Ther 1988; 26:187–9.

Bleijenberg G, Cluysenaer OJJ. Behavioral treatment of the speaking stomach syndrome. J Behav Med 1983; 6:115–22.

Bleijenberg G, Fennis JFM. Het irritable bowel syndrome: een onhanterbare diagnose? Ned Tijdschr Geneeskd 1986; 130:1177–80.

Bleijenberg G, Fennis JFM. Anamnestic and pychological features in diagnosis and prognosis of functional abdominal complaints: a prospective study. Gut 1989.

Bleijenberg G, Kuijpers JHC. Treatment of the spastic pelvic floor syndrome. Dis Colon Rectum 1987; 30:108–11.

Bleijenberg G, Kuijpers JHC. Biofeedback bei Obstipation. In: Chronische Obstipation und Stuhlinkontinenz. Müller-Lissner S, Akkermans LMA (Hrsg). Berlin: Springer 1989.

Boucher IAD, Allan RN, Hodgson HJF, Keihley MRB. Textbook of Gastroenterology. London: Baillière, Tindall & Cox 1984.

Chaudhary NA, Truelove SC. The irritable bowel syndrome: a study of the clinical features, predisposing causes and prognosis in 130 cases. Q J Med 1962; 31:307–22.

Conen D, Frey D. Colon irritable – ja oder nein? Ist die Anamnese eine Entscheidungshilfe? Schweiz Med Wochenschr 1982; 112:531–4.

Cook IJ, van Eeden A, Collins SM. Patients with irritable bowel syndrome have greater pain tolerance than normal subjects. Gastroenterology 1987; 93:727–33.

Dirken JM. Arbeid en stress. Het vaststellen van aanpassingsproblemen in werksituaties. Groningen: Wolters 1969 (includes English summary).

Drossman DA, McKee DC, Sandler RS, Mitchel CM, Cramer EM, Lowman BC, Burger AL. Psychosocial factors in the irritable and nonpatients with irritable bowel syndrome. Gastroenterology 1988; 95:701–8.

Ferguson A, Sircus W, Eastwood MA. Frequency of ‚functional' gastrointestinal disorder. Lancet 1983; II:613–4.

Fielding JR. A year in out-patients with the irritable bowel syndrome. Ir J Med Sci 1977; 146:162–6.

Fielding JR. Irritable bowel syndrome: physical signs and investigations. In: Irritable Bowel Syndrome. Read NW (ed). London: Grune & Stratton 1985; 43–52.

Giles SL. Separate and combined effects of biofeedback training and brief individual psychotherapy in the treatment of gastrointestinal disorders. Dissertation Abstracts International 1978; 2495 B (University Microfilms no. 7820511); 39.

Gomez J, Dally P. Psychologically mediated abdominal pain in surgical and medical outpatient clinics. BMJ 1977; 1:1451–3.

Guthrie E, Creed FH, Whorwell PJ. Severe sexual dysfunction in women with the irritable bowel syndrome: comparison with inflammatory bowel disease and duodenal ulceration. BMJ 1987; 34:542.

Harvey RF, Hinton RA, Gunary RM, Barry RE. Individual and group hypnotherapy in treatment of refractory irritable bowel syndrome. Lancet 1989; II:424–5.

Heaton KW. Role of dietary fibre in irritable bowel syndrome. In: Irritable Bowel Syndrome. Read NW (ed). London: Grune & Stratton 1985; 203–18.

Hedberg AG. The treatment of chronic diarrhea by systematic desensitization: a case report. J Behav Ther Exp Psychiatry 1973; 4:67–8.

Hill OW, Blendis L. Physical and psychological evaluation of nonorganic abdominal pain. Gut 1967; 8:221–9.

Holdsworth CD. Drug treatment of irritable bowel syndrome. In: Irritable Bowel Syndrome. Read NW (ed). London: Grune & Stratton 1985; 223–30.

Holmes KM, Salter RH. Irritable bowel syndrome – a safe diagnosis? BMJ 1982; 1533–4.

Huizinga JD. Electrophysiology of human colon motility in health and disease. Clin Gastroenterol 1986; 15:879–901.

Kruis W, Thieme Ch, Weinzierl M, Schüssler P, Holl J, Paulus W. A diagnostic score for the Irritable Bowel Syndrome. Gastroenterology 1984; 87:1–7.

Kuijpers JHC, Bleijenberg G. The spastic pelvic floor syndrome: a cause of constipation. Dis Colon Rectum 1985; 28:669–72.

Kuijpers JHC, Bleijenberg G, de Morree H. The spastic pelvic floor syndrome. Large bowel outlet obstruction caused by pelvic floor dysfunction: a radiological study. Int J Colorect Dis 1986; 1:44–8.

Latimer PR, Malmud LS, Fisher RS. Gastric stasis and vomiting: behavioral treatment. Gastroenterology 1982; 83:684–8.

Latimer P, Sarna S, Campbell D, Latimer M, Waterfall W, Daniel EE. Colonic motor and myolectrical activity: a comparative study of normal subjects, psychoneurotic patients and patients with irritable bowel syndrome. Gastroenterology 1981; 80:893–901.

Luteijn F. De constructie van een Nederlandse persoonlijkheidsvragenlijst (NPV). Lisse: Swets & Zeitlinger 1974.

Meichenbaum D. Cognitive Behavior Modification. New York: Plenum Press 1977.

Misiewicz JJ. Irritable bowel syndrome. In: Colorectal Disease: an Introduction for Surgeons and Physicians. Thomson JPS, Nicholls RJ, Williams CB (eds). London: Heinemann 1981.

Neff DF, Blanchard EB. A multi-component treatment for irritable bowel syndrome. Behav Ther 1987; 18:70–83.

Palmer RL, Stonehill E, Crisp AH, Waller SL. Psychological characteristics of patients with the irritable bowel syndrome. Postgrad Med J 1974; 50:416–9.

Phillipps S. In: Cecil Textbook of Medicine. 17th ed. Wyngaarden JB, Smith LH (eds). Philadelphia: Saunders 1983.

Ritchie JA, Truelove SC. Comparison of various treatments for irritable bowel syndrome. BMJ 1980; 281:1317–9.

Schonecke OW, Schüffel W. Evaluation of combined pharmacological and psychotherapeutic treatment in patients and psychotherapeutic treatment in patients with functional abdominal disorders. Psychother Psychosom 1975; 26:86–92.

Schreurs PJG, Tellegen B, van de Willige G. De Utrechtse Copinglijst Gedrag 1984; 12:101–17.

Spielberger CD, Gorsuch RL, Lushene RE. STAI Manual for the State Trait Anxiety Inventory. Palo Alto, Calif.: Consulting Psychologists Press 1970.

Svedlund J, Sjödin I, Ottoson JO, Dotevali G. Controlled study of psychotherapy in irritable bowel syndrome. Lancet 1983; II:589–92.

Svendsen JH, Munck LK, Anderson JR. Irritable bowel syndrome – prognosis and diagnostic safety. A 5-year follow-up study. Scand J Gastroenterol 1985; 130:1171–3.

Thompson WC. A strategy for management of the irritable bowel. Am J Gastroenterol 1986; 81:95–100.

Van Wijk HJ. The irritable bowel syndrome, a multifactorial analysis, PhD thesis. University of Utrecht 1988.

Whitehead WE, Bosmajian L, Zonderman AB, Costa PT, Schuster MM. Symptoms of psychologic distress associated with irritable bowel syndrome, comparison of community and medical clinic samples. Gastroenterology 1988; 95:709–14.

Whorwell PJ, Prior A, Colgan SM. Hypnotherapy in severe irritable bowel syndrome: further experience. Gut 1987; 28:423–5.

Whorwell PJ, Prior A, Faragher EB. Controlled trial of hypnotherapy in the treatment of severe, refractory irritable bowel syndrome. Lancet 1984; II:1232–4.

Woodhouse CRJ, Bockner S. Chronic abdominal pain: a surgical or psychiatric symptom? Br J Surg 1979; 66:348–9.

Younell KJ, McCullough JP. Behavioral treatment of mucuous cilitis. J Consult Clin Psychol 1975; 43:740–5.

Zung WWK. A selfrating depression scale. Arch Gen Psychiatry 1965; 12:63.

14 Rheumatoide Arthritis: psychologische Aspekte und verhaltenstherapeutische Intervention

Luk Gijs, Catja J. A. E. Huiskes, Floor W. Kraaimaat

Inhalt

1 Klinik der rheumatoiden Arthritis

1.1 Epidemiologie

Die rheumatoide Arthritis (RA, chronische Polyarthritis oder chronische Gelenkentzündung) ist eine häufig auftretende Form der Arthritis. Man schätzt, daß 1–3 % der Weltbevölkerung von der RA betroffen sind (Anderson et al. 1985, Henderson et al. 1987, Rogers 1985). Frauen erkranken ca. dreimal so oft an rheumatoider Arthritis (RA) wie Männer. Jedoch ist das Verhältnis Frauen : Männer bei eher schwerem Krankheitsverlauf gleich. Demnach ist es scheinbar so, daß ältere Männer genauso häufig wie ältere Frauen erkranken. Bei Erwachsenen kann die RA in jedem Alter ihren Anfang nehmen, allerdings am häufigsten im Alter zwischen 20 und 50 Jahren (Anderson et al. 1985). Bei Frauen kann man eine Häufung zwischen dem 40. und 60. Lebensjahr beobachten (Rogers 1985).

Der chronische Charakter der RA tritt eher bei älteren als bei jüngeren Menschen auf. Nimmt die Überalterung der Bevölkerung zu, so ist auch ein Anstieg der RA-Erkrankungen zu erwarten (Meenan et al. 1981). Eine Untersuchung hinsichtlich der psychologischen Aspekte dieser körperlichen Erkrankung verdient schon allein deshalb Aufmerksamkeit.

1.2 Ätiologie

Die Ätiologie der RA ist bislang unbekannt. Man nimmt an, daß sie eine Autoimmun-Krankheit ist. Die genaue Rolle des Immunsystems für den Krankheitsprozeß ist jedoch noch ungeklärt. Für die Ätiologie scheinen auch hormonelle, Stoffwechsel- und Ernährungsfaktoren von Bedeutung zu sein. Diese Faktoren können zwar den Krankheitsverlauf beeinflussen, ein kausaler Zusammenhang ist jedoch noch nicht bekannt. Dies gilt auch für epidemiologische Faktoren (Herkunft, Beruf etc.).

1.3 Krankheitsbild

Die rheumatoide Arthritis ist eine chronische, mit Entzündung einhergehende Systemerkrankung. Bei der RA handelt es sich vor allem um eine Entzündung der synovialen Membran der Gelenke. Dabei können periartikuläre Bindegewebsstrukturen durch Entzündungsprozesse in Mitleidenschaft gezogen werden. Im Verlauf führen diese chronischen Gelenkentzündungen fast immer zu einer Zerstörung des Knorpels und unter Umständen auch des darunterliegenden Knochens. Obwohl vor allem eine Entzündung (der synovialen Membran) der Gelenke für die RA charakteristisch ist, treten häufig auch unspezifische Symptome auf, wie Beeinträchtigung des Allgemeinbefindens, Fieber, Gewichtsverlust, morgendliche Steifigkeit und Müdigkeit. Extraartikuläre Manifestationen der Erkrankung sind Rheumaknoten, Vaskulitis, Pleuritis und Perikarditis.

Symptome der Gelenkenzündung bei der RA sind Schmerz, Versteifung, Kraftverlust und Störungen der Gelenkfunktion (Störung des Bewegungsablaufs und Abnahme der Beweglichkeit). Der Entzündungsprozeß kann zu einer erheblichen Gelenkdeformierung führen.

Der Verlauf der RA ist gewöhnlich schlecht vorhersehbar. In der Regel handelt es sich um einen langwierigen Krankheitsverlauf mit rezidivierenden Entzündungen. Eine schnell fortschreitende Entwicklung, die zu einer vollkommenen Invalidität führen kann, kommt selten vor.

2 Psychologische Faktoren der rheumatoiden Arthritis

2.1 Historischer Überblick

Die Folgen einer chronischen Erkrankung wie der RA beschränken sich nicht allein auf das Ausmaß der Einschränkung körperlicher Funktionen von RA-Patienten. Es handelt sich um ein spezifisches Krankheitsbild mit oftmals schwerwiegenden Folgen für das tägliche Leben des Patienten und für seine Umgebung. Schon im Jahre 1959 beschrieb Lowman diese Tatsache folgendermaßen:

„Arthritis produces changes in nearly every area of life, from employment to recreational activities. The disease by inflicting physical disability may impose employment restrictions. The latter in turn may precipitate reverses and financial dependence upon others or upon social agencies. Economic stress frequently lead to stresses within the home, to frustrations and anxieties, to strained interpersonal relationships, and often to crystallization of disruptive forces within the family unit. The total pattern of psycho-socio-economic equanimity may thus become disturbed."

Die Studie von Meenan et al. (1981) bestätigt diese Auffassung. 245 RA-Patienten im Alter von ca. 42 Jahren, die im Durchschnitt schon seit neun Jahren unter dieser Krankheit litten, wurden untersucht. Die Mehrzahl (63 %) war, trotz Schmerzen oder eingeschränkter Beweglichkeit eines oder mehrerer Gelenke (ARA-Klasse 2), zur Ausführung normaler Aktivitäten in der Lage. Als häufigste psychosoziale Folgen werden aufgeführt:

- Veränderungen des sozialen Status (der Prozentsatz an Scheidungen betrug 18 %, im Vergleich zum Durchschnitt von 11 %)
- Veränderungen der beruflichen Situation (59 % der Außer-Haus-Tätigen gaben ihren Beruf bei Krankheitsbeginn auf)
- Veränderungen der Freizeitgestaltung (85 % der Patienten berichteten von einer deutlichen Reduzierung ihrer Freizeitaktivitäten)
- finanzielle Folgen (Patienten, die noch zu außerhäuslicher Tätigkeit in der Lage waren, verdienten durchschnittlich nur noch 50 % ihres ursprünglichen Gehalts).

Diese einschneidenden Auswirkungen der RA auf das tägliche Leben sowie die Unvorhersehbarkeit der Symptome fordern ein großes Anpassungsvermögen seitens der Patienten. In vielen Fällen wird von dysphorischen Stimmungen und/oder Gefühlen von Unsicherheit und Angst berichtet (Achterberg-Lawlis 1982, Frank et al. 1988, Hawley u. Wolfe 1988, Krutzen 1984, Lederle 1984, Rogers et al. 1982, Smith et al. 1988).

Vor allem seit 1970 nahm die Zahl der Veröffentlichungen zu, die sich auf systematische Weise mit den psychologischen und sozialen Aspekten beschäftigen (Anderson et al. 1985, Genest 1983, Lambert 1985, Lerman 1987, Remans 1983, Skevington 1986). Das Interesse an den psychologischen Aspekten der RA läßt sich bereits auf den Beginn dieses Jahrhunderts zurückdatieren. Seitdem hat man sich überwiegend mit den folgenden Fragen beschäftigt:

- Kann von einem typischen Gefüge von Persönlichkeitsmerkmalen ausgegangen werden, das möglicherweise eine Disposition für das Entstehen der Krankheit darstellt?
- Welche Rolle spielt der Faktor Streß für die Ätiologie und Pathogenese der RA?

Meyerowitz (1971) stellte drei psychologische Hypothesen in bezug auf diese Fragen auf:

- Die Spezifitätshypothese nimmt an, daß schon vor der Krankheit spezifische, eindeutig identifizierbare, psychologische Charakteristika des Persönlichkeitsgefüges vorhanden sind.
- Die Hypothese hinsichtlich der Krankheitsentstehung besagt, daß eine Verbindung besteht zwischen bestimmten Lebenserfahrungsmustern und/oder Ausprägungen psychologischer Zustände einerseits und dem Entstehen der RA andererseits.
- Die Hypothese vom Krankheitsverlauf geht davon aus, daß identifizierbare psychologische Reaktionen diesen Verlauf beeinflussen.

Vor allem seit den 70er Jahren stieg die Zahl der Untersuchungen über die Auswirkungen psychotherapeutischer Behandlungen und der Rolle des „coping“ als mediierenden psychologischen Mechanismus im Krankheitsverlauf. Diese Untersuchungen hängen mit den Entwicklungen innerhalb der Theoriebildung und der Krankenpflege zusammen, wobei sich die Aufmerksamkeit insbesondere auf den Zusammenhang zwischen körperlichen und psychologischen Faktoren von Krankheit und Gesundheit richtet. Die Dyade „Krankheit und Gesundheit“ wird unter Einfluß der Gesundheitspsychologie durch die Triade „Krankheit, Verhalten und Gesundheit“ ersetzt. Das Verhalten von Menschen betrachtet man innerhalb der Gesundheitspsychologie als einen wichtigen intermedierenden Faktor und so als einen (möglichen) zusätzlichen Anknüpfungspunkt für Prävention und Behandlung körperlicher Erkrankungen (Rodin u. Salovey 1989).

2.2 Prädisponierende Persönlichkeitsfaktoren („RA-Persönlichkeit“)

Bereits 1909 schrieb Jones:
„That mental shocks, continuous anxiety, and worry may determine the onset or provoke an exacerbation of RA is, I think, beyond question.“

Aber erst in der 30er Jahren begann man mit der gezielten Forschung nach einer möglichen „(prämorbiden) RA-Persönlichkeit“ (Gardiner 1980). Inspiriert wurde diese Forschung vor allem durch die damalige Entwicklung innerhalb der medizinisch-psychosomatischen Denkweise (Alexander 1950, Alexander et al. 1968). Charakteristisch für diese Periode sind die psychoanalytisch orientierten Fallbeschreibungen und klinischen Eindrücke (z.B. Halliday 1937, Ludwig 1949). Allmählich erweiterte man die Untersuchungen auf eine größere Anzahl an RA-Patienten. Unter anderem wurden dabei projektive Tests (z.B. Booth 1937) und Persönlichkeitsfragebogen verwendet (z.B. Cohen 1949, Wiener 1952).

2.2.1 Studien zur Persönlichkeit von RA-Patienten

Die Resultate aus den Studien mit fehlenden Kontrollgruppen waren tendenziell übereinstimmend. Moos kam 1964 in seiner bekannten Übersicht zu dem Ergebnis, daß RA-Patienten

- eine Neigung zur Gefühlskontrolle hätten, insbesondere bei Wut- und Feindschaftsgefühlen
- schüchtern und zurückgezogen seien und sich sozial inadäquat fühlten
- selbstaufopfernd und zwanghaft seien
- aufhängig seien
- perfektionistisch seien
- ein besonderes Interesse für körperliche Aktivitäten zeigten.

Betrachtet man die Untersuchung, bei der wahrscheinlich Kontrollgruppen miteinbezogen wurden, stößt man auf weniger übereinstimmende Resultate. Vergleicht man psychologische Charakteristiken von RA-Patienten mit denen von Gesunden, lassen sich keine Unterschiede feststellen (Meyerowitz et al. 1968, van der Ploeg et al. 1979) oder die Ergebnisse variieren in Abhängigkeit von den gefundenen psychologischen Aspekten (Moos u. Solomon 1965). Letztgenannte Autoren fanden beispielsweise keine Unterschiede in der postulierten Präokkupation der RA-Patienten mit körperlichen Aktivitäten (Sport), jedoch erzielten sie höhere Ergebniswerte bei Angst und Depressionen.

In anderen Untersuchungen fand man heraus, daß RA-Patienten im Vergleich zu gesunden Personen neurotischer (depressiv, hypochondrisch, hysterisch und ängstlich) waren (Cohen 1949, Gardiner 1980, Kiviniemi 1977, Wiener 1952). Verglichen mit einer Kontrollgruppe neurotischer Patienten, scheinen RA-Patienten dagegen wiederum weniger neurotisch zu sein (Cohen 1949, Ward 1971, Wiener 1952). Mueller et al. (1961) fanden hingegen bei Aggressionen und Spannungs- oder Streßgefühlen keinen Unterschied zwischen neurotischen und RA-Patienten.

Diese Persönlichkeitsstudie ist häufig wegen ihrer Methodik kritisiert worden (Anderson et al. 1985, Baum 1982, Friedman u. Booth-Kewley 1987, Moos 1964). Moos wies schon 1964 auf folgende Schwierigkeiten hin:

- Fixierung auf negative Persönlichkeitsmerkmale unter Mißachtung der möglichen adaptiven Bewältigungsstrategien und der positiven Merkmale (Felton et al. 1984b)
- enorme Differenzen zwischen den Studien theoretischer Orientierung und Einschätzungsverfahren, bei denen die Resultate psychoanalytisch orientierter Interviews und projektiver Tests zu denen der Verhaltensforschung mit ihren standardisierten Fragekatalogen stark variieren
- Fehlen geeigneter Kontrollgruppen
- retrospektiver Charakter der Studie, wodurch der Beweis einer existierenden prämorbiden Persönlichkeitsstruktur von vornherein zum Scheitern verurteilt ist
- mangelnde Aufmerksamkeit für essentielle Patientenmerkmale wie Geschlecht, Alter, sozioökonomischer Status, Krankheitsgrad und -dauer.

Wallace (1987) wies außerdem auf folgendes medizinisch-diagnostisches Problem hin: Die Untersuchungen von 1960 erstreckten sich auf solche Patienten, bei denen damals RA diagnostiziert wurde, die aber nach heutigen Kriterien unter einer anderen rheumatischen Erkrankung litten, man beachte u.a. die jetzt üblichen ARA-Kriterien für die RA-Diagnose bei Clegg und Ward (1987). Schließlich wiesen Pincus et al. (1986) darauf hin, daß bei RA-Patienten die oftmals erhöhten Werte auf der MMPI-Skala für Hypochondrie, Depression und Hysterie (die sogenannte „neurotische Triade“) anzuzweifeln seien. Scheinbar sind einige Items auf dieser Skala vorhanden, die auf Symptome in Zusammenhang mit der RA hinweisen. Die RA-Patienten und die Gesunden unterscheiden sich nämlich gerade in diesen Items auf signifikante Weise, wohingegen ein Unterschied bei nichtkrankeitsgebundenen Items weniger eindeutig auf der MMPI-Skala zu erkennen war (Pincus et al. 1986). Darüber hinaus scheinen die erhöhten Resultate der „neurotischen Triade“ nicht nur für RA-Patienten relevant zu sein, sondern ebenso für Patienten mit anderen chronischen Erkrankungen (Magengeschwüre, Lungenerkrankungen, multiple Sklerose [Spergel et al. 1978, Borestrom u. Howard 1965]).

2.2.2 Beurteilung der Studien

Die Existenz einer prämorbiden, spezifischen RA-Persönlichkeit konnte durch diese genannten Untersuchungen nicht eindeutig bestätigt werden. Es besteht die Möglichkeit, daß die entdeckten psychologischen Merkmale nicht als Ursache für den Krankheitsausbruch angesehen werden dürfen, sondern als eine Reaktion auf die RA-Erkrankung. Außerdem sind die gefundenen Merkmale nicht unbedingt spezifisch für RA-Patienten. Sie spiegeln eher eine Reaktion auf chronische Erkrankungen im allgemeinen wider, weisen also auf eine Krankheitspersönlichkeit bei chronischen Erkrankungen hin (Spergel et al. 1978). Die Untersuchungen von Mindham et al. (1981) unterstützen diese Annahme. Hierbei scheinen die psychischen Störungen nur bei RA-Patienten mit schwerem, zur Invalidität führendem Krankheitsverlauf aufzutreten. Crown und Crown (1973) fanden übrigens, daß sich Patienten, bei denen der Beginn der RA noch nicht so weit zurückliegt, psychologisch nicht von gesunden Kontrollprobanden unterscheiden.

Auch die Studien von Ward (1971) und Rimon (1969) lassen den Schluß zu, daß chronische Erkrankungen einen wesentlichen Einfluß auf die psychische Gesundheit haben. Die Patienten, deren Krankheitsbeginn weniger weit in der Vergangenheit zurücklag, zeigten ein geringeres Maß psychischer Störungen. Schließlich folgerten Hawley und Wolfe (1988), daß ein kleiner, aber deutlicher Zusammenhang zwischen krankheitsgebundenen Merkmalen wie Schmerzen, Krankheitsaktivitäten und funktionellen Beschränkungen einerseits und der psychischen Gesundheit (Angst und Depressionen) von RA-Patienten andererseits bestehen müsse.

Auch der mögliche Einfluß von Seropositivität und -negativität (=Rheumafaktor im Blut) ist ein Thema vieler Untersuchungen (u. a. Schüssler et al. 1988). Diese ließen die Schlußfolgerung zu, daß seropositive Patienten weniger neurotische Symptome und eine bessere psychische Anpassungsfähigkeit aufwiesen als seronegative Patienten (Crown et al. 1975, Gardiner 1980, Rimon 1973, Solomon u. Moos 1965, Vollhardt et al. 1982). Hierfür gibt es unterschiedliche Erklärungsansätze:

- Crown et al. äußerten 1975 die Vermutung, daß psychische Faktoren für die Ätiologie und Pathogenese der häufig sehr schwer verlaufenden seropositiven RA eine geringere Rolle spielen als die biologische Prädisposition.
- Vollhardt et al. (1982) glauben, eine „spezielle Art der Anpassung“ an die Krankheit, die mit einer Tendenz zur Verleugnung psychischer Symptome einhergeht, bei seropositiven Patienten mit schwerem Krankheitsverlauf beobachten zu können.
- Pow (1987) konnte diese Hypothese nicht bestätigen, im Gegenteil: seropositive Patienten schienen sogar häufiger psychiatrische Symptome anzugeben als seronegative Patienten, obwohl gerade diese letzte Gruppe eindeutig unter einer größeren Anzahl streßreicher Erlebnisse zu leiden hatte, und man, so Pow, schon auf Grund dessen ein Mehr an psychiatrischer Symptomatologie erwarten dürfe.

Die obengenannten Untersuchungsergebnisse illustrieren die von den meisten Persönlichkeitsstudien unterschätzte Bedeutung von krankheitsbezogenen Merkmalen für die psychische Gesundheit von RA-Patienten.

2.2.3 Zusammenfassung

Schlußfolgernd läßt sich sagen, daß die Existenz einer prämorbiden spezifischen RA-Persönlichkeit als ein Faktor für die Ätiologie der RA kaum Bestätigung findet. Naheliegender scheint da die Annahme, daß die auftretenden psychischen Merkmale Folgen der chronischen Erkrankung sind und daß sie in diesem Sinn Probleme im Umgang mit der Erkrankung widerspiegeln.

2.3 Streß und rheumatoide Arthritis

Parallel zu den Untersuchungen zur prämorbiden RA-Persönlichkeit lief eine Reihe von Studien, die den Einfluß von psychischem Streß auf Ätiologie und Pathogenese der RA untersuchten. Der Schwerpunkt lag dabei auf der Erforschung möglicher Auswirkungen von streßreichen Lebenserfahrungen auf die Entstehung und den Verlauf der RA.

Auch bei diesen Untersuchungen tauchen methodologische Probleme auf, die teilweise eine eindeutige Interpretation der Untersuchungsergebnisse verhindern. Es handelt sich dabei größtenteils um die gleichen Engpässe wie bei den oben genannten Persönlichkeitsstudien. Zusätzlich treten Probleme auf, die nach Anderson et al. (1985) auf folgenden Punkten beruhen:

- Schwierigkeiten bei der Bestimmung des exakten Krankheitsbeginns: Die Symptome sind zu Beginn der Erkrankung eher schleichend und es kann viel Zeit vergehen, bis zum ersten Mal ein Arzt konsultiert wird.
- Schwierigkeiten bei der Definition des Begriffs „psychischer Streß“: Streß kann man als Stimulus, als Antwort oder Interaktionsprozeß deuten.
- Schwierigkeiten bei der spezifisch kausalen Verbindung von Streß und Krankheitsentwicklung: Streß kann bei einem Individuum zu einer erhöhten Prädisposition für Krankheiten führen, auf direkte Weise eine pathophysiologische Ereigniskette imitieren oder die bereits vorhandene Pathophysiologie entfachen (Anderson et al. 1985).

Weitere Hinweise auf den Einfluß von psychischem Streß auf die Entstehung und den Verlauf der RA geben psychoneuroimmunologische und psychophysiologische Untersuchungen.

Im anschließenden Abschnitt wird der Reihe nach auf folgende Punkte eingegangen werden:

- Zusammenhang zwischen psychischem Streß und Krankheitsentstehung
- Beziehung zwischen psychischem Streß und Krankheitsverlauf
- Psychoneuroimmunologie
- Psychophysiologie.

2.3.1 Beziehung zwischen psychischem Streß und Entstehung der rheumatoiden Arthritis

Zur Hypothese der Krankheitsentstehung (Meyerowitz et al. 1968) sind bisher nur wenige systematische Untersuchungen gemacht worden. Es sind allerdings bereits Untersuchungen zur Frage der Rolle von psychischem Streß für die Entstehung der RA und der juvenilen chronischen Arthritis (JCA) gelaufen. Diese Studien bezogen sich auf folgende Ereignisse im Leben des Patienten:

- Verlust einer für den Patienten wichtigen Person
- Konfliktsituationen, die durch die Scheidung der Eltern verursacht wurden
- Probleme in der Ehe des Patienten oder durch eine vom Patienten durchgestandene Scheidung (Alexander et al. 1968, Blom u. Nichols 1954, Cobb et al. 1969, Halliday 1942, Rimon 1969, Rimon et al. 1977, Sochet et al. 1969).

Obwohl die Ergebnisse der Untersuchungen größtenteils übereinstimmten, muß man mit ihrer Interpretation, insbesondere bei nichtüberprüften Studien, vorsichtig sein. Man hat dabei u.a. die Unterschiede zwischen der RA und JCA zu wenig beachtet (Sinnema et al. 1988, Baum 1982).

Bei retrospektiven Untersuchungen mit Kontrollgruppen kam man zu recht widersprüchlichen Resultaten:

- Auf der einen Seite ließen sich aufgrund der Ergebnisse des Empire Rheumatism Council (1950) keine Unterschiede zwischen RA-Patienten und der Kontrollgruppe (freiwillige Probanden und verschiedene OP-Patienten) bezüglich des Ausmaßes von streßreichen Erlebnissen feststellen. Zu dem gleichen Resultat kamen auch Lewis-Faning (1950) und Hendrie et al. (1971).
- Auf der anderen Seite existieren auch solche Studien, die ebenfalls unter Einbeziehung einer Kontrollgruppe zu dem Ergebnis kommen, daß das Ausmaß von streßreichen Lebenserfahrungen vor Krankheitsbeginn bei RA-Patienten wesentlich größer sei. Diese Studien wurden an RA-Patienten unter Einbeziehung von Ulkus-Patienten als Vergleichsgruppe (Cobb et al. 1939), mit eineiigen Zwillingspaaren, von denen nur der eine an RA erkrankt war (Meyerowitz et al. 1968), bei der JCA mit gesunden Kindern als Kontrollgruppe (Heisel 1972, Keltikangas-Järvinen 1988) und mit einer heterogenen pädiatrischen Population (Henoch et al. 1978) durchgeführt.

Bemerkenswert dabei ist die Studie von Baker (1982), da sie sich ausschließlich auf Patienten konzentrierte, bei denen man eine beginnende RA zu beobachten meinte (Anzeichen der Erkrankung seit weniger als einem Jahr). Die Patienten, bei denen man nach einem Jahr dann tatsächlich die RA diagnostizierte, gaben an, daß sie in dem Jahr vor dem Auftreten körperlicher Symptome eindeutig unter mehr streßreichen Ereignissen zu leiden hatten, als es die Kontrollgruppe gleichen Alters aus dem Patientenbestand eines Hausarztes von sich zu berichten wußte. In ihrem Rückblick meinte Lerman (1987), bei Bakers Untersuchungen an RA-Patienten mit erst seit kurzem aufgetretenen Symptomen eine deutliche Verbesserung der Methodik zu erkennen: da es in allen bisher genannten Studien um retrospektive Berichte von Patienten geht, ist die Wahrscheinlichkeit einer durch den Rückblick verzerrten Erinnerungen bei Bakers Patienten geringer, da sie nicht gezwungen sind, sich so weit zurück zu erinnern wie die chronischen RA-Patienten.

Ob die Wahrscheinlichkeit einer Perzeption und Gedächtnisverzerrung tatsächlich bei beginnender RA-Erkrankung geringer ist, bleibt in Frage gestellt. Lebenthal und Nerenz (1983) weisen gerade auf die Bedeutung von z.B. Interpretations-, Aufmerksamkeits- und Selektionsmechanismen bei der Konfrontation mit körperlichen Symptomen hin. Auch Koehler (1985) meint, daß Artefakte bei Bakers Untersuchungen nicht absolut auszuschließen sind. Er ist der Ansicht, daß tatsächlich die Möglichkeit einer größeren Bereitschaft bestehen könnte, den negativen Lebensereignissen vor dem Krankheitsausbruch bei beginnender RA-Erkrankung besondere Aufmerksamkeit zu schenken. Man könnte den Eindruck gewinnen, daß beispielsweise viele RA-Patienten vor allem zu Beginn ihrer Erkrankung das Bedürfnis haben, eine Erklärung für den Krankheitsausbruch bei sich selbst zu finden (Huiskes u. Bijlsma 1989, Rogers et al. 1982). Die Ergebnisse dieser Untersuchung, die allerdings bei Krebskranken durchgeführt wurde, sind nicht in allen Punkten konform (Leventhal 1986). Nicht bei jedem Patienten läßt sich die Ausrichtung auf die Vergangenheit zur Klärung der Frage „Warum ich?“ feststellen. In der Anfangsphase kommt es bei den Patienten ebenso häufig zu einer ausschließlichen Beschäftigung mit ihrer momentanen und ihrer zukünftigen Situation, mit anderen Worten zu der Frage „Was jetzt und wie weiter?“

2.3.2 Beziehung zwischen psychischem Streß und Verlauf der rheumatoiden Arthritis

Durch ihre Studien zur JCA kamen Blom und Nichols (1954) und Heisel (1972) zu dem Ergebnis, daß einer Exazerbation der Krankheit häufig Familientragödien wie Verlust eines oder beider Elternteile durch Scheidung oder Tod vorausgingen. Zu vergleichbaren Resultaten kommen auch Sochet et al. (1969) und Levitan (1981) durch ihre Studien an Erwachsenen RA-Patienten: vor allem der Verlust der Eltern oder eigene Eheprobleme scheinen sich verschlimmernd auf den Krankheitsprozeß auszuwirken. Feigenbaum et al. (1979) führten eine longitudinal prognostische Untersuchung durch, bei der sie herausfanden, daß psychischer Streß scheinbar nachteilige Auswirkungen auf den Krankheitsverlauf hätte:

- Die Patientengruppen, bei denen sich nach fünf Jahren keine Gelenkschwellungen und -erosionen feststellen ließen, schienen nur zu 33 % am Anfang der Studien unter psychischem Streß zu leiden.
- Die Patienten, bei denen mittlerweile Gelenkschwellungen, aber keine Erosionen zu beobachten waren, litten zu Beginn der Studie zu 40 % unter psychischen Streßfaktoren.
- Die Patienten, bei denen es nach fünf Jahren sowohl zu Gelenkschwellungen als auch -erosionen gekommen war, hatten fast zu 90 % unter psychischem Streß zu leiden.

Van der Ploeg et al. (1979) konnte allerdings keinen Zusammenhang zwischen psychischem Streß und körperlichem Unbehagen feststellen.

Rimon richtete (1969, Rimon u. Laakso 1985) an seine Untersuchungen die Frage, ob eventuell wichtige interindividuelle Unterschiede bezüglich der Rolle des psychischen Streßfaktors für die Entstehung und den Verlauf der Krankheit bestünden. Durch seine umfassende, aber ohne Kontrollgruppen durchgeführte Studie fand er nämlich heraus, daß 55 % der RA-Patienten einen Zusammenhang zwischen einer bedeutsamen emotionalen Konfliktsituation und dem Beginn ihrer RA-Symptome sahen (Rimon 1969). In dieser „major conflict group" schien psychischer Streß für 65 % aller RA-Exazerbationen verantwortlich zu sein – gegenüber 18 % in der „nonconflict group". Für die *„major conflict group"*, in der der Streß eine sehr große Rolle spielt, sind folgende Punkte charakteristisch:

- keine RA-Erkankungen innerhalb der Familie
- Vorhandensein von akuten, distinktiven Symptomen als Folge von psychischem Streß
- schnelle Progression der Krankheitsaktivität zu Beginn der Erkrankung.

Wohingegen die *„non-conflict-group"* sich auszeichnet durch:

- relativ große Anzahl von Patienten mit einer RA-positiven Familiengeschichte
- schleichenden Krankheitsbeginn
- langsame Symptomprogression.

Vergleichbare Resultate wurden aus einer Studie zur JCA gewonnen (Rimon et al. 1977). In einer Follow-up-Studie schien man eine geringere Effektivität von medizinischen Interventionen bei Major-conflict-Patienten, die ihre Probleme nicht selbst lösen konnten, im Vergleich zu Major-conflict-Patienten mit ergänzender psychologischer Begleitung beobachten zu können (Rimon 1981).

Schließlich wiesen Moldofsky und Chester (1970) auf die Bedeutung von Subgruppen innerhalb der RA-Patienten-Population hin. Sie untersuchten den Zusammenhang zwischen Schmerz und psychischer Gesundheit bei zwei Subgruppen:

- Bei der Patientengruppe mit einem synchronen Muster gingen Veränderungen des Gemütszustands Veränderungen der Schmerzerfahrung voran oder mit dieser einher.

- Bei der anderen Gruppe war ein sogenanntes paradoxes Muster in Form einer umgekehrten Relation von Schmerz und Gemütszustand zu beobachten (z. B. das umgekehrte Verhältnis zwischen der Schmerzintensität in den Gelenken und einem Gefühl der Hoffnungslosigkeit). Die Prognosen für den Erfolg einer Synovektomie schienen bei dieser zuletzt genannten Gruppe wenig günstig zu sein.

2.3.3 Psychoneuroimmunologie

Durch Tierversuche und retrospektive Untersuchungen beim Menschen fand man heraus, daß Streß zusammen mit anderen Risikofaktoren Einfluß auf Entstehung und Verlauf von Erkrankungen hat, die durch das immunologische System mediiert werden (Ader 1981 u. 1985, Jemmot u. Locke 1984, Koehler 1985, Weiner 1977). Der spezifische immunpathogenetische Mechanismus ist allerdings bis heute noch nicht geklärt. Im allgemeinen kann man beim Menschen von einer relativ akuten Abnahme der sogenannten Immunkompetenz nach Streßsituationen sprechen (Bartrop et al. 1977, Kiecolt-Glaser et al. 1984). Außerdem scheint ein Zusammenhang zwischen der Verbesserung der Copingfertigkeit und positiven Veränderungen der Immunfunktion zu bestehen (Kiecolt-Glaser et al. 1985, Udelman 1982, Pennebaker et al. 1988).

Die spezifisch auf die RA gerichteten Studien von Hendrie et al. (1971) und Zautra et al. (1989) untersuchten die Zusammenhänge zwischen Streßsituationen und immunologischen Parametern. Dabei konnten Hendrie et al. (1971) feststellen, daß RA-Patienten in dem ihrer Erkrankung vorausgegangenen Jahr nicht mehr oder weniger streßreichen Erlebnissen ausgesetzt waren als Gesunde. Auffällig war die Tatsache, daß man in Abhängigkeit vom Immunglobulingehalt individuelle Unterschiede innerhalb der RA-Patientengruppe hinsichtlich der Quantität von Streßsituationen finden konnte: je höher der Immunglobulingehalt war, desto mehr wurde von streßreichen Ereignissen, die dem Krankheitsausbruch vorangingen, berichtet. Auch Zautra et al. (1989) konnten einen Zusammenhang zwischen Streßsituationen, psychischem Unbehagen und „coping-efficacy" einerseits und immunologischen Variablen andererseits feststellen. Obwohl die genaue Rolle der immunologischen Variablen für die Ätiologie und Pathogenese der RA nicht vollständig geklärt ist, stellen diese Studien eine Indikation für den möglichen Einfluß biologischer Mechanismen auf den Zusammenhang zwischen psychischem Streß und der RA dar.

2.3.4 Psychophysiologie

Zur Untersuchung psychophysiologischer Faktoren findet am häufigsten die Elektromyographie (EMG) Verwendung, da Muskelspannungen möglicherweise als kausales Glied zwischen psychischem Streß und der RA-Pathophysiologie betrachtet werden müssen. Scheinbar kommt es bei RA-Patienten im Vergleich zu gesunden Individuen und anderen chronisch Kranken:

- zu einem höheren EMG-Niveau im Bereich der entzündeten Gelenke (Moos u. Engel 1962)
- zu einem höheren EMG-Basisniveau, wobei die Patienten mit höheren EMG-Aktivitäten im Bereich der entzündeten Gelenke auf psychischen Streß reagieren (Walker u. Sandman 1977)
- nicht nur zu einem stärkeren EMG-Anstieg, sondern auch zu einer verlangsamten Rückkehr zum gewöhnlichen EMG-Niveau nach psychischem Streß (Anderson et al. 1982).

Dieses letztgenannte Phänomen ist für instabile oder nicht adäquate homöostatische Mechanismen charakteristisch und kann zu einer Zunahme der Krankheitsaktivität und der Schmerzen als Folge von Streß führen (Anderson et al. 1985).

2.3.5 Zusammenfassung

Zusammenfassend läßt sich sagen, daß man in den Untersuchungen zum Einfluß von Streßfaktoren auf die RA einen Zusammenhang zwischen Streßsituationen und RA feststellen kann, wobei gerade Konflikte innerhalb der Familie (Scheidungen, Verlustsituationen) eine wichtige Rolle zu spielen scheinen. Damit ist allerdings ein kausaler Zusammenhang nicht bewiesen. Indikatoren für diese möglicherweise intermediierende Rolle biologischer Mechanismen für die Beziehung zwischen psychischem Streß und der RA sind die Studien auf dem Gebiet der Psychoneuroimmunologie und der Psychophysiologie.

Innerhalb der Streßuntersuchungen lassen sich vergleichbare methodologische Probleme wie bei den Untersuchungen zur ätiologischen Rolle der Persönlichkeitsvariablen feststellen. Hier seien nur die Verwendung von retrospektiven und qualitativen (nicht standardisierten) Untersuchungsmethoden zur Feststellung von Life events sowie das Fehlen geeigneter Kontrollgruppen genannt. Auch die Vernachlässigung der heterogenen Charaktere bei der RA-Patientenpopulation stellt eine bedeutende Einschränkung dar. Deutlich wird allerdings in jedem Fall, daß für den Verlauf chronischer Erkrankungen auf die Dauer nicht allein körperlich-physiologische Prozesse eine Rolle spielen.

Chronische Erkrankungen zeichnen sich im allgemeinen dadurch aus, daß die körperlichen Erkrankungen sich (notwendigerweise) auf das gesamte Lebensmuster der Patienten erstrecken. Diese Verstrikkung körperlicher, psychischer und sozialer Aspekte macht das Assessment und die Behandlung chronischer Krankheiten durchweg zu einer komplexen Angelegenheit. In den letzten Jahren sind Interventionen, um den Umgang mit den Folgen der RA zu erlernen, in zunehmendem Maße Teil der Behandlung geworden.

3 Verhaltenstherapeutische Behandlung und Begleitung

1985 klagten Anderson et al. noch, daß sich die psychologischen Interventionen zum erlernbaren Umgang mit den Folgen der RA noch immer in einem „embryonalen“ Stadium befinden (vgl. Achterberg-Lawlis 1982, Bradley 1985). Auf den ersten Blick scheint sich der heutige Zustand der Dinge verbessert zu haben. Aus drei neueren Übersichtsarbeiten läßt sich die Schlußfolgerung ziehen, daß Aufklärung und psychosoziale Interventionen positive Auswirkungen haben (Kleijnen u. Visser 1989, Lorig et al. 1987, Mullen et al. 1987). Vor allem bei den RA-Patienten scheint die Kenntnis über ihre Erkrankung zuzunehmen. Wenig Erwähnung fanden die Verbesserungen im „Gesundheitsverhalten“, „psychosozialen und Gesundheitszustand“.

Diese Dreiteilung stammt von Lorig et al. (1987). Sie beinhaltet folgende abhängige Variablen:

- Gesundheitsbewußtsein: Übung, Entspannung, Compliance, Veränderungen im Medikationsverhalten, Gelenkschutz und Schlaf.
- Psychosozialer Zustand: Depression, Stimmung, Coping, Angst, familiäre Kommunikation, Selbsthilfe, „locus of control“, soziales Rollenverhalten, Streß, Selbstachtung, soziale Unterstützung, Befriedigung, Einsamkeit und Wut.
- Gesundheitszustand: Schmerz, funktionelle Handicaps, Krankheitsaktivität, körperliche Aktivität, Arbeitskapazität, Zeit für Spaziergänge und Übungen, die Anzahl schmerzender Gelenke, Steifheit, Beweglichkeit.

Diese Erfahrungen plädieren für ein routinemäßiges Hinzuziehen psychologischer

Interventionen bei der Behandlung der RA. Man muß jedoch mit Schlußfolgerungen aus den Untersuchungen vorsichtig sein. Obwohl bereits mehrere Studien über die Beziehung von RA-Patienten veröffentlicht wurden (vgl. Lorig et al. 1987), ist die Anzahl der Untersuchungen mit Kontrollgruppen noch relativ gering. Kleijnen und Visser (1989) konnten in der Zeit zwischen 1978–1987 nur 13 Studien entdecken, die in geringem Umfang eine Vor- und eine Nachmessung aufwiesen. Auch Mullen et al. (1987) filterten nur 15 Studien heraus, die den Anforderungen einer Metaanalyse gerecht wurden. Hinsichtlich ihrer theoretischen Inspiration lassen sich psychologisch-pädagogische RA-Programme in zwei Gruppen einteilen. Dies sind zum einen Programme, die sich die Aufklärung zum Ziel gesetzt haben und zum anderen psychotherapeutisch orientierte Programme.

Dem Leser mag das Durcheinander der verschiedenen Themen wie Aufklärung, psychosoziale Interventionen und Patientenerziehung aufgefallen sein. Diese ungegliederte Aufreihung der Themen ist leider auch in der internationalen Literatur üblich. Wir werden auch weiterhin den Begriff „psychosoziale Erziehung" verwenden. Er soll das breite Spektrum psychologischer Interventionen hinsichtlich der Patientenerziehung zum verbesserten Umgang mit ihrer RA-Erkrankung andeuten.

3.1 Aufklärungsprogramme

Eine gängige Definition von Aufklärung ist die „Informationsübertragung". Sie hat in der Regel das vorgefaßte Ziel, Mentalität und Verhalten in einer im breiten Rahmen formulierten Richtung zu verändern (Kok et al. 1987). Die theoretischen Modelle, die zur Zeit das Aufklärungsdenken dominieren, gehen von einer Nutzen-Kosten-Abwägung der präventiven Aktionen oder Vorsorgemaßregeln durch den Patienten aus (Weinstein 1988). Wenn die Kosten geringer sind als der Nutzen, kommt es zur Ausführung der präventiven Maßnahmen (Weinstein 1988). Zielsetzung für die Aufklärung ist folglich, den Übergang zu bestimmten Verhaltensweisen unter Vernachlässigung der anderen zu finden, weil diese vor- bzw. nachteilig für den erlernbaren Umgang mit der RA sind (vgl. Lorig et al. 1989).

3.1.1 Aufklärungsprogramm nach Kaye und Hammond

Eines der frühen Programme im Rahmen dieses Denkansatzes ist unter anderem das von Kaye und Hammond (1978). Es werden dabei positive Auswirkungen festgestellt. Aber leider handelt es sich hierbei auch wieder um einen Untersuchungsentwurf mit fehlenden Kontrollgruppen.

3.1.2 Aufklärungsprogramm nach Knudson und Mitarbeitern

Seitdem sind zum Glück auch Studien mit Vergleichsgruppen veröffentlicht worden. Knudson et al. (1981) werteten bei zwölf Patienten mit fehlender Behandlungskontrolle die Effektivität eines Aufklärungsprogramms aus. Dieses umfaßte sechs Gespräche von jeweils einer Stunde. Die genannte Anzahl bezieht sich immer auf die Anzahl der Patienten (sowohl der RA-Patienten als auch der Patienten der Kontrollgruppe), die an der Erstuntersuchung teilnahmen. Nacheinander wird der Schwerpunkt auf die biomedizinischen Aspekte, die Medikamente und das Medikationsverhalten, die Psychotherapie, die sozialen Facetten der RA und die Ergotherapie gesetzt. Jedes Thema wird dabei zusätzlich durch einen Spezialisten in der Funktion eines Gastredners (z. B. einen Rheumatologen oder einen Sozialarbeiter) beleuchtet. Die in das Experiment einbezogene Patientengruppe zeigte einen Kenntniszuwachs über ihre

Erkrankung von lediglich 14,7 % im Vergleich zu 3,4 % bei der Kontrollgruppe. Außerdem ließ sich bei der ersten Gruppe eine Zunahme an „self-care-behavior" feststellen (Knudson et al. verstehen darunter die Häufigkeit der sich über den Tag verteilenden Ruhemomente, die Hinzuziehung von Hilfsmitteln, Gespräche über die Erkrankung mit der Familie, die Ausübung spezieller Übungen und die Planung der Aktivitäten des Tages). Bei einer Nachfolgeuntersuchung nach drei Monaten waren diese Unterschiede immer noch zu beobachten, das Kenntnisniveau war sogar bei der ersten Gruppe zusätzlich etwas angestiegen.

3.1.3 Bibliotherapie

Lorish et al. (1985) verglichen ein Routine- mit einem individualisierten Aufklärungsprogramm bei 180 Patienten mit einer nicht behandelten Kontrollgruppe. Das individualisierte Programm dauerte durchschnittlich zweieinhalb Stunden. Die nicht therapierte Kontrollgruppe erfuhr lediglich eine gängige Aufklärung im Rahmen einer rheumatologischen Beratung. Das Routineprogramm beruhte auf vier autodidaktischen Heftchen über die RA. Man kann dieses Programm auch als *Bibliotherapie* bezeichnen. Die Skripte werden an die Patienten vergeben mit der Aufforderung, sie im selbstgewählten Tempo zu lesen. Das individualisierte Programm hingegen stellt für jeden RA-Patienten ein spezifisches eigenes Programm auf. Der auf das jeweilige Programm eingestellte Mitarbeiterstab gab dabei den Betroffenen aktiv Feedback. Neben einer signifikanten Kenntnisnahme bei den drei Gruppen war allerdings ein deutlich größerer Fortschritt bei dem individualisierten Programm gegenüber den zwei anderen, sich voneinander wenig unterscheidenden Gruppen zu erkennen. Dieses Ergebnis wurde bei einer nicht zeitspezifischen Nachfolgeuntersuchung bestätigt.

3.1.4 Aufklärung per Computer

Wetstone und Mitarbeiter (1985) konnten durch ihre Untersuchungen bei 36 Patienten feststellen, daß eine PC-Unterrichtsstunde über die RA effektiver ist als gar keine Aufklärung. Die Dauer eines Computerprogramms (mit einem individuellen, tragbaren PC) betrug im Durchschnitt 107 Minuten, wobei zehn Themen einen Inhaltskomplex bildeten:

- Was ist RA?
- Arten der RA
- Ursachen und Behandlungen
- Diagnose
- Behandlungsmethoden
- Medikation
- Entspannung, Einteilung der Energie und Schutz der Gelenke
- Übungstherapie
- unbestätigte Heilungserfolge
- alternative Behandlungsmethoden.

Dabei werden für die Didaktik und andere Informationsübertragungsmethoden Problemlösungen und die direkte Beratung eingesetzt.

Zugunsten des Computeraufklärungstests schienen bei den Nachuntersuchungen folgende Unterschiede deutlich zu werden:

- Zunahme der Selbstkontrolle
- bessere Kenntnisse über die RA
- von den Patienten selbst berichtete Verbesserung des Gelenkschutzes
- Glaube an eine gute Prognose.

Subjektiv war die Mehrzahl der Teilnehmer mit der gegebenen Aufklärungsform zufrieden.

3.1.5 Autodidaktisches Aufklärungsprogramm

Die letzte Illustration eines Aufklärungsversuchs soll die Studie des Jahres 1986 von Oermann und Mitarbeiter sein. Die Frage war, ob die autodidaktischen Programme zu einem Kenntniszuwachs und einer Verbesserung des Gesundheitszustands führen können. Letzteres war nicht der Fall, im

Gegensatz zur Kenntnisnahme. 30 Patienten nahmen an der Untersuchung teil. Die Themen der verwendeten autodidaktischen Heftchen stimmten größtenteils mit denen des Computerprogramms von Wetstone et al. (1985) überein.

3.2 Psychotherapeutische Ansätze

Die psychotherapeutische Annäherung bildet die Überschrift für einen äußerst heterogenen Themenbereich. Achterberg-Lawlis (1982) teilte diesen ein in:

- Psychotherapie
- Umgang mit Schmerz und Streß
- medizinische Therapietreue.

Anderson et al. (1985) gingen jedoch von einer Verteilung des Themenbereichs aus:

- traditionelle Psychotherapie
- Interventionen zur sozialen Unterstützung
- Selbstkontrolle
- medizinische Therapietreue (Compliance).

Die medizinische Therapietreue zu optimieren ist keine psychotherapeutische Methodik, sondern eine psychopädagogische Zielsetzung; dafür wird hier folgende Einteilung angewendet:

- psychodynamisch inspirierte Methoden
- patientenzentrierte Verfahren
- eklektische Interventionen hinsichtlich sozialer Unterstützung
- verhaltenstherapeutische Programme.

3.2.1 Psychodynamische Methoden

Die frühen psychodynamischen Studien waren Gruppenbeschreibungen ohne Vergleichsgruppen (z.B. Schwartz et al. 1978, Udelman u. Udelman 1978). Die von Strauss und Mitarbeitern 1986 erstellte Studie fand unter Einbeziehung einer Kontrollgruppe statt. Sie verglichen dabei die Erfolge psychodynamischer Gruppenprogramme (eine Sitzung pro Woche in einem Zeitraum von sechs Monaten) mit einem Entspannungsprogramm (eine Sitzung pro Woche in einem Zeitraum von drei Monaten) bei 57 Patienten mit einer unbehandelten Kontrollgruppe.

Das zentrale Ziel des psychodynamischen Programms war die gegenseitige Unterstützung durch den Austausch von Gefühlen über und Erfahrungen mit der RA-Erkrankung. Die Entspannungsgruppen arbeiteten unter Einbeziehung der Erfahrungen von Alberti und Emmons (1978) und von Bernstein und Borkovec (1973). Es konnte jedoch weder bei der direkten Nachuntersuchung noch bei der Wiederholungsuntersuchung (nach zwölf Monaten) eine signifikante Verbesserung innerhalb oder zwischen den Gruppen festgestellt werden. Dennoch zeigten sich die meisten Teilnehmer beider Untersuchungsgruppen sehr zufrieden mit dem angebotenen Programm. Niemand empfand es als schädigend.

Auch die deutsche Studie von Brinkmann et al. (1988) bei 21 ambulant versorgten RA-Patienten, ebenfalls ein psychodynamisches Gruppenprogramm, ergab im Vergleich mit einer Kontrollgruppe, daß dieses Programm keinerlei verbessernde Auswirkungen auf den Patienten hat. Die Themen dieses Programms, das ca. ein Jahr dauerte, waren in der Hauptsache: Erfahrungen mit der medizinischen Behandlung und den Ärzten, Hilflosigkeit, Minderwertigkeitsgefühle und Trauer.

3.2.2 Patientenzentrierte Verfahren

Neben einem Programm ohne Vergleichsgruppe (Balmer 1987 u. 1988) ist die kontrollierte patientenorientierte inspirierte Studie von Kaplan und Kozin (1981) eine der wenigen auf diesem Gebiet. Bei 34 Patienten prüften sie ein Gruppenberatungsprogramm im Vergleich zu einer nicht therapierten Kontrollgruppe auf seine Effektivität hin. Dabei wurden zwölf wöchentliche Sitzungen zu je ein bis zwei Stunden aufgewendet.

Zum genauen Inhalt wurde gesagt, daß bei der patientenorientierten Annäherung zu freien Diskussionen ermutigt wurde, wobei der Schwerpunkt jedoch auf RA-bezogenen Problemen lag. Vor allem der Verlust von Selbstwertgefühl und die Schwierigkeit, anderen die existentielle Bedeutung der RA und die mit dieser Erkrankung einhergehenden Einschränkungen zu verdeutlichen, waren die von den Patienten eingebrachten Gesprächsthemen. Die Gruppen wurden von einem Psychiater und einem „Patienten-Berater“ begleitet. Vor der experimentellen Manipulation wohnten sowohl die Untersuchungs- als auch die Kontrollgruppe einer Informationssitzung von zweieinhalb Stunden bei. Die von einem Rheumatologen und einem Ergotherapeuten gegebenen Informationen setzten sich schwerpunktmäßig aus folgenden Bereichen zusammen:

- RA-Pathophysiologie
- Behandlung
- Schutz der Gelenke
- ergotherapeutische Hilfsmittel.

Die Nachfolgeuntersuchung ergab keinen Unterschied zwischen den beiden Gruppen.

3.2.3 Eklektische Interventionen hinsichtlich sozialer Unterstützung

Potts und Brandt (1983) werteten bei 19 Patienten die Effektivät einer sozialpädagogischen Unterstützungsgruppe an Hand eines Musters von nichttherapierten Kontrollgruppen aus. Das Programm bestand aus vier wöchentlichen Sitzungen zu je eineinhalb Stunden. Die Teilnehmer bestimmten dabei selbst die Inhalte der jeweiligen Sitzung, wobei der Gruppenleiter lediglich der Diskussionserleichterung diente. Zur Beantwortung von fachbezogenen Fragen nahmen an einer der Sitzungen mindestens ein Rheumatologe, ein auf Rheumakranke spezialisierter Pfleger, ein Physio- und ein Ergotherapeut teil. Das Programm hatte keinerlei Auswirkungen, was durch eine Nachfolgeuntersuchung nach sechs Monaten bestätigt wurde.

Ähnliche Erfahrungen machten auch Shearn und Fireman (1985). Sie verglichen bei 105 Patienten die Effektivität eines Programms zur Streßhandhabung einer sozialen Unterstützungsgruppe mit einer nicht therapierten Kontrollgruppe. Die Therapieprogramme bauten sich auf zehn wöchentlichen Sitzungen von je 90 Minuten auf und wurden von Psychologen begleitet. Die Zielsetzung des Kurses zur Streßhandhabung war die Erkennung von Streßsituationen und der Einsatz von Entspannungs- und Copingstrategien. Das Programm zur sozialen Unterstützung hingegen wollte vor allem das Selbstvertrauen, den Informationsaustausch, den Aufbau von Beziehungen untereinander und Schritte zur Verringerung sozialer Isolation fördern.

3.3 Verhaltenstherapeutische Interventionen

Verhaltenstherapeutische RA-Interventionen lassen sich als psychopädogogische Interventionen bei RA-Patienten beschreiben, die theoretisch an eine Verhaltenstherapie anschließen und/oder Interventionstechniken anwenden, die traditionell der Verhaltenstherapie zugeordnet sind (z. B. O'Leary u. Wilson 1987, Masters et al. 1987). Es können zwei verhaltenstherapeutische Interventionsarten, die bei RA-Patienten zur Anwendung kommen, unterschieden werden.

3.3.1 Biofeedback und Entspannung

EMG-Biofeedback: Als einer der ersten erforschte Wickramasekera 1976 die Anwendung von EMG-Biofeedbacks bei zwei

RA-Patienten, die an chronischen arthritischen Kniegelenkschmerzen litten. Dabei wurden sowohl auditive als auch visuelle Signale als Feedback eingesetzt, um bei den Patienten eine Abnahme ihrer allgemeinen Muskelspannung herbeizuführen. Über einen Zeitraum von 26 bzw. 28 Wochen fand wöchentlich eine Sitzung von 30 Minuten statt. Anschließend berichteten beide Patienten tatsächlich über:

- Abnahme ihrer Verspannungen
- erhöhte Schmerzschwelle
- subjektive Verringerung der Schmerzintensität
- allgemeine Aktivitätszunahme.

Der eine Patient berichtete außerdem, daß er jetzt besser schlafen könne und seitdem einen niedrigeren Blutdruck habe.

Biofeedback, Entspannung und Physiotherapie: Denver und Kollegen (1979) untersuchten die Effektivität eines Biofeedbacks für die Handtemperatur. Sie verglichen 12 ambulante Patienten, bei denen es zur Anwendung des temperaturbezogenen Biofeedbacks im Zusammenhang mit Entspannungsübungen kam, mit einer nicht therapierten Kontrollgruppe. Die beiden Experimente erstreckten sich auf jeweils 10 Sitzungen. Nur beim ersten nahm die Temperatur der Hand deutlich zu. Außerdem stieg die Schmerztoleranzschwelle in geringerem Maß signifikant an, und die Patienten konnten schließlich Spaziergänge einer bestimmten Länge in kürzerer Zeit bewältigen.

Die ausführlichste Evaluierung der beigeordneten Werte des Biofeedbacks ist zweifellos die Studie von Achterberg, McGraw und Lawlis aus dem Jahre 1981. In einem ersten Experiment mit 24 Patienten verglichen sie die jeweilige Effektivität einer Biofeedback- oder Entspannungsbehandlung im Hinblick auf die Änderung der Handtemperatur. Die Patienten wurden in einem Zeitraum von 6 Wochen mit 12 Sitzungen von 30 Minuten individuell behandelt. Die Effektivität beider Behandlungen war gleich. Unter beiden Konditionen lernten die Teilnehmer, sich zu entspannen. Übrigens führten beide Behandlungen zu einem signifikant besseren Schlaf. Jedoch keine einzige Kondition bewirkte einen psychologisch oder körperlich funktionellen Effekt. Ebenso wenig wurden Änderungen der Aktivitäten wie Arbeit und Freizeitgestaltung berichtet. Inspiriert durch die Ergebnisse ihrer ersten Untersuchung bei 23 Patienten verglichen Achterberg et al. (1981) in einer zweiten Studie die Effektivität eines Temperatur-Biofeedbacks und einer Entspannungsbehandlung mit traditioneller Physiotherapie. Die Physiotherapie, die individuell auf den Patienten abgestimmt wurde, bestand aus 12 Sitzungen von jeweils ca. 30 Minuten. Wie bei ihrem ersten Experiment konnten keine psychologischen Effekte festgestellt werden – weder für das Biofeedback noch für die Physiotherapie.

Positive Effekte zeigten sich lediglich in der Länge von Spaziergängen und bei den Aktivitäten des alltäglichen Lebens. Noch mehr als die Physiotherapie führte das Biofeedback zu einem besseren Schlafverhalten und zur Abnahme der Arbeitseinschränkung. Die Physiotherapie hatte auch unerwünschte Folgen: Sie führte zu einer Zunahme der entzündeten und schmerzenden Gelenke, zu einer Verringerung des körperlichen Aktivitätsniveaus und der Anzahl der physischen Aktivitäten. Deshalb folgerten Achterberg et al. (1981) mit Recht, daß die Biofeedback-Entspannungstherapie eine effektivere Behandlungsmethode als die traditionelle Physiotherapie sei. Sie betonten jedoch, daß die größere Wirksamkeit sich nur auf die körperlich funktionellen, nicht aber auf die psychischen Aspekte bezöge, da bei letzteren noch keine Effektivität festgestellt werden konnte.

Zu erwähnen sei auch die Studie von Burke und Mitarbeitern (1985). Ihr Ausgangspunkt setzte an der Beobachtung an, daß die meisten Studien teils signifikante, teils bescheidene Wirksamkeit des Biofeedback-Entspannungsverfahrens zeigten, jedoch allein Patienten mit milderen Formen der RA behandelt worden seien. Deshalb werteten sie die Ergebnisse eines Biofeedback-Entspannungsverfahrens bei vier Männern aus, die unter einer relativ schweren Form der RA litten. Die Behandlungsweise war im wesentlichen gleich der von Achterberg et al. (1981). Die Patienten betrachteten die Behandlung als erforderlich. Die Verbesserungen hinsichtlich der Schmerzen, der psychischen Gesundheit und der Beweglichkeit waren jedoch eher bescheiden. Einer der vier Patienten empfand die Behandlung als Mißerfolg und gab sie nach der fünften Sitzung auf. Die medizinischen Untersuchungen ergaben, daß er gerade zu diesem Zeitpunkt unter einer akuten Exazerbation litt. Bei der Nachfolgeuntersuchung war sein körperlich funktioneller und psychischer Zustand deutlich verschlechtert.

Die Ergebnisse dieses Verfahrens sind jedoch im allgemeinen für eine ergänzende Maßnahme bei der RA-Behandlung ermutigend. Es ist allerdings bemerkenswert, daß diese Verfahren bisher kaum in die Behandlungspraxis eingegangen sind. Das mag daran liegen, daß sie zweitrangig gegenüber heutigen populären zusammengesetzten verhaltenstherapeutischen Programmen geworden sind.

3.3.2 Zusammengesetzte verhaltenstherapeutische Programme

Innerhalb der verhaltenstherapeutischen Interventionen dominieren die Auswertungen der Studie je nach Zusammenstellung der Programme. Es sollen hier 8 Programme erläutert werden, die erst kürzlich veröffentlicht wurden.

Arthritis-Self-Management-Programm (Lorig et al. 1985)
Die älteste dieser Studien ist die von Loring et al. (1985). Bei 286 Patienten mit Arthrose (77,3 %), RA (10,7 %) und anderen rheumatischen Erkrankungen wurde die Bedeutung eines Selbsthilfekurses im Vergleich zu einer nicht therapierten Kontrollgruppe getestet. Das „Arthritis-Self-Management-Programm“ mit insgesamt 6 Sitzungen erstreckte sich über 4 Monate. Der inhaltliche Schwerpunkt lag dabei auf der Verbesserung der RA-Kenntnisse, der adäquaten Verwendung von Medikamenten, der Gelenkschonung im Zusammenhang mit isometrischen Übungen, der Entspannung, der Ernährung, der Kommunikation mit den Ärzten und alternativen medizinischen Methoden. Methodisch fanden vor allem Gruppendiskussionen, praktische Übungen, Vorträge und das Führen von Tagebüchern zur Förderung des Vertrauens in die Therapie sowie wöchentliche Feedbacks ihre Anwendung. „The Arthritis Helpbook“ gibt einen Überblick über das gesamte Programm (Lorig u. Fries 1980). Bemerkenswert ist, daß die Kursgruppen aus 14–20 Patienten von speziell eingeführten trainierten Freiwilligen begleitet wurden. Eine Nachuntersuchung zeigte einen signifikanten Kenntnisanstieg und deutete auf eine häufigere und regelmäßigere Anwendung gelenkschützender Maßnahmen, isometrischer Übungen und Entspannungsübungen hin. Schließlich ließ sich auch eine deutliche Abnahme der Schmerzen feststellen. Bezüglich der abhängigen (gebundenen) Variablen (Spaziergänge, Ausmaß der Behinderung, „locus of control“, Häufigkeit der Inanspruchnahme des zu behandelnden Arztes) unterschied sich die Selbsthilfegruppe nicht von der Vergleichsgruppe. Diese Ergebnisse wurden trotz einiger Rückschläge der Patienten aus der Selbsthilfegruppe durch eine Nachfolgeuntersuchung nach 20 Monaten bestätigt.

Studie von Bradley et al. (1987)
Die äußerst sorgfältige Studie von Bradley und Mitarbeitern (1987) verglich ein verhaltenstherapeutisches Programm (GP)

mit einer sozialen Stützgruppe (SSG) unter Einbeziehung einer nichttherapierten Kontrollgruppe (C).

Die beiden experimentellen Programme erstreckten sich über 15 Sitzungen, die bei beiden jeweils mit einem Temperatur-Feedback eröffnet wurden. Anschließend folgten bei der GP 10 Gruppenzusammenkünfte mit den Themenschwerpunkten RA-Erziehung, Entspannungstraining sowie das Erlernen bestimmter Verhaltensziele mit anschließender Belohnung. Die Aufmerksamkeit der sozialen Unterstützungsgruppe richtete sich ebenfalls auf die RA-Erziehung, aber auch auf Diskussionnen über heutige Copingstrategien und die Entwicklungsförderung besserer Copingmethoden.

Der essentielle Unterschied zwischen den beiden Programmen bestand, so Bradley et al. (1987), in der Tatsache, daß allein bei den Patienten des GP eine spezifische Schmerzabnahme sowie das Erlernen zusätzlicher Bewältigungsstrategien beobachtet werden konnte. Alle Sitzungen wurden von erfahrenen klinischen Psychologen begleitet. Die Teilnehmer der GP berichteten von einer Verringerung der Schmerzen im Gegensatz zu den Teilnehmern der SSG und der C. Außerdem ließ sich bei den Patienten der GP eine geringere Anzahl schmerzhaft entzündeter Gelenke sowie eine herabgesetzte Krankheitsaktivität im Vergleich zu den Patienten der C feststellen, die jedoch bezüglich der gerade genannten rheumatischen Indikatoren besser abschnitten als die Teilnehmer der SSG. Außerdem konnten einige beinahe signifikant zu nennende Effekte festgestellt werden. Überraschenderweise litten die Teilnehmer aller drei Gruppen unter zunehmender depressiver Stimmung, wobei die Patienten der Kontrollgruppe (C) ängstlicher waren als die der zwei anderen Gruppen (GP und SSG). Schließlich kam es zu einer stärkeren Temperaturerhöhung der Haut bei den Patienten mit den schmerzhaftesten Gelenkentzündungen innerhalb der GP als bei den Patienten der zwei anderen Gruppen. Ernüchternd waren die Resultate der Nachfolgeuntersuchung 6 Monate später, da alle signifikanten Effekte der Therapien verloren gegangen waren, mit Ausnahme der Resultate bezüglich der Angstzustände, die bei den GP-Teilnehmern auch weiterhin auf einem niedrigeren Niveau im Vergleich zur Kontrollgruppe (C) blieben, sowie der Hauttemperatur, die ebenfalls bei den GP-Patienten den gleichen Wert beibehielten.

Studie von O'Leary et al. (1988)

O'Leary et al. (1988) verglichen bei 30 Patienten ein verhaltenstherapeutisches Programm (GP) mit einer hinsichtlich der Medikation und Schmerzen übereinstimmenden Kontrollgruppe. Das verhaltenstherapeutische Programm bewirkte eine Besserung der Selbsteffektivität (Bandura 1986) im Umgang mit Schmerzen und anderen Symptomen der RA. Das Programm bestand aus 5 wöchentlichen Sitzungen von jeweils 2 Stunden, in denen das biopsychosoziale Schmerzmodell erklärt und eine Schmerzbewältigungsstrategie gelehrt wurde. Die letztere bezog sich auf folgende Punkte:

- Entspannung durch gesteuerte Vorstellungen/Phantasien
- Techniken zur Konzentration (Aufmerksamkeitsverlagerung)
- Gedankenspiele bezüglich einer Dissoziation
- anschließende gedankliche Synthese.

Zusätzlich fanden eigene Zielsetzungen mit Selbstbelohnung ihren Platz innerhalb des Programms. Schließlich wurden die Patienten ermutigt, angenehmen Hobbies und Aktivitäten zur Schmerzablenkung nachzugehen. Ein telefonischer Kontakt mit den Patienten wurde in der Zeit zwischen der Nachuntersuchung und der nach 4 Monaten erfolgende Vergleichsuntersuchung zur Unterstützung und als Diskussionsmöglichkeit bei Problemen oder Fortschritten aufrechterhalten. „The Arthritis

Helpbook" (Lorig u. Fries 1980) fand dabei zur Orientierung der Patienten Verwendung. Auch die Kontrollgruppe, die nicht in Sitzungen zuammentraf, erhielt dieses Buch. Nur bei der therapierten Gruppe (GP) konnten signifikante Verbesserungen beobachtet werden. Bei dieser ließ sich nämlich ein niedrigeres Niveau der durchschnittlichen Schmerzintensität sowie ebenfalls ein niedrigeres Niveau der höchsten Schmerzintensität im Vergleich zur Kontrollgruppe feststellen. Außerdem nahm der Entzündungsbefall der Gelenke ab und die sogenannte Selbsteffektivität zu. Im Vergleich zur Kontrollgruppe konnte allerdings keine Verbesserung hinsichtlich Depressionen, Einsamkeitsgefühlen und Streßerfahrungen beobachtet werden. Auch immunologisch hatte dieses Programm keinerlei Auswirkungen.

Überraschend waren die Ergebnisse der Nachfolgeuntersuchung nach 4 Monaten. Zwar blieb das Effektivitätsniveau der Nachmessung bei der therapierten Gruppe erhalten, nicht aber bei der Kontrollgruppe, die diesbezüglich deutliche Fortschritte zeigte. Nur bei der sogenannten Selbsteffektivität und dem Maß der Anwendung von Bewältigungsstrategien blieben die signifikanten Auswirkungen bei der experimentellen therapierten Gruppe gegenüber der Vergleichsgruppe höher. Für dieses Phänomen, das auch Bradley et al. (1987) feststellen konnten, haben die Untersuchungsleiter folgende Erklärung: Zum einen muß der Einfluß der Jahreszeiten auf die Krankheitsaktivität, zum anderen der mögliche Aufholungseffekt bei den Kontrollpatienten durch die in der Praxis angewendeten Erkenntnisse aus dem „Arthritis Helpbook" beachtet werden.

Studie von Appelbaum et al. (1988)

Appelbaum et al. (1988) verglichen ein verhaltenstherapeutisches Programm (GP) bei 18 ambulanten Patienten mit einer „Symptom monitoring control group". Das Programm (GP) bestand aus 10 Sitzungen, die sich über 6 Wochen erstreckten (2 Sitzungen pro Woche innerhalb der ersten 4 Monate und eine Sitzung pro Woche während der letzten 2 Monate).

Die Schwerpunkte lagen dabei auf progressiven Entspannungstechniken, dem Temperatur-Biofeedback und kognitiven Schmerzstrategien. Bei der Kontrollgruppe fanden keine Zusammenkünfte statt. Zur Förderung des Vertrauens der Patienten in der Therapie und der Vollständigkeit der Forschungsergebnisse wurden die Patienten des GP mindestens einmal angerufen.

Unmittelbar nach Ablauf des 6monatigen Programms ließen sich bei den Patienten des GP eine angemessenere Schmerzwahrnehmung, eine verbesserte Kontrolle über Schmerzzustände und der vermehrte Einsatz von Bewältigungsstrategien feststellen. Die Tendenz zur verbesserten Schmerzempfindung, Ausführung der Alltagsaktivitäten und zu verbesserten Bewegungsmöglichkeiten war bei den Teilnehmern der GP deutlich sichtbar. Hinsichtlich Depression, Angst und Schlaf konnten keine Veränderungen beobachtet werden. Enttäuschend waren allerdings die Resultate der Nachfolgeuntersuchungen nach 18 Monaten für die Untersuchungsleiter, da die Ergebnisse beider Gruppen keinerlei Unterschiede mehr aufwiesen. Die experimentell therapierten Patienten schienen auf das Niveau der Kontrollgruppe zurückgefallen zu sein. Appelbaum et al. (1988, S. 520) notierte allerdings beruhigend:

„However, given the small sample sizes, and lack of systematic booster treatments, this might be expected. Certainly in future work one should build in systematic booster treatments."

Studie von Parker et al. (1988)

Die Studie von Parker et al. (1988) widmet gerade dieser „Booster"-Sitzung etwas Aufmerksamkeit und weicht auch darüber hinaus etwas von den oben genannten Studien ab. Bei 83 stationären Patienten verglichen die Autoren die Effektivität eines verhaltenstherapeutischen Programms mit einer Aufmerksamkeits-Plazebo-Gruppe gegenüber einer nichttherapierten Kontrollgruppe. Das GP bestand zunächst aus einem Wochenkursus im Krankenhaus. Dabei wurden Themen wie medizinische Information, die „Gate-control-Theorie", akuter chronischer Schmerz und Bewältigungsstrategien erörtert. Anschließend erfolgte ein „Booster"-Programm (Auffrischungsprogramm), das sich über einen Zeitraum von 12 Monaten erstreckte, wobei die GP-Gruppe mindestens einmal in drei Monaten und höchstens einmal pro Monat zusammentraf, um ihre Fortschritte, aber auch Probleme besprechen zu können. Hinsichtlich der Zeitinvestition wurde für die Aufmerksamkeits-Plazebo-Gruppe das gleiche Programm aufgestellt: zunächst der Krankenhauskursus von einer Woche und anschließend eine vergleichbare Anzahl an „Booster"-Sitzungen. In dem Wochenkursus wurde eine Fülle von Filmen und Prospekten der Arthritis Foundation gezeigt, wobei jedoch keinerlei Verhaltensvorschriften gemacht wurden. Die Kontrollgruppe erfuhr lediglich eine rheumatologische Standardbehandlung.

Obwohl sowohl körperlich-funktionelle als auch rheumatologische Persönlichkeits- sowie Schmerz- und Bewältigungsmaße angewendet wurden, ließ sich bei der experimentell therapierten Patientengruppe sowohl nach 6 als auch nach 12 Monaten lediglich eine deutlich bessere Bewältigung feststellen.

Würde man die Teilnehmer aller verhaltenstherapeutischen Programme ihrer Therapietreue nach einteilen, so schneiden die Teilnehmer des letztgenannten Programms am besten, alle anderen Gruppen deutlich schlechter ab. Die Patienten der letztgenannten Studie zeichneten sich durch weniger Schmerzen und eine geringere erlernte Hilflosigkeit sowie ein besseres Bewältigungsgeschick aus.

Studie von Lindroth et al. (1989)
Lindroth et al. (1989) entwickelten ein verhaltenstherapeutisches Programm, das aus 6 wöchentlichen Sitzungen à zweieinhalb Stunden bestand. Die Schwerpunkte der Gruppenzusammenkünfte lagen dabei auf medizinischen Aspekten, auf dem Umgang mit Schmerzen, Übungen, Streßhandhabung, sozialen Fertigkeiten, Arbeitsanpassung, Ernährung, Freizeit sowie auf der sozialen Versorgung.

Das Programm, das bei 195 Poliklinikpatienten im Vergleich zu einer nichttherapierten Kontrollgruppe erprobt wurde, schien an Hand der Ergebnisse der Nachuntersuchung sowie des Follow-ups nach 12 Monaten zu einem Kenntniszuwachs sowie einer Verbesserung der körperlich-funktionellen Möglichkeiten zu führen. Das Programm hatte jedoch keinerlei Auswirkungen auf die Schmerzwahrnehmung, den „locus of control" und auf das Vertrauen in die Therapie.

Weitere Studien
Über die angelsächsischen Studien hinaus wollen wir zwei deutsche Untersuchungen besprechen.

Basler und Rehfisch (1988) verglichen bei einer heterogenen poliklinischen Patientengruppe die Wirkung eines verhaltenstherapeutisch orientierten Programms mit einer Wartelistenkontrollgruppe. Von den 66 Patienten litten 50 % an RA. Die übrigen Patienten litten unter anderen rheumatischen Erkrankungen (z. B. Arthrose, Morbus Bechterew). Das Programm bestand aus 12 wöchentlichen Sitzungen à 90 Minuten. Die wichtigsten Themen waren Entspannungstraining, kognitive Umstrukturierung, Schmerzbewältigung, medizinische Informationen über rheumatische Erkrankungen sowie selbstgesteckte Ziele zu erreichen. Die Nachuntersuchung und das Follow-up (nach 4 Monaten) ergaben folgende signifikante Resultate:

- Abnahme des subjektiven Schmerzniveaus

- Verbesserung des allgemeinen Stimmungsniveaus
- verbesserter Umgang mit Schmerzen
- ein herabgesetztes Angstniveau
- besseres Schlafverhalten.

Bei 44 Klinikpatienten (von denen 9 an RA und 35 an anderen rheumatischen Erkrankungen litten) wurde ein Schmerzprogramm im Vergleich zu einer Kontrollgruppe von Cziske et al. (1987a, 1987b) ausgewertet. Die Teilnehmer der Kontrollgruppe erhielten lediglich eine Unterrichtssitzung von eineinhalb Stunden über psychische Schmerzbeeinflußung. Das verhaltenstherapeutisch orientierte Schmerzprogramm bestand aus 4 Sitzungen mit je eineinhalb Stunden, die die „Gate-control-Theorie", ein Entspannungsstraining, die Aufmerksamkeitsablenkung, den Gedankenstopp und das konstruktive Denken zum Thema hatten. Das Programm ergab eine deutliche Abnahme von Schmerzintensität und Angstzuständen sowie eine Zunahme der positiven Stimmungslage. Eine Nachfolgeuntersuchung wurde nicht durchgeführt.

3.3.3 Bewertung und Schlußfolgerung

Wo liegen die Verdienste der verhaltenstherapeutischen Bemühungen zur RA, insbesondere die Verdienste der zusammengestellten Programme? Die Schlußfolgerung aller betroffenen Untersuchungsleiter ist im allgemeinen, daß die Programme ermutigend, jedoch nicht von definitiver Eindeutigkeit im positiven Sinne seien. In der Tat ergaben alle Studien deutlich positive Effekte bei verhaltenstherapeutischen, adjunktiven RA-Programmen. Allerdings ist der Umfang der Veränderungen begrenzt: Im allgemeinen betreffen sie nur die Kenntnisse über die RA, die Bewältigungsmöglichkeiten und im kleineren Maße Schmerzverhalten und Schmerzempfindung. In der Regel ergaben sich keine Veränderungen der körperlich-funktionellen Möglichkeiten, der rheumatischen Krankheitsparameter und der Persönlichkeitsmerkmale. Bedauerlicherweise beweisen die Follow-ups, daß die positiven Resultate nicht von Dauer sind. Appelbaum et al. (1988) wiesen bei der Besprechung ihrer Resultate auf die Bedeutung von sog. „Booster"-Sitzungen hin. Die Studie von Parker et al. (1988, vgl. Bradley et al. 1987) zeigte jedoch, daß diese „Booster"-Sitzungen nur eine ungenügende Gewähr für die Dauerhaftigkeit der Resultate darstellen; denn lediglich bei den Patienten mit ausreichendem Vertrauen in die Therapie hatten die „Booster"-Sitzungen einen positiven Effekt. Das Ausmaß des Vertrauens von seiten der Patienten während und nach Ablauf des Therapieprogramms sowie der Anwendung des Erlernten im täglichen Leben scheinen also wichtige Komponenten für die dauerhafte Effektivität zu sein.

Sowohl die Physiotherapie und die medizinisch-rheumatische Behandlung (Belcon et al. 1984) als auch die Verhaltenstherapie haben diese Frage jedoch außer acht gelassen. Allgemein wird eine größere systematische Aufmerksamkeit für die Verallgemeinerung der Ergebnisse aus den Behandlungsprogrammen gewünscht.

Auffällig ist die nahezu vollständige Vernachlässigung der Einsatzmöglichkeiten der untersuchungsbezogenen Bewertungen für eine routinemäßige Rheumabehandlung.

Noch ist unklar, welche spezifischen Behandlungskomponenten zu positiven Effekten führen. Um dies zu erforschen, befragten Bradley et al. (1987) und O'Leary et al. (1988) die Teilnehmer, welche Techniken sie selbst am erfolgreichsten empfanden. Dabei schnitten die Entspannungsübungen am besten ab, wobei bei O'Leary et al. darüber hinaus auch die Aufmerksamkeitsablenkungstechniken und bei Bradley et al. die Diskussionen mit Leidensgenossen positive Erwähnung fanden. Die eingeschränkte Aussagekraft von subjektiven Berichterstattungen ist den

Verhaltenstherapeuten natürlich zur Genüge bekannt. Bisher sind nur (zusammengesetzte) Programme bewertet worden.

Wer mit Kazdins (1986) Unterscheidungen zwischen „treatment package strategy", „dismantling treatment strategy", „constructive treatment strategy", „parametric treatment strategy", „comparative treatment strategy" vertraut ist, weiß, daß eine systematische Effektivitäts- und Verlaufsbewertung von verhaltenstherapeutischen Interventionen bezüglich der RA noch in den Kinderschuhen steckt, um so mehr, da die heutigen Interventionen scheinbar äußerst atheoretisch zustandegekommen sind. Diese werden nicht durch eine elaborierte „RA-Lebenslaufpsychologie" entworfen, sondern durch eine verallgemeinernde Anwendung verfügbarer Verfahren im Hinblick auf andere Probleme (z. B. chronischer Schmerz).

Demnach ist es auch nicht verwunderlich, daß die Verfahren mit positiven Effekten wenig eindeutig sind. Lediglich die mögliche Anwendbarkeit von „self-efficacy" (z.B. Loring et al. 1989a, 1989b, O'Leary et al. 1988, Parker et al. 1988) und von „learned helplessness" (z.B. Bradley et al. 1987) fanden eine relative Beachtung. Allerdings läßt die konkrete Ausarbeitung des theoretischen Hintergrunds dieser Konzepte bei verhaltenstherapeutischen Interventionen bezüglich der RA noch auf sich warten, was auch für die sozialpsychologischen Dimensionen der RA gilt: soziale Vergleichsverfahren und soziale Hilfestellung (z. B. Affleck et al. 1988, Blalock et al. 1989, Fitzpatrick et al. 1988, Manne u. Zautra 1989) sind bisher nicht in die verhaltenstherapeutische RA-Praxis eingegangen.

Die Frage, bei wem die Diagramme Anwendung finden können, bleibt weiterhin bestehen. Die meisten Programm-Teilnehmer gehören den ARA-Klassen II und III an und leiden im übrigen schon relativ lange an der Erkrankung. Was ist mit den Patienten der ARA-Klassen I und IV und denen, die erst seit kurzem an der RA erkrankt sind? Keiner weiß, ob die heutigen Programme auch auf diese Patientengruppe anwendbar sind. Darüber hinaus ist der Einfluß der Klinik im Gegensatz zur Poliklinik, die Bedeutung von Geschlecht, Alter, sozialer Schicht, Ausbildung und ähnlichen Variablen bisher noch nicht näher untersucht worden.

Hinsichtlich der *Klientenvariabilität* sollte die Aufmerksamkeit auf folgende Punkte gerichtet werden: Nur ein Teil der angesprochenen RA-Patienten kann oder will an einem verhaltenstherapeutischen Programm teilnehmen. Die anderen wünschen die Teilnahme nicht oder können aus praktischen Gründen (z.B. Behinderung) nicht teilnehmen. Gibt es Unterschiede zwischen diesen Patientengruppen? Und welche Auswirkungen könnte dies auf die Variabilität der verhaltenstherapeutischen Programme haben? Dieselben Fragen gelten für die sogenannten Drop-outs bei den Nachuntersuchungen und Follow-ups.

Auffällig ist auch die *Heterogenität der Untersuchungs- und Gruppenleiter:* Professionelle, Nichtprofessionelle, Mediziner, Nichtmediziner, erfahrene und unerfahrene Hilfeleistende. Hat diese Heterogenität Auswirkungen? Lorig et al. (1986) und Cohen et al. (1986) schlußfolgerten auf der Basis von empirischen Vergleichen, daß Nichtprofessionelle genauso effektiv arbeiten wie Professionelle.

Hinsichtlich *finanzieller Überlegungen* stellt sich die Frage, ob es nicht sinnvoller wäre, verhaltenstherapeutische RA-Programme durch Nichtprofessionelle ausführen zu lassen. Bevor es dazu kommt, sollte jedoch die Effektivität der erfahrenen Verhaltenstherapeuten mit der der freiwilligen bei der Ausführung der Programme verglichen werden.

Schließlich bleibt die für den Studienvergleich erschwerende Heterogenität der eingesetzten Meßinstrumente (vgl. Goeppinger et al. 1987, S. 707).

Die Tatsache, daß die Observation des „Real-life-overt"-Verhaltens (sogenannte Verhaltenstests oder -maße) bei den Patienten bisher noch nicht berücksichtigt wurde, ist beschämend. Trotz dieser Versäumnisse legitimieren die im großen und ganzen ermutigenden Resultate eine Fortsetzung der Untersuchungen von verhaltenstherapeutischen Interventionen. Allerdings scheint eine routinemäßige Einbeziehung solcher Programme in die RA-Behandlung noch verfrüht.

4 Streß und Schmerz bei Patienten mit rheumatoider Arthritis

4.1 Betrachtungen über Streß- und Schmerzcoping

Chronische Erkrankungen sind ein relativ neues Thema in der Verhaltensmedizin. Es wird angenommen, daß die Art des Umgangs mit körperlichen Erkrankungen und den damit einhergehenden Belastungen das psychische und physische Wohlbefinden mitbestimmen (Cohen u. Lazarus 1979, Lazarus u. Folkman 1984). Die Art, eine Belastung sowohl kognitiv als auch vom Verhalten her zu handhaben, wird Coping genannt. Das durch Lazarus und seine Mitarbeiter entwickelte allgemeine Modell des Streßcopings hatte großen Einfluß auf die Untersuchung des Copings chronischer Erkrankungen (u.a. Parker et al. 1988, Maes u. Schlosser 1987). Bei Lazarus steht die individuelle Interpretation und Bewertung (appraisal) einer Anpassung fordernden Situationen im Mittelpunkt. Man unterscheidet zwei Formen des Appraisals:

- das *primäre Appraisal*, welches aus dem Erfahren oder Nichterfahren von Streß resultiert
- das *sekundäre Appraisal*, das als Einschätzung der Möglichkeiten beschrieben werden kann, dem erlebten Streß die Stirn zu bieten.

Parker et al. (1988) untersuchten die Relation zwischen der Streßcopingtheorie von Lazarus und Folkman mit der Streßreaktion, die bei der rheumatoiden Arthritis auftritt. Dabei ergab sich ein signifikanter Zusammenhang zwischen Streßcoping und psychologischem Streß, jedoch keine Beziehung zwischen Streßcoping einerseits und Schmerz- und Krankheitsaktivität andererseits. Dies bedeutet möglicherweise, daß Streß- und Schmerzcoping verschiedene Phänomene sind. Ferner scheint der Schmerz bei RA-Patienten gegenüber dem Streß im Vordergrund zu stehen (s. u.a. Moldofsky u. Schester 1970). Wir halten dies für einen wichtigen Hinweis dafür, daß ein Streßcopingmodell bei diesen Patienten nur unzureichende Anwendung findet.

Im Vergleich zu der Untersuchung des Streßcopings ist die Untersuchung des Schmerzcopings relativ neueren Datums (u.a. Rosenstiel u. Keefe 1983, Keefe u. Dolan 1986, Kraaimaat u. Schevikhoven 1984 u. 1986). Eine der wenigen Studien über Schmerzcoping bei RA-Patienten wurde durch Flor und Turk (1988) durchgeführt. Diese Autoren fanden bei 40 RA-Patienten eine signifikante Beziehung zwischen Schmerzcoping und körperlichen Einschränkungen. Bei der Untersuchung des Copings körperlicher Erkrankungen ist auffallend, daß man sich überwiegend auf die Relation zwischen Streßcoping und Streßreaktion und zwischen Schmerzcoping und Schmerz beschränkt. So erlangt man Einsicht in bestimmte Copingstrategien, die bei Streß und Schmerz Anwendung finden. Offen bleibt jedoch die Frage, welche Strategien mehr oder weniger effektiv sind, um den erlebten Streß und Schmerz zu reduzieren. Kaum untersucht sind die positiven und negativen Effekte des Streß- und Schmerzcopings auf andere funktionelle Bereiche des Patienten wie z.B. Mobilität, Geschicklichkeit und die aufgrund der Krankheit erfahrene Behinderung im täglichen Leben (Interferenz). Leventhal und Nerenz (1983) gehören zu den ersten, die ein Modell entwarfen, in dem neben Streß auch die Art des Patienten, mit der Krankheit umzugehen, berücksichtigt wird. Die Untersuchung der diversen Formen des Copings bei RA-Patienten wird effektiver, wenn erst in einem empirischen Modell die Beziehung zwischen Schmerz, erlebtem Streß, körperlicher Funktion und der krankheitsbedingten Interferenz beschrieben wird. Ein derartiges Modell kann richtungsweisend sein für eine Untersuchung des Zusammenhangs zwischen Streß- und Schmerzcoping und Aspekten der Gesundheit, auf die beide Formen des Copings Einfluß haben.

Neben Streß und Schmerz denken wir dabei an die körperlichen Funktionen und an die Erfahrungen mit den Interferenzen der RA für die täglichen Aktivitäten. Das erste Ziel der Untersuchung, die im Anschluß näher beschrieben wird, ist die Entwicklung eines Modells, das die Beziehung zwischen Streß, Schmerz, Körperfunktion und den Interferenzen der Krankheit für das tägliche Leben der RA-Patienten beschreiben soll.

Das zweite Ziel schließt an diese Modellentwicklung an: Die Beziehung zwischen Streß und Schmerzbewältigung zu Aspekten der Gesundheit, die mit Schmerz und Streß assoziiert sind.

4.2 Ein empirisches Modell für das Gesundheitserleben eines Patienten mit rheumatoider Arthritis

71 RA-Patienten (21 Männer und 50 Frauen) der rheumatologischen Station des Universitätskrankenhauses Utrecht nahmen an einer rheumatologischen Standarduntersuchung teil und haben einen Fragekatalog zum Einfluß vom Rheuma auf den Allgemeinzustand und die Lebensweise (IRGL; Huiskes, Kraaimaat u. Bijlsma 1989) abgegeben. Die IRGL ist ein Fragenkatalog zur Selbstbeurteilung, der zur Messung der Gesundheitsaspekte bei rheumatisch Erkrankten entwickelt wurde.

Das aus 68 Fragen bestehende statistische Instrument erfaßt folgende Aspekte:

- körperliches Wohlbefinden (Aspekte für die körperliche Funktion sind „Mobilität" und „Geschicklichkeit" sowie „Schmerz")
- psychisches Wohlbefinden (die Aspekte „Angst", „gute Laune" und „depressive Stimmung")
- soziale Funktion („soziales Netz" und „soziale Unterstützung")
- Interferenzen der Erkrankung für das tägliche Leben (Aktivitäten, Schlaf, Sexualität und Beziehungen).

Für die Zielsetzung der Untersuchung wird der Aspekt des „sozialen Wohlbefindens" vernachläßigt.

Diese Untersuchung betraf ausschließlich Patienten, die das 18. Lebensjahr überschritten hatten. Das Durchschnittsalter der Patienten war 57 Jahre, wobei die meisten verheiratet waren und sich auf einem niedrigeren Ausbildungsniveau befanden. Durchschnittlich litten die Patienten schon seit 17 Jahren unter ihren Beschwerden, das Durchschnittsalter für die Krankheitsmanifestation betrug 40 Jahre. Neben der Schmerzskala der IRGL wurden auch die von Rheumatologen festgestellte Anzahl schmerzhafter und geschwollener Gelenke als Schmerzmaßstab berücksichtigt.

Da für die zu untersuchenden Aspekte Schmerz, Streßerlebnisse, Körperfunktion und Interferenzen mehrere Indikatoren existieren, wurde die multivariante Analysemethode Lisrel IV gewählt (Jöreskog u. Sörbom 1978). Das wichtigste Argument für die Wahl von Lisrel IV war die Möglichkeit dieses statistischen Programms, verschiedene abhängige Variablen gleichzeitig bearbeiten zu können. Durch Lisrel IV lassen sich theoretisch erarbeitete Beziehungen mit den beobachteten vergleichen.

Mehrere Indikatoren können für einen Begriff oder eine latente Variable stehen.

Ein Beispiel dafür ist der Begriff „Körperfunktion" für den zwei Indikatoren, nämlich „Mobilität" und „Geschicklichkeit", existieren. Das Ausmaß der Übereinstimmungen beim theoretischen Modell und den beobachteten Zusammenhängen wird mit einem sog. χ-Quadrat-Test überprüft. Ein relativ kleiner χ-Quadrat-Wert (mit einem unbedeutenden p-Wert) gilt als Zeichen für eine Übereinstimmung zwischen dem theoretischen und dem beobachteten Modell.

Diverse Modelle werden mit Hilfe von Lisrel erforscht. Als Kriterium gilt eine größtmögliche Übereinstimmung zwischen dem endgültigen Modell und den beobachteten Daten sowie die Bedeutsamkeit des Modells auch in psychologischem Sinne. In Abbildung 14.1 ist das Modell dargestellt, das beide Kriterien erfüllt.

In diesem Modell hat die Pfeilrichtung die Bedeutung, die Art und Weise der Testung darzustellen; es ist wohl überflüssig zu erwähnen, daß die Angaben keine kausale Interpretation der entdeckten Zusammenhänge zulassen.

Die Angabenanalyse an Hand von Lisrel IV liefert ein annehmbar passendes Modell (χ^2=76,12; df=58 und ein unbedeutender p-Wert von 0,06). Die standardisierte Restvariation zeigt, daß mit diesem Modell 39% der Varianz durch körperliche Funktionen und 63% der Varianz durch Interferenzen erklärt werden können. Folgende Zusammenhänge wurden dabei gefunden:

- Schmerzen (IRGL-Schmerzskala, geschwollene und schmerzende Gelenke) stehen in einem schwachen, aber signifikanten Zusammenhang mit Streß (r=0,26)
- Schmerzen liefern einen vorhersehbaren Wert für die Körperfunktion (r=–0,53; signifikant), aber nicht für Interferenz (0,22; nicht signifikant)
- Streß verweist auf Interferenz (r=0,58; signifikant), allerdings nicht auf das körperliche Wohlbefinden (r=–0,21; nicht signifikant).

Die Zusammenhänge, die sich in diesem Modell herausschälen, machen es möglich, sich bei dem zweiten Ziel unserer Untersuchung auf folgende Fragen zu konzentrieren:

- Welchen Beitrag liefern die spezifischen Schmerzbewältigungsstrategien für die Körperfunktion (Mobilität und Geschicklichkeit) unter Berücksichtigung des Ausmaßes der empfundenen Schmerzen?

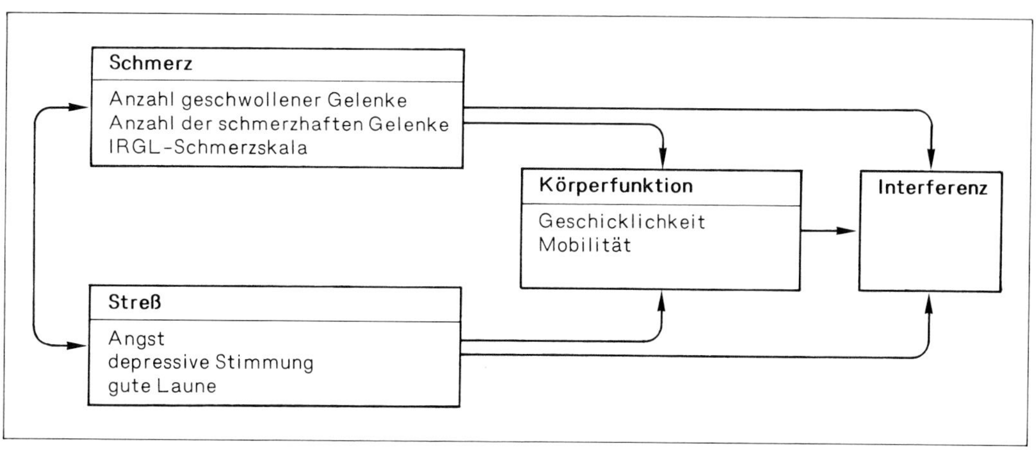

Abb. 14.1 Zusammenhänge zwischen Schmerz, Streß, Körperfunktion und Interferenzen der rheumatoiden Arthritis. Die Pfeilrichtung stellt die Art und Weise der Testung dar.

- Welche Beziehungen bestehen zwischen spezifischen Schmerzbewältigungsstrategien und Interferenzen unter Korrektur des erfahrenen Streßausmaßes?

4.3 Schmerz- und Streßbewältigung

Aus dem Patientenbestand der rheumatologischen Stationen dreier Krankenhäuser aus der näheren Umgebung von Utrecht wurden durch Zufallsauswahl 500 Patienten ausgewählt, bei denen eine klassiche oder definitive RA diagnostiziert wurde.

Die Mitarbeit der betroffenen Patienten bestand im Beantworten einer ganzen Reihe von Fragekatalogen zur Selbstbeurteilung. Von den zurückgeschickten Fragebögen waren augenscheinlich 362 für eine Analyse verwertbar.

Das Durchschnittsalter der übrigen Patienten dieser Gruppe (238 Frauen und 124 Männer) betrug ca. 60 Jahre, die Mehrzahl war verheiratet und ihr Ausbildungsniveau relativ niedrig. Durchschnittlich litten sie seit 15 Jahren unter den rheumatischen Beschwerden, wobei das Alter bei Erstmanifestation der Beschwerden 45 Jahre betrug.

Folgende Instrumente wurden für die Untersuchung eingesetzt:

- IRGL (Huiskes et al. 1989): Die Skalen für „Mobilität", „Geschicklichkeit", „Schmerzen", „Angst", „depressive Stimmung" und „Interferenz"
- Katalog zur Bestandsaufnahme des Schmerzverhaltens (IPG; Kraaimaat u. Schevikhoven 1984). Dieser Fragenkatalog besteht aus 67 Fragebogenpunkten, die sich auf die Art und Weise des Umgangs mit den Schmerzen beziehen. Auf die Angaben der 362 Patienten wird eine Faktorenanalyse angewendet (Varimay Rotation, Hauptachsenmethode). Auf Grund der analysierten Faktoren wurde folgende Skala erstellt:
  - Grübeln (12 Items, $\alpha=0.82$)
  - Ablenkung durch amüsante Aktivitäten (7 Items, $\alpha = 0.70$)
  - Reduktion von Körperbelastungen (6 Items, $\alpha = 0.73$)
  - Beruhigung/Schmerztransformation (7 Items, $\alpha = 0.75$)
  - sich Zurückziehen (4 Items, $\alpha = 0.71$)
  - Verringerung von Anforderungen (3 Items, $\alpha = 0.70$)
  - Anwendung alternativer medizinischer Methoden (4 Items, $\alpha=0.69$).
- Copingkatalog aus Utrecht (UCL; Schreurs, Tellegen u. Van de Willige 1984); dieser Fragenkatalog besteht aus 47 Fragebogenpunkten. Mit Hilfe einer Faktorenanalyse (Varimax Rotation, Hauptachsenmethode) wird für die RA-Patientengruppe folgende Skala erstellt:
  - Ablenkung (6 Items, $\alpha = 0.77$)
  - Problemorientierte Aufklärung (5 Items, $\alpha = 0.79$)
  - Suchen nach sozialer Unterstützung (6 Items, $\alpha=0.81$)
  - Abreagieren von negativen Gefühlen (8 Items, $\alpha=0{,}75$)
  - verbale Ermutigungen (6 Items, $\alpha = 0.77$)
  - Abwarte- bzw. Vermeidungshaltung (7 Items, $\alpha=0.65$).

4.3.1 Schmerz, Schmerzbewältigung und Körperfunktion

Um einen Überblick über den Zusammenhang zwischen erfahrenem Schmerz und Schmerzbewältigung zu erhalten, werden Korrelationskoeffizienten zwischen der IRGL-Schmerzskala und den außergewöhnlichen Schmerzbewältigungsskalen der IPG berechnet. Gleichzeitig werden Korrelationskoeffizienten zwischen den außergewöhnlichen Schmerzbewältigungsstrategien und zwei Indikationen für die Körperfunktionen, Mobilität und Geschicklichkeit berechnet. Für diesen Fall wird eine partielle Korrelation gewählt, wobei das Maß des subjektiven Schmerzes

Tab. 14.1 Korrelation zwischen Schmerz und Schmerzbewältigung sowie partielle Korrelation zwischen Schmerzbewältigung und Körperfunktion.

Schmerzbewältigungsstrategie	Schmerz	Mobilität	Geschicklichkeit
Grübeln	.42[1]	.05	.01
Ablenkung	.13[2]	.09	.06
Reduzierung der körperlichen Belastung	.23[1]	–.42[1]	–.17[1]
Beruhigung	.05	.14[2]	.07
sich Zurückziehen	.23[1]	–.09	–.03
Verringerung der Anforderungen	–.02	.00	–.02
alternative Medizin	.08	.07	–.02

[1] $p < .01$ [2] $p < .05$

korrigiert wird. Unser Modell zeigt die Existenz einer Assoziation zwischen Schmerz und Körperfunktion. Durch die Korrektur der subjektiven Schmerzerfahrung erhält man eine Andeutung eines einwandfreien Zusammenhangs zwischen Schmerzbewältigung und Körperfunktion. Der Korrelationskoeffizient wird in Tabelle 14.1 dargestellt.

Das Grübeln, die Ablenkung durch amüsante Aktivitäten, die Reduktion der Körperbelastung und das Zurückziehen in eine ruhigere Umgebung scheinen einen Einfluß auf das Ausmaß der subjektiven Schmerzerfahrung zu haben. Auffällig ist die Tatsache, daß kognitive Strategien wie „Beruhigung“ und „Herabsetzung der Anforderungen“ sich nicht mit dem erfahrenen Schmerz assoziieren lassen. Dies trifft ebenso auf die Anwendung alternativer medizinischer Methoden zu.

Bei einer anderen Untersuchung (Huiskes et al. 1988), in der die Patienten nach der Effektivität von Strategien zur Schmerzverringerung befragt wurden, stellte sich heraus, daß die Reduktion von körperlichen Belastungen und das Zurückziehen in eine ruhigere Umgebung als effektiv empfunden wurden. Als ineffektiv empfunden wurden Grübeln und Beruhigung. Bemerkenswert ist die negative Korrelation zwischen einer Verringerung der körperlichen Belastung und der Mobilität und Geschicklichkeit. Die Patienten, die sich dieser Strategie bedienen, scheinen deutlich weniger mobil und geschickt zu sein. Es besteht sogar die Möglichkeit, daß die Anwendung dieser Strategie eine Reduzierung der Mobilität und Geschicklichkeit zur Folge hat. Andererseits kann diese Beziehung auch darauf hinweisen, daß die Patienten so schwer unter ihrer Erkrankung zu leiden haben, daß sie deshalb weniger mobil und geschickt sind und sich eher der Bewältigungsstrategie, sich so wenig als möglich zu belasten, bedienen.

Die Resultate illustrieren, daß die Zusammenhänge zwischen bestimmten Schmerzbewältigungsstrategien, Schmerz und Körperfunktion relativ unterschiedlich sein können. Obwohl starke Schmerzen mit gesteigertem Grübeln einhergehen, scheint keine Assoziation zwischen dem Grübeln und der Körperfunktion zu bestehen. Dabei muß bemerkt werden, daß die Patienten das „Grübeln“ für die Schmerzreduzierung nicht als effektiv empfanden. Die Zusammenhänge zwischen Schmerz und Streß lassen die Vermutung zu, daß der grübelnde Patient sogar auf Schmerzen besonders empfindlich reagiert.

Außerdem kann eine bestimmte Strategie, die von den Patienten als effektiv für die Schmerzreduktion empfunden wurde, zu einer verminderten Körperfunktion führen. Als Beispiel dafür läßt sich die Strategie zur Verringerung der körperlichen Belastungen nennen, obwohl dabei die Eindeutigkeit durch das Krankheitsmaß beim Befall des Bewegungsapparates getrübt wird.

Tab. 14.2 Die Korrelationskoeffizienten von Angst und depressiver Stimmung in Assoziation zur Streßbewältigung sowie die partiellen Korrelationskoeffizienten von Angst und depressiver Stimmung in Assoziation zu Interferenzen.

Streßbewältigung	Angst	Interferenz	depressive Stimmung	Interferenz
Ablenkung	.06	.12	.03	$.14^{2}$
problemorientierte Aufklärung	$-.16^{1}$	.09	$-.14^{1}$	.09
soziale Unterstützung	.07	.11	–.05	.11
negative Gefühle	$.61^{1}$	.00	$.33^{1}$	.05
Ermutigungen	$-.46^{1}$	$.16^{1}$	$-.42^{1}$	$.13^{2}$
Abwarten/Vermeidung	$.25^{1}$	.10	$.21^{1}$	.10

$^{1}p < .01$ $^{2}p < .05$

4.3.2 Streß, Streßbewältigung und Interferenzen

Angst und depressive Stimmung gelten in unserer Untersuchung als Indikatoren für Streß. Der Korrelationskoeffizient wird dabei aus den beiden Streßindikatoren und der Streßbewältigungsskala der UCL berechnet. Angesichts der Assoziation von Streß und Interferenzen lassen sich partielle Korrelationen zwischen der Streßbewältigungsskala und den Interferenzen berechnen, wobei die subjektiven Streßerfahrungen bzw. Angst und depressive Stimmung eine Korrektur erfahren. In Tabelle 14.2 werden die berechneten Korrelationskoeffizienten wiedergegeben.

Ein relativ hohes Maß an Angst und düsterer Stimmung geht einher mit verminderter Problemaufklärung, verstärktem Abreagieren negativer Gefühle, vermehrt abwartender Haltung und Vermeidungsverhalten. Ablenkung und soziale Unterstützung sind mit den Streßmaßen nicht assoziiert. Ebenso wenig wird eine Relation zwischen sozialer Unterstützung und Interferenz gefunden.

Patienten, die über eine starke Beeinträchtigung ihres täglichen Lebens durch die Krankheit berichten, scheinen relativ viel Gebrauch zu machen von Streßcopingstrategien wie Ablenkung und Selbstermutigung. Dies kann einerseits bedeuten, daß Ablenkung und Mutzusprechung Patienten nicht dazu bringen, Behinderungen, die mit der Krankheit einhergehen, zu überwinden. Andererseits könnte es bei Patienten, deren Bewegungsapparat in ernsthaftem Ausmaß angegriffen ist, eine Strategie darstellen, mit der man die Beeinträchtigung durch die körperliche Individualität die Stirn bieten könnte.

4.3.3 Schlußfolgerung

Schmerzende und geschwollene Gelenke hängen in hohem Maße mit dem körperlichen Wohlbefinden zusammen, wie es durch die IRGL-Skala für Beweglichkeit und Geschicklichkeit wiedergegeben wird.

Der relativ unbedeutende Zusammenhang zwischen Schmerz (Schmerzskala der IRGL, schmerzende und geschwollene Gelenke) und Streß (Angst, depressive Stimmung und gute Laune) zieht eine Behandlung von RA-Patienten nach sich, bei der den Schmerzen und dem Streß einzeln Aufmerksamkeit geschenkt werden muß. Das Ausmaß von Streß scheint vor allem mit dem Ausmaß der Interferenz durch die RA-bedingten Alltagserfahrungen in Zusammenhang zu stehen. Es muß erwähnt werden, daß unsere Untersuchung einen Querschnitt darstellt, deshalb können keine Aussagen über mögliche kausale Zusammenhänge gemacht werden.

Die Untersuchung der Beziehungen zwischen Schmerzbewältigungsstrategien und der Beweglichkeit sowie der Zusammenhänge zwischen Streßbewältigungsstrategien und Interferenz ergab als wichtigstes Faktum, daß bei der Schmerz- und Streßbewältigung zwischen Langzeit- und Kurzzeiteffekten unterschieden werden muß.

Die für die Schmerzvermeidung effektive Strategie der Reduzierung körperlicher Belastungen schien ja mit einer verminderten Mobilität einherzugehen. Es stellte sich ebenfalls heraus, daß die Streßbewältigungsstrategien „Ablenkung" und „Ermutigung", bei denen man eine streßreduzierende Wirkung annimmt, mit einem höheren Maß an Interferenz zusammenhängen.

Dies bedeutet für die aufklärungs- und verhaltenstherapeutischen Programme, daß man zwischen Zielen wie beispielsweise Schmerz- und Streßreduktion einerseits und solchen wie Förderung der Mobilität und Reduktion der Interferenz der Krankheit hinsichtlich des alltäglichen Lebens unterscheiden muß. Für die Schmerzbewältigungsstrategie der Reduktion körperlicher Belastungen bedeutet dies, daß man neben der Schmerzverminderung auch der möglicherweise daraus resultierenden negativen Wirkung auf das körperliche Wohlbefinden (Beweglichkeit und Geschicklichkeit) Rechnung tragen muß.

Bei den Streßbewältigungsstrategien „Ablenkung" und „Ermutigung" muß die eventuell gegen möglicherweise negative Effekte auf die Interferenz abgewogen werden. Eine Ausnahme bilden dabei möglicherweise die Patienten, deren Bewegungsapparat in hohem Maße in Mitleidenschaft gezogen ist. Diese Patienten zeichnen sich durch geringe Beweglichkeit und Geschicklichkeit und ein hohes Maß an Interferenz aus. Bewältigungsstrategien wie Reduktion körperlicher Belastung, Ablenkung und Ermutigung haben bei diesen Patienten gleichwohl eine schmerz- und streßreduzierende Funktion. Die geltenden aufklärungs- und verhaltenstherapeutischen Programme basieren auf der Annahme, daß Streß- und Schmerzbewältigungsstrategien allgemein zur Verbesserung diverser gesundheitlicher Aspekte genutzt werden können. Auf Grund der Resultate aus unserer Untersuchung sind wir der Meinung, daß diese Annahme revidiert werden muß.

5 Engpässe und wünschenswerte Entwicklungen bei der psychologischen Theoriebildung und RA-Behandlung

5.1 Engpässe bei der psychologischen Theoriebildung und RA-Behandlung

Seit den 30er Jahren können bei den psychologischen Bemühungen um die RA eindeutig Schwerpunkte unterschieden werden. Von Meyerowitz (1971) werden in den folgenden drei Hypothesen die theoretischen Ausgangspunkte, die vor allem bis 1970 gültig waren, wiedergegeben:

- Die Spezifitätshypothese geht davon aus, daß Erkrankung durch spezifische psychische Merkmale beeinflußt wird, die schon vor der Erkrankung manifest waren.
- Die Hypothese zur Krankheitsentstehung nimmt an, daß ein Zusammenhang zwischen dem Auftreten bestimmter streßreicher Lebenserfahrungen und der Entstehung der RA besteht.
- Die Hypothese zum Krankheitsverlauf geht davon aus, daß bestimmte psychische Reaktionen einen Einfluß auf den Krankheitsverlauf haben.

Vor allem für die Spezifitätshypothese nahm das Interesse allmählich ab, da sie keinerlei empirische Unterstützung fand. Es besteht noch immer ein Interesse an der Hypothese zur Krankheitsentstehung, insbesondere der juvenilen chronischen Arthritis (u.a. Keltikangas-Järvinen et al. 1989) vor allem aus Sicht der psychoneuroimmunologischen Untersuchung nach der Krankheitsverlaufshypothese (u.a. Zautra et al. 1989). Nach 1970 lag der Interessenschwerpunkt im allgemeinen auf der Frage nach dem emotionalen und kognitiven Umgang mit einer so belastenden Krankheit, wie es die RA ist. Unter anderem spielen jetzt die individuellen Bewältigungsprozesse eine größere Rolle. Auffällig ist die Tendenz zu ausführlichen Entwürfen und Testungen komplexer Copingmodelle (s.a. Rudy et al. 1988).

Ungefähr ab Mitte der 80er Jahre wurden zwei Konzepte, die eher innerhalb der Verhaltenstherapie ihren Anfang nahmen, entdeckt:

- „self-efficacy" (Bandura 1986, Loring et al. 1989, O'Leary et al. 1988, Parker et al. 1988)
- „learned helplessness" (Peterson u. Seligman 1984, Nicassio et al. 1986, Callahan et al. 1988, Stein et al. 1988).

Abgesehen von Unterschieden zwischen den hier genannten theoretischen Blickwinkeln existieren auch gemeinsame Merkmale sowie Versäumnisse:

- Als erstes sei der einheitliche Trend zum Reduktionismus genannt: nur eine Variable oder eine bestimmte, miteinander verwandte Gruppe von Variablen wird zur Erklärung eines Großteils der von den Variablen abhängigen Varianten herangezogen (z.B. Entstehung der RA, das Erleben der RA, Effektivität im Umgang mit der RA).
- Die zweite Gemeinsamkeit besteht in einer nicht vertretbaren Verallgemeinerung: Obwohl die meisten psychologischen Studien sich hier auf Patienten der ARA-Klasse II und III erstrecken, wird argumentiert, als seien die Resultate ohne weiteres auch auf Patienten der ARA-Klassen I und IV anwendbar. Außerdem wird auch in nur ungenügender Weise zwischen Patienten, die erst seit kurzer Zeit, und Patienten, die schon längere Zeit unter der RA leiden, unterschieden. Im allgemeinen ist die letztgenannte Patientengruppe überproportional vertreten.
- Das dritte und letzte gemeinsame Merkmal ist die einseitige Fixierung auf psychische Variablen. Die psychischen Faktoren werden zu sehr unabhängig von biologischen Prozessen untersucht, wobei der mögliche Einfluß der bei der RA auftretenden biologischen Prozesse auf psychische Faktoren vernachlässigt wird. Eine interessante Herausforderung stellt in dieser Hinsicht die These einiger Rheumatologen dar, daß die Depression bei der RA die Folge des biologischen Krankheitsverlauf sei (u.a. Dick 1988, MacNeil u. Dick 1976, Scott 1969).

5.2 Wünschenswerte Entwicklungen bei der psychologischen Theoriebildung und RA-Behandlung

Auf Grund der obengenannten Engpässe plädieren wir für folgende Entwicklungen, wobei wir davon ausgehen, daß das zu untersuchende Verhalten von komplexer Art ist und mehrfach determiniert ist.

Anstelle der Konzentration auf Persönlichkeits- und intrapsychische Variablen einerseits und auf den Einfluß streßreicher (externer) Ereignisse und/oder auf die Umstände für die Entstehung und den Verlauf der RA andererseits bringt die Kombination beider sicherlich mehr: So sollte man beispielsweise die Rolle von Persönlichkeitsfaktoren als einen möglichen Puffer bei schädigenden Folgen streßreicher Ereignisse untersuchen (Lerman 1987, Friedman u. Booth-Kewley 1987). Viele RA-Patienten leiden nämlich unter psychischem Streß beim Auftreten von Problemen im Krankheitsverlauf (u.a. Anderson et al. 1985).

Wichtige Begriffe innerhalb der gerade erwähnten Untersuchungsrichtung, bei der eine Synthese zwischen internen und externen Faktoren gesucht wird, sind möglicherweise mediierende psychische Mechanismen wie

- Coping
- „learned helplessness" (Felton et al. 1984a u. 1984b, Revenson u. Felton 1989, Nicassio et al. 1986)
- „appraisal" (Lazarus 1966, Lazarus und Folkman 1984)
- Repräsentation und Interpretation körperlicher Symptome (Leventhal u. Nerenz 1983)
- der Begriff Attribution (Lowery et al. 1983).

Lerman (1987) behauptet, daß bei Betrachtung der bisherigen Untersuchungen streßreicher Lebensereignisse den größten Einfluß in bezug auf die RA darstellen kann,

- wenn diese Ereignisse als bedrohend und der Kontrolle entzogen wahrgenommen werden
- wenn die Ereignisse Gefühle des Unbehagens wecken
- wenn sie eine erlernte Hilflosigkeit in Form von Zurückgezogenheit und schlechten und ungesunden Lebensgewohnheiten hervorrufen.

Die Kartierung dieser psychischen Aspekte im Zusammenhang mit umfassenden Messungen aller möglichen biomedizinischen krankheitsverbindenden Parametern ist für den Einblick in folgende Fragen notwendig:

- Bei welchen RA-Patienten ist die Wahrscheinlichkeit, unter körperlichen und seelischen Problemen zu leiden, am größten?
- Welche Aspekte stellen einen vorhersehbaren Wert bezüglich der RA-Entstehung und der Exazerbation innerhalb des Krankheitsverlaufs dar?

Letztlich sollten diese Fragen der Behandlung und Begleitung von RA-Patienten dienen. Kurz zusammengefaßt wäre eine Untersuchung zur Entwicklung allgemeiner Modelle wünschenswert, die gleichzeitig sowohl den biologischen und psychologischen als auch den sozialen Variablen Rechnung trägt. Um einer übermäßigen Verallgemeinerung innerhalb der Untersuchung mit einer eher begrenzten Fragestellung zu begegnen, muß vor allem die Aufmerksamkeit auf den Teil der Variation, der durch die untersuchten Faktoren erklärt wird, gerichtet werden. Ein allgemeines heuristisches Modell, in das sehr unterschiedliche Faktoren eingehen, bieten Salovey und Rodin (1989). Eine andere wünschenswerte Entwicklung ist die Unterscheidung zwischen RA und anderen chronischen Erkrankungen oder Schmerzsyndromen. Man ordnet die RA noch viel zu häufig anderen chronischen Erkrankungen unter, wodurch eine eventuelle Spezifität der RA außer acht gelassen wird.

Mittlerweile existieren methodologische Mittel, um die Therapiebildung in die gewünschten Bahnen zu leiten. Priorität erhalten hierbei einerseits die latenten Strukturmodelle (z.B. Lisrel), wenn es um die Wiedergabe eines Zusammenspiels diverser Faktoren geht und andererseits prospektive Studien, wenn es um kausale Beziehungen geht. Zum Schluß plädieren wir für eine Unterscheidung der Patienten nach ARA-Klassen sowie Krankheitsdauer und für den Vergleich von RA-Patienten mit Kontrollgruppen (gesunden Personen) und/oder Patienten mit anderen chronischen Erkrankungen.

Die psychologische Hilfestellung bei der RA ist in den letzten 15 Jahren von folgenden Fragen ausgegangen:

- Wie kann man lernen, optimal mit RA als chronischer Erkrankung zu leben?
- Wie kann man zu einer sekundären Prävention beitragen?

Die aufklärerischen und psychologischen Erziehungsprogramme werden in der klinischen Praxis als Antwort auf das Bedürfnis der Patienten nach Information und psychologischer Hilfe und auf einer klinisch relevanten Basis entwickelt. Ein theoretischer „Kader" lag außerhalb des Bereichs der Helfenden oder fehlte ganz.

Die begrenzten Resultate aus der Bewertung dieser Programme fordern zu theoretischer Besinnung und zu einem Mehr an fundamentalen Untersuchungen auf. Die Situation, in der man zunächst die Wirkungen feststellt und erst dann die Frage nach der Arbeitsweise stellt, ist kein Einzelfall bei der psychologischen Hilfestellung für RA-Patienten. Eine vergleichbare Entwicklung läßt sich auch bei der Psychotherapie feststellen. Bei der Hilfestellung für RA-Patienten ist diese Arbeitsweise mit dem heutigen Kenntnisstand allerdings ein unhaltbarer Zustand geworden. Eine weitere Falle stellt die einseitige Ausrichtung auf die Entwicklung und Bewertung von Standardprogrammen dar.

Eine größere Aufmerksamkeit für die Verwirklichung individueller Programme in der täglichen Praxis der Rheumatologen ist ebenfalls erforderlich. Erst im Fall einer Realisierung läßt sich die Frage nach der klinischen Effektivität von aufklärerischen und psychologischen Erziehungsprogrammen erörtern.

Literatur

Achterberg J, McGraw P, Lawlis GF. Rheumatoid arthritis: a study of relaxation and temperature biofeedback training as an adjunctive therapy. Biofeedback Self Regul 1981; 6:207–23.

Achterberg-Lawlis J. The psychological dimensions of arthritis. J Consult Clin Psychol 1982; 50:984–92.

Ader R (ed). Psychoneuroimmunology. New York: Academic Press 1981.

Ader R (ed). Psychoneuroimmunologic contributions to the study of rheumatic diseases. In: Immunology of Rheumatic Disease. Gyrta S, Talal N (eds). New York: Plenum Press 1985; pp. 669–96.

Affleck G, Tennen H, Pfeiffer C, Fifield J. Social comparisons in rheumatoid arthritis: accuracy and adaptional significance. J Soc Clin Psychol 1988; 6:219–34.

Alberti RE, Emmons ML. Your Perfect Right. San Louis Obispo, CA: Impact Books 1978.

Alexander F. Psychosomatic Medicine. New York: W.W. Norton 1950.

Alexander F, French TM, Pollock GH. Psychosomatic Specificity. Chicago: University of Chicago Press 1968.

Anderson CD, Stoyva JM, Vaughn LJ. A test of delayed recovery following stressful stimulation in four psychosomatic disorders. J Psychosom Res 1982; 26:571–80.

Anderson KO, Bradley LA, Young LD, McDaniel LK. Rheumatoid arthritis: review of psychological factors related to etiology, effects and treatment. Psychol Bull 1985; 98:358–87.

Appelbaum KA, Blanchard EB, Hickling EJ, Alfonso M. Cognitive behavioral treatment of a veteran population with moderate to severe rheumatoid arthritis. Behav Ther 1988; 19:489–502.

Baker GHB. Life events before the onset of rheumatoid arthritis. Psychotherapy and Psychosomatics 1982; 38:173–7.

Balmer DH. Counselling in a hospital setting: an introduction to the CARE project. Br J Guidance Counselling 1987; 15:150–7.

Balmer DH. The CARE project: the developmental stages of group counselling for patients with rheumatoid arthritis. Br J Guidance Counselling 1988; 16:63–72.

Bandura A. Social Foundations of Thought and Action: a Social Cognitive Theory. Englewood Cliffs, N. J.: Prentice Hall 1986.

Bartrop RW, Luckhurst E, Lazarus L, Kiloh LG, Penny R. Depressed lymphocyte function after bereavement. Lancet 1977; 1:834–6.

Basler HD, Rehfisch HP. Psychologische Schmerztherapie in Rheuma-Liga-Selbsthilfegruppen. Z Klin Psychol 1989; 203–14.

Baum J. A review of the psychological aspects of rheumatic diseases. Semin Arthritis Rheum 1982; 11:352–61.

Belcon MC, Haynes RB, Tugwell P. A critical review of compliance studies in rheumatoid arthritis. Arthritis Rheum 1984; 27:1227–33.

Bernstein DA, Borkovec TD. Progressive Training Relaxation: a manual for Helping Professions. Champaign: Research Press C 1973.

Blalock SJ, McEvoy-DeVillis B, DeVillis RF. Social comparison among individuals with Rheumatoid Arthritis. J Appl Soc Psychol 1989; 19:665–80.

Blom GE, Nichols G. Emotional factors in children with rheumatoid arthritis. Am J Orthopsychiatry 1954; 24:588–601.

Booth GC. Personality and chronic arthritis. J Nerv Ment Dis 1937; 85:637.

Bourestrom NC, Howard MT. Personality characteristics of three disability groups. Arch Phys Med Rehabil 1965; 46:626–32.

Bradley LA. Psychological aspects of arthritis. Bull Rheum Dis 1985; 35:12.

Bradley LA, Young LD, Anderson KO, Turner RA, Agudelo CA, McDaniel LK, Pisko EJ, Semble EL, Morgan TM. Effects of psychological therapy on pain behavior of rheumatoid arthritis patients. Arthritis Rheum 1987; 30/10:1105–14.

Brinkmann R, Deter HC, Eisele H, Brohl J. Ambulante Gruppentherapie bei Patienten mit chronischer Polyarthritis. In: Gruppen mit körperlich Kranken. Deter HC, Schuffel W (Hrsg). Berlin: Springer 1988; 139–59.

Burke EJ, Hickling EJ, Alfonso MP, Blancard EB. The adjunctive use of biofeedback and relaxation training for severe rheumatoid arthritis: a preliminary investigation. Clin Biofeedback Health 1988; 8:28–36.

Callahan LF, Brooks RH, Pincus T. Further analysis of learned helplessness in rheumatoid arthritis using a „Rheumatology Attitude Index". J Rheum 1988; 15:418–26.

Clegg DO, Ward JR. Diagnostic criteria in RA. Scand J Rheum Supp 1987; 65:3–11.

Cobb S, Bauer W, Whiting I. Environmental factors in rheumatoid arthritis. a study of the relation between onset and exacerbation of rheumatoid arthritis and emotional or environmental factors. J Am Med Assoc 1939; 111:668–70.

Cobb S, Schull WJ, Harburg E, Kasl SV. The intrafamilial transmission of rheumatoid arthritis: I–VIII. J Chron Dis 1969; 22:193–295.

Cohen D. Psychological concomittants of chronic illness: a study of emotional correlates of pulmonary tuberculoses, peptic ulcer, the arthritic and cardiac disease. Unpublished Doctoral dissertation. University of Pittsburgh 1949.

Cohen F, Lazarus RS. Coping with the stresses of illness. In: Health Psychology: A Handbook. Stone GC, Cohen F, Adler NE (eds). San Francisco: Jossey-Bass 1979; pp. 217–54.

Cohen JL, Sauter S, DeVillis R, DeVillis B. Evaluation of arthritis selfmanagement courses led by lay persons and professionals. Arthritis Rheum 1986; 29:388–93.

Crown S, Crown JM. Personality in early rheumatoid disease. J Psychosom Res 1973; 17:189–96.

Crown S, Crown JM, Fleming A. Aspects of the psychology and epidemiology of rheumatoid disease. Psychol Med 1975; 5:291–9.

Cziske R, Jaeckel W, Jacobi E. Effekt eines Kurztrainingsprogramms zur Schmerzbewältigung bei Rheumapatienten während der Rehabilitation. Z Klin Psychol 1987a; 16:115–23.

Cziske R, Jaeckel W, Jacobi E. Probleme bei der Durchführung eines Schmerzbewältigungsprogrammes bei Rheumapatienten und Untersuchungen zu seiner Effektivität. Z Rheumatol 1987b; 46:328–32.

Denver DR, Laveault D, Girard F, Lacourciere Y, Latulippe L, Grove RN, Preve M, Doiron N. Behavioral medicine: biobehavioral effects of short-term thermal biofeedback and relaxation in rheumatoid arthritic patients. Biofeedback Self Regul 1979; 4:245–6.

Dick WC. Psychological problems in RA: management strategies. Rheumatol Forum 1988; 7/2:1–8.

Empire Rheumatism Council. A controlled investigation into the etiology and clinical features of RA. BMJ 1950; 799–805.

Feigenbaum SL, Masi AT, Kaplan SB. Prognosis in rheumatoid arthritis: a longitudinal study of newly diagnosed younger adult patients. Am J Med 1979; 66:377–84.

Felton BJ, Revenson TA. Coping with chronic illness: a study of illness controllability and the influence of coping strategies on psychological adjustment. J Consult Clin Psychol 1984a; 52:343–53.

Felton BJ, Revenson TA, Hinrichsen GA. Coping and adjustment in chronically ill adults. Soc Sci Med 1984b; 18:889–98.

Fitzpatrick R, Newman S, Lamb R, Shipley M. Social relationships and psychological will-being in rheumatoid arthritis. Soc Sci Med 1988; 27:399–403.

Flor H, Turk DC. Chronic back pain and rheumatoid arthritis: predicting pain and disability from cognitive variables. J Behav Med 1988; 11:251–65.

Frank RG, Beck NC, Parker JC, Kashani JH, Elliott TR, Haut AE, Smith E, Atwood C, Brownlee-Duffeck M, Kay DR. Depression in rheumatoid arthritis. J Rheumatol 1988; 15:920–5.

Friedman HS, Booth-Kewley S. The „disease-prone personality"; a meta-analytic view of the construct. Am Psychol 1987; 42:539–55.

Gardiner BM. Psychological aspects of rheumatoid arthritis. Psychol Med 1980; 10:159–63.

Genest M. Coping with RA. Can J Behav Sci 1983; 15:392–408.

Goeppinger J, Brunk SE, Arthur MW, Riedesel M. The acceptability of community based arthritis self-care programs. Arthritis Rheum Supp 1987; 30:193.

Halliday JL. Psychologic factors in rheumatism. BMJ 1937; 1:213.

Halliday JL. Psychological aspects of rheumatoid arthritis. Proc R Soc Med 1942; 35:455–7.

Hawley DJ, Wolfe F. Anxiety and depression in patients with rheumatoid arthritis: a prospective study of 400 patients. J Rheumatol 1988; 15:932–41.

Heisel JS. Life changes as etiologic factors in juvenile rheumatoid arthritis. J Psychosom 1972; 17:411–20.

Henderson B, Pettigher ER, Higgs GA. Mediators of rheumatoid arthritis. Br Med Bull 1987; 43:415–28.

Hendrie HC, Paraskevas F, Baragar FD, Adamson JD. Stress, immunoglobulin levels and early polyarthritis. J Psychosom Res 1971; 15:337–43.

Henoch MJ, Batson JW, Baum J. Psychosocial factors in juvenile rheumatoid arthritis. Arthritis Rheum 1978; 21:229–33.

Huiskes CJAE, Bijlsma JWJ. Rheuma. Utrecht: Bohn, Scheltema & Holkema 1989.

Huiskes CJAE, Kraaimaat FN, Bijlsma JWJ. Pijncopingstrategieën van RA patienten. Zelfgerapporteerde effectiviteit, Unveröffentlichtes Manuskript, Abteilung Psychiatrie, Universität Utrecht 1988.

Huiskes CJAE, Kraaimaat FW, Bijlsma JWJ. De ontwikkeling van de IRGL: een instrument om gezondheid te meten bij patienten met RA. Gedrag en Gezondheid 1989; 18:78–89.

Jemmot JB, Locke SE. Psychosocial factors, immunological mediation and human susceptibility to infectious diseases: How much do we know? Psychol Bull 1984; 95:78–108.

Jones RL. Arthritis Deformans. New York: Wood 1909.

Jöreskog KG, Sörbom D. LISREL IV: a general computer program for estimation of a linear structural equation system by maximum likelihood methods (Programm Manual). Chicago: International Education Services 1978.

Kaplan S, Kozin F. A controlled study of group counseling in rheumatoid arthritis. J Rheumatol 1981; 8:91–99.

Kaye RL, Hammond AH. Understanding rheumatoid arthritis. Evaluation of a patient education program. J Am Med Assoc 1978; 239:2466–7.

Kazdin A. The evaluation of psychotherapy: research design and methodology. In: Handbook of Psychotherapy and Behavior Changes. 3th ed. Garfield SL, Bergin AE (eds). New York: Wiley 1986; pp. 23–68.

Keefe JF, Dolan E. Pain behavior and pain coping strategies in low back pain and myofascial pain dysfunction syndrome patients. Pain 1986; 24:49–56.

Keltikangas-Järvinen L, Pelkonen P, Kunamo I. Life changes related to the onset of juvenile rheumatoid arthritis. Psychother Psychosom 1988; 50:102–8.

Kiecolt-Glaser JW, Garner W, Speicher C, Penn G, Halliday J, Glaser R. Psychosocial modifiers of immune competence in medical students. Psychosom Med 1984; 46:7–14.

Kiecolt-Glaser JK, Glaser R, Willinger D, Stout J, Messick G, Sheppard S, Ricker D, Romisher SC, Briner W, Bonnell G, Donnerberg R. Psychosocial enhancement of immunocompetence in a geriatric population. Health Psychol 1985; 4:25–41.

Kiviniemi R. Emotions and personality in rheumatoid arthritis. Scand J Rheumatol Suppl 1977, 18:1–121.

Kleijnen JGVM, Visser AP. Effectiviteit van vorrlichting aan patienten met rheumatische aandoeningen: een literatuuroverzicht. Gedrag en Gezondheid 1989; 17:18–27.

Knudson KG, Spiegel TM, Furst DE. Outpatient educational program for rheumatoid arthritis patients. Patient Counseling Health Education 1981; 3:77–82.

Koehler T. Stress and rheumatoid arthritis: a survey of empirical evidence in human and animal studies. J Psychosom Res 1985; 29:655–63.

Kok G, Wilke H, Meertens R. Voorlichting en Verandering. Groningen: Wolters-Noordhoff 1987.

Kraaimaat FW, Schevikhoven REO. Inventarisatielijst Pijngedrag. Interne Publikatie Afd. Klinische Psychologie 1984.

Kraaimaat FW, Schevikhoven REO. Causale attributies en pijncoping gedrag bij patienten met migraine. Gedargstherapie 1986; 19:195–204.

Krutzen P. Living with and adjusting to arthritis. Nurs Clin North Am 1984; 19:629–36.

Lambert V. A study of factors associated with psychological well-being in RA women. Image J Nurs Scholarship 1985; 17:50–3.

Lazarus RS. Psychological Stress and the Coping Process. New York: McGraw-Hill 1966.

Lazarus RS, Folkman S. Stress, Appraisal and Coping. New York: Springer Publishing Co 1984.

Lederle Nederland BV. Reuma hebben: Wat het betekent RA patient te zijn. Verkrijgbaar bij: Lederle Nederland B. V., Stationsplein 23 Ettenleur 1984.

Lerman CE. Rheumatoid arthritis: psychological factors in etiology, course and treatment. Clin Psychol Rev 1987; 7:413–25.

Leventhal H. Health psychology: a social psychological perspective. In: A survey of Social Psychology. 3rd ed. Berkowitz L (ed). New York: CBS Publishing Japan Ltd 1986.

Leventhal H, Nerenz DR. A model for stress research with some implications for the control of stress disorders. In: Stress reduction and prevention. Meichenbaum D, Jaremko ME (eds). New York, London: Plenum Press 1983; 5–38.

Levitan HL. Pattern of hostility revealed in the fantasies and dreams of women with rheumatoid arthritis. Psychother Psychosom 1981; 35:34–43.

Lewis-Faning E. Report on an enquiry into the etiological factors associated with rheumatoid arthritis. Ann Rheum Dis Suppl 1950; 9:94.

Lindroth Y, Bauman A, Barnes C, McCredie M, Brooks PM. A controlled evaluation of arthritis education. Br J Rheumatol 1989; 28:7–12.

Lorig K, Chastein RL, Ung E, Shoor S, Holman HR. Development and evaluation of a scale to measure perceived self-efficacy in people with arthritis. Arthritis Rheum 1989; 32:37–44.

Lorig K, Feigenbaum P, Regan C, Ung E, Holman HR. A comparison of lay-taught and professional-taught arthritis self-management course. J Rheumatol 1986; 13:763–7.

Lorig K, Fries FJ. The Arthritis Helpbook. Reading/M. A.: Addinson-Wesley 1980.

Lorig K, Konkol L, Gonzalez V. Arthritis patient education: a review of the literature. Patient Education Counseling 1987; 10:207–52.

Lorig K, Lubeck D, Kraines RG, Seleznick M, Holman HR. Outcomes of self-help education for patients with arthritis. Arthritis Rheum 1985; 28:680–5.

Lorig K, Holman HR. The beneficial outcomes of the arthritis self-management course are not adequately explained by behavior change. Arthritis Rheum 1989; 32:91–5.

Lorish CD, Parker J, Brown S. A quasi experiment comparing an individualized strategy with a routinized strategy. Arthritis Rheum 1985; 28:1289–97.

Lowery BJ, Jacobsen BS, Murphy BB. An exploratory investigation of causal thinking of arthritis. Nurs Res 1983; 32:157–62.

Lowman WE (ed). Arthritis: General Principles, Physical Medicine, Rehabilitation. Boston: Little-Brown 1959.

Ludwig AO. Psychogenic factors in rheumatoid arthritis: their baring on the care and rehabilitation of the patient. Physiotherapeutic Rev 1949; 29:339.

MacNeil AL, Dick WC. Imipramine and rheumatoid factor. J Intern Med Res 1976; 4 Suppl 2:23.

Maes S, Schlosser M. The role of cognition and coping in health behavior outcomes of asthmatic patients. Curr Psychol Res Rev 1987; 6:79–90.

Manne SL, Zautra AJ. Spouse criticism and support: their association with coping and psychological adjustment among women with rheumatoid arthritis. J Pers Soc Psychol 1989; 56:608–17.

Maser JC, Burisch TG, Hollon SD, Rimm DC. Behavior Therapy. Techniques and Empirical Findings. 2nd ed. New York: Hartcourt Brace Jovanovic 1987.

Meenan RF, Yelin EH, Nevitt M, Epstein WV. The impact of chronic disease: a sociomedical profile of RA. Arthritis Rheum 1981; 24:544–9.

Meyerowitz S. The continuing investigation of psychological variables in rheumatoid arthritis. In: Modern trends in Psychological Medicine 2. Hill A (ed). London: Butterworths 1971.

Meyerowitz S, Jacox RF, Hess DW. Monozygotic twins discordant for rheumatoid arthritis: a genetic, clinical and psychological study of eight sets. Arthritis Rheum 1968; 11:1–21.

Mindham RHS, Bagshaw A, James SA, Swannell AJ. Factors associated with the appearance of psychiatric symptoms in rheumatoid arthritis. J Psychosom Res 1981; 25:429–35.

Moldofsky H, Schester W. Pain and mood patterns in patients with rheumatoid arthritis. Psychosom Med 1970; 32:309–18.

Moos RH. Personality factors associated with rheumatoid arthritis: a review. J Chron Dis 1964; 17:41–55.

Moos RH, Engel BT. Psychophysiological reactions in hypertensive and arthritic patients. J Psychosom Res 1962; 6:227–41.

Moos RH, Solomon GF. Minnesota Multiphasic Personality Inventory response patterns in patients with rheumatoid arthritis. J Psychosom Res 1964; 8:17–28.

Moos RH, Solomon GF. Psychologic comparisons between women with rheumatoid arthritis and interview rating data. Psychosom Med 1965; 27:135–49.

Mueller AD, Lefkovits AM, Bryant JE, Marshall ML. Some psychosocial factors in patients with rheumatoid arthritis. Arthritis Rheum 1961; 4:275–82.

Mullen PD, Laville EA, Biddle AK, Lorig K. Efficacy of psychoeducational intervention on pain, depression and disability in people with arthritis: a meta-analysis. J Rheumatol Supplement 1987; 14:33–9.

Nicassio PM, Brown GK, Wallston KA, Wallston BS, Stein MJ. The role of coping resources and learned helplessness in rheumatoid arthritis. Paper presented at the annual meeting of the Society of Behavioral Medicine, San Francisco, California 1986.

O'Leary A, Shoor S, Lorig K, Holman HR. A cognitive-behavioral treatment for rheumatoid arthritis. Health Psychol 1988; 7:527–44.

Oermann MH, Doyle TH, Clark LR, Rivers CL, Rose VY. Effectiveness of self-instruction for arthritis patient education. Patient Education Counseling 1986; 8:245–54.

Parker JC, Frank RG, Beck NC, Smarr KL, Buescher KL, Phillips LR, Smith EI, Anderson SK, Walker SE. Pain management in rheumatoid arthritis patients. A cognitive behavioral approach. Arthritis Rheum 1988; 31:593–601.

Parker J, McRae C, Smarr K, Beck N, Frank R, Anderson S, Walker S. Coping strategies in rheumatoid arthritis. J Rheumatol 1988; 15:1376–83.

Pennebaker JW, Kiecolt-Glaser JK, Glaser R. Disclosure of traumas and immune function: health implications for psychotherapy. J Consul Clin Psychol 1988; 56:239–45.

Peterson C, Seligman P. Causal explanations as a risk factor for depression: theory and evidence. Psychol Rev 1984; 91:347–74.

Pincus T, Callahan LF, Bradley LA, Vaughn WK, Wolfe F. Elevated MMPI scores for hypochondriasis, depression and hysteria in patients with rheumatoid arthritis reflect disease rather than psychological status. Arthritis 1986; 29:1456–66.

Potts M, Brandt KD. Analysis of education support groups for patients with rheumatoid arthritis. Patient Counseling Health Education 1983; 4:161–6.

Pow J. The role of psychological influences in rheumatoid arthritis. J Psychosom Res 1987; 31:223–9.

Remans J. Rheumatoide arthritis: Pesoonlijkheidsstruktuur en invloed van stress. Een vergelijkend onderzoek met artrosis en psychogeen reuma. Dissertation, Universität Leiden 1983.

Rimon RH. A psychosomatic approach to rheumatoid arthritis. A clinical study of 100 female patients. Acta Rheumatol Scand Suppl 1969; 13:1–154.

Rimon RH. Rheumatoid factor and aggression dynamics in female patients with rheumatoid arthritis. Scand J Rheumatol 1973; 2:119–22.

Rimon RH. Psychosomatic aspects of rheumatoid arthritis. Psychiatrica Fennica Suppl 1981; 97–101.

Rimon RH, Belmaker RH, Ebstein R. Psychosomatic aspects of juvenile rheumatoid arthritis. Scand J Rheumatol 1977; 6:1–10.

Rimon RH, Laakso RL. Overt psychopathology in rheumatoid arthritis: a fifteen year follow-up study. Scand J Rheumatol 1984; 13:324–8.

Rimon RH, Laakso RL. Life stress and RA. A fifteen year follow-up study. Psychother Psychosom 1989; 43:38–43.

Rodin J, Salovey P. Health Psychology. Annu Rev Psychol 1989; 40:533–79.

Rogers MP. Psychiatric aspects and use of psychotropics. Psychosomatics 1985; 26:915–25.

Rogers MP, Liang MH, Partridge AJ. Psychological care of adults with RA. Ann Intern Med 1982; 96:344–8.

Rosenstiel AK, Keefe FJ. The use of coping strategies in low back pain patients: relationship to patient characteristics and current adjustment. Pain 1983; 17:33–40.

Schreurs PJG, Tellegen B, van de Willige G. Gezondheid, stress en coping: de ontwikkeling van de Utrechtse Coping Lijst. Gedrag Tijdschr Psychologie 1984; 12:101–17.

Schüssler VG, Spiess K, Rüger U. Krankheitsbewältigung bei der rheumatoiden Arthritis. Z Psychosom Med 1988; 34:291–305.

Schwartz LH, Marcus R, Condon R. Multidisciplinary group therapy for rheumatoid arthritis. Psychosomatics 1978; 19:289–93.

Scott SA. The relief of pain with an antidepressant in arthritis. Practitioner 1969; 202:802–7.

Shearn M, Fireman B. Stress management and mutual support groups in rheumatoid arthritis. Am J Med 1985; 78:771–5.

Sinnema G, Smulders L, Kuis W, Keessen W, Helders P. Chronische gewrichtsklachten bij kind en adolescent. Kind en Adolescent 1988; 9:163–75.

Skevington SM. Psychological aspects of pain in RA: a review. Soc Sci Med 1986; 23:567–75.

Smith TW, Peck JR, Milano RA, Ward JR. Cognitive distortion in rheumatoid arthritis: relation to depression and disability. J Consult Clin Psychol 1988; 56:412–6.

Sochet BR, Lisansky ET, Schubart AF, Fiocco V, Kurland S, Pope M. A medicalpsychiatric study of patients with rheumatoid arthritis. Psychosomatics 1969; 10:271–9.

Solomon GF, Moos RA. The relationship of personality to the presence of patients factor in asymptomatic relatives of patients with rheumatoid arthritis. Psychosom Med 1965; 27:350–60.

Spergel P, Ehrlich GE, Glass D. The rheumatoid arthritic personality: a psychodiagnostic myth. Psychosomatics 1978; 19:79–86.

Stein MJ, Wallston KA, Nicassio PM. Factor structure of the arthritis helplessness Index. J Rheum 1988; 5:427–32.

Steinbrocker O, Trager CH, Batterman RC. Therapeutic criteria in RA. J Am Med Assoc 1949; 140:659–62.

Strauss GD, Spiegel JS, Daniels M, Spiegel T, Landsverk J, Roy-Byrne P. Edelstein C, Ehlhardt J, Falke R, Hindin L, Zackler L. Group therapies for rheumatoid arthritis: a controlled study of two approaches. Arthritis Rheum 1986; 29:1203–9.

Udelman DL. Stress and immunity. Psychother Psychosom 1983; 37:176–84.

Udelman HD, Udelman DL. Group therapy with rheumatoid arthritis patients. Am J Psychother 1978; 32:288–99.

Van der Ploeg FAE, Lang-Both SWM, Schaufeli WB. Een onderzoek naar de psychologische aspecten van rheumatoide arthritis. Ned Tijdschr Psychologie 1979; 34:253–70.

Vollhardt BR, Ackerman SH, Grayzel AI, Barland P. Psychologically distinguishable groups of rheumatoid arthritis patients: a controlled, single blind study. Psychosom Med 1982; 44:353–62.

Walker BB, Sandman CA. Physiological response patterns in ulcer patients: phasic and tonic components of the electrogastrogram. Psychophysiology 1977; 14: 393–400.

Wallace DJ. The role of stress and trauma in RA and SLE. Semin Arthritis Rheum 1977; 16:153–7.

Ward DJ. Rheumatoid arthritis and personality: a controlled study. BMJ 1971; 2:297–9.

Weiner H. Psychobiology and Human Disease. New York: Elsevier 1977.

Weinstein ND. The precaution adoption process. Health Psychol 1988; 7:355–86.

Wetstone SL, Sheenan TS. Votaw RG, Peterson MG, Rothfield N. Evaluation of a computer based education (CBE) lesson for patients with rheumatoid arthritis. J Rheum 1985; 12:907–12.

Wickramasekera I. The management of rheumatoid arthritic pain: preliminary observations. In: Biofeedback, Behavior Therapy and Hypnosis. Wickramasekera I, Truong ST, Bush M, Orr C (eds). New York: Nelson Hall 1976.

Wiener D. Personality characteristics of selected disability groups. Genet Psychol Monogr 1952; 45:175–255.

Wilson GT, O'Leary K. Behavior Therapy: Application and Outcome. 2nd ed. Englewood Cliffs, N. J.: Prentice Hall 1987.

Zautra AL, Okun MA, Robinson SE, Lee D, Roth SH, Emmanual J. Life stress and lymphocyte alterations among patients with rheumatoid arthritis. Health Psychol 1989; 8:1–14.

15 Schmerzen

Wolf-Dieter Gerber

Der Schmerz ist der große Lehrer der Menschen. Unter seinem Hauche entfalten sich die Seelen.
Marie von Ebner-Eschenbach
Aphorismen

Inhalt

1 Schmerzempfindung und Schmerzverhalten

Der Schmerz, insbesondere der chronische Schmerz, kann das Lebensgefühl des Menschen nachhaltig beeinflussen, ihn in seinen Alltagsaktivitäten hemmen, aber auch als Signal für Freude und Lust gelten, wenn die Schmerzbefreiung den Menschen zu höherem Lebensgefühl und höherer Lebensqualität zurückführt. Der Schmerz ist eine Empfindung, eine Körperwahrnehmung, die in ihrer Qualität jedem Menschen eigen ist. Keine andere Person vermag unseren Schmerz zu erahnen, geschweige ihn zu empfinden. Das Schmerzerleben ist somit eine psychologische Entität, auch wenn er in vielen Fällen körperliche Wurzeln zu haben scheint.

1.1 Das traditionelle somatosensorische Schmerzkonzept

Der medizinischen Behandlung akuter und chronischer Schmerzzustände liegt häufig die Annahme eines unidimensionalen Verhältnisses von Schmerzreiz und Schmerzempfindung zugrunde. Dieses traditionelle somatosensorische Inputmodell, in dem Schmerz als rein somatisches Ereignis verstanden wird, geht davon aus, daß das Ausmaß des empfundenen Schmerzes direkt proportional zum sensorischen Input, nämlich dem Grad der Gewebsschädigung, ist. Darüber hinaus wird angenommen, daß jeder Schmerzreiz über bestimmte Nervenleitungen zu spezifischen Hirnarealen führt, die dann die Reaktionen bestimmen (Melzack 1978, Liebeskind u. Paul 1977).

Aus diesem Modell leiten sich folgerichtig operative und nichtoperative Verfahren der Schmerzausschaltung (z.B. mittels Nervenstimulation, Pharmaka) ab, die die Übertragung des sensorischen Inputs an verschiedenen Stellen unterbrechen sollen. Jedoch versagt dieses sensorische Schmerzmodell bei einer Reihe von chronischen Schmerzzuständen und insbesondere bei jenen mit noch ungeklärter Pathogenese.

1.2 Das Schmerzkonzept von Melzack

Auch im Alltag des Menschen und vermehrt in der klinischen Praxis wird dem behandelnden Arzt deutlich, daß die gleiche Verletzung bei verschiedenen Patienten und sogar bei derselben Person zu unterschiedlichen Zeitpunkten jeweils anders geartete Schmerzreaktionen bewirkt. Schmerz kann daher nicht nur durch den Reiz bzw. die Schädigung allein, sondern durch vielfältige sensorische, motivationale und affektive Faktoren moduliert werden. Die psychophysische Vorstellung von Schmerz sieht darin neben den neurophysiologischen Prozessen „eine Funktion der

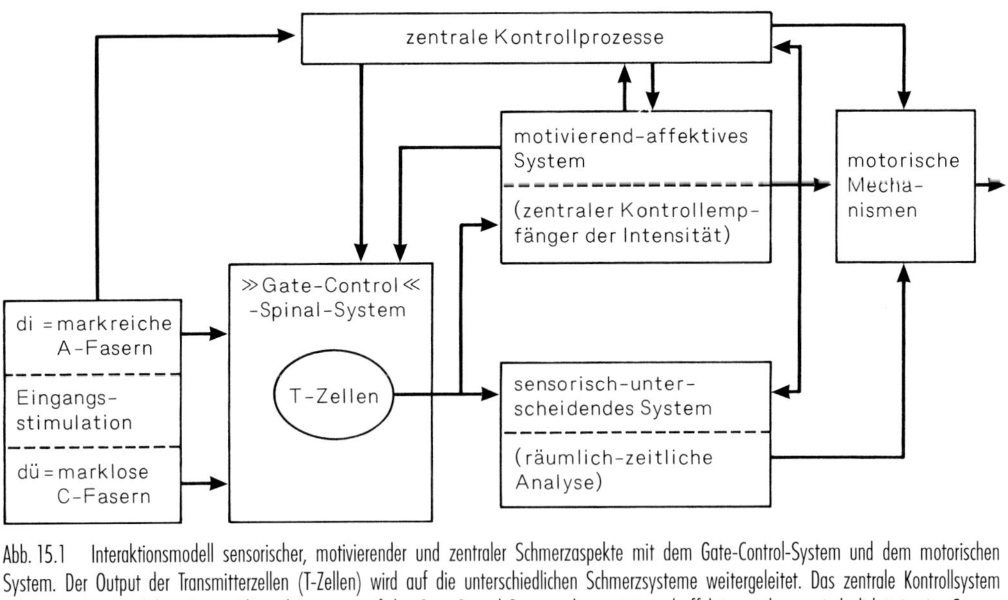

Abb. 15.1 Interaktionsmodell sensorischer, motivierender und zentraler Schmerzaspekte mit dem Gate-Control-System und dem motorischen System. Der Output der Transmitterzellen (T-Zellen) wird auf die unterschiedlichen Schmerzsysteme weitergeleitet. Das zentrale Kontrollsystem erhält Impulse von dicken Fasern (di) und projiziert auf das Gate-Control-System, das motivierend-affektive und sensorisch-diskriminative System zurück. Alle Schmerzsysteme interagieren mit dem motorischen System (nach Melzack 1978).

gesamten Person mit ihren gegenwärtigen Gedanken und Befürchtungen und ihren Hoffnungen für die Zukunft" (Melzack 1978). Das „Rätsel des menschlichen Schmerzes" mag in dem vielgeschichteten und höchst komplexen Zusammenspiel von neurophysiologischen, biochemischen, psychologischen und sozialen Faktoren liegen (Bonica 1981).

Erst Anfang der 60er Jahre wurde – beeinflußt durch die Gate-Control-Theorie von Melzack und Wall (1965) – ein multifaktorielles Konzept der Übertragung und Verarbeitung des Schmerzes vorgelegt (Abb. 15.1). Diese Theorie betont – wenngleich heute in einigen Teilaspekten widerlegt – eine multikausale Sichtweise des Schmerzes (verhaltensmedizinisches Modell). Die Autoren heben die zentralnervösen Strukturen (neothalamische, neokortikale, retikulär-limbische als Basis für sensorische, affektiv-motivationale und kognitive Prozesse) bei der Schmerzwahrnehmung hervor. Melzack nimmt an, daß Schmerz nicht nur durch eine Blockade sensorischen Inputs, sondern ebenso durch motivational-affektive und kognitiv-evaluative Faktoren beeinflußt wird.

Die Schmerztheorie von Melzack bietet zwar verschiedene Erklärungsmechanismen für die Wirkmechanismen verschiedener Schmerztherapien (wie z. B. Akupunktur, Schmerzimmunisierungstraining), jedoch sind verschiedene Teile dieser Theorie (insbesondere die Rolle der Substantia gelatinosa) inzwischen in Frage gestellt.

1.3 Das heutige Schmerzkonzept

Ausgehend von einem trimodalen Modell des Schmerzverhaltens wird daher heute Schmerz als eine Reaktion aufgefaßt, die auf drei Ebenen des Organismus ablaufen kann (Birbaumer 1984, Sanders 1979):

- auf der subjektiv-verbalen Ebene, die sich sowohl in offenen Reaktionen (z. B. Klagen, Stöhnen) als auch in verdeckten Reaktionen (Gedanken, Gefühlen, Vorstellungen) äußert
- auf der motorisch-verhaltensmäßigen Ebene (schmerzhaftige Mimik, Einnehmen einer bestimmten schonenden Körperhaltung)
- auf der physiologischen Ebene (z. B. Erregung der Nozizeptoren, biochemische Prozesse etc.)

Klinisch-psychologische bzw. verhaltensmedizinische Interventionsverfahren beziehen unter Berücksichtigung der jeweiligen pathophysiologischen Mechanismen der Schmerzerkrankung einzelne oder alle drei Ebenen der Schmerzreaktionen mit ein. Ausgehend von lernpsychologischen Überlegungen wird dabei angenommen, daß die Schmerzreaktionen wie jedes andere menschliche Verhalten erlernt und auch wieder verlernt werden können. Lernprozesse spielen bei chronischen Schmerzzuständen eine größere Rolle als bei akuten. Im Verlauf der Chronifizierung von Schmerzzuständen bilden sich spezifische schmerzbezogene Verhaltensmuster heraus, die durch die Art des Umgehens des Patienten mit seinem eigenen Schmerz (z. B. Schonhaltung bei Rückenschmerzen), aber auch durch die Einwirkung seiner sozialen Umgebung verstärkt und aufrechterhalten werden (s. Abschn. 2.4). So konnten Fordyce und Steger (1982) bei zahlreichen Schmerzpatienten eine zunehmende Verminderung der allgemeinen körperlichen und sozialen Aktivitäten feststellen. Darüber hinaus fanden die Autoren, daß Schmerzäußerungen von Patienten mit Rückenschmerzen zunahmen, wenn diese in Gegenwart ihrer Bezugspersonen exploriert wurden. Klinisch-psychologische bzw. verhaltensmedizinische Schmerzbehandlungsverfahren sind demnach vorwiegend auf die Veränderung der Bedingungen der Schmerzreaktionen gerichtet.

2 Psychologische Faktoren des Schmerzes

Art und Ausmaß des empfundenen Schmerzes sind geprägt durch unsere früheren Erfahrungen, mitbestimmt durch unsere Fähigkeit zum Verständnis und Wissen über dessen Ursache. Kulturelle, soziale, persönlichkeitspsychologische Faktoren sind beim Schmerzerleben und -verhalten von großer Bedeutung.

2.1 Soziokulturelle Faktoren

Die Schmerzbewältigung ist in den verschiedenen Kulturen sehr unterschiedlich. Während in der westlichen Kultur z. B. allgemein die Geburt als schmerzhaft angesehen wird und schmerzlindernde Maßnahmen üblich sind, gibt es anthropologische Beobachtungen über Kulturen, bei denen Frauen während der Geburt praktisch keine Schmerzen erleben. Bedeutet dies, daß westliche Frauen sich die Schmerzen nur einbilden? Keineswegs. Das Schmerzerleben unserer Kultur wird geprägt durch unsere Normen, unsere Erfahrungen während der kindlichen Entwicklung. Interkulturelle Unterschiede hinsichtlich der Empfindungs- und Schmerzschwelle konnten bei Frauen unterschiedlicher Kulturen zwar nicht gefunden werden (Sternbach u. Tursky 1968). Jedoch zeigten Italienerinnen und Israelitinnen deutlich geringere Schmerztoleranzen als Amerikanerinnen und Irinnen. Die Autoren führen diese Unterschiede auf die soziale Hemmung des emotionalen Ausdrucksverhaltens in letzteren Kulturen zurück.

Untersuchungen bei religiösen Ritualen (Feuerläufer in Griechenland; Haken-Hänge-Ritual in Indien; Fakire) konnten neben den kulturellen Faktoren auch psychophysiologische Mechanismen nachweisen (Larbig 1982).

2.2 Kognitive Faktoren

Viele Eltern können wiederholt die Beobachtung machen, daß der akute Schmerz ihres Kindes (z. B. nach einem Sturz) völlig zurückgedrängt wird, wenn das Kind durch bestimmte Objekte (Flugzeug, Vogel) „gefesselt" und abgelenkt ist. Können Schmerzzustände durch Aufmerksamkeitsverschiebungen und Ablenkung moduliert werden? Zahlreiche Untersuchungen, die im Hinblick auf die Gate-Control-Theorie (s. Abb. 15.1) von Melzack und Wall (1965) durchgeführt wurden, konnten zeigen, daß die Fokussierung auf Umgebungsreize, wie z. B. die Konzentration auf Gedanken, Bilder oder mentale Aktivierungszustände (aufregende Filme, Kopfrechnen) zu einer Reduktion der Schmerzempfindung führen können (vgl. Larbig 1982). Aufmerksamkeits- und Ablenkungsprozesse sind dabei eng verknüpft mit neurophysiologischen Mechanismen. So konnten Rockstroh et al. (1982) zeigen, daß die Erwartung eines Schmerzreizes zu ausgeprägten negativen Verschiebungen des kortikalen Gleichspannungsniveaus führt: Je stärker die affektiv-motivationale Komponente des Schmerzreizes ist, desto ausgeprägter ist die Negativierung der langsamen kortikalen Potentiale. Zustände tiefer Entspannung, Ablenkung und Meditation bewirken eine Positivierung des kortikalen Gleichspannungsniveaus.

2.3 Persönlichkeitsfaktoren

Die Bedeutung von überdauernden Persönlichkeitsfaktoren wird in der Schmerzliteratur häufig überbetont. Zwar konnte empirisch gezeigt werden, daß Persönlichkeitsdimensionen wie Introversion/Extraversion, Neurotizismus, Depression, Angst sowie kognitive Stile (Feldabhängigkeit) Einfluß auf das Schmerzempfinden haben können (Sternbach 1978). Oftmals wird jedoch verkannt, daß diese Faktoren in enger Beziehung zur sozialen Situation des Schmerzpatienten stehen. So konnten Fordyce und Steger (1982) zeigen, daß Schmerzäußerungen weniger von Persönlichkeitseigenschaften als vielmehr von dem Einfluß der Sozialpartner abhängen. Ungeachtet dessen können einige interessante Befunde signifikant werden:

Lynn und Eysenck (1961) fanden hohe Korrelationen zwischen Schmerztoleranz und Extraversion/Introversion. Danach leiden neurotisch introvertierte Personen eher stumm, extravertierte sind dagegen eher bereit, ihre Schmerzen zu äußern. Es konnte zudem gezeigt werden, daß Personen mit hoher situativer Angst eine geringere Schmerztoleranz zeigten als Personen mit geringer Angst. Die Depression hingegen ist keine notwendige Bedingung für Schmerz, auch wenn sich klinisch ein Zusammenhang aufdrängt. Da Depression häufig mit Inaktivität und Isolation einhergeht, konnte gezeigt werden, daß depressive Patienten eine niedrige Schmerzschwelle und -toleranz zeigen. Birbaumer (1984) hebt hervor, daß Depression häufig zu Schmerz, aber Schmerz nicht notwendigerweise zu Depression führt.

2.4 Lernpsychologische Faktoren

Chronische Schmerzreaktionen können wie jedes andere menschliche Verhalten Lernprozessen unterliegen (Fordyce 1976). Im Verlauf der Chronifizierung von Schmerzzuständen bilden sich spezifische schmerzbezogene Verhaltensmuster heraus, die durch die Art des Umgehens des Patienten mit seinem eigenen Schmerz (z.B. Schonhaltung bei Rückenschmerzen), aber auch durch die Einwirkung seiner sozialen Umgebung (Abnehmen von Tätigkeiten) verstärkt und aufrechterhalten werden. Fordyce und Steger (1982) fanden bei Schmerzpatienten eine Abnahme der allgemeinen körperlichen und sozialen Aktivitäten sowie eine Zunahme von Schmerzäußerungen von Patienten mit Rückenschmerzen, wenn diese in Gegenwart ihrer Bezugspersonen exploriert wurden.

Im besonderen Maße wirkt sich die Schmerzmedikation auf das Schmerzverhalten aus. Die Linderung der Schmerzen durch Schmerzmittel ist für jeden Patienten der optimalste und schnellste Weg zur Schmerzreduktion (lernpsychologisch: negativer Verstärker). Gleichzeitig können sich jedoch aufgrund von Nebenwirkungen und Gewohnheit schwerwiegende Verhaltensstörungen (z.B. Depressionen, Inaktivität) ausbilden (Gerber et al. 1988).

3 Schmerzdiagnostik und verhaltensmedizinische Behandlungsansätze

„Bei großen Schmerzen wirken Worte wie Fliegen auf Wunden". Dieses französische Sprichwort verdeutlicht eindrucksvoll, daß psychotherapeutische Maßnahmen, die sich lediglich auf verbale Interventionen beziehen, in der Regel bei chronischen Schmerzzuständen nicht wirksam sind.

Moderne klinisch-psychologische bzw. verhaltensmedizinische Behandlungsformen haben gemeinsam, daß sie auf das Ändern des Schmerzverhaltens und dessen zugrundeliegenden Bedingungen gerichtet sind (Miltner u. Larbig 1988). Diese Verfahren beziehen unter Berücksichtigung der jeweiligen pathophysiologischen Mechanismen der Schmerzerkrankung einzelne oder alle drei Ebenen der Schmerzreaktion (s.o.) mit ein. Ausgehend von lernpsychologischen Überlegungen wird dabei angenommen, daß Schmerzreaktionen wie jedes andere menschliche Verhalten erlernt und auch wieder verlernt werden können.

3.1 Schmerzdiagnostik

Die verhaltensmedizinische Schmerzbehandlung setzt eine umfassende medizinische und psychologische Schmerzdiagnostik voraus. Im Vordergrund steht dabei eine ausführliche psychologische Schmerzanamnese (Verhaltensanalyse, das sogenannte SORCK (**S**timulus, **O**rganismusvariable, **R**esponse, **C**onsequences, **K**ontingenz)-Modell), die die funktionellen Bedingungen des Schmerzverhaltens des Patienten eruieren soll (vgl. Schlottke 1982). So soll u.a. geprüft werden, inwieweit soziale und kognitive Einflüsse das Schmerzempfinden des Patienten verstärken bzw. aufrechterhalten oder auch mindern können.

Für die subjektive Schmerzmessung lassen sich folgende Verfahren unterscheiden:

Schmerzfragebogen: Die subjektive Schmerzerfahrung eines Patienten wird hierbei meist mit Hilfe von Wortlisten oder Wortkategorien untersucht, die dem Patienten zur individuellen Bewertung vorgelegt werden. Das bekannteste Verfahren ist der McGill-Pain-Questionnaire, das sich insbesondere durch seine verschiedenen Schmerzdimensionen (sensorisch, affektiv und evaluativ) auszeichnet. In der klinischen Praxis erweist sich dieser Fragebogen jedoch meist als wenig geeignet, da die deutsche Übersetzung der Schmerzwörter den Patienten Schwierigkeiten bereitet. Deutschsprachige Skalen (wie z.B. die Hoppe-Skala) liegen ebenfalls vor, jedoch erlangten sie für die klinische Praxis nur eine eingeschränkte Bedeutung.

Visuelle Analog-Skalen (VAS). In der klinischen Praxis wie auch in der Forschung sind die sogenannten VAS-Skalen am häufigsten angewendet worden. In der Regel werden die Patienten aufgefordert, ihre Schmerzen anhand einer Linie (meist 10 cm lang) je nach Schmerzausprägung, Schmerzintensität oder -erträglichkeit anzukreuzen, wobei die beiden Endpunkte durch definierte Kategorien (z.B. keine versus extreme Schmerzen) gekennzeichnet sind. Die Validität dieser VAS-Skalen ist gut belegt, auch wenn wiederholt kritische Anmerkungen hinsichtlich der Artefaktanfäl-

Migräne-Kalender, Monat: ______ 19__ **Bitte ankreuzen (x), wenn aufgetreten. Name** ______

Tag	Migräne-Anfall ja	Migräne-Anfall nein	Uhrzeit / Dauer der Kopfschmerzen 1 2 3 4 5 6 7 8 9 10 11 12 13 14 15 16 17 18 19 20 21 22 23	Schmerzstärke ?	Sehstörungen	Übelkeit	Erbrechen	Licht-, Lärm-empf.	Lähmungen	Bei Anfall eingenommenes 1. Medikament Name	Anz. der Tabl.	Anz. der Zäpf.
1				3 2 1								
2				3 2 1								
3				3 2 1								
4				3 2 1								
5				3 2 1								
6				3 2 1								
7				3 2 1								
8				3 2 1								
9				3 2 1								
10				3 2 1								
11				3 2 1								
12				3 2 1								
13				3 2 1								
14				3 2 1								
15				3 2 1								
16				3 2 1								
17				3 2 1								
18				3 2 1								
19				3 2 1								
20				3 2 1								
21				3 2 1								
22				3 2 1								
23				3 2 1								
24				3 2 1								
25				3 2 1								
26				3 2 1								
27				3 2 1								
28				3 2 1								
29				3 2 1								
30				3 2 1								
31				3 2 1								
		Summe	Summe							Summe		

Abb. 15.2 Schmerztagebuch für chronische Kopfschmerzen.

ligkeit (z. B. Stimmungszustand des Patienten) und auch der Reliabilität (Erinnerungseffekte) vorgebracht wurden (Scott et al. 1970).

Schmerztagebücher: Die umfassende Analyse der Bedingungen des Schmerzverhaltens des Patienten soll durch systematische Verlaufsbeobachtungen mit Hilfe von Schmerztagebüchern erhärtet werden. Insbesondere bei chronischen Schmerzpatienten können hier konkrete Angaben über den Verlauf und damit über zeit- und situationsabhängige Merkmale des Schmerzgeschehens durchgeführt werden. Ein Beispiel für ein solches Schmerztagebuch für den chronischen Kopfschmerz zeigt Abbildung 15.2.

Psychophysiologische Messungen: Gegebenenfalls kann bei bestimmten Schmerzsymptomen die Reagibilität physiologischer Systeme (z. B. EMG-Aktivität bestimmter Muskelbereiche, ereigniskorrelierende evozierte Potentiale) im Hinblick auf den Einfluß belastender, aber auch aufmerksamkeitsbezogener Faktoren (Streß, Ablenkung) untersucht werden.

3.2 Verhaltensmedizinische Schmerzbehandlung

Für die psychologische Behandlung chronischer Schmerzen steht eine Reihe von Verfahren zur Verfügung. Neben Entspannungs- und Suggestionstechniken (z. B. Hypnose) wurden von verschiedenen Arbeitsgruppen umfassendere Schmerzbehandlungsprogramme entwickelt, die im folgenden kurz beschrieben werden sollen.

3.2.1 Entspannungstechniken und Hypnose

Entspannungstechniken wie das autogene Training (Schultz), die progressive Muskelrelaxation (Jacobson), das „relaxation response training“ (Benson) sowie die Hypnose sind wiederholt in ihrer Wirksamkeit bei chronischen Schmerzzuständen belegt worden. Besonders bei Patienten, bei denen ein „Angst-Spannungs-Schmerz-Zyklus“ vorliegt (Miltner u. Larbig 1988), können solche Verfahren indiziert sein. Die Entspannungstechniken werden allgemein heute als Basistherapie in komplexere Schmerzbehandlungsprogramme integriert (s. u.). Dagegen kommt der Schmerzbehandlung durch Hypnose eine eigenständige Bedeutung zu (Revenstorf 1988).

Die Anwendung der hypnotischen Analgesie ist sicherlich so alt wie die Menschheit. Beschwörungstänze primitiver Kulturen, die zu einem Trancezustand mit Schmerzausschaltung führen sollen, sind vielfältig bekannt. Doch erst seit dem 18. Jahrhundert wurde durch die Arbeit von Mesmer die Hypnose therapeutisch genutzt, und in jüngerer Zeit findet die Hypnose in der Schmerzbehandlung verstärkt Beachtung.

Das Ziel der Hypnose in der Schmerzbehandlung ist die fremd- und/oder autosuggestive Beeinflussung der Schmerzwahrnehmung. Folgende Techniken sind zu nennen (Revenstorf 1988):

- Analgesie (veränderte Körperwahrnehmung)
- Amnesie (Vergessen des emotionalen Schmerzerlebnisses)
- Dissoziation (der schmerzende Körperteil wird von dem übrigen Körper losgelöst)
- Transformation (der Schmerz wird in eine andere Bedeutung, z. B. Temperatur, umgewandelt)
- Konfusion (Verwirrung des Patienten zur Neubewertung des Schmerzes)
- indirekte Techniken (Geschichte erzählen mit Einstreuung von schmerzbezogenen Inhalten)
- mystische Erfahrungen (ähnlich den Meditationstechniken).

Die klinische Wirkung der Hypnose ist eindrucksvoll, auch wenn gut kontrollierte Studien noch ausstehen und die physiologischen Wirkmechanismen noch weitgehend unklar sind. Verschiedene Untersuchungen konnten jedoch zeigen, daß sich die Wirkung hypnotischer Analgesie deutlich von allgemeinen Entspannungstechniken und kognitiven Techniken unterscheidet (Miller u. Bowers 1986, Knox et al. 1981).

Zahlreiche Berichte über die Anwendung von Hypnose in der Anästhesie, Zahnheilkunde, Geburtshilfe und bei chronischen Schmerzen liegen vor. Im besonderen Maße profitieren offensichtlich Patienten mit Phantomschmerz, Geburtsschmerz, Krebsschmerz, Spannungskopfschmerz, Migräne und Bruxismus von der Hypnose (Turner u. Chapman 1981, vgl. Abb. 15.3).

3.2.2 Schmerzbewältigungsverfahren

Verfahren
Das Ziel der Schmerzbewältigungs- bzw. Schmerzimmunisierungstechniken ist das

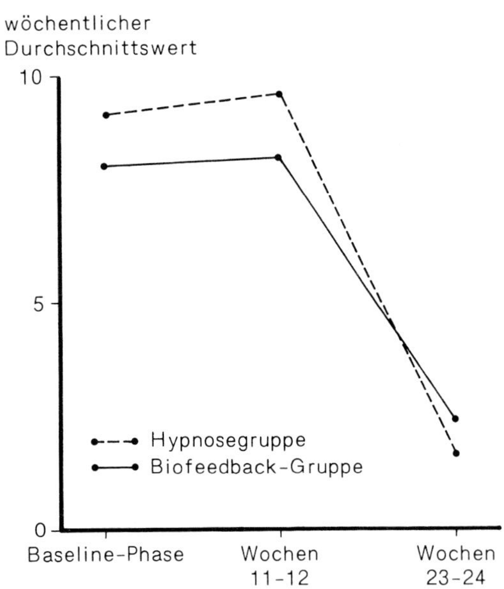

Abb. 15.3 Signifikante Schmerzreduktion bei der Kontrollgruppe durch Hypnose und Biofeedback: Mittelwerte für Baselinephase, Kontrollphase (11.–12. Woche) und Bedingungsumkehr (23.–24. Woche) bezüglich der subjektiven Schmerzeinschätzung auf einer Visuell-Analog-Skala (nach Elton et al. 1979).

Erlernen einer aktiven Schmerzkontrolle und Schmerzregulation bei Patienten mit akuten und chronischen Schmerzzuständen. Das von Bullinger und Turk (1981) beschriebene Verfahren geht auf die Arbeit von Meichenbaum und Turk (1976) zurück und besteht aus folgenden Elementen:

- Zur Vorbereitung auf aktue Schmerzen sollen alternative neue Bewältigungsstrategien erlernt werden.
- Kognitive Prozesse werden zur Konfrontation mit dem realen oder imaginativen Schmerz eingeführt.
- Schmerzinkompatible Verhaltensweisen im Alltag sollen erlernt werden.
- Selbstbekräftigung soll systematisch für erfolgreiche Schmerzbewältigung eingeführt werden.

Das Training beinhaltet drei Phasen: die edukative Phase, die übende Phase und die Praxisphase.

Die edukative Phase bezieht eine ausführliche Information des Patienten über neuronale, biochemische und psychologische Mechanismen seiner Schmerzerkrankung mit ein (Vermittlung der Gate-Control-Theorie). Er soll dabei für eine multidimensionale Therapie, die vorwiegend aus eine Selbstregulation bzw. -kontrolle der Schmerzen gerichtet ist, motiviert werden.

In der *Übungsphase* lernt der Patient, sich zunächst systematisch zu entspannen (muskuläre Relaxation). Aufmerksamkeitsfokussierung, Ablenkung und Vorstellung sind die wichtigsten Bewältigungsstrategien des Schmerzimpfungstrainings. Unter Einbeziehung spezifischer Suggestionsübungen (etwa der Hypnose) soll der Patient üben, seine Aufmerksamkeit nicht mehr auf das Schmerzsymptom selbst zu lenken, sondern auf schmerzlindernde Ereignisse (z. B. Vorstellung eines kühlenden Sees).

Die Aufmerksamkeitsverschiebung kann sowohl imaginativ (Vorstellungsbilder) als auch nichtimaginativ (Aufmerksamkeitslenkung auf Gegenstände, Objekte) erfolgen. Die Technik der kognitiven Umstrukturierung ist auf die Änderung von ungünstigen belastenden Gedanken und Selbstverbalisationen (Schmerzempfinden) gerichtet. Der Patient soll sich dabei auf den Schmerz einlassen und eigene erfolgreiche Schmerzbewältigungstechniken sowie entlastende Selbstverbalisationen versuchen. Die in der Therapie gelernten Schmerzbewältigungsmechanismen sollen dann systematisch angewendet werden (*Praxisphase*).

Schmerzimmunisierungsverfahren werden inzwischen bei einer Reihe von schweren akuten und chronischen Schmerzzuständen (z.B. auch bei rheumatischen Beschwerden) angewendet (Turk et al. 1988).

Fallbeispiel: Patient mit Herzschmerzen
Vorgeschichte: Herr G., 47 Jahre, von Beruf Kaufmann, wurde wegen andauernder, sehr starker Schmerzen im Brustbereich in verhaltenstherapeutische Behandlung überwiesen. Die Schmerzen beschrieb der Patient als stechend und dumpf. Nach Schlaf seien die Schmerzen verstärkt. Auch intensive medizinische Diagnostik konnte kein organisches Substrat für dieses Schmerzbild feststellen. Es wurden lediglich leichte Herzrhythmusstörungen festgestellt.

Psychologische Anamnese und Exploration: Herr G. erlitt vor ca. 25 Jahren einen Panikanfall, ausgelöst durch die Engegefühle in einem Panzer während seiner Bundeswehrzeit. Vor ca. 15 Jahren hatte Herr G. ein therapieresistentes Ekzem in der Mundhöhle, zu dessen Erklärung die behandelnden Ärzte u.a. eine maligne Erkrankung in Erwägung zogen. Schließlich wurde eine Allergie gegen das Gold im Zahnersatz als Ursache festgestellt.

Vor ca. 14 Jahren zog der Patient nach einem Streit mit seinem Bruder aus seinem Elternhaus aus, in dem er bis dahin gewohnt hatte. Er war zu diesem Zeitpunkt 34 Jahre alt. Der Streit mit seinem Bruder war der erste heftige Streit, der in der Familie von Herrn G. bis dahin vorgekommen war. Zwei Jahre später, also vor 12 Jahren, heiratete Herr G. Für die ersten Ehejahre gibt Herr G. „Eingewöhnungsschwierigkeiten“ an.

Vor ca. 9 Jahren starb der Vater des Patienten plötzlich an einem Herzinfarkt, nachdem er vorher einige Zeit diffuse Herzbeschwerden hatte. Im selben Jahr erlitt Herr G. einen sehr starken Schmerzanfall im Brustbereich bei einer gut besuchten Theatervorstellung. Er wurde als Notfall mit Verdacht auf Herzinfarkt ins Krankenhaus gebracht und dort auf der Intensivstation behandelt. Diagnostisch konnte dort ein Herzinfarkt ausgeschlossen werden, jedoch hielten die Schmerzen im Brustbereich trotz Infusionen von Analgetika einige Tage an.

Seit diesem Schmerzanfall hat Herr G. große Angst, daß er an einer ernsthaften Herzerkrankung leide, die für seine Schmerzen verantwortlich sei. Diese Angst sah der Patient dadurch bestätigt, daß medizinische Maßnahmen keine oder nur vorübergehende Schmerzerleichterung brachten und daß die Schmerzen im Lauf der Zeit an Intensität und Auftretenshäufigkeit zunahmen.

Seit diesem Vorfall mied Herr G. zunehmend öffentliche Gebäude, in denen sich Menschenansammlungen befanden. Beim Beginn der Verhaltenstherapie hatte er 4 Jahre lang kein Kaufhaus oder Café mehr betreten. Simultan mit der Zunahme der Schmerzintensität und -häufigkeit wurde es für Herrn G. schwieriger, die Leistungsanforderungen an seinem Arbeitsplatz als Kaufmann zu erfüllen. Er befürchtet zunehmend zu versagen. Seit 3 Jahren ist der Schmerz nun andauernd in wechselnder Intensität vorhanden.

Im Herbst 1987 brannte das Gemeinschaftshaus des Vereins, dessen Vorsitz Herr G. führt, ab. Der Dauerschmerz im Brustbereich wurde in dieser Zeit unerträglich stark. Herr G. war inzwischen in eine starke depressive Verstimmung geraten, die wesentlich durch seine Hilflosigkeit dem Schmerz gegenüber und durch seine Angst, an einer tödlichen Erkrankung zu leiden, bestimmt war. Medizinische Schmerztherapie (Analgetika, Interkostalblockaden und Antidepressiva) hatte keine dauernde Linderung bewirkt.

Zu diesem Zeitpunkt kam Herr G. in verhaltenstherapeutische Behandlung.

Diagnose: Es wurden die Diagnosen Herzphobie, depressive Verstimmung und chronische Schmerzzustände gestellt.

Therapie: Folgende Therapieziele wurden formuliert:

- Herr G. sollte lernen, sich zu entspannen.
- Herr G. sollte mit Hilfe einer systematischen Desensibilisierung sein Vermeidungsverhalten gegenüber engen, überfüllten Plätzen aufgeben.
- Herr G. sollte lernen, seine irrationalen Gedanken zu identifizieren und zu verändern. Hierbei sollte vor allem auf eine psychologische Kausal- und Kontrollattribution für seine Schmerzen hingearbeitet werden.
- Herr G. sollte in Rollenspielen selbstbehauptendes Verhalten in für ihn schwierigen Situationen einüben.

Herr G. erlernte zunächst das Relaxationstraining nach Jacobson (1938). Er konnte damit schon nach einigen Sitzungen leichte Schmerzreduktionen erreichen.

Dadurch konnte in der Folge eine Änderung der Kausal- und Kontrollattribution seiner Schmerzen eingeleitet werden. Herr G. erkannte zunehmend den Zusammenhang zwischen psychischer Belastung und Verschlimmerung seiner Schmerzen. Er identifizierte die Gedanken, die bei ihm einer Schmerzverstärkung vorausgingen („Ich habe eine schlimme Krankheit und werde bald sterben. Werde ich jemals wieder arbeiten können?“). Er lernte, die Gedanken per Gedankenstopp zu unterbrechen und dann positive Gedanken einzusetzen. Kontinuierlich wurden den Situationen, die Herr G. als belastend

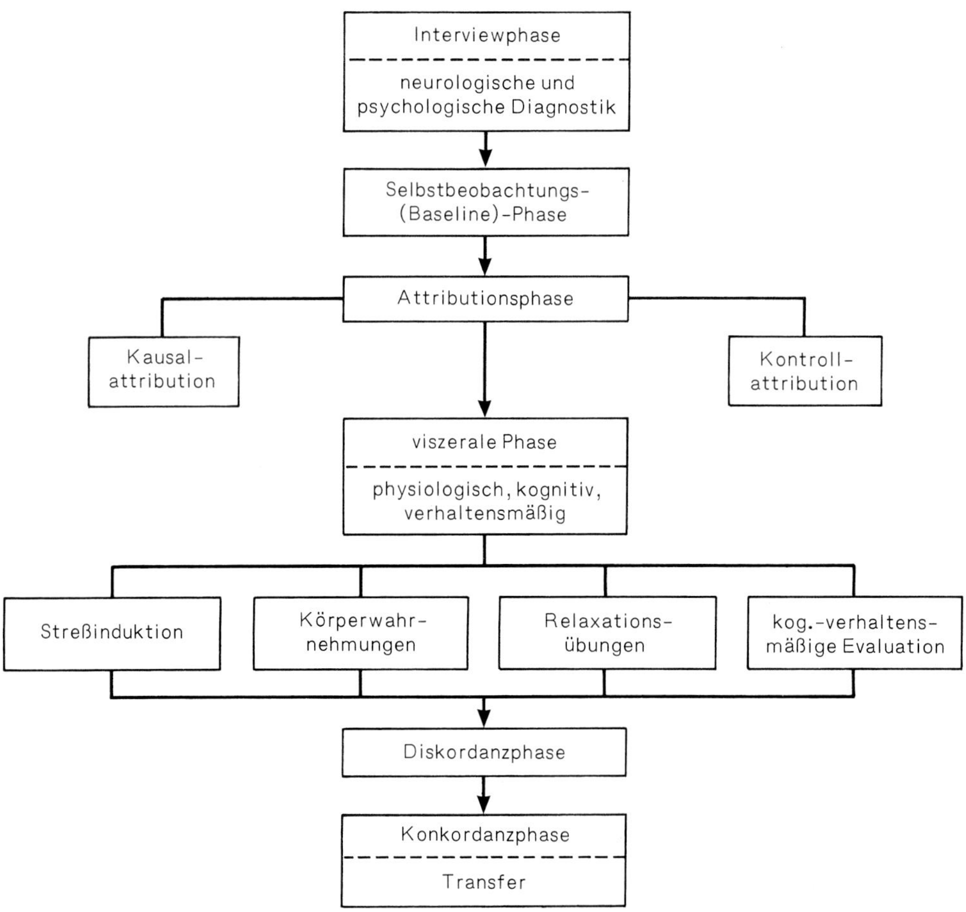

Abb. 15.4 Skizzierung des viszeral-kognitiv-verhaltensmäßigen Behandlungsprogramms (Konkordanztherapie nach Gerber 1986).

empfand, im Rollenspiel nachgestellt und alternatives, selbstbehauptendes Verhalten eingeübt.

Nach der Durchführung einer systematischen Desensibilisierung konnte Herr G. ohne Angst- oder Schmerzgefühle bislang gemiedene Situationen aufsuchen.

Im Lauf der Therapie konnte eine deutliche Besserung seiner depressiven Verstimmung erzielt werden. Herr G. berichtet, daß die Schmerzen an Intensität verloren haben, ab und zu sistieren, daß Schmerzattacken nur noch selten auftreten und schnell zu beeinflussen sind. Insgesamt habe er mehr Freude am Leben und fühle sich gelassen und zuversichtlich.

3.3 Konkordanztherapie

Die Konkordanztherapie ist ein komplexes multidimensionales Therapiekonzept, das insbesondere zur Behandlung chronischer Kopfschmerzen entwickelt wurde (s. Therapiemanual von Gerber, Miltner, Birbaumer u. Haag 1989).

Die Konkordanztherapie ist ein standardisiertes Verfahren für kleine Gruppen (4–6 Migräne-Patienten) und umfaßt ca. 30 Sitzungen. Es geht weit über das Vorgehen von Meichenbaum hinaus. Abbildung 15.4 verdeutlicht den Ablauf dieses Behandlungsverfahrens (vgl. Gerber 1986):

Nach einer ausführlichen *Interview- und Selbstbeobachtungsphase* wird den Patienten systematisch die Wirkung von Belastungen (Streß) auf verschiedene Körperempfindungen demonstriert (*viszerale Phase*). Zu diesem Zweck wird Streß unmerklich für den Patienten eingeführt (z. B. Therapeuten schweigen, klingelndes Telefon etc.).

Die Patienten werden immer wieder nach ihren Körpervorgängen gefragt. Es wird ihnen aufgetragen, auch im Alltag auf solche Körperprozesse zu achten (Seismographeneffekt). Gleichzeitig erhalten die Patienten in den ersten 10 Sitzungen eine systematische Einweisung in das Jacobsonsche Training.

Im weiteren Verlauf der Behandlung sollen die Patienten etwaige Diskrepanzen zwischen den körperlichen Vorgängen einerseits und den kognitiven und verhaltensmäßigen Aquivalenten erkennen lernen. Zu diesem Zweck werden standardisierte belastende Situationen (Streit um Stuhl im Kino, extreme Enge im Fahrstuhl etc.) eingeführt und auf Video aufgezeichnet. Die Patienten lernen auf der Basis verhaltenstherapeutischer Techniken (Desensibilisierung, kognitive Umstrukturierung), diese Diskrepanzen zu erkennen und zu verändern (*Konkordanz*). Ein wesentlicher Bestandteil dieser Therapiephase ist dabei das Umgehen mit belastenden sozialen Situationen (Aggressivität, Ertragen von Kritik, Partnerschaft etc.).

Einen besonderen Schwerpunkt bildet die *Schmerzbewältigung*. In jeder Sitzung werden die Kopfschmerzanfälle durchgesprochen und anschließend noch einmal „vorgespielt". Gemeinsam werden Bewältigungstrategien erarbeitet und erprobt. Dabei werden sowohl Aufmerksamkeitsverschiebungstechniken (Ablenkung durch schmerzinkompatible Vorstellungen wie z. B. „kühler See"), Selbstregulationstechniken (Wahrnehmung und Veränderung der Temporalisarterie) als auch kognitive Verfahren (besonders Änderung der negativen Gedanken) eingeführt. In mehreren Studien konnten wir hochsignifikante Besserungen bei Migräne-Patienten feststellen (S. Gerber 1986).

In der Zwischenzeit liegt ein umfassendes Therapiemanual zur Konkordanztherapie vor, in dem neben der Beschreibung der verschiedenen Techniken umfassende Materialien zur praktischen Handhabung der Therapie dargestellt wurden (Gerber et al. 1989).

3.4 Operante Schmerztherapie

Unter „operanten Methoden" der Schmerzbehandlung versteht man Verfahren, die vorwiegend auf die Veränderung der Bedingungen, die die Schmerzen aufrechterhalten bzw. begünstigen, gerichtet sind. Es wird dabei davon ausgegangen, daß Patienten mit chronisch rezidivierenden Schmerzen auf instrumentellem oder operantem Weg lernen, ihr Leben auf das Schmerzproblem auszurichten (Miltner u. Larbig 1988). Schonhaltung, Reduktion der körperlichen und sozialen Aktivitäten, erhöhter Schmerzmittelmißbrauch sowie erhöhte Aufmerksamkeitslenkung auf den Schmerz (Klagen) sind Folgen dieses Lernprozesses. Die operante Therapie ist daher auf folgende Therapieziele bezogen:

- Erhöhung des allgemeinen Atkvitätsniveaus im Alltag des Patienten
- Reduktion der Inanspruchnahme von klinischen Institutionen zur Diagnose und Behandlung des Schmerzproblems
- Verminderung des verbalen Schmerzverhaltens und die Reduzierung von Schmerzmitteln sowie Förderung von gesundem Verhalten einschließlich Verbesserung der sozialen Aktivitäten
- Änderung der Verstärkungsbedingungen der unmittelbaren sozialen Umgebung des Patienten (z.B. Änderung der Reaktionen von Bezugspersonen auf Schmerzäußerungen des Patienten).

Die *Änderung des Aktivitätsniveaus* erfolgt unter Zuhilfenahme von Bewegungsprogrammen und Sport, die eine andauernde schmerzhemmende Wirkung und die Abnahme des Vermeidungs- und Schonungsverhaltens haben und gleichzeitig zur Ablenkung von den Schmerzreizen führen. Die körperliche Aktivität kann zudem zu einer Normalisierung des Schlafes führen. Abbildung 15.5 zeigt den Zusammenhang zwischen sportlicher Aktivität und Schmerzverhalten im Verlauf der Therapie bei 25 Patienten mit Rückenschmerzen.

Das Ausmaß der *Verminderung der schmerzkontingenten Medikation* ist weitgehend von der Organdiagnose abhängig. Fordyce führt bei der Behandlung chronischer Rückenschmerzen den „pain cocktail" ein, mit dem die Kontingenz zwischen Schmerz und Schmerzmitteleinnahme mit zunehmender Therapiedauer gelöscht werden soll. Der Patient erhält seine Medikation stets zur gleichen Zeit (also zeit- und nicht schmerzkontingent) sowie in einer stets gleich aussehenden und gleich schmeckenden Flüssigkeit, wobei eine zunehmende Reduktion der Schmerzmitteldosis angestrebt wird.

Die *Verminderung der offenen und verdeckten Schmerzäußerung* des Patienen erfolgt durch Selbstkontrollverfahren (z.B. ablenkende Instruktionen, positive Vorstellungen). Zentrale Bewältigungsstrategien sind dabei die Veränderung der Selbstverbalisation und die spezifische Ablenkung von Schmerzreizen durch den Patienten.

Im besonderen Maße wird in der Behandlung auf die *Veränderung der Einflußnahme durch Bezugspersonen* (Pflegepersonal, Familienangehörige) im Hinblick auf das Schmerzverhalten geachtet. So werden etwa die Bezugspersonen ermuntert, Schmerzäußerungen (Klagen, Stöhnen) zu ignorieren (operante Löschung) und auf positive und aktivitätsfördernde Äußerungen des Patienten gezielt einzugehen und diese positiv zu bekräftigen.

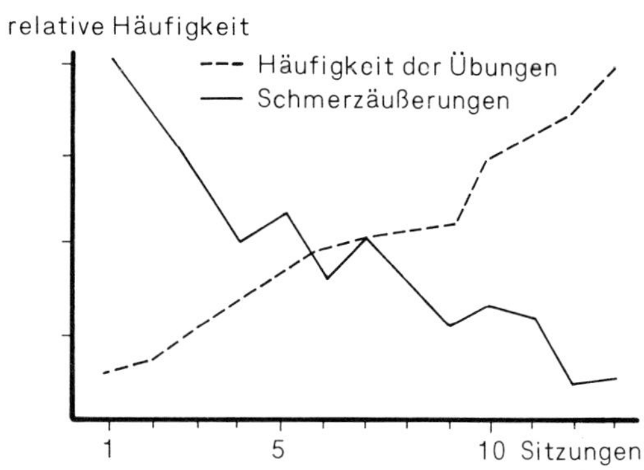

Abb. 15.5 Zusammenhang zwischen sportlicher Aktivität und Schmerzverhalten bei 25 chronischen Schmerzpatienten über 13 Sitzungen physikalischer Therapie (durchschnittliche Dauer der Schmerzen 6,5 Jahre, durchschnittliches Alter 48 Jahre, meist Kopf- und Kreuzschmerzen) in Standard T-Scores (nach Fordyce et al. 1981).

In einer Studie wurden 36 Patienten mit Rückenschmerzen über einen Zeitraum von 10 Wochen mit dem beschriebenen Programm behandelt (Fordyce et al. 1973). Bei 30% der Patienten konnte ein Rückgang der Schmerzintensität, bei 70% ein reduziertes Auftreten von Schmerzen während alltäglicher Aktivitäten sowie ein deutlicher Rückgang der Medikamenteneinnahme und eine Erhöhung der allgemeinen Aktivitäten festgestellt werden, die auch 76 Wochen nach Beendigung der Behandlung noch stabil war.

3.5 Selbstregulationstechniken (Biofeedback)

Mit Hilfe der sogenannten Biofeedback-Techniken soll durch die apparative Rückmeldung verschiedener physiologischer Reaktionen eine zunehmende willentliche Kontrolle über diese Körperprozesse (z.B. Hirnaktivität, Muskeltonus) durch den Patienten erlernt werden. Dabei wird angenommen, daß bei chronischen Schmerzzuständen pathologische physiologische Veränderungen (z.B. bei Rückenschmerzen eine Erhöhung des Muskeltonus) vorliegen. Die Wirksamkeit von Biofeedback (biologische Selbstregulation) wurde bislang für Spannungskopfschmerzen, Migräne und Rückenschmerzen belegt (vgl. Gerber 1986). Weiterhin liegen erfolgversprechende Ansätze für Bruxismus und temperomandibuläre Gelenkschmerzen sowie Arthritis und Krebsschmerz vor (Birbaumer 1984). Neuere Zukunftsperspektiven könnten sich aufgrund von Untersuchungen zur Kontrolle und Steuerung der somatosensorischen Hirnpotentiale ergeben (Rosenfeld et al. 1984). So konnte in Tier- und Humanexperimenten gezeigt werden, daß schmerzinkompatible Hirnpotentiale gelernt werden können. Rockstroh et al. (1982) konnten Versuchspersonen trainieren, ihre eigenen langsamen kortikalen Potentiale zu positivieren und somit einen unangenehmen Schmerzreiz zu vermeiden. Dieser Ansatz der kortikalen Selbstregulation bei Schmerzerkrankungen ist allerdings bislang nur im Labor untersucht worden.

Analog zur medikamentösen Anfallskupierung bei der *Migräne* zielt das sogenannte Vasokonstriktionstraining auf eine willentliche vasokonstriktorische Gegenregulation zur Vermeidung einer Hypotonisierung extrakranieller Gefäße ab. Im Gegensatz zur medikamentösen Anfallskupierung soll der Patient nicht auf Medikamente vertrauen, sondern eine willentliche Kontrolle und Steuerung über diese Gefäße erlernen. Er soll dabei lernen, den Dehnungszustand der Schläfenarterie (A. temporalis superficialis) willkürlich zu beeinflussen (verengen). Zu diesem Zweck wird die Pulsamplitude der A. temporalis superficialis plethysmographisch erfaßt und dem Patienten apparativ zurückgemeldet (Larbig et al. 1983, Gerber 1986). Die Patienten werden aufgefordert, ihre Schläfenarterie willentlich zu verengen bzw. das zurückgemeldete Signal (z.B. Balken auf TV-Schirm) entsprechend zu beeinflussen. Der Patient soll zunächst eigene Strategien zur Beeinflussung des optischen und/oder akustischen Signals erproben. Treten Schwierigkeiten auf, werden ihm Strategien angeboten, die sich bei verschiedenen Patienten als effektiv erwiesen haben. Dazu gehören Wörter (z.B. Enge) und Vorstellungen (z.B. in Tunnel fahren etc.). Mit zunehmender Übungsdauer werden die Patienten angehalten, die erlernten Strategien auch beim ersten Anzeichen des Migräneanfalls anzuwenden. Je nach Therapiefortschritt sollten im Verlauf der Behandlung die Feedbackbedingungen zunehmend durch Voluntary-control-Bedingungen, d.h. durch Phasen, in denen die Patienten keine Rückmeldung erhalten, ersetzt werden (vgl. Abb. 15.6).

Zahlreiche Studien konnten belegen, daß Migränepatienten eine Kontrolle und Steuerung des Blutvolumenpulses erlernen

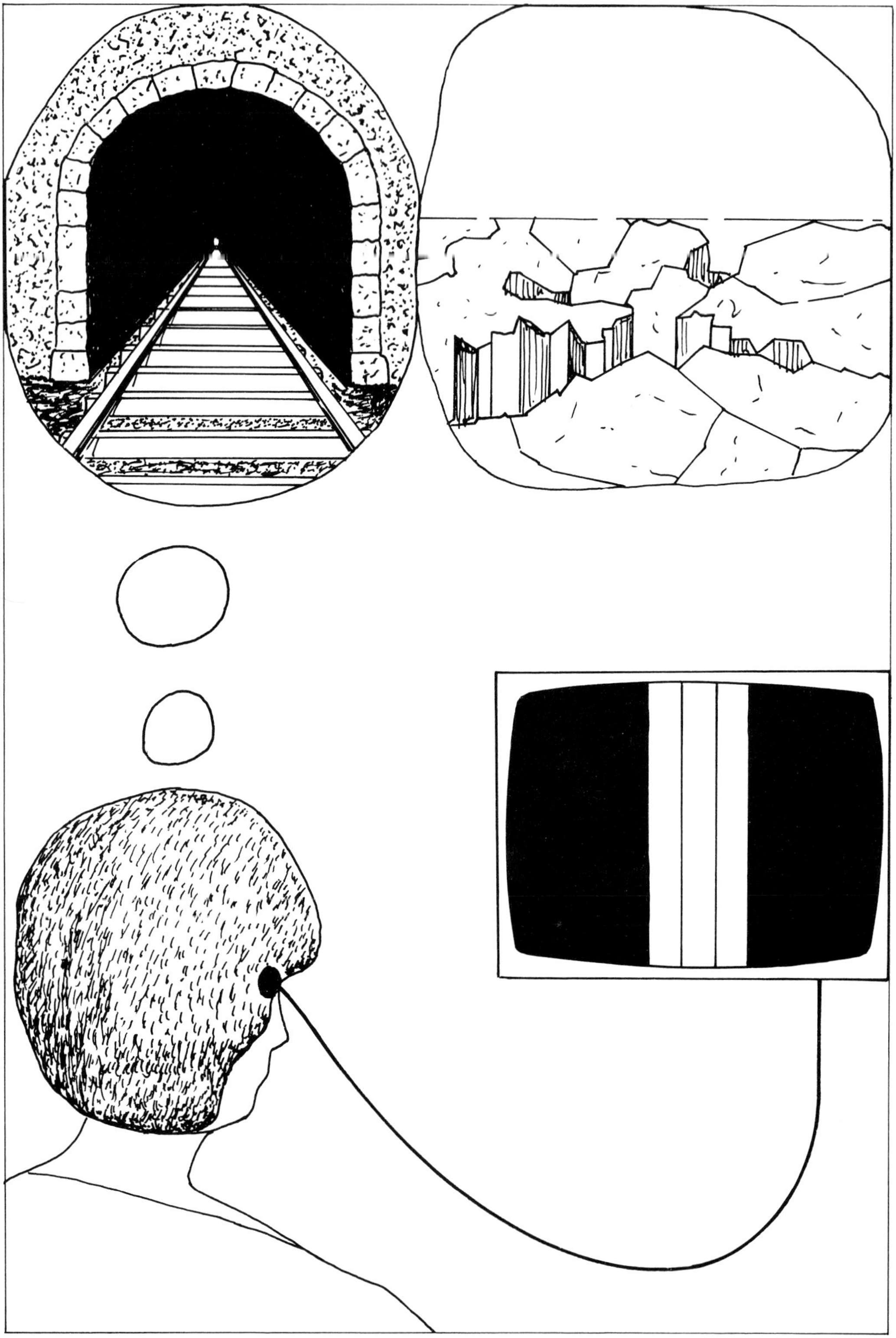

◀ Abb. 15.6 Biofeedback ist eine psychologische Behandlungsmethode, bei der der Patient z.B. lernt, die Dehnung und Verengung der Kopfschlagadern mit seinem Willen zu beeinflussen. Auf einem Bildschirm wird die gemessene Adernweite sichtbar gemacht, gezielte Vorstellungen unterstützen die Willensanstrengung (nach Gerber 1986).

können, wenn lernpsychologische Kriterien beachtet werden (z.B. Shaping; vgl. Adams et al. 1980). Bei Patienten mit einem Kombinationskopfschmerz (Spannungskopfschmerz und Migräne) erwies sich das EMG-Biofeedback-Training insbesondere in Verbindung mit dem Jacobson-Entspannungstraining als geeignet. Dabei wird dem Patienten die elektromyographische Aktivität des Musculus frontalis und/oder trapezius zurückgemeldet.

4 Zusammenfassung

Die psychologische Schmerzforschung hat eine erfreuliche Wandlung erfahren. Die Anwendung von psychiatrischen Skalen und Persönlichkeitstests (z.B. MMPI [Minnesota Multiphasie Personality Inventory]) waren lange Zeit primäre Untersuchungsfelder beim Schmerzgeschehen. Heute werden sie allgemein als obsolet angesehen, da sie keine therapeutische Relevanz haben. Methoden wie die Hypnose und diverse Entspannungstechniken gewinnen in der Schmerztherapie zunehmend an Bedeutung. Insbesondere komplexere klinisch-psychologische bzw. verhaltensmedizinische Ansätze zur Diagnostik und Therapie von Schmerzzuständen sind heute nicht mehr auf psychopathologische Aspekte gerichtet. Vielmehr steht das Erlernen von Schmerzbewältigungsstrategien im Vordergrund. Zukünftig vielversprechend erscheinen die Biofeedbackverfahren, zu denen inbesondere bei verschiedenen Schmerzsyndromen gut kontrollierte klinische Studien vorliegen.

Die beschriebenen verhaltensmedizinischen Verfahren haben sich als äußerst kostensenkend erwiesen. In verschiedenen Studien konnten ausgezeichnete Langzeiteffekte und insbesondere eine deutliche Reduktion von Schmerzmitteln nachgewiesen werden. Die Anwendung dieser Verfahren setzt jedoch eine ausführliche Kenntnis der lernpsychologischen Grundlagen und Methoden beim Therapeuten voraus. Zudem muß der Patient seine eigene aktive Rolle bei der Schmerzbewältigung erkennen und annehmen. Verhaltensmedizinische und pharmakologische Behandlungen schließen sich nicht aus, sondern können in sinnvoller Weise aufeinander abgestimmt werden.

Für die klinisch-praktische Medizin ist wichtig, daß in zunehmendem Maße auch bei somatogenen Schmerzzuständen psychologische Faktoren – insbesondere zur Aufrechterhaltung von Schmerzen – berücksichtigt werden. Schmerz ist ein multifaktorielles Geschehen und erfordert daher die Kooperation zwischen verschiedenen medizinischen und psychologischen Fachdisziplinen.

Literatur

Adams HE, Feuerstein M, Fowler IL. Migraine headache review of parameters, etiology and intervention. Psychol Bull 1980; 87:217–37.

Birbaumer N. Psychologische Analyse und Behandlung von Schmerzzuständen. In: Schmerz. Zimmermann M, Handwerker HO (Hrsg). Heidelberg: Springer 1984.

Bullinger M, Turk D. Selbstkontrolle: Strategien zur Selbstbekämpfung. In: Schmerz. Keeser W, Pöppel E, Mitterhusen P (Hrsg). München: Urban & Schwarzenberg 1982.

Elton D, Burrows GD, Stanley GV. Hypnosis in the management of chronic pain. In: Hypnosis. Burrows GD, Collison DR, Dennerstein L (eds). Amsterdam: Elsevier 1979; 113–20.

Fordyce W. Behavioral methods for chronic pain. Pain 1976; 10:311.

Fordyce W, Fowler RS, Lehmann JE, Delateur BJ, Sand PL, Trieschmann RB. Operant conditioning in the treatment of chronic pain. Arch Phys Med Rehab 1973; 54:399–408.

Fordyce W, Steger JC. Chronischer Schmerz. In: Schmerz. Keeser W et al. (Hrsg). München: Urban & Schwarzenberg 1982.

Geissler P. Versagen am eigenen Wertmaßstab als spezifische Konfliktsituation bei Migränepatienten. Z Psychosom Med Psychoanal 1980; 26:40–5.

Gerber WD. Verhaltensmedizin der Migräne. Weinheim: Chemie 1986.

Gerber WD. Migräne – Krankheit ohne Ausweg? Kosmos 1986; 10.

Gerber WD. Migräne. In: Psychologische Schmerztherapie. Basler HD, Franz C, Kröner-Herwig B, Rehfisch HP, Seemann H (Hrsg). Heidelberg: Springer 1996.

Gerber WD, Miltner W, Birbaumer N, Haag G. Konkordanztherapie. Manual. München: Röttger 1989.

Gerber WD, Miltner W, Niederberger U. Soziale und verhaltensmäßige Faktoren bei der Entstehung und Aufrechterhaltung von schmerzmittelbedingten Kopfschmerzen. In: Chronische Kopfschmerzsyndrome. Soyka D (Hrsg). Stuttgart: Fischer 1988.

Jacobson E. Progressive Relaxation. Chicago: University of Chicago Press 1938.

Knox VJ, Geboski WI, Slunn K, McLaughlin GM. Analgesia for experimentally induced pain. J Abnorm Psychol 1981; 90:28–34.

Larbig W. Schmerz. Stuttgart: Kohlhammer 1982.

Larbig W, Gerber WD, Birbaumer N, Haag G, Mayer K, Schroth G. Biofeedback extra- und intrakranieller Gefäße bei Migränepatienten. In: Psychosomatik in Forschung und Praxis. Studt HH (Hrsg). München: Urban & Schwarzenberger 1983.

Liebeskind JC, Paul LA. Psychological and physiological mechanisms of pain. Annu Rev Psychol 1977; 28:41–60.

Lynn R, Eysenck HJ. Tolerance for pain, extraction and neuroticism. Percept Mot Skills 1961; 12:161–2.

Meichenbaum D, Turk DC. The cognitive-behavioral management of anxiety, depression and pain. In: The Behavioral Management of Anxiety, Depression and Pain. Davison PO (ed). New York: Brunner/Mazel 1976.

Melzack R. Das Rätsel des Schmerzes. Stuttgart: Hippokrates 1978.

Melzack R, Wall PD. Pain mechanism: a new theory. Science 1965; 150:971–9.

Miller ME, Bowers KM. Hypnotic analgesia and stress inoculation in the reduction of pain. Abnorm J Psychol 1986; 95:6–14.

Miltner W, Larbig W. Verhaltensmedizinische Aspekte des Schmerzes. In: Psychologische Schmerzbehandlung. IFT-Texte 20. Miltner W, Larbig W, Brengelmann JC (Hrsg). München: Röttger 1988.

Miltner W, Larbig W, Brengelmann JC (Hrsg). Psychologische Schmerzbehandlung. IFT-Texte 20. München: Röttger 1988.

Revenstorf D. Hypnose: Grundlagen und Anwendung bei Schmerz. In: Psychologische Schmerzbehandlung. IFT-Texte 20. Miltner W, Larbig W, Brengelmann JC (Hrsg). München: Röttger 1988.

Rockstroh B, Elbert TH, Birbaumer N, Lutzenberger W. Slow cortical potentials and behavior. Baltimore: Urban & Schwarzenberg 1982.

Rosenfeld JP, Dowman R, Silvia R, Heinricher M. Operantly controlled somatosensory brain potentials: specific effects on pain processes. In: Selfregulation of the brain and behavior. Elbert TH, Rockstroh B, Lutzenberger W, Birbaumer N (eds). Heidelberg: Springer 1984.

Sanders SH. Behavioral assessment and treatment of clinical pain: appraisal of current status. In: Progress in Behavioral Modification. Vol. 8. Hersen M, Eisler RM, Miller PM (eds). New York: Academic Press 1979.

Schlottke PE. Verhaltenstheoretische Problemanalyse bei Migräne. In: Migräne. Gerber WD, Haag G (Hrsg). Heidelberg: Springer 1982.

Scott J, Ansell BM, Huskisson EC. The measurement of pain of juvenile chronic polyarthritis. Ann Rheum Dis 1977; 36:186–7.

Sternbach RA. The psychology of pain. New York: Raven Press 1978.

Sternbach RA, Tursky B. Ethic differences among housewives in psychophysical and skin potential responses to electric shock. Psychophysiology 1965; 1:241–56.

Turk DC, Rudy TE, Flor H. Cognitive-behavioral treatment of chronic pain: an integrated interdisciplinary approach. In: Psychologische Schmerzbehandlung. IFT-Texte 20. Miltner W, Larbig W, Brengelmann JC (Hrsg). München: Röttger 1988.

Turner JA, Chapman CR. Psychological interventions for chronic pain. A critical review. Part I and II. Pain 1981; 12:1–21; 23–46.

Zimmer D. Die Rolle von Partnerschaft und Sexualität bei der Aufrechterhaltung der Migräne: Implikationen für die Therapieplanung. In: Migräne. Gerber WD, Haag G (Hrsg). Heidelberg: Springer 1982.

Frau Dipl.-Psych. L. Gothe sei für ihre Mithilfe gedankt.

16 Tabakabhängigkeit und Raucherentwöhnung

Anil Batra und Gerhard Buchkremer

Inhalt

1 Die Definition der Tabakabhängigkeit

1.1 Was ist eine gültige Definition?

„Ein süchtiger Raucher ist, ... wer am Tag mehr als 2 Schachteln raucht, ... wer nachts meilenweit zum nächsten Zigarettenautomaten läuft, ... wer morgens schon vor dem ersten Hustenanfall eine Zigarette anzünden muß ..., wer schon 50mal mit dem Rauchen aufgehört hat ...“

Die Beschreibung des abhängigen Rauchers und insbesondere die Trennung vom nichtsüchtigen Raucher fällt, wie diese Beispiele zeigen, schwer. Die Begrifflichkeiten verschwimmen, Extrempositionen werden – nicht ungern auch von „nichtsüchtigen“ Rauchern – eingenommen.

Bei der Rekrutierung von Rauchern für eine Gruppentherapie zählt oft jeder als Raucher, der meint, er müsse sich das Rauchen abgewöhnen; die Diagnose entsteht also aus dem Behandlungswunsch.

Zur Klärung des Krankheitsbegriffs und der Behandlungsnotwendigkeit ist eine einheitliche Definition der Tabakabhängigkeit unerläßlich. Verschiedene Arbeitsgruppen haben sowohl physiologische als auch psychologische Kriterien für die Nikotin- oder Tabakabhängigkeit erarbeitet. Diagnostische Kriterien beziehen sich hierbei vor allem auf die Unfähigkeit des Rauchers zur dauerhaften Abstinenz, auf körperliche wie auch psychische Entzugssymptome und die durch das Nikotin vermittelten psychotropen Effekte.

Die derzeit verbindlichen Definitionen befinden sich in den aktuellen Klassifikationssystemen der Krankheiten, in der ICD-10 (International Classification of Diseases, 10. Revision 1994) und im DSM-IV der American Psychiatric Association (Diagnostic and Statistical Manual of Mental Disorders, 4. Revision).

Dabei besteht jedoch noch keine Einigkeit bezüglich der Begriffe „Nikotinabhängigkeit“ und „Tabakabhängigkeit“, die oft synonym verwendet werden. Letzterer schränkt die Abhängigkeit nicht auf eine Wirksubstanz ein, sondern erweitert die Abhängigkeit auf den konsumierten Träger des Nikotins. Damit wird offengelassen, ob auch andere Wirkstoffe eine körperliche Gewöhnung und Abhängigkeit fördern oder der psychologische Aspekt, der mit dem Gebrauch des Tabaks verbunden ist, eine Rolle spielt.

Tatsächlich berücksichtigen beide Klassifikationssysteme sowohl die psychischen als auch die physiologischen Komponenten des Abhängigkeitssyndroms.

1.2 Psychologische und physiologische Komponenten der Abhängigkeit

Wenn das Rauchen zur „lieben Gewohnheit“ wird, an besondere Situationen gekoppelt ist, der Entspannung, Beruhigung oder zur Leistungssteigerung dient und immer häufiger zum Verhaltensrepertoire gehört, kann von einer „psychischen Abhängigkeit“ gesprochen werden. Im verhaltenstherapeutischen Erklärungsmodell wurde das Rauchen in einer „Lernphase“ an Stimuli und Verstärker gebunden (Genußrauchen, Konflikt- oder Streßrauchen), ehe es sich verselbständigte und ohne diese äußeren Reize aufrechterhalten wurde. Nach wie vor behalten die erlernten Stimuli und Verstärker jedoch ihre Wirksamkeit.

Nikotin ist der Inhaltsstoff des Tabaks, der als psychotrope Substanz unmittelbare Wirkungen vermittelt. Bereits 7 Sekunden nach der Inhalation gelangt es in das Gehirn. Es verursacht in kleinen Dosen eine cholinerg-katecholaminerge Aktivierung des Nervensystems, in höherer Dosierung eine cholinerge Blockade und Betaendorphin-Freisetzung. Die Eliminationshalbwertszeit des Nikotins beträgt ca. 2 Stunden. Dieser rasche Abfall weckt beim Raucher erneut das Bedürfnis, eine Zigarette anzuzünden.

Tab. 16.1 Diagnostische Kriterien für die Nikotin- bzw. Tabakabhängigkeit aus ICD und DSM.

- Ein starker Wunsch oder eine Art Zwang, die Substanz zu konsumieren.
- Verminderte Kontrollfähigkeit bezüglich des Beginns, der Beendigung und der Menge des Substanzkonsums.
- Ein gehäuftes Auftreten von Intoxikationszeichen.
- Ein körperliches Entzugssyndrom, auch verbunden mit psychischen Störungen wie Angst, Depression und Schlafstörungen; bei der Tabakabhängigkeit typischerweise Reizbarkeit, Frustration, Ärgerlichkeit, Angst, Konzentrationsschwierigkeiten, Unruhe, erniedrigte Herzfrequenz, gesteigerter Appetit oder Gewichtszunahme.
- Substanzgebrauch mit dem Ziel, Entzugssymptome zu mildern.
- Nachweis einer Toleranzentwicklung, die sich einstellt, wenn gleiche psychotrope Effekte im Lauf der Zeit nur durch die Steigerung der Dosis erreicht werden.
- Ein eingeengtes Verhaltensmuster im Umgang mit der Substanz.
- Fortgeschrittene Vernachlässigung anderer Vergnügen oder Interessen zugunsten des Substanzkonsums.
- Anhaltender Substanzkonsum trotz des Nachweises eindeutiger, schädlicher Folgen im körperlichen, psychischen oder sozialen Bereich.
- Anhaltender Wunsch oder ein oder mehrere erfolglose Versuche, den Substanzgebrauch zu verringern oder zu kontrollieren.

Nikotin kann sowohl eine anregende als auch beruhigende Wirkung entfalten. Die Wirkqualität ist von der jeweiligen Verfassung des Rauchers abhängig, kann aber auch durch Variation der Inhalationstiefe vom Raucher bestimmt werden.

Es hält die körperliche Abhängigkeit des Rauchers aufrecht, die durch Entzugserscheinungen beim Fehlen des Suchtstoffs deutlich wird. Das Wirkungsspektrum des Nikotins umfaßt subjektiv erlebte Veränderungen der Aufmerksamkeits- und Gedächtnisleistungen, Entspannung, Reduktion von Hungergefühlen, aber auch Veränderungen der Herzfrequenz, des Blutdrucks, der Hauttemperatur und -leitfähigkeit; Stuhldrang u. a. körperliche und psychische Entzugserscheinungen können sich durch Aggressivität, Unruhe, Schlaflosigkeit, Konzentrationsmangel, Obstipation, Veränderungen des anabolen Stoffwechsels usw. äußern.

1.3 Die diagnostischen Kriterien in der ICD 10 und im DSM-IV

In der ICD 10 gehört die Tabakabhängigkeit zu den „Störungen durch psychotrope Substanzen“. Für die Diagnosestellung gelten die gleichen Kriterien wie für die Alkohol-, Medikamenten- oder Drogenabhängigkeit. Im DSM-IV wird zur Klärung der „Nicotine Dependence“ auf die allgemeine Beschreibung der „Substance Dependence“ verwiesen.

Beide Klassifikationssysteme nennen im wesentlichen vergleichbare relevante Kriterien für die Diagnose einer Abhängigkeit (s. Tab. 16.1).

1.4 Die Messung der Tabakabhängigkeit

Wenn auch eine quantitative Erfassung des Grades der Abhängigkeit nicht sicher möglich ist, so spricht man doch erst beim Eintreten *mehrerer* Abhängigkeitsmerkmale von einem Abhängigkeitssyndrom. Die für die Objektivierung der Diagnosestellung verläßlichsten Kriterien wurden immer wieder zu Fragebögen zusammengefaßt. Der bekannteste ist der Fagerström Test for Nicotine Dependence (FTND; Heatherton et al. 1991). Dieser umfaßt sechs gezielte Fragen, die vorwiegend auf die Erfassung von Entzugssymptomen oder den Sub-

Tab. 16.2 Fagerström Test for Nicotine Dependence (aus Fagerström et al. 1990).

1. Wann nach dem Aufwachen rauchen Sie Ihre erste Zigarette? (nach 60 Minuten, innerhalb von 60, 30, 5 Minuten; 0/1/2/3 Punkte)
2. Finden Sie es schwierig, an Orten, wo es verboten ist, das Rauchen sein zu lassen? (Ja/Nein;1/0 Punkte)
3. Auf welche Zigarette würden Sie nicht verzichten wollen? Die erste oder alle anderen? (1/0 Punkte)
4. Wie viele Zigaretten rauchen Sie im allgemeinen pro Tag? (<10, 20, 30, mehr als 30 Zigaretten; 0/1/2/3 Punkte)
5. Rauchen Sie am Morgen im allgemeinen mehr als am Rest des Tages? (Ja/Nein; 1/0 Punkte)
6. Kommt es vor, daß Sie rauchen, wenn Sie krank sind und tagsüber im Bett bleiben müssen? (Ja/Nein; 1/0 Punkte)

stanzgebrauch zielen, während sozialkommunikative Aspekte und psychische Entzugssymptome außer acht gelassen werden. Der FTND gibt vor, den Grad der Abhängigkeit zu messen. Tatsächlich erlaubt er eine Vorhersage über den zu erwartenden Erfolg einer Entwöhnungsbehandlung. Ein Raucher mit maximal 2 Punkten (von maximal 10 erreichbaren Punkten) gilt als sehr leicht abhängig, eine leichte Abhängigkeit besteht ab 3–4 Punkten, bei 6–7 Punkten liegt eine schwere und bei mehr als 7 Punkten eine sehr schwere Nikotinabhängigkeit vor.

2 Die Epidemiologie des Rauchens

Epidemiologische Daten zu den Raucherquoten sind nur eingeschränkt repräsentativ, wie unterschiedliche Ergebnisse verschiedener (*epidemiologischer*) Untersuchungen zeigen (ausführliche Darstellung in der Informationsbroschüre „Tabakabhängigkeit. Eine Information für Ärzte, herausgegeben von der Deutschen Hauptstelle gegen die Suchtgefahren“). Nicht nur unterschiedliche Begrifflichkeiten bezüglich der Tabak- oder Nikotinabhängigkeit, sondern auch die zunehmend sinkende soziale Akzeptanz des Rauchens mindern die Aussagekraft von sogenannten Repräsentativumfragen, da viele der Befragten im Sinne der sozialen Erwünschtheit antworten. Als ausreichend valide können die wiederholten Untersuchungen des Statistischen Bundesamtes gelten. In den Mikrozensuserhebungen der Jahre 1978, 1989 und 1992 wurde die Bundesbevölkerung nach ihren Rauchgewohnheiten befragt.

2.1 Aktuelle Raucherquoten

Demnach rauchten 1992 ca. 27,6 % der Bundesbürger, davon etwa 39 % der 20- bis 30jährigen, jedoch nur ca. 28 % der 40- bis 65jährigen und 11,5 % der über 65jährigen. Während der letzten Jahre scheint die Raucherquote unter den Männern leicht gefallen zu sein, während Frauen häufiger rauchen. Unter den Jugendlichen dagegen scheint die Popularität des Rauchens etwas abzunehmen (s. Tab. 16.3).

Schätzungen zufolge ist von einer Quote von 25 % ***abhängiger Raucher*** auszugehen Stumpfe (1987). Männer rauchen pro Tag durchschnittlich 16,8 Zigaretten, Frauen 14,3 Zigaretten. Mehr als 22 % der rauchenden Männer und mehr als 12 % der rauchenden Frauen konsumieren mehr als 20 Zigaretten am Tag. Geschlechtsspezifische Unterschiede zeigen sich auch beim Beginn des Rauchverhaltens: Männer rauchen früher, schon im Alter von 18,4 Jahren, Frauen im Durchschnitt erst 1,5 Jahre später.

Schicht- und berufsspezifische Untersuchungen zeigen eine überdurchschnittliche

Tab. 16.3 Entwicklung der Raucherquoten in der Bundesrepublik Deutschland.

	1978*	1989	1992 (alte Bundesländer)	1992 (neue Bundesländer)
Jugendliche (15- bis 20jährige)	23,9	19,0	17,4	19,6
Frauen	19,2	21,4	21,1	18,5
Männer	42,9	36,3	34,6	36,9
Alle Gruppen	30,4	28,6	27,6	27,2

*1978: Alter der untersuchten Jugendlichen 14–20 Jahre.

Tab. 16.4 Typen des Rauchverhaltens.

Rauchertypen	Eigenschaften
Genußraucher	Freude am Rauchen, positive Grundhaltung, mäßiger Rauchkonsum, geringe körperliche Beschwerden, später Rauchbeginn
Streßraucher	Rauchen gekoppelt an belastende Situationen, nervöse Stimmung, Anspannung, gezieltes Einsetzen der stimulierenden psychotropen Wirkungen
süchtige Raucher	hohe Zigarettenzahl, früher Beginn des Rauchverhaltens, Entzugssymptome bei Auslaßversuchen, körperliche Folgekrankheiten

Raucherquote unter Arbeitern (48 %) und Angestellten (32 %), Beamte rauchen zu 27 %, in der unteren Mittelschicht wird häufiger geraucht (37 %) als in der Oberschicht (25 %).

2.2 Entwicklung des Zigarettenkonsums

Die leicht sinkenden Raucherzahlen spiegeln sich jedoch leider nicht in den Umsatzzahlen der Zigarettenindustrie wider: Zwar hat in den letzten Jahren die Light-Zigarette mit verminderten Nikotin- und Teerstoffwerten an Popularität gewonnen, die Zahl aller im Jahr 1993 produzierten Zigaretten ist jedoch nur geringfügig (–3,0 %) gegenüber dem Vorjahr abgesunken (über 129 Milliarden Zigaretten und über 20 058 Tonnen Feinschnitt für selbstgedrehte Zigaretten). Der jährliche durchschnittliche Pro-Kopf-Verbrauch (je potentiellen Verbraucher, d.h. Personen im Alter von 15 Jahren und mehr) beträgt mehr als 1 900 Zigaretten sowie etwa 300 g Feinschnitt (etwa 150 Zigaretten). Diese Zahlen haben sich seit 1950 vervierfacht!

Im Vergleich innerhalb der Europäischen Gemeinschaft liegen die Raucherquoten in Deutschland im Mittelfeld. Der durchschnittliche Zigarettenkonsum (15,8 Zigaretten pro Tag) liegt unter dem Gesamtdurchschnitt (19 Zigaretten pro Tag in der EG).

2.3 Steuereinnahmen – Folgen für das Gesundheitswesen

Jedes Jahr fließen mehr Einnahmen in die Steuerkasse: 1993 kamen dem Staat fast 19,5 Milliarden DM aus dem Gesamterlös von mehr als 33 Milliarden DM zugute, etwa 206 Millionen DM mehr als im Vorjahr.

Dagegen werden die Kosten und Aufwendungen der Krankenkassen und Rentenversicherungen für die Behandlung rauchbedingter gesundheitlicher Schäden mit nur 50–60 Millionen Mark angegeben.

In der Bundesrepublik Deutschland (alte Bundesländer) sterben jährlich etwa 110 000 Menschen an den Folgen des Zigarettenrauchens (Peto et al. 1994). Weltweit sind es Millionen, die an den Folgen des Rauchens versterben.

2.4 Einflüsse auf die Raucherquoten

Weder mehrfache Steuererhöhungen noch eine umfassende Informationspolitik haben den Zigarettenkonsum in den letzten Jahren nachhaltig senken können. Werbeverbote, Hinweise auf die Schädlichkeit des Rauchens auf den Zigarettenpackungen und Aufklärungskampagnen der Krankenkassen bleiben bislang ohne deutlich meßbaren Erfolg.

Gefordert werden nun (9. Weltkonferenz Tabak und Gesundheit 1994) Einschränkungen der Tabakproduktion, besondere Erlasse zum Schutz der Jugend und ein generelles Werbeverbot für Tabakwaren. Letzteres zielt insbesondere auf die Regelungen in Deutschland, wo wie in Großbritannien und den Niederlanden die Tabakwerbung zumindest noch eingeschränkt möglich ist.

Nur in wenigen Ländern, beispielsweise den USA, hat die Zahl der Raucher kontinuierlich abgenommen. Möglicherweise werden hier langjährige Bemühungen um die umfassende Aufklärung über die gesundheitlichen Risiken des Rauchens, Rauchverbote in öffentlichen Institutionen, Verkehrsmitteln, in Lokalen oder am Arbeitsplatz wirksam.

Einen erheblichen Anteil an den gleichbleibenden Raucherzahlen haben sogenannte ***dissonante Konsumenten***, die zwar eine negative Einstellung zum Rauchen haben, aber nicht in der Lage sind, sich das Rauchen aus eigener Kraft abzugewöhnen (Tölle u. Buchkremer 1989).

Hier können Aufklärung, Verbote und Steuererhöhungen möglicherweise weniger bewirken als Angebote zur Unterstützung bei der Raucherentwöhnung.

3 Die Entwicklung des Rauchverhaltens

Viele Kinder probieren bereits im Alter zwischen 10 und 15 Jahren das Rauchen. Animation durch Werbung, Neugierde, Nachahmung erwachsener Verhaltensweisen und die Anerkennung unter Gleichaltrigen führen zu diesen ersten Versuchen. Viele dieser ersten „Probierraucher" rauchen später zunächst gelegentlich, dann regelmäßig. Die meisten steigern die tägliche Dosis in den ersten Jahren des Rauchens.

Statistische Untersuchungen belegen einen Zusammenhang zwischen der Aufrechterhaltung des Rauchens und der Sozialschicht, der Schulbildung, der psychosozialen Situation (Familie, Heimunterbringung, Zuwendung während der Kindheit) und den Vorbildern: Rauchende Eltern haben häufiger auch rauchende Kinder, rauchende Gleichaltrige und Freunde motivieren oft zum Mitrauchen.

Die höchsten Raucherquoten werden zwischen dem 30. und 40. Lebensjahr erreicht (s. o.), danach sinken die Raucherquoten wieder. Langjährige Raucher können auch nach längjähriger Abhängigkeit wieder eine Abstinenz erreichen. Oft sind erste bereits eingetretene gesundheitliche Schäden ausschlaggebend für den Abstinenzversuch. Während kurzfristige Abstinenzphasen immer wieder erreicht werden, kann die Abstinenz nur schwer aufrechterhalten werden. Der absolute Verzicht auf Zigaretten birgt bessere Chancen für eine anhaltende Abstinenz als das Einschränken des Rauchens auf wenige Situationen.

3.1 Typen des Rauchverhaltens

Das Rauchen wird aufrechterhalten, obwohl zunehmende Kenntnis über die schädlichen Folgen des Rauchens erlangt wird. Oft wurde bereits eine psychische oder physische Abhängigkeit (süchtiges Rauchen) erlangt, manchmal ist der Wunsch, das Rauchen aufzugeben, nicht ausdrücklich formuliert worden. Entweder zählen die angenehmen Wirkungen des Rauchens (psychotrope Effekte, kommunikative Aspekte) mehr (Genußrauchen) oder das Ausmaß des Rauchens ist noch beschränkt (Gelegenheitsrauchen) – die gesundheitlichen Bedrohungen werden als nicht akut angesehen (s. Tab. 16.4).

3.2 Tiefenpsychologische und lerntheoretische Erklärungen für das Rauchen

Früh schon wurde das Rauchen ***psychoanalytisch*** als Ersatzbefriedigung im Sinne des Nachholens einer oralen Befriedigung, als Regression in ein Kindheitserleben gedeutet. Andere Autoren sehen das Rauchen als aggressiv-phallisches Verhalten oder libidinöse Bindung an die Zigarette. Die Interpretation des Rauchens als neurotische Verhaltensweise liegt nahe, wenn man an den Streßraucher denkt, der damit Anspannung, Nervosität oder Angst bekämpfen will.

Die ***Persönlichkeit*** des Rauchers wird als besonders extrovertriert erlebt, zum Teil weisen Studien einen höheren Grad an Neurotizismus bei Rauchern nach.

Aus ***lerntheoretischer*** Sicht wird das Rauchen durch verschiedene Mechanismen gebahnt (Entstehungsbedingungen), und aufgrund unterschiedlicher Faktoren beibehalten und gefestigt (aufrechterhaltende Bedingungen):

- Vorbildfunktionen von Bezugspersonen, z. B. Eltern, Lehrer, Mitschüler, Freunde, aber auch von Außenstehenden (Idole); Lernen am Modell
- Konditionierung durch Koppelung des Rauchens an neutrale Stimuli (Angebot einer Zigarette, Aschenbecher, Anlassen des Autos); klassisches Konditionieren
- Konditionierung durch das Erreichen von kurzfristigen positiven Konsequenzen (sozialkommunikative Bedingungen, Kaffeetrinken, nach dem Essen) bzw. Vermeidung der negativ erlebten Entzugsbeschwerden; operantes Konditionieren
- Kognitionen im Sinne von Verleugnungen und Dissimulationen der Folgen des Rauchens oder positiver Assoziationen, die mit dem Rauchen verbunden sind (z. B. durch Werbung).

4 Die Gefahren des Rauchens

4.1 Kurz- und langfristige gesundheitliche Schäden durch das Rauchen

Abgesehen von den negativen Erfahrungen bei der ersten Zigarette (Übelkeit, Erbrechen, Schwindel) bemerken die meisten Raucher bei eingangs nur mäßigem Konsum zunächst keine oder wenige negativen Folgen. Lediglich bei heftigem, exzessivem Rauchen, häufig in der Kombination mit Alkoholgenuß, treten unangenehme Wirkungen wie gastrointestinale Beschwerden, zentrale Übelkeit, Kopfschmerzen und Konzentrationsstörungen auf.

Nach längerer Zeit machen sich die mittel- und langfristigen Folgen des Rauchens bemerkbar: morgendliches Husten, Durchblutungsstörungen der Extremitäten, Störungen der Geruchs- und Geschmacksempfindung, Kurzatmigkeit, verminderte körperliche Fitneß, wiederkehrende pulmonale Infekte und Hautveränderungen. Raucher haben durch veränderte Stoffwechselfunktionen auch ein geringeres Körpergewicht als Nichtraucher. Viele dieser Nebenwirkungen des Rauchens werden in Kauf genommen, ungeachtet dessen, daß diese Erscheinungen bereits erste schwerwiegende Schädigungen des Körpers anzeigen. Langfristig steigt durch das Rauchen die Gefahr chronischer entzündlicher pulmonaler Erkrankungen, vaskulärer Störungen (Arteriosklerose, Koronarinsuffizienz, Myokardinfarkt, Apoplex) und karzinomatöser Erkrankungen, insbesondere Bronchial-, Larynx-, Oropharynx- und Ösophaguskarzinome.

Die wichtigsten Mediatoren der schädigenden Tabakwirkungen sind Kohlenmonoxid (Verminderung der Lichtempfindlichkeit der Netzhaut, Begünstigung arteriosklerotischer Erkrankungen), Zyanwasserstoff, Kadmium, kanzerogene tabakspezifische Nitrosamine, polyzyklische aromatische Kohlenwasserstoffe, Arylamine, freie Radikale, Benzol und Polonium-210.

4.2 Passivrauchen

Selbst das passive Mitrauchen durch den Aufenthalt in Räumen, in denen geraucht wird, oder die Lebensgemeinschaft mit einem Raucher gefährdet die Gesundheit. Passivrauchen erhöht den Gehalt an Karboxyhämoglobin (HbCO) und Cotinin (ein Abbauprodukt des Nikotins mit einer Eliminationshalbwertzeit von etwa 24 Stunden) im Blut der Nichtraucher. Bei erwachsenen Passivrauchern ist sogar das Risiko für ein Lungenkarzinom erhöht!

4.3 Rauchen in der Schwangerschaft

Rauchen in der Schwangerschaft bedingt ein erhöhtes Ausmaß an Schwangerschaftsbeschwerden und Komplikationen. Schwangere Raucherinnen gefährden durch die erhöhten Kohlenmonoxydspiegel im Blut, durch Gefäßkonstriktionen und Kreislaufveränderungen die Gesundheit des noch ungeborenen Kindes. Das Risiko, eine Fehl- oder Frühgeburt zu erleiden, ist erhöht. Die Neugeborenen sind häufig kleiner, weisen ein geringeres Körpergewicht auf und sind infektanfälliger. Die Stärke der Schädigung korreliert mit der Zahl der gerauchten Zigaretten. Im Urin von Säuglingen stillender Raucherinnen wurden Cotininspiegel nachgewiesen, die denen aktiver Raucher vergleichbar sind. Auch im Blut, Urin und Speichel von Kleinkindern rauchender Eltern ist Cotinin, ein Abbauprodukt des Nikotins, erhöht nachweisbar. Darüber hinaus belegen Studien das gehäufte Auftreten von pulmonalen Erkrankungen bei diesen Kindern und die erhöhte Gefahr des plötzlichen Kindstods.

5 Raucherentwöhnungsbehandlungen

Trotz der kognitiven Dissonanz, die viele Raucher kennen, gelingt es nur einem geringen Teil der abhängigen Raucher, spontan und aus eigener Kraft mit dem Rauchen aufzuhören.

Oft haben zahlreiche Versuche nur zu einer kurzfristigen Abstinenz geführt. Entzugserscheinungen (Unruhe, Aggressivität, Schlafstörungen, Konzentrationsstörungen etc.), die nach der Abstinenz einsetzende Gewichtszunahme oder aber einfach mangelhafte Fähigkeiten, mit Versuchungssituationen adäquat umzugehen, gefährden das Abstinenzvorhaben. Natürlich hängt der Erfolg einer Raucherentwöhnung auch sehr von der Motivationslage des Rauchers ab.

5.1 Motivation

Die Motivation ist die Eingangsbedingung für die erfolgreiche Raucherentwöhnung. Der Raucher kann über seine eventuell bereits bestehenden gesundheitlichen Schäden, über finanzielle Anreize, den Aspekt der Abhängigkeit oder die allgemein verminderte körperliche Leistungsfähigkeit zu einem Abstinenzversuch motiviert werden. Dies ist oft eine ärztliche Aufgabe. Der Arzt hat wie kein anderer die Möglichkeit, den Raucher auf die beste-

Tab. 16.5 Übersicht über das Spektrum der Raucherentwöhnungsverfahren.

Prinzip	Beispiele	Wirkung
suggestive Verfahren	Handauflegen, Hypnose	kurzfristige Abstinenzquote gut, langfristiger Erfolg unzureichend Kritik: Raucher bleibt unselbständig, keine Hilfe bei Rückfällen
Akupunktur		kurzfristige Abstinenzquote gut, langfristiger Erfolg nicht untersucht Wirkprinzip unklar, evtl. suggestiv wirksam. Kritik: Raucher bleibt unselbständig, keine Hilfe bei Rückfällen
Medikamente	Antidepressiva, geschmacksvergällende Mittel	Aufrechterhaltung der psychischen Abhängigkeit, unzureichender Effekt
Aversionstherapien	forciertes Rauchen	Ziel: Bestrafung durch Kopplung eines positiven Stimulus (des Rauchens) an aversive Konsequenzen (Elektroschocks, Übelkeit) Gefährlich bei kardialer Vorbelastung!
Entspannungsverfahren	autogenes Training, Muskelrelaxation nach Jacobson	supportiv wirksam, wenn eine innere Distanzierung vom Rauchen erzielt wird, ohne eine weitere Therapie jedoch nicht ausreichend wirksam, zu hoher therapeutischer und zeitlicher Aufwand
Nikotinsubstitution	Nikotinkaugummi, Nikotinpflaster	gute supportive Wirkung bei der Bekämpfung der Entzugsbeschwerden, vor allem in Kombination mit weiteren therapeutischen Hilfen empfehlenswert
Verhaltenstherapie	verhaltenstherapeutische Gruppentherapie, Selbsthilfemanuale, multimodale Behandlungen	wissenschaftlich gesicherte, gute kurz- und langfristige Wirksamkeit, Rückfallprävention eingeschränkt möglich

henden oder drohenden gesundheitlichen Schädigungen hinzuweisen, sollte dies aber in vorurteilsfreier und nicht anklagender Weise vermitteln. Damit kann in der Regel zwar keine Abstinenz bewirkt werden, doch gelingt es zumindest oft, dem Raucher den Weg zur Abstinenz zu ebnen. Einem entwöhnungswilligen Raucher sollte zunächst empfohlen werden, sofort mit dem Rauchen aufzuhören (Schlußpunkt-Methode). Ist ihm dies nicht möglich, sollte unbedingt zu einer professionell geleiteten Raucherentwöhnungsbehandlung (s. u.) geraten werden.

Wichtig sind neben der Information über medizinische Aspekte Hilfsangebote für Therapien, Anerkennung für den Abstinenzwunsch und tatkräftige Unterstützung bei der Suche nach Therapiemöglichkeiten.

Unbedingt sollte der beginnend Motivierte über das Abhängigkeitspotential von Tabak aufgeklärt werden, um zu verhindern, daß der Rauchkonsum in vermeintlich gutwilliger Absicht zunächst nur eingeschränkt wird: Kontrolliertes Rauchen ist für einen süchtigen Raucher kein bewältigbares Therapieziel!

5.2 Übersicht über Raucherentwöhnungsmethoden

Im Lauf der langen Jahre der Therapieforschung wurden zahlreiche wirkungsvolle und auch weniger suffiziente Therapieverfahren entwickelt (s. Tab. 16.5). Viele erfüllen die grundlegenden Forderungen an eine Therapiemethode nicht: Sie sichern keine ausreichende langfristige Abstinenz, vermitteln nur ungenügend Hilfen bei der Aufrechterhaltung der Abstinenz, sind unwirtschaftlich oder nicht pratikabel und entbehren häufig des wissenschaftlichen Nachweises ihrer Wirksamkeit.

5.2.1 Verhaltenstherapie

Zu den erfolgreichsten Raucherentwöhnungsprogrammen gehören die ***verhaltenstherapeutischen Verfahren*** (Gruppentherapien, Selbsthilfemanuale, multimodale Behandlungsschemata). Wissenschaftliche Studien weisen langfristige Erfolgsquoten von bis zu 40 % nach.

Auf der Basis der ***Lerntheorie*** wird davon ausgegangen, Rauchen sei ein erlerntes Verhalten, das wieder verlernt werden kann. Zugleich müssen Alternativen zum Rauchen angeboten werden. Mit Hilfe von verhaltenstherapeutischen Techniken soll der Raucher befähigt werden, selbständig Probleme im Entwöhnungsprozeß anzugehen und zu lösen. Ziele des therapeutischen Prozesses sind eine initiale Motivationserhöhung, eine Löschung alter Verhaltensmuster, die kognitive Umstrukturierung sowie die Verstärkung neu erlernter Verhaltensweisen neben der Vermittlung rückfallprophylaktischer Maßnahmen.

Die verhaltenstherapeutischen Methoden bedienen sich zweier grundsätzlicher Verfahren: Die *Schlußpunkt-Methode* bereitet in den ersten Therapiestunden das Weglassen der Zigaretten ab einem zuvor bestimmten Termin vor und nutzt die weitere Therapie zur Bearbeitung von Versuchungssituationen. Die *Reduktionsmethode* strebt eine schrittweise Verringerung der täglich konsumierten Zigarettenzahl an. Der Entwöhnungsprozeß ist hierbei langwieriger, aber nach Ansicht der Vertreter dieser Therapieform effektiver – eigene suchterhaltende Verhaltensketten werden intensiver wahrgenommen, Versuchungssituationen werden im Hinblick auf die Aufrechterhaltung der langfristigen Abstinenz frühzeitig effektiv bearbeitet.

Die Raucherentwöhnungsbehandlung wird üblicherweise ambulant in der Gruppe als sogenannte ***verhaltenstherapeutische Gruppentherapie*** durchgeführt, kann aber auch in einer Einzeltherapie erfolgen. In der Regel sind die in Tab. 16.6 genannten Therapiebausteine vertreten.

5.2.2 Multimodale Behandlungsmethoden

Die verhaltenstherapeutischen Raucherentwöhnungstherapien wurden um weitere Komponenten zu den *multimodalen Verhaltenstherapien* erweitert. Mittlerweile werden hiermit langfristig die höchsten Abstinenzquoten erreicht. Ein wesentlicher zusätzlicher Bestandteil der Behandlung ist die vorübergehende transdermale Nikotinsubstitution in Form eines Nikotinpflasters zur Dämpfung der Entzugserscheinungen.

5.2.3 Nikotinsubstitution

Die Nikotinsubstitution dient darüber hinaus zur Bekämpfung des wiederkehrenden Rauchverlangens nach Erlangung der Abstinenz und soll die zugleich häufig auftretende Gewichtszunahme bremsen können.

Nikotin wird als Nikotinkaugummi und seit 1990 auch als Nikotinpflaster angeboten. Vor allem letztere Applikationsform hat den Vorteil, durch die kontinuierliche

Tab. 16.6 Bausteine der verhaltenstherapeutischen Raucherentwöhnungstherapien.

Baustein	Durchführung/Ziel
Förderung der Therapiemotivation	Ermunterung zur Abstinenz, Information über gesundheitliche Aspekte, wiederholte Besprechung von Therapiezielen, Würdigung der Teilerfolge
Selbstbeobachtung	Strichlisten, Tagesprotokolle, Rauchertagebücher zur Aufdeckung von Versuchungssituationen und Verhaltensketten
Selbstkontrolltechniken	Selbstkontrollregeln
Vertragsmanagement	Verträge und Vereinbarungen über Ziele mit Partnern, Freunden oder Kollegen
Aufbau von Alternativverhalten	Freizeitgestaltung, Beschäftigungsstrategien
Techniken zur Selbstverstärkung	Belohnungen
Vermittlung von Entspannungstechniken	Progressive Muskelrelaxation oder autogenes Training
gesunde Lebensführung	Ernährungstips zur Vorbeugung von Gewichtsänderungen, Anreiz zu sportlichen Betätigungen
Nikotinsubstitution	Gabe des transdermalen Nikotinpflasters zur Reduktion körperlicher Entzugssymptome
Techniken zur Rückfallprophylaxe	Versuchungssituation im Rollenspiel, kognitive Strategien
aktive Rückfallprohylaxe	Boostersitzungen, schriftliche oder telefonische Kontakte

Zufuhr von Nikotin über die Haut gleichmäßige Nikotinspiegel im Blut zu erzeugen und dadurch dem durch den allmählichen Abfall der Blutnikotinkonzentrationen entstehenden Bedürfnis nach einer neuen Zigarette vorzubeugen. Durch die transdermale Nikotinsubstitution werden die psychische und physische Abhängigkeit entkoppelt.

5.2.4 Selbsthilfemanuale

Kostengünstig und mit geringem Aufwand anwendbar sind Selbsthilfemanuale, die zwar geringere Abstinenzquoten erzielen, jedoch bei guter Verbreitung eine hohe absolute Zahl von Rauchern erreichen können. Selbsthilfemanuale enthalten im wesentlichen die gleichen Therapiebausteine wie die Multikomponententherapien, können hervorragend mit Nikotinpflaster kombiniert werden, verzichten jedoch auf den Vorteil der Behandlung in der Gruppe.

5.2.5 Quellen für Entwöhnungshilfen

Verhaltenstherapeutische Raucherentwöhnungsmethoden werden von Krankenkassen oder Volkshochschulen angeboten. Über die Bundeszentrale für gesundheitliche Aufklärung (BzGA in 51101 Köln) sind verschiedene Therapiemanuale und Informationsbroschüren erhältlich, z.B.

- *Eine Chance für Raucher, Nichtraucher in 10 Wochen* – ein Leitfaden für den Raucher
- *Krankenhaus-Aktions-Set* – ein Maßnahmenpaket zur systematischen Verbesserung des Nichtraucherschutzes in Krankenhäusern

- *Ja – ich werde Nichtraucher* – eine Broschüre mit Starthilfen in ein nikotinfreies Leben
- *Die Freiheit des Abenteuers* – eine Broschüre mit Informationen über das Rauchen, Passivrauchen und Nichtrauchen.

Im Anhang stellen wir Auszüge eines Protokolls einer verhaltenstherapeutischen Gruppenbehandlung vor.

6 Prävention

Die erfolgreiche Prävention des Rauchens muß bei den am meisten gefährdeten Bevölkerungsgruppen ansetzen: bei den Kindern und Jugendlichen. Bereits in der Schulzeit sollten ausreichende Informationen über gesundheitliche Konsequenzen des Rauchens, Werbestrategien der Tabakindustrie und soziale Aspekte des Rauchens vermittelt werden. Rauchen sollte als unattraktiv gelten, Nichtrauchen gezielt verstärkt werden. Nichtraucher sollten ermutigt werden, ihre Rechte wahrzunehmen und rauchfreie Umgebungen zu fordern.

6.1 Der Nichtraucherschutz

Präventionsarbeit obliegt Ärzten, Lehrern und öffentlichen Gesundheitseinrichtungen. Die staatliche Unterstützung umfaßt die Finanzierung von Aufklärungskampagnen über Rauchen, Gesundheit und das Passivrauchen, sollte sich zunehmend aber auch auf gesetzliche Bestimmungen zum Nichtraucherschutz erstrecken.

Beispielhaft ist diesbezüglich die Entwicklung in Frankreich: hier wurde am 1. 11. 1992 der Nichtraucherschutz am Arbeitsplatz und das Rauchverbot in öffentlich zugänglichen Innenräumen (öffentliche Einrichtungen, Behörden, öffentliche Verkehrsmittel, Gaststätten und Beherbergungsbetriebe) gesetzlich geregelt. Diese Maßnahmen werden durch ein Werbeverbot für Tabakwaren unterstützt. Initiativen gegen das Rauchen, u. a. der „Ärztliche Arbeitskreis Rauchen und Gesundheit e. V.“, die „Nichtraucher-Initiative Deutschland“ und der „Wissenschaftliche Aktionskreis Tabakentwöhnung“, waren in diesem Sinne in den letzten Jahren zunehmend politisch aktiv.

Literatur

Buchkremer G, Batra A, Opitz K, Tölle R. Tabakabhängigkeit. Eine Information für Ärzte. Broschüre der Deutschen Hauptstelle gegen die Suchtgefahren (DHS) 1995.

Buchkremer G (Hrsg). Raucherentwöhnung. Psychologische und pharmakologische Methoden. Stuttgart, New York: Thieme 1989.

Deutsche Hauptstelle gegen die Suchtgefahren (DHS). Jahrbuch Sucht 95. Neuland Geesthacht 1994.

Heatherton TF, Kozlowski LT, Frecker RC, Fagerström K-O. The Fagerström Test for Nicotine Dependence: a revision of the Fagerström Tolerance Questionnaire. Br J Addict 1991; 86:1119–27.

Peto R, Lopez AD, Boreham J, Thun M, Heath C jr. Mortality from smoking in developed countries 1950–2000. Oxford: Oxford University Press 1994.

Tölle R, Buchkremer G, Opitz K, Horstmann M. Zigarettenrauchen. Epidemiologie, Psychologie, Pharmakologie und Therapie. 2. Aufl. Berlin, Heidelberg, New York: Springer 1989.

Wissenschaftlicher Aktionskreis Tabakentwöhnung (W.A.T.) e. V. (Hrsg). Gesundheitsberatung zur Tabakentwöhnung. Ein Handbuch für Ärzte. Stuttgart, New York: Fischer 1992.

Anhang: Nichtrauchen in sechs Wochen Ein verhaltenstherapeutisches Programm (Auszug)*)

1. Woche

Gratulation/Erforschung der unmittelbaren Motivation

„Wir gratulieren Ihnen zu Ihrem Entschluß, das Rauchen aufzugeben. Lassen Sie uns zuallererst über Ihre Gründe, nunmehr Nichtraucher/in werden zu wollen, sprechen." Sind es

- die hohen Gesundheitsrisiken?
- die eingeschränkte körperliche Leistungsfähigkeit?
- die Klagen Ihrer Mitmenschen?
- die Kosten?
- der stets schlechte Geschmack und Geruch?
- das Gefühl der Abhängigkeit?
- Machen Sie sich die Nachteile des Rauchens immer wieder bewußt!
- Denken Sie wiederholt über die Vorteile des Nichtrauchens nach!

Notieren Sie auf einer Karte (Motivationskarte) Ihre Beweggründe, bewahren Sie diese Karte auf, ziehen Sie sie in den nächsten Wochen immer wieder zu Rate – vielleicht haben Sie den einen oder anderen Grund vergessen oder können sogar ein wichtiges Argument hinzufügen.

Informationen zur Unterstützung des Entschlusses

Gespräch über

- die ***tabakassoziierten Gesundheitsschäden*** und das ***Passivrauchen***
- die ***positiven Veränderungen*** nach Beginn der Abstinenz (z. B.: Bereits nach 24 Stunden sinkt das Herzinfarktrisiko, nach 2 Wochen stabilisiert sich der Kreislauf allmählich, nach 1 Monat verringert sich die Infektanfälligkeit, nach 1 Jahr sinkt das Risiko einer Koronarinsuffizienz, nach 5 Jahren verringert sich das Risiko, an Lungenkrebs zu sterben, auf die Hälfte...
- Gefahren des ***Light-Rauchens*** (Kompensation durch tiefere Inhalation, vergleichbar höhere Schadstoffinhalation).

Therapieinstruktionen

Bewährt haben sich folgende Instruktionen zur Vermittlung der Therapierationale:

- Ein erfolgreiches Raucherentwöhnungsprogramm berücksichtigt sowohl die psychische als auch die körperliche Abhängigkeit. Das Nichtraucherprogramm soll Ihnen helfen, beide Anteile zu überwinden.
- Die Überwindung der ***psychischen Abhängigkeit*** gelingt durch ein Neulernen des Nichtrauchens in 3 Schritten:
  - Das eigene Rauchverhalten soll bewußt werden, dazu dient eine Phase der Selbstbeobachtung.
  - Danach erst kann die ***Verhaltensänderung*** erfolgen. Schrittweise werden angelernte Verhaltensweisen abgebaut. Das schrittweise Reduzieren des Zigarettenkonsums birgt den Vorteil, mit allen auftretenden Schwierigkeiten auch Möglichkeiten zu erlernen, späteren Versuchungssituationen vorbereitet gegenübertreten zu können. Plötzliche Entzugssymptome treten weniger heftig auf, der Weg zur Abstinenz wird durch die vielen kleinen Etappen überschaubar.
  - Sie ***stabilisieren*** zum Schluß Ihre Abstinenz, Sie schützen sich vor gefährlichen Rückfallsituationen.
- Bei der Überwindung der ***körperlichen Abhängigkeit*** soll Ihnen das ***Nikotinpflaster*** behilflich sein, das Sie während der nächsten Wochen tragen sollen. Es dämpft die Entzugserscheinungen (z. B. Müdigkeit, Verdauungsstörungen, Reizbarkeit, Nervosität, Konzentrationsstörungen), senkt dadurch die Rückfallge-

*) Auszug aus dem Manual zur Raucherentwöhnung des Arbeitskreises Raucherentwöhnung der Universitätsklinik für Psychiatrie und Psychotherapie, Tübingen.

fahr, die zu Beginn sehr hoch ist, und hilft Ihnen, den Kopf beim „Lernen des Nichtrauchens“ freizuhalten. Das Nikotinpflaster enthält reines Nikotin, das über die Haut in geringen, aber gleichmäßigen Dosen an den Körper weitergegeben wird. Die übrigen gesundheitsgefährdenden Inhaltsstoffe der Zigarette entfallen.

Erläuterung der verhaltenstherapeutischen Prinzipien

- Wie haben Sie das Rauchen erlernt?
- Wie hat sich Ihr Rauchen gesteigert?
- Haben Sie zunächst nur in bestimmten Situationen geraucht? Welche waren dies?
- Welche Wirkungen des Rauchens haben Sie verspürt?
- Haben Sie an die Gefahren des Rauchens gedacht?

Kurze Einführung über auslösende Stimuli, Erläuterung der Bedeutung positiver und negativer, kurz- und langfristiger Konsequenzen.

Beginn der ***Selbstbeobachtungsphase***
Noch ändern Sie in dieser ersten Woche nichts an Ihrem Rauchverhalten, beobachten Sie nur Ihr Rauchverhalten:

Wieviel Zigaretten rauchen Sie am Tag?
Führen Sie eine ***Strichliste***, auf der Sie ***vor*** dem Anzünden jede Zigarette vermerken. Bewahren Sie diese Strichliste in der Zellophanhülle Ihrer Zigarettenschachtel auf.

<table>
<tr><th>Woche 1
Tag</th><th>Striche</th><th>Summe</th></tr>
<tr><td>1</td><td>|||||||||||||</td><td>13</td></tr>
<tr><td>2</td><td>||||||||||||||</td><td>14</td></tr>
<tr><td>3</td><td>|||||||||||||</td><td>13</td></tr>
<tr><td>4</td><td>|||||||||||||||</td><td>15</td></tr>
<tr><td>5</td><td>||||||||||||</td><td>12</td></tr>
<tr><td>6</td><td>|||||||||||</td><td>11</td></tr>
<tr><td>7</td><td>||||||||||||</td><td>12</td></tr>
<tr><td></td><td>Summe</td><td>91</td></tr>
<tr><td></td><td>Mittelwert</td><td>13</td></tr>
</table>

So gewinnen Sie einen Überblick über die tägliche Rauchmenge, vielleicht rauchen Sie durch diese Kontrolle sogar unbeabsichtigt schon weniger!

In welchen Situationen rauchen Sie?
Führen Sie eine ***Tageskarte*** an 2 Tagen der Woche. Führen Sie ein Protokoll über Ihre Aufenthaltsorte, die Tätigkeiten und die Zahl der dabei gerauchten Zigaretten, auch wenn dies sehr aufwendig sein kann!

<table>
<tr><th>Ort</th><th>Tätigkeit</th><th>Zigaretten</th></tr>
<tr><td>Küche</td><td>Frühstück</td><td>||</td></tr>
<tr><td>Auto</td><td>Fahrt zur Arbeit</td><td>|</td></tr>
<tr><td>Arbeit</td><td>Telefonat</td><td>||</td></tr>
<tr><td>Arbeit</td><td>Kaffeepause</td><td>|</td></tr>
<tr><td>...</td><td>...</td><td>...</td></tr>
</table>

Bringen Sie Strichliste und Tageskarte zum nächsten Treffen mit!
Ab der nächsten Woche beginnen Sie mit der Reduktion Ihres Rauchens.

2. Woche

Besprechung der Strichliste
Erweitern Sie die Selbstbeobachtung um folgendes ***Erfolgsdiagramm***, das Sie mit Hilfe Ihrer Strichliste erstellen. Tragen Sie jede Woche die Zahl der in der Vorwoche durchschnittlich gerauchten Zigaretten ein.

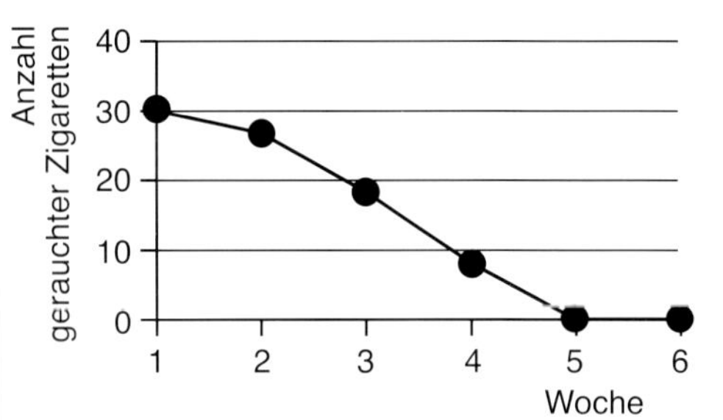

Erfolgsdiagramm

Besprechung der Tageskarte
In welchen Situtionen rauchen Sie besonders viel/wenig? Gibt es Situationen, in denen Sie ohne weiteres/nur ganz schwer auf das Rauchen verzichten können? Wann erleben Sie das Rauchen als unangenehm?

*Reduktion der täglichen Zigarettenzahl durch **Selbstkontrollregeln***
Erstellen Sie eine Liste von Situationen, in denen Sie in den nächsten Tagen nicht mehr rauchen wollen. Nehmen Sie sich in den nächsten Tagen immer 2 bis 3 neue Situationen vor. Einige Beispiele:

- Ich lehne alle angebotenen Zigaretten ab.
- Ich rauche nicht mehr während der Arbeitszeit.
- Ich rauche nicht mehr im Restaurant.
- Ich kaufe immer nur eine Schachtel Zigaretten.
- Ich warte 5 Minuten, ehe ich mir die gewünschte Zigarette anzünde.
- Ich nehme kein Feuerzeug/keine Streichhölzer mit.
- Ich rauche die Zigaretten nur zur Hälfte.

Belohnen Sie sich!
Auch kleine Erfolge müssen belohnt werden. Machen Sie den anfänglichen Erfolg sichtbar, indem Sie den täglich gesparten Betrag separat aufheben.

*Legen Sie Ihr **Reduktionsziel** für die nächste Woche fest.*
Nehmen Sie sich nicht zuviel vor, wählen Sie ein realistisches Ziel.
Bedenken Sie, daß Sie die Unterstützung des Nikotinpflasters sofort nutzen können, sobald Sie nicht mehr rauchen.

*Beginn der **Pflasterbehandlung***
Die Therapieinstruktionen zum Gebrauch des Nikotinpflasters richten sich nach den Empfehlungen des Herstellers, d.h. Aufklärung über Wirkweise, Unverträglichkeit, Nebenwirkungen und Risiken.

*Abschluß der Stunde mit der Einführung in die **Progressive Muskelrelaxation nach Jacobson***
In den nächsten Wochen erfolgt stufenweise die Erläuterung der einzelnen Schritte. Das Entspannungstraining dient der aktiven Bewältigung von Unruhezuständen und Nervosität. Der Raucher lernt, Entspannung anders als durch das Rauchen zu erreichen.

3. Woche

Die Strichliste, das Erfolgsdiagramm und die Selbstkontrollregeln werden besprochen.

Die Selbstkontrollregeln werden erweitert.

Ein neues Reduktionsziel wird festgelegt.

Neue Komponenten
Suchen Sie sich eine vertraute Person, die Sie von Ihrem Plan, das Rauchen aufzugeben, unterrichten. Schließen Sie mit dieser Person, Ihrem ***Kurshelfer***, ab sofort regelmäßig (schriftliche) ***Vereinbarungen*** über die neuen Selbstkontrollregeln, das Erreichen Ihres Reduktionsziels. Lassen Sie sich belohnen, wenn Sie Ihr Ziel erreicht haben. Verpflichten Sie sich, für Sie unangenehme Dinge zu erledigen, wenn Sie dem Ziel nicht nachkommen konnten (z.B. Fensterputzen, Autowaschen, Einkäufe für eine Woche übernehmen...).

Abschluß der Stunde fortan stets mit einer neuen Übung aus dem Jacobson Muskelentspannungstraining.

4. Woche

Die Strichliste, das Erfolgsdiagramm und die Selbstkontrollregeln werden besprochen.

Es erfolgt eine differenzierte Intervention in Abhängigkeit von dem erreichten Reduktionsziel.

Erstellen Sie eine ***Liste von möglichen Belohnungen***, die Sie nach Ihrer Attraktivität sortieren und bestimmten, künftigen Zielen zuordnen. Überlegen Sie sich schon jetzt die ganz große Belohnung für den Tag, an dem Sie nicht mehr rauchen.

Suchen Sie nach neuen ***Alternativen*** zum Rauchen. Welche neue Freizeitaktivitäten möchten Sie gerne einmal ausprobieren? Gibt es Alternativen, die Sie in Versuchungssituationen sofort wählen können (z.B. Telefonieren, im Garten arbeiten, Fahrrad fahren...)? Durchbrechen Sie so den Mechanismus des automatischen Rauchens.

Achten Sie darauf, nicht automatisch statt zur Zigarette zu etwas Süßem zu greifen.

Überprüfen Sie Ihre Nichtraucherziele! Vergleichen Sie Ihre Einstellung jetzt mit den Notizen auf Ihrer Motivationskarte. Haben Sie schon Vorteile vom Nichtrauchen?

5. Woche

Die Erfolge der vergangenen Woche werden besprochen.

Ziel ist spätestens jetzt die Reduktion auf null Zigaretten pro Tag.

Interventionen für den Fall, daß noch geraucht wird

- Überprüfen Sie Ihren Abstinenzwunsch
- Abschließen von neuen Verträgen
- Überprüfen der Liste „wirksamer" Belohnungen
- Nochmaliges Ausfüllen der Tageskarte
- verstärkte Selbstbeobachtung in Rauchsituationen

Protokoll der Versuchungssituationen
Notieren Sie alle Situationen, in denen Sie gerne geraucht hätten. Führen Sie Ihre Rauchalternativen an. Was konnten Sie unternehmen, um nicht zu rauchen?

6. Woche

Die Erfolge der vergangenen Woche werden besprochen.
Anhand der Protokolle der Versuchungssituationen können ***Rollenspielsituationen*** hergestellt werden.

Was ist zu tun im Falle eines Rückfalls? Für die ***Rückfallprävention*** erfolgt die Anleitung, einzelne Bausteine (Selbstkontrollregeln, Vereinbarungen, Belohnung) nochmals in Angriff zu nehmen, Hilfsangebote durch den Kursleiter oder Stärkung des Abstinenzwunsches durch Kontaktaufnahme zu anderen Kursteilnehmern zu suchen.

Motivation zu einem neuen Selbstverständnis als Nichtraucher
Treten Sie selbstbewußt auf, achten Sie auf Ihre Rechte als Nichtraucher. Seien Sie dabei nicht militant, vertreten Sie fest Ihren Wunsch, Nichtraucher zu bleiben.

Suchen Sie sich ***langfristige Belohnungen***. Gönnen Sie sich etwas Besonderes an Ihrem 30./60./90. Nichtrauchertag.

17 Verhaltenstherapie bei sexuellen Funktionsstörungen

Walter Vandereycken

Inhalt

1 Einleitung

Die unwissenschaftliche Popularisierung der Sexualtherapie und Sexualforschung in den 70er Jahren hat zu dem weitverbreiteten Mißverständnis geführt, sexuelle Probleme und deren Behandlung seien unkompliziert, ja geradezu einfach. Sowohl ein kurzer Überblick über die bisherige wissenschaftliche Literatur als auch etliche Jahre klinischer Erfahrung dürften jedoch genügen, um die Komplexität sexueller Probleme festzustellen. Angesichts der Tatsache, daß so viele Faktoren – medizinische, psychologische und soziokulturelle – ineinandergreifen, gelangen Therapeuten heutzutage immer mehr zu der Erkenntnis, daß sexuelle Funktionsstörungen einen multidisziplinären Ansatz erforderlich machen, der zur Entwicklung individuell zugeschnittener Behandlungsprogramme führt (Wincze 1992). Sexualtherapie ist im wesentlichen nicht verhaltenstheoretisch orientiert, sondern ziemlich eklektisch, da sich eine ganze Reihe veschiedener Methoden und Techniken unter diesen Oberbegriff subsumieren lassen. „Ihre unkontrollierte Entwicklung hat zahlreiche Probleme aufgeworfen, z.B. folgende: Wie läßt sich zwischen legitimer Sexualtherapie und Kurpfuscherei unterscheiden? Was sind die minimalen Ausbildungsqualifikationen für Sexualtherapeuten? Wie steht es um den Nachweis, daß Sexualtherapie erfolgreich ist? Solch grundlegende Probleme werden möglicherweise am ehesten durch eine Phase kritischer Bestandsaufnahme, genauer Prüfung und vorsichtiger Zurückhaltung einer Lösung nähergebracht" (Levine 1981, S. 429).

Infolge der übermäßigen Populiarisierung der Sexualtherapie werden sexuelle Probleme oftmals in einzelne Kategorien unterteilt (z.B. Anorgasmie, Impotenz), für welche dann eine Behandlung quasi im Paket angeboten wird. Darüber hinaus hat die mit aggressiven Methoden arbeitende Werbebranche eine Marktlücke für Sexualtherapien im Do-it-yourself-Stil entdeckt, die durch eine unglaubliche Flut von Selbsthilfeprogrammen und sogenannten Ratgeber-Büchern gekennzeichnet ist. Der Stellenwert dieser Leitfäden zur Selbsthilfe gibt Anlaß zu professioneller Besorgnis, da ihre Wirksamkeit gegenwärtig nur sehr begrenzt empirisch belegt werden kann und, ganz abgesehen von den extravaganten Ansprüchen auf den Umschlägen dieser Bücher, eher negativ beurteilt werden muß (Dow 1982, Glasgow u. Rosen 1979). Es liegt deshalb bei den Verhaltenstherapeuten selbst, realistischere Erwartungen in bezug auf Verhaltensänderungsprogramme zu erwecken. Aus diesem Grund haben wir uns dazu entschlossen, unseren Beitrag im Geiste eines „Wissenschaftlers und Praktikers" (Barlow, Hayes u. Nelson 1984) auf die Diskussion derjenigen verhaltensorientierten Behandlungsmethoden zu begrenzen, die ausreichend fundiert und begründet sind. Ferner möchten wir uns darauf beschränken, den Begriff der *sexuellen Funktionsstörung* zu diskutieren, worunter wir eine Kategorie von Beschwerden verstehen, die hier in bezug auf Symptome verwendet werden soll, die sich bei Heterosexuellen ohne offenkundige Probleme mit ihrer Geschlechtsidentität oder Paraphilien entwickeln (wir übernehmen die Definitionen des DSM-III, American Psychiatric Association 1980).

2 Sexualtherapie und Verhaltenstherapeut

Nach Heiman, LoPiccolo u. LoPiccolo (1981) bezeichnet der *verhaltenstheoretische Ansatz* bei sexuellen Funktionsstörungen „ein Therapiemodell, bei dem der Therapeut den Patienten aktiv und direkt über Sexualphysiologie und sexuelle Techniken aufklärt, Fehlanpassungen von Verhaltensweisen und Kognitionen in bezug auf Sexualität umstrukturiert und Techniken der Angstreduktion und des gezielten Trainings von Fähigkeiten anwendet, um das Verhalten und Befinden des Patienten zu verbessern" (S. 594). Diese Charakterisierung konzentriert sich jedoch in unseren Augen zu sehr auf solche Techniken, die von Therapeuten eingesetzt werden. Wir dagegen tendieren unsererseits mehr zu Bradys (1976) Entwurf, der Verhaltenstherapie bzw. Verhaltensmodifikation als einen Zugang zu Problemen betrachtet, der von den Ergebnissen der empirischen Verhaltenswissenschaft in umfangreicher Weise Gebrauch macht. Der verhaltensorientierte Ansatz besteht weitgehend darin, klinische Hypothesen durch veränderliche Verhaltens- und Umweltvariablen zu überprüfen, von denen man annimmt, daß sie funktionell mit den Beschwerden der Patienten korrelieren. Verhaltenstheoretisch orientiert ist das Angehen eines sexuellen Problems – hier die sogenannte Sexualtherapie – insofern, als die funktionale Analyse multivariant und empirisch ist und die Behandlung systematisch lerntheoretische Prinzipien zur Anwendung bringt, um (Teilbereiche von) Verhaltensweisen zu modifizieren, die mit den sexuellen Ausdrucksformen des Patienten in einem funktionellen Zusammenhang stehen (Brady 1976).

Annons vierstufiges PLISSIT-Modell (Annon 1981, Annon u. Robinson 1980) betont die verschiedenen Behandlungsebenen bei sexuellen Funktionsstörungen: **P**ermission – **L**imited **I**nformation – **S**pecific **S**uggestions – **I**ntensive **T**herapy (Erlaubnis – begrenzte Information – spezifische Anregungen – intensive Therapie). Da jede einzelne Stufe immer höhere Anforderungen hinsichtlich Wissensstand, Ausbildung und praktischer Fähigkeiten an den Kliniker stellt, gestattet dieses Modell den Therapeuten, ihre Patienten nach Belieben bis zur Grenze des eigenen Kompetenzniveaus zu behandeln und bei Bedarf anderswohin zu überweisen. Das PLISSIT-Modell zielt darauf ab, einen Bezugsrahmen zu liefern für die Unterscheidung zwischen Problemen, die eine intensive Spezialtherapie erforderlich machen, und solchen, die auf kurze und weniger komplexe Interventionen ansprechen. Annon und Robinson (1980) betonen jedoch, daß zuerst ein Versuch mit letzteren unternommen werden sollte, bevor man die Patienten kostspieligen und langwierigen Behandlungsprogrammen aussetzt.

Die hauptsächliche Schwäche dieses Modells besteht darin, daß es den Behandlungsprozeß als schrittweise Anwendung einer Reihe von graduell sich in ihrer Komplexität steigernden Techniken betrachtet. Diese Gefahr, die Behandlung auf eine Art von „Psychotechnologie" zu reduzieren, ist ebenso vorhanden im BASIC-ID-Modell von Lazarus (1981), auf dessen Grundlage eine multimodale Sexualtherapie zur Diskussion gestellt wird, die von verhaltenstheoretischen, affektiven, sensorischen, imaginativen, kognitiven und interpersonalen Strategien Gebrauch macht. Sowohl Annon als auch Lazarus scheinen zu übersehen, daß selbst der „Psychotechnologe" einen gewissen Zusammenhang zwischen der „Person" des Therapeuten und seiner „Technologie" anerkennen muß, d.h. solche persönliche Faktoren auf seiten des Therapeuten zu berücksichtigen hat, welche den Verlauf und das Ergebnis einer Behandlung ungeachtet der jeweiligen Schulrichtung, Profession oder angewandten Techniken beeinflussen. Obwohl dieser Aspekt in der verhaltenstherapeutischen Literatur zum größten Teil ignoriert worden ist, sollten sich Therapeuten im klaren darüber sein, daß Beziehungsvariablen und Techniken wechselseitig aufeinander einwirken und das Ergebnis beeinflussen.

Besonders Sexualtherapeuten sollten sich der Auswirkung ihrer eigenen Vorstellungen und Erfahrungen hinsichtlich „normaler" Sexualfunktionen bewußt sein.

Bei der Therapie sexueller Funktionsstörungen wird Patienten dabei geholfen zu definieren, was Sexualität ist. Vor einigen Jahren wurde Sex vor allem als Koitus und Orgasmus mittels koitaler Stimulation interpretiert. Heutzutage scheint dagegen die Gefühlssphäre eine sehr dominierende Rolle bei der Definition von Sex zu spielen. Zweifellos werden neue Definitionen dazukommen. Obgleich mit angenehmen Versprechungen propagiert, haben es diese Definitionen jedoch an sich, eine gewisse Kontrolle über das Leben vieler Menschen zu erlangen. Genauso wie ihre Patienten stehen aber auch die meisten Therapeuten unter dem Einfluß dieser verschiedenen Definitionen. Therapeuten scheinen zwar zu wissen, was Sex ist, wissen jedoch ebenso wenig wie ihre Patienten, warum sie sich selbst sexuell verhalten (Everaerd 1982, S. 170).

In ähnlicher Weise sind Therapeuten bei der Definition ihrer Behandlungsziele vom Zeitgeist – den vorherrschenden soziokulturellen Normen und Idealen – beeinflußt: Sollen wir die sexuelle Leistungsfähigkeit, sexualisierte Gefühle oder den sexuellen Kontakt innerhalb eines breiteren zwischenmenschlichen Kontexts verändern?

3 Die Crux der Behandlung

Den Kern des verhaltensorientierten Umgangs mit sexuellen Funktionsstörungen bildet, wie es sich in dem allgemein bekannten Ansatz von Masters und Johnson (1970) herauskristallisiert hat, eine Kombination von „Tun und Verstehen": Patienten einerseits dazu ermutigen, neue Dinge auszuprobieren, und andererseits ihnen dabei behilflich zu sein, die Schwierigkeiten zu verstehen, mit denen sie bei diesem Unterfangen konfrontiert sind. Aufbau und

Struktur dieser Therapie lassen sich folgendermaßen zusammenfassen (Bancroft 1983):

1. Angemessene Verhaltensanweisungen müssen gegeben werden („Hausaufgaben“).
2. Die Bemühungen des Patienten, diese Anweisungen auszuführen, müssen überprüft werden.
3. Diejenigen Hindernisse (Einstellungen, Ängste, Gefühle), die den aufgetretenen Schwierigkeiten zugrundeliegen, müssen identifiziert werden.
4. Dem Patienten muß geholfen werden, diese Hindernisse zu reduzieren oder zu modifizieren, damit die Verhaltensweisen erfolgreich durchgehalten werden können.
5. Die nächsten geeigneten Verhaltensanweisungen müssen gegeben werden etc.

Die Stärke dieses Ansatzes besteht in seiner *Kombination von Verhaltensänderung und Aufdeckung:* die Vorgabe gezielter Verhaltensweisen ist eine schnell wirksame Methode, die eventuellen Hindernissen zugrundeliegenden inter- bzw. intrapersonalen Grundprobleme aufzudecken, mit denen man sich folglich ebenfalls auseinanderzusetzen hat. Dies impliziert aber, daß Therapie keine bloße Angelegenheit der Anwendung von Techniken sein kann.

Der erfahrene Therapeut weiß, daß Sexualtherapie weit mehr erfordert als nur die Verordnung der „richtigen“ Technik. Sehr oft ist es der Fall, daß weniger das technische Wissen des Therapeuten als vielmehr sein psychotherapeutisches Können auf die Probe gestellt werden, wenn bei den einzelnen Behandlungsschritten Schwierigkeiten bei der Durchführung spezifischer Verhaltensvorgaben auftreten. Immer wieder sieht sich der Therapeut vor die Aufgabe gestellt,

- dem Patienten das Verständnis der auftretenden besonderen Schwierigkeiten zu erleichtern und
- aktive Maßnahmen zu ergreifen, um ihm bei der Lösung dieser Schwierigkeiten behilflich zu sein, indem er

1 dem Patienten die eigene Bereitschaft zu bestimmten Widerständen deutlich klarmacht,
2 den Patienten mit besonderen Widerständen oder mangelnder Compliance konfrontiert,
3 geeignete Verhaltensmaßnahmen der aktuellen Situation anpaßt und
4 Ausdruck und Mitteilung von Affekten erleichtert (Bancroft 1983).

Hinsichtlich der spezifischen Techniken von Masters und Johnson läßt sich bezweifeln, ob Interventionen wie z.B. das Verbot von Geschlechtsverkehr, das Erkunden sensibler Körperzonen („sensate focus“) und die Obenauf-Position der Frau notwendig sind, da der Stellenwert solcher Vorschriften noch nicht systematisch untersucht worden ist. Umfangreicheres wissenschaftliches Beweismaterial liegt jedoch vor, um gewisse Aspekte des Behandlungsverfahrens, z.B. den Einsatz eines gemischt-geschlechtlichen therapeutischen Teams, worauf Masters und Johnson (1970) besonderen Wert legen, in Zweifel zu ziehen (Libman, Fichten u. Brender 1985). Daß die Bedeutung einiger „wesentlicher Komponenten“ des Ansatzes von Masters und Johnson ziemlich kontrovers diskutiert wird (vgl. z.B. Zilbergeld u. Evans 1980), besagt jedoch nicht, daß diese Techniken überflüssig oder unwirksam seien. Andere Ansätze indessen scheinen ähnliche Resultate zu erzielen (Friedman, Weiler, LoPiccolo u. Hogan 1982, LoPiccolo u. Stock 1986, Marks 1981).

„Angstreduktion“ gilt als der wesentliche Wirkfaktor im Modell von Masters und Johnson, und es ist anzunehmen, daß sich eine derartige Angstreduktion bei Menschen mit sexuellen Funktionsstörungen auch durch andere Behandlungstechniken erzielen läßt (Crowe, Gillan u. Golombok 1981, Beck u. Balow 1984). Mathews (1982) zufolge scheinen aber an Masters und Johnson orientierte Verfahren größere Veränderungen zu bewirken als die Desensibilisierung in sensu (d.h. nur in der Vorstellung), wobei diese Veränderungen mehr zu tun haben mit einer gesteigerten Genuß- und Erregungsfähigkeit als mit Angstreduktion. Aus diesem Grund läßt sich vermuten, daß die Veränderungen, die sich im Rahmen einer erfolgreichen verhaltensorientierten Sexualtherapie im Sinn von Masters und Johnson einstellen, augenscheinlich nicht mit einem einfachen Angstreduktionsmodell zu vereinbaren sind. Es bleibt jedoch die Möglichkeit bestehen, daß die Zunahme der sexuellen Erregbarkeit die sekundäre Folge einer Angstreduktion im Zusammenhang mit sexueller Betätigung darstellt, wie sie durch das Element des „der Situation live Ausgesetztseins" während der praktischen Anleitung hervorgerufen wird. „Alternativ dürfte eine umfassendere Reduzierung sexueller Ängste nur für diejenige Untergruppe · von Patienten relevant sein, bei denen die sexuellen Funktionsstörungen eine phobische Komponente ausweisen, während Ängste bei anderen eine weniger große Rolle spielen" (Mathews 1982, S. 158).

Innerhalb des theoretischen Rahmens sexueller Funktionsstörungen betonen die meisten Erklärungsansätze die kognitiven Aspekte von Angst (z.B. Sorgen hinsichtlich der sexuellen Leistungsfähigkeit, Ängste vor Kontrollverlusten), ohne jedoch im einzelnen anzugeben, auf welche Weise Angst die sexuellen Funktionen blockiert, denn andererseits wurde auch nachgewiesen, daß sie die sexuelle Erregung stimulieren kann (Beck u. Balow 1984, Norton u. Jehu 1984). Klinische Berichte heben besonders die Rolle *ablenkender Kognitionen* als eines Faktors hervor, der die normalen sexuellen Funktionen möglicherweise beeinträchtigt, d.h. sich hauptsächlich auf die sexuelle Erregung störend auswirkt (Kaplan 1974). Eine besondere Form ablenkender kognitiver Prozesse wäre z.B. die Richtung, in welche der einzelne seine Aufmerksamkeit während der sexuellen Interaktion fokussiert: Hier stehen sich die beiden Möglichkeiten der Konzentration auf sich selbst oder den jeweiligen Partner gegenüber. Selbstzentrierte Aufmerksamkeit läßt sich dann aufgrund der Entwicklung einer sogenannten „Zuschauerhaltung" (Masters u. Johnson 1970), die eine Einschränkung der Aufmerksamkeit auf die eigenen Reaktionen bei der sexuellen Begegnung aus der objektiven Perspektive des „Außenstehenden" mit sich bringt, als potentiell ablenkend einstufen. Es wird angenommen, daß sie besonders bei Männern Leistungsängste und eine negative Selbsteinschätzung verstärkt, indem sie subjektive sexuelle Gedanken und Gefühle von (objektiven) sexuellen Aktivitäten abspaltet. Wenn jedoch Sexualtherapeuten empfehlen, während der sexuellen Interaktion besonders auf die Reaktionen des Partners zu achten, so scheint dies mit der häufig angewandten Sensate-focus-Technik im Widerspruch zu stehen, die die Aufmerksamkeit des Patienten bei der sexuellen Begegnung auf dessen eigene Empfindungen lenkt. Das Nebeneinanderbestehen dieser Techniken, die beide als klinisch erfolgreich beschrieben wurden, verwischt somit ein klares theoretisches Verständnis der Rolle, die die Fokussierung der Aufmerksamkeit bei sexuellen Funktionsstörungen spielt (Beck, Barlow u. Sakheim 1983).

Die vorhandenen Behandlungsmethoden bei sexuellen Funktionsstörungen dürften, wenn sie erfolgreich sind, ihre Resultate wahrscheinlich dadurch erzielen, daß sie in einen komplexen kognitiven Prozeß eingreifen, der sowohl Aufmerksamkeitsfokussierung als auch den Grad der Partnererregung und kognitives Labeling (insbesondere sich selbsterfüllende negative Erwartungen) umfaßt. Dies impliziert, daß therapeutische Interventionen, wie wirkungsvoll auch immer sie bei spezifischen Problemen sein mögen, die sexuellen Funktionen eines Patienten durch die Entwicklung negativer ablenkender Gedankeninhalte blockieren können, statt Veränderungen zu erleichtern. Zum Beispiel ist es möglich, daß bei der Aufforderung, bestimmte Anweisungen bezüglich der Partnererregung zu beachten, noch dazu, wenn diese Anweisungen auf gesteigerte Erregungszustände abzielen, ein gewisser Leistungsdruck erzeugt wird. Von Männern mit einer längeren Vorgeschichte mit Erektionsproblemen kann diese Situation so verstanden werden, als ob sie sich genügend anstrengen „müßten", um ihren Partner zu befriedigen. Beim Vorliegen einer solchen Vorgeschichte mit Erektionsschwierigkeiten können diese Aufforderungen durchaus eine sogenannte „self-fulfilling prophecy" hervorrufen, wobei der Leistungsdruck möglicherweise durch einen Prozeß, der den einzelnen von erregungssteigernden erotischen Kognitionen ablenkt, die Erregung verringert. Auch Versagensängste werden durch diesen Prozeß noch mehr verstärkt (Beck et al. 1983, S. 6).

Diese Warnungen erscheinen gerechtfertigt durch den Befund, daß Männer mit sexuellen Funktionsstörungen anscheinend nicht nur größere psychologische Schwierigkeiten und eine gesteigerte Wahrnehmung hinsichtlich einer Vielfalt von physiologischen Reaktionen, sondern auch vermehrt negative und weniger positive kognitiv-affektive Einstellungen aufweisen. Und, wie erwartet, läßt sich bei diesen funktionell beeinträchtigten Männern ein geringeres Anschwellen des Penis und eine verminderte subjektive Sexualerregung unter vorgeschriebenen Leistungsanforderungen feststellen. Ferner hat eine andere Studie nachgewiesen, daß eine Konzentration auf die Erregung des Partners verglichen mit einer Konzentration auf die eigene Erregung die sexuelle Reaktionsbereitschaft bei funktionell beeinträchtigten Männern herabsetzt (Sakheim, Barlow, Beck u. Abrahamson 1984).

Im großen und ganzen zielt Sexualtherapie (besonders bei männlichen Funktionsstörungen) darauf ab, das Vermeiden von sexueller Interaktion und sexueller Stimulation zu reduzieren. Viele Patienten vermeiden indes nicht die sexuelle Begegnung, sondern sperren sich gegenüber jedweder damit verbundenen emotionalen Beteiligung. Der entscheidende Faktor könnte somit sein, daß sie Intimität vermeiden wollen. Anders ausgedrückt scheint es eine gewisse Anzahl von Männern zu geben, die, worauf besonders Everaerd (1982) hinweist, „unberührbar" sind: Sie vermeiden alle stimulierenden Berührungskontakte seitens ihrer Partnerin, die möglicherweise zu einer Änderung von Gefühlen führen könnten. „Es scheint, daß unterschiedliche Beschwerden mit unterschiedlichen Bewältigungsstrategien korrelieren. Männer mit dem Problem einer vorzeitigen Ejakulation bewältigen bedrohliche Situationen in sexuellen Interaktionen dadurch, daß sie intime Interaktionen vermeiden. Im Gegensatz hierzu lassen sich Männer mit dem Problem einer verzögerten Ejakulation auf intime Interaktionen mit ihrer Partnerin ein, kontrollieren die Situation jedoch dadurch, daß sie ihrer Partnerin gegenüber sehr aktiv sind" (Everaerd 1982, S. 166). Möglicherweise spielen hier auch andere dynamische zwischenmenschliche Strukturen innerhalb heterosexueller Beziehungen, z.B. das Machtgleichgewicht zwischen den Partnern, eine Rolle. Obwohl Männer durchaus Phantasien über weibliche Lust und Initiative haben dürften, fühlen sie sich vielleicht nicht wohl mit einer „aktiven" Partnerin: Offen geäußertes Verlangen kann auch als sexuelle „Forderung" verstanden werden, die beim Mann Leistungsangst oder die Befürchtung, „die Kontrolle zu verlieren", auslöst. Aus diesem Grund müssen sich Sexualtherapeuten der Tatsache bewußt sein, daß sogar einfache Instruktionen in Form von „Hausaufgaben" ein interaktionales Gleichgewicht zerstören können. Dies führt uns zu der wichtigen Frage, ob Sexualtherapie ohne eine Beeinflussung der damit verbundenen Beziehungsdynamik wirklich funktionieren kann.

4 Sexualtherapie oder Therapie der Partnerbeziehung?

Verhaltenstherapeuten wurden in der Vergangenheit oft – und werden es immer noch – dafür kritisiert, den vom Patienten in die Therapie mitgebrachten „prima facie“-Problemen (hier den sexuellen Beschwerden) eine zu große Aufmerksamkeit zu schenken, die „zugrundeliegenden Determinanten“ aber zu ignorieren, die möglicherweise für die Auslösung und Aufrechterhaltung des manifesten Verhaltens direkt verantwortlich sind. Der verhaltenstherapeutisch orientierte Praktiker sieht sich oft vor die Frage gestellt, ob ein symptomatisches Verhalten funktionell autonom oder durch andere Aspekte der intra- und interpersonalen Organisation seines Patienten bedingt ist. Die Beantwortung dieser Frage ist von entscheidender Bedeutung für die Auswahl der Behandlungsstrategie, d.h., ob das vorliegende Problem direkt behandelt oder die Therapie anderer Verhaltensaspekte des Patienten in den Vordergrund gestellt werden sollte, um dieses bestimmte Problem zu lösen. Dieses Indikationsdilemma – direkte versus indirekte, bzw. „zentrale“ versus „periphere“ Ansätze (Wilder 1983) – erlangt vor allem eine besondere Bedeutung, wenn Sexual- und Paartherapie einander gegenübergestellt werden.

In den Augen mancher Autoren erinnern sexuelle Probleme in ihrer Komplexität an diejenigen zwischenmenschlicher Beziehungen (Hinde 1978), von denen sie ein Epiphänomen darstellen. Möglicherweise ist sogar das Bestreben, bei sexuellen Funktionsstörungen professionelle Hilfe in Anspruch zu nehmen, ein Teil dieser Komplexität. Bancroft (1983) z.B. berichtet, daß es einigen Paaren leichter fällt, ein sexuelles Problem vorzubringen, das von ihnen als körperliche Krankheit betrachtet wird, als zwischenmenschliche Beziehungsschwierigkeiten einzugestehen. Abgesehen von der offensichtlichen Bedeutung dieser zwischenmenschlichen Faktoren hinsichtlich allgemeiner sexueller Probleme tendierte jedoch die (medizinische) sexologische Literatur und insbesondere die Sextherapie-Bewegung dazu, sich fast ausschließlich auf genitale oder orgasmische Reaktionen und deren Störungen zu konzentrieren. Eine weitere Quelle der ungerechtfertigten Einengung des klinischen Horizonts bildet die irreführende Tendenz, sexuelle Probleme als entweder psychisch oder physisch bedingt zu betrachten. Selbst wenn wir bestimmte psychologische oder physiologische Determinanten identifizieren können, müssen wir diese Faktoren in den sogenannten „psychosomatischen Sexualkreis“ (Bancroft 1983) einordnen. Das Eindringen in diesen Kreis an bestimmten Punkten ermöglicht es uns, bestimmte Problemtypen und Pathologien zu identifizieren, die jedoch nur vor dem Hintergrund einer biopsychosozialen Betrachtungsweise ein sinnvolles Bild ergeben.

Eine seit einigen Jahren heftig diskutierte Streitfrage betrifft die *Berührungspunkte zwischen ehelicher Anpassung und sexueller Funktion(sstörung)*. Manche Therapeuten betrachten sexuelle Unstimmigkeiten als offenkundige Manifestationen zugrundeliegender Beziehungsprobleme, während andere wiederum behaupten, daß Paare durchaus auch im Rahmen einer im großen und ganzen befriedigenden Beziehung sexuelle Funktionsstörungen entwickeln können. Einigen Studien auf diesem Gebiet zufolge sind sexuelle Funktion und Faktoren der ehelichen Beziehung voneinander unabhängige Bezugsgrößen (Hartman 1980a u. 1980b). Nichtsdestoweniger weisen einige Befunde darauf hin, daß ein gewisses Maß an gegenseitiger Bindung bei einem Paar die notwendige Voraussetzung einer erfolgreichen Sexualtherapie bildet (Hartman u. Daly 1983, Roffe u. Britt 1981). Oder wie Talmadge und Talmadge (1985) es formulieren: Das Wesentliche an einer beziehungsreichen Sexualität ist das emotionale Aufeinanderbezogensein eines Paares.

Die klinische Entscheidung indes darüber, ob für ein Paar Sexualtherapie, Paartherapie oder eine Kombination von beidem (entweder nacheinander oder gleichzeitig) in Frage kommt, ist relativ kompliziert. Wenngleich auch einige Studien keinen signifikanten Unterschied zwischen Sexualtherapie und Paartherapie bei sexuellen Funktionsstörungen feststellen konnten (z.B. Crowe et al. 1981), lassen sich dennoch nur schwer Schlußfolgerungen daraus ableiten, da man dagegen einwenden kann, daß bei jeder Art von kombinierter Sexualtherapie Beziehungsfaktoren direkt oder indirekt eine Rolle spielen. Was immer auch die Erklärung dafür sein mag: Es scheint, daß Sexualtherapie sowohl bei sexuellen als auch bei Partnerproblemen hilfreich eingesetzt werden kann, reine Partnertherapie dagegen einen geringeren Einfluß auf sexuelle Funktionsstörungen hat, obgleich sie allgemeine Aspekte der sexuellen Interaktion durchaus verbessern helfen kann (Bennun, Rust u. Golombok 1985, Everaerd u. Dekker 1981, O'Leary u. Arias 1983). Den primären Bestimmungsfaktor, ob ein Paar positiv oder negativ auf eine Sexualtherapie ansprechen wird, bildet jedoch der von beiden Partnern zu erkennen gegebene Motivationsgrad in bezug auf eine Verbesserung der Beziehung. Partnerprobleme dämpfen die Reaktion eines Paares auf eine Sexualtherapie in einem solchen Ausmaß, daß sich aufgrund gewisser, der Behandlung vorausliegender Anzeichen partnerschaftlicher (Un-)Zufriedenheit bestimmte Behandlungseffekte teilweise vorhersagen lassen (Snyder u. Berg 1983b). Bei Beziehungsproblemen dürfte die Wiederherstellung der Fähigkeit eines Paares zu liebevoller Kooperation erst die Grundlage bilden für die darauffolgende Verbesserung der sexuellen Funktion mittels einer eigentlichen Sexualtherapie (Hartman u. Daly 1983). Führt die Behandlung zu einer größeren Zufriedenheit hinsichtlich der sexuellen und nichtsexuellen Interaktion mit dem Partner, so dürfte die Verbesserung im Langzeitvergleich (5 bis 8 Jahre) relativ stabil bleiben (Dekker u. Everaerd 1983).

Es erstaunt außerordentlich, daß der Umfang der Literatur über eine Integration der Techniken von Sexualtherapie und Partnertherapie recht dürftig ist (Appelt 1984, Malman u. Jacobson 1984). Laut Johnson (1983) stellt die Dichotomie zwischen Partnerproblemen und sexuellen Problemen eine der seltsamen Idiosynkrasien unseres Fachgebiets dar. „Eine wahrhaft integrative Beziehungstherapie vermeidet künstliche Dichotomien. Ganz offensichtlich müssen die Forscher auf dem Gebiet der Partner- und Sexualtherapie ihre Bemühungen vereinen, damit die in der Literatur beschriebenen und bewerteten Behandlungsmethoden genauer mit den komplexen Realitäten der klinischen Praxis korrespondieren" (Jacobson 1983, S. 93). In der alltäglichen Praxis verlieren akademische Diskussionen zwischen Sexual- und Partnertherapeuten ihre Relevanz, wenn man folgende Erwägung in Betracht zieht: Da sexuelle Befriedigung größtenteils der Erfahrung des Paares entspringt, eine harmonische Einheit zu bilden, erleiden im Falle einer sexuellen Funktionsstörung beide einen gravierenden Verlust an sexuellem Wohlbefinden, wobei es keine Rolle spielt, welcher der beiden Partner die Funktionsstörung aufweist (Derogatis u. Meyer 1979). Wesentliche Ursachen sexueller Probleme bei Männern und Frauen, die eine Sexualtherapie anstreben, umfassen eine mangelnde Reaktionsbereitschaft auf sexuelle Bedürfnisse des Partners, seltenen Geschlechtsverkehr, mangelnde Zuneigung für den Partner und *das Vorhandensein* bestimmter eigener sexueller Funktionsstörungen. Dazu kommt noch, daß die sexuelle Unzufriedenheit von Männern durch ein Ausbleiben des Orgasmus bei der Frau stark beeinflußt zu werden scheint, wohingegen für Frauen Sorgen hinsichtlich der eigenen sexuellen Zulänglichkeit im Vordergrund stehen (Snyder u. Berg 1983a). Auch verbessert der erfolgreiche Abschluß einer Sexualtherapie nicht notwendigerweise die (Un-)Zufriedenheit oder zwischenmenschliche Einstellung der Partner: Bei manchen Paaren „verliert" der eine Partner, wenn der andere deutlich „dazugewonnen" hat, und all dies auf Kosten ihrer Beziehung (Clement u. Pfäfflin 1980, Dickes u. Strauss 1980, Payn u. Wakefield 1982). Selbst wenn man einem individuellen Ansatz den Vorzug gibt, ist es deshalb besser, über die Beschaffenheit der Partnerbeziehung informiert zu sein und sie folglich auch angemessener einschätzen zu können, bevor man mit einer Sexualtherapie beginnt (Berg u. Snyder 1981, Watters, Askwitch, Cohen u. Lamont 1985).

Masters und Johnson (1970) postulierten, daß ein mit beiden Geschlechtern besetztes Behandlungsteam einem einzelnen Therapeuten überlegen sei. Angeblich verhindert ein derartiges „Teamwork" Probleme mit geschlechtsrollenspezifischen Vorurteilen, schwächt Übertragungskonflikte ab, reduziert Widerstände und erlaubt ein aufgrund praktischer Erfahrungen gewonnenes Verständnis beider Parteien des Patientenpaares. Sind jedoch, auch im Hinblick auf das bisher Diskutierte, die Vorzüge eines mit beiden Geschlechtern besetzten Behandlungsteams wirklich nachgewiesen? Im Anschluß an Crowe et al. (1981) – und mit ähnlichen Ergebnissen – haben auch Clement und Schmidt (1983) unter sexuellen Funktionsstörungen leidende Paare untersucht, die auf drei verschiedene Weisen behandelt worden waren:

- Langzeittherapie mit zwei Therapeuten
- Langzeittherapie mit einem Therapeuten
- Intensivbehandlung mit zwei Therapeuten.

Die Auswertung der gewonnenen Daten ergab keine signifikanten Unterschiede hinsichtlich der Präferenz eines bzw. zweier Therapeuten. Ein leichter Trend zu besseren Ergebnissen bei der Langzeittherapie im Vergleich zur Intensivtherapie konnte in einer nach Ablauf eines Jahres durchgeführten Nachuntersuchung nicht mehr festgestellt werden. Die Autoren schließen daraus, daß der Erfolg einer Paartherapie von den verschiedenen Behandlungsformen weitgehend unabhängig ist. Ein ähnlicher Schluß läßt sich aus der Studie von LoPiccolo, Heiman, Hogan u. Roberts (1985) ziehen, die ebenfalls feststellten, daß in Fällen, die nur von einem einzelnen Therapeuten behandelt wurden, die Gleichgeschlechtlichkeit von Therapeut und dem durch Funktionsstörungen betroffenen Teil des Patientenpaares zu keinem besseren Resultat führte. Mit anderen Worten: Die vorliegenden Untersuchungsbefunde lassen keine eindeutige Überlegenheit eines mit beiden Geschlechtern besetzten Behandlungsteams erkennen, obwohl es durchaus von Nutzen sein dürfte in solchen Fällen, in denen die Haupthindernisse einer Verbesserung in einem schweren Ehekonflikt wurzeln (Mathews 1982).

5 Therapeutische Variationen über ein sexuelles Thema

Sexualtherapie ist nicht länger ein eigentümliches Konglomerat spezifischer Vorschriften, sondern eine direkte und direktive Behandlungsmethode sexueller Probleme. Statt durch ein therapeutisches Standardpaket à la Masters und Johnson oder Kaplan charakterisiert zu sein, ist sie in ihren Grundzügen – die freilich in eine Mischung von Technikern transponiert sind – konsequent und beharrlich symptomzentriert, zielorientiert und zeitlich begrenzt. Hierbei geht sie von der Annahme aus, daß (gestörte) sexuelle Funktionen im wesentlichen (falsch) erlernt sind und eine Therapie die Beseitigung derjenigen psychosozialen Hindernisse zum Ziel hat, die der normalen Entfaltung von Sexualität als einer natürlichen menschlichen Betätigung im Weg stehen (Rosenbaum 1985). Den Bedürfnissen des sexuell funktionsgestörten Einzelnen oder Paares entsprechend bemühen sich heutige Therapeuten, verschiedene therapeutische Elemente harmonisch miteinander zu verbinden. Obwohl die Wahl der eingeschlagenen Strategien je nach persönlicher Präferenz (klinischer Erfahrung und theoretischer Orientierung) des jeweiligen Therapeuten variiert, enthält die Behandlung sexueller Funktionsstörungen in der Regel einige allgemeine Komponenten. Das eigentliche Grundprinzip der Therapie läßt sich hauptsächlich dahingehend zusammenfassen, daß ein Vorherrschen positiver sexueller Erregungen über (Leistungs-)Ängste gewährleistet werden soll. Je nachdem, ob man mehr das erste oder das zweite Moment betont, werden häufig die folgenden Methoden in unterschiedlicher Kombination angewandt:

Zur *Verringerung sexueller Ängste* können eine Reihe von Verfahren „ohne Aufforderungscharakter“ eingesetzt werden:

- Unterbetonung des Geschlechtsverkehrs (mit zeitweiligem Koitusverbot)
- Entspannungstraining
- imaginative oder In-vivo-Desensibilisierung
- Empfindungszentrierung mit dem Akzent auf nichtsexueller körperlicher Berührung und Erkundung
- abgestufte (nichtkoitale) Kontakte und Stimulationen.

Zur *Steigerung der sexuellen Erregung* können verschiedene Verfahren der „Erregungswahrnehmung“ angewandt werden:

- Entwicklung der sexuellen Phantasie und Vorstellungswelt
- Körperbewußtsein und körperliche Selbsterkundung
- Masturbation oder Selbststimulation (mit Vibrator) unter Anleitung
- (zusätzliche) Stimulation durch den Partner
- Rollenspiel des (übertriebenen) Orgasmus.

Normalerweise bevorzugen es Therapeuten, das Problem so handzuhaben, daß sie die interaktionale Dimension von Sexualität auch dadurch in den Brennpunkt rükken, indem sie den Partner (falls vorhanden) direkt oder indirekt in den Behandlungsprozeß miteinbeziehen. Überdies muß sich der Therapeut in jedem einzelnen Fall bewußt sein, daß nicht nur möglicherweise ein Bedürfnis nach sexueller Anleitung und Information besteht, sondern es auch wichtig ist, negative oder unrealistische Einstellungen in bezug auf Sexualität zu verändern und irrationale Vorstellungen und Mythen über Sexualität zu korrigieren. Aus dem leitenden Gesichtspunkt, daß die Strategie des Therapeuten flexibel genug sein muß, um den (sich verändernden) Einstellungen aller Beteiligter angemessen zu bleiben, resultiert, daß sowohl Struktur als auch Inhalt der Therapie stark variieren können. Im Hinblick auf die vorrangige Beschwerde (wir werden die wesentlichsten sexuellen Funktionsstörungen gemäß ihrer Definition im DSM-III kurz diskutieren) kommt anscheinend einigen therapeutischen Verfahren eine besondere Schlüsselfunktion bei der Intervention innerhalb des bisher beschriebenen Rahmens zu.

5.1 Funktioneller Vaginismus und Dyspareunie

Vaginismus als Reaktion auf sexuelle Aktivität ist gekennzeichnet durch eine unwillkürliche spastische Kontraktion der zirkumvaginalen Muskulatur, die durch Penetrationsangst verursacht wird. Meist verstärkt sich diese Angst noch mehr durch Schmerzerfahrungen, die aus Versuchen herrühren, den Penis gewaltsam in die Vagina einzuführen. Obgleich das klassische Verfahren der imaginativen Desensibilisierung hilfreich sein kann, bevorzugen die meisten Therapeuten die In-vivo-Desensibilisierung, d.h. eine progressive Dilatation der Vagina (z.B. mittels der Einführung von Fingern oder Dilatatoren, deren Durchmesser stufenweise regulierbar ist) in häufiger Kombination mit dem Erlernen einer willkürlichen Kontrolle über die vaginale Muskulatur durch Entspannungs- und Kontraktionsübungen (Fertel 1977, Leiblum, Pervin u. Campbell 1980). Der wesentliche Faktor bei der Behandlung von Vaginismus als einer Reaktion auf sexuelle Aktivitäten ist das schrittweise Vorgehen unter Eigenkontrolle der Frau (in der Regel wird daher ein Versuch mit Geschlechtsverkehr nur in der „Reiterposition" unternommen). Dasselbe Schema gilt bei der Behandlung der funktionellen Dyspareunie, worunter Schmerzen beim Geschlechtsverkehr verstanden werden, die nicht im Vaginismus ihre Ursache haben und auch nicht von einer vorhandenen organischen Ursache oder körperlichen Verletzung herrühren (Steege 1984). Sind die Schmerzen beim Koitus auf ein (nicht organisch bedingtes) Ausbleiben der vaginalen Lubrikation zurückzuführen, muß diese Funktionsstörung primär als ein Symptom blockierter sexueller Erregung eingestuft und dementsprechend behandelt werden. Wie bei Frauen, die an Vaginismus leiden, müssen immer dann, wenn Schwierigkeiten beim Geschlechtsverkehr eine dauerhafte Beschwerde darstellen, traumatische Faktoren und Beziehungsfaktoren in Erwägung gezogen werden (Lazarus 1980).

5.2 Vorzeitige Ejakulation

Im Falle der vorzeitigen Ejakulation leidet der Betroffene an dem sich ständig wiederholenden Unvermögen, Ejakulation und Orgasmus bei sexueller Betätigung einigermaßen willentlich kontrollieren zu können. Wie bei der entgegengesetzten Funktionsstörung, der verzögerten Ejakulation (vgl. den nächsten Abschnitt über das Ausbleiben des Orgasmus beim Mann), besteht das eigentliche Problem in einer unbefriedigenden Kontrolle über den Zeitpunkt der Ejakulation und stellt somit im wesentlichen eine Beschwerde dar, der ein subjektives Unzufriedensein des Patienten und/ oder seiner Partnerin zugrundeliegt (Vandereycken 1986). Kaplan (1974) stellte die Theorie auf, daß das Mißlingen der Selbstkontrolle des Patienten beim Vermeiden einer vorschnellen Ejakulation auf eine mangelhafte Selbstwahrnehmung des eigenen sexuellen Erregungsgrads zurückzuführen ist. Es liegen jedoch nur wenige Untersuchungsergebnisse vor, die diese Hypothese stützen könnten (Spiess, Geer u. O'Donahue 1984). Auf jeden Fall kann vorschnelles Ejakulieren als eine häufige Reaktion bei jungen Männern angesehen werden, die dann nach und nach durch einen natürlichen Lernprozeß, d.h. mit wachsender sexueller Erfahrung, die Kontrolle über ihre Ejakulation erlernen. Dies erklärt möglicherweise, warum vorzeitiges Ejakulieren zwar die häufigste Beschwerde bei Männern darstellt, gleichzeitig aber als die am leichtesten zu behandelnde betrachtet wird (obgleich die langfristigen Behandlungsergebnisse nicht immer so erfolgreich sein dürften; vgl. Kilmann u. Auerbach 1979). Die angewandte Therapie betont die Reduktion von Leistungsängsten (s. oben genannte Verfahren) und verwendet, was besonders charakteristisch ist, die Methode des Unterscheidungslernens zur Verbesserung der Selbstkontrolle der ejakulatorischen Reaktion (Perelman 1980, Zilbergeld 1978). Zu diesem Zweck wird in der Regel das Pausen-Verfahren bzw. die sogenannte Stop-and-go-Technik empfohlen: Inhaltlich umfassen sie eine schrittweise sich steigernde Stimulation des Penis (durch den Patienten selbst und/oder seine Partnerin) bis kurz vor Erreichen derjenigen Erregungsschwelle, die eine Ejakulation auslöst. Dies impliziert, daß sich der Patient auf seine eigenen Empfindungen konzentriert und entweder selbst die Stimulation beenden oder seiner Partnerin signalisieren muß, dies zu tun, wenn er das Gefühl hat, sich der Schwelle zu nähern, an der sich eine Ejakulation nicht länger vermeiden läßt. Nach einer gewissen Pause, um die Erregung abklingen zu lassen, wird der gleiche Vorgang wiederholt. Ein ähnliches Verfahren mittels progressiver Annäherung muß angewandt werden, wenn Geschlechtsverkehr (intravaginale Stimulation) ausgeübt wird. In Verbindung mit dieser Stop-and-go-Methode haben Masters und Johnson (1970) die sogenannte Squeeze Technik („Quetsch-Technik") empfohlen: Fühlt der Patient, daß eine Ejakulation naht, drückt die Partnerin die Eichel genau unterhalb der Kranzfurche zusammen, was den Ejakulationsreflex hemmen soll. Eine plausible Erklärung dafür, warum dies funktioniert, liegt jedoch bis heute nicht vor (LoPiccolo u. Stock 1986).

5.3 Ausbleiben des Orgasmus bei Männern

Charakteristisch für diese Funktionsstörung ist, daß nach einer adäquaten Zeitspanne sexueller Erregung die Ejakulation sich immer wieder beharrlich verzögert oder gar ganz ausbleibt. Bei der funktionellen Hemmung der Ejakulation lassen sich verschiedene Abstufungen feststellen, deren Spektrum hinsichtlich des Schweregrades von der unfreiwillig verzögerten Ejakulation (retardierte Ejakulation) bis zum totalen Verlust der Ejakulationsfähigkeit (Ausbleiben der Ejakulation) reicht. Die schwierigsten Behandlungsfälle sind diejenigen, bei denen in jeder Hinsicht ein komplettes Ejakulationsversagen vorliegt, sei es bei der Masturbation oder während des Geschlechtsverkehrs; die Intensität der sexuellen Erregung ist niemals hoch genug, um eine willentliche Ejakulation zu erreichen (Vandereycken 1986). Gewöhnlich jedoch ist ein Ejakulationsversagen situationsbedingt, d.h. der Betroffene kann ejakulieren, wenn er alleine masturbiert. Verschiedene theoretische Erklärungsversuche der Ejakulationshemmung sind bisher unternommen worden (Munjack u. Kanno 1979, Shull u. Sprenkle 1980). Der klassische Ansatz – Desensibilisierung plus sukzessive Approximation – basiert auf dem Modell des Unterscheidungslernens: der Betroffene hat es gelernt, unter der spezifischen Reizsituation des Alleinseins bei sexuellen Aktivitäten zum Orgasmus zu kommen, versagt aber dabei, die sexuelle Reaktion auf eine zwischenmenschliche Situation übertragen zu können (Dow 1981, Libman, Brender, Burstein u. Hodgkins 1984). Neben einer Reduktion von Leistungsängsten legt die Therapie in der Regel vor allem den Nachdruck auf eine Steigerung der sexuellen Stimulation (vgl. die oben genannten Techniken). Sexualtherapeuten empfehlen besonders häufig die Anwendung einer sehr intensiven extravaginalen Penisstimulation durch eine kooperative Partnerin. Der Mann wird dazu ermutigt, bei der Ejakulation sich allmählich immer mehr dem Körper der Partnerin zu nähern, oder die Partnerin wird aufgefordert, die extravaginale Stimulation maximal zu intensivieren, um dann plötzlich kurz vor Erreichen des kritischen Punktes, an dem eine Ejakulation unvermeidlich wird, den Penis in die Vagina einzuführen. Verglichen mit anderen sexuellen Funktionsstörungen bei Männern ist allerdings die Erfolgsrate dieser Standardmethode im Durchschnitt geringer. Dies könnte auf die Anwendung einer Strategie zurückzuführen sein, die möglicherweise auf diejenigen Individuen einen Leistungsdruck ausübt, deren Funktionsstörung entweder eine allgemeinere Sexualhemmung (aversive Konditionierung bzw. mangelnde Sexualaufklärung) oder spezifisch zwischenmenschliche Hemmungen reflektiert. Hinsichtlich der letzteren Möglichkeit interpretiert Apfelbaum das Ejakulationsversagen als ein partnerspezifisches Lustproblem bei Männern mit einer ausgeprägten autosexuellen Orientierung. Wie auch immer die Erklärung dieser Funktionsstörung aussehen mag, unterstreicht ihr bloßes Vorhandensein die Tatsache, daß nicht alle (heterosexuellen) Männer die Erwartung einer „normalen" sexuellen Leistungsfähigkeit erfüllen, d.h., die Erektion als ein bombensicheres Anzeichen von Erregung, Geschlechtsverkehr als eine selbstverständlich angenehme Betätigung und die Ejakulation als einen definitiven Befriedigungsnachweis betrachten.

5.4 Ausbleiben des Orgasmus bei Frauen

Orgasmusstörungen sind eine der häufigsten sexuellen Beschwerden der Frau, obwohl es sich in vielen Fällen nur um ein sekundäres oder situationsgebundenes Ausbleiben der orgasmischen Reaktionsfähigkeit handelt. Diese Frauen können zwar einen Orgasmus erleben, sind aber unzufrieden hinsichtlich seiner Häufigkeit oder der Begleitumstände seines Auftretens, besonders jedoch hinsichtlich ihrer Schwierigkeiten, während des Geschlechtsverkehrs zum Orgasmus zu gelangen. Im Gegensatz dazu bezieht sich die primäre Anorgasmie auf Frauen, die nie auf irgendeine Weise einen Orgasmus erlebt haben. In solchen Fällen wird gewöhnlich mit einer Einzeltherapie begonnen: Der betroffenen Frau wird aufgezeigt, wie sie ihre sexuellen Ängste oder Hemmungen überwinden kann (Andersen 1983). Bedenkt man, daß Ängste eine zentrale Rolle bei dieser Funktionsstörung spielen, dürfte vielleicht eine systematische Desensibilisierung von Nutzen sein, die sowohl Entspannungsübungen als auch die imaginative Konfrontation mit einer hierarchischen Stufenfolge gefürchteter Situationen und Testversuche in vivo (zuerst sexuelle Aktivitäten ohne Partner, dann mit Partner im alltäglichen Leben) miteinbezieht. Eine andere und mehr direkt verhaltenstherapeutische Methode ist die Masturbation unter Anleitung, bei der weniger die Reduktion von Angst als vielmehr die wichtige Bedeutung der körperlichen Selbstexploration bei der Vervollkommnung der eigenen sexuellen Fähigkeiten im Vordergrund steht. Sie beinhaltet eine Reihe von körperlichen Selbsterkundungsübungen, um lustvolle Ganzkörper- und Genitalempfindungen ausfinding zu machen, die dann durch eigene manuelle Stimulation (eventuell mittels Zuhilfenahme eines Vibrators) intensiviert werden sollen. Diese beiden individuell orientierten Therapieformen – systematische Desensibilisierung und Masturbation unter Anleitung – können auch kombiniert werden. Ihre Ergebnisse werden dann in der Regel so auf die zwischenmenschliche Situation übertragen, daß der Partner schrittweise immer mehr in die sexuelle Interaktion (z.B. durch ein empfindungszentriertes Programm) einbezogen wird. Für eine Zweckdienlichkeit der Kegel-Übungen, d.h. ein systematisches Training des Pubococcygeus-Muskels, das die sexuelle Reaktionsfähigkeit und das Orgasmuspotential bei Frauen steigern soll, liegen keine eindeutigen Bestätigungen vor (Trudel u. Saint-Laurent 1983). Obwohl die verschiedenen Komponenten der oben genannten Behandlungspakete bei primärer Anorgasmie noch nicht ausreichend genug untersucht sind, sollen ähnliche therapeutische Strategien bei sekundären oder situationsabhängigen Orgasmusstörungen effektiv sein. Aber auch hier fehlen solide Untersuchungsbefunde bezüglich der zum Behandlungserfolg beitragenden Faktoren (LoPiccolo u. Stock 1986). Das Grundproblem besteht darin, wie sich die Orgasmusfähigkeit von der partnerlosen Situation bei der Selbststimulation auf partnerbezogene sexuelle Aktivitäten übertragen läßt, wenn man gleichzeitig die Tatsache in Betracht zieht, daß der Orgasmus beim Geschlechtsverkehr möglicherweise ein unrealistisches Ziel für viele Frauen darstellt. Ob eine Frau mit ihrem Partner beim Geschlechtsverkehr zum Orgasmus kommen kann, ist wahrscheinlich weniger von „technischen"

Aspekten (sexuellen Kunstfertigkeiten) als von der Qualität der Beziehung abhängig (De Bruyn 1982). Auf der anderen Seite stellt es ein in sinnvoller Reichweite liegendes Ziel und im wesentlichen eine Sache der Selbstbestimmung dar, den Orgasmus durch manuelle (Selbst-)Stimulation erreichen zu können (Morokoff u. LoPiccolo 1982). In diesen Fällen ist Gruppentherapie eine wertvolle Alternative, obschon es noch zu früh ist, irgendwelche Schlußfolgerungen hinsichtlich der relativen Wirksamkeit von gruppentherapeutischen gegenüber einzeltherapeutischen Rahmenbedingungen zu ziehen (Mills u. Kilmann 1982).

5.5 Fehlen sexueller Erregung

Eine Hemmung in der Erregungsphase des sexuellen Reaktionszyklus manifestiert sich dadurch, daß es nicht gelingt, die mit der sexuellen Erregung verbundenen physiologischen Veränderungen hervorzurufen bzw. aufrechtzuerhalten: die Erektion bei Männern und die Produktion von vaginaler Gleitflüssigkeit in Verbindung mit einem Anschwellen der Vagina bei Frauen. Die Beeinträchtigung der sexuellen Erregung bei gleichzeitig ungestörtem sexuellem Verlangen stellt ein relativ seltenes Problem bei Frauen vor der Menopause dar. Bei Männern jedoch ist die erektile Dysfunktion eine sehr häufig geäußerte Beschwerde, was erkennen läßt, wie stark die erektile Reaktion psychologischen Einflüssen (besonders Ängsten), körperlichen Erkrankungen und Nebenwirkungen von Medikamenten und Drogen einschließlich Alkohol unterworfen ist (Hawton 1985). Der Begriff der „psychogenen Impotenz" ist insofern irreführend, als er insbesondere die bei einem beträchtlichen Prozentsatz der erektilen Dysfunktionen mitbeteiligte Pathophysiologie unberücksichtigt läßt (Spark, White u. Conolly 1980). Die dichotome Kategorisierung des Erektionsversagens als entweder organisch oder psychogen bedingt sollte aufgegeben werden, da es sich bei ihm des öfteren um eine Kombination ätiologischer Faktoren handelt (Williams 1985). Die ähnliche Gefahr einer Überschätzung der physiologischen Grundlage erektiler Funktionsstörungen besteht ganz augenscheinlich ebenfalls, betrachtet man den plötzlichen Anstieg des Interesses an körperlichen Behandlungsformen (Prothesen-Implantate, Gefäßchirurgie, Hormontherapie). Befinden sich die Hormonwerte bei einem Mann innerhalb der Norm, hat die Verabreichung von Testosteron möglicherweise nur einen Placeboeffekt (Bancroft 1984). Gleichfalls ist es an der Zeit, den übertriebenen Enthusiasmus bezüglich der Implantation hochentwickelter Penisprothesen einzuschränken: Sexualtherapeuten, Urologen und Gefäßchirurgen sollten gemeinsam ihr fachliches Können darauf verwenden, umfassende multidisziplinäre Bewertungs- und Behandlungsschemata zu entwickeln (Schover u. von Eschenbach 1985). Die verhaltensorientierte Sexualtherapie stellt immer noch die Behandlung der Wahl für die überwiegende Mehrzahl derjenigen Männer dar, die bei sexuellen Aktivitäten mit Erektionsproblemen zu kämpfen haben. Wird ein sorgfältiges Screening durchgeführt, das Fälle von Erektionsversagen ohne Mitbeteiligung (verborgener) physiologischer Störungen oder gravierender zwischenmenschlicher Probleme ausselektiert, ist eine Behandlung beider Partner nach der Methode der Angstreduktion à la Masters und Johnson (s.o.) recht effektiv (LoPiccolo 1985). Einschränkend muß jedoch angemerkt werden, daß auf lange Sicht gesehen diese Männer zwar im allgemeinen über eine signifikante Verbesserung ihrer Fähigkeit berichten, beim Geschlechtsverkehr eine Erektion aufrechterhalten zu können, trotzdem aber möglicherweise weiterhin Beschwerden über eine unvollständige Erektion vor dem Koitus äußern (DeAmicis, Goldberg, LoPiccolo, Friedman u. Davies 1985). Bei partnerlosen

Männern können sowohl Einzel- als auch Gruppentherapie unter Einbeziehung von kognitiver Therapie (rational-emotiver Therapie), Masturbationsübungen und einem Training sozialer Kompetenzen versuchsweise zum Einsatz gebracht werden (Dekker, Dronkers u. Staffeleu 1985).

5.6 Fehlen des sexuellen Verlangens

Eine Beeinträchtigung der Verlangensphase des sexuellen Reaktionszyklus kann von geringem sexuellem Interesse bis hin zu starker sexueller Abneigung reichen. Häufig stellt sie sich als eine Diskrepanz im Verlangen dar, die sich darauf zurückführen läßt, daß unterschiedliche Vorstellungen hinsichtlich der Häufigkeit, mit der beide Partner Geschlechtsverkehr haben wollen, miteinander im Widerspruch stehen (Zilbergeld u. Ellison 1980). Der Begriff der Libido sollte wegen seiner psychoanalytischen Konnotationen als deskriptiver Terminus fallengelassen werden. Seit dem Erscheinen von Kaplans (1979) ansprechendem Buch sind Sexualtherapeuten in zunehmendem Maß auf die weite Verbreitung von Störungen der Verlangensphase aufmerksam geworden. Desgleichen haben sich in den letzten Jahren die klinischen Probleme auf diejenigen Grundfaktoren verlagert, die eine sexuelle Interaktion erst aufkommen lassen (Rosenbaum 1985). Dies dürfte damit in Zusammenhang stehen, daß die übliche Sexualtherapie bei dem Versuch, sexuelles Verlangen zu erwecken und zu verstärken, im allgemeinen scheitert. Wahrscheinlich ist hierfür ursächlich, daß *seine Manifestationsformen* (seien sie „normal" oder auch „abnormal") sich im Vergleich zu den anderen Phasen der sexuellen Reaktion am schwierigsten „behavioristisch" fassen, d.h. beobachten und quantifizieren lassen. Sexuelles Verlangen ist im wesentlichen ein Erlebnisbereich menschlicher Wesen, die ihre Interaktionen sexualisieren. Es stellt ein komplexes Phänomen dar, hervorgerufen durch das Ineinandergeifen von biologischem Trieb, psychologischen Motivationen und kognitiven Bestrebungen (Levine 1984). Die jüngsten und anscheinend erfolgreichen Behandlungsversuche von sexuellem Verlangen bilden eine Mischung aus erfahrungsorientierten, kognitiven und verhaltensorientierten Techniken (Friedman u. Hogan 1985, LoPiccolo 1980, McCarthy 1984, Schover u. LoPiccolo 1982). Sehr häufig ist eine Störung des sexuellen Verlangens tief in der Beziehungsdynamik des Paares verwurzelt und bekundet vielleicht einen Mangel an Intimität. Es kommt vor allem darauf an, Anziehungskraft, Kommunikation und emotionale Ausdrucksfähigkeit des Partners zu erkunden und zu steigern. Einblicke in die zwischenmenschlichen Aspekte des Problems bilden dann die Grundlage für weitere Interventionen, z.B. Übungen zur Steigerung des bewußten Empfindens, kognitive Restrukturierung und verschiedene andere Elemente der normalen Sexualtherapie. Verständnis und Behandlung des Fehlens von sexuellem Verlangen stellt demnach die größte Herausforderung für heutige Sexualtherapeuten dar. Zweifellos macht seine komplizierte Struktur einen multidimensionalen Ansatz erforderlich.

5.7 Sexuelle Funktionsstörungen bei Körperbehinderten

Wenn sexuelle Schwierigkeiten in Verbindung mit Körperbehinderungen (Hirntrauma, Verletzung des Rückenmarks, Diabetes, Tumoren etc.) auftreten, liegen in der Regel sowohl organische als auch Verhaltensstörungen vor. Obgleich das primäre sexuelle Problem in den meisten Fällen eine körperliche Ursache hat, können gravierende Verhaltensstörungen als Nebenkomponenten auftreten, die zusätzlich zu Mechanismen der persönlichen Abwertung (Desexualisierung: der „geschlechtslose Behinderte") und Ängsten hinsichtlich der primären körperlichen Erkrankung aus schon vorher vorhandenen psychosozialen Einflüssen und Einstellungen in bezug auf Sexualität resultieren. Die Behandlung dieser Probleme sollte am besten in den Händen eines therapeutischen Teams liegen, das in der Lage ist, fachliches Wissen hinsichtlich der medizinisch-körperlichen Aspekte und Erfahrungen mit Beratungstechniken und verhaltensorientierten Methoden miteinander zu verbinden (vgl. Griffith u. Trieschmann 1983). Zweifelsohne kann in einem multidisziplinären Behandlungsteam am besten über spezielle Interventionen, z.B. die Anwendung einer medikamentösen Therapie, bestimmte chirurgische Eingriffe, Penisprothesen oder mechanische Hilfsmittel, entschieden werden. Ist die Behandlung indes rein „instrumentell", kann sie den Betroffenen in psychischer Hinsicht „behindern": Er bzw. sie wird auf den ontologischen Status einer funktionsgestörten Maschine reduziert, die „repariert" werden muß. Aus diesem Grund können die auf den in den vorangegangenen Abschnitten skizzierten Prinzipien basierenden Behandlungsmethoden, ungeachtet ihrer jeweiligen psychologischen Provenienz, für diejenigen Menschen sehr hilfreich sein, deren sexuelle Probleme aus einer körperlichen Behinderung resultieren.

6 Beurteilung und Schlußfolgerungen

Nach der Auffassung von Cole (1985) muß die Vorstellung, daß menschliches Sexualverhalten einfach zu modifizieren sei, leider in das Reich der Mythen verwiesen werden. Sexuelle Probleme bieten dem Therapeuten eines der kompliziertesten Szenarien, mit denen sich Heilberufe konfrontiert sehen können. Im Gegensatz zu ihrem anfänglichen Enthusiasmus hat sich die Sexualtherapie als genuin begrenzt erwiesen. Ein mangelndes Anerkennen dieser Tatsache führt nur zu denjenigen Methoden in der Sexualtherapie, die zwar vieles versprechen, in letzter Zeit jedoch immer negativer beurteilt werden. Der therapeutische Umgang mit sexuellen Schwierigkeiten benötigt flexible Problemlösungsansätze und eine Neubewertung der damit verbundenen Grundprobleme, um realistische Zielvorstellungen definieren zu können (Cole 1985). Viele Therapeuten versuchen jedoch immer noch die objektive Tatsache zu verleugnen, daß nicht alles möglich ist. Sie setzen weiterhin auf die ihnen Sicherheit und Selbstvertrauen versprechende Entwicklung einer ausgeklügelten „Psychotechnologie". Zwei unterschiedliche Trends scheinen sich auf dem Gebiet der Sexualtherapie abzuzeichnen (Vandereycken 1982): Diejenigen Therapeuten mit „schmalem Spektrum" tendieren dazu, irgendein Standardverfahren (z.B. ein modifiziertes Verfahren nach Masters und Johnson) bei einer Vielzahl unterschiedlicher Patienten anzuwenden, wohingegen diejenigen Therapeuten mit „breitem Spektrum" eher dazu neigen, eine Technik nach der anderen auszuprobieren, bzw. im wesentlichen immer latente intrapsychische oder zwischenmenschliche Probleme zu vermuten, die in den Brennpunkt der Therapie gerückt werden sollten. Somit besteht das Risiko, daß Therapeuten sich entweder durch die starre Anwendung eines einzigen Standardverfahrens zu sehr einschränken lassen oder ihr therapeutisches Unvermögen hinter einer Pseudoflexibilität verbergen können, indem sie ein beeindruckendes Spektrum an Techniken ohne jegliche Leitstrategie zum Einsatz bringen. Schließlich dürfte auch die Versuchung verlockend sein, den therapeutischen Rahmen dergestalt zu erweitern, indem man das Behandlungsziel verschiebt und immer mehr über das ursprüngliche Symptom oder Leiden, das sich ja auf eine sexuelle Funktion bezieht, hinausverlagert (Vandereycken 1982).

Eine kritische Bewertung der Sexualtherapie überschneidet sich in vielen Punkten mit Zielvorstellungen und Problemen, die auch in der psychotherapeutischen Forschung allgemein gang und gäbe sind (Milne u. Cordle 1984). Die zentrale Frage ist immer noch: Welche Behandlung und durch wen ist bei einem bestimmten Patienten mit einer spezifischen Funktionsstörung unter ganz bestimmten Umständen am meisten erfolgreich (Hoon, Krop u. Wincze 1984)? Auf dem Gebiet der Sexualtherapie bilden indessen anekdotische Fallberichte und unkontrollierte Untersuchungen eher die Regel als die Ausnahme. An Stelle von Einzelfallstudien und um die methodischen Mängel der Untersuchung von Masters und Johnson (Zilbergeld u. Evans 1980) zu vermeiden, sollten Studien über Behandlungsergebnisse vorgenommen werden, die faktorenanalytisch vorgehen und folgendes miteinbeziehen (Hogan 1978): Patientenvariablen (z.B. Art der Funktionsstörung, Art der Partnerprobleme); Behandlungskomponenten (z.B. Masturbation, Wahrnehmungszentrierung) und Therapietyp (z.B. Einzel-, Partner- oder Gruppentherapie). Hoon et al. (1984) empfehlen, zusätzlich zu diesen Variablen auch noch solche einzubeziehen, die sich auf Charakteristika des Therapeuten, einschließlich seines Geschlechts, beziehen. Jüngste Studien über prognostische Faktoren in der Sexualtherapie (Hawton u. Catalan 1986, Whitehead u. Mathews 1986) scheinen zu zeigen, daß Patientenvariablen zu den bedeutendsten Faktoren in bezug auf ein erfolgreiches Ergebnis zählen, darunter insbesondere die sexuellen Gewohnheiten, die Qualität der gemeinsamen Beziehung und die Motivation des Patienten. Im Vergleich zu letzterem dürften sich jedoch wichtige therapeutische Fähigkeiten nur schwer messen lassen. In der Tat stellen Widerstände oder mangelnde Kooperationsbereitschaft ein Haupthindernis von Fortschritten bei der Behandlung dar: „Es reizt, die Hypothese aufzustellen, daß gut ausgebildete und erfahrene Therapeuten möglicherweise genau bei dem unausweichlich realen und schwierigen Problem der Widerstände des Patienten gegen eine Behandlung ihre große Klasse unter Beweis stellen" (Wilson 1982, S. 546). Obwohl einige Schlußfolgerungen auf Grund der unterschiedlichen Aussagekraft der vorliegenden Forschungsergebnisse problematisch sind, ist Wilsons (1982) Charakterisierung der *gegenwärtigen Lage der verhaltensorientierten Sexualtherapie* ziemlich überzeugend. Vom Standpunkt des Praktikers aus möchten wir die folgenden Schlußfolgerungen hervorheben:

1. Verhaltensorientierte Verfahren, die sexuelle Ängste reduzieren und die sexuelle Reaktionsbereitschaft erhöhen, sind wirksam bei bestimmten Formen von sexuellen Funktionsstörungen (z.B. Orgasmusschwierigkeiten bei Frauen, vorzeitige Ejakulation und Erektionsversagen bei Männern).
2. Faßt man nur kurze Zeiträume ins Auge, ist das Kosten-Nutzen-Verhältnis der Sexualtherapie offenkundig positiv, es sind jedoch noch zwingendere Beweise hinsichtlich ihrer Langzeitwirkung vonnöten.
3. Um eine möglichst optimale Wirkung zu erzielen, sollte die verhaltensorientierte Sexualtherapie flexibel angewandt werden, d.h., die Behandlung sollte auf das spezielle Problem des einzelnen (bzw. Paares) zugeschnitten sein. Folglich sind häufig facettenreiche Behandlungsprogramme (die sowohl sexuelle als auch nichtsexuelle Methoden umfassen) erforderlich.
4. Auch wenn für viele Paare eine Mischung aus Paartherapie und Sexualtherapie in Frage kommt, können zahlreiche andere Paare mit Hilfe von Interventionen behandelt werden, die sich auf ihre sexuelle Interaktion konzentrieren.
5. Größere Aufmerksamkeit sollte Behandlungsformen im Hinblick darauf geschenkt werden, ob sie das genaue

Befolgen therapeutischer Direktiven verbessern und wie sie die in der Therapie unvermeidlich auftretenden „Krisensituationen" bewältigen.

Drei Hauptprobleme sollten hier noch erwähnt werden, um eine allzu optimistische Beurteilung der Sexualtherapie ein wenig zu dämpfen. Zuerst einmal wäre zu sagen, daß sehr wenig über die Entstehungsgeschichte sexueller Funktionsstörungen bekannt ist. Es liegen nur ganz geringe Informationen über die Häufigkeit von *Spontanremissionen* vor. Sowohl vom klinischen als auch vom theoretischen Standpunkt aus wäre es hilfreich zu wissen, welche Fälle sich einfach im Laufe der Zeit normalisieren. Jüngste Berichte deuten darauf hin, daß man bei schätzungsweise 15–30 Prozent der Männer mit Erektionsstörungen von einer spontanen Remission der Symptome ohne jegliche Therapie ausgehen kann (Segraves, Camic u. Ivanoff 1985). Daher sind vielleicht Spontanremissionen verantwortlich zu machen für die Schwenkungen in Berichten über Behandlungsergebnisse, besonders solchen aus Zentren, die strenge Auswahlkriterien verwenden. Der zweite Punkt betrifft die schon erwähnte *Verlagerung auf Probleme des sexuellen Verlangens*, die sich hinsichtlich einer dauerhaften Verhaltensänderung augenscheinlich als besonders resistent erweisen (De Amicis et al. 1985). Zusammen mit dem Zuwachs an Erfahrung auf dem Gebiet der Sexualtherapie haben sich auch im Laufe des letzten Jahrzehnts die Ansichten darüber geändert, was man gemeinhin „sexuelle Reaktion" nennt (Everaerd 1983). Lust und emotionale Befriedigung als Komponenten dieser Reaktion stehen seitdem mehr denn je im Vordergrund und stellen eine Herausforderung für jene Therapeuten dar, die in der Tradition von Masters und Johnson (1970) ihre Bemühungen fast ausschließlich auf die Erregungs- und Orgasmuskomponenten der sexuellen Reaktion konzentriert haben. Diese Verschiebung der Perspektive scheint mit gewissen soziokulturellen Veränderungen im Zusammenhang zu stehen, insbesondere mit der Frauenbewegung, die ja das Dogma „Orgasmus durch Koitus" als Kriterium eines Behandlungserfolgs weitgehend in Frage gestellt hat (Everaerd 1983). Der dritte Punkt schließlich, den *Einsatz von Nichtprofessionellen* betreffend, wird kontrovers diskutiert. Schon in der Einleitung zu diesem Kapitel haben wir im Hinblick auf die populäre Selbsthilfe-Literatur einige Skepsis geäußert. Auf der anderen Seite jedoch plädiert gegenwärtig die Verhaltenstherapie für Behandlungsverfahren, die eine gewisse Eigeninitiative erfordern, indem sie eine aktiv teilnehmende Rolle des Patienten voraussetzen. Die Anwendung von Prinzipien der Eigenverantwortlichkeit hat sich in der Sexualtherapie zu einem zentralen Bestandteil der Behandlungsstrategie entwickelt (Morokoff u. LoPiccolo 1982). Die wachsende Popularität von Gruppentherapien (als auch von Selbsthilfegruppen) und die häufige Einbeziehung des nicht funktionsgestörten Partners in eine gemeinsame Behandlung werfen die Frage auf, ob eine wirkungsvolle Behandlung sexueller Probleme nicht auch von Nichtprofessionellen durchgeführt werden kann. Da sie ähnliche Resultate erzielen wie professionelle Therapeuten (Brown u. Bollinger 1985), ist es an der Zeit, vergleichende Untersuchungen dieses Phänomens in Angriff zu nehmen.

Sexualität läßt sich nicht ohne gleichzeitiges Einfließen persönlicher Wertvorstellungen und gesellschaftlicher Normen diskutieren. Dasselbe gilt, in noch verstärkterem Maße, hinsichtlich einer kritischen Bewertung der Sexualtherapie. Sollte sie danach beurteilt werden, ob und wie gut sie die Zielsymptome (die Aufhebung eines sexuellen Defizits oder die Deblockierung einer Hemmung bei einer natürlich eintretenden sexuellen Reaktion) wiederherstellt, oder danach, ob sie alle vermutlich mit der Entstehung und Aufrechterhaltung einer sexuellen Beschwerde verbundenen

Grundprobleme zu lösen vermag? Eine einfache Antwort auf diese entscheidende Frage gibt es nicht. „Das Dilemma ist folgendes: Ist das Erfolgskriterium zu eng gefaßt – z.B. lediglich ein normales Stattfinden der Erektion –, wird Sexualtherapie zu Unrecht als höchst effektiv eingestuft. Ist es dagegen zu weit gefaßt – z.B. Erzielen eines subjektiven Normalbefindens der Patienten –, wird die Leistungsfähigkeit der Sexualtherapie unterschätzt" (Levine 1981, S. 432). Aber selbst wenn man strengere Maßstäbe anlegt, ist eine Beurteilung des Erfolgs bzw. Mißerfolgs der Behandlung nicht einfach so unkompliziert wie es den Anschein hat. Eine adäquate Bewertung von Behandlungsergebnissen muß mehrere subjektive und objektive Maßstäbe miteinbeziehen, aber leider wird dieses methodologische Grundprinzip von der weitaus größten Mehrzahl der Studien über Behandlungsergebnisse vernachlässigt (Wilson 1982).

Levine (1981) faßt die tatsächliche Lage der Dinge in unserem Fachgebiet wie folgt zusammen:

„Das Erscheinen der Sexualtherapie war mit einer Reihe von positiven Veränderungen in den psychotherapeutischen Heilberufen verbunden: neue klinische Versorgungseinrichtungen, des öfteren für einen Personenkreis, der vorher keine Hilfe in Anspruch genommen hätte; sexuelle Ausbildungsprogramme für Studenten und Akademiker; eine öffentliche Diskussion über zahlreiche sexuelle Themenbereiche; neue Impulse für die Forschung ... Drei klinische Hauptgefahren drohen in Sexualtherapie: ihre naive Anwendung bei einem unsachgemäß ausgewählten Patientenkollektiv; die Annahme, daß sich jede einzelne Funktionsstörung am besten mit einer eigenen Sexualtherapie behandeln läßt, und Therapeuten, welche die ethischen Richtlinien für den Umgang mit Patienten verletzen" (S. 439).

Zwanzig Jahre nach dem bahnbrechenden Werk von Masters und Johnson (1970) stellt das lerntheoretische Modell immer noch ein brauchbares Paradigma, d.h. einen inspirierenden Forschungs- und Therapieansatz, dar. Wir haben die Ära hinter uns gelassen, in der therapeutische Techniken routinemäßig wie ärztliche Rezepturen verordnet wurden. Sexualtherapie ist keine Standardmethode, sondern eine Behandlungsstrategie, die Verhaltensanweisungen gibt, die Bedeutung von intra- und/oder interpersonalen Faktoren mitberücksichtigt und sich der wichtigen Rolle der therapeutischen Beziehung als eines Vehikels von Veränderungsprozessen bewußt ist.

Literatur

Adkins E, Jehu D. Analysis of a treatment program for primary orgasmic dysfunction. Behav Res Ther 1985; 23:119–26.

American Psychiatric Association. Diagnostic and Statistical Manual of Mental Disorders (DSM-III). Washington, D.C. 1980.

Andersen BL. PLISSIT therapy. In: Handbook of Innovative Psychotherapies. Corsini RJ (ed). New York: John Wiley 1983; 626–39.

Annon JS, Robinson CH. Treatment of common male and female sexual concerns. In: The Comprehensive Handbook of Behavioral Medicine. Vol. 1. Ferguson JM, Taylor CB (eds). Jamaica, N. Y.: Spectrum Publications 1980; 273–96.

Apfelbaum B. The diagnosis and treatment of retarded ejaculation. In: Principles and Practice of Sex Therapy. Leiblum SR, Pervin LA (eds). New York: Guilford Press 1980; 263–96.

Appelt H. Sexual dysfunction and partnership. In: Marital Interaction: Analysis and Modification. Hahlweg K, Jacobson NS (eds). New York: Guilford Press 1984; 387–95.

Arentewicz G, Schmidt G. The Treatment of Sexual Disorders: Concepts and Techniques of Couple Therapy. New York: Basic Books 1983.

Bancroft J. Human Sexuality and its Problems. New York, London: Churchill-Livingstone 1983.

Bancroft J. Hormones and human sexual behavior. J Sex Marital Ther 1984; 10:3–22.

Barbach L. Group treatment of anorgasmic women. In: Principles and Practice of Sex Therapy. Leiblum SR, Pervin LA (eds). New York: Guilford Press 1980; 107–46.

Barlow DH, Hayes SC, Nelson RO. The Scientific Practitioner. New York: Guilford Press 1984.

Beck JG, Barlow DH. Current conceptualizations of sexual dysfunction: a review and an alternative perspective. Clin Psychol Rev 1984; 4:363–78.

Beck JG, Barlow DH, Sakheim DK. The effects of attentional focus and partner arousal on sexual responding in functional and dysfunctional men. Behav Res Ther 1983; 11:1–8.

Becker JV, Skinner LJ. Sexual dysfunction. In: Outpatient Behavior Therapy. Hersen M (ed). New York: Grune & Stratton 1983; 203–28.

Bennun I, Rust J, Golombok S. The effects of marital therapy on sexual satisfaction. Scand Jo Behav Ther 1985; 14:65–72.

Berg P, Snyder DK. Differential diagnosis of marital and sexual distress. J Sex Marital Ther 1981; 7:290–5.

Brady JP. Behavior therapy and sex therapy. Am J Psychiatry 1976; 133:896–9.

Brown PT, Bollinger C. Training nonprofessionals in the treatment of sexual dysfunction with special reference to the training of marriage guidance counsellors. Br J Med Psychol 1985; 58:257–65.

Chesney AP, Blakeney PE, Chan FA, Cole CM. The impact of sex therapy on sexual behaviors and marital communication. J Sex Marital Ther 1981; 7:131–40.

Clement U, Pfäfflin F. Changes in personality scores among couples subsequent to sex therapy. Arch Sex Behav 1980; 9:235–44.

Clement U, Schmidt G. The outcome of couple therapy for sexual dysfunctions using three different formats. J Sex Marital Ther 1983; 9:67–78.

Cole M. Sex therapy – A critical appraisal. Br J Psychiatry 1985; 147:337–51.

Cooper AJ. Short-term treatment in sexual dysfunction: a review. Compr Psychiatry 1981; 22:206–17.

Crowe MJ, Gillan P, Golombok S. Form and content in the conjoint treatment of sexual dysfunction: a controlled study. Behav Res Ther 1981; 19:47–54.

Crown S, D'Ardenne P. Symposium on sexual dysfunction: controversies, methods, results. Br J Psychiatry 1982; 140:70–7.

De Amicis LA, Goldberg DC, LoPiccolo J, Friedman J, Davies L. Clinical follow-up of couples treated for sexual dysfunction. Arch Sex Behav 1985; 14:467–89.

De Bruyn G. From masturbation to orgasm with a partner: how some women bridge the gap and why others don't. J Sex Marital Ther 1982; 8:151–61.

Dekker J, Dronkers J, Staffeleu J. Treatment of sexual dysfunctions in male-only groups. J Sex Marital Ther 1985; 11:80–90.

Dekker J, Everaerd W. A long-term follow-up study of couples treated for sexual dysfunctions. J Sex Marital Ther 1983; 9:99–113.

Derogatis LR, Meyer JK. The invested partner in sexual disorders: a profile. Am J Psychiatry 1979; 136:1545–9.

Dickes K, Strauss D. Adverse reaction of the apparently healthy partner in response to improvement in the overtly dysfunctional partner. J Sex Marital Ther 1980; 6:109–15.

Dow MGT. Retarded ejaculation as a function of non-aversion conditioning and discrimination. J Sex Marital Ther 1981; 7:49–53.

Dow MGT. Behavioral bibliotherapy. In: Clinical Psychology and Medicine: A Behavioral Perspective. Main CJ (ed). New York: Plenum Press 1982; 177–203.

Everaerd W. Current research on sexual dysfunction. In: Learning Theory Approaches to Psychiatry. Boulougouris J (ed). New York: Wiley 1982; 165–70.

Everaerd W. Failure in treating sexual dysfunctions. In: Failures in Behavior Therapy. Foa EB, Emmelkamp PMG (eds). New York: Wiley 1983; 392–405.

Everaerd W, Dekker J. A comparison of sex therapy and communication therapy. J Sex Marital Ther 1981; 7:278–89.

Fertel NS. Vaginismus: a review. Journal of Sex and Marital Therapy 1977; 3:113–21.

Ficher IV, Eisenstein T. Current approaches in sex therapy. In: Sexual Arousal. Ficher M, Fishkin RE, Jacobs JA (eds). Springfield, IL: Charles C. Thomas 1985; 142–56.

Friedman JM, Hogman DR. Sexual dysfunction: low sexual desire. In: Clinical Handbook of Psychological Disorders. Barlow DH (ed). New York: Guilford Press 1985; 417–61.

Friedman JM, Weiler SJ, LoPiccolo J, Hogan DR. Sexual dysfunctions and their treatment: current status. In: International Handbook of Behavior Modification and Therapy. Bellack AS, Hersen M, Kazdin AE (eds). New York: Plenum Press 1982; 653–82.

Glasgow RE, Rosen GM. Self-help behavior therapy manuals. Clin Behav Ther Rev 1979; 1:1–20.

Griffith ER, Trieschmann RB. Sexual dysfunctions in the physically ill and disabled. In: Treatment Interventions in Human Sexuality. Nadelson CC, Marcotte DB (eds). New York: Plenum Press 1983; 241–77.

Hartman LM. The interface between sexual dysfunction and marital conflict. Am J Psychiatry 1980a; 137:576–9.

Hartman LM. Relationship factors and sexual dysfunction. Can J Psychiatry 1980b; 25:560–3.

Hartman LM. Effects of sex and marital therapy on sexual interaction and marital happiness. J Sex Marital Ther 1983; 9:137–51.

Hartman LM, Daly EM. Relationship factors in the treatment of sexual dysfunction. Behav Res Ther 1983; 21:153–60.

Hawton K. The behavioral treatment of sexual dysfunction. Br J Psychiatry 1982; 140:94–101.

Hawton K. Sex Therapy: A Practical Guide. Oxford, New York: Oxford University Press 1985.

Hawton K, Catalan J. Prognostic factors in sex therapy. Behav Res Ther 1986; 24:377–85.

Heiman JR, LoPiccolo L, LoPiccolo J. The treatment of sexual dysfunction. In: Handbook of family therapy. Gurman AS, Kniskern DP (eds). New York: Brunner/Mazel 1981; 592–627.

Heiman JR, Rowland DL. Affective and physiological sexual response patterns: the effects of instructions on sexually functional and dysfunctional men. J Psychosom Res 1983; 27:105–16.

Hinde RA. Interpersonal relationships: in quest of a science. Psychol Med 1978; 8:373–86.

Hogan DR. The effectiveness of sex therapy: a review of the literature. In: Handbook of Sex Therapy. LoPiccolo J, LoPiccolo L (eds). New York: Plenum Press 1978; 57–84.

Hoon EF, Krop HD, Wincze JP. Sexuality. In: Behavior Modification with Women. Blechman EA (ed). New York: Guilford Press 1984; 113–42.

Jacobson NS. Clinical innovation in behavioral marital therapy. In: Advances in Clinical Behavior Therapy. Craig KD, McMahon RJ (eds). New York: Brunner/Mazel 1983; 74–98.

Jehu D. Clinical practice in behavioral treatment for sexual dysfunction. In: New Developments in Behavior Therapy. Franks CM (ed). New York: Haworth Press 1984; 231–79.

Kaplan HS. The New Sex Therapy. New York: Brunner/Mazel 1974.

Kaplan HS. Disorders of Sexual Desire. New York: Brunner/Mazel 1979.

Kilman PR, Auerbach R. Treatments of premature ejaculation and psychogenic impotence. Arch Sex Behav 1979; 8:81–100.

Krane RJ, Siroky MB, Goldstein I. Male Sexual Dysfunction. Boston: Little, Brown Company 1983.

Lazarus AA. Psychological treatment of dyspareunia. In: Principles and Practice of Sex Therapy. Leiblum SR, Pervin LA (eds). New York: Guilford Press 1980; 147–66.

Lazarus AA. The Practice of Multimodal Therapy. New York: McGraw-Hill 1981.

Leiblum SR, Pervin LA, Campbell EA. The treatment of vaginismus. In: Principles and Practice of Sex Therapy. Leiblum SR, Pervin LA (eds). New York: Guilford Press 1980; 167–92.

Levine SB. Overview of sex therapy. In: The Handbook of Marriage and Marital Therapy. Sholevar GP (ed). New York: Spectrum Publications 1981; 417–41.

Levine SB. An essay on the nature of sexual desire. J Sex Marital Ther 1984; 10:83–6.

Libman E, Brender W, Burstein R, Hodgkins S. Ejaculatory incompetence: a theoretical formulation and case illustration. J Behav Ther Exp Psychiatry 1984; 15:127–31.

Libman E, Fichten CS, Brender W. The role of therapeutic format in the treatment of sexual dysfunction: a review. Clin Psychol Rev 1985; 5:103–17.

LoPiccolo J. Diagnosis and treatment of male sexual dysfunction. J Sex Marital Ther 1985; 11:215–30.

LoPiccolo J, Heiman JR, Hogan DR, Roberts CW. Effectiveness of single therapists versus cotherapy teams in sex therapy. J Consult Clin Psychol 1985; 53:287–94.

LoPiccolo J, Stock WE. Treatment of sexual dysfunction. J Consult Clin Psychol 1986; 54:158–67.

LoPiccolo L. Low sexual desire. In: Principles and Practice of Sex Therapy. Leiblum SR, Pervin LA (eds). New York: Guilford Press 1980; 29–64.

Marks IM. Review of behavioral psychotherapy. II. Sexual disorders. Am J Psychiatry 1981; 138:750–7.

Masters WH, Johnson VE. Human sexual inadequacy. Boston: Little, Brown Company 1970.

Mathews A. Treatment of female sexual dysfunction. In: Learning Theory Approaches to Psychiatry. Boulougouris J (ed). New York: John Wiley 1982; 157–63.

Mathews A. Progress in the treatment of female sexual dysfunction. J Psychosom Res 1983; 27:165–73.

McCarthy BW. Strategies and techniques for the treatment of inhibited sexual desire. J Sex Marital Ther 1984; 10:97–104.

Melman KN, Jacobson NS. The integration of behavioral marital therapy and sex therapy. In: Group and Family Therapy 1983 – An Overview. Aronson ML, Wolberg LR (eds). New York: Brunner/Mazel 1984.

Mills KH, Kilmann PR. Group treatment of sexual dysfunctions: a methodological review of the outcome literature. J Sex Marital Ther 1982; 8:259–96.

Milne D, Cordle C. Evaluating sex therapy. Br J Sex Med 1984; 11:110–4.

Morokoff PJ, LoPiccolo J. Self-management in the treatment of sexual dysfunction. In: Self-management and Behavior Change. Karoly P, Kanfer FH (eds). New York: Pergamon Press 1982; 489–521.

Munjack DJ, Kanno PH. Retarded ejaculation: a review. Arch Sex Behav 1979; 8:139–50.

Nairne KD, Hemsley DR. The use of directed masturbation training in the treatment of primary anorgasmia. Br J Clin Psychol 1983; 22:283–94.

Norton GR, John D. The role of anxiety in sexual dysfunctions: a review. Arch Sex Behav 1984; 13:165–83.

O'Leary KD, Arias I. The influence of marital therapy on sexual satisfaction. J Sex Marital Ther 1983; 9:171–81.

Payn N, Wakefield J. The effect of group treatment of primary orgasmic dysfunction on the marital relationship. J Sex Marital Ther 1982; 8:135–50.

Perelman MA. Treatment of premature ejaculation. In: Principles and Practice of Sex Therapy. Leiblum SR, Pervin LA (eds). New York: Guilford Press 1980; 199–233.

Roffe MW, Britt B. A typology of marital interaction for sexually dysfunctional couples. J Sex Marital Ther 1981; 7:207–22.

Rosenbaum MB. Sex therapy today. Bull Menninger Clin 1985; 49:270–9.

Sakheim DK, Barlow DH, Beck JG, Abrahamson DJ. The effect of an increased awareness of erectile cues on sexual arousal. Behav Res Ther 1984; 22:151–8.

Schover LR, von Eschenbach AC. Sex therapy and the penile prothesis: a synthesis. J Sex Marital Ther 1985; 11:57–66.

Schover LR, LoPiccolo J. Treatment effectiveness for dysfunctions of sexual desire. J Sex Marital Ther 1982; 8:179–97.

Segraves RT, Camic P, Ivanoff J. Spontaneous remission in erectile dysfunction: a partial replication. Behav Res Ther 1985; 23:203–4.

Shull GR, Sprenkle HD. Retarded ejaculation: reconceptualization and implications for treatment. J Sex Marital Ther 1980; 6:234–46.

Snyder BK, Berg P. Determinants of sexual dissatisfaction in sexually distressed couples. Arch Sex Behav 1983a; 12:237–42.

Snyder BK, Berg P. Predicting couples' response to brief directive sex therapy. J Sex Marital Ther 1983b; 9:114–20.

Spark RF, White RA, Conolly PB. Impotence is not always psychogenic. JAMA 1980; 243:750–5.

Spiess WF, Geer JH, O'Donohue WT. Premature ejaculation: investigation of factors in ejaculatory latency. J Abnorm Psychol 1984; 93:242–5.

Steege JF. Dyspareunia and vaginismus. Clin Obstet Gynecol 1984; 27:750–9.

Sweet AA. The therapeutic relationship in behavior therapy. Clin Psychol Rev 1984; 4:253–72.

Talmadge WC, Talmadge LD. A transactional perspective on the treatment of sexual dysfunctions. In: The Handbook of Family Psychology and Therapy. L'Abate L (ed). Homewood, IL: Dorsey Press 1985; 1107–27.

Trudel G, Saint-Laurent S. A comparison between the effects of Kegel's exercises and a combination of sexual awareness relaxation and breathing on situational orgasmic dysfunction in women. J Sex Marital Ther 1983; 9:203–9.

Vandereycken W. Paradoxical strategies in a blokked sex therapy. Am J Psychother 1982; 36:103–8.

Vandereycken W. Towards a better delineation of ejaculatory disorders. Acta Psychiatr Belg 1986; 86:57–63.

Watters WW, Askwitch J, Cohen M, Lamont JA. An assessment approach to couples with sexual problems. Can J Psychiatry 1985; 30:2–11.

Whitehead A, Mathews A. Factors related to successful outcome in the treatment of sexually unresponsive women. Psychol Med 1986; 16:373–8.

Wilder S. Indications for central and peripheral approaches to presenting problems: a case of sexual impotence. In: Behavioral psychotherapy. Fensterheim H, Glazer HI (eds). New York: Brunner/Mazel 1983; 171–85.

Williams W. Psychogenic erectile impotence: a useful or a misleading concept? Aust N Z J Psychiatry 1985; 19:77–82.

Wilson GT. Adult disorders. In: Contemporary Behavior Therapy. Wilson GT, Franks CM (eds). New York: Guilford Press 1982; 539–52.

Wincze JP. Sexual dysfunction (distress and dissatisfaction). In: Handbook of Clinical Behavior Therapy. Turner SM, Calhoun KS, Adams HE (eds). New York: John Wiley 1981; 290–317.

Wincze JP. Assessment of sexual disorders. Behav Assess 1982; 4:257–71.

Zilbergeld B. Male Sexuality. Boston: Little, Brown and Company 1978.

Zilbergeld B, Ellison CR. Desire discrepancies and arousal problems in sex therapy. In: Principles and Practice of Sex Therapy. Leiblum SR, Pervin LA (eds). New York: Guilford Press 1980; 65–101.

Zilbergeld B, Evans M. The inadequacy of Masters and Johnson. Psychology Today 1980; 29–43.

Aus- und Weiterbildung

18 Zur Situation der Aus- und Weiterbildung in Verhaltenstherapie in der Bundesrepublik Deutschland

Rolf Meermann und Rudolf J. Knickenberg

Inhalt

1 Ausbildung in Verhaltenstherapie an den Universitäten

Gemessen an ihrer Bedeutung, die die Verhaltenstherapie als Psychotherapiemethode in der ambulanten und stationären Versorgung seelisch kranker Menschen spielt, ist ihre Repräsentanz in den psychologischen und medizinischen Fakultäten der Universität eher gering. Dies liegt unseres Erachtens an zwei Tendenzen:

- Innerhalb der *Psychologischen Institute* gibt es eine Entwicklung, den Begriff Psychotherapie ganz zu vermeiden, und statt dessen von schulenübergreifender „psychologischer Therapie" zu sprechen. Darüber hinaus hat der Ansatz von Grawe (Grawe, Donati u. Bernauer 1994) den Begriff einer „allgemeinen Psychotherapie" geschaffen, in dem ebenfalls die Originalität und Spezifität der Verhaltenstherapie unterzugehen droht.
- Im Rahmen der Medizinerausbildung (*Medizinstudium*) wird auch 1996 der angehende Arzt mit verhaltenstherapeutischen Ansätzen so gut wie nicht vertraut gemacht. Dies liegt an der Dominanz psychodynamischer Ansätze im Rahmen der Psychiatrie und Psychosomatischen Medizin. Insbesondere die Lehrstuhlinhaber für Psychosomatische Medizin/Psychotherapie sind ausnahmslos psychodynamischer Provenienz. Von daher verwundert es nicht, wenn der approbierte Arzt Psychotherapie (und Psychosomatik) immer noch mit Psychoanalyse (psychodynamischen Ansätzen, Tiefenpsychologie etc.) synonym setzt. Allenfalls im Rahmen der Lehrstühle für Psychiatrie hat es hier in den letzten Jahren eine Umorientierung gegeben, die die Aus- und Weiterbildung von Medizinern (Studenten und Assistenzärzten) auch für verhaltenstherapeutische Sichtweisen geöffnet hat.

2 Weiterbildung zum psychologischen Verhaltenstherapeuten

Die Weiterbildung in Verhaltenstherapie für Diplom-Psychologen im Delegationsverfahren geschieht seit 1991 durch von der Kassenärztlichen Bundesvereinigung (KBV) in Köln anerkannte Ausbildungsinstitute. Inhaltlich besteht die Weiterbildung nach den neuesten Psychotherapierichtlinien (geänderte Fassung vom 31.08.1993) und -vereinbarungen in der Fassung vom 10.02.1994 (zusammenfassend bei Faber u. Haarstrick 1996) aus den folgenden Komponenten:

1. klinische Ausbildung im Rahmen stationärer ganztägiger Tätigkeit an psychiatrisch/psychotherapeutisch und verhaltenstherapeutisch arbeitenden Einrichtungen
2. Theorieausbildung in Verhaltenstherapie
3. Selbsterfahrung in Verhaltenstherapie
4. Therapieausbildung unter Supervision.

Dabei werden, je nach Voraussetzungen der Weiterbildungskandidaten drei mögliche Ausbildungsgänge unterschieden:

1. eine dreijährige Ausbildung
2. eine fünfjährige berufsbegleitende Ausbildung
3. eine zweijährige berufsbegleitende Ausbildung (für Kandidaten mit spezifischer Vorbildung).

Die Ausbildungsgänge unterscheiden sich vor allem hinsichtlich der geforderten klinischen Tätigkeiten.

2.1 Theorieausbildung

Die Theorieausbildung umfaßt insgesamt 600 Unterrichtsstunden mit folgenden 15 Themenbereichen:

Theoretische Grundlagen

1. psychologische Grundlagen des Verhaltens
2. lern- und sozialpsychologische Entwicklungsmodelle, Prävention und Rehabilitation
3. allgemeine und spezielle Psychopathologie
4. psychiatrische Krankheitslehre
5. psychosomatische Krankheitslehre
6. allgemeine und spezielle Neurosenlehre
7. Abgrenzung pathologischer Beziehungsstörungen von psychosozialen Störungen

Praxisbezogene Theorie

8. Verhaltenstherapie in der Gruppe
9. Verhaltenstherapie bei Kindern und Jugendlichen
10. Verhaltensdiagnostik, Tests
11. Krankheitsanamnese, Lerngeschichte
12. Methoden und Indikation anderer Psychotherapieverfahren
13. Methoden und Indikation der VT
14. Therapeut-Patient-Interaktion
15. VT bei Partnern, Familien, Gruppen.

2.2 Selbsterfahrung

Parallel zur Theorieausbildung soll der angehende psychologische Verhaltenstherapeut an kontinuierlichen Selbsterfahrungsgruppen teilnehmen (100 Unterrichtsstunden in geschlossenen Gruppen von max. 8 Teilnehmern sowie Einzelselbsterfahrung). Diese beinhalten unter anderem die Selbsterfahrung von verhaltenstherapeutischen Methoden, das Verhalten des Therapeuten in der Therapiesituation, die Therapeut-Patient-Interaktion sowie die Durchführung mindestens eines Selbstmodifikationsprogramms (Laireiter u. Elke 1994, Knickenberg 1994, Ziesing u. Pfingsten 1994).

2.3 Therapie und Supervision

Insgesamt sind 20 abgeschlossene Verhaltenstherapien zu dokumentieren, wovon jeweils 10 als Kurzzeit- und 10 als Langzeit-

Tab. 18.1 Systematik der „Neuro-Psycho"-Gebiete (Meermann 1993).

Gebiet/Bereich	Weiterbildungszeit	Aufgabenschwerpunkt	Psychotherapie-kompetenz
Arzt für Neurologie und Psychiatrie = Nervenarzt	6 Jahre 3 Jahre Neurologie 3 Jahre Psychiatrie	Nervenärztl. Grundversorgung und Weichenstellung für spezialisierte Diagnostik/Therapie	psychotherapeutische Basiskompetenz
Arzt für Psychiatrie und Psychotherapie	5 Jahre 4 Jahre Psychiatrie 1 Jahr Neurologie	Psychiater und Psychotherapeut – in psychiatrischer Klinik und Praxis in beiden ärztlichen Funktionen gut einsetzbar	gute und differenzierte Ausbildung und Kompetenz in Psychotherapie und Psychiatrie
Arzt für Neurologie	5 Jahre 4 Jahre Neurologie 1 Jahr Psychiatrie	neurologische Kliniken und hochspezialisierte Praxen (neurologischer, neurophysio- und neuroradiologischer Diagnostik zugewandte Praxen)	keine
Arzt für Kinder- und Jugendpsychiatrie und Psychotherapie	5 Jahre 4 Jahre Kinder- und Jugendpsychiatrie 1 Jahr Psychiatrie/Kinderheilkunde	Psychiatrie und Psychotherapie des Kindes- und Jugendalters mit Einbezug der Neurologie – breit einsetzbar in Klinik, Praxis und Beratungstellen	gute Psychotherapiekompetenz bei breiter neurologisch-psychiatrischer Grundausbildung
Arzt für Psychotherapeutische Medizin	5 Jahre 3 Jahre Psychotherapie 1 Jahr Innere Medizin 1 Jahr Psychiatrie	Psychotherapie von Neurosen und psychosomatischen Erkrankungen	tiefenpsychologisch fundierte Psychotherapie und Verhaltenstherapie
Bereiche Psychotherapie Psychoanalyse	berufsbegleitend 3 Jahre 5 Jahre	die spezifische Psychosomatik und Psychotherapie in den einzelnen Gebieten	Psychotherapie: tiefenpsychologisch fundierte Psychotherapie oder Verhaltenstherapie Psychoanalyse: sog. „große" Psychotherapie

therapien durchzuführen sind. Die Behandlungsdauer muß mindestens 400 Behandlungsstunden umfassen. Nach jeder 3. bis 4. Behandlungsstunde ist mindestens 1 Stunde Supervision durchzuführen und zu dokumentieren, das bedeutet insgesamt mindestens 100 Stunden Supervision. Zusätzlich dazu sind 10% der Behandlungsstunden durch den Supervisor persönlich oder anhand von Video- und Tonbandaufzeichnungen zu monitorieren.

Die Psychotherapierichtlinien und Psychotherapievereinbarungen gelten bundesweit. Die KBV-anerkannten Institute haben sich innerhalb des Deutschen Fachverbandes für Verhaltenstherapie (DVT) organisatorisch zusammengeschlossen.

3 Weiterbildung zum ärztlichen Verhaltenstherapeuten

Durch die Beschlüsse auf dem Ärztetag 1992 in Köln wurden für das ärztliche Weiterbildungsrecht eine Reihe wichtiger Änderungen initiiert: So wurde der Facharzt für Psychotherapeutische Medizin neugeschaffen. Der Facharzt für Psychiatrie heißt zukünftig „Facharzt für Psychiatrie und Psychotherapie“ (analoges gilt für die Kinder- und Jugendpsychiater). Neben der bereits vollzogenen Dichotomisierung der Weiterbildung zum Zusatztitel „Psychotherapie“ (der entweder tiefenpsychologisch oder verhaltenstherapeutisch erworben werden kann), wurden auf Initiative der DGPPN (Deutsche Gesellschaft für Psychiatrie, Psychotherapie u. Nervenheilkunde Sektion Verhaltenstherapie) sowie der Deutschen Ärztlichen Gesellschaft für Verhaltenstherapie (DÄVT) auch für die beiden Facharztbezeichnungen für Psychiatrie und Psychotherapie sowie für Psychotherapeutische Medizin Richtlinien für eine *verhaltenstherapeutische Schwerpunktweiterbildung* erarbeitet. Beide Facharztbezeichnungen können demnach mit einem verhaltenstherapeutischen / psychotherapeutischen Schwerpunkt erworben werden. Die Musterrichtlinien über den Inhalt der Weiterbildung in den beiden Gebieten sowie im Bereich Psychotherapie sind in der Anlage zu diesem Kapitel aufgeführt.

Ärztliche Weiterbildung vollzieht sich auf Landesebene nach den Richtlinien über den Inhalt der Weiterbildung der zuständigen Weiterbildungsausschüsse der regionalen Ärztekammern.

Der weiterbildungswillige Arzt kann entweder ganztags in einer entsprechenden klinischen Einrichtung arbeiten, bei der der leitende Arzt über eine Weiterbildungsermächtigung in Psychotherapie (verhaltenstherapeutisch orientiert) verfügt. So können die Voraussetzungen für die beiden neuen Facharztqualifikationen „on the job“ erworben werden. Alternativ kann der Arzt, der lediglich die Zusatzbezeichnung „Psychotherapie“ anstrebt, auch berufsbegleitend ein entsprechendes Curriculum absolvieren, was sich in vielen Inhalten mit dem berufsbegleitenden Curriculum für Psychologen deckt.

4 Fortbildung in psychosomatischer Grundversorgung

Über die aktuellen rechtlichen Vorgaben und curricularen Inhalte zur Teilnahme von Ärzten an der sogenannten „Psychosomatischen Grundversorgung“ (verhaltenstherapeutisch orientiert) informiert der ausgezeichnete Sammelband von Mark und Bischoff (1994).

5 Organisationsformen (wissenschaftliche Gesellschaften und Fachverbände)

Der enorme Aufschwung der Verhaltenstherapie in Medizin und Klinischer Psychologie sowohl für den ambulanten als auch

Tab. 18.2 Verhaltenstherapie in der BRD 1996: Trägerübergreifende Organisationsformen.

1. Wissenschaftliche Gesellschaften	
DÄVT	Deutsche Ärztliche Gesellschaft für Verhaltenstherapie (ggr. 1993), vormals AÄVT (AG Ärztliche Verhaltenstherapie, seit ca. 1978).
DGVM	Dt. Gesellschaft f. Verhaltensmedizin und Verhaltensmodifikation (gegr. 1984)
DKPM	Dt. Kollegium für Psychosomatische Medizin Sektion Verhaltenstherapie
DGPPN	Dt. Gesellschaft f. Psychiatrie, Psychotherapie und Nervenheilkunde Sektion Verhaltenstherapie
DGPM	Dt. Gesellschaft f. Psychotherapeutische Medizin (gegr. 1992) Sektion Verhaltenstherapie
2. Berufsverbände	
DVT	Deutscher Fachverband für Verhaltenstherapie (gegr. 1992, vormals FKV, Fachverband Klinische Verhaltenstherapie, gegr. 1981)
DGPR	Dt. Gesellschaft für Klinische Psychotherapie und Psychosomatische Rehabilitation (gegr. 1992) Sektion Verhaltenstherapie

für den stationären Bereich führte zu einer Reihe von Neugründungen von Wissenschaftlichen Gesellschaften bzw. Berufsverbänden. Eine Orientierungshilfe liefert Tabelle 18.2.

Literatur

Faber FR, Haarstrick R. Kommentar Psychotherapierichtlinien. 4. Aufl. Neckarsulm: Jungjohann 1996.

Grawe et al. Psychotherapie im Wandel. Von der Konfession zur Profession. Weinheim: PVU 1994.

Knickenberg RJ. Selbsterfahrung: historischer Rückblick und heutiger Stand in der Verhaltenstherapie. Prax Klin Verhaltensmed Rehabil 1994; 25:41–5.

Knickenberg RJ, Meermann R. Zwei Jahre berufsbegleitende Weiterbildung in ärztlicher Verhaltenstherapie. Niedersächsisches Ärzteblatt 1992;

Laireiter AR, Elke G (Hrsg). Selbsterfahrung in der Verhaltenstherapie. Konzepte und praktische Erfahrung. Tübingen: dgvt 1994.

Mark N, Bischoff C (Hrsg). Psychosomatische Grundversorgung. Verhaltenstherapeutische Konzepte und Empfehlungen für die ärztliche Praxis. Köln: DÄV 1994.

Meermann R. Verhaltenstherapie in der Klinik: Versorgungssituation, Behandlungsergebnisse, Wirksamkeit. Nervenheilkunde 1993; 12:451–7.

Stucke W, Knickenberg RJ, Meermann R. Über ein „Baukasten-System" zur Zusatzbezeichnung Psychotherapie. Niedersächsisches Ärzteblatt, 5 (Sonderdruck), 1990; 1–3.

Ziesing F, Pfinsten U. Selbstveränderung. Verhaltenstherapie selbst erfahren. Tübingen: dgvt 1994.

Anhang

Weiterbildungsinhalte für

I. Facharzt für Psychiatrie und Psychotherapie

II. Facharzt für Psychotherapeutische Medizin

III. Zusatzbezeichnung „Psychotherapie"

Bundesärztekammer (Arbeitsgemeinschaft der Deutschen Ärztekammern)

Auszug aus den (Muster-) Richtlinien über den Inhalt der Weiterbildung in Gebieten, Fachkunden, fakultativen Weiterbildungen, Schwerpunkten und Bereichen

Gemäß § 15 (2) der (Muster-) Weiterbildungsordnung nach den Beschlüssen des 95. Deutschen Ärztetages 1992 in Köln

Hinweis:
Verbindlich sind für die Ärztin/den Arzt die Richtlinien über den Inhalt der Weiterbildung in der jeweils gültigen Fassung der Landesärztekammer, deren Mitglied sie/er ist.

Die Richtlinien über den Inhalt der Weiterbildung der Landesärztekammer lehnen sich sehr eng an die (Muster-)Richtlinien über den Inhalt der Weiterbildung der Bundesärztekammer an. Abweichungen in Details sind in den Richtlinien über den Inhalt der Weiterbildung der Landesärztekammern möglich.

Nach dem Beschluß des Vorstandes der Bundesärztekammer vom 07. 04. 1994

I. Facharzt für Psychiatrie und Psychotherapie

Erwerb der in der Weiterbildungsordnung aufgeführten Weiterbildungsinhalte. Hierzu sind nachfolgende Richtzahlen oder Weiterbildungsinhalte nachzuweisen:

Untersuchungsverfahren und Behandlungsverfahren

- Theorie und Technik der Anamnese- und Befunderhebung unter Einbeziehung biologischsomatischer, psychopathologischer, psychologischer, psychodynamischer und sozialer Gesichtspunkte, dazu gehören 60 selbständig durchgeführte, supervidierte und dokumentierte Erstuntersuchungen.

- Allgemeine und spezielle Psychopathologie, dazu gehört die fallbezogene Weiterbildung bei akuten wie chronischen Krankheitsbildern mit der regelmäßigen Teilnahme an 60 Fallseminaren einschließlich der Vorstellung von 10 Patienten.
- Diagnostische Methoden des Gebiets einschließlich der standardisierten Befunderhebung unter Anwendung von Fremd- und Selbstbeurteilungsskalen; dazu gehören die Teilnahme an einem 10stündigen Seminar zur methodischen Auswertung standardisiert erhobener Befunde einschließlich deren kritischer Analyse und Bewertung sowie die Teilnahme an einem Fremdrater-Seminar, z.B. AMDP-Training.
- Psychodiagnostische Testverfahren, dazu gehört die selbständige Durchführung, Befundung und Dokumentation von 5 Testuntersuchungen einschließlich neuropsychologischer Untersuchungsmethoden.
- Behandlung psychischer Krankheiten und Störungen mit der Definition von Behandlungszielen, der Festlegung eines Therapieplans, der Indikationsstellung für verschiedene Therapieverfahren einschließlich Anwendungstechnik und Erfolgskontrolle, dazu gehören insbesondere somato-, sozio- und psychotherapeutische Verfahren sowie die selbständige Durchführung, Befundung und Dokumentation 40 abgeschlossener Therapien einschließlich psycho- und familientherapeutischer Elemente unter kontinuierlicher Supervision, davon jeweils 3 Therapien aus
  - dem Bereich der Persönlichkeitsstörungen
  - dem Bereich der neurotischen Störungen
  - dem Bereich der schizophrenen Psychosen
  - dem Bereich der affektiven Psychosen
  - dem Bereich der organisch-psychischen Störungen
  - dem Bereich der Suchterkrankungen.
- Pharmakologie der im Gebiet gebräuchlichen Pharmaka (Pharmakokinetik, Pharmakodynamik, Wechsel- und Nebenwirkungen) einschließlich ihres therapeutischen Nutzens (auch Kosten-/Nutzenrelation), Risiken des Arzneimittelmißbrauchs, gesetzliche Auflagen bei der Arzneimittelverschreibung und Arzneimittelprüfung sowie der hierbei zu beachtenden ethischen Grundsätze, dazu gehört die Teilnahme an einem 40stündigen Seminar über die pharmakologischen und anderen somatischen Therapieverfahren einschließlich der Wechselwirkung mit der Psycho- und Soziotherapie.
- Sozialpsychiatrische Behandlung und Rehabilitation einschließlich extramuraler, komplementärer Versorgungsstrukturen, Ergotherapie sowie multidisziplinärer Teamarbeit und Gruppenarbeit mit Patienten, Angehörigen und Laienhelfern, dazu gehören.
  - Teilnahme an einer zweimonatigen Angehörigengruppe unter Supervision
  - Teilnahme an einem 40stündigen Seminar über Sozialpsychiatrie einschließlich somatischer, pharmakologischer und psychotherapeutischer Verfahren.
- Theoretische Grundlagen der Psychotherapie, insbesondere allgemeine und spezielle Neurosenlehre, Entwicklungs- und Persönlichkeitspsychologie, Lernpsychologie und Tiefenpsychologie, Dynamik der Gruppe und Familie, Psychosomatik, entwicklungsgeschichtliche, lerngeschichtliche und psychodynamische Aspekte von Persönlichkeitsstörungen, Psychosen, Süchten und Alterserkrankungen, dazu gehört die Teilnahme an Seminaren, Kursen oder Praktika über 100 Stunden.
- Therapeutische Anwendung der Grundorientierungen Tiefenpsychologie **oder**

Verhaltens- und kognitiver Therapie (Einzel-, Paar-, Gruppen- und Familientherapie), mit dem Schwerpunkt auf einem der beiden Hauptverfahren, dazu gehören im Erstverfahren insgesamt 120 Stunden dokumentierter und abgeschlossener tiefenpsychologischer oder kognitiv-verhaltenstherapeutischer Einzel- und Gruppenbehandlung psychiatrischer Krankheiten unter kontinuierlicher Supervision. Bei tiefenpsychologischem Schwerpunkt müssen zwei Fälle mit 20 Stunden und ein Fall mit 40 Stunden, bei kognitiv-verhaltenstherapeutischem Schwerpunkt müssen 4 Fälle mit 10 Stunden und ein Fall mit 40 Stunden nachgewiesen werden. Mindestens eine Therapie muß ambulant erfolgen.

- Praktische Anwendung eines weiteren Psychotherapieverfahrens, dazu gehören eine erfahrungsgeleitete Weiterbildung durch Teilnahme an einem Fallseminar von 50 Doppelstunden oder durch Cotherapie in Einzel- oder Gruppentherapie in 80 Stunden im Zweitverfahren. Das Zweitverfahren sollte das andere Hauptverfahren sein oder ein anderes wissenschaftlich anerkanntes Verfahren.
- Praktische Anwendung von Entspannungsverfahren, dazu gehört die Teilnahme an zwei Kursen in einem erprobten Entspannungsverfahren z.B. autogenes Training oder progressive Muskelrelaxation von je 8 Doppelstunden.
- Krisenintervention, supportive Verfahren und Beratung, dazu gehört die Teilnahme an einem 20stündigen Seminar.
- Psychiatrisch-psychotherapeutische Konsil- und Liaisonarbeit, dazu gehört die Teilnahme an einem 10stündigen Seminar.
- Balint-Gruppenarbeit, dazu gehört die Teilnahme an einer kontinuierlichen Balintgruppe **oder** einer kognitiv-verhaltenstherapeutischen Gruppe mit interaktionsbezogener Fallarbeit über 35 Doppelstunden.
- Selbsterfahrung in der Tiefenpsychologie **oder** Verhaltens- und kognitiven Therapie, dazu gehören 70 Doppelstunden in einer Selbsterfahrungsgruppe oder 150 Stunden Einzelselbsterfahrung.
- Indikationsstellung und Bewertung der Elektroenzephalographie bei 150 Patienten.
- Psychiatrische Begutachtung der Elektroenzephalographie bei 150 Patienten.
- Psychiatrische Begutachtung bei üblichen und typischen Fragestellungen in der Straf-, Zivil-, Sozial- und freiwilligen Gerichtsbarkeit einschließlich Personenrechtsfragen, dazu gehören 15 wissenschaftlich begründete Gutachten und die Teilnahme an einem 15stündigen forensisch-psychiatrischen Seminar.

Hierzu gehören in der Psychiatrie und Psychotherapie aus dem Gebiet der Neurologie:

- Methodik und Technik der neurologischen Untersuchungen, soweit dies für die Differentialdiagnose psychiatrischer Erkrankungen erforderlich ist; dazu gehören selbständige Durchführung und Befundung von 10 Punktionen des Liquorraums.
- Methodik und Durchführung des Grundleistungslabors des Gebiets sowie der Bewertung der Befunde, hierzu gehören:
  1. Orientierende Untersuchung in einem Körpermaterial durch visuellen Farbvergleich mittels vorgefertigter Reagenzträger oder Reagenzzubereitungen, auch bei apparativer Auswertung oder Verwendung von Mahrfachreagenzträgern.
  2. Bestimmung in einem Körpermaterial mit quantitativer physikalischer oder chemischer Messung oder Zellzählung
     2.1 Erythrozytenzählung
     2.2 Leukozytenzählung
     2.3 Thrombozytenzählung
     2.4 Hämoglobin
     2.5 Hämatokrit.
  3. Bestimmung der Blutkörperchensenkungsgeschwindigkeit.

- Indikationsstellung, Probenentnahme, sachgerechte Probenbehandlung und Einordnung der Befunde in das Krankheitsbild für die der Fachkunde in Laboruntersuchungen des Gebietes zugeordneten Laboratoriumsuntersuchungen (allgemeines Labor des Gebietes).

II. Facharzt für Psychotherapeutische Medizin

Erwerb der in der Weiterbildungsordnung aufgeführten Weiterbildungsinhalte. Hierzu sind nachfolgende Richtzahlen oder Weiterbildungsinhalte nachzuweisen:
Untersuchungsverfahren und Behandlungsverfahren

- in den theoretischen Grundlagen der Psychobiologie, Ethologie, Psychophysiologie, Entwicklungspsychologie, Persönlichkeitslehre, allgemeiner und spezieller Psychopathologie, psychiatrischer Nosologie einschließlich Klassifikation, allgemeiner und spezieller Neurosenlehre und Psychosomatik einschließlich der Diagnose, Differentialdiagnose, Pathogenese, Psychodynamik und des Verlaufs der Erkrankungen des Gebiets, in den theoretischen Grundlagen in der Sozial-, Lernpsychologie und allgemeiner und spezieller Verhaltenslehre zur Pathogenese und Verlauf der Erkrankungen des Gebiets, psychodiagnostischen Testverfahren und der Verhaltensdiagnostik, Dynamik der Paarbeziehungen, der Familie und Gruppe, in den theoretischen Grundlagen der psychoanalytisch begründeten und kognitiv-behavioralen Psychotherapiemethoden einschließlich der Indikation für spezielle Therapieverfahren, Prävention, Rehabilitation, Krisenintervention, Suizid- und Suchtprophylaxe, Organisationspsychologie und Familienberatung, dazu gehört die Teilnahme an Seminaren, Kursen und Praktika von insgesamt 240 Stunden.
- Psychoanalytisch begründete **oder** verhaltenstherapeutische Diagnostik, hierzu gehört eine Mindestzahl selbständig durchgeführter Untersuchungen (analytisches Erstinterview, tiefenpsychologische, biographische Anamnese bzw. Verhaltensanalyse) einschließlich supervidierten Untersuchungen, es sollen 60 diagnostische Untersuchungen unter qualifizierter Supervision durchgeführt und dokumentiert werden. Die Untersuchungen müssen auch Überlegungen zur Indikation und Differentialindikation hinsichtlich psychoanalytisch begründeter Psychotherapie und Verhaltenstherapie ebenso umfassen wie zur somatischen Diagnostik, Differentialdiagnostik und somatotherapeutischen Behandlung, zur psychiatrischen Diagnostik und Differentialdiagnostik und Behandlung, soweit dies für psychosomatische Erkrankungen erforderlich ist.
- Durchführung tiefenpsychologischer Psychotherapie **oder** kognitiv-behavioraler Therapie, dazu gehört eine Mindestzahl selbständig durchgeführter Behandlungen einschließlich supervidierter Behandlungen (Einzel-, Paar-, Familien- und Gruppentherapie), insgesamt sind in der tiefenpsychologischen Psychotherapie bzw. in der kognitiv-behavioralen Therapie (Verhaltenstherapie) 1.500 dokumentierte Behandlungsstunden nachzuweisen und 300 Stunden qualifizierter Supervision und fallzentrierter Besprechung, in der tiefenpsychologischen Psychotherapie oder Verhaltenstherapie sollen 40 Patienten aus dem gesamten Spektrum der Psychotherapeutischen Medizin, funktionelle und psychosomatische Erkrankungen, Neurosen, Persönlichkeitsstörungen, gegebenenfalls auch Abhängigkeitserkrankungen behandelt werden. Bei 20 dieser 40 Patienten müssen psychosomatische Erkrankungen vorliegen, z.B. Herz- und Kreislaufsyndrome, gastrointestinale Syndrome, Schmerzsyndrome, Erkrankungen des Bewegungsapparats.

- Durchführung tiefenpsychologischer Psychotherapie.
  Die tiefenpsychologische Psychotherapie umfaßt alle wissenschaftlich anerkannten tiefenpsychologischen Psychotherapieverfahren mit Ausnahme der analytischen Psychotherapie, dazu gehören:
  - 6 Einzeltherapien über 50 bis 120 Stunden pro Behandlungsfall
  - 6 Einzeltherapien über 25 bis 50 Stunden pro Behandlungsfall
  - 4 Kurzzeittherapien über 5 bis 25 Stunden pro Behandlungsfall
  - 2 Paartherapien über 10 bis 40 Stunden
  - 2 Familientherapien über 5 bis 25 Doppelstunden
  - Gruppenpsychotherapien mit 6 bis 9 Patienten über insgesamt 100 Sitzungen, davon ein Drittel auch als Co-Therapie.
- Durchführung von kognitiv-behavioralen Therapien (Verhaltenstherapien), dazu gehören:
  - 10 Langzeitverhaltenstherapien mit je 50 Stunden
  - 10 Kurzzeitverhaltenstherapien mit insgesamt 200 Stunden, mindestens die Hälfte dieser Therapien sollen im stationären Setting durchgeführt werden
  - 4 Paar- oder Familientherapien
  - 6 Gruppentherapien (differente Gruppen wie indikative Gruppe oder Problemlösegruppen), davon ein Drittel auch als Co-Therapie.

  Paar-, Familien- und Gruppentherapie müssen in der Verhaltenstherapie zusammen 300 Stunden umfassen.
  Im jeweils anderen Hauptverfahren soll erfahrungsgeleitete Weiterbildung durch Teilnahme an einem Fallseminar von 50 Doppelstunden oder durch Co-Therapie in Einzel- oder Gruppentherapie von 80 Stunden erworben werden.
- Durchführung von suggestiven und entspannenden Verfahren, dazu gehören anwendungsorientierte Kurse von je 8 Doppelstunden (Selbsterfahrung, Reflexion und Anwendung) in
  - autogenem Training
  - progressiver Muskelentspannung oder
  - konzentrativer Entspannung.
- Durchführung der supportiven Psychotherapie und Notfallpsychotherapie, dazu gehören niederfrequente, auch längerfristige, haltgewährende und unterstützende therapeutische Beziehungen zur Stabilisierung eines psychischen Zustands bei schweren psychischen Erkrankungen und bei somatischen Erkrankungen als begleitende Psychotherapie, dazu gehören 6 Behandlungen unter kontinuierlicher Supervision.
- Psychotherapeutische Intervention bei akuten psychisch bedingten Krisen, dazu gehören 10 Interventionen unter Supervision.
- Psychosomatisch-psychotherapeutischer Konsiliar- und Liaisondienst, dazu gehören die Durchführung von
  - 20 konsiliarischen Untersuchungen zur Diagnostik und Indikationsstellung zur Psychotherapie oder
  - 20 fallbezogene wie teambezogene psychotherapeutische Beratungen auf den Stationen somatischer Kliniken, besonders bei der Krankheitsbewältigung schwer körperlich Kranker.
- Balint-Gruppenarbeit, dazu gehören 50 Doppelstunden in einer kontinuierlichen Balint-Gruppe. In der **Verhaltenstherapie** ist der Balint-Gruppenarbeit die **interaktionsbezogene Fallarbeit** von 50 Doppelstunden gleichzusetzen.
- Einzelselbsterfahrung und Gruppenselbsterfahrung, ständig begleitend während der gesamten Weiterbildungszeit.
  Die Einzelselbsterfahrung und die Gruppenselbsterfahrung ist je nach gewähltem Behandlungsschwerpunkt entweder tiefenpsychologisch/psychoanalytisch **oder** verhaltenstherapeutisch (kognitiv-behavioral), hierzu gehören in der Tiefenpsychologie 150 Stunden Einzelselbsterfahrung und 70 Doppelstunden Gruppenselbsterfahrung, in der

Verhaltenstherapie 70 Doppelstunden Selbsterfahrung und in der Gruppe.

- Psychosomatische Begutachtung bei fachspezifischen und typischen Fragestellungen in der Straf-, Zivil-, Sozial- und freiwilligen Gerichtsbarkeit, hierzu gehören 5 wissenschaftlich begründete Gutachten.
- Psychoanalytische Behandlung, dazu gehören:
  - 20 kontinuierlich supervidierte und dokumentierte Untersuchungen mit nachfolgenden Sitzungen zur Beratung oder zur Einleitung der Behandlung sowie der Teilnahme an einem Fallseminar zur Untersuchungstechnik
  - 600 kontinuierlich supervidierte und dokumentierte Behandlungsstunden, davon zwei psychoanalytische Behandlungen von 250 Stunden einschließlich der Teilnahme an einem begleitenden Fallseminar. Eine Behandlung muß abgeschlossen sein.

III. Zusatzbezeichnung Psychotherapie

Erwerb der in der Weiterbildungsordnung aufgeführten Weiterbildungsinhalte. Hierzu sind nachfolgende Richtzahlen oder Weiterbildungsinhalte nachzuweisen:

- Grundlagen der Psychotherapie, hierzu gehört die Teilnahme an Kursen und Seminaren von 140 Stunden über
  - Entwicklungspsychologie und Persönlichkeitslehre
  - allgemeine und spezielle Neurosenlehre
  - Tiefenpsychologie
  - Lernpsychologie
  - Psychodynamik der Familie und der Gruppe
  - Psychopathologie
  - Psychosomatik
  - Technik und Erstuntersuchung
  - Indikation und Methodik der psychotherapeutischen Verfahren einschließlich Prävention und Rehabilitation.
- Verfahren der Psychotherapie, dazu gehören:
  - tiefenpsychologisch fundierte Psychotherapie einzeln, bei Paaren und Familien sowie in der Gruppe **oder** Verhaltenstherapie einzeln, bei Paaren und Familien sowie in der Gruppe
  - ein Entspannungsverfahren, autogenes Training oder progressive Muskelentspannung oder konzentrative Entspannung, jeweils 8 Doppelstunden
  - ein weiteres wissenschaftlich anerkanntes Verfahren (vorzugsweise im anderen Hauptverfahren), hierzu gehört die Teilnahme an einem anwendungsorientierten Kurs über 50 Stunden.
- Psychiatrische Diagnostik, dazu gehören:
  - psychiatrische Anamnese und Befunderhebung sowie Klassifikation psychiatrischer Erkrankungen bei 60 Patienten
  - Diagnostik und Differentialdiagnostik zur Abgrenzung von Psychosen, Neurosen und körperlich begründbaren Psychosen
  - allgemeine und spezielle Psychopathologie.
- Teilnahme an einer kontinuierlichen Balint-Gruppe über 35 Doppelstunden. In der **Verhaltenstherapie** ist die Balint-Gruppe der **verhaltenstherapeutischen Fallbesprechungsgruppe** gleichgestellt.
- Selbsterfahrung über 150 Stunden in der tiefenpsychologischen Einzelselbsterfahrung oder 70 Doppelstunden in der tiefenpsychologischen Gruppenselbsterfahrung **oder** 60 Doppelstunden in der verhaltenstherapeutischen Gruppenselbsterfahrung, davon kann ein Drittel der Stundenzahl auch in Einzelsitzungen absolviert werden.

  Die Einzelselbsterfahrung oder Gruppenselbsterfahrung ist je nach Behandlungsschwerpunkt tiefenpsychologisch **oder** verhaltenstherapeutisch orientiert.

- psychotherapeutische Behandlung, dazu gehören:
  - 10 dokumentierte tiefenpsychologische, biographische Anamnesen **oder** diagnostische Verhaltensanalysen
  - 3 abgeschlossene, kontinuierlich supervidierte und dokumentierte tiefenpsychologische Einzelbehandlungen von insgesamt 150 Stunden **oder**
  - 6 abgeschlossene kontinuierlich supervidierte und dokumentierte verhaltenstherapeutische Behandlungen von insgesamt 150 Stunden.

19 Die Deutsche Ärztliche Gesellschaft für Verhaltenstherapie (DÄVT)

Rolf Meermann

Inhalt

1 Einleitung

Bereits 1978 trafen sich in Hannover einige ärztliche Verhaltenstherapeuten in einer Arbeitsgemeinschaft für ärztliche Verhaltenstherapie am Rande eines DKPM (Deutsches Kollegium für Psychosomatische Medizin)-Kongresses. In ähnlicher Weise wurden spezifisch-ärztlich-verhaltenstherapeutische Belange am Rande einer DGPPN (Deutsche Gesellschaft für Psychiatrie, Psychotherapie und Nervenheilkunde)-Tagung in den 90er Jahren diskutiert. Durch die Gründung des Fachverbands klinische Verhaltenstherapie (FKV) in Bad Dürkheim 1981 schienen über viele Jahre die spezifisch-ärztlichen (Weiterbildungs-)Interessen in einem berufsübergreifenden Fachverband ausreichend vertreten zu sein. Bei der Gründungsversammlung des FKV hatten sich einige führende ärztliche Repräsentanten der Verhaltenstherapie in Deutschland für eine Kooperation mit Diplom-Psychologen ausgesprochen, so daß der Fachverband als gemeinsames Forum für Ärzte und Diplom-Psychologen konzipiert wurde. Die Notwendigkeit, wieder stärker eine Identität als ärztliche Verhaltenstherapeuten zu finden, resultierte insbesondere aus der Anerkennung der Verhaltenstherapie als kassenabrechnungsfähiges ambulantes Psychotherapieverfahren gemäß den Psychotherapierichtlinien seit 1987 (einschließlich des damit verbundenen Gutachterverfahrens) und aus der Anerkennung der verhaltenstherapeutischen Weiterbildung zur Erlangung der Zusatzbezeichnung „Psychotherapie" durch die Bundesärztekammer und die jeweiligen Landesärztekammern. So kam es Anfang der 90er Jahre zur Gründung der Arbeitsgemeinschaft ärztliche Verhaltenstherapie (AÄVT). Ein zusätzlicher Handlungsbedarf für eine adäquate Interessenvertretung ärztlicher Verhaltenstherapeuten ergab sich dadurch, daß innerhalb der Ärzteschaft weitere Veränderungen des psychotherapeutischen Weiterbildungscurriculums bis hin zu den neuen Facharztbezeichnungen auf dem Deutschen Ärztetag 1992 beschlossen wurden. Auch die sich weiter hinziehende Diskussion um ein Psychotherapeutengesetz für Psychologen war von hoher Relevanz für die ärztlichen Verhaltenstherapeuten.

In der AÄVT waren zunächst Mitglieder durch ihre Tätigkeit als Leiter von Universitäts- oder Fachkliniken bzw. -abteilungen, Weiterbildungsinstituten oder spezialisierten Praxen sowie als Berater und/oder Gutachter bei der Kassenärztlichen Bundesvereinigung Köln und in Kassenärztlichen Vereinigungen der Länder sowie bei den entsprechenden Ärztekammern im besonderen Maße in der Interessenvertretung für die Verhaltenstherapie tätig. Zur effektiveren Interessenvertretung ärztlicher Belange in der Verhaltenstherapie und verhaltenstherapeutischer Belange in der Medizin wurden die Basis der Arbeitsgemeinschaft 1992 erweitert und möglichst viele spezifisch interessierte Ärzte für Mitarbeit in der AÄVT eingeladen.

Kontinuierlich wurden in den vergangenen Jahren bzw. Jahrzehnten in enger Kooperation mit psychologischen Verhaltenstherapeuten – ambulante und stationäre Therapieangebote erarbeitet bzw. verbessert. Ferner wurde das Indikationsspektrum weiterentwickelt, das vor allem bei Neurosen, krankhaften Persönlichkeits- und Verhaltensstörungen, psychosomatischen Erkrankungen sowie psychiatrischen und kinderpsychiatrischen Krankheiten das früher einseitige psychodynamisch-psychotherapeutische Angebot in der Krankenversorgung wirkungsvoll erweitert hat. Darüber hinaus hat die Verhaltenstherapie Bewältigungsstrategien bei chronischen körperlichen und bei Suchterkrankungen sowie gut validierte Programme der präventiven Medizin und ergänzende Therapiemaßnahmen bei somatischen Erkrankungen entwickelt.

An KBV-anerkannten Instituten wird – ebenfalls in enger Kooperation mit psychologischen Verhaltenstherapeuten – seit Jahren eine strukturierte Aus- und Weiterbildung vermittelt.

Die ärztliche Verhaltenstherapie ist bis vor wenigen Jahren innerhalb der eigenen Berufsgruppe durch die dort geltenden Weiterbildungscurricula für Ärzte in ihrer quantitativen Ausweitung erheblich behindert gewesen. Im Vergleich mit den psychologischen Kollegen ist ein erheblicher Nachholbedarf in der Weiterbildung entstanden. Darüber hinaus galt es, die spezifisch-ärztlichen Aufgaben im Rahmen des jetzigen Delegations- und eines wünschenswerten zukünftigen Kooperationsverfahrens klarer zu definieren und effektiver umzusetzen. Schließlich, so war die Intention, sollte eine effektivere Darstellung verhaltenstherapeutischer Interessen innerhalb der Ärzteschaft der weiteren Verbesserung der Kooperation mit den psychologischen Verhaltenstherapeuten dienen und den Einsatz verhaltenstherapeutisch weitergebildeter Mitarbeiterinnen und Mitarbeiter aus anderen Berufsgruppen, insbesondere der Krankenpflege, erheblich fördern – und damit dem Interesse aller beteiligten Berufsgruppen dienen. Diese übergeordnete Zielsetzung war innerhalb der AÄVT dadurch gesichert, daß die meisten ihrer bisherigen Mitglieder zugleich Mitglieder in gemeinsam von Psychologen und Ärzten gebildeten Vereinen und Organisationen waren und sind.

Die Notwendigkeit der Gründung einer eigenen ärztlichen Gesellschaft für Verhaltenstherapie (e.V.) ergab sich aus den Erfahrungen der berufspolitisch aktiven Mitglieder der „Arbeitsgemeinschaft" (siehe Verhaltenstherapie 2, 1992, S. 290): Nur als eingetragener Verein war es möglich, bei den Ansprechpartnern im Gesundheitswesen – Landesärztekammern, Kassenärztlichen Vereinigungen, anderen psychotherapeutischen Fachgesellschaften, Gesundheitsministerium etc. – Gehör zu finden. Gerade die Beratungen im Vorfeld der beiden neuen Gebietsarztbezeichnungen (Facharzt für Psychiatrie und Psychotherapie, Facharzt für Psychotherapeutische Medizin) bestätigten die Gründungsmitglieder der DÄVT in dieser Auffassung.

So wurde am 5. Februar 1993 in Mannheim die „Deutsche Ärztliche Gesellschaft für Verhaltenstherapie – DÄVT e.V." mit folgenden Zielsetzungen gegründet:

- Die DÄVT setzt sich dafür ein, daß die Verhaltenstherapie (inkl. behavioraler und kognitiver Ansätze) die ihr angemessene Bedeutung bei der ambulanten und stationären Diagnose und Behandlung in kurativer, präventiver und rehabilitativer Medizin erlangt, unter besonderer Berücksichtigung der Psychiatrie,

Kinder- und Jugendpsychiatrie, Gerontopsychiatrie, Psychosomatischen Medizin, Sozialmedizin und Psychosomatischen Grundversorgung.

- Die DÄVT fördert die Aus-, Weiter- und Fortbildung von Medizinstudenten und approbierten Ärzten in Verhaltenstherapie und stellt hierfür Richtlinien auf, sie sorgt dafür, daß Möglichkeiten für die Aus-, Weiter- und Fortbildung im Sinne dieser Richtlinien geschaffen werden.
- Die DÄVT vertritt die Interessen und Belange verhaltenstherapeutisch qualifizierter Ärzte insbesondere gegenüber Ärztekammern, Kassenärztlichen Vereinigungen, Kosten- und Leistungsträgern, gesetzgebenden Körperschaften und Behörden.
- Die DÄVT pflegt Kontakte im nationalen und internationalen Rahmen zu Institutionen und Organisationen, die die Verhaltenstherapie in Theorie und Praxis fördern.
- Darüber hinaus pflegt die DÄVT Kontakte zu Fachgesellschaften, die wissenschaftlich anerkannte Psychotherapie-Methoden vertreten.
- Die DÄVT fördert Maßnahmen zur Verbesserung der Struktur-, Prozeß- und Ergebnisqualität in der Verhaltenstherapie.
- Die DÄVT fördert die wissenschaftliche Weiterentwicklung der Verhaltenstherapie sowohl hinsichtlich der Grundlagenforschung als auch der angewandten Forschung.

2 Strukturierung der DÄVT

Mittlerweile ist die DÄVT in die Arbeitsgemeinschaft Wissenschaftlich-Medizinischer Fachgesellschaften (AWMF) aufgenommen und zählt über 100 aktive Mitglieder. Die Umsetzung von Beschlüssen des Vorstandes und der Mitgliederversammlung erfolgt auf Länderebene durch vom Vorstand benannte *Landesbeauftragte* sowie durch *Fachbeauftragte*.

Vorstandsmitglieder des Vereins sind: Prof. Dr. R. Meermann, Bad Pyrmont (Präsident); Dr. N. Mark, Neustadt/W. (Vizepräsident); Dr. H. Tröstl, München (Vizepräsident); Dr. K. H. Stutte, Quakenbrück (Schriftführer); Dr. P. Altherr, Klingenmünster (Schatzmeister).

Weitere Informationen: Geschäftsstelle der DÄVT, Prof. Dr. med. Dipl.-Psych. Rolf Meermann, Psychosomatische Fachklinik, Bombergallee 11, 31812 Bad Pyrmont, Tel.: 05281-619-635; Fax: 05281-619-666.

Tab. 19.1 DÄVT – Landesbeauftragte (Stand Juni 1996).

Baden-Württemberg	Hohagen, Freiburg Kallinke, Heidelberg Tonscheidt, Donaueschingen
Bayern	Martin, Breitbrunn Tröstl, München Zaudig, Windach
Berlin	Kinze, Lübben
Brandenburg	Kinze, Lübben
Bremen	Traub, Langen
Hamburg	Hand, Hamburg Stark, Hamburg
Hessen	Sobez, Grebenhain
Mecklenburg-Vorpommern	–
Niedersachen	Knickenberg, Bad Pyrmont Meermann, Bad Pyrmont Stutte, Quakenbrück
Nordrhein-Westfalen	Wassmann, Ostbevern
Rheinland-Pfalz	Altherr, Klingenmünster Mark, Neustadt/W.
Sachsen	Sturm, Saarbrücken
Sachsen-Anhalt	–
Saarland	Engelhardt, Überherrn Sturm, Saarbrücken
Schleswig-Holstein	Kollenbaum, Kiel
Thüringen	–

Tab. 19.2 DÄVT – Fachbeauftrage (Stand Juni 1996).

1.	Facharzt f. Psychiatrie und Psychotherapie	Berger, Freiburg Buchkremer, Tübingen Stutte, Quakenbrück
2.	Facharzt f. Psychotherapeutische Medizin	Mark, Neustadt/W. Meermann, Bad Pyrmont Zaudig, Windach
3.	Facharzt f. Kinder- und Jugendpsychiatrie und Psychotherapie	Altherr, Klingenmünster Wassmann, Ostbevern
4.	Zusatzbezeichnung „Psychotherapie“	Knickenberg, Bad Pyrmont Wassmann, Ostbevern
5.	Psychosomatische Grundversorgung	Mark, Neustadt/W. Wassmann, Ostbevern
6.	Ausbildungsfragen (Hochschullehre, Medizinstudium)	Möller, München
7.	Auslandskontakte	Hand, Hamburg
8.	Sexualmedizin	Weig, Osnabrück
9.	Ambulante VT	Tröstl, München

3 Satzung der Deutschen Ärztlichen Gesellschaft für Verhaltenstherapie (DÄVT)

§ 1 Name und Sitz

1. Der Verein führt den Namen „Deutsche Ärztliche Gesellschaft für Verhaltenstherapie – DÄVT“ und soll in das Vereinsregister eingetragen werden; nach der Eintragung führt er den Zusatz e.V.
2. Der Verein hat seinen Sitz in 31812 Bad Pyrmont.

§ 2 Zwecke und Aufgaben der DÄVT

1. Der Verein setzt sich dafür ein, daß die Verhaltenstherapie (inkl. behavioraler und kognitiver Ansätze) die ihr angemessene Bedeutung bei der ambulanten und stationären Diagnostik und Behandlung in kurativer, präventiver und rehabilitativer Medizin erlangt, unter besonderer Berücksichtigung der Psychiatrie, Kinder- und Jugendpsychiatrie, Gerontopsychiatrie, Psychosomatischen Medizin, Sozialmedizin und psychosomatischen Grundversorgung.
2. Der Verein fördert die Aus-, Weiter- und Fortbildung von Medizinstudenten und approbierten Ärzten in Verhaltenstherapie und stellt hierfür Richtlinien auf; er sorgt dafür, daß Möglichkeiten für die Aus-, Weiter- und Fortbildung im Sinne dieser Richtlinien geschaffen werden.
3. Der Verein vertritt die Interessen und Belange verhaltenstherapeutisch qualifizierter Ärzte insbesondere gegenüber Ärztekammern, Kassenärztlichen Vereinigungen, Kosten- und Leistungsträgern, gesetzgebenden Körperschaften und Behörden.
4. Der Verein pflegt Kontakte im nationalen und internationalen Rahmen zu Institutionen und Organisationen, die die Verhaltenstherapie in Theorie und Praxis fördern.
5. Darüber hinaus pflegt der Verein Kontakte zu Fachgesellschaften, die wissenschaftlich anerkannte Psychotherapie-Methoden vertreten.
6. Der Verein fördert Maßnahmen zur Verbesserung der Struktur-, Prozeß- und Ergebnisqualität in der Verhaltenstherapie.
7. Der Verein fördert die wissenschaftliche Weiterentwicklung der Verhaltenstherapie sowohl hinsichtlich der Grundlagenforschung als auch der angewandten Forschung.

8. Der Verein ist selbstlos tätig; er verfolgt nicht in erster Linie eigenwirtschaftliche Zwecke.
9. Mittel des Vereins dürfen nur für diese satzungsgemäßen Ziele verwendet werden. Die Mitglieder erhalten keine Zuwendungen aus Mitteln des Vereins. Es dürfen keine Personen durch Ausgaben, die dem Zweck des Vereins fremd sind, oder durch unverhältnismäßig hohe Vergütungen begünstigt werden.
10. Bei Auslösung oder Aufhebung des Vereins oder bei Wegfall seines bisherigen Zwecks fällt das Vermögen des Vereins auf Beschluß der Mitgliederversammlung an eine der gemeinnützigen Institutionen, die sich gleichfalls für die primären Ziele dieses Vereins einsetzen; sie haben das Vermögen unmittelbar und ausschließlich für gemeinnützige Zwecke einzusetzen.

§ 3 Mitgliedschaft

1. *Ordentliches Mitglied* des Vereins können Ärztinnen und Ärzte werden, die nach der Approbation eine qualifizierte Weiterbildung erworben haben und belegen, z.B. im Rahmen der Weiterbildung zum Erwerb der Zusatzbezeichnung Psychotherapie (VT), der Weiterbildung zum Erwerb der Gebietsbezeichnung Psychiatrie und Psychotherapie, Kinder- und Jugendpsychiatrie, Psychotherapie oder zum Erwerb der Gebietsbezeichnung Facharzt für Psychotherapeutische Medizin. Unabhängig von den vorgenannten Kriterien können auch solche Ärztinnen und Ärzte ordentliche Mitglieder werden, die sich besondere Verdienste um die ärztliche Verhaltenstherapie erworben haben. Über die Aufnahme in den Verein entscheidet der Vorstand mit einfacher Mehrheit.
2. *Vorläufige Mitglieder* können solche Ärztinnen und Ärzte werden, die eine Qualifizierung zum Erbringen von Leistungen oder „psychosomatischer Grundversorgung“ erlangt haben oder sich in Weiterbildung zur Erlangung der anderen unter 1. genannten Qualifizierungen befinden.

§ 4 Beendigung der Mitgliedschaft

1. Die Mitgliedschaft endet durch Tod, Austritt oder Ausschluß aus der DÄVT.
2. Der Austritt ist gegenüber dem Vorstand schriftlich zu erklären. Der Austritt kann nur zum Ende eines Geschäftsjahres erfolgen, wobei eine Kündigungsfrist von 3 Monaten einzuhalten ist. Wer den festgesetzten Mitgliedsbeitrag trotz zweimaliger schriftlicher Aufforderung nicht entrichtet, gilt mit dem Ende des laufenden Geschäftsjahres als aus dem Verein ausgetreten.
3. Ein Mitglied kann aus dem Verein ausgeschlossen werden, wenn es schuldhaft in grober Weise die Interessen des Vereins verletzt. Der Antrag auf Ausschluß muß von mindestens drei ordentlichen Mitgliedern beim Vorstand gestellt werden. Der Vorstand reicht nach mehrheitlicher Beschlußfassung den Antrag an die Schiedskommission weiter, die dann über den Ausschluß entscheidet. Vor der Entscheidung ist dem Betroffenen Gelegenheit zur mündlichen oder schriftlichen Stellungnahme zu geben. Die Entscheidung der Schiedskommission ist schriftlich zu begründen und dem Betroffenen zuzusenden.
   Gegen eine Entscheidung der Schiedskommission kann das auszuschließende Mitglied Widerspruch innerhalb von 4 Wochen nach Postzustellung einlegen; über den Widerspruch wird dann im Rahmen der nächsten ordentlichen Mitgliederversammlung mit einfacher Mehrheit entschieden.

§ 5 Beiträge

Die Mitglieder des Vereins sind zur Zahlung von Beiträgen verpflichtet, deren Höhe und Fälligkeit von der Mitgliederversammlung (mit einfacher Mehrheit) festgelegt wird.

§ 6 Organe des Vereins

1. Die Mitgliederversammlung
2. Der Vorstand.

§ 7 Die Mitgliederversammlung

1. Die Mitgliederversammlung hat folgende Aufgaben:
   a) Wahl und Abberufung des Vorstandes
   b) Erlaß und Änderung einer Beitragsordnung
   c) Entgegennahme des Jahresberichts des Vorstands, Entlastung des Vorstands, Genehmigung des Haushaltsplans für das nächste Geschäftsjahr
   d) Beschlußfassung über Änderung der Satzung und die Auflösung des Verbands
   e) Beschlußfassung über alle Fragen, die Zweck und Aufgabe der DÄVT zum Inhalt haben.
2. Die Mitgliederversammlung wird durch den Vorstand einberufen. Mindestens einmal im Jahr soll eine ordentliche Mitgliederversammlung stattfinden. Eine außerordentliche Mitgliederversammlung ist einzuberufen, wenn wenigstens ein Viertel der ordentlichen Vereinsmitglieder dies unter Angabe der Gründe und einer Tagesordnung verlangt.
3. Die Einladung zur Mitgliederversammlung erfolgt schriftlich unter Angabe einer Tagesordnung; zwischen dem Tag der Absendung und Ladung und dem Tag der Versammlung müssen zwei volle Kalenderwochen liegen. Jedes ordentliche Mitglied kann spätestens zwei Wochen vor einer Mitgliederversammlung beim Vorstand schriftlich eine Ergänzung der Tagesordnung beantragen. Die Ergänzung ist zu Beginn der Mitgliederversammlung bekanntzugeben.
4. Die Mitgliederversammlung wird vom 1. Vorsitzenden (Präsidenten), bei dessen Verhinderung von einem der 2. Vorsitzenden (Vizepräsidenten) geleitet. Der Leiter der Versammlung kann für die Dauer der Durchführung von Wahlen die Versammlungsleitung einem anderen ordentlichen Mitglied übertragen, welche nicht zur Wahl steht. An der Mitgliederversammlung können alle Mitglieder des Vereins teilnehmen, jedoch sind nur ordentliche Mitglieder stimmberechtigt. Vorläufige Mitglieder haben in der Mitgliederversammlung Rederecht.
5. Eine ordnungsgemäß einberufene Mitgliederversammlung ist mit Ausnahme der in § 7, Abs. 6 ausgeführten Regelung beschlußfähig. Der Leiter der Versammlung bestimmt die Art der Abstimmung, falls nicht auf Antrag die Mitgliederversammlung anders entscheidet. Beschlüsse werden im allgemeinen mit einfacher Mehrheit der abgegebenen Stimmen gefaßt. Wer sich der Stimme enthält, gilt als bei der Abstimmung nicht anwesend.
6. Zur Änderung der Satzung, zur Auflösung des Vereins und zur vorzeitigen Abberufung des Vorstands bedarf es der Zustimmung von zwei Dritteln aller ordentlichen Mitglieder. In der Versammlung nicht anwesende Mitglieder sind in diesem Fall zur schriftlichen Stimmabgabe innerhalb von 4 Wochen aufzufordern. Diese Frist beginnt zu laufen, wenn die Aufforderung zur Stimmabgabe mit einfachem Brief an die dem Vorstand zuletzt bekanntgegebene Anschrift des Mitglieds abgesandt wurde.
7. Bei Wahlen gilt als gewählt, wer mehr als die Hälfte der abgegebenen gültigen Stimmen hat. Hat niemand mehr als die Hälfte der gültigen Stimmen erhalten, so findet zwischen den beiden Kandidaten, die die meisten Stimmen erhalten haben, eine Stichwahl statt.

Gewählt ist dann derjenige, der die meisten Stimmen erhalten hat. Bei gleicher Stimmenzahl entscheidet das von dem Leiter der Mitgliederversammlung zu ziehende Los.

8. Der Leiter der Mitgliederversammlung hat dafür zu sorgen, daß alle Beschlüsse in einer Niederschrift festgehalten werden. Diese Niederschrift, welche von ihm zu unterzeichnen ist, sowie das Ergebnis etwaiger schriftlicher Abstimmung ist baldmöglichst allen Mitgliedern mitzuteilen.
9. Die Mitgliederversammlung kann sich eine Geschäftsordnung geben.
10. Die Mitgliederversammlung bestimmt den Ort der nächsten ordentlichen Mitgliederversammlung.

§ 8 Der Vorstand

1. Der Vorstand wird von der Mitgliederversammlung aus dem Kreise der ordentlichen Mitglieder auf die Dauer von 2 Jahren gewählt, gerechnet vom Tage der Wahl an. Er bleibt jedoch bis zur Neuwahl des Vorstands im Amt. Jedes Vorstandsmitglied ist einzeln zu wählen. Eine Wiederwahl ist unbeschränkt möglich.
2. Scheidet ein Mitglied des Vorstands vorzeitig aus, so kann der Vorstand für den Zeitraum bis zur nächsten ordentlichen Mitgliederversammlung einen Nachfolger ernennen. Auf dieser nächsten Mitgliederversammlung muß eine Nachwahl für die Restwahlperiode des ausgeschiedenen Vorstandsmitglieds erfolgen.
3. Der Vorstand besteht aus dem 1. Vorsitzenden (Präsident), zwei 2. Vorsitzenden (Vizepräsidenten), einem Schatzmeister und dem Schriftführer.
4. Vorstand im Sinne des § 26 BGB sind der Präsident und die Vizepräsidenten. Sie vertreten den Verein jeweils einzeln.
5. Der Vorstand ist für alle Angelegenheiten des Vereins zuständig, soweit diese nicht durch die Satzung der Mitgliederversammlung übertragen sind.
6. Der Vorstand kann zur Unterstützung seiner Arbeit Referenten, Kommissionen und Fachausschüsse ernennen, die auf Grundlage der vom Vorstand vorgegebenen Rahmenrichtlinien eigenständig Belange der DÄVT vertreten. Die Referenten bzw. Kommissionen sind verpflichtet, den Vorstand über ihre Aktivitäten zu informieren. Gegenüber der Mitgliederversammlung ist der Vorstand über das Handeln der Referenten bzw. Kommissionen verantwortlich.
7. Die Umsetzung der Vereinsziele sowie der Beschlüsse des Vorstands und der Mitgliederversammlung soll auf Länderebene tunlichst durch vom Vorstand zu benennende *Landesbeauftragte* erfolgen.
8. Der Vorstand kann einen hauptamtlichen Geschäftsführer bestellen.

§ 9 Die Schiedskommission

1. Die Schiedskommission besteht aus 3 Personen. Sie wird auf Vorschlag des Vorstands von der Mitgliederversammlung mit einfacher Mehrheit für die Dauer von 3 Jahren gewählt. Eine Wiederwahl ist unbeschränkt zulässig.
2. Wahlvorschläge der Schiedskommission seitens ordentlicher Mitglieder müssen mindestens 2 Wochen vor der Mitgliederversammlung dem Vorstand schriftlich vorliegen. Der Vorstand muß diese Wahlvorschläge ebenfalls zur Abstimmung stellen.
3. Der Vorsitzende der Schiedskommission muß die Befähigung zum Richteramt oder zum höheren Verwaltungsdienst haben. Er darf nicht Mitglied des Vereins sein, die übrigen Mitglieder müssen jedoch dem Verein als ordentliche Mitglieder angehören, dürfen aber keine Vorstandsmitglieder sein.
4. Die Schiedskommission entscheidet über die Anträge auf Ausschluß von

Mitgliedern entsprechend dem § 4, Abs. 3 der Satzung. Sie kann auf Antrag des Vorstands bzw. auf Antrag einzelner Mitglieder auch zur Klärung von Verstößen gegen die Satzung bzw. allgemeine Zielsetzung des Vereins tätig werden. Soweit die Schiedskommission zuständig ist, ist der ordentliche Rechtsweg ausgeschlossen.

§ 10 Geschäftsjahr, Rechnungslegung

1. Das Geschäftsjahr des Vereins ist das Kalenderjahr.
2. Der Vorstand hat für eine ordnungsgemäße Rechnungslegung zu sorgen und der Mitgliederversammlung die Jahresrechnung nebst einem Rechenschaftsbericht vorzulegen. Gleichzeitig soll ein Haushaltsplan für das folgende Geschäftsjahr vorgelegt werden.

§ 11 Auflösung des Vereins

1. Die Auflösung des Vereins kann nur mit einer Mehrheit von zwei Dritteln der ordentlichen Mitglieder des Vereins beschlossen werden. Wird die Auflösung des Vereins beschlossen, so sind die bisherigen Vorstandsmitglieder im Sinne des Bürgerlichen Gesetzbuches Liquidatoren, falls die Mitgliederversammlung nichts anderes beschließt.
2. Bei Auflösung oder Aufhebung des Vereins oder bei Wegfall seines bisherigen Zwecks beschließt die Mitgliederversammlung über die Verwendung des Vereinsvermögens im Rahmen der gesetzlichen Bestimmungen der Gemeinnützigkeit.

§ 12 Salvatorische Klausel

Ist irgendein Punkt dieser Satzung nicht rechtswirksam, so bleiben alle übrigen Punkte weiterhin gültig.

Mannheim, 5. Februar 1993

Dr. med. Wolfgang Engelhardt
Dr. med. Rudolf Knickenberg
Dr. med. Norbert Mark
PD Dr. med. Rolf Meermann
Dr. med. Dieter Pütz
Dr. med. K.-H. Stutte
Dr. med. H. Tröstl

20 Literaturliste zur Weiterbildung in Verhaltenstherapie

Ernst-Jurgen Borgart und Rolf Meermann

Inhalt

1 Vorbemerkungen

Die hier zusammengestellte Liste verhaltenstherapeutischer Literatur ist in erster Linie gedacht für Psychologen oder Ärzte, die sich in der Aus- oder Weiterbildung in Verhaltenstherapie befinden. Diese Zielsetzung hat für die Auswahl der Literaturangaben folgende Konsequenzen gehabt: Wir haben uns zunächst bei jedem Themenbereich auf einige wenige Angaben beschränkt, um den Ausbildungsteilnehmer nicht mit einer Fülle von Literatur zu verwirren und ihm einen schnellen, aber auch möglichst umfassenden Einstieg in das Thema zu ermöglichen. Wir haben daher solche Titel ausgewählt, die nach unserer Einschätzung am ehesten geeignet sind, um einen möglichst breiten Überblick über das Thema zu gewinnen, und dabei auch für Neueinsteiger in das Thema verständlich sind. Dabei haben wir uns auf deutschsprachige Literatur – möglichst aus den letzten Jahren – beschränkt, um einerseits die Erarbeitung des Stoffes zu erleichtern, andererseits den aktuellen Stand der Verhaltenstherapie zu vermitteln. Auch haben wir uns auf Bücher beschränkt und Zeitschriftenartikel, graue Literatur, Diplomarbeiten und ähnliches vernachlässigt, um dem Ausbildungsteilnehmer die Beschaffung der Literatur zu erleichtern. Die Literaturangaben erheben daher nicht den Anspruch, einen kompletten und vollständigen Überblick über das jeweilige Thema zu vermitteln. Vielmehr soll dem Ausbildungsteilnehmer eine handhabbare Grundlage für seine Arbeit vermittelt werden, die es ihm dann auch ermöglicht, für spezielle Fragestellungen von dort aus selbst weiter zu recherchieren. Die Literaturliste kann auch als Grundstock für eine verhaltenstherapeutische Bibliothek z.B. in Institutionen betrachtet werden.

Zum Aufbau der Literaturliste noch einige Anmerkungen: Wir haben uns bei der Zusammenstellung der Themen auf die wesentlichen Bereiche verhaltenstherapeutischer Theorie und Praxis beschränkt und sehr spezifische Aspekte oder Randaspekte der Verhaltenstherapie vernachlässigt. Ebenso wurden Themen aus anderen Fächern, die für die Ausbildung auch relevant sind, wie z.B. aus der Sozialpsychologie, anderen Bereichen der Klinischen Psychologie, aus Psychiatrie oder Psychopharmakologie, hier nicht aufgeführt. Zu jedem Thema werden nur Bücher aufgeführt, keine Zeitschriftenartikel oder Artikel aus Büchern. Herausgeberbände, in denen Artikel zu unterschiedlichen Themen zu finden sind, werden in der Regel unter dem Punkt „Übersichten" aufgeführt, nicht noch einmal bei den jeweiligen Themen erwähnt. Jedes Buch wird in der Liste nur einmal erwähnt und zwar bei dem Bereich, den es inhaltlich am weitesten abdeckt. Das heißt aber auch, daß man zu einem bestimmten Thema auch etwas in solchen Büchern finden kann, die vom Schwerpunkt her einem anderen Thema zugeordnet wurden.

2 Einführungsliteratur und Gesamtdarstellungen

2.1 Gesamtdarstellungen und Einführungen

Deutsche Gesellschaft für Verhaltenstherapie (Hrsg.): Verhaltenstherapie. Theorien und Methoden. 5. Aufl. DGVT, Tübingen 1993.
Revenstorf, D.: Psychotherapeutische Verfahren, Band II: Verhaltenstherapie. Kohlhammer, Stuttgart 1982.
Zielke, M., J. Sturm (Hrsg.): Handbuch stationäre Verhaltenstherapie. Beltz PVU, Weinheim 1994.

2.2 Wörterbücher

Asanger, R., G. Wenninger (Hrsg.): Handwörterbuch Psychologie. 4. Aufl. Psychologie Verlags Union, München 1988.

3 Grundlagen der Verhaltenstherapie

3.1 Lerntheoretische Grundlagen

Reinecker, H.: Grundlagen der Verhaltenstherapie. Psychologie Verlags Union, München 1987.

3.2 Verhaltensanalyse und Verhaltensdiagnostik

Bartling, G., L. Echelmeyer, M. Engberding, R. Krause: Problemanalyse im therapeutischen Prozeß. 3. Aufl. Kohlhammer, Stuttgart 1992.
Caspar, F. (Hrsg.): Problemanalyse in der Psychotherapie – Bestandsaufnahme und Perspektiven. 2. Aufl. DGVT, Tübingen 1990.
Caspar, F. (Hrsg.): Psychotherapeutische Problemanalyse. DGVT, Tübingen 1994.
Fliegel, S., T. Heyden: Verhaltenstherapeutische Diagnostik I. Problemanalyse und Methoden der Informationsgewinnung. DGVT, Tübingen 1994.
Mash, E. J., L. G. Terdal: Kompendium der verhaltenstherapeutischen Diagnostik. Fachbuchhandlung für Psychologie, Frankfurt 1980.
Schulte, D.: Diagnostik in der Verhaltenstherapie. Urban & Schwarzenberg, München 1976.

4 Methoden der Verhaltenstherapie

4.1 Übersichten

Fliegel, S., W. M. Groeger, R. Künzel, D. Schulte, H. Sorgatz: Verhaltenstherapeutische Standardmethoden. Ein Übungsbuch. 2. Aufl. Urban & Schwarzenberg, München 1990.
Linden, M., M. Hautzinger (Hrsg.): Verhaltenstherapie. Techniken und Einzelverfahren. 2. Aufl. Springer, Berlin 1993.

4.2 Entspannungsverfahren

Bernstein, D. A., T. D. Borkovec: Entspannungstraining. Handbuch der progressiven Muskelentspannung. 5. Aufl. Pfeiffer, München 1990.
Vaitl, D., F. Petermann (Hrsg.): Handbuch der Entspannungsverfahren. Bd. 1, Grundlagen und Methoden. Psychologie Verlags Union, Weinheim 1993.

4.3 Operante Verfahren

Kanfer, F. H., A. P. Goldstein (Hrsg.): Möglichkeiten der Verhaltensänderung. Urban & Schwarzenberg, München 1977.

Zeier, H. (Hrsg.): Verhaltensmodifikation. Lernen und Verhalten. Bd. 2. Kindlers Psychologie des 20. Jahrhunderts. Beltz, Weinheim 1984.

4.4 Systematische Desensibilisierung

Florin, I.: Entspannung – Desensibilisierung. Kohlhammer, Stuttgart 1978.

4.5 Reizkonfrontation

Bartling, G., W. Fiegenbaum, R. Krause: Reizüberflutung. Theorie und Praxis. Kohlhammer, Stuttgart 1979.

Butollo, W. H.: Chronische Angst: Theorie und Praxis der Konfrontationstherapie. Urban & Schwarzenberg, München 1979.

4.6 Selbstkontrollmethoden

Reinecker, H.: Selbstkontrolle. Müller, Salzburg 1978.

Watson, D., R. Tharp: Einübung in Selbstkontrolle. Grundlagen und Methoden der Verhaltensänderung. Pfeiffer, München 1975.

4.7 Selbstsicherheitstraining

Alberti, R., M. Emmons: Ich behaupte mich selbst. Ein Übungsprogramm. Fachbuchhandlung für Psychologie, Frankfurt 1977.

Feldhege, F. J., G. Krauthan: Verhaltenstrainingsprogramm zum Aufbau sozialer Kompetenz. Springer, Berlin 1979.

Hinsch, R., U. Pfingsten: Gruppentraining sozialer Kompetenzen. Urban & Schwarzenberg, München 1983.

Ullrich de Muynck, R., R. Ullrich: Das Assertiveness-Training-Programm ATP, 1–3. Pfeiffer, München 1979.

4.8 Kognitive Verhaltenstherapie

Beck, A. T.: Wahrnehmung der Wirklichkeit und Neurose. Kognitive Psychotherapie emotionaler Störungen. Pfeiffer, München 1979.

Ellis, A., R. Grieger: Praxis der rational-emotiven Therapie. Urban & Schwarzenberg, München 1979.

Meichenbaum, D.: Kognitive Verhaltensmodifikation. Urban & Schwarzenberg, München 1979.

Walen, S. R., R. R. DiGiuseppe, R. L. Wessler: RET-Training. Einführung in die Praxis der rational-emotiven Therapie. Pfeiffer, München 1982.

4.9 Streßbewältigung/Problemlösetraining

Meichenbaum, D.: Streß bewältigen. Ehrenwirth, München 1985.

Meichenbaum, D.: Intervention bei Streß. Anwendung und Wirkung des Streßimpfungstrainings. Huber, Bern 1991.

4.10 Gruppentherapie

Grawe, K. (Hrsg.): Verhaltenstherapie in Gruppen. Urban & Schwarzenberg, München 1980.

4.11 Biofeedback

Kröner-Herwig, B., R. Sachse: Biofeedback-Therapie. Kohlhammer, Stuttgart 1988.

Zeier, H.: Biofeedback. Physiologische Grundlagen und praktische Anwendung in der Psychotherapie. Huber, Bern 1990.

5 Verhaltenstherapie bei spezifischen Störungen

5.1 Übersichten

Reinecker, H. (Hrsg.): Lehrbuch der Klinischen Psychologie. Modelle psychischer Störungen. 2. Aufl. Hogrefe, Göttingen 1994.

Reinecker, H. (Hrsg.): Fallbuch der Klinischen Psychologie. Einzelfallstudien zum Lehrbuch der Klinischen Psychologie. Hogrefe, Göttingen 1994.

5.2 Ängste und Phobien

Beck, A., G. Emery: Kognitive Verhaltenstherapie bei Angst und Phobien. DGVT Tübingen 1981.

Emmelkamp, P. M. G., T. K. Boumann, A. Scholing: Angst, Phobien und Zwang. Hogrefe, Göttingen 1993.

Margraf, J., S. Schneider: Panik. Angstanfälle und ihre Behandlung. Springer, Berlin 1989.

Mathews A., M. Gelder, D. Johnston: Agoraphobie. Springer, Berlin 1988.

Reinecker, H.: Phobien. Hogrefe, Göttingen 1993.

Strian, F. (Hrsg.): Angst. Springer, Berlin 1983.

5.3 Depressionen

Albersnagel, F. A., P. M. G. Emmelkamp, R. van den Hoofdakker: Depression. Hogrefe, Göttingen 1993.

Beck, A. T.: Kognitive Therapie der Depression. Urban & Schwarzenberg, München 1981.

De Jong, R. u.a. (Hrsg.): Verhaltensmodifikation bei Depression. Urban & Schwarzenberg, München 1980.

Hoffmann, N.: Depressives Verhalten. Psychologische Modelle der Ätiologie und der Therapie. Müller, Salzburg 1976.

Hautzinger, M., W. Stark, R. Treiber: Kognitive Verhaltenstherapie bei Depressionen. Behandlungsanleitungen und Materialien. 2. Aufl. Psychologie Verlags Union, München 1992.

5.4 Zwänge

Kallinke, D., R. Lutz, R. W. Ramsay (Hrsg.): Die Behandlung von Zwängen. Urban & Schwarzenberg, München 1979.

Reinecker, H.: Zwänge. Diagnose, Theorien und Behandlung. Huber, Bern 1991.

5.5 Eßstörungen I (Anorexie, Bulimie)

Bauer, B. G., W. P. Anderson, R. W. Hyatt: Bulimie – Behandlungsanleitung für Therapeuten und Betroffene. Psychologie Verlags Union, Weinheim 1992.

Fichter, M. (Hrsg.): Bulimia Nervosa. Enke, Stuttgart 1989.

Meermann, R., W. Vandereycken: Therapie der Magersucht und Bulimia Nervosa. De Gruyter, Berlin 1987.

Vanderlinden, J., J. Norré, W. Vandereycken, R. Meermann: Therapie der Bulimia nervosa. Schattauer, Stuttgart 1992.

5.6 Eßstörungen II (Adipositas)

Ferstl, R.: Determinanten und Therapie des Eßverhaltens. Springer, Berlin 1980.

Hautzinger, M., S. Kaul: Verhaltenstraining bei Übergewicht. Müller, München 1978.

Pudel, V.: Zur Psychogenese und Therapie der Adipositas. Springer, Berlin 1982.

Pudel, V., J. Westenhöfer: Ernährungspsychologie. Eine Einführung. Hogrefe, Göttingen 1991.

5.7 Psychosomatische Krankheiten/ Funktionelle Störungen

Basler, H. D., I. Florin (Hrsg.): Klinische Psychologie und körperliche Krankheit. Kohlhammer, Stuttgart 1985.

Basler, H. D., H. Otte, T. Schneller, D. Schwoon: Verhaltenstherapie bei psychosomatischen Erkrankungen. Kohlhammer, Stuttgart 1979.

Florin, I., K. Hahlweg, G. Haag, U. B. Bruck, E. M. Fahrner (Hrsg.): Perspektive Verhaltensmedizin. Springer, Heidelberg 1989.

Franke, A.: Psychosomatische Störungen. Theorien und Versorgung. Kohlhammer, Köln 1981.

Hand, I., H. U. Wittchen (Hrsg.): Verhaltenstherapie in der Medizin. Springer, Berlin 1989.

Hautzinger, M., R. Wahl (Hrsg.): Verhaltensmedizin. Konzepte, Anwendungsgebiete, Perspektiven. DÄV Köln 1989.

Meermann, R., W. Vandereycken (Hrsg.): Verhaltenstherapeutische Psychosomatik, Klinik, Praxis, Grundversorgung. 2. Aufl. Schattauer, Stuttgart 1996.

Melamed, B. G., L. J. Siegel: Lehrbuch der Verhaltensmedizin. Kohlhammer, Stuttgart 1983.

Miltner, W., N. Birbaumer, W. D. Gerber: Verhaltensmedizin. Springer, Berlin 1986.

Uexküll, T. von: Lehrbuch der psychosomatischen Medizin. 4. Aufl. Urban & Schwarzenberg, München 1990.

5.8 Schmerzsyndrome

Basler, H. D., C. Franz, B. Kröner-Herwig, H. P. Rehfisch, H. Seemann: Psychologische Schmerztherapie. Springer, Berlin 1990.

Blanchard, E., F. Andrasik: Bewältigung chronischer Kopfschmerzen. Huber, Bern 1991.

Egle, U. T., S. O. Hoffmann: Der Schmerzkranke. Grundlagen, Pathogenese, Klinik und Therapie chronischer Schmerzsyndrome. Schattauer, Stuttgart 1993.

Geissner, E., G. Jungnitsch: Psychologie des Schmerzes – Diagnose und Therapie. Psychologie Verlags Union, Weinheim 1992.

Gerber, W. D., W. Miltner, N. Birbaumer, G. Haag: Konkordanztherapie. Ein Therapiemanual. IFT-Texte Nr. 8. Röttger, München 1989.

Miltner, W., W. Larbig, J. C. Brengelmann (Hrsg.): Psychologische Schmerzbehandlung. IFT-Texte Nr. 20. Röttger, München 1988.

Rehfisch, H. P., H. D. Basler, H. Seemann: Psychologische Schmerzbehandlung bei Rheuma. Springer, Berlin 1989.

Wahl, R., M. Hautzinger (Hrsg.): Psychotherapeutische Medizin bei chronischem Schmerz. DÄV Köln 1994.

5.9 Persönlichkeitsstörungen

Beck, A. T., A. Freeman: Kognitive Therapie der Persönlichkeitsstörungen. Beltz, Weinheim 1993.

Friedler, P.: Persönlichkeitsstörungen. Beltz, Weinheim 1994.

5.10 Schlafstörungen

Berger, M. (Hrsg.): Handbuch des normalen und gestörten Schlafs. Springer, Berlin 1992.

Coates, T. J., C. E. Thoresen: Endlich wieder schlafen können. Otto Müller, Salzburg 1982.

Faust, V., G. Hole: Der gestörte Schlaf und seine Behandlung. Universitätsverlag, Ulm 1992.

5.11 Sexuelle Störungen

Arentewicz, G., G. Schmidt: Sexuell gestörte Beziehungen. Konzept und Technik der Paartherapie. 2. Aufl. Springer, Berlin 1986.

Kaplan, H. S.: Sexualtherapie. Ein bewährter Weg für die Praxis. 3. Aufl. Enke, Stuttgart 1990.

Sigusch, V. (Hrsg.): Therapie sexueller Störungen. Thieme, Stuttgart 1980.

Zimmer, D.: Sexualität und Partnerschaft. Grundlagen und Praxis psychologischer Behandlung. Urban & Schwarzenberg, München 1985.

5.12 Partner-/Familienprobleme

Hahlweg, K., L. Schindler, D. Revenstorf: Partnerschaftsprobleme: Diagnose und Therapie. Handbuch für den Therapeuten. Springer, Berlin 1982.

Schindler, L., K. Hahlweg, D. Revenstorf: Partnerschaftsprobleme: Möglichkeiten ihrer Bewältigung. Springer, Berlin 1980.

5.13 Süchte und Abhängigkeiten

Feuerlein, W.: Alkoholismus: Mißbrauch und Abhängigkeit. 4. Aufl. Thieme, Stuttgart 1989.

Petry, J.: Alkoholismustherapie: Vom Einstellungswandel zur kognitiven Therapie. Psychologie Verlags Union, Weinheim 1985.

5.14 Psychosen/Schizophrenie

Böker, W., H. D. Brenner (Hrsg.): Bewältigung der Schizophrenie. Multidimensionale Konzepte, psychosoziale und kognitive Therapien, Angehörigenarbeit und autoprotektive Anstrengungen. Huber, Bern 1986.

Fiedler, P., T. Niedermeier, Ch. Mundt: Gruppenarbeit mit Angehörigen schizophrener Patienten. Materialien für die psychosoziale Praxis. Psychologie Verlags Union, Weinheim 1986.

5.15 Sprechstörungen

Fiedler, P. A., R. Standop: Stottern. Ätiologie, Diagnose, Behandlung. 3. Aufl. Psychologie Verlags Union, Weinheim 1992.

Kuhr, A. B. W.: Die verhaltenstherapeutische Behandlung des Stotterns. Ein multimodaler Ansatz. Springer, Berlin 1991.

Wendlandt, W.: Verhaltenstherapie des Stotterns. Beltz, Weinheim 1980.

5.16 Neuropsychologische Erkrankungen

Ellis, A. W., A. W. Young: Einführung in die kognitive Neuropsychologie. Huber, Bern 1991.

5.17 Chronische Krankheiten

Broda, M., F. A. Muthny: Umgang mit chronisch Kranken. Thieme, Stuttgart 1990.

6 Spezielle Aspekte der Verhaltenstherapie

6.1 Die therapeutische Beziehung

Margraf, J., J. C. Brengelmann (Hrsg.): Therapeut-Patient-Beziehung in der Verhaltenstherapie. IFT-Texte Nr. 24. Gerhard Röttger, München 1992.

Seiderer-Hartig, M.: Beziehung und Interaktion in der Verhaltenstherapie. Pfeiffer, München 1980.

Zimmer, D.: Die therapeutische Beziehung. Edition Psychologie, Weinheim 1987.

6.2 Hausaufgaben

Shelton, J. L., J. M. Ackerman: Verhaltensanweisungen. Hausaufgaben in der Beratung und Psychotherapie. Pfeiffer, München 1978.

6.3 Selbsthilfebücher*)

Alberti, R., M. Emmons: Ich behaupte mich selbst. Ein Übungsprogramm. Fachbuchhandlung für Psychologie, Frankfurt 1977.
Hecht, K.: Selbsthilfe bei Schlafstörungen. Ullstein Medicus, Frankfurt 1993.
Hoffmann, N.: Wenn Zwänge das Leben einengen. 4. Aufl. PAL, Mannheim 1994.
Lazarus, A., A. Fay: Ich kann, wenn ich will. Klett-Cotta, Stuttgart 1983.
Lieb, H., A. von Pein: Der kranke Gesunde. Psychosomatik für Betroffene. Verstehen und Heilen psychosomatischer Erkrankungen. Trias Thieme, Stuttgart 1990.
Mathews, A., M. Gelder, D. Johnston: Platzangst. Ein Übungsprogramm für Betroffene und Angehörige. Springer, Berlin 1988.
Wise, K.: Wenn Essen zum Zwang wird. Wege aus der Bulimie. PAL, Mannheim 1992.
Wolf, D., R. Merkle: Gefühle verstehen, Probleme bewältigen. 11. Aufl. PAL, Mannheim 1994.
Zilbergeld, B.: Männliche Sexualität. 25. Aufl. DGVT, Tübingen 1993.

6.4 Umgang mit Mißerfolgen und schwierigen Situationen

Kleiber, D., A. Kuhr (Hrsg.): Handlungsfehler und Mißerfolge in der Psychotherapie. Tübinger Reihe Nr. 8. DGVT, Tübingen 1988.

6.5 Menschenbild in der VT

Lieb, H., R. Lutz (Hrsg.): Verhaltenstherapie. Ihre Entwicklung – ihr Menschenbild. Verlag für Angewandte Psychologie, Göttingen 1992.

6.6 Evaluation und Dokumentation

Grawe, K., R. Donati, F. Bernauer: Psychotherapie im Wandel. Von der Konfession zur Profession. Hogrefe, Göttingen 1994.
Zielke, M.: Wirksamkeit stationärer Verhaltenstherapie. Beltz, Weinheim 1993.

*) Eine erweiterte Liste mit Patientenratgebern und Selbsthilfebüchern kann beim Verhaltenstherapie Institut Bad Pyrmont angefordert werden.

Namensverzeichnis

Sachverzeichnis

E